贤媛

易难 著

上

浙江文艺出版社

目 录

第一章
失约—001

第二章
不是芝麻—021

第三章
小孩子才表白—043

第四章
没有人无所不能—061

第五章
我想吃肉—086

第六章
坟—109

第七章
混乱善良—132

第八章
故意—152

第九章
对立—169

第十章
圣诞快乐—188

第十一章
左右为难—213

第十二章
结束和开始—232

第一章
失约

1

每一个赴约的人,原本也不是抱着一颗失约之心去的。

飞机即将降落,金佩心从舷窗看向外面暗色渐染的黄昏和北京星星点点的万家灯火。这是2017年的最后一天,离她第一次来北京读大学已经过去十年了。

2007年她从老家到北京,要先坐车去牡丹江市,再坐近二十个小时的K字头火车。她买不起卧铺,只能坐硬座,周围有打工的,有拖家带口的,也有像她一样只身离乡的一脸懵懂的年轻人。一个和她年纪相仿的男学生看看她,又看看同伴,挤眉弄眼地说"胖子""肥婆",她习惯性地装作没听见。她当时被激动和兴奋冲昏了头脑,一直正襟危坐也不困倦,睁大双眼望着窗外漆黑一片的夜色,手里紧紧抱着她的书包,里面装着她的录取通知书和姑姑给她的第一年学费。

高考出分之后只有姑姑特意打电话到家里来问她考得怎么样,听说她瞒着父母报了北京的学校之后又问她家里给没给钱,最后在父母都反对的情况下,还是姑姑特意把她从家里偷偷叫出来,给了她两千块钱,钱装在一个磨损得很严重的信封里,沉甸甸的,她从来没摸过这么多钱。

"去吧,去北京念书吧,混好了就别回来了……"姑姑说,语气犹豫了一下,"混不好也别回来了。"

"我肯定会早点还你钱的,姑。"她不知道该说什么,只好重复说着这一句。那时的她沉浸在对未来的憧憬和盲目乐观中,并不知道这莫大的恩情以后竟会以堪称吊诡的方式偿还,也不知道那是她和从小到大始终偷偷偏爱她的姑姑的最后一次见面。

她什么行李都没带,只背着书包,一路紧赶慢赶进了车站。直到坐上了车,她都还在提心吊胆,会不会突然冲出来一队警察,把她像犯人一样逮捕,然后五花大绑地押下车去,一路送回家。

她家所在的那个镇子离中俄边境线不远。很小的时候总听家里老人讲几十年前的事,说兵荒马乱的时候,经常有平民饿疯了、穷怕了,或是身上犯了案子、背了人命,不要命地想偷越边界线。边境线上都是驻守的部队,荷枪实弹的岗哨布防在白山黑水中。

"那被发现了怎么办?"她胆怯地问。

"当然是打死,一枪崩出脑浆子来,身子还收不住,要往前滚几圈才停得下。"老人家的故事里都这么说。

后来很多年里,她去过很多国家,也像朋友圈里的旅行达人一样为了好玩特意跑到某个网红边境线去拍照打卡。但她还是会想起自己第一次离开家时的心情,可能就像一个偷越了边界线的难民吧。她看着站台渐渐远去,看着列车驶过了哈尔滨、长春、沈阳、山海关,这些她以前都只是听说过的地方,现在化作一个又一个明亮的站台在漆黑的夜色里掠过,像是为她指路的灯,告诉她,等到天亮了,你期待的新生活就到了。

那个原本很是漫长的夜晚,带着希望的错觉在记忆中显得格外短暂而充实。恍惚间,她觉得眼前2017年北京华灯初上的夜景,似乎也和当年没有什么区别。虽然当年北京奥运会还没开始,国贸三期也还没竣工,著名的央视大楼、中国尊,都还没出现在城市的天际线上,但CBD一样有人通宵达旦地加班,深夜的三环上一样有人飙车,凌晨也一样有人天还没亮就跑去看升国旗。人的面孔换了一拨又一拨，做的事情却大同小异。对于城市来说，吞吐的人群不过是面目模糊的芸芸众生，十年如一日。终究还是人在十年间的变化更大吧，她心想，十年前跑到学校机房熬夜看《我叫金三顺》的她可不会想到现在走到哪里经常有人说她长得好像高俊熙或是金智媛。

金佩心坐在车后座拿起手机，点开了一个微信群。群名字叫作4ever（永远），里面加上她一共有四个人。聊天记录是空白的，她也不记得上一次有人说话是什么时候了。

"今天是2017年12月31日。"她在群里发了这句话。

十年前来北京，是为了一个连她自己都不确信的约定。

老师和同学都没有想到她会考得这么好。更确切地说，老师和同学们都没有想起来问她考了多少分，直到放榜，她的名字赫然排在榜单前列，大家才纷纷表示意外。从十三岁那年开始，她在他们眼中就只是一个平日坐在墙角，一上体育课就献上假条的胖子。

除了一个人。

那个人在走廊里亲切地跟她说过"加油"，在高考后把自己用过的笔记全都送给了她，还告诉她，"我在北京等你"。

那个人喜欢在操场上没人的时候一个人去打篮球，虽然并不是体育课时间，但因为他成绩好，他们班老师都不管他。

那个人是老师口中北大的好苗子，学弟学妹心中的状元学长，虽然他高考失利了，仍然考到了相当不错的R大，还是R大录取分数最高的法学院。

R大的录取通知书就放在她的书包里。还有几个小时，她就可以光明正大地，和他走进同一所大学了。

北京之于她，是边境难民的免死金牌，是寄托了未来和梦想的自由生活，是她千方百计也要遵守的约定。

终于憋得不行起身去厕所的时候,她听到报站的声音,在心里数着还有几站,还有几个小时天才会亮。一夜无眠,根本无法平复她的心情,只要想到走下火车那一刻,她就完完全全地属于她自己了,完完全全地属于这个陌生的城市了,就被自己感动得热泪盈眶。

车厢过道里挤满了没有买到坐票的务工人员,编织袋和行李箱乱七八糟地堆着,能坐的角落里都坐了人,根本无处下脚。但金佩心憋得不行了,离厕所只有几步的距离,她挪了好久,都挤不过去。好在她后面挤过来一个农妇模样的阿姨,有些不耐烦地越过她拨开过道两边的人,嘴里还嚷嚷着:"还让不让人去厕所了?挡什么道?"

金佩心几乎是被这位阿姨全程护送着到了厕所门口的,旁边几个陌生的男人恶狠狠地推搡了她俩几下,阿姨还把她扯过来护到了身后。

"你先上,没事。"阿姨慷慨地把金佩心推进了厕所。

世界上还是好人多啊,她心想。等她从厕所出来的时候,那个阿姨已经不见了,她回到自己座位上,抱紧书包,继续望着窗外茫茫的黑夜。她看到远处地平线上已经露出了一线微微的曙光。

天亮了。

金佩心随着人潮走出火车站,惊喜地看到了出站口外各大高校来接新生的学长学姐们。有的学校举个牌子,有的甚至拉了个迎新生的横幅。金佩心毫不费力就找到了R大的牌子,跟着学长学姐坐上校车,打量着身边同为R大的新生,看着窗外北京的风景,憧憬着自己以后的新生活,一切都是那么顺利。

她在校门前下了车,和学长学姐一起傻笑着在校门口的校长题字前合了影,然后被学姐领到了报到广场。每个学院都有自己的新生报到点,她挨个看过去,找到了自己的学院。

坐在桌前的学姐温和地冲她笑:"学妹你好!是咱们学院的吗?麻烦把录取通知书和身份证拿一下,咱们签个到,然后就可以带你去宿舍了。"

金佩心连连点头,但她一打开书包,就傻了眼。书包底层不知道什么时候被划开了一个狰狞的大口子,里面东西掉得一干二净。

她的录取通知书,她钱包里的身份证,她装着两千块钱的信封……

过了好久她都想不明白,东西是什么时候丢的呢?那个农妇阿姨不是真的好心推她去上厕所吗?拥挤的火车车厢里有那么多人,怎么就偏偏是自己丢了仅有的全部家当呢?

周围有学生围了过来,有人扶着她到一旁阴凉的地方坐下,之前坐在桌前的学姐也特意过来跟她说:"没关系的,都可以补办,你的档案已经在咱们学校了,差不了的。"

但她什么都没有听进去。北京九月艳阳高照,她手心里却一层一层地往外冒着冷汗。她在父母面前拼死保护着自己的录取通知书和那两千块钱,一口咬定无论如何都要来念这个书。父亲倒是没有再打她,只是说了句"以后别回来了"。母亲打电话劈头盖脸地骂了姑姑一顿,说她不知廉耻,满肚子都是教坏小孩的花花肠子。她听不到电话那头姑姑有没有辩解,只是觉得很对不起她,这两千块钱她不知道哪年才能还得上。

有人带着她去教务处填了学生信息表,开了证明,又有人带着她去了分好的宿舍,告诉她之后要转集体户口,还要补办身份证。她像一个傀儡一样,只机械地点头。学姐们看她没什么事,也没哭没闹,就留她一个人在空荡荡的宿舍里,纷纷离开了。

直到她抬起头,看到只剩她一个人了,才攥着手里空无一物的书包,偷偷哭出了声。她想哭很久了,从发现东西丢了的时候就想哭,但在身旁有人的时候,她是无论如何都哭不出来的。

她还没有好好打量校园里的好山好水花花草草,还没有高高兴兴地认识学长学姐和新同学,也还没有收拾成体面的样子去赴当初的约,就被当头打了一棒,然后身无分文地扔在了这个没有人的空房间。

自己万般憧憬的新生活,就这样开始了?

不知道哭了多久,她听到了门外由远及近的喧闹声和女生的嬉笑声。她还没来得及擦掉脸上的泪水,门就砰的一声被撞开了。

都市里辛苦工作的人们总是会忘掉节日生日等各种纪念日,在他们的日历里只有放假日和上班日。对于那些需要额外加班或是工作时间不固定的职业,放假日和上班日也没了区别。

灯火通明的大楼里人来人往,某视频网站的巨大Logo(徽标)下坐着忍不住偷打哈欠的前台。演播厅里一片安静,台上坐着端庄美好的主持人和嘉宾,台下是各司其职的工作人员,人人带着黑眼圈捂着帽子和口罩,形成了两种完全不同的气场。

田小甜轻手轻脚推门进演播厅,正听到旁边两个助理妹子在悄声嘀咕:"真的,我要是他,干吗非得娶×××啊?娱乐圈好看的女的那么多!"田小甜回头想看一眼是哪个助理,但演播厅的门沉重却迅速地关得严丝合缝,她自嘲地摇了摇头,脚步没停,转身又被摄像老师叫走了。

台上坐着的是个四十多岁的不当红男艺人和他的妻子,长年秀恩爱人设不倒,又因为不红没办法挤进人气明星扎堆、赞助阔绰的真人秀综艺,只能靠收视惨淡的情感访谈类节目增加出镜率,倒是依旧男帅女美,也有稳定的粉丝拥趸,除了节目内容本身乏善可陈之外,没什么毛病。但节目内容原本就是田小甜他们制作团队最忧心的问题,谁还看过气嘉宾的情感访谈呢?高层很早就提点过他们了,点击率再上不去就会被砍掉,别说下一季了,下一期都不一定有了。

台上主持人正好聊到男嘉宾以后是否会要小孩,他含情脉脉地看着他妻子说:"我们不想要小孩。在我心里,没有任何感情能比得过我对我妻子的爱,就算是孩子也不能。"妻子眼含泪花地看着他微笑点头。

圈里人都知道他俩想要孩子想疯了,做试管做了四五年,针也挨了能有几百次了,就是要不来一个孩子。

"田姐,这一环节快结束了,但是时长有点超,你看ending(结尾)那个VCR……"助理罗洛凑到她身边小声问。

"那就不放了。"田小甜说。

"但是艺人那边之前一直坚持要放的……"

"你就说上一个环节超时太久,不放了。"田小甜把话甩给他,转身往演播厅外走。每次一场节目录完,她都像脱了一层皮一样精疲力尽。改过无数稿的台本,时间怎么都安排不好的通告,哪个休息室空调不够暖,哪个艺人只能拍右半边脸,哪个时间送餐的外卖小哥进不来门,大大小小的事情随着收工的一瞬间在她脑内炸成漫天的烟花,然后噼里啪啦冒着火星燃烧殆尽,终于逐渐归于平静。

"田姐,你这几天心情不好?"收工后,罗洛一边用飞快的手速收拾包跟她同步出门,一边赶着问了她一句。

田小甜点了点头,没说话。两个人等电梯,等了两次都没上去,电梯里都是急着下班的面带倦容的人。

"哦,对了,田姐,上周新来的那个叫李青的实习生辞职了。"

"辞职了?她连一期完整的节目都没跟完就辞职了?"田小甜有点惊讶。

"嗯,说咱们工作强度太大,刚来上班就天天开选题会到很晚,第二天还让她改方案,她就不来了,打个电话就辞职了。"

"……行吧。"田小甜进了电梯,按了地下一层,"我捎你?"

"谢谢姐!"罗洛立刻笑容满面,也不枉他紧赶慢赶非要跟她同时下班。他在通州和三个人合租,每天只要田小甜方便,都会绕远一点捎他一段路,让他能少倒一次地铁。

那个辞了职的北京小姑娘,刚大学毕业半年,开辆奥迪背着限量款铂金包来上班,据说她之前在每一家公司都没有待满一个月的,果不其然,一个星期人家就跑了。

田小甜出了电梯,默默地坐进了自己开了四年的标致汽车,叹了口气。

"明天开始是元旦假期……休息,星期二上班……咱们星期三开选题会对吧?"罗洛低头看着手机里的日程表。

"对。"田小甜下意识地回答,突然一愣神,"星期三我可能要晚一点才来,你到时跟他们说一声。"

"哦。"罗洛答应着,"你有事呀?"

"嗯。"田小甜答应着,"我星期三要去民政局离个婚。"

罗洛小心翼翼地看了她一眼。

田小甜发动了车子,看他那尿样忍不住笑了一下:"年轻人不要把离婚想得那么复杂。像我,名下没房,没孩子,也没宠物,离起婚来可方便了。"

"是是是。"罗洛只得一迭声地表示赞同。

庆幸自己没房没孩子没宠物倒不假,但离婚真的这么方便才怪。

田小甜的家在北四环里面一个老小区,六楼顶层,声控灯反应迟钝,田小甜通常走到三楼就开始用力跺脚,往往她还没进家门,护工陈姐就听到了她的脚步,早早地把门打开,说她走路像打仗一样。

进了门,田小甜三下五除二脱下鞋和大衣,一边冲进洗手间洗手消毒一边问陈姐:"今天还好?饭喂了吗?擦身了吗?"

"下午擦了身。饭还没吃,刚打好了在桌上,我正打算去加热呢。"

"不用了,一会儿我自己来。陈姐你快回去吧,实在对不起,我这又加班晚了,让你多留了三个多小时。明天放假,你不用来,后天还是照常。"

护工离开之后,田小甜才歇了一口气,来到厨房,把破壁机里的米糊倒进碗里,放入微波炉加热,然后随手把水壶塞到水龙头底下接水。等待的时候,她在脑子里走了一遍下一期节目的流程,捋出了几个还没确定的细节,一会儿还得给罗洛发微信让他开会时记着提出来。

然后她端着米糊和温开水走进虚掩着门的卧室，随手拧亮了灯。

卧室里那张医用护理床是新换的，原来那张临时救急用的旧护理床，用了半年就坏了。田小甜走近床头，伸手摇高了床。

"妈，我下班啦。今天又加班晚，对不起哦。"她一边说着，一边熟练地用消毒棉签清洁病人鼻腔，然后开始鼻饲喂食。一点点地喂完了，用治疗巾清理了口鼻，又用镊子和棉球清理了牙齿，然后才转身到洗手间去洗了手，收拾好了东西，给自己泡了碗面。

田小甜端着面碗在床边坐下，一边吃，一边絮絮叨叨地说话。

"……等这阵子过去我就不这么忙了，节目的糟心事太多，每天都拖很晚才回来。还好陈姐答应每天多留一阵子，不会留你自己在家。"

"……这个节目也不知道做不做得下去。听老板的意思可能没戏，我还不知道怎么跟手底下的小孩们说呢。……"

"明天元旦放假，我哪都不去，在家里陪你。"

"……妈，我决定离婚了。协议我都拟好了。"

"是我提的，不是他提的。真不是。"

田小甜吸溜吸溜吃面的节奏丝毫没乱，语调也很平静，虽然她知道病床上那个人不会回答她，但眼泪还是止不住地流了满脸。

"妈，我跟你说了，你以后别怪他。他没想离，我逼他的。"

田小甜看了看表，把病床摇低，又把灯调暗，然后端着空碗走出卧室，随手扔在洗碗池里。她走到客厅沙发上坐下，长长地叹了一口气，蜷在沙发上。

口袋里的手机振动起来，她拿出来，盯着来电显示上的"老公"两个字许久，电话还是锲而不舍地响，她只好接起。

"忙完了？"那边问。

"嗯。"她答。

"明天休息？"那边又问。

"嗯。"她答。

那边沉默了好一会儿。

"协议我拟好了,这两天就快递给你。"她说。

"你别忙了,我不会签的。"那边很快回答,"下周也别去民政局了,我不去,你去也白去。"

"你……"

"我不跟你离婚,田小甜。"那边说完就挂了电话。

田小甜拿着手机愣了很久,点开日程App(应用软件),又盯着下周的行程提醒"周三上午10:00民政局"看了一会儿,正要点删除,突然出来一条微信信息,她手一滑,直接就点开了。

是一个很久都没有人说话的群,她所有工作群和会诊群以外的群都设置了免打扰,但这个没有。

"今天是2017年12月31日。"

田小甜抬头看了一眼墙上的钟,离今天过去只剩下二十分钟了。

候诊大厅里挤满了深夜带孩子来看病的家长们,哭声此起彼伏,好不容易哄睡的孩子醒了开始哭,好不容易哭累了的孩子昏昏欲睡,换班的家长互相埋怨着打着哈欠,好声好气却皱紧眉头的医生向家长一遍遍地解释。消毒水的气味和人的气味混在一起,再健康的人也浑身变得病恹恹起来。但一看到怀里的孩子病得难受,别的病也就不作数了。

傅其华抱着女儿从取药窗口的队伍中挤出来,长长舒了一口气,终于可以回家了。小家伙折腾了大半天已经哭累了,在她怀里睡得沉沉的,小脑瓜靠在她胸前,东倒西歪。傅其华给女儿拉好羽绒服的拉链,戴好口罩和帽子,又摸了摸她的头脸,确认没有出汗,才小心地推开候诊大厅的门,抱着女儿走进了清冷的北京冬夜。

刚坐进出租车,就接到了电话,母亲在那头着急地问什么时候回来。傅其华连声说快了,刚说完手机就没电了。说话声音有点大,吵醒了女儿,刚睡过一小会儿似乎是积攒了些能量,女儿又开始放开嗓子号哭,还尿了一裤子。傅其华连忙伸手在一旁的包里掏毛巾和纸尿裤,掏来掏去发现带的纸尿裤下午就用完了,气得忍不住低声骂了自己一句。

司机师傅在后视镜里看了她一眼。

"带孩子不容易啊。"他念叨了一句,"什么病啊?"

"没大病,就是头疼脑热。"傅其华一边手忙脚乱一边说,"我下班晚,才有时间带她来医院。"

司机师傅又在后视镜里看了她一眼:"忙成这样还带孩子?做什么工作的啊?"

"老师。"傅其华说。

傅其华租住的房子在上地附近,出租车只能停在小区侧门,里面还要走一小段路。手机没电了,傅其华从包里翻出钱包来找现金,好不容易付了车费,抱着孩子急急忙忙下车。手一滑,背包的带子脱了手,从里面骨碌碌掉出两个水杯和一个饭盒来。

司机好心提醒她:"你别着急,看看没落什么东西吧?"

傅其华这才又往车上看了一眼,一看吓一跳,钱包稳稳地落在了车座上。连忙拿起来扔进包里,又跟司机师傅谢了好几次,这才抱好孩子,深一脚浅一脚地往小区里走。

小区里的路灯好像坏了,也不知道物业什么时候来修。傅其华抱着女儿小跑了几步,想着就快到家了,却突然觉得不太对劲。她狐疑地转过身看看四周,远处步道拐角隐隐约约好像有个人影,看到她停下,那人影也停下了。没有路灯,她看不太清楚。

这大冬天的,夜里这么冷,没人会出来夜跑或者遛狗了。傅其华觉得自己可能是想多了,转身快走了几步,就快到楼门口了,却听见身后有羽绒服摩擦的声音和刻意放轻的脚步声。傅其华意识到不对,立刻跑了起来,却没想到那人几步就到了她身后,在寒冷的黑夜里,那人粗重的呼吸喷在她脖颈上,让她隔着羽绒服哆嗦起来,起了一层鸡皮疙瘩。

"你等等。"身后的声音突然开口。

傅其华吓得趔趄了一下,硬生生从疾跑的状态中收住了脚。还好怀里的女儿没醒。

她认得这个声音,胆战心惊地回头,看到了一个戴着眼镜口罩、用巨大羽绒服兜帽遮住头脸的身影。

"你怎么会在这儿?"傅其华压下自己的喘息,冷冰冰地说。

"我怎么不能在这儿?你在哪我就在哪。"他的声音沉闷压抑,从口罩里透出来。

"我警告你,离我们远一点。"傅其华一字一句地说。

"凭什么?傅其华,我告诉你……"他话音未落,楼道里的声控灯亮了,傅其华母亲的声音远远地传过来:"是西西回来了吗?"

楼门被母亲推开,傅其华紧走几步,一回头,他的身影已经绕过步道旁的灌木丛,消失不见了。

"这么黑怎么不用手机照一下?摔着怎么办?你打个电话叫我下来迎你也行啊……"母亲一边伸手接过孩子,一边念叨着傅其华,傅其华却完全没听见,她心有余悸地四下张望,小区里一片寂静,仿佛她刚才是见了鬼一样。

"你发什么呆?赶紧进去啊,风大,别把孩子冻着。"母亲叫了她两声,她才回过神来,连忙走在母亲前面上楼去开门。

"你说什么?"母亲一边拾掇着困得东倒西歪的孩子,一边看了傅其华一眼,小声问,"你看见他了?"

"嗯。他怎么会到北京来?怎么知道咱们住哪的?我每天下班都有同事一起走,怎么他从来没出现过,我一个人抱着孩子看病回来他就出现了?"傅其华越说越快,声音都发颤了,"你这几天千万不要带西西出门遛弯了,知道吗?"

"知道。"母亲安顿孩子睡下,拉了傅其华出来,掩上卧室的门。

"你也冻坏了吧?我把姜汤热一下,你喝了。"母亲一边说,一边去了厨房。傅其华就跟在她身后,有点失神地来回转悠。"妈,他到底想干吗?不会是冲着西西来的吧?"她越想越害怕,"要不我明天请假,在家陪你俩。"

"那怎么行?你也不能天天在家陪我俩,你还要上课呢。"母亲盛了一碗姜汤出来,递给傅其华。她胡乱吹了两下就喝,果然烫到了嘴,咳了两下喷了一桌子。

"你看你,都当妈的人了,能不能让我少操点心。"母亲转身去拿纸巾给她,回头却看她呜呜哭了起来。

母亲叹了口气,塞了两张纸巾在她手里:"行了行了,哭也没有用,不怕,妈陪你想办法,啊?西西不会有事的,咱们都不会有事的,肯定有办法。"

她把头靠在母亲肩上:"妈,我和西西可真是两个烦人精。"她抽泣着说。

"可不是。"母亲笑,"对了,怎么刚才打电话你关机了?充电宝呢?这大半夜的,联系不上你我多着急,你爸在那边一直拨视频问我你回来了没有。"

"啊,没电了!"傅其华突然想起来,连忙从包里翻出了手机充电。打开微信,未读信息有一百多条,全是来自教师群、学生家长群、托福模考群、百分冲刺群、精讲精练答疑群等各种群。傅其华还没来得及看,发现多了一个陌生人的好友申请。她犹豫着点开,看到那个人的申请留言:"傅其华,你别想着躲我。"

傅其华手抖着删掉了那条好友申请,瞥了一眼在厨房里收拾的母亲,努力让自己神色如常。

这时又进来一条微信,是一个很久都没有人说话的群,她所有工作群和育儿群以外的群都设置免打扰了,这个没有。

"今天是2017年12月31日。"

傅其华抬头看了一眼墙上的钟,离今天过去只剩下十五分钟了。

"哎?已经有人先来啦?"宿舍门被砰的一声推开,清脆明亮的女孩声音打断了金佩心的哭泣。走进来的是个穿着白T恤和牛仔裤的漂亮女孩,长头发扎成高高的马尾,眼睛大大的,皮肤白白的,进门一眼看到金佩心就甜甜地笑起来,笑得真是好看。"你是新室友吧!你好!"

金佩心傻傻地愣着,还没来得及答话,她身后跟着进来了一男一女,像是她的父母,男的大腹便便穿着西装浑身烟味,女的进门就左看右看:"这宿舍条件也太差了吧?不是重点高校吗?就给小娃儿住这样的地方?"

"就是!都怪你们,非让我来念这个破大学。"女孩白了她妈一眼。转眼门口又进来一个年轻些的男人,推着两个大行李箱,气喘吁吁一头汗,念叨着"这楼连个电梯都没有",把箱子推进了房间。

"啊,还没问你的名字呢!"女孩又冲着金佩心甜甜一笑,"我叫田小甜,成都人,这是我爸、我妈,这是我爸的司机赵叔叔。"

"我叫……"金佩心嗫嚅着还没开口,门又被推开了,探进一个剃着毛寸的脑瓜,看到屋里这么多人,也是吓了一跳:"这……这是603吗?"

屋里的人也被吓了一跳,田小甜反应快,立刻说:"同学,这层是女生宿舍呢!就算这楼里男女都有,你也不能乱跑啊!"

毛寸扑哧一笑,推开门,拉着箱子就进了屋。

"同学,我是女生,我就住在这间宿舍。"看着田小甜的表情变得尴尬,她爽朗地哈哈大笑起来,"没事!反正我也经常被别人认错!"

她的母亲跟在她身后进门,和善又有礼貌地跟众人打了招呼,就开始动手帮她拆行李。

"我叫傅其华,西安人,你们呢?"她说。

两边的家长们都开始帮孩子打点,铺床的铺床,抹桌的抹桌,田小甜嫌灰尘大,站在门口冲着走廊,一边玩手机一边跟对面和隔壁寝室正在收拾的同学和家长吐槽。

"就说呢!2007级这么多新生,凭啥子我们人文学院就被分到这个破楼?连浴室都没有,还是男女混寝的!早知道北京高校条件差成这个样子,我还不如去国外……"

傅其华母亲一个人干活比对面田小甜的亲友团三个人干活都快,傅其华也帮不上忙,就在金佩心旁边拉了椅子坐下,这时她才看到金佩心的身边空空如也。

"你没有行李吗?没有家人陪你来?"她问。

金佩心原本一直缩在自己的角落里,突然被她问到,脸腾的一下红到了脖子根。

"我……嗯。"

"那你怎么不去买东西啊?你床都没铺,只有个床板,晚上你怎么睡啊?"傅其华问。

金佩心觉得自己的血冲到了嗓子眼,让她哽着完全说不出来一个字。家长们闻声也都回头看着她,这么多人的目光全都盯在她身上,她真的不知道和身无分文相比哪一个更难受。

金佩心陡地起身,冲出了房间。

站在门口的田小甜被吓了一跳,从手机上抬起头,茫然地看看屋里,又看看走廊。

"怎么了?刚才谁出去了?"她感到莫名其妙,不解地问。

金佩心漫无目的地走在校园里,这些她刚才没有好好看的风景,周围擦肩而过的新生和家长的欢声笑语,所有的热闹都和她无关,越是无关越是显得她愚蠢和可笑。

校园并不大,走着走着就到了头。她拐了弯继续走,不知不觉绕了学校整整一圈,最后又回到了宿舍区。她不想回去,就绕到楼后面,找了个长椅坐下来。

不断有男生或女生过来坐在长椅的另一端,一边低头看手机一边向楼门口张望着,很快他们要等的人就从楼里出来,三三两两离开。只有一个女生等得有些久,她很漂亮,化了精致的妆,阳光一照,汗水微微地洇花了脸,从午后等到日落。她再不走,金佩心就要站起来走了。终于,女生突然眼前一亮,雀跃地站起身,连蹦带跳地跑向从楼里出来的一个男生。

金佩心也忍不住抬眼看去,想知道是怎样的男生才让她不发牢骚不抱怨地等了这么久。日落时分金灿灿的阳光在他背后形成了一个温暖的光圈,他的脸藏在逆光里,金佩心仔细地看,却也看不太清楚。

或许只是她不想相信吧,在脑海里想象过无数次和他在R大重逢的场景,却没想到是以这样的方式。

她想上前开口跟他说话,想告诉他,他的笔记她保存了整整一年,直到高考完还留着,想告诉他自己因为他才不顾父母反对执意要报R大,想告诉他自己一直记得他那句"我在北京等你"。但她坐在长椅上动也没动,只是眼睁睁地看着漂亮的女生在他身边笑嘻嘻地说"怎么迟到了这么久,罚你请我吃饭"。看着他宠溺地摸了摸女生的头发说"对不起,让你等了好久了,我的错"。

然后两个人手拉着手迈着轻快的脚步从她面前走了过去。他的眼神在她脸上停留了半秒,但从他的任何表情细节上都完全看不出来他认识她,就那么自然地扫过去,仿佛长椅上空无一人。

金佩心回到603的时候,天已经全黑了。眼泪已经干了,又饿又累,在这个陌生的校园里,她也无处可去。

宿舍里灯亮着,却没有人。左边靠窗的田小甜的床铺已经铺上了粉红色的Hello Kitty(凯蒂猫)床单,上面还放着一个大嘴猴玩偶。右边靠窗的傅其华的床铺也铺上了浅蓝色暗花的床单,书桌上摆好了书,桌子下面还放了一个篮球和一对羽毛球拍。金佩心的目光落在右边靠门的自己的床铺上,愣住了,床褥已经铺好,灰色格子床单上放着崭新的枕头被子,桌上还放了一个塑料洗脸盆,里面有毛巾水杯牙刷牙膏,都是新的。

金佩心以为自己走错了寝室,正要退出去,迎面撞上开门进来的傅其华。

傅其华手里提着两个大袋子,一看到金佩心就笑说:"你回来啦?还没吃晚饭吧?我妈买了一堆吃的,我吃不了,带回来我们一起吃!"

傅其华艰难地抬手把沉重的袋子放在桌子上:"这个餐盒是我妈在饭店打包的烤鸭,那个里面是零食和水果,别客气!"说完又指了指对面,"田小甜今晚不回来住,她在北京有家。我妈今晚的火车就回去了。"

金佩心终于趁她讲话的间歇插了嘴:"我的床……"

傅其华和善地看着她笑笑,一边打开餐盒一边说:"咱们院的学姐跟我们说了你的事,我妈说,孩子在外面都不容易,帮衬一把也是应该的。你别当回事。以后咱们可是四年的同学呢!来,你尝一下这个烤鸭。哦,对了,田小甜还说咱们以后要是吃腻了食堂,就跟她回家吃,她家的厨子是她老家带来的,川菜做得特好吃!……"

金佩心犹豫着接了傅其华递过来的筷子,夹了一口烤鸭送进嘴里。她不知道烤鸭要加蘸料,觉得很油,也不好吃。

但她觉得,或许大学生活,也不是想象中那么难熬了。

2017年的最后一天,金佩心拖着行李箱刷开了酒店房间,从落地窗望出去就是灯火辉煌的国贸CBD。她没有开灯,站在窗前出了很久的神。看看手机上的时间,离今天过去只剩下十分钟了,群里也没有人回复她。她叹了口气退出来，然后漫无目的地刷着新闻。田小甜的电话突然打进来的时候，她都没有反应过来，下意识手一滑就接通了。

接通后双方都意识到了尴尬，沉默了好久没说话。

还是金佩心先开了口。

"还以为你们换了号。"她说。

"傅其华不知道，我一直没换。"田小甜说。

"嗯。"金佩心说。

"回国了？"田小甜说。

"嗯，才回来。十年嘛。"金佩心说，"以为你们记得。"

"我记得。"田小甜说，"只是……"

她停顿了很久，却没有说"只是"后面的话。

金佩心也不开口，就等着她说，但等来的却是那边低低的啜泣声。

傅其华看着时间走到23:55，还是没在群里回复金佩心，却没想到金佩心竟然拨过来一个电话。

傅其华讶异地接起来。

"原来你也没换号。"金佩心在那头说。

"嗯。"傅其华说。

"你看到群里我发的了？"

"看到了。"

"以为你们都忘了。"

"田小甜不知道，我一直没忘。"

"她也没忘，刚才打过来跟我哭了一会儿，哭完说'谢谢'，刚挂断。我就想着，我还是主动给你打吧，你要不要也跟我哭一会儿？"

傅其华扑哧就笑了，笑完也哭了。

"我也谢谢。"她说。

大学生活开始的第一天,金佩心仿佛明白了许多的道理,那个再也无法说服自己的约定,也被繁杂的思绪遗忘在某个角落,似乎无关紧要了。晚上躺在自己狭窄的小床上,还没到熄灯的时间,金佩心翻来覆去睡不着。傅其华在那头听见了,就轻声说:"好像很多大学生刚来住校都不习惯的,想家。以后就好啦,有我们呢。"

话音未落,田小甜风风火火就开门进来了,把两个人都吓了一跳。傅其华说:"你不是今天不回来住吗?"

田小甜把包往桌上一扔:"我妈说我搞特殊,非让我回来早点熟悉环境,真是的,有什么好熟悉的啊!反正以后大家要朝夕相处同床共枕呢,有的是时间熟悉!"

傅其华就笑了:"谁跟你同床共枕?我可是误闯女生宿舍的人好吗?"

田小甜也笑:"算我眼瞎好不啦!我誓死捍卫你维护个人形象的权利!"

金佩心听着她俩这么快就熟络起来互相斗嘴,也忍不住微笑起来。

"对了,"田小甜站在地上叉着腰,抬头看着坐在床上的傅其华和金佩心,"你们知道吗?咱们系的宿舍是按年龄分的,分到一个屋的生日应该接近,你们哪天生日啊?"

傅其华说:"我是1989年12月31日。"

田小甜难以置信地瞪大了眼睛尖叫起来:"真的假的?我也是!"

金佩心也愣了一下,接道:"我也是。"

"哇!"田小甜跳起来,"我以为就只是生日挨着,原来我们竟然是同一天出生的!也太有缘分了吧!"

"真的呢,那以后可以一起过生日了!毕竟我们也算是跨时代的人,最年轻的80后!"傅其华说。

"年轻什么呀!"田小甜一噘嘴,"就差几个小时就到90后了,我还觉得亏呢!"

几个人都笑了起来。

直到熄灯时间,大家才叽叽喳喳地躺下,畅想着几十年以后,还可以一起过生日的景象。

"真的,今年我们开一个好头,等十年以后的2017年12月31日,我们认识的第一个十年,再一起过生日,就这么说定了!"田小甜说。

她们心满意足地笑着,终于不约而同地一起打了个哈欠。

"晚安。"田小甜说。

"晚安。"傅其华说。

金佩心也想跟着说一句,开口却变成了另外两个字。

"谢谢。"她说。

挂断和傅其华的通话,时间已经走到23:59。金佩心又点开那个微信群,几乎是同时,弹出了田小甜和傅其华发的同样的话。

"生日快乐。"

金佩心微笑起来,也发了同样的四个字。时间跳到了2018年1月1日,窗外有烟花在夜空中绽开,很快又散落人间,变成了城市里星星点点的灯火。

每一个失约的人,原本都还是有一颗赴约的心。她不怪她们。她回来了,她们都在,这就已经是最好的约定。

第二章
不是芝麻

1

在北京开始新工作的第一天,对面办公桌的女同事就偷偷打量了金佩心一早上,然后趁她去休息间泡咖啡,凑过来好奇地问:"你长得好像那个韩国女演员,就那个,短头发很好看的那个。"

金佩心笑笑,没接话。

"真的,"女同事又说,"今天上午就有两个男同事跟我打听你有没有男朋友了,你这样的,绝对抢手呀。"

金佩心就又笑笑:"我有男朋友,他过几天就回国了。"

"哦哦!那他们可要失望了哦⋯⋯"女同事若有所思地说着,却还站在原地,并没有走的意思。

金佩心看了她一眼:"你有什么话就直说呀。"

女同事探究地看看她:"那个,方不方便告诉我⋯⋯你的眼睛,是做的吗?在哪里做的?我也想做。"

金佩心疑惑地看了她一眼。

"啊,你别误会!"女同事立刻解释,"不是说你的痕迹明显,是因为⋯⋯我看你的微信头像,觉得,变化有点大。"

金佩心的微信头像是她六年前大学毕业时的照片,那时她还没减下来肥,也还没动过眼睛鼻子,但她脱胎换骨之后,却一直没有换过头像。

不止一个人或直白或委婉地建议她换头像,有个客户还很郑重地教育她,用于工作的微信,头像是门面,一定要展现自己最好的形象。"你看,你本人又瘦又美,为什么要弄个这样的头像呢?我要是第一眼看到跟我对接的是头像这个人,我连联系都不想联系。"他说。

回北京入职的HR更是跟她半开玩笑地说,还好你没在简历上贴这张,否则我手一哆嗦把你给筛出去了,那多遗憾呀。

每次听到这样的话,金佩心都笑一笑,不反驳,也不附和,然后还是顶着那张头像处理所有工作和生活上的事情。

"是。"金佩心大大方方地回答,"韩国做的,鼻子也是。我一会儿回去把名字地址发给你,还有医师的邮箱。"

"太谢谢你了!我就知道你一看就人特好。"女同事心满意足,兴高采烈地回去了。

金佩心回到自己办公桌前,拿手机拍了一张办公桌的照片,发了朋友圈,带了公司的地点定位。

"从今天起在北京工作了。××律师事务所,欢迎垂询。"

这是她唯一一条朋友圈,她微信里除了大学同学和工作上认识的人,也没加其他人。刚发完,客户没来垂询,倒是傅其华突然给她发了条微信。

"心,你现在在做律师?"

"对呀。"

"那天你也没跟我说。我都忘了问你现在在做什么。"

"嗯。怎么了?"

"我有事想咨询你。"

"你自己的事?"

"嗯。"

"法律咨询?"

"嗯。"

"行。你有空随时来公司找我。"

算起来,和傅其华还有田小甜,从大学毕业以后,有六年没见过面了。偶尔翻看她们的朋友圈,也没有近照,傅其华只发培训机构的英语报班广告,最多再发点"实用托福学习技巧"。田小甜只转发些影视节目的宣传和海报,偶尔还有语焉不详的心灵鸡汤。

但多多少少,她们从事的职业与从前的专业和兴趣也没有相差甚远。傅其华当时英语就好,兜兜转转回头还是做了英语培训;田小甜当年既多才多艺又爱表现,用现在年轻人的话说就是走到哪里都是"门面担当",虽说现在做幕后编导工作,但也算是影视行业。而她,当年连课上发言都紧张,论文怎么写怎么被毙,硬是发狠逼着自己改了法律这一行,熬一熬也就熬出头了,想来人的潜力有时真的难以预计。

法学院当年是她们学校录取线最高的,金佩心这种撞了大运擦着边考进来的,也就只能被调剂到录取线低的中文系。田小甜本来就是北京户口,傅其华是超过录取线十几分屈尊考进来的,和她都没有可比性,不过对于她们,金佩心从一开始就没有嫉妒。人的嫉妒只会囿于同类的层面,出生在离起跑线还有很远的人,对一出生就在终点的人,就只能远远羡慕了。

金佩心当年更羡慕的是傅其华。和每天追求者不断,上课划水,考试往往低空飘过的田小甜比,傅其华可以说是学霸了。她父母都是老师,从小就是尖子生,原本高考是冲着最好的两所大学去的,结果由于估分失误,高分考进R大,还被调剂到她们中文系,郁郁不平了很久。她英语好,一心想要转系去国际关系学院,将来计划出国深造。金佩心是从小镇来的,英语本来就是短板,第一学期上《大学英语》那门课就被老师打击得一无是处。老师说她如果不努力,等毕业后考不过四级。而那个时候傅其华已经报名参加大学生英语演讲比赛,研究托福词汇和GRE红宝书了。

金佩心其实也想转系。她刚入学的时候就去问过辅导员，大一上学期结束之后才能申请，第一学年还要保持学分绩点全系第一才可以，每个系只有一个名额。她当时心就凉了半截，不用说傅其华成绩一直比她好，班里还有其他成绩好的同学，她自己为了赚生活费，课都不一定上得全，怎么可能考全系第一？

那时候，她们做兼职，还要兼顾课业，时间和精力上难以一心二用。金佩心一开始找了一份推销培训课的活，每天拉来的单越多，提成就越多。她刚刚得知学校宿舍楼在寒假期间是不开放的，即使过年不回家的学生也不能留在宿舍里住，她有点担心，不知道自己放了假能去哪里，手里也没有什么钱，只能多赚一点是一点。她不好意思跟田小甜和傅其华说，一旦说了，田小甜一定会无比热情地邀请她去自己家里过年，毕竟她家就在北六环，寒假也不回四川。傅其华说不定也会邀请她去自己的家乡玩。真诚是真的，人情却也真的不想欠。深冬的北京，风刮在脸上疼到没有知觉，她原本就胖的身形裹着棉衣就更像个可笑的球。好不容易熬过了一天，心里算着能有多少提成，等她回到那个躲在大厦地下一层店铺里的"培训中心"去算工钱的时候，毫不意外地，人家以单数没超过最低数量什么的话搪塞了她，一分钱都没有给她。她笨嘴拙舌，只知道满脸通红嗫嚅着说："不是这样，你们早上不是这么说的……"但最后还是两手空空地走了出来。

后来一个大三的学长给她介绍了一份卖电脑的工作，就是把学校里想买电脑的同学介绍给他联系好的卖家。金佩心就兢兢业业地拉了很多同学。她们宿舍只有田小甜有自己的笔记本电脑，傅其华一学期都在念叨着麻烦，抢课都抢不上，说寒假回去再买，现在没钱。金佩心自己当然也没钱，只能每次去学校的机房。冬天没有暖气，灯也不够亮，好几次都感觉到老鼠在离脚不远的地方迅速跑过去。她每天去查资料，查兼职信息，经常一坐几个小时，冻得脚都僵了。她挨个宿舍去问同学，一面问，一面在想，要什么时候才能赚到给自己买一个笔记本电脑的钱呢？

第一学期期末成绩陆陆续续出来的那几天,金佩心正好都在外面找工作。冒着寒风走在路上的时候,田小甜给她打电话:"你在哪呢?最后一科成绩也出来啦!我都过啦!竟然一科都没挂,我太开心了!晚上请你们吃饭怎么样?东门那家四川火锅?"

"我就不去了吧,我还没查成绩呢。"金佩心吸了吸鼻涕,低声说。

"那你就查完了再来啊!等你!说好了啊!"那边田小甜说完就挂断了。

傍晚回到学校之后,金佩心打算先回宿舍,然后去学校机房查成绩。没想到在宿舍楼门口,被几个男生女生挡住了去路。

"就是她,就是那个胖子!"一个女生指着金佩心,跟旁边的男生说。

金佩心愣了一下,认出这个女生是理学院的,住在她们楼下的宿舍,那天金佩心还介绍她去买了电脑。女生上前一步,瞪着金佩心,大声问:"你说,你跟那个黑心店家什么关系?你是托吧?我拿电脑去门店问了,人家说根本就不是原装正品!坑自己同学,你还有良心吗你?"

周围跟她一起的同学把金佩心围在中间,七嘴八舌地质问她:"你小小年纪不学好,卖什么伪劣产品,自己同学都骗?""你是人文学院的吧?我告诉你,你这属于诈骗,我们让学校开除你!"

她整个人蒙了,大脑一片空白,下意识地辩解:"不是我,是许学长介绍的……"立刻就被打断了:"许学长?哪个许学长?你找他来对质?""什么学长,我看就你自己是托,还想赖别人……"

亮着灯光的宿舍楼前人来人往,纷纷投来疑惑的目光。金佩心觉得自己像是被扒光了衣服,赤裸裸地站在深冬的寒夜里,任人责骂,整个人就像是当时火车上被划开的书包,表面上没什么变化,但是底下的里子都翻了出来,东西掉得到处都是,什么也不剩。

2

　　元旦那天田小甜在家里休息的时候收到了同事发来的信息,说他们那档节目可能要完蛋。田小甜不信,觉得要完蛋也是老板亲自来告诉她完蛋,实锤之前,什么风声都不算数。

　　结果星期二一到公司就被老板叫去了办公室,直截了当通知她本周五播出的就是最后一期,另一个还没录制完的小鲜肉真人秀要接档了。

　　田小甜一脸蒙:"不是说好等季终再接档吗?怎么突然就拦腰砍了?"

　　老板见怪不怪:"数据摆在那,都多少期了,也没见起色,那个×××正好有恋爱新闻,借热度先圈一波。"

　　"那我们这个下一季也不录了?"田小甜问。

　　老板看了她一眼,没回答,田小甜知道问也白问。录了没法播的节目都压了那么多,哪儿喊冤去。

　　老板就点了根烟,摆出一副恨铁不成钢的架势说:"也不是我说你,多看看现在年轻人看什么玩什么喜欢什么,做的用户调查是白做的吗?一天天微博热搜是白看的吗?每天开选题会开选题会,选题就那么几个翻来覆去地说,你看看××网自制综艺的点击量和广告……"

　　田小甜从办公室出来见到罗洛在一边听墙角,就瞪了他一眼:"没事闲的吧?"

　　"可不是,"罗洛说,"真砍了?那真成没事闲的了。"

　　"嗯。"田小甜哼了一声。

　　"那……明天会还开吗?"罗洛问。

　　"当然开。"田小甜迅速回答,"这个没了还有下一个,不能让你们停下来。"

　　"是是是。"罗洛。

　　罗洛点着头走开后,田小甜站在巨大的日程板前,看着那档新上的真人秀,花花绿绿地占据了大幅的版面,图片和录制通告贴得密密麻麻。

她叹了口气,抬手把自己的节目日程都擦了,留出了空白。

这档《情感访谈》以前也不是没做过,口碑和点击率都还可以,怪只怪这风水走马观花一样变换得太快。

可能是自己真的老了。她想。老了的人,不管是身体上还是心态上,都已经不再适合这个行业了。

有的时候她看着朝气蓬勃容光焕发的年轻男孩女孩,也会想起很多年前的自己。年轻真是气盛啊,觉得全世界都在看我,所有人都爱我,什么事情我都能做到。现在回想起来,倒不会觉得好笑,也不会觉得丢人,只是有点不忍心,如果告诉从前的自己,十年后你会变成现在这个样子,那个骄傲跋扈的小姑娘,肯定会满心失望和愤怒吧,或许还会说出"你就是嫉妒我"这样的话。

她记得金佩心还曾经说过她不羡慕自己。"就好像,"她若有所思地盯着空气中的某个点,"好像一只猫和一朵云,一条鱼和一只鸟,或者小王子和他的玫瑰,完全不同的物种,为什么要羡慕呢?猫可以很好,也可以不好,云可以很好,也可以不好,可以互相喜欢,也可以互相讨厌。但是没有办法拿来比较啊。"

像个诗人。她当时还说金佩心真是适合读中文系,没想到后来金佩心做了律师,成了最讲"理"的那个人。

田小甜原本是没太在意节目被砍的。这么多年早习惯了,毕竟流水的项目铁打的人,如果被砍一个项目就要一哭二闹三上吊像世界末日一样,那这行就没人做了,只要一天还在这个岗位上,就总有新项目,不同的题材风格类型,只能自己背地里努力跟上流行的脚步。她午休的时候出门听到罗洛在和宣发部门的一个妹子聊天,妹子问罗洛他们之后推哪个项目,罗洛也没什么底气地说:"不知道,看田姐下午开会怎么说了。反正我是觉得现在策划的这几个都没什么戏。"

"那要不你跟老大说说,去跟那个真人秀?说不定借着×××的东风会红呢？"妹子说。

罗洛看了她一眼："那个是佳妮姐负责的，我从来公司，一直跟着田姐在做项目，这样不好吧。"

"那不也很正常，人走茶凉，听说田姐要离婚了？难怪她这段时间一直不在状态。我们老大说她这种高不成低不就的，说不定哪天就撂挑子了呢，到时候你们都被她扔了。"妹子说。

"要是田姐也走了，她跳哪我跟着跳哪去。"罗洛明显对妹子的话有些反感，转身就进茶水间去了。

田小甜在一旁听着，百感交集。行业内跳槽是非常频繁的事，但她难得地已经在公司做了几年了，并不是因为长情，只是一想起家里的妈妈，她就不敢面对任何的风险和变数。跳槽去视频平台做选秀的同事做出了热度，改行去影视工作室写网剧的同事写火了爆款，甚至辞职回家写公众号的同事也赶上了最早那批自媒体分到的第一杯羹。有朋友替她惋惜，说她胆子小，跟不上机会，她也只是自嘲地笑笑。胆子小就小吧，她早就没有胆大的资本了。

她跟过不少项目，也带过不少新人，有跳了槽后来混得很好，在其他的活动场合再见到，连招呼都不带打的，也有罗洛这样，虽然平时小恩小惠偶尔会跟她计较，也经常喊苦喊累，但是会把她当作同事以外的朋友和前辈真心对待。她天生是个好脾气的人，当年读书时金佩心就曾经说，以她的条件，性格不好都没人能说她什么。但后来她逐渐明白，没有人天生就懂得怎么去温柔又坦然地爱他人并接受身边的一切，只有那些得到过很多很多的爱与呵护，没有受过委屈和伤害的人才可以。

那些成长中天长日久积累起来的温暖和慈悲，在后来天灾人祸接踵而来的日子里，不动声色地保护着她，让她不被现实打垮，不会歇斯底里地哭喊"上天不公"，也不会去怨恨那些离她而去的爱和美好。

那时大家都是天真幼稚的孩子，还不知道有多少际遇在前方等待着他们，也不知道命运赠送的礼物背面标注了怎样的"价格"。

下午的选题会上,田小甜的手机突兀地响了起来。大家吓了一跳,她也吓了一跳,她记得自己没忘了开静音。

低头一看,屏幕上"陈姐"两个字赫然在目。她才想起自己把护工陈姐的号码设置成了第二次来电不静音。陈姐知道她忙,没要紧的事不会给她打电话。她立刻担心起妈妈来,连声说着"抱歉"就出了会议室,接起电话。

陈姐在那边焦急又惶恐地问:"小田,没打扰你工作吧?"

"没事没事,"田小甜比她更急,"我妈怎么了?"

"啊,你妈妈没事,嗯……是我的事,我家里出了点事。"陈姐说,"我老伴犯病住院了,刚才来电话,我不放心他,今天就得动身回老家去……"

"这样?"田小甜不假思索就说,"那你快回去吧,我这边没关系,今天也不加班,你买到票了吗?"

"买到了买到了。对不起啊小田,我这实在是太突然……"

自从请到陈姐这个靠谱的护工之后,田小甜已经有两年没再换过人了,即使是过年,陈姐也是大年初四初五就回来接班,从不让她为难。陈姐这一走,一天两天倒是可以撑,但如果她要长期留在家里照顾她老伴,田小甜也真的没有办法了。

果然陈姐的电话晚上又打过来了,老伴是脑血栓,身边没有别人陪护,她短期内赶不回来。田小甜一边给妈妈拍背,一边口中说着"没事没事,家里要紧,我应付得过来",但心里已经开始盘算尽快再请别的护工了。

陈姐是专业的护工,平日如果她不在,田小甜在护理妈妈的过程中遇到问题或是有不懂的,也随时给她打电话,情况严重的时候陈姐会连夜过来处理。田小甜想着自己也算是半个护工了,没想到陈姐走的第一个晚上就出了问题。

晚上田小甜给妈妈吸了痰,喂了水,翻了身,拍了背,就躺在病床旁边的小床上歇息。可能是工作太累了,她一沾枕头就睡了过去,醒来是凌晨三点半。她看了一眼妈妈,发现不对劲,妈妈在不自主状态下自己拔掉了胃管。

田小甜一下子慌了。胃管插着难受,病人常常会在无意识间自己伸手去拔,护工有时用海绵把妈妈的手腕固定在床栏上,田小甜看着心疼,经常帮她活动手腕时就解下来忘了继续固定。拔了胃管,病人就不能进食喝水了,但田小甜自己又不会插,只好给陈姐打电话。

陈姐倒是也在医院护理老伴,很快就接了。田小甜说她自己不行,陈姐就建议她去医院挂急诊请一个护士来家里。

田小甜放心不下妈妈一个人在家,情急之下,她还是拨了那个熟悉的号码。

那边响了两声就接了,声音透着半睡半醒的迷糊,但并没有因为被吵醒而生气:"怎么了?"

田小甜压抑着焦急的心情,听到他的声音,还是忍不住委屈了一下,眼泪差点掉下来。

"陈姐回老家了,妈自己把胃管拔了,我需要去医院挂急诊请人来家处理,但是妈在家我走不开……"

随着那边窸窸窣窣的起床声,声音也恢复了清醒:"好,我现在就去,你别着急,电话随时联系。"

和傅其华约了在写字楼下的星巴克见面,金佩心特意提前了十分钟下来,在傅其华发给她"我快到了"的时候已经买好了咖啡稳稳地坐在靠窗的座位上。然后,她就注视着傅其华风风火火走进门,径直路过了她,在星巴克里绕了一大圈,然后在离她两米的距离站定,东张西望了好一会儿,低头发微信。立刻,她手机里就弹出了傅其华的消息:"我到了,你在哪呢?"

金佩心忍俊不禁。这些年她几乎没有和任何老朋友见过面,早知道这种感觉这么奇妙,她就早点联系她们了。

等傅其华的眼神总算跟金佩心对上,她看了看手机,又看了看面前起身冲她笑的人,大叫了几声"不会吧",然后冲上前紧紧抱住金佩心转了好几圈。

"天哪!"她的大嗓门引得周围的人都向她们俩看过来,"你你你!我真的……天哪!这些年你都跑到哪里去了!你怎么不早点回来?怎么不联系我们?你怎么变得这么好看呢!天哪我真高兴!"

金佩心知道她的高兴是真心的,和追着她刨根问底的女同事不一样,和她这两年见到的许多面前说她好看转头就笑话她是"整容怪"的人也不一样。她不过就是做了个双眼皮垫了个鼻子,在某些人看来就跟换了一个头一样。在真正为她开心的人面前,她愿意忘记那些面对歧视和不公时咬牙切齿的恨,那些潜伏于卑微和怯懦之下的嫉妒,那些再好看的皮囊也掩饰不了的恐惧和软弱。剩下的,便只有除了她们也不知道该向谁倾诉的,那些漫漫长夜里的抑郁、委屈和痛苦。

"真的?你只靠自己,一年减了三十斤?没反弹吗?没生病?能正常吃喝吗现在?你是神仙吧?"傅其华连珠炮一样问了金佩心一堆问题,最后盯着她的眼睛突然沉默了很久。

"疼吗?我是说做眼睛鼻子……什么的。"她小心翼翼地问。

金佩心就笑:"不疼,恢复好了就没事了,现在的年轻姑娘们好多都做微整,手术也很常见。和你们生孩子的辛苦比起来,根本不算事。"

"那倒……哎?"傅其华突然一愣,"我都还没说,你怎么知道我生孩子了?"

金佩心指了指她的背包。有的人啊,表面光鲜亮丽精英风范,一不小心背包拉链没拉,里面奶瓶和婴儿湿巾之类的东西看得一清二楚。

傅其华也不在意,自嘲地笑笑。

"你也不容易,一边带孩子一边上班。"金佩心说,"话说回来,你今天找我,是有什么我能帮得上忙的事吗?"

傅其华没吭声,低头摆弄了一会儿手机。金佩心看她在踌躇,忍不住说:"你跟我还有什么要避讳的?如果我能帮的,我一定会帮。到底是什么事?"

傅其华给金佩心看了手机里的短信、微信语音和聊天记录,微博截图,还听了电话录音。那个在家门口堵住傅其华的人,这一年以来,换无数个手机号、微信号、微博小号,不断对她和她周围的同事朋友进行骚扰,甚至还去过她上课的地方。私信截图里,有他发来的淫秽不堪入目的话,有他以前拍的傅其华的隐私照片,有他一连数十个的未接语音通话。一长串看下来,看得人头皮发麻。

金佩心按了按太阳穴,抬头难以置信地看着傅其华。傅其华虽然不像她自己变化这么大,留长了头发,微微发胖了些,脸上有淡妆盖不住的憔悴,但她仍然能从对面这个人的眼睛里,看到当年那个总是被人当作误闯女寝的,一大早拖着她去操场跑圈减肥的,遇到什么事都可以哈哈一笑就过去的快乐的女孩。她不知道到底是怎样的经历,把面前这个女孩变成了现在的样子,那双眼睛里透着恐惧和担忧,还有很多很多金佩心想问却不太敢问的东西。

"他这样骚扰你已经有一年了,你什么都没做?"金佩心问。

傅其华摇摇头,眼眶红红的。

"没有。"她声音低下去,"我知道他的本性,所以去年跟他离婚之后,我就带着孩子从长沙回到了北京。妈妈也从老家过来陪我。我以为他不会再来骚扰了,但是我前天半夜抱孩子从医院回家的时候,他就守在我家附近。我吓坏了……你说,他是怎么知道我家地址的?"

金佩心皱起眉头:"他要是真想查,现在的个人隐私很容易就泄露了,租房信息、工作单位、手机定位,你的同事、学生,或者你在微博上传的照片什么的,很难说。但是现在他既然知道了,就难免会给你妈妈和小孩带来别的麻烦。你家里一定要注意安全,或者,要是可以的话,让阿姨带小孩回老家待一段时间也行。你在北京把这事解决了,也安心。"

傅其华犹豫着:"你觉得我要报警吗?"

"这还用问?"金佩心恨铁不成钢地瞪了她一眼,"这种跟踪狂不报警留着过年吗?你就是心太软了!不为你自己想,你也不为阿姨和孩子想?万一他丧心病狂做出别的事来,你后悔都来不及!"她越说越生气,就像妈妈骂自己不成器的女儿一样,但话音刚落她就觉得话说重了。她又是谁呢?不过是一个多年没见的老同学,有什么资格在这指责一个不堪前夫骚扰忧心忡忡的单身妈妈?

但傅其华却没和她见外,只是吸了吸鼻子,抬起头收回手机,向金佩心疲倦地笑笑。"你今天有空吗?要不要去我家坐坐?我妈也很多年没见你了,还记着你呢。"

金佩心的表情渐渐柔和下来,看着傅其华眼睛红红的,自己鼻子也酸了。她伸手过去握住傅其华的手:"好,其实我是最应该谢谢阿姨的,当年如果没有阿姨帮我垫上学费,我真不知道我要怎么办。"

傅其华愣了一下,也笑了:"你是说报到的时候?我差点忘了,那钱当时是田小甜帮你垫的。"

"啊?"金佩心有些惊讶,"但是你那时说……"

"她就是刀子嘴豆腐心,学姐跟我们说了之后,她就帮你垫了,还说什么,她可不想炫富,不让我告诉你,后来你还了我的钱,我也直接就给她了。"

金佩心忍不住笑了:"她一直就那样。看起来任性,但是人最好了。"

到傅其华家的时候,开门的是傅妈妈。"西西午睡还没醒,中午闹了好久。"她小声说,一看到傅其华身后的金佩心,有些疑惑。

"妈,这是金佩心。你认不出来了吧?"傅其华笑着进屋。傅妈妈果然愣住了,拉着金佩心的手上上下下端详了好久:"你那时候不是……"

"阿姨好。我后来减肥啦。"金佩心笑。

"哎呀,我说呢!你们姑娘家的别总减肥,减坏了身体怎么办?哎呀……真好,多少年没见了,傅其华总是说起你们呢……"傅妈妈忙着去厨房切水果,金佩心也就不客气地挪开了沙发上孩子的玩具,坐了下来。傅其华租的是套小一居,卧室和小客厅中间只隔了道简易拉门,一个人住是足够,但加上母亲和一岁的小孩,再怎么心灵手巧地统筹也显得过于局促了。趁阿姨在厨房,她拉着傅其华坐到自己身边,问:"你们做英语培训的,虽然辛苦,但赚得还算多吧?"

"也就那样吧。我回来得晚啊,以前的底子捡得也难。现在英语机构的老师,全是海归和名校高学历,我这种土著,不拼一点,怎么跟他们争?"傅其华轻轻叹了一口气,"怪只怪前几年耽误了,如果我那会儿没丢了北京的工作,现在也不至于这么辛苦。"

"不管怎么说,"金佩心认真地看着傅其华,"他现在追到北京来了,你一定不能大意。报警的话,你存的那些记录和截图千万要备份留作证据。以及……"她回头看了一眼傅妈妈的背影,傅其华明白了她的意思,说:"嗯,我会跟我妈商量的,让她们回老家待一阵。"

里屋西西突然出了些声响,傅其华起身去了卧室。

"西西刚睡醒,有点闹人,"傅其华抱着西西出来,"西西看,这是金阿姨,妈妈最好的朋友,来看你啦。"

小人儿哭唧唧地赖在妈妈怀里,瞥了金佩心一眼就扭过头去。

"我也想过,但是……一个是舍不得,一个也是怕我爸妈在老家辛苦。如果不是有他这个事,我是怎样都得把西西带在身边的。"傅其华好不容易把西西给了她妈,转身坐回金佩心旁边。

"以后怎么办?西西还要上幼儿园,上学,你打算在北京养她,那可不是辛不辛苦的问题了。"金佩心说。

"我知道。我没有户口,没有房子,西西在北京长大根本就不现实。老家倒是条件安逸,但在北京教英语赚得多些。我又舍不得,我要是再放弃了,那以后可就是真的没有机会回来北京了。"傅其华叹了口气说。

"不管怎样,先把这个跟踪狂解决了吧。别哪天吓到阿姨和孩子。"金佩心说,"具体的事情,我回去问问我们所的同事。我现在负责的都是一些经济纠纷的案件,这块我还要了解一下。晚上你记得把你所有的记录打包发邮件给我。"

"嗯。"傅其华连连点头,"看到你现在做你喜欢的工作,我真是替你开心。"

金佩心听她说出这句话,就像是很久远的一根刺,悄悄在心里又扎了一下。

"你那时候一直想出国读书,如果……"

金佩心的话没说完就被傅其华打断了。"没有什么如果。"她摇摇头,轻声说,"都是命吧。看到你好,我高兴。"她转过头去,悄悄擦了一下眼睛,金佩心低下头装作没有看见。

把母亲和西西送到北京西站的路上,傅其华收到了金佩心给她推送的租房中介的名片。金佩心建议她等送走老人小孩之后,自己也换个住所,以防被盯上。西西一直以为是妈妈终于有时间带她出去玩了,兴奋得不行,原本晕车的她一路都没哭没闹。傅其华为了不让她发觉,也努力装出开心的样子,拿着她喜欢的玩具逗她玩,吸引她的注意力,免得自己的眼泪忍不住掉下来。

母亲说她不怕辛苦,只怕傅其华一个人留在北京会想念孩子,也怕没有人在她身边,万一他又来纠缠,会出什么事。

"说不定我哪天也回去和你们在一起了,就不回北京了。"傅其华安慰母亲,但她自己心里也没底。天大地大,容下她一个人不难,但她不满足,她要让家里最亲最爱的人,也一样过得好。

"别担心,"傅其华拉着母亲的手,"我还有很多朋友在北京呢,可以互相照应。"

为了能进站,傅其华特意给自己也买了一张晚一些发车的票,打算送走了她们之后再去退。两个人哄着西西,一直到了检票口,傅其华不能再走了,就跟西西说,妈妈去洗手间,一会儿就回来,然后空着手钻出了人群。西西被姥姥抱在怀里,一开始没反应,还在举着玩具玩耍,直到姥姥抱着她过了检票口,西西看到了楼下待发的火车,又回头看了看,没有找到妈妈,终于在下行的扶梯上爆发出了惊人的哭声。

傅其华就躲在检票口旁边,隔着玻璃墙,她看得到西西在扶梯上姥姥怀里挣来挣去,声嘶力竭喊着"妈妈",哭得众人纷纷侧目,于是自己的眼泪也哗哗往下掉。

西西这个孩子,从小就有些神经质,爱哭,也不好哄,和她一出生就生活在父母的争吵和家里的硝烟中不无关系。这一年以来,她身边只有妈妈和姥姥,好不容易温和了许多,也变得聪明听话起来,但一切的前提都是妈妈要陪着她才行,不管下课多晚,备课多忙,嗓子多哑,傅其华至少每天还能挤出时间来亲自陪伴她。她不敢想象,这个从出生就没离开过妈妈的小人儿,要用多长时间再来适应。

欠她太多了。

退了车票在回去的路上,傅其华又收到了金佩心的微信,不是在私聊的页面,而是在群里。

她说,聚一下吧,然后圈了傅其华和田小甜。

"聚一下吧。"傅其华在群里回复她。

田小甜一直没有回复。

那天晚上田小甜和傅其华没能吃成火锅,她俩没等来金佩心,却等来了辅导员的电话。她们赶到辅导员办公室的时候,金佩心正坐在角落的一把椅子上一声不吭。辅导员老师坐在自己办公桌前,看了看她俩,又看了看金佩心,问:"她卖电脑这个事情,你们知不知道?"

"许皓然呢?您怎么不批评他?"田小甜毫不怯场地反问,"老师,我一早就跟金佩心说过,许皓然绝对是骗人的,怎么可能有那么便宜的电脑特意卖给学生?联想索尼都是不赚钱白给你的?金佩心就是不听……"

傅其华拉了拉田小甜:"老师,佩心也是因为想打工赚生活费,才一时糊涂,被许学长骗了。您应该都问过了,她不懂行,也不知情,责任绝对不在她。"

辅导员老师叹了口气:"我当然知道。但是你啊,"她看了一眼金佩心,"做事也太不过脑子了,没有点常识,也不听舍友劝,这下吃亏了吧?"

金佩心低着头,还是一声不吭。

辅导员老师说:"那几个学生的事我会处理,许皓然学校也会有相应的处分。你呢,以后就好好学习,别一天天想这想那的,学生的本职就是学习,不要舍本逐末,捡芝麻丢了西瓜,将来有你后悔的。"

走在回宿舍的路上,田小甜和傅其华看到金佩心垂头丧气,就一边一个讲笑话逗她开心。但她突然停下了脚步:"你们先回去吧。"

两个人一愣:"这么晚了,你还要去哪?"

"我还没查成绩。"金佩心说。

"机房都关门了!"田小甜说,"回去吧,用我的电脑查。"

打开校园内网的时候,金佩心没有什么紧张的心情。她的成绩都很好,除了英语稍差之外。最后出来的这门现代汉语课是她最放心的一门课,她查成绩主要是想看看总绩点出来之后的总排名,虽然看不到别人的成绩,但是能看到自己的名次,还是抱了一点希望。

然后她就看到排名那一栏赫然出现一个"2",忍不住在心里嘲笑了一下自己。拼命打工又拼命上课的第一学期,拼命挣来了一个第二名。当然第二名也是有奖学金的,但她想要的不只是奖学金,还有那个唯一的转系的名额。

田小甜在一边对着镜子卸妆,傅其华一边翻资料,一边问田小甜:"办护照的话带咱们的集体户口就可以吗?"

"应该是吧,"田小甜说,"我也不知道,我护照是以前办的。你要出国玩吗?"

"嗯,"傅其华点头,"我申请了明年暑假的summer school(暑期学校)去美国交流,还不知道能不能通过。先把护照办了再说。"

"那你转系的事情呢?"田小甜转过头问,"你别转系啦,我怕你要是搬走了学校还要安排别人住进来,不想你搬走!心心你说是吧?"

金佩心愣了一下:"你申请转系了?"

"嗯。"傅其华笑着,脸上透出掩饰不住的开心,"反正我这学期学分绩点是第一啦,转系应该没有问题。"

"哇,你是第一啊!也太厉害了吧?今天没吃成的火锅下次应该让你请客!"田小甜大呼小叫。

傅其华就笑:"那下次我请,好吧?"

金佩心看两人都没注意她,立刻点了退出页面,然后装作镇定地问:"你要转系?"

"对呀,"傅其华说,"我想去美国读研,咱们人文学科,本来就不好换专业,我想转到国际关系,对我来说比较有用。"

那个晚上金佩心没有睡着。她为即将到来的无家可归的寒假而苦恼,为无望的转系名额而苦恼,为被她坑了买到伪劣电脑的同学而苦恼,为各种纷至沓来的忧心而苦恼。她不是不明白辅导员老师说的,学生的本职是学习,不要捡了芝麻丢了西瓜,但对她来说钱不是芝麻,是生存的底线,转系也不是芝麻,是认定的目标。

寒假前的最后一天,辅导员老师把金佩心叫到了办公室。金佩心有点惶恐,不知道叫她去干什么,一进门就说:"老师,我真的没有再卖电脑了,许皓然也没再找我了,真的。"

老师一愣,然后就笑了,示意她坐下,推过来一张表格。

"你紧张什么呀?我又没批评你。来,把这个表填一下,我下午给你报上去。"

她低头,看到面前表格上一行字:2007级本科生转专业申请。

辅导员看到她惊愕的表情,就说:"你不是想转到法学院吗?"

"是。"金佩心连忙说,"但是……我没考第一。"

辅导员笑:"没事,考第一的同学并没申请转系,你之前不是问过我转系的事吗?虽然你排在第二名,但是看在你条件特殊,我跟院里商量,决定把你报上去。不过,你下学期也要保持学分绩点才行,同时还要兼修法学院的公选课。等下学期开学前,你再来找我,我给你开他们院的旁听申请。"

金佩心在表格上填下自己的资料,心里却直犯嘀咕,想来想去,还是忍不住放下笔开了口:"老师,傅其华……她不是学分绩点第一吗?我知道她想转国际关系,我不知道为什么她没提交这个申请,可能是别的事耽误了。但是……如果她想转系的话,咱们院只有一个名额,我不能这样。"

"是吗?她没跟我提过,"老师想了想,"没事,你先填上这个申请。如果傅其华确实是这个情况,院里会重新考虑,你放心。"

"嗯,那就好。"金佩心点了点头,继续填表格。

"还有啊,"老师说,"等明天同学们都离校了,宿舍楼封了之后,你就搬到中区小红楼去住,203,我给你开一个证明,到时你在楼下跟宿管阿姨拿钥匙。"

"啊?"金佩心惊异地抬起头,瞪大了眼睛。

"院里知道你的情况,但是寒假学生宿舍楼全都封闭是规定,我们也没办法。我和院里商量了一下,小红楼的教师宿舍有间空的,你这个假期,先凑合一下。以后,老师再帮你想想办法。你看行吗?"

她鼻子一下就酸了。就像开学时拿了她们给她垫的学费一样,她再要强,再好面子,也不得不一次次接受身边同学和老师的同情和怜悯。但她没办法,她真的太想生存下去了,虽然每天夜里都因为想着这些同情和怜悯要怎么来还而睡不着觉,但第二天早上起来还不是继续伸出手去乞讨新的施舍。

看到她忍着不哭的表情,辅导员老师拍了拍她的肩,说:"你好好学习,不要想别的,相信老师,以后一切都会好的。"

以后一切都会好的。

她一整个寒假都在想自己对不起傅其华,明明转系的应该是她。直到开学回来,她都不敢面对傅其华的目光,傅其华倒是春光满面,把从家里带来的一大包特产慷慨地分给各个宿舍。

田小甜问:"你是要搬走了吗?这是临别礼物?"

"搬走?"傅其华莫名其妙,"谁要搬走了?"

"转系的不用换宿舍吗？你放假前不是说要转系吗？"田小甜也莫名其妙。金佩心听到她们说话，也小心翼翼地看向傅其华。

"哦！"傅其华恍然大悟，"换什么宿舍，我不转系了，我根本就没申请。"

"啊？"田小甜奇怪地凑到她面前，"这位梦想当外交官的同学，你不转系啦？"

傅其华笑起来，脸上洋溢出一种她们从未见过的幸福神色。

"不了，"她说，眼睛笑成弯弯的月牙，"我谈恋爱了。"

田小甜守在妈妈的床边，焦虑地看着时间，直到他的电话打过来："他们说不行，这个时间没有肯去家里的护士，让咱们天亮之后带病人去医院处理。"

"你说什么？"田小甜一股火从心里蹿起来，"你把电话给他们，我来问。什么态度？一个瘫在床上的病人你让我带她去医院插胃管？她要能走能跳能吃喝还插什么胃管啊？……喂，什么叫护士不能来家里？你让我挂号我也挂了，病人什么情况我也说了，连个插胃管的人都不能来吗？120救护车干吗用的？……"

最后还是他请了医院的救护车来接了妈妈去医院。

两个人在走廊里等候的时候，田小甜忍不住抬头打量他。从自己提出离婚之后，他就搬到天通苑去住了。那边的房子是他们结婚那年贷款买的，写了他的名字，比她现在住的这个老房子还小。他上班也远，但他什么都没说就走了，只是一直不答应离婚。

他来得匆忙，大衣里面看得到压皱了的睡衣领子，下巴上一片青色的胡茬，头发也很久没打理了。他眼睛通红，打着哈欠，抓耳挠腮地想抽根烟，在走廊里绕了一圈，看着墙上禁止吸烟的标志，还是把掏出来的烟盒塞了回去。

"元旦这两天也加班？"田小甜问。

"没加班。"他说，"就是睡得晚了。"

"对不起啊，大半夜把你叫出来。"田小甜说。

他不满地瞪了她一眼："再说'对不起'我走了啊。"

田小甜就不吱声了,低头翻找家政公司的联系方式,留了言,说要找新的护工。

"陈姐什么时候回来?"他问。

"她老伴脑血栓,她要陪护,一时半会回不来了。"她答。

"那妈这边怎么办?要我跟你轮班吗?"他问。

他一直就没有叫过阿姨。很多年以前他第一次去她家见父母的时候,妈妈没给他好脸色看,他满脸憋得通红,憋出一句"妈"的样子,一直留在田小甜的记忆里。当时他看她妈脸都绿了,自己也尴尬得想钻地缝里。但从那以后,他就一直锲而不舍地叫"妈",叫到现在。

"不用。"田小甜立刻回答,"我今天请了假,我来就行,很快就找新的护工了。"

"你一个人行吗?"他说,"晚上有事随时打我电话。"

他陪着田小甜把妈妈送回家安顿好,已经是早上九点。田小甜催他去上班,他说:"反正也请假了,不着急。"就轻车熟路地进厨房做早饭,不让田小甜帮手。

田小甜就到沙发上坐下,打开手机,家政公司那边十几条护工资料信息陆陆续续发过来,她一条条看下来,不是薪水太高她无法承受,就是她家的护理条件太辛苦对方不愿意。偶尔有愿意的,她看护工的资质不行,也只能拒掉。妈妈这样的情况,必须是专业的护工,一般的家庭保姆或者照顾老人的服务人员都不行,不仅做不到二十四小时随叫随到的陪护,也没有颅脑损伤病人的护理经验和医疗知识。

她盯着手机纠结,他端了鸡蛋清粥和小菜,在餐桌上摆好。

"要是这两天新护工没到位,你又要上班,我就来替你吧。"他说。

"不用。"田小甜立刻抬起头,"真不用。"

"你还见外起来了。"他笑了一声,"这不是还没离婚吗!"

"也不是……"田小甜说。

看了看她犯难的样子,他了然地问:"项目又不顺?"

"被砍了。"田小甜说。

两个人在餐桌上相对无言,只有默默喝粥和咀嚼的声音。田小甜想,她已经记不起来他们上一次坐在一起简简单单地吃个早饭是什么时候了。

有那么一瞬间,她真的动了后悔的念头,想等他一会儿出了门,她就把抽屉里的离婚协议拿出来撕了,然后去超市买菜,晚上做他最爱吃的水煮牛肉和酸辣土豆丝,发微信问他几点到家。

然后她就在心里嘲笑了自己。工作这几年,她几乎没有一次在他之前回过家,做饭的次数更是少之又少。妈妈出事之后,她自己都顾不上吃一口热的,更别说顾他了。

等到吃完早饭他收拾完碗筷准备出门的时候,那唯一后悔的念头也被她消灭得所剩无几,但看着他的背影,就好像以前无数个平常的工作日早上一样,她实在是不想打破这熟悉的氛围,于是一直到他出了门,她也没舍得叫住他把离婚协议给他。

他走之后,田小甜窝回沙发上,拿起手机,群提示一直响,都是在群里圈她回复工作信息的。私聊里罗洛发来了一张聊天截图和一段语音。截图是另一个项目的同事发给罗洛的,说:"仗着家里有事就天天迟到早退还请假不来开会,不就是植物人吗?植物人还照顾什么?"

罗洛发语音说:"姐,明天你要是听到她们说什么了,别往心里去,她们就是毒舌惯了,你就当放屁吧。"

她扔开手机,回头看着卧室里昏暗的光,疲惫地闭上了眼睛。

手机提示音一直不断地响起,在她脑海里形成了越来越大的环绕立体声,嗡嗡作响。

过了很久,她起身来到书桌电脑前,打开一个空白文档,输入了"辞职报告"四个字。

第三章
小孩子才表白

1

大早,金佩心坐在电脑前,把傅其华打包发来的图片和文档,又细细地过了一遍,然后去问同事。

"这样报警的话,他什么都没干,就是言语威胁,最多,我是说最多啊,拘留几天,教育教育就放出来了。"同事说,"像这种人,就是看准了骚扰成本低。一看他骚扰的是他前妻,他还是孩子她爸,很多时候派出所民警也会说管不了。"

"我同事说的是事实,目前也就只能从你自身加强防卫,好在阿姨和孩子都不在。但是一旦他有任何举动,立刻、立刻报警,然后留下证据。"金佩心在电话里跟傅其华说。"对了,你搬家没有呢?我上次介绍给你的那个租房中介你看看,我最近正好也在找房子,但是我得租在国贸附近。你要是不嫌远,你过来跟我一起住?"

"我……不了吧。"傅其华说,"对了,上次没问你,你现在有男朋友吗?"

"啊,"金佩心立刻反应过来她话里的意思,"没事,他不和我住一起。真的,你来跟我一起住吧,我怕你不安全。"

"我想想吧。"傅其华说,"他也回国了吗?"

"嗯。"金佩心回答,"我今天就去机场接他。"

"有个男朋友挺好的,"傅其华说,"两个人一起生活,总比一个人容易些。"

都混到这个年纪了,各有各的工作和生活,她不会再贸然去"投奔"谁了。当年那些住在同一个屋檐下,在夜深人静时絮絮聊天,想哭就哭,想笑就笑,想恋爱就恋爱,想喝醉就喝醉,想私奔就私奔,想分手就分手的时光,现在似乎变成了很久远的事,唯一没变的,或许是她们仍然在拼尽全力地生活。

做学习培训这一行,既枯燥又挨骂,唯一的好处可能就是永远会面对朝气蓬勃的年轻学生们。老师们为了教学,经常参加考试,考出高分,总结攻略,然后教给学生们。学生总问她,老师你是在哪个国家留学的?你是怎么考那么高的分数的?你在国外待过几年?

她不知道怎么回答。如果她说,我从来没出过国,学生都会以为她在开玩笑。

现在送出国留学的小孩年纪越来越小了,学二代和富二代的家长们未雨绸缪不甘人后,初一就开始备考SAT(美国学业能力倾向测验),小学就开始学雅思,而且大有不考到满分不罢休的架势,国外的学校往往对中国学生高得出奇的SAT成绩连连咋舌。当年她们读大学的时候,读研或者到国外去读本科的选择还没有那么多,再加上她们是中文系,考虑这条路的学生就更少了。她总是去外语学院蹭课,听说有一个summer school的项目各个专业都能申请,就迫不及待地报了名,在她的同学中间,已经算是很超前了。

报了名,最好还要有个英语成绩,她那时候准备考托福,每天拿着资料去图书馆,图书馆没开门就等在门口,好占座自习。时间久了,总排在前后脚队伍里的同学也互相混了个脸熟。她注意到一个高高瘦瘦,眼睛细细长长,总穿白衬衫的男生,总是拿着个水壶排在她前面,也总是坐在和她隔一张桌子的对面位置。偶尔哪一次她稍稍来得晚了点,就看到男生把自己的水壶放在她想占的位置上,见她来了,就善意地笑一笑,然后收回水壶,像是为她占的一样。

傅其华的父母都是老师,她从小就是在学校里跟着师兄师姐长大的。她聪明,成绩好,只要考得好,平时爱怎么玩就怎么玩,父母宠她,事事都由着她。

她性子野,专门和男生一起打篮球、打游戏。为了早上起来不用收拾,把头发剪成和男生一样短;为了不在回家之后还要听父母教育,非要住校,然后每天晚上翻墙出去买夜宵打游戏。对她来说,只要是一起玩得来的,都是好哥们。田小甜总跟她说这样不行,她也听不进去。

"我可不是说你的形象有问题哦,我誓死维护你选择你自己形象的权利,"田小甜说,"但是你要知道,这世界上有一种喜欢,跟你带我打游戏、你帮我抢篮板这种喜欢是不一样的。你要给你自己,也给别人,发展这种喜欢的机会。"

"那你呢?"傅其华每次都怼回去,"你这机会也发展得太多了点吧?追你的人能从东门排到西门去了。女生都天天讲你的八卦。"

"机会是机会,没有发展成两情相悦的喜欢,不回应也不能禁止呀。"田小甜每次都说得头头是道,像是校园BBS上解决情感纠纷的楼主。

和其他女生相比,傅其华确实是情窦开得太晚了。图书馆坐在她对面的那个男生每天帮她占座,还在她桌上放一块巧克力放了半个多月,她才发现那个男生竟然就是她们学院的,历史系大二的学生,叫李文聪。他每天泡图书馆是因为在和研究生师兄合写一篇论文,需要查各种资料。和他认识之后,傅其华每天早上可以稍微多睡一会儿再去图书馆。他还经常买好了早饭,怕她起晚了没有时间吃。他问傅其华要了电话号码,说是哪天没有占到他们常去的一楼第一自习室的那张桌子,他就转战到三楼的外文借阅室去,然后可以发短信告诉她,也不需要她满楼找。

逐渐熟悉起来之后,傅其华才发现她和这位李文聪学长真的无论从哪一个层面来看都是完全不同的人。她好动,连打游戏都是一秒钟都不愿意等,宁可被秒杀都要冲出去砍;他喜静,每到周末就去博物馆发呆一整天。她热爱运动,篮球羽毛球乒乓球都能玩上手,梦想着有一天去新西兰跳伞,去土耳其坐热气球;他喜欢音乐,从小拉小提琴,R大入学之后就当上了校交响乐团的第二小提琴首席。但渐渐地,她竟然也愿意跟他去博物馆长见识,听他讲历史上各种好玩的事情,他也可以陪她打上几场羽毛球,在她上篮的时候也可以靠身高优势弥补一下技术不足,偶尔给她盖个帽让她气得直跳脚。

校运会临近的几天,她没去图书馆,因为报了项目要准备,她每天看着手机,想着李文聪为什么还没发短信问她怎么没去图书馆。等了两天,实在等不及了,还是主动给他发了短信,说:"我这几天准备运动会,就不去图书馆啦!"

李文聪过了好久才回复:"哦哦!我这几天在乐团排练,也没去,抱歉没给你占座,还以为你是来兴师问罪的。"

傅其华说:"没事,正巧。"

李文聪说:"那你比赛顺利!"

傅其华说:"那你演出顺利!"

傅其华放下手机,心情说不上是失落还是沮丧。自己到底在期待什么呢?期待他关注一下她的动向?还是期待他问她参加什么项目?他会不会来校运会呢?像他这么喜静的人,估计会躲得远远的,加上又要排练,肯定不会来。他演出的时候是什么样子的?都练些什么曲子?演奏错了会不会被指挥揪出来批评?……

她觉得她变了,但具体怎么变了,她又说不好。她又不想跟别人讲,因为田小甜要是八卦起来,一准又开始每天晚上的午夜情感教学,耳朵都听出茧子了。

大一的时候田小甜就是大家公认的人文学院的院花,军训时有男生偷偷拍她的照片传上校内网,学院迎新晚会时她跳了个舞,也有人录下视频传到网上。她的校内网账号才开通了半个月就上了R大的校园人气之星榜,永远有100条以上的好友申请,上马哲和毛概大课时她附近的座位也总是坐满其他学院的男生。逢年过节的,也总有男生在楼下探头探脑,在门卫室留礼物给603的田小甜同学。总跟男生们混在一起的傅其华更是成为了追求者们各显神通的"桥梁",她也不生气,送的零食就拿回来,田小甜不要,她就送给其他宿舍的女生们,零食以外的其他礼物,她就让他们自己去送。

倒是没有人在金佩心那里显神通。她也很少和田小甜、傅其华一起出现,都是一个人背着她那个缝补好的旧书包出门,上大课的时候也和她俩离得远远的。就连同班同学都几乎忘了她跟院花是室友,甚至很多同学直到大学毕业才想起班里还有这么一个人。

很多年以后金佩心看到一句话来形容人的美好,说是拥有一张没被生活欺负过的脸,她立刻就想起了当年见到田小甜的样子。甜美、骄傲,让人不自觉想靠近多看两眼却又不敢高攀,优越生活给她带来的固然是各种价值不菲的身外之物,但更多的是保护了她单纯快乐的天性。虽然朝夕相处之下,她也有娇小姐的任性和自私,但人都已经长得这么好看了,脾气差一点又能怎样呢?白璧微瑕反而是她们彰显个性的资本。何况田小甜的脾气已经算是很好了,男生在食堂门口堵她问她要电话,她也只是摇摇头快步走开,不会生气。对她来说,他们不过就是每天在自己面前晃来晃去的面目模糊的人,不以为意。

其中最上心也最显眼的一个男生叫迟磊,是商学院的,跟田小甜在新生活动的时候一认识,就开始了殷勤的追求。北京男生,个子很高,阳光帅气,也算是他们学院的高富帅院草。

"你说,田小甜还真沉得住气啊?听说外语学院的那个院花,叫什么来着,刚来北京就跟考去上海的男朋友分手了,然后跟金融学院的一个富二代在一起了。这速度!"傅其华跟金佩心说。

"是吗?"金佩心正在翻着自己的书,漫不经心地说。

"可不是!院草说下个星期校运会上要昭告全校大表白,他们全院都等着看热闹呢。"

校运会对金佩心来说自然是八竿子打不着的事。她知道傅其华报了跳高和4×100米接力,也知道田小甜给人文学院仪仗队举牌,但是她仍然像每天一样,早上起来到食堂吃了早饭之后就去了教室自习,旁边操场的锣鼓喧天和她也没什么关系。

只不过操场广播台的声音大得全校都听得见。她坐在初秋凉风习习的窗边,听到的并不是傅其华提过的哪个院草院花的八卦,却是田小甜的名字。中午午休时间刚刚结束,点歌台的歌突然就切成了流行偶像剧的主题曲,然后就听到:"大家下午好,我是07级商学院的迟磊,下面这首歌我要送给07级人文学院的田小甜……"

金佩心听到了,忍不住好笑,抬眼往操场那边看去。点完歌不久,她手机响了一声,是傅其华的短信。

"在哪呢?过来陪我去一下校医院呗?"

傅其华刚刚跑接力的时候被旁边的人撞倒了,整个人擦着跑道滑出去好远,她们那个项目也因此没了成绩。当时田小甜就在旁边,正好迟磊用大喇叭表白完之后跑到她们院看台来等她一个答复,周围的人都在起哄,她根本就没有注意到傅其华。

金佩心急急忙忙赶到操场,看到傅其华正一瘸一拐地从看台上单腿蹦下来,连忙上去扶住她。

"怎么搞的?"

傅其华将左裤腿高高卷起,膝盖和小腿处一大片擦伤,血还没擦干净,已经红肿起来。

"刚被撞倒了,摔的。就叫你来陪我一下。"

"疼不疼啊?"

"没事没事。"

"走。"

"知道你没来看运动会,本来不想叫你的,但是田小甜那个重色轻友没良心的,也指望不上她。"傅其华指了指前面,看到田小甜和那个叫迟磊的男生还站在看台附近说着什么。她穿着举牌时的白色棒球短裙,两条大长腿晃来晃去的。

金佩心陪着傅其华走过，田小甜看到了她们，问了一句："傅其华怎么啦？"

"没事，摔了一下，佩心陪我去校医院。"傅其华说。

田小甜"哦"了一声，转过去继续跟迟磊说话。

金佩心就扶着傅其华慢慢走。

"那个迟磊追她好多天了，据说是个北京的富二代，他们院也有女生追他，他非看上田小甜不可。"傅其华说。

"你管好你自己吧，都这样了还惦记人家的八卦。"金佩心笑。

金佩心和傅其华私下里也是八卦过田小甜的。她条件这么优越，一般的男生她也看不上，这么多人追她，她只要挑一个条件最好的和她般配，多容易的事。金佩心想，反过来看，长得不好看的人要是和很多人一起喜欢同一个人，那就是等着人家挑了，条件不好还挑不上你，多悲哀。

她不知道傅其华会不会和她有同样的感受，但傅其华平时大大咧咧的，应该不会在意这些，也不稀罕腻腻歪歪的恋爱吧。只有自己才会带着与生俱来的自卑和配不上能力的自尊心，为了不让别人发现自己什么都没有而表现出同情和怜悯，而撒谎说自己骄傲得什么都不想要。

晚上田小甜回宿舍的时候带了从食堂打的饭。一进门，看到傅其华正在金佩心的帮助下爬床，就放下饭盒伸手帮了一把。

"你俩都还没吃晚饭吧？我给你们带了东区食堂一楼的小炒和米饭。傅其华你这两天要是腿脚不方便，我就帮你打饭了。"田小甜说。

傅其华爬上床，转过身坐下，看着田小甜笑："哟，太阳打西边出来了，田大小姐每天亲自给我打饭，你那帮追求者不得群殴我啊？"

田小甜瞪了她一眼："行了！我知道你肯定生气我今天下午光顾着迟磊，没陪你去医院，这不都打饭给你赔罪了吗？"

"哪敢生你的气哟！难为你还能想着给我打饭。"傅其华毫不客气地接过田小甜递上去的饭盒，坐在床上就开吃。一边吃还没忘了打趣田小甜："所以呢,操场表白事件什么结果?"

田小甜转身踢掉鞋子,一边爬上自己的床,一边漫不经心地说:"当然没结果。我拒绝他了啊。"

"真的?"傅其华和金佩心同时惊讶地看着她。

"不然呢?"田小甜看了她俩一眼,对她俩的少见多怪表示嫌弃。

"我有点看不懂你了啊,田大小姐,"傅其华一边吃着饭,一边饶有兴趣地继续八卦,"据说迟磊人还是蛮好的,而且他家里也有钱,你爸爸妈妈也不会反对吧?"

田小甜非常自然地说:"他家有钱,我家也不是没钱啊。"

"那倒也是……"傅其华无法反驳。

"我知道你们肯定觉得我矫情,在追我的人里面,他算是条件最好的一个了。"田小甜认真地想了想,"不过呢,他们追不追我,是他们的事。我喜不喜欢,那就是我自己的事了。再好的条件,不喜欢有什么用。"

傅其华和金佩心对视了一眼。

"能让我们田大小姐喜欢的人,哎哟哟,那得是什么神仙啊……"傅其华挤眉弄眼,逗得田小甜扑哧笑出声:"让我喜欢有什么难的,我也喜欢你啊,也喜欢佩心啊,你们都这么好!"

那天晚上刚熄灯,女生宿舍的走廊里不知怎的突然热闹了起来,开门关门的声音不绝于耳,有人在走廊里嬉笑,还有人开窗冲楼下喊着什么。

傅其华因为腿脚不方便早早就躺下了,金佩心还在桌前用自己的节能台灯看书,田小甜对着镜子卸妆,听到门外人声,都没理会。但是没过一会儿,就有人来敲603的门。

"田小甜,你怎么还没动静呀?"门外是隔壁宿舍女生的声音,伴着嘻嘻哈哈的笑声。

"都睡了!什么动静?"田小甜感到莫名其妙,不耐烦地回答。

"你赶紧看看楼下,再不回应,怕某人就真找上门来喽!"门外又说。

田小甜突然有种不太好的预感,她三两步跑到窗前,拉开窗帘一看,那个屡败屡战的迟磊在楼下草坪上,用蜡烛摆了一个巨大的心形,中间还有LOVE四个字母,现在正在那撅着屁股一个一个点蜡烛。

"丢死人了。"田小甜忍不住嘟囔。

傅其华从床上努力地伸出头去往窗外看了看,忍不住笑道:"我还以为高富帅表白能多有创意,也不过如此,哈哈哈哈,还以为有多大的投资呢!"

田小甜白了她一眼:"他也不是没有投资过。他之前送过我一个迪奥的包包,我没要。我妈的年纪才背那个款好吗?超级土的,跟暴发户一样!"

"看来你还真是油盐不进啊,可怜了迟同学。"傅其华饶有兴趣地拖着腿挪到了窗边,接着看。

底下迟磊已经把蜡烛全点燃了,周围围了好多同学,楼上也有女生纷纷开窗,说笑的说笑,喊话的喊话,乱成一团。不过还好整栋楼都熄灯了,田小甜在窗边看也没人注意到她。

"话说到底是谁带火了这个在楼下点蜡烛表白的手法啊?"田小甜嫌弃地看看楼下,忍不住吐槽,"以前没上大学的时候看青春小说里写了,还觉得超浪漫,轮到自己身上怎么就这么尴尬呢?"

傅其华忍不住笑:"你可是饱汉不知饿汉饥,不知道有多少女生等着迟同学这么跟她们表白呢!"

话音落下,楼下迟磊的声音就响起来了。

"田小甜同学,我恳请你,给我一次机会!我不会让你失望的!"

"啧啧啧,"傅其华撇撇嘴,"会不会说话,还给我一次机会,怎么像挂了科跟老师求情似的……"

田小甜和一旁看热闹的金佩心都忍不住笑起来。

"你们说,"田小甜促狭地说,"我要是一直不回话,他难道就一直喊下去?不会被哪个宿舍浇一盆洗脚水吧?"

傅其华扑哧一笑:"洗脚水不知道有没有人浇,不过——"

三个人突然不约而同地想到了什么,一起凑在窗边看去。

果然,楼下门卫室的大妈很快就出现在门口,一边大声训斥着,一边毫不留情地举起了手中的灭火器。

迟磊辛苦营造的心血瞬间在一片烟雾中化为泡影,他周围的同学在大妈的斥责声中四散奔逃,楼上此起彼伏地传来女生们的笑声。

而田小甜就像没事人一样,拉上窗帘,坐回镜子前,借着昏暗的台灯灯光慢悠悠地卸完了妆。傅其华和金佩心分别躺回自己床上,都没再说话。

下班从公司出来,金佩心叫了车去机场,脑子里仍然是傅其华发来的那些文件。

她不知道傅其华在上一段婚姻里经历了什么,两个原本都已经生儿育女的人,现在一个终日惶惶不安避之不及,另一个阴魂不散千里迢迢追到北京就为了骚扰恐吓。

她没有想过多年之后和傅其华见面会是这样的原因,早知道她那天就不在群里约她们出来了,还以为可以开开心心聚一下。

哪有人开心。人生不如意事十之八九,年轻的时候总以为遇到的难事是那八九,现在回想起来,当时的八九往往都是一二。真正的八九,都是打碎牙齿和血吞,谁会昭告天下呢。

金佩心打开她们的群,还停留在傅其华发的"聚一下吧"。金佩心想了想,打开跟田小甜的私聊,发了一句话:"那天没来得及多聊,你最近好吗?阿姨好吗?"

她看了一眼手机上的时间,他的航班应该还没落地,就算落地了,入境也要好一阵,她就安心地在机场高速上堵着。

她回国之前他们大吵了一架。

他完全有理由生气。两个人在纽约工作得好好的,她连知会都不知会他一声就突然告诉他要回北京,连新工作都联系好了。换作谁不会生气?

但他是么好那么温柔的人,即使发脾气的时候也不会态度失控。他只是等到两个人吃完晚饭,洗完碗,坐在沙发上,甚至还放起一张他上周刚淘来的黑胶唱片,才拉着她的手,很郑重地说:"我想听你的解释。"

她的解释一如既往地苍白。好的工作哪里都有,但她没有理由无缘无故就突然要从生活了几年的城市离开,何况这个离开计划里,还不知道有没有他。

"你每次都是这样。"他的神情严肃起来。他唯一会对她生气的时候,就是发现她不把他们的未来放在心上的时候。

"我说过很多次了,我们处在一段稳定的关系里面,所以我们在做个人决定的时候,需要考虑到对方。这才是情侣们通常的相处方式。当年毕业的时候你就是这样自作主张,去年你跳槽来纽约的时候也一样。现在你又来了。"

她也没辩解,一声不吭。

"你这样让我很难办。我不是说北京不好,不是说你换工作不好,我也不是不可以为了你改变我的人生计划。我只是觉得,你没有把我当成和你朝夕相处的伴侣,你的计划里,从来都没有我。"他说。

说归说,他还是在她准备回国的前后脚,也干净利索地处理了自己的工作,然后毫无怨言地跟着她回国了。这些年,他为她付出了多少,失去了多少,她不敢细想,一想就觉得自己罪孽深重,非赴汤蹈火难以为报。

她何德何能呢?这几年来,她表面上终于可以谈正常的恋爱了,但她自己心里清楚得很,她是越来越不正常了。他曾经对她说过的最重的一句话,就是她再这样作死下去,再爱她的人也迟早会厌弃她。

他说得精辟,看得通透,说不定心里也默默等待着厌弃她的那一天早些到来。而她呢,必定是要把身边的人一个一个亲手作走,才会安下心来松一口气,对自己说,你看,果然没有人爱你吧。

在等他出来的时候,金佩心低头在App上约了中介打算明天下班去看房。国贸附近房租贵到吐血,她虽然有预算也有心理准备,还是啧啧肉疼了好一会儿。

金佩心专注着手机屏幕,没有注意到他拖着行李箱,已经走到了她面前。她一抬头,他就笑起来:"出关慢了点,等急了吗?"

"没有,我刚到。"她笑说。

"啊,等一下,"他突然像想起什么似的,拖过行李箱,"我有个东西得拿出来,你帮我开一下。"

"哦。"她就把手机放进口袋,帮他把密码锁打开。密码的三个数字是他社会安全号码的后三位,她熟得不能再熟了。打开之后他把箱子放倒,她刚要弯腰去帮他,箱子盖就面对着她打开了,里面是满满的玫瑰花。突然出现在视野里的大红色一下子刺痛了她的眼睛,她下意识地直起身,往后退了一步,就看到他单膝跪了下来,手里拿出一个小小的盒子。

"亲爱的,"他说,"我一直在想,如果你迟迟不愿意把我放在你的人生计划里,那我来放也一样。"

他打开盒子,里面是她之前说过喜欢的那款钻戒。之前两个人一起追完韩剧《太阳的后裔》,又看到不久前宋慧乔和宋仲基结婚的新闻,她满眼羡慕地说那个戒指好漂亮,没想到他就记下了。

但现在,她的大脑一片空白。

以前读书的时候,金佩心觉得田小甜那样漂亮的姑娘,面对男生各式各样的表白,竟然能够完全不为所动,真是又骄傲又绝情,不可理喻。如果换成她,会有人喜欢她,跟她表白,说她是天底下最美好的女孩,她简直要拜谢苍天感激涕零了,怎么还会拒绝?不是说长得好看的人就可以为所欲为吗?

后来她发现,长得好看的人千千万,但懂得不滥用好看的优势为所欲为的人却是少得可怜。田小甜虽然也算是生来就手握很多个选择,但她难得地一心一意只选自己喜欢的,不喜欢的舍弃得再多也不觉可惜。只不过她舍弃的,都是自己拼命追着跑也追不上的。再后来，她自己似乎也成为了别人口中长得还算好看的人，却也明白了再美的皮囊，也需要靠内心的强大支持才能行走于世，否则，风一吹，绣花枕头一样的伪装，就散得什么都不是了。如果美貌可以换来爱情，那么当美貌逝去之后，除了智慧和气度，还有什么能换来爱情逝去后的尊严？

但她依然什么都没有，除去了外在，只剩一个怯懦的灵魂。十年后的她，不会再把对寂寞的抵触误当作对爱情的向往，也不会再把别人施舍的感情当作救命的良药，站在玫瑰花和戒指面前，只能感受到内心的孤独和恐惧，没有快乐，没有甜蜜，没有惊喜，没有憧憬，什么都没有。

只有小孩子才表白。成年人的世界里都是利益和诱惑，表白的双方变成了谈判桌上互相商议合同条款的甲乙双方，没有人会为了纯粹的喜欢去赌上自己的一颗真心。这个人对自己一如既往地好，他站在她面前，发出共度人生的合约邀请，想必也是早已认清了所有可能出现的变数和风险，也慷慨地表现了愿意共担责任的诚意。

机场里人来人往，只要她点点头，伸出手，似乎就可以套住从今往后岁月静好的幸福。

金佩心是看着他离开机场的，甚至都没跟他打同一辆车。她暗自觉得好笑，明明是自己特意来机场接人家，结果现在让人家自己走。她甚至都下意识地问他，要不要跟她一起回她住的酒店，问完后觉得自己脑子有毛病。

刚拒绝人家求婚，然后一起回酒店？这种奇葩的话也就只有她才问得出口吧。

他都被她气笑了，摆摆手上了出租车。

"你让我再考虑一下吧。"她说。

"算了,"他的语气平静得让她觉得意外,"你每次说考虑就是拒绝的意思,我习惯了。"

他果然了解她,都不需要她明说。

但她知道这一次他是真的生气了。以前他们吵过很多次架,吵到邻居以为是家暴吓得报警,吵到她一个人穿着睡衣在曼哈顿的地铁站里游荡不想回去,吵到他把她扔在她一个人都不认识的朋友生日宴会现场然后自己开车回家,气消了又无可奈何地回来接她。但那都不一样。那些吵过的架,终于把两个人的性格磨合得可以互相弥补,那些闹过的矛盾,终于教会了两个人怎样为了对方变得宽容,他还是愿意和她在一起,她却又一次退缩了。

他把行李箱里的玫瑰花都拿了出来,在等出租车的门口扔进了垃圾箱,然后坐进车里就走了。金佩心站在原地,看着出租车消失在拐角,然后回到垃圾箱前面,一朵一朵地,把里面的花拿出来。

拿出来干什么呢?一堆残花在她面前摆了满地,机场的保洁阿姨推着车走过来,还没等她反应过来,迅速地就给扫走了。

金佩心愣了几秒钟,笑得眼泪都出来了。她站起来,拍了拍身上的灰,给自己拦了出租车。堵在机场高速上的时候,她收到了田小甜的回复。

傅其华因为脚伤,又是好几天没有去图书馆。

李文聪总算是发来了短信:"比赛怎么样?如果不是因为排练,我就去看你了。"

"负了点小伤,不过没事。"傅其华说。

下一秒钟电话就打了进来。

"怎么受伤了?"李文聪在那边问。

傅其华一下子从床上坐起来,忍不住在心里偷笑。

"没事,就是摔了一跤,擦破皮啦,已经处理好了。"她轻描淡写地说。

"上药了吗? 不能大意。我这几天排练时间紧,不能去看你,对不起呀。"

他说。

你来看我?你算我的什么人呢?傅其华心里想着,嘴上却说:"没关系,我在宿舍里懒两天就好啦!"

"那你哪天能去图书馆?"他问。

"不知道,一个星期之后吧?"傅其华顺口说。

留在宿舍的几天里,李文聪倒也没有特别频繁地联系她,只是会在每天发"晚安"之后,发一句"回归图书馆倒计时"。傅其华说了一个星期,他就从倒计时七天开始。

但倒计时还有两天的时候,她就忍不住一大早跑到图书馆门前排队去了。回过头,他就笑着站在她身后。

"我的论文写完了,排练也完成了。"他笑着说,"你的倒计时怎么提前结束了?"

"早就好了,"傅其华也笑,"你写完了怎么还来排队?"

"因为你呀。"他笑得坦坦荡荡,傅其华却觉得自己的脸开始发烫,心跳也加速起来,像是打了三天三夜篮球那么快,不,像是游泳池里游了五十个来回那么快,不,像是蹦极那么快。

但她没蹦过极,她也不知道自己的心跳有多快。

"你蹦过极吗?"她突然没头没脑地冒出一句。

"什么?"李文聪愣了一下,不明所以。

傅其华连忙摇头摆手,却让自己显得更加狼狈了。他看出她的窘状,忍不住又笑了,伸手拉了她的手,把一张票放进她手心。

"今天晚上,我们乐团的演出,就在千人礼堂,给你留了座位。"他说。

傅其华完全不懂音乐,她甚至不知道除了运动衣运动裤还有什么像样的衣服可以穿去听交响乐团的音乐会,但她还是去了。那个座位可真近,她可以超清楚地看到乐团里每一个人的演奏。他坐在靠边的位置,穿着黑色的燕尾服,在演奏开始前试音的时候他看到了她,微笑着向她示意,她的心就又开始

"蹦极"了。

那场音乐会都演奏了些什么曲子,傅其华后来已经记不得了。她只记得最后谢幕散场的时候,他和旁边的几个乐手都收到了鲜花,但只有他突然一手拿琴和琴弓,另一只手捧着花束,穿过人群向她走来,把花递给了她。

这束红得夺目的玫瑰,在她被错认成男生的十八年青春岁月里,画上了一条鲜明的分界线。

然后,他就端起琴,举起弓,在熙熙攘攘的人群里,拉了一首简单却悠扬好听的曲子。后来她知道那曲子的名字叫《爱情礼赞》,一个英国作曲家写给未婚妻的,经常被用在浪漫爱情偶像剧里当插曲,但当时的她,眼里只有在自己面前微笑拉琴的他,还有怀中玫瑰那耀眼的红。

那一瞬间她甚至有些后悔了,后悔在之前的十八年里,她一个劲地疯玩,都没有学过该怎样去开开心心地谈一次恋爱,喜欢一个有趣的人,没有学过怎样体面地打扮自己,在来听音乐会的时候怎样表现得从容大方,也没有好好地充实自己,让自己在接受一个男生优雅而浪漫的表白时,可以不用紧张、不用羞涩,不用手足无措地藏起自己的欣喜和快乐。

但后来她也逐渐明白,不需要藏起的欣喜和快乐,才是最放松、最自由、最无忧无虑的。真正快乐的恋爱,也不需要去学习,那是人类的本能。

那一天,来听音乐会的每个人,都在礼堂里见证了一个拉小提琴的优雅男生和一个留着超短发、穿着运动服的可爱女生,最简单却又最甜蜜的恋爱瞬间。

迟磊或许是遭受了自尊心的挫败,再也没找过田小甜。田小甜第二天下午下课后,去了离R大一条马路之隔的H大。她穿了一条很好看的裙子,在计算机系的门口一站,亭亭玉立,引得进出的男生们纷纷注目。

没多一会儿,楼里出来一个戴眼镜的男生,白白净净、温文尔雅的,低着头走路,差点没看见田小甜。

田小甜就叫:"何子睿。"

何子睿抬头,一看见田小甜,惊讶得愣了几秒钟,旋即欣喜地笑开了,眼镜片反射着一闪一闪的光。

"你怎么知道……你怎么来这找我?你不是在……"

田小甜也笑:"我怎么不能来找你?我知道你考到H大了,隔得这么近,你都不来找我,我都等了你这么多天了,你太不够意思了。"

"我……"

"我什么我?你以为我跑到北京来高考,就把咱们高中同学都忘啦?"

"那倒不是……"何子睿腼腆地挠挠头,嘿嘿笑。

"这么跟你说吧。"田小甜开门见山,"从开学到现在呢,也不是没有人追我。"

何子睿又愣了,脸红到脖子根。

"但是呢,"田小甜故意看着他局促的样子,卖着关子,"我把他们都拒绝了。你说,为什么呢?"

"为什么?"何子睿咽了一口唾沫,觉得嗓子开始冒烟。

田小甜就又笑起来,调皮地歪着头看着他:"你看,我们现在都考到北京了,没有老师和家长的管教了,以前你说的话,还算不算数?"

何子睿望着田小甜,她说的每一个字都像敲在他心上。她向他俏皮地伸出手,夕阳照在她脸上,她眼睛笑得弯弯的,在等待他的回答。

"算数。"他终于也笑了,哑着声音回答,"什么时候都算数。"

田小甜满意地点点头:"这还差不多!那我以后就可以告诉别人,我是有男朋友的人了,少来惹我!"

何子睿只来得及握住她温暖的手一秒钟,就被她调皮地挣脱开了。她转个身,一蹦一跳地往前跑去,裙摆在阳光下勾出温柔的曲线。

大学的时候,金佩心和傅其华总是说羡慕她,但她反而觉得她们才是有态度有想法的女孩,刚上大学就开始焦虑是考研还是找工作,担心学分绩点不够高,申请不上奖学金。她不过是养尊处优被爸妈宠大的娇小姐,脑子也不聪明，学习也不努力，如果不是因为爸爸让她来北京高考，她也不可能考上R大。对她来说，读R大唯一的好处就是能和何子睿离得很近很近，以前在高中时那些暧昧的小情愫，那些没能说出口的喜欢，那些属于两个人之间的秘密，突然就可以光明正大地在校园里发芽开花了，那些讨人厌的男生也不会再来骚扰她了。

一切都那么美好。

后来他们结婚之后，何子睿总是遗憾，说当年还要等她跑到他学校来跟他表白他才答应，明明应该他主动一些的。

"我当年就是太腼腆了。"他说，"你太好了，周围围了那么多男生，我总觉得你不会选我。"

到今天，她还是会清晰地想起他们之间的很多个瞬间。中学时课堂上偷偷传纸条的快乐，表白那天他脸红手足无措的样子，第一次去她家时憋出口的那声"妈"。

即使后来的生活并没有像她预想的那样美好，她始终不后悔当年向他伸出了自己的手。

"嗯，我还好，妈妈也是老样子。"田小甜给金佩心回复说，但还是没有回应她们"聚一下"的提议。快七年没见了，她不是不敢看到她们现在的样子，而是不敢看到自己现在的样子。

辞职报告已经写好了，电脑在书桌上亮着屏幕，旁边的打印机一闪一闪，似乎在等待她做最后的决定。

田小甜蜷缩在沙发上，叹了一口气。门铃响了，门外快递员喊："是这里要寄快递吗？"

"对。"田小甜一边答，一边从身边拿起那份离婚协议，打开了家门，接过快递员递来的寄件单，在收件人一栏写下了"何子睿"三个字。

第四章
没有人无所不能

1

周六是傅其华带的托福阅读考前冲刺班最后一节大课,来上课的学生大部分都是一月份要考试的,整个寒假都在跟着她的课备考。她嗓子已经哑到说话都变了调,保温杯里的胖大海和金银花泡了喝喝了泡,还是讲着讲着就失声了。一老一小走了之后,西西每天晚上都哭闹着找妈妈不睡觉,她只能开着视频,好不容易把孩子哄睡了才能备课,几天下来熬得眼圈又黑了许多。

大课足有上百人,傅其华一学期下来也不会记得谁是谁,但总是坐在第一排最中间的一对小情侣令她印象很深。两个孩子都是北京本地的,同校不同专业,早早地都购买了全套留学申请流程的服务,准备去同一个大学读研。女生英语成绩更好些,每次傅其华课前来早了的时候,都看到她催着男生背单词刷题。两个人头挨着头靠在第一排的桌子上小声地说着悄悄话,看到她来了,女生就会冲她甜甜地笑,还会把买来的早餐给她一份。

"老师吃过了,谢谢你呀。"傅其华说。

"吃过了也可以多吃点!我多买的,特意给老师带的!老师这么辛苦,当然要好好补充营养!"女生坚持把冒着热气的包子和豆浆递到她讲桌上,回身坐下,拿起桌上的笔作势要敲男生的头:"刚说完不许玩手机,你又拿出来了!

题做完了吗?"

男生只好抬手求饶,脸上一副认怂的表情:"做完了做完了,你看,哎呀,刚才是室友的电话……你怎么管我管得比我妈还严……"

两个小孩要是努努力,上100分都没有问题,女生说不定还可以考到110。傅其华想着今天结课前还有什么要叮嘱他们的,离上课还有两分钟,在讲桌前坐下的时候,才发现学生们基本都来了,第一排中间的两个座位却空着。

傅其华按时开始讲课,直到快课间休息的时候,突然看到教室门外一个同事在跟她摆手,示意她出去。她感到莫名其妙,就跟学生们说,早点课间休息,早点回来,然后走出门去。

"怎么了?"她大惑不解地问同事。

"你快去一下王老师办公室吧。"同事用一种复杂的眼神看着她,"下半节我帮你上。"

"不是不能临时代课吗?"傅其华一头雾水。

"你就快去吧……"同事二话不说就把她往走廊里推。

一进办公室,傅其华就整个人呆住了。坐第一排的那对小情侣坐在办公桌旁边的沙发上,女生哭得满脸眼泪鼻涕,男生额头上有一块明显的青紫,一只眼睛也红肿着睁不开。四个家长就站在他们旁边,八只眼睛虎视眈眈地盯着她。看到她进来了,又齐刷刷地把眼睛转向了缩在角落一把椅子上的另一个人。

傅其华望向那个人。他穿着一件肥大的羽绒服,整张脸藏在兜帽里,他一直低着头,她进门之后,他才缓缓地抬起脸来。在旁边两个保安的衬托下,他显得既卑琐又危险。

她整个人就像是被剥光扔进了外面腊月的寒冬里。

王老师是他们这个校区的主管,一个四十多岁的职业女性,平日知道傅其华单亲带孩子,一直很照顾她。她看了看傅其华,又看了看怒气冲冲的几个家长,小心翼翼地开口:"傅老师,你看,是这样的。早上上课前,咱们两个学生跟这个人在一楼的洗手间起了点冲突……"王老师的话还没说完,就被女生的妈妈尖声打断了:"什么冲突?那个色狼在厕所鬼鬼祟祟的,不知道在偷看什么,还好我家姑娘反应快!"男生的妈妈也不甘示弱:"什么你家姑娘反应快?打起来了都不知道喊人,不知道报警,要不是她,我儿子能被打成这样吗?"

傅其华的脑子嗡嗡直响,总算在王老师断断续续的话语里了解了事情大概。女孩从厕所出来看他探头探脑不像好人,男朋友正好在外面等她,就顺口说了他两句,结果不知怎的就打起来了。有学生路过告诉了王老师,这才叫来保安把三个人都塞进了办公室。两个孩子分别叫来了家长,一口咬定他是个混进学校里的流氓,他这时才坦白说是来找傅其华的。

"所以,你到底认不认识他啊?是来找你的吗?"王老师看到傅其华面无表情,疑惑地问。

"我告诉你,不管认不认识,这都是要进拘留所的。我已经打110了,警察马上就来。"女生妈妈毫不饶人地说。

傅其华盯着那个人。一瞬间,她仿佛又回到了一年以前的那些黑暗的日子,脑海里某个开关突然被启动,刺耳的争吵声、尖锐的呼喊声、西西的哭声,无孔不入地从她的耳朵钻进来,浑身的伤疤重又被针尖挑开,疼痛从发根蔓延到脚趾。

她不想承认,但她害怕他,真的害怕。在远离他的一年里,那些噩梦一秒钟都没有消失过。

"我不认识他。"她隐秘地打了个哆嗦,说。

在她说出口的那一刻,她看到他抬起了头,透过油腻的头发,深深地盯了她一眼。她知道自己完全没有底气说出这句话,因为下一秒钟,他的脸突然变得狰狞起来,像发了狂一样扑向她,嘴里恶狠狠地喊着:"傅其华!你他妈说你不认识我!好啊,你现在厉害了!你等着,看我不弄死你……"

两个保安一左一右拦住了他的同时,派出所的民警推开了门。

"谁报的案?"民警看着办公室里乱七八糟的一堆人问。

他被民警带走问话了,两个学生和家长们也跟着出去了。傅其华跌坐在沙发上,这才感觉到手脚都在止不住地发抖。王老师送走了民警之后回来,看到她面色苍白的样子,在她旁边坐下,说:"好了,你现在能跟我说说了吗?"

傅其华惊恐地抬头看着她。

"你刚才是因为害怕,才不敢承认你认识他的,我还看不出来?他都知道你的名字,他到底是什么人啊?"王老师心有余悸地问。

傅其华摇摇头,又点点头,却实在不知道该怎么开口。和他有关的所有的事,在她这里早就一针一线地缝进了渗着血的皮肉,连忘了疼都难,更不用说重新撕开给人看了。

他被拘留了,家长投诉了学校,即使王老师不再追问,面对校方的调查,傅其华也只得说了实话。

"他是我的前夫,也是我孩子的爸爸。他跟到我工作的地方,就是来堵我的。"她哑着嗓子说出这句话的时候,已经想到了自己面临的处境。

她丢了工作。

回办公室整理自己物品的时候,她在走廊里遇到了也回教室取东西的女孩和男孩。男孩脸上的伤上了药,看起来有点触目惊心,看到傅其华走过来,低下了头避开。女孩却直面着傅其华的目光迎上去,冷冰冰地问:"老师,那个人是冲你来的。他都叫你的名字了。"

傅其华张了张嘴,哑口无言。

"如果不是因为你,那个人渣也不会混进学校里来,我男朋友也不会受伤,他如果影响到了明天的考试,这个账我该找谁去算?我们两个约好了申请同一个大学的。"女孩咄咄逼人,傅其华被这个比她矮了一头、小了十岁的女孩子逼得后退了一步,理亏得张口结舌。

男孩沮丧地拉了女孩的手:"行了,别说了,走吧。"

女孩被男孩拽走,回过头来看了傅其华一眼。那眼神里透着和年纪不相符的狠厉和冷漠。傅其华忘记了自己才是老师,就像个被训了的学生一样,厌得所有的胆量和理智都没了。

从办公室里出来,又和一个眼熟的女生打了个照面。女生看上去并不知情,看到傅其华很是开心,问:"傅老师您最后一节课怎么请假了?那个代课的李老师讲您PPT(演示文稿文件)上的考前押题讲得跟您不太一样,我们还有好多不明白。我下个月才考试,您这个月还有阅读专项班吗?"

"没有了。"傅其华艰难地清清嗓子吐出话来,"你们有不懂的,可以在群里问我,或者给我发微信。"

"哦!"女生点了点头,"谢谢您啊傅老师!我觉得您讲阅读讲得最清楚了,我这几次模拟都在25分以上,竟然还有一次满分,激动死了!您太厉害了,点题一点就透,简直无所不能啊!"

傅其华愣了一下,苦笑:"考高分是你用功,你厉害。我不过就是个老师,怎么会无所不能?"

小学时全班的同学都偷偷地讨厌她,因为她妈妈是班主任,但明面上又不敢表现出来,还是要很合群地带她一起玩。她一开始不懂为什么小朋友们聚在一起叽叽喳喳说着什么,她一过去就不说了,后来才明白是担心她打小报告。

她就自己跟自己玩。到了中学,全班的同学又都偷偷地羡慕她接近她,因为她爸爸是班主任。她还是自己跟自己玩。爸爸是教物理的,周末经常会有同学到她家里补习,她一次都没参加过,结果文理分科考试时物理考了80多分,满分120,导致爸爸被老师们笑话了好久,她一气之下就选了文科。

爸爸表面上是同学们都怕的班主任,但私下里却是个面对她和妈妈完全没脾气的老好人。她玩什么学什么,只要开心就好,即使妈妈总批评他溺爱孩子,他也屡教不改。傅其华回到北京在这家机构入职之后,打电话给他,他不问她挣多少钱,不问她以后怎么打算,只问西西好不好,她好不好,辛不辛苦,需不需要帮忙。

"再辛苦能比你们那时候辛苦吗?"傅其华跟爸爸撒娇,"你们那么辛苦,不还是把我宠大了,我也一样可以把西西带好。家里有你俩这么好的榜样呢,优秀教师,人民公仆,我也不能差!"

爸爸在那头哈哈地笑:"这么大的人了,还胡说八道,瞎夸什么呢?"

"嘿嘿,"傅其华也笑,"爸,在我心里你就是无所不能的,我也要无所不能。"

"傻丫头,"爸爸说,"在爸爸妈妈面前就不要逞能了,不行就回来,爸爸养你。大不了就按你的样儿把西西养大,不也挺好!"

又有谁是无所不能的呢?傅其华离开学校的时候,想起了爸爸说过的话。老师当然不是无所不能的,但父母是。为了西西,她也会成为让孩子可以"无所不能"的妈妈。

大二开学前的那年暑假,正赶上北京奥运会。大三的学生忙着学业,大一的新生还没入学,所以北京各大高校的大二学生就成了奥运志愿者的主力。傅其华和田小甜都被分到国家体育馆做媒体引导,金佩心没报名,她们问起的时候,她犹豫了一下,说,她要先回家处理一点事情,而且也不想一整个暑假不能打工。

田小甜说她目光短浅。"打工什么时候不能打啊?奥运可是不一定赶得上下一次了好吗?你也真是的……"

傅其华也觉得可惜。"说不定将来还可以写在求职简历里呢,要是能偶遇到运动员求个合影,那就太赚了!实在不行也能跟外国友人说说话练练英语嘛!"

对金佩心来说,"参与"一次奥运也不是什么错过就后悔一辈子的事。她也不关注体育赛事,英语又差,不像傅其华可以和英语人士无障碍沟通,还是攒钱比较重要。她在法学院旁听时认识了一位教民法学的梁老师,帮她找了份教辅校对工作,总算不需要每天奔波在外有上顿没下顿地找兼职了,做志愿者要么早出晚归,要么守在场馆里无所事事,她觉得浪费时间。

志愿者要么值早班,早上五点半就要坐班车去场馆,下午两三点钟回来;要么值晚班,中午十二点到,晚上八九点钟回来。田小甜早上总是起不来,每次被分到早班就唉声叹气地抱怨,如果是傅其华跟她一起值早班,就死活把她拖起来去赶班车。如果傅其华不需要上早班,田小甜就惨了,她睡过头两次,错过两次班车之后,气得给她爸的司机小赵打电话,让他早上来宿舍接她去场馆,这样她就可以不用赶班车,如果不去场馆吃工作早餐的话,能足足多睡一个小时。

后来傅其华也被田小甜拉着坐她的车上早班。司机小赵是个比她们大不了几岁的小伙子,早上起来有时也同样哈欠连天,田小甜就问他是不是昨晚又跟她爸去饭局喝酒了。

"我喝什么酒?我要开车啊。田总带我去就是为了他可以喝酒。"小赵说。

田小甜就不太高兴。从小到大,父亲在她印象里永远是一个晚归的背影。他年轻时跟几个兄弟在浙江开服装厂发了家,生意好的时候,一年的销售额她连零都数不清。在四川老家、上海、工厂所在的浙江某个小城市,还有北京,有多少房产,她也不太清楚。她以前一直跟母亲待在四川老家,等到快高考的时候,母亲觉得她成绩不好,跟当时在北京长居的父亲商量,让她迁户口到北京来考试,父亲还不太乐意,嫌麻烦,母亲好说歹说才同意。

母亲住在北六环的别墅里并不开心,田小甜是知道的,她喜欢待在她熟悉的四川老家,但又放心不下田小甜一个人在北京读大学。父亲平日总在外面跑,几乎不回家,田小甜在学校跟同学一起玩,跟何子睿约会,没什么事也不回家,就只剩她一个人,唯一能说得上话的就是隔天来做保洁的阿姨。

"哎,要不等佩心从老家回来,找个周末咱们休班的时候,你们去我家里吃饭吧?我妈最喜欢家里来客人了,她来北京之后连厨师都给辞了,就想自己做饭,没人吃,厨艺都发挥不出来!"田小甜挽着傅其华的手坐在车后座,一边说一边流口水,"我妈是厨艺大神,吃过的菜基本都能做出差不多的味道来,川菜、上海菜,都会做!我都说了这么久了,家又离得这么近,你们一直不去就是太不给我面子了,我妈要生气了!"

傅其华就笑:"行,那等我们一起去,好好夸夸阿姨的手艺。"

"必须啊!"田小甜满脸骄傲,看了一眼专心开车的小赵,压低声音说,"我告诉你,这可是何子睿都没有过的待遇!"

"何子睿还没见过你爸妈呢?"傅其华问,"你们不是高中同学吗?"

田小甜撇了撇嘴:"是啊,高中的时候我爸妈就看不上他。听说我跟他早恋,跑到学校去一顿吵,非让老师给我转了班,"她捂住嘴巴小声说,"我妈都不知道他也在北京念书!我厉害吧!"

"啊?"傅其华难以理解地看了她一眼,"这还要偷偷的?大学生谈个恋爱还不让?你妈对你在学校的受欢迎程度有什么误解吧?"

田小甜揉了她一下:"我可不像你!你喜欢什么样的男生你爸妈都支持,跟你什么都聊,就像好朋友一样。我嫉妒你。"

傅其华就笑了:"没事,等时间久了,父母总会接受的。何子睿也是个那么好的男生。"

"哟!"田小甜嘿嘿笑着,一副八卦的表情,"还夸起我家小睿睿来了!还是你的李学长厉害,多才多艺,体贴细心……"

"行了行了!"傅其华不好意思起来,连忙打断了田小甜,"不跟你闲扯。"

"不过说起来哦,你放弃转系,不会就是为了你的李学长吧?"田小甜突然正经起来。

"嗯,"傅其华说,"国际关系前三年都在昌平校区,太远了。"

"就因为这?"田小甜难以理解地看了她一眼,"你也真是……哎,有时候吧我觉得你跟佩心还有点像。"

"什么?"傅其华没明白话题怎么就到了这里。

"就是,嗯,有的时候,不知道你们到底把什么样的事情看作是最重要的。"田小甜若有所思地说着,"当然了,也可能是我自己不懂吧。不过你不转系也挺好,咱们可以一直一起到毕业。"

那个周末赶上金佩心刚从老家回来,傅其华也推掉了约会,大家跟着田小甜一起去了她家。金佩心原本不想去,各种找借口,都被田小甜伶牙俐齿地怼了回去,最后田小甜眼睛一瞪,说:"你再这样不给我面子,我真的生气了!"金佩心才妥协。

第一次见到田小甜妈妈是入学报到那天,傅其华和金佩心对田妈妈印象都不大好,或许也是因为对田小甜的第一印象是过于娇蛮任性,后来发现田小甜不过是个仗着颜值高就得理不饶人的傻白甜小公主,而在她口中她妈妈就是个太爱为女儿操闲心的家庭主妇。田小甜说,妈妈没读过什么书,这些年父亲在外做生意奔波,老家的上上下下都是她打理的,对女儿也最上心。现在闲下来一个人住在大房子里,每天只能养养花草刷刷电视剧,无聊得很,连打麻将都找不到人了,就每天盼着女儿回家。

"所以啊,要是我忙着偷偷谈恋爱没有时间回家,你们能帮我回来陪她说话该多好!"进门之前田小甜悄悄跟她们说。

"我们又不会打四川麻将,会被你妈妈嫌弃的!"傅其华笑。

田小甜家的别墅又大又宽敞,金佩心从来没有在这么大的房子里待过,但她总觉得别扭,就好像怎么看都不太相信这房子是每天有人住的样子。"我也是客人好吗?"田小甜一边进门一边说,"我连洗手液放在哪都记不住,就好像这不是我自己家一样。我更喜欢老家的房子。妈!我们回来啦!"很快田妈妈就从厨房出来,穿着件可爱的围裙,没化妆没戴首饰,和入学时见到的那个富太太相比,一下子就平易近人了许多。

"欢迎欢迎!你们随便玩,饭好了叫你们!"田妈妈笑眯眯地说,"小甜,你招待小姑娘们,好好玩,不要闹哦!"

"妈!我又不是小孩了!说得好像我带幼儿园小朋友回家来一样!"田小甜说。

田妈妈做了拿手的水煮鱼、麻婆豆腐和鱼香茄子,为了不太能吃辣的北方女孩们,还贴心地做了甜口的红烧肉和桂花糖藕,加上清淡的烫青菜和虾仁鸡蛋羹,女孩们吃得赞不绝口,纷纷表示超级羡慕田小甜。

"阿姨,我跟你说,"傅其华嘴里塞满了食物,"我从小就学会给自己下面条吃了,我爸得下了晚自习才能回家,我妈虽然什么活都干,但是唯独做饭,那叫一个难吃啊,还不如自力更生!所以后来一上中学我哭着喊着要住校,第一次吃学校食堂我感动得都快哭了,比我妈做的饭好吃多了!⋯⋯"

"哈哈哈哈,你那么惨吗?"田小甜笑得筷子都掉了,"是有多难吃?有咱们中区食堂的盖饭难吃吗?"

"呃⋯⋯不相上下!"傅其华皱起鼻子做出嫌弃的表情。几个人都笑了。

田小甜一再劝她们晚上就留在家里住,第二天她和傅其华都不上早班,可以睡个懒觉,之后让小赵送她们一起回学校。

"就当是陪我啦!反正在学校也是一起睡,在家有什么不能一起睡的!"田小甜嬉皮笑脸。傅其华也笑,看到金佩心还是有些不好意思,就说:"才不是陪你呢,明明是陪阿姨!要不是我们来,阿姨还不知道怎么盼着你回家吃饭呢。是吧佩心?"于是,金佩心也不好说什么了,只好笑着点头。

田小甜的卧室里是一张超大的床,女孩们窝在床上一边看电视里的综艺节目一边聊八卦,聊着聊着就困了。傅其华说:"你们家里那些客房,我们去睡也怪怪的,就在你这挤一下好了。"大家都打着哈欠同意,很快就迷迷糊糊地睡过去了。

不知道是半夜几点钟,田小甜突然被楼下隐约的声音惊醒了。声音并不大,妈妈平时睡觉轻,睡得也晚,弄出些声响也是经常性的,但田小甜就是莫名清醒了过来。

她轻手轻脚地打开房间门,准备去洗手间,看到楼下客厅里灯亮着,父亲回来了。

自从送自己入学之后她就没见过她爸爸,连过年都是她和妈妈在北京过的,外婆外公走得早,爸爸不回的话,她妈妈也不喜欢回四川老家陪爷爷奶奶过年。爸爸一如既往地忙,她也从来没指望过哪次回家能见到他。

田小甜还有点开心,正想下楼去给爸爸一个惊喜,就听到妈妈从楼下卧室里出来,冷漠地问了一句:"你回来干什么?"

田小甜心里咯噔一下,还没来得及反应,就听她妈妈又说了一句:"今天女儿和朋友在家,有什么事,咱们明天再说,别在孩子面前撕破脸,不好看。"

3

大一下学期,金佩心在修了法学院所有公选课的同时,学分绩点拿了全系第一名,还拿了国家励志奖学金五千块。辅导员帮她申请了助学贷款,加上梁老师帮她找的教材校对的兼职,她觉得自己总算是生存下来了。看到钱出现在自己卡里之后,她第一时间拨通了姑姑的电话。

那边一接听,她就开心地说:"姑!我发奖学金啦,我能还你钱了!"

"佩心?"姑姑在那头说,"佩心,闯闯考上大学了。"

金佩心一下子愣住,举着手机好久没有反应。那边姑姑还在说:"佩心,你学习最重要,钱不要急着还,你好好的,姑就最开心了。"

她下意识地"嗯嗯"答着,却已经忘了原本想好要跟姑姑说的话。过了好久,才弱弱地问出一句:"考的哪里的大学?"

"哈尔滨的一个三本吧,你妈说了名字,我没记住。佩心,你也不用往心里去,以后你是要靠自己的,姑早就跟你说过,知道吧?"

"学费贵吗?"她还是忍不住,酸酸地问了一句。

金闯是她哥哥,比她大一岁,从小被娇惯,体弱多病,为了有人顾着他,她妈谎报金佩心的年龄让她跟金闯一起读小学,结果上高中之后金闯成绩太差,被学校要求留了一级,比她晚一年高考。

很小的时候,金佩心的父母就告诉她,"这世界上讲究一个先来后到","你是妹妹,比哥哥晚,要让着哥哥""你是妹妹,哥哥打你不能还手""你是妹妹,哥哥没吃饱你不要吃""你是妹妹,哥哥玩玩具的时候你不能玩"。幼小的她以为,要是自己比哥哥早到,或许被让着的就是自己了。

有一年姑姑来家里,正赶上哥哥因为她动了他的玩具汽车而大哭大闹,她被父母训了,躲在一边不吭声。姑姑看她可怜,趁大家都没注意,拉她的手出门去买雪糕给她吃。

"姑,你几岁?"她突然抬起头问。

"我几岁?我今年三十六。问这个干啥?"姑姑不解。

"爸爸几岁?"她又问。

"你爸?你爸三十二。怎么啦?"姑姑拍了拍她的脑瓜。

"所以,爸爸是你的弟弟?对吧?"她眨了眨眼问。

"对啊。"姑姑说。

"弟弟比姐姐晚到,就会让着姐姐了,是吗?"她认真地问。

姑姑愣了一下,然后就哈哈笑了。"傻丫头,"姑姑说,"真是个傻丫头。早到晚到有啥区别?你爸是我弟弟,还不是用我嫁人的彩礼钱娶了你妈。你将来可别像我一样。"

她耳边听着姑姑絮絮叨叨地说,金闯考的那个学院是私立的,以前是专升本,收的都是考不上本科的学生,学费又昂贵。爸妈一起送他去哈尔滨入学,还说打算把家里的小卖部盘出去,在哈尔滨市内买个房子。

姑姑到底没要她还那两千块,也始终不知道那钱在她来学校的路上就被偷了。金佩心去取了两千块现金,包在信封里,回到宿舍给了傅其华。

"啊呀!今年你是第一!加油加油,明年争取得国家奖学金,据说国家奖学金八千块呢!"傅其华看着金佩心递过来的钱,想了想,说,"要不,你先不用着急还钱,等你拿了兼职的工资还我也一样。你不是要买个电脑吗?要不然下学期选修课要抢了,你哪抢得过别人?"

金佩心还是坚持把钱递过去:"电脑我自己想办法,钱还是要先还的。"

傅其华推辞不下,只好接了。"你啊你啊,"她摇头笑,"就是犟,跟我们犟个什么劲。"

这时田小甜进来,看到傅其华在,就问:"你不是去约会了吗?怎么还在?"

"啊,文聪临时有事要回家,我们明天再去看电影。"傅其华说,"你呢?怎么不去隔壁找你的小睿睿?"

田小甜噘起嘴:"他们放假早,他今天就回四川了,想趁奥运之前回家待几天。"

"他也申上志愿者啦?"傅其华问,"他分到哪?"

"鸟巢!"田小甜说,"他们学校的志愿者都在鸟巢,好羡慕啊,我也想看刘翔!"

"有什么好羡慕的,田径又拿不了什么金牌,不像咱们,所有的体操比赛都在国家体育馆,中国队那么牛,估计咱们要看升国旗好多次!"傅其华说。

只有做志愿者的学生们暑假留在学校,平日里校园冷清了许多,图书馆也关门了。金佩心从梁老师那里得知法学院楼上的法学图书馆还开着,供研究生写论文以及备考司法考试的学生们学习。金佩心没事就去那里坐着,钻在书架中间翻各种法条。

有一天,她在翻《婚姻法》的时候,看到了一条再平常不过的内容。

"父母对子女有抚养教育的义务,子女对父母有赡养扶助的义务。父母不履行抚养义务时,未成年的或不能独立生活的子女,有要求父母付给抚养费的权利。"

父母对子女有抚养教育的义务。

未成年的子女有要求父母付给抚养费的权利。

她就想到了自己。上大学的时候她没满十八岁,父母明知道她名列前茅考的是重点高校,连借口都不找就一分钱学费也不给她,还让她出了家门就不要再回来。对金闯呢?愿意付比她多几倍的学费让他去哈尔滨读一个三本,还要在哈尔滨买房子。

她突然想起了小时候姑姑对她说过的话。如果不是金闯现在不急着结婚,或许她也会被父母押着嫁给一个能出得起足够彩礼的人,来换金闯娶妻的钱。不过,估计也没有人家看得上她这个沉默寡言的胖子。

为什么要学法律?这就是她给自己的理由。

那个炎热的下午,金佩心敲开了梁老师办公室的门。

梁老师和她父母一般年纪,戴着厚厚的眼镜,留着齐肩短发,即使再热的天气,她也喜欢把衬衫的最顶上一颗扣子扣得严严实实,裙子也总是长至脚踝。

"佩心啊?放假也这么用功,又去图书馆看书了吧?"梁老师看到她,和蔼地笑着打招呼,"到这边来坐,那边对着空调口,小心吹着。"

金佩心就在她办公桌另一端的椅子上坐下,搓着自己的手指,想着怎么开口。

"怎么样,最近生活上没有什么困难吧?"梁老师问,"我和你们辅导员周老师很熟,你以后转到我们系,有什么不明白的问题,也都可以来问我。"

"嗯。"金佩心踌躇着,"梁老师,我有个问题想跟您请教。"

"你说。"梁老师点头。

"我想告我的父母。我该怎么做?"金佩心深吸了一口气,说。

她走出了那个家,就不想再回去,但内心里那个声音却不停地提醒着她,让她不要软弱,把她该得到的都拿回来。

很久以后金佩心回想起那时的自己,觉得可悲又可笑。在刚刚离开家的那几年里,长久以来既紧绷又别扭的心态没有丝毫好转,一面是愤世嫉俗的戾气和自怨自艾,觉得谁都欠她的,谁都看不起她,谁都该为这个不公平的世界付出代价,一面是悲观消极的自卑和心灰意冷,觉得即使再努力也不过是在最底层挣扎存活,毫无意义。

梁老师说,如果要递诉状,需要通过被告人户口所在地的基层法院才可以。梁老师还给她介绍了一个律师,姓姚,是她以前的学生,现在在北京一家律所工作,说他可以帮她打这个官司。姚律师接了她的电话,听说是梁老师的学生,一口答应下来,并说如果她真的想打这个官司,他可以陪同她回去一趟。

姚律师给她看了很多之前的案例。有的是儿时被父母遗弃长大之后状告父母,有的是由于家境贫困被父母强行送进工厂打工,有的是由于父母分居或出轨被扔在祖父母家没有条件读书,等等。他说,每一个个案都不一样,有的官司没有打赢,有的打赢了但是父母仍然不会给一分钱。"你以后如果做了这一行,就会见怪不怪了,这世上什么样的事情都有可能发生。"他说。

决定要回家的那几天,金佩心一直心不在焉的,她脑海里一直回想着看到的那些案例,那些女孩,站上法庭控告父母的时候,也就和她年纪差不多大。还有更多女孩连这个机会都没有,她们连书都没有机会读,活了一辈子都不会意识到还能用法律手段来讨回自己失去的东西。

这样想来,她真的已经很幸运了,能够考上大学,还能够找到能赚生活费的工作。她在脑海中设想父母接到法院传单时的表情,一定是震惊多过愤怒,毕竟一个从小被她爸打到大,被她哥欺负到大,被学校老师同学忽略到大的女孩,有胆量做出这种事情,在老家那些人的眼里,应该是前无古人后无来者的。如果真的到了上法庭那天,以她爸的行事风格,说不定会带着她二叔她三叔等等提着棍子赶来把她"就地正法",让她连法庭的门都进不去。

姑姑会怎么想?说不定姑姑会悄悄地在心里为她高兴呢,因为她以后一定不会变成姑姑那样的人了。

这样一想,金佩心觉得自己就像是奔赴战场的战士一样,很快就要打响人生翻盘的第一场战役,她既紧张又激动,第一次觉得自己也可以做很牛的事情,让所有的人都不能再忽视她。

金佩心在一个星期后见到了姚律师,跟他一起坐上了回家的火车。姚律师看上去是个温和睿智的男性,比她大九岁,用梁老师的话来说,也是当年法学院的优秀毕业生,讲话举止都很礼貌,没有嫌她年纪轻轻什么都不懂,也没有说她不知天高地厚要状告自己父母,一路上听她絮絮叨叨讲了很多自己的事之后,没有表示同情,也没有表示大惊小怪,只是沉思了好一阵,然后说:"我也遇到过一些告自己家人的案子,但很多都没有告到最后。"

"什么叫没有告到最后?"金佩心问。

"大部分都是后来撤诉了。"姚律师看了她一眼,"除了情节特别恶劣或者触犯刑律的官司。但凡能和解,谁愿意跟自己的亲人对簿公堂呢?"

金佩心转过头去,望着窗外飞逝的平原,没有回答。

姚律师陪她带着写好的诉状,直接去了区法院。"真的不先回家一趟?"姚律师问了她两次。她坚定地回答:"不回。"她想,姚律师一定觉得她是个忘恩负义又冷血的不孝女。但她真的不敢回,她怕一踏进那个熟悉的门里,所有童年的记忆席卷而来,面对着父母和哥哥的脸,她恐怕连落荒而逃的勇气都没有。

接待他们的法院工作人员是个三十多岁的女性,听金佩心怯怯地讲了诉由之后,看了看她,问:"之前调解过了吗?"

金佩心摇头。

"你这样的情况呢,我还是建议尽量先调解,至少双方先见一面,如果双方实在不能达成一致的话,法院这边就会按照法定程序受理,然后开庭。家庭纠纷的案子很多,我们希望你们能够尽量和平解决。"女人很和气地说。

"她的情况不太一样。"一旁的姚律师开口,"她去念大学等于是被家里赶出来的,以前也被父亲家暴过,当事人既然认为事先沟通有难度,不能调解,我们就走庭审程序吧。"

金佩心感激地看了姚律师一眼。

递了诉状之后要等待受理和开庭时间,金佩心想去看看姑姑,又担心横生枝节,想了想还是决定等事情结束再跟她好好解释。

姚律师没有接受金佩心提出的随便找个街边小旅馆歇脚的提议,直接进了一家商务酒店。金佩心看着他拿出卡,不由自主停下了脚步:"我没有钱。"

"有钱你就不来打这个官司了。"他看了金佩心一眼,继续往酒店前台走,"梁老师把你托付给我,我帮人当然要帮到底。"

金佩心还是站在原地没动。

姚律师就叹了一口气:"我能报销,行了吧?"

金佩心犹疑地看着他,还是掏出了身份证。他开了两间房,同一楼层,中间隔着十几个房间。

"好好休息吧。"他说,"我给你的文件你多看看,你的资料我也会再研究研究,看看还有没有什么别的漏掉了。放心,"他拍拍手里的公文包,笑道,"怎么也帮你把钱要回来。"

他的笑容很真诚,金佩心一直悬着的心莫名就放下了些。

开庭前的晚上,她彻夜难眠。她知道自己在做一件从来没有做过的事,但她不知道是对是错。从小到大,她听话地活成了所有人眼中毫无存在感的样子,但现在她不愿意了,她不想听话,不想莫名其妙就接受所有别人对她的称谓和定义,但她还不知道她自己到底要什么。沉默了太久,她已经忘记了发声的感觉。

开庭那天,她和姚律师在庭前调解的会议室里,见到了被告人。

她跟在姚律师身后,一只脚刚踏进会议室的门,突然就浑身发软,她伸手扶住门框。"我不告了。"她嗫嚅着,"我……我我我要回去念书了。我不告了。"

姚律师回头讶异了一秒,立刻拉住她的手臂:"你别害怕,我在呢。没事。"

"我不告了……我不想去了。"金佩心声音发颤,她原本在外人面前是哭不出来的,现在她努力地忍着,但是觉得自己下一秒就要崩溃了。

她看到自己的父亲母亲正坐在会议室里。她爸看到了门外的她,站起身就要过来,被她妈拉住了,他就伸出手指着她:"咋的?你不是胆大了吗?翅膀硬了吗?还告状?还上法庭?不敢进来了?你给我过来!……"

要不是姚律师拖住她,她整个人就像一摊烂泥一样渗进门框里去了,怎么也爬不起来。

那一刻她突然明白了自己的心情,不是害怕,不是激动,不是后悔,不是愤怒,不是悲,也不是恨,是委屈。她也不想和生她养她的父母闹成这样,但这局面到来的时候她还是觉得委屈。她争取过了,以她渺小的力量和勇气。九岁那年金闯偷了爸爸的钱,但是爸妈都以为是她的时候,她一开始嘴硬不承认,后来被打疼了只好说是自己拿的但是钱丢了,自己错了以后不敢了,换来的是下一轮的打骂。十三岁那年她长湿疹,吃激素药胖了好几圈,总在学校被同学笑话,她试探着跟她妈说,换来的却是不屑一顾的回应。十七岁那年高三,父母让她别念了去打工赚钱,家里没有闲钱让她念书,她死皮赖脸地求着父母至少让她参加一次高考,考试又不花什么钱。

她很想在过去十几年记忆的边边角角像挤海绵一样挤出一星半点证据,让她说服自己他们是爱她的,一点就可以了,她就愿意去爱他们,像每一个小孩天生就爱自己的父母一样去爱他们,她就倾尽所有报答他们的养育之恩报答这个家,她就不会为了跟亲哥哥争那点上大学的学费而走上法庭。

但她找不到,一点都找不到。

晚上和西西视频的时候,西西兴高采烈地给傅其华展示她的"画",其实就是用笔胡乱涂抹的一团黑。傅其华大大表扬了她,趁她还在开心,忘记了闹腾的时候,姥姥连忙带她去睡了。

"你今天没有课?怎么这么早就在家了?"她妈哄完孩子问她。

傅其华想了又想,还是没说实话,只是举起手机给她妈看她打包搬家的箱子。"我要换个房子住了。"她说。如果让她爸妈知道那个人找到学校去害她丢了工作,肯定会吓坏他们的。"我爸呢?今天睡这么早?"

"嗯,他这几天咳嗽又严重了,今晚好不容易好点,我让他早睡了。"妈妈说。

爸爸前几年就提前退休了,就是因为身体不好,辛劳了一辈子,咽炎、胃炎、风湿,什么都找上门来了。当时他们学校还给他开了个欢送会,好多他当年教过的学生到现在逢年过节都经常送礼物到她家去。她之所以不愿意母亲带西西回去,也是担心照顾小孩让两个老人吃不消。

"西西的幼儿园你问了吗?怎么样?"她问。

"今天去看了一个,就在家附近,环境也挺好,学费也不高,就是我一看啊,最小的小孩都比西西大半岁呢,那我哪放心?咱们孩子这么早送去不会让人家欺负吗?"她妈絮絮叨叨地说。

傅其华忍不住笑了:"我不是怕她天天在家闹腾,你俩辛苦嘛!再说了,你俩培养西西,那必然得像我,想当年我幼儿园大班的时候就'一挑多',所有的小男孩都怵我!"

妈妈也笑:"能跟你比?你姑娘动不动就哭鼻子,娇气着呢,哪像你,被人拿凳子打了脑袋都不哭,回家我一摸,脑门上那么大一个包!"

"那我不是打回去了吗!我这么有冤报冤有仇报仇的孩子你俩那时候多省心!你做饭那么难吃我都没怪你!"

和她妈哈哈哈地笑了一阵,关了视频,傅其华整个人泄下劲来,瘫在床上。她原本是打算要搬家的,还找了个离校区更近点的房子,定金还没交,但是现在工作没了,也不用每天去校区了,那个房子也变成了鸡肋。但是不搬她又害怕,难保那个人哪天不会找上门来。

手机上那些工作群她没退,只是一个一个地改成了免打扰模式,但群里也没有人再圈她了。她漫无目的地刷着手机,突然看到了一个新的好友申请。她吓了一跳,心想那个人不是被拘留了吗?那么快就出来了?抖着手点开,发现不是他,是一个来自那个托福阅读考前冲刺班的陌生账号。

可能是哪个要问问题的学生吧,她就点了接受。

"傅老师您好!"对方很快打了招呼。

"你好,是周末阅读专项的是吧?什么问题?"

"啊,没有什么问题……想问下傅老师之后还带托福阅读吗?"

"不带了,我离职了,你在报班上课这方面有任何问题的话联系王老师或是任何一个客服都可以。"

"为什么不带了呢？您是转行了吗？以后还教英语吗？"

傅其华突然觉得好烦，现在的小孩儿怎么该较真的时候瞎糊弄，这种莫名其妙的事情上又来闹人？随手一扔手机，没有再回复他。

她想了想，还是拨通了金佩心的电话，把今天发生的事原原本本地告诉了她。

"那应该也只是会拘留两天，"金佩心在电话那头说，"你赶紧搬走吧，小心他出来真的找到你家去。"

"嗯……我工作没了。"傅其华说，"原本计划搬去校区附近的，现在看来也没必要了。"

"那你现在怎么打算？"金佩心问。

"我找了两个同行朋友问问看，能不能到别的培训机构去。"傅其华说，"没事。反正我现在一个人，怎么都能过得去。"

"安全问题最重要，一个人太危险了。要不，你到我这里来住吧，我刚在大望路这边租了房子，和男朋友之间出了点问题，暂时分开一段时间，正好没有人陪我。"金佩心说。

"不了吧。他……你不知道他是什么样的人，疯起来六亲不认人畜不分，我可不想拖累你。你忘了去年那个日本女留学生的事，不就是她室友的男朋友持刀行凶的吗？"傅其华说。

金佩心在那头笑了："我告诉你，我可不会那么蠢，希望你也不会，所以你给我好好地把你自己保护好了，别让那个人渣靠近你，知道不？"

"嗯。"傅其华答应，"有什么事我就给你打电话。"

"给我打电话没用，给警察打电话，把你家最近的派出所电话设成快捷键，还有小区保安的电话，邻居的电话，知道不？"金佩心不厌其烦地叮嘱。

金佩心刚刚搬进新租的房子。一个小开间，高层23楼，既安静又简单，自己住刚刚好。她回想起刚刚搬到纽约的时候，自己是克服了多大的心理障碍才愿意和他住在一起,一是因为房租实在太贵,二是他们那时已经在一起两年了,觉得以后还会在一起很多很多年,同居是早晚的事。现在他为了她放弃了高薪工作回了北京,然后求婚还被她拒绝了。用姑姑的话来说,她就是个经不起好的人,谁要是对她好点,她不是感谢,而是惊恐地躲很远,生怕欠谁的情这辈子还不上。

"天生贱命,就得贱养,给点好就别扭。"姑姑总是这样说,不知道是在说她,还是在说自己。但金佩心没有机会再听她说这句话了,2017年冬天,她不管不顾从纽约匆匆飞回国,还是没能见到姑姑最后一面。

刚刚接触这个行业的时候,她总以为律师是无所不能的,是为不公发声的,是正义的化身、邪恶的克星,是民族的希望、世界的未来。后来前辈们笑话够了就告诉她,这个世界上有太多你无能为力的事情,慢慢地你就明白了。

她的第一场战役并没有翻盘,但怎样算是赢,怎样又算是输了呢,她想了很多年,也没有想明白。

后来法院的人来了,坐在她和父母中间,希望双方能够达成庭前调解,和平解决。但她的父母当着所有人的面对她劈头盖脸一顿痛骂,如果不是姚律师一直把她护在身后,就要冲上来揍她,连法院的人都看不下去了。

最后在庭上,法官宣读了金佩心的诉求,请父母支付她四年的大学学费加生活杂费七万元。鉴于她父母只是做小生意的,即使要为儿子买房也要砸锅卖铁,确实没有太多积蓄,金佩心又可以申请学校助学贷款和做兼职,最后她父母终于同意给她五万元,调解结案。

从法院出来的时候,她看着她父母在面前走过,周围有很多法院的工作人员,他们什么话都没说,但她从他们的目光里读出了恨和愤怒。她等在走廊里张望了好久,生怕她爸打电话把她二叔三叔都叫来在哪个路口等着揍她,过了半天没有异样,才战战兢兢地从法院走出来。

"你想什么呢?这里是法院!不是谁家混混都能打架的地方,哪有人敢揍你!"姚律师说,伸手拍拍她的肩膀,"你真不错。开庭前,我真以为你不告了要撤诉呢。好样的。"

坐在回北京的火车上,金佩心还是没有忍住,在姚律师的面前哭了一路。她知道,这一场战役彻底把她和这个家分开了,她从前还抱有的,幻想父母会像爱哥哥一样爱她的,渺小卑微的希望,被自己亲手奉上的一纸诉状和那盖了章的法庭调解书宣告了消亡。以后她就只剩她自己了。

她拿手机拨通了姑姑的电话,响了很久没有人接。判决出来之后她给姑姑发了短信,要去看她,姑姑过了很久才回复说,最近出远门了,不在家,以后再说吧。

她没多想就动身回北京了。

如果她早知道那时原本可以见上姑姑一面,她说什么也要去。后来她悔恨得想把自己殴打致死一千一万次。活了五十多岁没有离开过从小长大的那个镇子的姑姑,什么时候出过门?出过"远门"?

回北京一个多星期之后,金佩心跟着傅其华一起去田小甜家吃饭。金佩心心不在焉,一直在发呆,田妈妈跟她说了几次话她都没听见。

"你想什么哪?菜都凉了,快吃呀。"田小甜的话打断了她的思绪。

"佩心暑假在忙什么呢?听小甜说你没去当志愿者。"田妈妈说。

"佩心可忙啦!她要打工赚钱,不像我们这些志愿者每天无所事事,一休班就跑去堵运动员要签名!"田小甜笑说,"但是我们主管说啦,我们可以有内部票,不是那么热门的比赛,就可以带朋友来看,到时佩心就可以去场馆找我们玩啦!"

"我一个高中同学在水立方做志愿者,到时给咱们弄几张内部票,也去水立方开开眼!"傅其华说。

"真的吗真的吗?我要去看郭晶晶和吴敏霞!"田小甜激动地拍桌子。

"得啦,女子三米板绝对卖票都秒空,还能给咱们留?"傅其华哈哈笑,"估计也是不热门的比赛才能有咱们内部消化的份。"

两个人热火朝天地讨论起跳水比赛,金佩心在一旁不作声地喝着汤。在同学看来,她就像个老古董,没看过流行的电视剧,没听过流行的歌,也不知道现在正当红的明星,游戏和体育更是从不关心。傅其华和田小甜就曾经好奇地问她喜欢什么,她说她也不知道。

晚上傅其华和田小甜看一个不知名的选秀节目,聊起了超级女声,就开始争论李宇春和周笔畅。田小甜说她高二的时候还带领全班同学给四川老乡李宇春投过票。傅其华坚持说周笔畅才是唱作俱佳,两人吵得不亦乐乎,金佩心窝在一旁给姚律师发短信。

"调解书上写两个星期,今天就到了。"她说。

姚律师很快回复了:"嗯,你别着急,还钱的事情总是这样,人都要拖到最后一天。不过,如果他们真的不想给,我们可以申请法院强制执行。"

金佩心想了又想,回复:"我知道了,我再考虑考虑。"

半夜的时候,她隐隐约约听到田小甜出了房间,又看到楼下亮着灯。她爬起来想去个洗手间,却听到楼下传来了田小甜的哭声。傅其华也醒了,两个人都听到了田小甜家楼下传来的争吵。

田小甜是个藏不住事的性子。听到妈妈说"别在孩子面前撕破脸"这样的话,她就更炸毛,当场就冲到楼下站在她爸她妈中间,瞪着眼睛问到底怎么回事。两个人都没发现田小甜醒着,吓了一跳,她妈明显不想让她听,挥挥手让她上楼去。"大人的事你别管,跟你没关系。"她妈说。

她爸就冷笑了一声,说:"怎么跟她没关系,她也大了,不能总惯着她,还跟小孩一样。等以后分开了,她就得学着自己生存,没人帮她。"

"分什么分?我不同意离婚,这个家就不分!"她妈也激动起来,伸手指着她爸的鼻子,"你别以为你跟我摊牌了,我就乖乖地净身出户,等着那个狐狸精来分你的家产。就算你不看在我的分上,小甜总是你的女儿吧?咱们这个家总要有她的份吧?"

"她不是我养大的?她这些年吃我的花我的我说什么了?哪里少她的了?

现在她都成年了,父母也要有父母的决定,不就是离个婚吗,有什么不能告诉孩子的?"她爸毫不示弱地反击,连看都没有看站在中间的田小甜一眼,仿佛她是两人中间的空气。

"行,你告诉她啊!你自己告诉她,你在外面养情人,养到人家大着肚子上我们家来挑衅!你的钱自己老婆孩子不给,不知道要给哪个野崽……"

"什么话?我现在就跟你离婚,你看谁是野崽……"

"你们够了!"田小甜尖声大叫。

楼上的金佩心和傅其华刚从房间出来,尴尬地定在门口,面面相觑。

"谁说你们要离婚了?"田小甜跺着脚,眼泪乱飙,"我不许你们离婚!"

她爸转身点了根烟,往门口走。"行,"他说,"我本来还想回来心平气和跟你谈谈的,你就闹吧,孩子也闹,这个婚是非离不可。你什么时候想明白了,咱们就去离。"

门砰的一声摔上了。田小甜的妈妈踉跄到沙发上坐下,捂着脸无声地哭起来。

"妈!"田小甜急着上前拉她妈手臂,"你别让我爸走啊!你跟他说,不能离婚!为什么要离婚啊?不是一直好好的吗?怎么了啊?……"

怎么拉也拉不动。田小甜喊累了,也坐在她妈脚边哭。

傅其华拉着金佩心回到房间,轻轻掩上了门。两个人窝在田小甜的大床上,沉默了很久,都没有说话,也没有再睡着。

第二天,所有人默契地什么都没有提。田小甜让小赵送她们回学校,然后跟傅其华一起去场馆值晚班。

"明天你是早班吗?"她们俩下车的时候小赵问。

"明天你不用来接我了。"田小甜犹豫了一下,说,"以后也不用了。我还是坐班车吧。"

姚律师后来给金佩心打电话,问她:"还是没有给你钱吗?"

"没有。"金佩心说。当然没有。她那么了解自己的父母,同意归同意,都闹上法庭了面子上当然要同意,他们要给金闯上大学的学费,给他买最新款的手机和电脑,给他攒钱在哈尔滨买一套房子,怎么可能真的会把五万块乖乖地给她?

"但是我不想申请强制执行了。"金佩心说。

"我也不是不缺钱。我挺缺钱的,以后也会一直都很缺钱。"她说,"但是这个钱我不想要了。我不希望他们恨我。"

他们已经足够恨她了吧,她想。

第五章
我想吃肉

1

　　失了业在家照顾妈妈的田小甜反而觉得清闲起来，每天心无旁骛地给妈妈喂水、吸痰、拍背、翻身，给气切口换药，还自己掌握了插胃管的手艺，再也不担心妈妈把胃管拔掉了。

　　从医院回来后不久，她听从医生的建议，为了锻炼病人的自主排泄，撤掉了病人身上的导尿管。但长期卧床的病人刚开始完全无法自主排泄，经常刚刚换上衣服和床单就又被弄脏。田小甜失业后的每天都是在洗衣机的运作声中度过的，在凌晨两三点钟的时候坐在客厅昏暗的灯下，一边等床单洗好，一边昏昏欲睡地刷着手机。那档小鲜肉真人秀已经接档开播了，朋友圈里都是前同事刷屏的截图和视频。罗洛也在那里卖力地吆喝，光是第一期播出那天晚上就发了十几条朋友圈。

　　他们倒是把我屏蔽了也行啊。田小甜在心里想。但生活好像就是这样，有些该明说的事遮着掩着不放到台面上，但该顾及你颜面的时候却是人走茶凉连个借口都懒得找。不过没把她删了好友倒是好事，说不定什么时候就在圈子里再碰到，虽然大家跳槽跳得比弹簧还起劲，但终究是身处同一个行业面对同一个市场，常常这个项目黄了之后转头又在下一个项目遇上了。所以，人坏事不能做尽，要给日后相见留有余地。

但说归说，又有多少人，一生没做过什么坏事，却要遭受比别人更多的苦难呢？

田小甜手机里有一个专门记录重要日子的App。以前那个App是用来记录她和何子睿的纪念日和小甜蜜小确幸的，后来逐渐变成了她记录护理妈妈过程的日志。2018年1月6日，妈妈已经承受了442天的苦难了，她也是。

妈妈插着气切管不能发声，每当她清醒的时候，拼命想要表达的样子就让田小甜心疼。她在妈妈手边放了小纸板，但妈妈没有力气，躺着视角又不方便，写下的常常都是无法辨识的痕迹。那些睡不着的晚上，田小甜总是在想，如果妈妈要跟她说话，会说什么呢？说没有看到她和何子睿的婚礼？说她怎么不去上班？说现在是几几年几月几号？有时她在妈妈床边醒过来，看到小纸板上又多了很多用力却无意义的划痕，她就既心急又难过。

洗完衣服已经接近凌晨，反正也睡不着，她索性起来到厨房去，早早开始准备妈妈一天的食物。蔬菜、水果、肉类，分别煮熟，然后用破壁机打成细细的糊状，按装进食盒放进冰箱，吃的时候再拿出来加热。这些事以前大多是陈姐做的，因为她总是加班到很晚，一天最多能喂上一次饭，陈姐准备好，她只需要加热就行了。

田小甜不会做饭。应该说，从前的她基本上什么都不会做。家里做饭有厨子，厨子辞了还有妈妈。出行有司机，家务有保洁，她自己只要打扮得美美的就可以了。她也没住过校，刚进R大的时候，不知道暖水瓶怎么用，不知道公共浴室要自己带拖鞋，不知道在食堂吃完饭要自己收餐盘，都是跟着傅其华她们有样学样的。但即使她什么都不知道，大家也只是会善意地笑笑，仿佛长得好看的女孩子做什么都会被原谅。饭卡不会买，旁边男生热情地教她买；快递盒子太重，路过的男生主动帮她搬到楼下；不会选课，同班的男生纷纷提出在线指导。

后来又有了何子睿这个模范好男友。虽然他在一街之隔的邻校，但基本上也能做到随叫随到，送个早餐，陪个自习，周末看电影什么的都不在话下。他们两个人在一起十年，虽然中间异国三年，但丝毫不影响田小甜直到妈妈出事的前一天都还是那个十指不沾阳春水的小公主。她连家里的调味盒都没有掀开过一次，不知道生抽和老抽的区别，连煮汤水的养生壶都不会用。

成长是早晚的事。田小甜在照顾妈妈的四百多天里迅速地把自己摔打成了一个指哪打哪的全能战士，虽然仍然懒得给自己做饭，但至少能够娴熟地照料一个瘫痪在床的颅脑损伤病人。

上午九点钟的时候，门铃被准时按响了。

自从何子睿得知她辞职在家之后，没有多问，也没有上门帮忙，只是每天会叫一个生鲜的送货到家服务，给她把新鲜的蔬果食物和日用必需品送上门。水果切好装盒，食材洗净处理成半成品，连要用的配料也备好。

田小甜知道他总担心自己不好好吃饭。以前加班到凌晨的时候，他就为了让她不吃重油重盐的外卖，下班之后亲自做宵夜给她送到公司去。他也忙，互联网公司的工程师哪有不忙的？但他愿意为她熬上好几个小时的鸡汤，剥一颗一颗干干净净的石榴籽装满一大碗，或是不厌其烦地给她剔掉每一只虾的虾线，拆出每一只蟹腿上的那块最好的肉。

现在她终于不加班了，每天平白多出大把的时间，她无所事事，终于开始回忆着妈妈或者何子睿做饭的样子，开始试着用繁琐的程序做一道菜。做糯米藕，糯米泡得不够软，填进藕里填得又不够实，全煮散了，变成了藕片糯米汤。煎带鱼，鱼晾得不够干，油又烧得不够热，一翻就粘锅，最后拎起来只剩半面。红烧肉糖和酱油都放少了，不仅不上色还发腻，气得田小甜最后还是回归到把何子睿叫外卖员送来的半成品食材，随便往锅里一扔，炒熟了拿出来就是一道菜，她以这样的方式骗自己也算是会做饭的。

不得不说他是这个世界上最了解她的人，胜过她父母，有时甚至胜过她自己，但了解并不代表能够一直一同生活下去。

何子睿收到了离婚协议，却迟迟没有签字，也没有跟她就此沟通。似乎他这样永无期限地耗下去，总有一天她会心软，或是疲倦，或是嫌烦，就索性算了，不离了，然后她就像什么都没发生一样，发微信问他几点到家，他就像什么都没发生一样回来，和以前一样生活。

不可能和以前一样了。田小甜知道自己的后半生即使不和妈妈绑在一起，也只能囿于这间仅有的容身之所，走不出去了。这里是她的安全区域，无论是工作，还是社交，只要她知道还有这里可以回，她就可以放心地去拼命。但她不忍心把何子睿也圈在这里，圈在自己身边，不忍心让他也永无期限地陪自己耗下去。

她早就愿意放手了，放过他也放过自己。

到了该喂食物的时间，田小甜端着食盒进了卧室，把妈妈手边的小纸板拿开，摇高病床，准备开始鼻饲。其间，妈妈又忍不住伸手去拨弄胃管，田小甜只好一边轻轻挡开她的手一边小声安慰："别着急，妈，一会儿就好了。不能拔，这个不能拔。"

等到一切都处理完，田小甜回到妈妈床前的时候，才注意到小纸板上又多了很多道字迹。她拿起来细细地辨认，却还是无济于事，沮丧地看了看妈妈。

"妈，你想说什么？"她下意识地问。

那天晚上她费了很大的劲，先是拿来了手机，试图把键盘举到妈妈能看到的角度，但手又够不到。她又拿来iPad（平板电脑），摇高病床，让妈妈在能看到的同时手指也能碰到，打开手写输入，妈妈试了很久，即使有智能识别，也还是难以辨认妈妈划下的究竟是什么字。

后来田小甜实在是累了，拿支架把iPad架在床边，关了自动锁屏，自己靠在一边的床上，昏昏沉沉地睡过去了。梦里面她和何子睿为了一道菜的做法吵得不可开交，何子睿说不要放葱，她偏要放葱，何子睿说她胡说，她理直气壮地说，我妈就是放葱的，不信你问她！但忽然又在梦里想起妈妈没办法回答她，于是委屈得醒了。

醒来看到妈妈眼睛微闭,呼吸均匀,已经睡熟了,手还在iPad的支架上摆着。她小心拿开妈妈的手,正要把iPad收起来,突然发现iPad屏幕还亮着,上面多了几个手写输入的字。

"我想吃肉。"

田小甜清清楚楚地辨认出了这几个字。

她忍不住扑哧一声笑了,笑着笑着又哭了出来。

金佩心最近在和同事一起忙一个公司并购的案子。原本没有什么特别,但有一次从客户公司出来的时候,意外地见到了一个很久没见的人。

姚律师。

从2008年那次交集之后,金佩心和他又断断续续见过几次面。后来申请出国读书的时候还找他帮了不少忙,联络了很多在国外的学长学姐和其他的校友。毕业之后,和国内的社交圈就渐渐地远了。

转眼多年,但金佩心还是一眼就认出了他。他样子没太变,就是人稍微胖了点,站在写字楼大堂的角落,在看手机的间隙抬头张望,像是在等人。

金佩心跟同事一起从电梯往门口走,走过他身边的时候,他抬起头扫了她一眼,毫无悬念地移开了目光,完全没有认出她。

金佩心想了想,还是告诉同事到车里稍等,然后转身向他走过去。

"好久不见。"她冲着姚律师微笑。

姚律师错愕地看着她,以为她认错了人:"你是……"

"姚律师,我是金佩心。你不记得我啦?"金佩心笑。

"金……谁?"姚律师犹豫地看着她,完全没有想起来。

"我是梁老师的学生。2008年8月,你帮我打过一个官司。"金佩心仍然笑着,耐心地说,"我大学的时候是个胖子。"

"啊！"姚律师大吃一惊，"金佩心？是你啊？我记得我记得……你现在……"

金佩心就笑："嗯，我变化比较大。你呢？现在在忙什么呢？能在这里遇到也算巧了。"

原来他老婆的公司就在这个写字楼里。他前几年离开了工作的律所，现在是给他老婆打工，也算是既体面又没那么辛苦。女儿五岁，平日里由同住的奶奶带，家庭美满。

"你变化可真大。"他看着金佩心，还在笑着感慨。"不过那个时候我就知道你将来会做律师。虽然你连跟人说话都不敢大声。"

"是啊，"金佩心说，"我那个时候对自己可没信心，但是熬一熬也就过来了。"

"真不错。"他说，"我就知道你一定能做到，我就知道。"

他说了好几个"我就知道"，听起来像是前辈对后辈的赞赏。"谢谢你，姚律师。"金佩心看着他的眼睛，郑重地说。

"谢我？哈哈，我有什么可谢的，当年也没帮上你什么忙。现在你混出头了，以后什么都不用担心了。"姚律师说。

"谢谢你知道。"金佩心说。

念书那会儿金佩心是真心崇拜姚律师，毕竟她人生中的第一场战役多亏有他在。但她是不会也不敢表露出任何一丝情绪的，因为从来不指望自己的任何一丝情绪可能在任何一个人那里得到任何的回应。

她转到法学院之后学分绩点没再拿过第一，但也靠着拼命用功名列前茅，只是奖学金就难拿了，直到毕业也只拿过两次三等奖学金。姚律师记得她的情况，有时会联系她问她生活上需不需要帮忙，她都是立刻一口回绝。

她不需要他的同情。这跟向他请教案子，找他帮忙联系实习，准备司法考试时有不懂的东西问他，这样的帮忙不一样。这样的帮忙，她敢于藏着自己的心情，打着学术讨论或是事业规划的旗号，堂堂正正地以学妹的身份向他请教,她才不觉得自己低人一等。

是的,她的心里有那么一点微小的期盼,期盼等到以后的某一天,她可以以平等而有尊严的身份,站在他对面,坦荡地说出一句欣赏和喜欢。胖子也有喜欢的权利,不是吗?

相熟之后,田小甜她们了解了她家里的情况,田小甜说话直,更是好奇地问:"你不是小时候好吃的都被你哥哥抢走了吗?怎么还会发胖的?"

金佩心知道她也没恶意,倒不生气,就说自己是因为十三岁那年得湿疹,吃激素药,一个冬天人就像吹气球一样肉眼可见地胖了起来。好在后来她爸嫌药贵,说湿疹又不是什么要命的病,花什么钱吃药,就停了。湿疹是没再复发,但胖却变成了她身上一个甩不掉的标签。金闯上高中之后在学校里看到她都远远地绕着走,从来不承认她是他妹妹。因为胖,她高中三年得以享受一个人的"专座",坐在教室最后靠近垃圾桶的角落,也没有同桌。由于全班只有她是单出来的,老师常常发试卷的时候数漏了,发到她那里就没有了,她只好自己站起来到讲台前去领。

后来她回想起学生时代,可能自己受到的白眼和嘲笑并没有她印象中那么多,在她走到讲台前去拿试卷的时候,其实也并没有那么多同学盯着她看,大家都忙着抓紧时间看卷子呢。但对当时的她来说,那漫长的一分钟路程简直太煎熬。她甚至因此请假缺席了所有的跑操和体育课,就为了尽量不在除了教室之外的公共场合出现。

田小甜说:"减肥很好减的!每次我妈大鱼大肉把我喂胖了两斤,我饿一顿就回去了!"

傅其华说:"不能饿,饿对身体不好。你有那时间,还不如跟我去打两个小时羽毛球,吃多少都能给你打回原形!"

金佩心也只能配合地点头笑笑。

她不敢饿,否则没有精力去学习和打工,她也不去运动,否则没有时间去学习和打工。在名牌加身、妆容精致的田小甜和自从谈了恋爱像变了个人的傅其华身边,她还是安于自己毫无存在感的存在。唯一能够唤起她改变自己的愿望的,就是每次要和姚律师见面之前,她会问田小甜借来熨烫机,把要穿的衣服上的褶皱熨平,仅此而已。

转机发生在毕业的时候。

梁老师问她愿不愿意代表2007级本科优秀毕业生在法学院毕业晚会上发言,她想都没想就拒绝了。梁老师十分不解,她作为一个大一转系过来的拿着助学贷款的学生,拿过奖学金,做过业内顶尖律所的实习生,申请到了美国顶尖法学院的研究生,她不代表谁代表?

但她说什么也不愿意。在众目睽睽之下站到毕业晚会的台上,面对全院的学生和老师,简直是公开处刑。梁老师拿她没办法,后来换成了一个成绩不如她但是保研了的同学。

毕业典礼那天,金佩心和其他人一样穿着毕业生的学士服,照常坐在角落里。隔着人群,她远远地看着那个替她做优秀毕业生代表演讲的女生在台上侃侃而谈,赢得一阵阵掌声,然后鞠了一躬下台,坐到第一排靠边的位子上。目光扫过去,金佩心却意外地发现女生旁边坐着一个熟悉的身影。她揉了揉自己的眼睛,仔细看去,果然是姚律师。他穿了笔挺的西装,看起来神采奕奕。

还没等金佩心反应过来,就听主持人说:"下面有请我们法学院的优秀青年校友代表,1999级毕业生姚予同学发言!"

他就起身整理了衣扣,大步流星地迈上台去了。

金佩心有些愣神。他说了句什么,台下哈哈笑起来,还伴随着一阵掌声,但是金佩心没有听清楚。她回想起2008年那个第一次走进法庭的夏天,那张诉状,那纸盖了章的调解书,想起他说,怎么也帮你把钱要回来,想起他说,别害怕,我在呢,没事。想起他翻着厚厚的法典给她讲案例的样子,想起他为了研究她申请的专业,把美国前百大学的法学院排名和优劣填满一张密密麻麻的Excel(电子表格软件)表格深夜发给她。想起她收到dream school(梦想的学校)的offer(录取通知)之后第一个打电话给他,他高兴地说要请她吃毕业大餐。

有那么一瞬间,她想,自己可不可以喜欢他呢?

毕业典礼结束之后,金佩心有意走在人群后面。很多毕业生跑到台前去拍照,他也还在附近,和几个穿着学士服的学生说着什么。等到那几个学生散开,金佩心充满期待地走过去。他转头看到了她,脸上露出欣喜的表情。

"毕业愉快!"他说,"你这么优秀的毕业生,怎么没当代表发言呢?早知道我就跟梁老师推荐你了!"

金佩心不好意思地笑笑,正要开口,他突然抬眼看向她身后。"你来啦!"他笑着说。

金佩心困惑地一回头,视线里出现了一个女孩,高挑纤瘦,眉眼锐利,长发束起,穿着干练的黑色职业装,脚步轻盈地走过来,挽起他的手。

"我早就来啦!"她笑着对他说,"差点没赶上姚大律师的演讲!"

"你别笑话我了!"他也笑,两个人是那种恋人之间相熟很久的无须掩饰的亲密。

金佩心恍了神,在大学时光的最后一刻,她似乎又回到了她刚刚踏进校门的那一天,她坐在宿舍楼外的长椅上自怨自艾,那个她为之赴约的人,挽着别的女孩的手,说说笑笑地从她面前离开,眼神扫过她,就像扫过空气一样。

"啊,你还没有拍照呢!"姚律师突然想起来,"我来给你拍!忘了介绍,这是我女朋友杨珊珊,这是梁老师的优秀学生金佩心,非常刻苦,非常用功的学生,以后一定特别有前途!"他忙不迭地推金佩心站到挂着毕业典礼横幅的台前,拿了她的手机,左看右看,拍下了照片。

那张照片里,金佩心面无表情,学士帽戴歪了,帽子上的穗子不知道飞到了哪里去,一半衣领翻在了学士服的外面,身后还有两个乱入的人,好巧不巧地挡住了"毕业典礼"那几个字。

金佩心后来用那张像素极低的丑照当作自己的微信头像,一直用到现在。

毕业的那一天,的确是她人生的转机。

不仅仅是因为她用完美的成绩毕业了,要拿着奖学金去美国的大学深造,也不仅仅是因为她的爱情再一次还没有萌芽就死亡了,现实再一次残酷地告诉她,她没有坐在喜欢的人旁边的权利。

还因为她清楚地意识到,她的人生迈进了一个新的阶段,该有新的目标了。如果现在的自己还配不上目标,那就改变,把配不上的部分,都扔掉,把自己该有的权利,一样一样地争取回来。

"他没再来骚扰你?"傅其华妈妈在视频里疑惑地问她。

"没有。"傅其华回答。

"真没有?你别骗我啊。"妈妈说。

"真没有。"傅其华回答。

"怎么了?"视频里傅其华的爸爸突然凑过来。

"没怎么,爸,你这两天咳嗽好点没?"傅其华问。

"好点了。你怎么今天白天也在家?不去上课?学校没出什么事吧?"爸爸问。

"我那个班结课了。正好准备搬家,我歇两天。"傅其华迅速圆回来。

"真的假的?"她爸凑近镜头,观察了她好一会儿。"你妈说那个兔崽子又去找你了,我告诉你啊,他要是真敢来,你不要怕,打电话给爸爸,爸爸现在就去揍他。"

说完就是一连串的咳嗽。

傅其华笑:"妈,你赶紧让他歇着去吧,别在这跟我扯有的没的。我没事,你俩不用操心,帮我带好西西我就放心了。"

虽然爸爸现在身体欠佳,但傅其华丝毫不怀疑,只要她一声令下,他还是会像以前一样,冲到她身边来保护她,仿佛她从来就没有长大,仍然是那个在幼儿园不分青红皂白怒揍小朋友,然后跑到爸爸面前"恶人先告状"的小机灵鬼。

但她已经是为人母的人了,她没有脸面让年近花甲的父母再为自己乱成一团的生活而奔波,那是不孝。

傅其华是2017年初的春节时离的婚,那时西西刚满月。

大年三十的晚上,傅其华躲在卧室里,偷偷用微信拨语音电话给她爸妈。爸妈嚷着要看她和西西,傅其华一直说手机坏了,不能视频,只能语音。她妈催她换iPad或是电脑,用别人的手机也行,家里老公和公公婆婆都在,那么多人呢,打个视频电话有什么难的。

傅其华就是不视频,她妈又催了几句,她就烦了,发起脾气来,说:"有完没完了!你们自己过年去不行吗!别烦我了!"

对面静默了十几秒,然后她爸的声音犹豫着传来:"华呀,你是不是遇到什么难事了?"

傅其华口不择言:"遇到难事跟你们说有用吗?你们又不是我!我求求你们别问了行吗?"说着说着眼泪止不住,连忙挂断了电话。

她不想让父母看到她额头上的淤青,不想让他们知道除夕夜婆家一家人坐在客厅里其乐融融跨年,自己一个人守着孩子掉眼泪。

但是她还是太低估了爸妈的超能力。大年初一一早,老两口买了早班飞机从西安飞长沙,中午就到了,安安稳稳找个市中心的酒店住下,然后给傅其华打电话。

"什么?妈你说什么?"坐在床上喂着奶的傅其华吓得差点把孩子从胸口掉下去,"你说你们在哪?"

她爸接过电话,不紧不慢地跟傅其华说:"华呀,收拾收拾,爸带你去吃好吃的去。"

傅其华惊得半天没反应过来,过了好久,才犹豫说:"不行,我不放心西西跟他们留在家。"

"那就把娃抱着,该带的东西带着,出门打车,别给孩子冻着。"她妈接过电话说。

宝宝小不能出门太久,三个人就去了酒店楼下的餐厅,要了一个包厢,傅其华把摇篮里的宝宝和喂奶的东西放在椅子旁边。爸妈把菜单推给她,问她想吃什么。

傅其华盯着菜单想了很久。

她想起怀上西西之前婆婆每天端来的散发着诡异气味的"生子偏方"。生下西西之后,她想给自己熬点补营养的汤,婆婆都嫌她矫情,她只好离厨房远远的。坐月子的时候胃口变化得快,她有时吃不饱,有时又疯狂地想吃某种食物,但孩子离不开她,她出不了门,又没办法和家里的任何人说。她奶水太少,除夕那天晚上,她跟丈夫商量能不能过几天去医院看看,否则孩子每天吃不饱,就被他扇了一巴掌,脑门撞了床角一下,立刻就青肿了。

"我想吃肉。"傅其华看着菜单说。她摘下一直戴着的厚厚的帽子和口罩,露出了额头上的淤青,和脑后掉光的一大块头发。头发是她前几天才发现的,她梳头时不小心扯了一下梳子,结果毫不费力就揪下了一大把,再摸上去顿觉头皮发凉,她才发现脑后秃了一块。

她叫来餐厅服务员,面不改色地点了满满一桌子的大鱼大肉。"爸,妈,那我就不客气了。"她说。人都来了,她也没有什么可遮掩的了。在爸妈面前,她谁也不是,就是她自己。

那顿饭她吃得超级开心,觉得自己好久好久没有吃过这么好吃的东西了。水煮鱼也好吃,红烧蹄髈也好吃,牛肉粉也好吃,夫妻肺片也好吃,熘肥肠也好吃,口水鸡也好吃,每一个菜都好吃,好吃到连看一眼旁边睡在摇篮里的女儿都舍不得。

她爸妈没怎么说话,也没动几下筷子。吃了一会儿,她爸说要去个洗手间,就出去了。

"我去看看。"她妈也出去了。

傅其华继续吃。吃了一会儿她觉得应该要个饮料来喝,就推开包厢门,想看看服务员在不在走廊里。然后她就看见自己的爸妈远远地站在走廊尽头,她妈伸手轻轻地拍着她爸的背,她爸低着头,背对着她,她看不见她爸的表情,但看得见她爸在一个劲地用手抹眼泪。

傅其华推门的手僵了几秒钟,然后关上了门,坐回桌边,拿起筷子继续吃她的菜。

不能哭。她在桌子底下掐自己的腿。不能哭。

过了不知道多久,她爸妈神色如常地回到包厢,傅其华面前的一碗牛肉粉已经吃得只剩汤了。

"服务员在外面吗?"她抬起头问她爸妈,"我要喝冰可乐。"

"你刚出月子,这大冬天的,喝什么冰可乐。"她妈立刻说。

"华呀,你想喝啥喝啥。"她爸二话不说开门去叫服务员。

服务员进来了,问傅其华:"要点什么?"

傅其华想了想:"有可乐吗?……有常温的吗?"

那天晚上傅其华没有回家,西西在酒店的房间里睡得香,她一边断断续续地喂着奶,一边和爸妈絮絮叨叨聊了一夜,专拣轻的说,但对她爸妈来说,再轻也足够重了。

她怕爸妈不能接受,犹豫了很久,才小心翼翼地跟他们说:"其实……我想离婚。"

她爸她妈对视了一眼,两人都没说话。

过了好一会儿,她爸先开了口。

"民政局大年初几开门?"她爸说。

"啊?"傅其华和她妈都没反应过来。

她爸伸手披了披西西的小被子,说:"我闺女受委屈,我一天都忍不了。要是民政局明天开门,咱明天就去离。"

后来傅其华她妈告诉她,在餐厅走廊里的时候,她爸跟她妈说:"咱是不是错了?"

她妈说:"错什么了?"

"错在不该啥都听她的……我就想不明白了,"他说,"咱们把她养得这么好,舍不得打舍不得骂的,怎么到头来净让别人欺负了呢?"

有时傅其华也在奇怪,那个在幼儿园叱咤风云的捣乱鬼,那个和男生们一起翻墙去网吧打游戏的假小子,那个骄傲地在礼堂接受拉小提琴的男孩表白的女孩,哪里去了?

为什么她从小到大成长在恩爱的父母身边,自己反倒成了最不会爱的一个人?

但那时没有人来告诉她,不是她的错。

第二天是她爸陪她回了婆家,她妈陪孩子在酒店。

"于辰!"她爸站在门口,也不进门,就直接说,"我们家傅其华要跟你离婚!"

公婆其实在西西出生之后对傅其华就已经很不满了,加上傅其华说近几年也不考虑再生二胎,他们还真动了让儿子跟她离婚的念头。但于辰并没同意,他一看傅其华她爸来了,立刻从屋里冲出来,扑通就给她爸跪下了,一口一个"爸"叫着,哭天抹泪地认着错,求傅其华回家。

当时家里还有几个过来给于辰爸妈拜年的亲戚,于辰的爸妈在一边脸都绿了,他爸破口大骂让他起来,说哪有给岳父下跪的,丢不起这个人。

终于是没能把户口本拿出来,于辰拦着不让拿,人多,推推搡搡的,傅其华也不敢进屋去翻找,怕他们七手八脚万一真的又闹起来,自己倒是没什么,把她爸吓出病来就不好了。

于辰他爸妈还扬言,让傅其华有能耐就不要再回来,反正生了个女娃,他们也不稀罕。几个亲戚也对她和她爸指指点点,告诉她当于家的儿媳妇就要听话,这里可是他们的老家,她从哪里找人来撑腰都没有用。

傅其华怕事情闹大,就带着她爸赶紧走了。一家人愁容满面地坐在酒店房间面面相觑,有一种秀才遇到兵的难堪。傅其华知道,她爸妈做了一辈子教师,从来都拉不下脸来跟别人撒泼打滚,那是没文化没素质的人才干得出来的事。于辰家是本地的,真要是耍起赖来,她也没有办法。她甚至也想到了打官司离婚,但她现在生活里都是刚满月的孩子,根本没有心思和精力去完成想象中那么大的一个"工程"。她只想平平安安地陪孩子长大。

不过,她再一次低估了她爸妈的超能力。

对金佩心来说,离开家乡,和亲生父母对簿公堂,大学毕业,自己还清助学贷款,去美国留学,都是脱胎换骨的过程。但最直观可见的"脱胎换骨",还得算甩掉身上这几十斤的肥肉。

减肥是她大学毕业典礼那天给自己立下的第一个目标。从那天起,她的债还清了,什么也不欠了,可以纯粹地为自己活着了。

后来金佩心并没有去她的 dream school 读书,原因很简单,dream school 给了她半奖,她激动过后,果断地选择了另一所名不见经传但给了她全奖的学校。姚律师当时还建议过她,将来需要实习和求职的时候,学校的排名还是很重要的,既然都收到了名校的录取通知书,不去就太可惜了。但金佩心没有办法,她没有钱,连申请学生签证的时候都不知道要在存款那一栏填什么,她只能退而求其次。

在马萨诸塞州那个安静的小镇上度过的两年是她最心无旁骛的两年,除了每天无休无止的课业和论文之外,她不声不响却倔强地开始了她的减肥大计。

起初当然是既愚蠢又无效的少吃少吃再少吃。体重没怎么减下去,人倒是肉眼可见地萎靡了。又赶上东部风雪呼啸的荒凉冬天,以为能靠着胖人的底子熬过去,结果饿到早上上课都爬不起来,穿了最厚的羽绒服出门还是冷得浑身打颤。

第一个学期最后一门考试前,她实在饿得不行,喝了半瓶牛奶,结果还没考完就去拉肚子了,等她从洗手间回来,考试已经结束了。那门课成了她两年成绩单上唯一的一个B。

好不容易熬过了冬天,等春季学期来的时候,她的室友,也是中国留学生,一个学统计的上海女孩,看她每天浑浑噩噩精神不振,硬是拖她去学校的心理健康中心看医生,说担心她再饿下去会猝死,或者出现精神问题。

医生给她开的补营养的保健品她一概没吃。善良的室友怕她想不开,一个劲地劝她,说咱们亚洲人就是对自己太严格了,你哪里胖了?一点都不胖!你看人家美国人要两百磅以上才算胖呢!

来自别人的安慰总是没有自己内心的原始欲望来得强烈。金佩心宅在宿舍的时候,无意间看到YouTube上《舌尖上的中国》火了起来,世界各地的网友们纷纷在底下对中国美食表示好奇,捕鱼的,挖笋的,酿豆腐的,腌酸菜的,她打开看了几集,口水眼泪流了一桌子,深刻地体会到了一排排网友留言"饿哭了""馋哭了"的感觉。于是大半夜跑去翻冰箱,但冰箱里根本没有什么可吃的。好不容易在冷冻格的角落里发现了一块不知道买回来多久的牛排,好像不是她买的,是室友买的,她也顾不上面子了,就去敲室友的门。

"对不起吵醒你……这个肉是你买的吗?"她问,"我可以吃吗?"

室友迷迷糊糊地出来,一看她涕泪交加,吓醒了:"你怎么了?生病了?我陪你去医院?"

"我没事……"金佩心说,"我想吃肉。"

凌晨三点钟独自在厨房煎牛排的香味对金佩心来说是极其美妙的回忆。虽然吃完那牛排之后她又拉了一天肚子,但从那以后她再也没有靠盲目节食减过肥了。

取而代之的是每天早晨不断增加的公里数和去得越来越频繁的健身房游泳池。每次虐到快炸了的时候,金佩心都在骂自己,中学和大学的时候为什么那么在意同学们的眼光?为什么不去跑操,不去上体育课,甚至连休息时间都窝在角落里动都不动?有什么丢脸的?欠下的自虐还不是要现在的自己来还?

好在她终于把自己瘦成了一个正常人。但那张毕业典礼上拍的高糊照片,她一刻都没有想换掉过。每次看到那张照片,她就会提醒自己,以后的每一个目标,都要像这个目标一样,拼了命地去实现。

她非常感谢姚律师。在她还是那个又胖又丑又胆小的女孩时,他没有同情她,没有高高在上地指点她,没有给她一点点可能喜欢他的机会。但他知道她不服气,知道她想追求更好的,最重要的是,他知道她当年得不到的,如今她已经不会再介意是否得到了。

她谢谢他的"知道"。

2017年的春节对傅其华来说极其难熬。婆家她不能回,孩子每天哭闹,爸妈千里迢迢地来见证她的失败,离婚又不知道怎么离,那是她在长沙过的唯一一个春节,湿冷的风和冰冻的雨顺着骨头的缝隙渗进全身,钻心地疼。

民政局大年初七上班。初六那天晚上,傅其华跟她爸妈说:"要不,给你们买机票,回去吧。"

她妈说:"回什么?这事还没了呢,我们哪放心。要回咱们一起回。"

傅其华灰心地说:"算了。要是真的离不了,我也认了。我以后再劝劝他,实在不行……等孩子大了,我再生一个。"

"生什么生?"她妈立刻横了她一眼,"一个西西就够了,他于辰算什么东西,值得你再受一回罪?"

"华呀,"她爸一直低头看手机,突然不紧不慢地开口了,"明天,咱再去一趟他家,把那兔崽子揪出来,连着户口本一起,直接带到民政局去离婚。你记得把身份证拿好,别丢了。"

"爸,你说什么呢?"傅其华气恼地说,"你没听那天他们家亲戚说吗?咱们再去,除了被他们看笑话,还有什么用?万一再把你给气病了,我不得后悔死?"

她爸也没说什么。

第二天早上,傅其华因为哄孩子没太睡好,还在迷糊的时候,听见她爸在打电话,说什么到没到,把地址发过去什么的。她睡眼惺忪地从床上坐起来,她爸看她醒了,就说:"华呀,收拾收拾,走。"

"走哪去?"

傅其华被她爸拉到酒店楼下的时候,整个人都蒙了。

街边齐刷刷站着十几个大小伙子,领头的是个三十多岁的男人,剃着光头,一脸横肉,长得怪吓人的。一瞬间傅其华以为见到了黑社会街边非法集会的场景。

那个领头的一看到傅其华她爸,就迎上来,笑容满面:"傅老师,没迟到吧?"

傅其华大吃一惊:"你叫他啥?"

她爸就不紧不慢地踱过来:"华呀,这是我以前教过的学生,张一凡,现在是开武术学校的,那些都是他的弟子。"

"弟子?"傅其华的脸一会儿红一会儿白,"爸,你是瞒着我去搬救兵了吗?"

"那还用说?"那个张一凡大手一挥,一帮小伙子就跟过来了,"一日为师终身为父,傅老师的事就是我的事,只要傅老师一声令下,要多少人有多少人!谁怕谁!"

傅其华吓得缩到一边,偷偷拉她妈袖子:"妈,你同意的?"

她妈说:"我有什么办法?你爸大年初一那天回来就一晚上没睡,说他闺女受委屈了,怎么也不能把你留在长沙,他们于辰家不是窝里横吗,不是有人撑腰吗,咱也有!跟张一凡打电话的时候还说要给他们报销机票,结果人家仗义,不仅没让你爸出钱,还说来就来了十几个人……"

一票人浩浩荡荡冲向于辰家,傅其华觉得自己好像走在黑社会老大的保镖身边,心想她爸不会表面上是个教书育人的老师,其实私底下是个退隐江湖多年的扫地僧吧。转念又一想,她爸怎么不早点用上这招呢?如果当时她要死要活非得嫁给于辰的时候,她爸找来这么一帮人往她和于辰面前一站,不用说于辰,她自己估计都要先保命了,哪还能结这个婚,遭罪到今天。

于辰他爸妈一开门就吓瘫了,一帮人呼啦啦冲进他家,于辰嚷嚷着要报警,张一凡就伸手拧了他的胳膊,他就不敢动了。

"你去吧,"张一凡冲着傅其华说,"把该找的证件找出来,该带的行李收拾了,我先带这位到楼下等你。"然后揪着于辰下楼去了。于辰他爸妈哭天抢地跟在后面,被其他小伙子拦住:"放心,我们又不干啥,去一趟民政局就回来,用不了多长时间。"

如果不是她爸突如其来的这么一招,傅其华的离婚也不会那么顺利。在后来被噩梦纠缠的无数个夜里,她唯一心安的,就是她的爸爸,超能力保护神,当初英明神勇地带着一群天降救兵把她从那个婚姻里神奇地解救了出来。

"华呀,"在回去的飞机上,她爸坐在她旁边,说,"爸说了要带你回家,就肯定要带你回家。你不管什么时候,只要想回家,跟爸说一声,你在哪爸都去接你。"

傅其华点点头,忍着没哭。

她爸回头看了看后座正眯着眼打盹的妻子,凑近她耳朵,小声说:"你妈说了,这回回去以后,她要好好练习做饭了。你小的时候,我们都忙,委屈你了。以后你和西西什么时候想吃肉,都有得吃。"

傅其华被逗笑了。她看着摇篮里熟睡的女儿,那一刻,她对接下来自己要走的路一点都不怕了。

2018年1月17日,第453天。田小甜在咨询过医生之后,开始试图帮母亲恢复自主吞咽。一开始她害怕得要命,因为每次试图喂食入口,母亲都会呛得满面通红,并且很容易堵塞气管,引发其他的危险。

什么都没有进食的原始欲望来得强烈。在心惊肉跳的数次试验之后,母亲终于能够吞咽了。田小甜把拔下的胃管放在一旁,再也没有用过它。

母亲的康复进程激励了田小甜学做饭的决心。即使是放进破壁机里搅烂的食物,她也要做出母亲爱吃的味道。她每天泡在厨房里,母亲曾经做给她吃的每道菜,她都试着做出来,看着母亲一餐比一餐吃得香,她的成就感无以复加。

后来她给何子睿发微信,告诉他不要再叫外卖送食材了。

"我现在都自己做饭了,刚请医生来撤了妈妈的气切管,妈妈正在好起来,特别好。"她说。

何子睿说"好"。

从那天起就没有外卖准时上门了,田小甜每天自己买菜做饭,想起何子睿,总觉得有些失落。但终究,她可以渐渐地,什么都不再依赖他了。

生姜姑娘和蒜头先生

你见到在厨房阳台上摆了一年多的生姜姑娘和蒜头先生了吗?

如果你那天按时回家,它们或许在两天之内就被你下锅炒掉了。但它们到现在还守在阳台上,风吹日晒地,孤单得发了芽。我没有去碰它们,因为我知道它们很脆弱,碰一下就会碎成粉末,就像我跟何子睿一样。

今天是晴天,周末雾霾压城的两天熬过去了,没有工作在家的日子真适合睡懒觉。一大早起来洗完衣服做完饭换完药忙完一切,也才刚刚七点钟。从前上班的时候,睡到九点都爬不起来,非要拖到迟到不可,千等万等休一天假,一定要睡过中午,否则就觉得吃了大亏。

你现在能写字了,我真开心。早知道就早点帮你用 iPad 了。不过我早就养成了习惯,每天都跟你说话,不想对别人说的话,包括何子睿在内。当然,我平时也就只是吐槽吐槽同事,抱怨抱怨工作上的苦,说完就舒坦了,你也不要往心里去。

说起来,你应该是喜欢我跟你唠叨的吧?初中的那两年,我青春期叛逆,一回家就把自己锁在屋里,不说话则已,说没两句就杠,我真是可恨啊,是吧?我后来才知道你和爸爸那时候就开始吵架了,我还每天气你。气爸爸没用,因为他心里头其实是不在意的,但你在意我,所以我总是能气到你,人对越亲近的人伤害越是一针见血。我真是不理解我那时候脑子里头都在想什么,又顽劣又愚蠢。

现在想想,还是生活太富足了吧,每天都为校服里面穿什么衣服配什么鞋上学而烦恼,为买不到喜欢的明星贴纸和卡片而烦恼,为上课又传纸条说小话被老师抓住而烦恼,为没能赶在体育课课间跟何子睿说个悄悄话而烦恼。真是羡慕从前的我，连烦恼都烦恼得那么优越。

你那天划了很久，我都猜不出来你要写什么字，猜来猜去我不耐烦了，就撇下你到客厅里看综艺去了。越看越烦躁，平时超爱看的搞笑综艺，我一点都笑不出来。同事说我性格阴郁，不好交往，已经因为这个明里暗里挑剔过我很多次了，现在行业里拼命的人越来越年轻，思路快，脑洞大，有料还有梗，我可能是老了，真的跟不上了。但是等我回来的时候，看到iPad上你写的"饿"，我就忍不住笑了很久。想说我都给你一天三顿了，你怎么还饿！我自己都怕胖不敢吃宵夜了！你看，你现在是唯一可以逗我笑的人了。

我现在有点打不起精神做事情，当然不是因为你的原因，也不完全是因为何子睿。就是觉得大家都在充满斗志地往前走，我却在三十岁的这个当口，原地坐下来开始自省了。要是换作以前，你又要说我了，无外乎就是，家里不像从前了啊，你要靠自己了啊，妈妈以后就指望你了啊。

其实相反，一直以来，我才是指望你的那一个。如果不是每天惦记着你，我可不知道我现在的生活会失控成什么样子。所以啊，你快点起来继续鞭策我吧，否则，我可能说不准什么时候才能从原地起来，继续往前走了。

你还记得我的大学室友金佩心吗？以前她们来过家里吃饭，胖胖的那个东北姑娘。她回国了，留在北京工作了。傅其华告诉我了，她们一直想见个面，聚一下，但我一直都没有答应。我是不是特别虚伪？

金佩心现在是律师了，不愧是当年转系去法学院的学霸。傅其华也生小孩了。她们现在变化应该也很大吧，但在我印象里还是开学第一天在宿舍见面的样子，金佩心丢了钱，傅其华的短头发，还有忙忙碌碌帮我张罗的你。

最近想起了很多以前大学里的事情。有一次罗洛看到我大学时的照片，我说，姐姐我当年不是校花也是系花。罗洛欲言又止了很久，然后说，你们那个时代的花，品味还挺别致的啊。气得我那天下班没捎他去地铁站，他给我买了三天咖啡我才原谅他。

我后来跟你承认过,大一的时候我就偷偷跟何子睿好了,你当时还生气呢。但我瞒着你的事还少吗?哈哈哈。不说了,再说你怕是要气得跳起来打我了。我保证,你要是打我,我绝对不还手。

冬天很快要过去了,生姜姑娘和蒜头先生也迎来了新的一年。它们两个隔着十几厘米的距离在阳台上对峙,谁也不靠近谁。我和何子睿也分居很久了,有时我在想,如果让你来评评这个道理,我还真猜不出来,你会向着他,还是我呢?毕竟他是个经过九九八十一难终于赢得你喜欢的女婿,而我是个从小骄纵任性一天都没让你少操心的女儿。生姜和蒜头,两个让人掉眼泪的东西凑在一块儿,那还了得。

等你起床,就可以跟阳台上的它们打招呼了。毕竟它们短暂的生命因此多存活了这么多天,还发了新的芽。快来看看它们吧。

昨天出去买菜的时候穿少了,回来竟然就因受凉开始打喷嚏,今天早上忙完之后才觉得发烧,浑身都难受。但是一整天该做的事情照样一样不落还得做。下意识就想打电话跟何子睿求助,又想起我们明明在冷战在协议离婚,就只能跟你吐槽了。

你晚上又在 iPad 上划了很久。我知道你是憋得久了,有倾诉的欲望,也没去管你。我因为生病,跟你碎碎念吐槽了一天,也该让你念回来不是?

晚上起来看你的时候你睡熟了。可能是心理作用,自从你能自己吃饭以来,我觉得你在以肉眼可见的速度发胖,哈哈哈。没有别的意思,是说你在长身体,康复得越来越快了,夸你呢。

这一次你写下的字比之前都多,而且不是"红烧肉""包子""饿"之类的词。

你写:生病,吃药,爱自己。

哎呀,你又变成唯一可以惹我哭的人了。

第六章 坟

1

田小甜的爷爷是2009年冬天去世的。原本那个寒假她和何子睿计划着要去西安玩,让傅其华带他们去逛回民街,吃羊肉泡馍,正好跟她妈说是和傅其华一起,她妈也不会怀疑。但是爷爷病危的消息传来,她爸也要从杭州临时回去,她和她妈从北京飞成都,田小甜不得不取消了去西安玩的计划。

何子睿说:"你不去西安了,那我也早点回家吧。"

田小甜说"好"。

她以为的早点回家是各自回家,毕竟谈恋爱的这两年何子睿在田小甜家人面前仍然是见不得光的隐身状态,因此当她和她妈一起在机场办值机的时候,看到拖着箱子不紧不慢东张西望的何子睿,嘴都要气歪了。

跟她妈借口说要上厕所,田小甜光速冲到了她妈看不见的角落,给何子睿打电话。

"谁让你跟我买同一班机的?"田小甜气急败坏,"让我妈看到你就死定了!"

"不是你告诉我的吗,我也想今天走,有什么不行的……"何子睿争辩。

"你你你……气死我了。"田小甜无言以对,"那你离我远点,我不认识你。"

"哦。"

何子睿倒是听话,挂了电话之后,自己就去值机了,候机的时候也坐得远远的,一副人畜无害岁月静好的样子。

田小甜这头却是又生气又忐忑。

高中的时候她爸妈闹到学校让老师把他俩分班,他们远远地见过何子睿一面。后来她转学去北京考试了,她以前的同学在QQ上给她发毕业合影,还被她妈检查过。不过她猜想他们应该也不记得何子睿到底长什么样子,谁会对来拱自己家"白菜"的"猪"进行面部特征识别存储啊?

飞机在成都落地之后,田小甜和妈妈等着司机来接,她一开机,就看到何子睿的信息:"注意安全,随时联系。"田小甜抬头四处找,却没在人群中看见何子睿的身影。

田小甜家在成都市内,爷爷跟姑姑一家住在一起,在成都往东的一个县级市。爷爷病危后,家人把他转到了成都市区的医院,亲戚们轮流照料。田小甜家近,房子又大,就成了大家倒班的据点,她爸从杭州赶回来之后直接就去了医院,家里的亲戚都是由她妈来安排。

田小甜没见过奶奶,妈妈那边外公外婆走得也早,爷爷是她最后的隔代长辈了。但她从小对爷爷印象并不是特别深刻,除了指使叔叔和姑姑们来借钱之外,也没有什么别的记忆。父亲是长子,发家之后,一家老小都是他帮衬的,基本上是有求必应。

家里人多,医院那边田小甜跟着她妈去过几次,也帮不上什么忙,她妈就在家里照应亲戚们。田小甜闲得无聊,偷偷发短信叫何子睿出来见面。她妈问她去哪,她说跟以前高中同学聚会,她妈就叫司机送她。

田小甜就坐上车,开出一个路口就让司机把自己放下来,然后转身打个车去找何子睿。

何子睿以前就跟她表示过不满。他说:"我迟早都是要见到你爸妈的,你把我藏着掖着像个丑媳妇一样有什么用?"

说归说,田小甜还是觉得心里没有底气。毕竟她高中时因为跟何子睿早恋,闹得全校人尽皆知,最后跟她爸妈赌咒发誓再也不跟何子睿见面,并且没过几个月就转了学去了北京。她如果在大学同学里随便拎出一个人,说他是自己的男朋友,她爸妈说不定都可以接受,只要不是何子睿。

何子睿有什么毛病?什么毛病都没有。勤勤恳恳,既聪明又用功,毫无任何恶习的乖学生。田小甜总是说他从小到大在学霸榜上都没下来过,结果因为跟她扯上关系,直接空降八卦榜榜首。

"我有什么错?喜欢你的人那么多,我不早点下手,以后该后悔了。"何子睿说。"话不要说这么满,小心以后真的后悔哦!"田小甜故意激他。"那就走着瞧!"他也故意顶嘴。他平日是个温和理智的慢性子,只有在热热闹闹的田小甜面前,他才会跟她像两个小孩一样毫无意义地拌嘴吵架,然后笑得丢掉自己的所有智商。

"好多亲戚我都没印象了。"田小甜坐在串串店里,百无聊赖地拨弄着吃剩的一堆签,噘着嘴抱怨,"我不喜欢他们在我家里住。但是我爸说了算,我也没办法。我妈每天张罗这个张罗那个,我觉得比在医院给爷爷陪床还累。"

"希望爷爷早点好起来吧,你家人也能歇一歇了。"何子睿帮她把食物从签上剔下来,放在她碗里,说。

"我妈还说让我没事也去陪床,我姑家的表姐刚工作,忙,没有时间。"田小甜说。

"你不是还有个叔叔吗?"何子睿问。

"叔叔家堂弟还在上学,年纪小不懂事。"田小甜说。

何子睿就笑了:"你不也在上学,也年纪小不懂事。"

田小甜瞪他:"说正事呢!你又笑话我。"

何子睿笑着摇头,用纸巾把她面前的一堆签子拿走。

吃完串串走在回去的路上,田小甜窝在何子睿的外套里,叹了一口气:"什么时候才能领你回家,告诉我爸妈这是他们女婿啊?"

"什么时候都行。"何子睿说,"还不是因为你总顾忌这个顾忌那个。"他用外套把田小甜裹紧了些,"其实啊,父母根本没有你想的那么难以沟通。以前上学的时候是因为学业为重,现在不一样了,你都到法定婚龄了,他们说不定过两年就开始催婚了呢。再说了,我这么优秀,你想想以前高中的时候追你追得狠的那几个,刘国超,长那么丑!还有李为,学习成绩那么差,听说连大专都没考上!跟我比是不是差远了!还有那个谁……"

田小甜被他逗笑了:"何子睿,我原来觉得你是个谦逊礼貌的好孩子,怎么现在发现你脸皮也挺厚的嘛!"

田小甜挣开他的外套,伸手去打他,何子睿笑着逃窜:"那当然,我有这么可爱的女朋友,脸皮不厚一点,怎么承受得住别人的嫉妒和赞美!"

田小甜手机响了,她停下脚步接电话。她妈在那边焦急地问:"你在哪呢?"

"我……跟同学吃饭呢。怎么了?"田小甜问。

"赶紧来医院,爷爷可能不行了。"

何子睿把田小甜送到医院门口。

"你别进去了,"田小甜说,"我家人都在里面呢。"

"那你注意安全。"何子睿说。

从回成都到爷爷离世,田小甜总共只去了医院两次,没有陪过床。她讨厌医院走廊里的消毒水味,也不想看到那些在ICU门口打地铺的陪床家属。全家都在为了爷爷的病忙碌,没有人理会她的矫情。

她也哭不出来。看着爸爸叔叔姑姑围在爷爷床前哭到失声,她只觉得心慌和恐惧。比她大三岁的姑姑家的表姐站在她身边,不仅没有哭,还在看手机,短信声音不断地响。堂弟坐在离她俩稍远点的长椅上,沉重的书包压得他一肩高一肩低,想偷偷张嘴打个哈欠,他爸眼睛红红地从病房出来,看到他还坐在长椅上,一把把他揪进了病房。

"来跟你爷爷道别!"他爸哭吼道。

堂弟被按着脖子趴在爷爷病床前,在一屋子大人的哭号声里终于哭了。

"大爷会把房子收回去吗?"表姐突然问。

表姐指的是她爸爸。姑姑全家这几年都在照顾爷爷,所以田小甜爸爸给他们换了宽敞的房子。表姐读大学,找工作,也是田小甜爸爸帮衬的。

"我不知道。"田小甜摇头。

她心里莫名地烦躁。她知道她应该悲伤,应该感受到失去亲人的痛苦,但她就是烦躁,像是连吃了三天三夜的红油火锅一样。

于是她忍不住给何子睿发短信。"心里烦。"她说。

何子睿的回复比机器人还快。"家家都有心烦的事,别难过,多帮帮妈妈。"他说。

他总是能看透她的那些小心思小烦恼。田小甜在心里想,等时机到了,她带他去见爸爸妈妈,他们一定会喜欢他的。

老人过世后,到真正下葬入土为安,以他们老家的风俗,要历时五天。别的长辈离世时田小甜还小,只记得在大人围坐着吃喝打麻将的时候她和表姐堂弟快乐地跑来跑去,还不用上学。

有田小甜父亲的操持,一切都按部就班,只是守灵的时候出现了一点点波折。头晚守灵该是长子长孙,田小甜父亲是长子,但是孙辈就只有堂弟一个男孩子,叔叔说他也算长孙,要一起守灵,但他说他还要早起补课,开学就要摸底考试了,死活不愿意大冬天的在灵堂待一整夜。

叔叔当时火就上来了,要不是婶拦着就要上去揍那个混小子。田小甜在一旁站着,看不过去,忍不住说:"要不我来吧。"

"你哪行?你又不是长孙,过了头晚女眷再守。"叔说。

田小甜被怼回去,也就没说什么了。

后来堂弟到底还是没去,头晚是她爸和她叔守的。田小甜和她妈打算第二天过去,但是田小甜来了例假,肚子疼,在床上哼唧了一上午,好不容易爬起来,怕等下她爸回来说她娇气,赶紧收拾收拾准备出门,给何子睿发了个短信。

"不舒服就别守一晚上了,身体受不了。"何子睿说。

"还能怎么办呢?爷爷走了,一个孙辈都没去给他送行,我心里也过意不去。虽然小时候爷爷也没带过我,但毕竟亲人一场。"田小甜说。

她爸回家来拿东西,她和她妈正准备跟他一起出门,门铃突然响了,她妈以为是哪个亲戚出出进进的没带钥匙,就直接去开了门。

站在门口的正是何子睿。

何子睿跟田小甜她妈四目相对,愣了半分钟,然后何子睿脆生生地喊了一声:"妈。"

田小甜看到她妈脸都绿了。

2017年12月,金佩心从纽约飞回国,没有先去北京入职,而是直接回了老家。从打完官司那年算起,将近十年了,除了逢年过节她会给姑姑发短信之外,她没有和老家的任何人联系。

姑姑不让她打电话,说费钱,她也就不打。前几年姑姑给她的短信里还会说一些家常,说金闯毕业了,在哈尔滨工作,爸妈付了房子的首付,他自己在还贷。说金闯找了个女朋友,家里条件还挺好的,不知道能不能长久。后来,姑姑的话渐渐少了,金佩心发去节日祝福,也经常收不到回复。

2017年8月,姑姑突然给金佩心发短信,问能不能通个电话。

当时是国内的下午、金佩心的深夜,等她早上醒来看到的时候已经过去几个小时了。她把电话拨回去,那边却没接。她就回了个短信,说你方便的时候给我发,我再打回去。

结果等了一天没消息,姑姑又在金佩心这边深夜的时候发了个短信说要通电话。金佩心无奈,索性第三天等到深夜,把电话拨了回去。

那边总算接了。金佩心说:"姑,我这有时差,你不能总趁半夜跟我说话呀,我平时工作很累的,本来就睡不好。"

姑姑那边沉默了好久,才说:"姑知道你忙,但是我也看不明白你那边几点呀,有时候手机让他们拿走了,这个时候家里没人,我才能给你发短信。"

姑姑口中的"他们",是她的丈夫和儿子。她丈夫不能生育,儿子是从丈夫的叔伯兄弟那儿过继来的,比金佩心大三岁,没有什么正经工作,一直在啃老。姑姑前年退休了,家里就靠她丈夫的死工资,生活也并不容易。

"没事没事,"金佩心连忙说,"你是不是有事要跟我说啊?"

姑姑支吾了好一会儿,说:"佩心,你能不能帮我问个事,帮我打听打听,有没有收费低一点的养老院?"

"啊?"金佩心没有反应过来,"谁要去养老院?"

断断续续地在深夜讲了好几天电话,金佩心才把来龙去脉搞清楚。姑姑一直以来心脏就不太好,身体上还有些别的毛病,退了休之后没有去体检,等到她打听养老院的时候才得知现在的养老院都有级别评估,不同身体状况的老人有不同的入院条件和护理标准,当然价格也不同,她搞不明白,又没有人跟她解释,才想到问金佩心。

"但是你为什么要去养老院呢?家里不好吗?"金佩心问。

脱口而出之后金佩心突然想起,类似的问题以前也有人问过她。当她说自己非要考到外地念大学,再也没回过家的时候,他们问:"为什么要离家那么远呢?家里不好吗?"

小的时候满脑子都是自己那些无处倾诉的苦恼,长大之后回想起来,金佩心渐渐也体会到了姑姑的可怜。她一辈子没有离开过那个镇子,却也把自己活成了一个无家可归的人。

金佩心想多问问姑姑的身体情况和治疗状态,但姑姑却不愿多聊,执意要尽快住进养老院。她说,她有退休金,有保险,但是都在她丈夫和儿子手里,自己拿不到,也花不了。她腿脚不利索,家住在六楼,由于不敢独自上下楼梯,她已经有几个月没出过门了。

"我不想死在家里。"她说,"死在哪都比家里强。"

电话这头的金佩心听到姑姑说这句话,一下子心里就难受了。

她花了好几天,有空就查各种养老院的信息,但是跟姑姑要各种体检报告和资料的时候,姑姑回复也并不及时,很多事情也说不清楚,一拖就拖到了九月。

九月时她送了一位认识多年的朋友回国。那个女孩比她小一岁,杭州人,和她同校,传媒专业,后来又都来了纽约实习,走得还算近。H1B(美国政府签发给外籍专业人士的工作签证)抽签的时候两人一样忐忑,互相安慰,抽中之后一起出去吃了一顿大餐庆祝。金佩心那时还在严格控制食量,多吃一口卡路里都要去健身房疯狂跑掉,那顿大餐基本上一口都没吃。

那个女孩是单亲家庭长大的,母亲身体不太好,她最终决定放弃在纽约的一切,回家陪伴母亲。

临走前一起吃饭她执意要请金佩心,金佩心也放弃了自己的严格规划放开了陪她吃。"不可惜吗?这么不容易才走到现在。"金佩心问她。

"钱在哪里都是赚,就是赚多赚少的区别吧。"她叹了口气说,"我就是怕万一妈妈有事需要我的时候我不在,会后悔一辈子。十几个小时的时差,和一小时飞机,两小时高铁,或者半个小时开车,真的不一样。"

金佩心回到家再去看那些养老院的资料和图片的时候就更难受了。

从小到大,所有的家人亲戚里,就只有姑姑疼她。那个姑姑家的所谓"表哥",每次跟姑姑来她家里的时候,都撺掇金闯各种闯祸,各种欺负她,每次都是姑姑把她解救出来,带她上街,买花头绳和小零食给她。

她说不要。她不喜欢花头绳,虽然周围的女同学头上扎得一个比一个好看。她也不喜欢小零食,在学校她即使是午休的时候吃一个水果都会被同学笑话。胖子还扎花头绳?胖子还吃零食?

胖子总可以看书吧。她有好几次求姑姑带她去学校后街的那个小书店,把某一本她每天放学后都过来看,还是爱不释手的书买下来。姑姑夸她爱看书,有出息,比家里别的孩子都聪明,然后就念叨她自己家的儿子不争气,毕竟不是亲生的,隔着一层肚皮,将来指望不上。她那时也不能完全听懂,就信誓旦旦地跟姑姑说,将来我养你呀。

她念大学之后,做的第一件和家里有关的事,就是和亲生父母对簿公堂。听姑姑的意思,这些年她爸妈几乎不再提起她,似乎家里从来就没有过她这个人。

但姑姑是为她骄傲的。她始终不知道金佩心在去报到的火车上就弄丢了她的两千块,还一直认为没有她这两千块,就没有金佩心的现在。金佩心也希望她能一直这么认为下去。

"姑,要是我在国内工作,你来跟我一起住不?我给你养老。"再一次打电话的时候,金佩心问。

"你不是美国人了吗?"姑姑一直以为去了美国就是美国人了,不能轻易回国,一回国,"美国的身份"就没有了。"姑不想耽误你,姑老了,只想稳稳当当地活过最后这些天,活一天是一天。我这一辈子,啥用都没有,临了了,还要去耽误你,我哪舍得啊。"

话是这么说,但金佩心觉得,换作她,即使活一天是一天,谁不渴望关心和陪伴呢,在年近花甲的日子里陡然去一个陌生冰冷的环境生活,周围都是忙碌的护工以及体弱多病的老人,一个人哪有那么多生命力去无谓地消耗。

原本这个念头还只是在每日工作间隙从脑子里匆匆一掠。十月的时候,金佩心的工作上遇到了一些事,让她最终坚定了回国的决心。

从下定决心到真正离开,金佩心已经非常果断了,还是等到了两个多月之后。其间,她联系了北京和上海的很多家律所,也咨询了一些工作上认识的业内朋友,最终敲定了自己的新东家。她打算等在北京安顿下来之后,就接姑姑来北京,找最好的医院给她做全面的检查,看看需不需要进一步的治疗。然后再听从她的意见,她想跟自己一起就一起,想回老家就给她请保姆或护工,她怎么开心怎么来。

金佩心告诉姑姑自己要回去了的时候,姑姑第一反应就是说她。"好好的美国工作说不要就不要了?你要是回来了找不到工作怎么办,还能回去?你不是有个男朋友吗?人家要是不要你了怎么办?"但说着说着声音就低下来了,语气中透着心酸和感慨,"姑没白疼你……老金家上上下下的人,没有一个贴心的,到头来,就你记着姑……你爸你妈,唉,没有这个福气……"

"是我没有福气。"金佩心说:"他们都有了金闯了,当初就不应该生我。"

姑姑愣了一下,说:"你不提我都忘了,你还真以为你是小的了……你也不想想,那时候超生查得严,要是真生了金闯,哪还会再怀一个?还不是因为先生了你,你妈为了怀金闯才躲到乡下的。"

"那为什么要说他是哥哥?"金佩心愣愣地问了一句。

"因为长子长孙好听啊,还不是老一代人死要面子。"姑姑说。

"哦。"金佩心应了一声,觉得像是在讲别人的事一样。所以她是姐姐,金闯才是弟弟。又有什么区别呢?她现在只是她自己,谁都不是。

临回国的前几天,金佩心在想着回去怎么跟姑父和表哥要回属于姑姑的东西。实在不行就打官司,她想。想到这里她自己差点被自己逗笑了,她想起了十年前第一次打的那个官司,在法院里吓得大哭的那个小孩,现在也是经历过大大小小无数个官司的业内人士了。

除了和男朋友大吵了一架之外,她和纽约告别得还算顺利。登上回国航班之前,她给姑姑发了信息。

"我马上就回去了,放心,以后一切我来管。"

写下这句话的时候,她生平第一次为自己感到了一点点的骄傲。她终于也可以独当一面,保护帮衬自己在乎的人了。这样的安全感,除了自己,谁也不能给她。

在航班上她顺手打开了一个老电影,讲男主角照料他生病的妈妈,温情又不煽情,她看着看着就睡过去了,睡得很香,完全没有离开熟悉的生活开启新的人生阶段的焦虑和担忧。

航班在上海转机时是清晨,停留几个小时后飞往哈尔滨。她在机场顺手买了张国内的手机卡,开了机,顺手把原来的手机卡扔进了垃圾桶。

她打开微信,就看到了姑姑发来的信息。其实是姑父发来的,姑姑昨天在家里突发心脏病,家中无人,发现的时候已经来不及抢救了。

她想起在飞机上看到的那个老电影,男主角对他妈妈说,坚持,坚持一下,只要活着,活着就是最好的事了。

她又想起姑姑在电话里说:"死在哪都比家里强。"

她拖着行李登上从上海到哈尔滨的航班,上了飞机一个东北口音的大嗓门空姐笑着跟她说:"欢迎回家。"她终于没忍住号啕大哭起来。

由于工作没了,傅其华的搬家计划也就搁置了,毕竟搬到哪里都要面对北京环环相扣层层上涨的房租。原本她想,要不就别搬了,等风头过去,他这次被拘留了几天,说不定以后就不来了。

第二天她出了一趟门,和一个以前认识的在办留学工作室的朋友见面吃饭聊工作,直到天黑之后才回家。她住在四楼,下班晚高峰等电梯的人多,她就经常走楼梯上楼,走到四楼的时候,听到有嘈杂的人声,似乎都围在她家门口,还有人"砰砰砰"地敲门,大声喊"有人吗?""里面有人吗?",还有女人在旁边说话的声音。

她吓坏了,躲在楼道里不敢过去,以为是他找了人来围堵她。过了一会儿,敲门的声音停了,有个女的说:"不行,家里没人也不行,必须报警。这左邻右舍的谁受得了啊?"

听声音像是住在她对门的女租客,她早上出门的时候经常打照面,以前她妈带着西西出门遛弯的时候也常常看到她拿外卖拿快递。

提到"报警",应该不是他带来的人。傅其华小心地从楼道里出来,走了过去。

女租客认识她,远远看到她过来,立刻说:"回来了回来了,住在402的就是她。"

挤在狭小走廊里的男男女女一看到她,莫名都静下来了,露出奇怪的眼神。

傅其华有些忐忑,不知道这些邻居为什么要在门口堵她。是暖气漏水了还是煤气泄漏了?看起来都不太像。

直到邻居们在她走近之后自动闪开,傅其华看到了自己的房门。

已经快看不见门了,门口从上到下堆了一座"坟"。上面挂着一个巨大的花圈,纸钱和纸人从地面一直堆到半人多高,似乎被烧过,留下焦黄的痕迹。门的正中间,是一张皱巴巴的黑白照片。是她自己的照片。

傅其华只觉得脑子嗡的一声炸了。她冲到门前去抬手扯下照片,狠狠地揉在手里面。她想把那个阴魂不散的人揪出来,问问他到底有多恨自己,不惜大费周章地来诅咒自己死。

女租客问:"你是不是得罪了什么人?你要是不回来,我们就要报警了。这么放在这,我们晚上也没办法安心睡觉啊。"

"你要是不敢报警,我们帮你报警!"旁边几个人也说。

不用说安心睡觉了,傅其华连自己的门都不敢开,即使门锁好好的没被撬过,她也担心一开门里面有什么不好的东西跳出来。

于是报了警。派出所的人来了之后,她说了前几天在学校发生的事,说他可能是从拘留所里出来了,来到她的住址,试图恐吓报复。

但是她门口又没装摄像头,警察除了叫人把她门口收拾干净之外也不能怎么办。等邻居散去之后,傅其华在警察的陪同下开了门进了屋,里里外外检查了一番没有异样,这才稍稍松了一口气。警察建议她晚上如果害怕的话,最好去朋友家借宿,不要在家里住了。

"他既然知道这里,肯定还得回来。为了你自己的安全,还是别给他创造任何机会。"警察说。

警察走了之后,傅其华独自留在家里,看着猫眼外面黑漆漆的走廊,依然害怕,明知道也没什么用,还是搬来两个凳子抵住门。

她发微信给金佩心:"我可能真的要搬家了。"

"你怎么还没搬?"金佩心回复。

傅其华想要跟她说刚刚发生的事情,犹豫了一下,问:"我明天,能去你那借宿一天吗?"

"别废话,赶紧来。"金佩心回复。

整个晚上傅其华没敢关灯,迷迷糊糊的,一直半睡半醒。恍惚间她以为西西还睡在她身边,半夜一个激灵惊醒去摸西西,自己把自己吓得够呛。清醒过来后,暗暗庆幸早让母亲带着西西回老家去了,否则让她们看到今天的场面,还不知道会吓成什么样子。

第二天是周末。她很早就起床,开始把之前没有打包完的东西整理好。可扔可不扔的都扔了,可要可不要的都不要了。也不能在金佩心那里借宿太久,等她尽快找到房子,就直接打电话叫搬家公司来把剩下打包好的物品搬走,这样本人也可以不用回来。

全部收拾完已经临近中午。傅其华打量了一圈,确保没落下什么重要的东西,就拉了一个随身行李箱出了门。

她站在电梯门口,按亮下行的按钮,看着电梯从一楼一层一层升上来,红色的箭头由上行变为下行,电梯门打开的同时,一只手抓住了她拖着行李箱的手腕。

她惊恐地回过头,就看到了那张熟悉的阴鸷的脸。

下意识地,她就伸手去扒还没关上的电梯门,但两个人几番撕扯,还是错过了时机。他把她的行李箱踢到一边,两只恶狠狠的眼睛瞪着她,说:"还想报警?是吧?不用,我帮你,等我弄死你,我不仅帮你叫警察来,我还帮你叫你家人都来,让他们给你上坟,你看怎么样?"

"于辰,"傅其华忍无可忍,"你犯什么浑?你就不能在老家好好工作好好照顾你爸妈?你恨我对你有什么好处?将来西西长大以后,你让我怎么跟她讲她爸爸?"

"哼,"他从鼻孔里嗤出一声不屑,"你还有脸提那个崽子?都不一定是哪来的野种……"

"你再胡说!"傅其华趁他不注意,挣开他的手去按电梯,却被他一把扯回。"我说怎么了?你在外面胡搞,还不许我说?还要跟我离婚,离了婚谁要你?除了我可怜你,谁要你?"他越说越激动,傅其华被他狠狠推在墙上,虽然穿了冬天的厚衣服,仍然浑身生疼。

她看到他发红的眼睛,知道不能拖下去了,走廊里没有人也没有监控,一旦他真的失控做出什么事来,她恐怕保命都来不及。

但她还没有反应过来,眼前就突然一黑,接着头就重重地撞到了墙上。一时间从前的那些噩梦又回来了,她觉得自己下一秒就要死了。疯狂的求生欲战胜了理智,她用尽所有的力气放开嗓门大喊"救命",也不管他的拳头落在自己身上哪个部位,连滚带爬地去砸走廊里别人家的门。于辰也丧失了理智,抓着她的头发往楼道里拖,她死命挣扎,一翻身,整个人从楼梯上滚了下去。

幸好是一个周末,很快有住户听见争吵声,隔着门报了警。甚至没过多久,走廊另一头有两个男人先后出来,大声询问怎么回事。

"我们两口子的事,你他妈滚远点!"于辰破口大骂。

但那两个陌生男人不仅没滚远,还立刻走了过来,一眼就看到了躺在楼梯下面的傅其华。一个人立刻挡在楼道口,防止于辰靠近她,另一个迅速走下来查看。

"你没事吧?别害怕,先报警。"男人说。

于辰眼珠子转了几下,偷偷伸手去按电梯,被挡在楼道口的男人揪住。

"别跑,不是两口子的事吗?等警察来处理。"男人说。

很快警察来了,楼道里其他的住户听到声响也出来了。昨天在她门前堵她的那个女租客也在其中,看到傅其华,连忙凑到警察跟前:"昨天就报警了!就是这个人,在别人家门前摆花圈烧纸钱,咒人死呢!什么两口子的事,根本就是恐吓!"

傅其华瘫在墙角,女租客上来扶她,她站不起来。

"脚,脚疼。"她脸色苍白地说。

"120马上就来,你赶紧叫你家人朋友过来陪你,到医院后记得留好诊断结果。"派出所的人说。

金佩心正在家里加班。同项目的姑娘说周末要去相亲,再不相亲爸妈要把她的简历散布到地坛公园相亲会了,金佩心就任劳任怨地接下了她的活儿。

金佩心的男朋友刚刚告诉她自己去上海入职了,既然没求成婚,他也没必要一定留在北京,当然是择高枝而栖,金佩心也无法干预。但即使没求成婚,他还是称自己为她的男朋友。"我暂时还会等你的。"他说,"但说实话,等到什么时候,我也没有把握。"

接到傅其华电话的时候,金佩心吓坏了。以前在国外的时候她也接触过家暴的案子,那些终于鼓起勇气站上原告席的伤痕累累的女性,你见过她们的眼神一次,就再也不会忘。自从傅其华给她看过那些触目惊心的威胁和恐吓后,她的心就一直悬着,生怕会出事,结果还真的出事了。

金佩心扔下手里的活迅速赶到医院,正赶上傅其华拍完片子出来。一看到金佩心来,傅其华眼泪就止不住了。

金佩心没空跟她一起哭,连忙看了片子和诊断,左脚第三第四跖骨骨折,左眼睑、眶周皮下淤血,全身多处软组织挫伤。

傅其华拉着金佩心的手:"别告诉我爸妈。"

金佩心看了她一眼:"行吧,不告诉就不告诉。这个叫于辰的王八蛋,咱们跟他法庭上见吧。"

4

时隔多年再一次在寒冷的年末踏上东北的冰天雪地,金佩心发觉故乡的冬天也没有她记忆中那么冷。

也不是没经历过北美的冬天。纽约每年都会有那么几场暴雪,交通瘫痪,上班上学的不敢出门,车埋在屋外雪里都懒得去挖。但都很轻易地熬过来了,也没觉得有什么,记忆里,只有故乡的冬天才是最冷的。

在给姑姑办丧事的时候,她见到了父母和金闯。由于她一来就直接去找了姑父帮忙,并没有告诉父母她回来了,甚至她也不知道家里的电话换了没有。中午姑父请前来吊唁的亲朋好友吃饭,金佩心本想悄悄溜走,但又惦记着等忙完之后问姑父要一些姑姑生前留下的东西,就只好坐下来准备随便吃几口。刚坐下,父母和金闯也过来了,面对面坐在同一张圆桌上。

他们完全没有注意到她,隔着桌上大盆的酸菜粉条冒出的氤氲热气,他们一边吃饭,一边在毫不避讳地说着话。从姑姑退休前单位福利太少,说到姑姑家表哥挑三拣四找不到工作,又说到金闯的女朋友刚跟他分了手。

金佩心坐在对面,既好奇又认真地倾听着他们的对话。母亲比多年前苍老消瘦了许多,眼角耷拉,眼睛显得浑浊无神。父亲样貌上倒是没太变,只是神情看上去冷淡了些,或许也不像以前那样脾气暴躁动不动就打人。金闯不再是她印象中十八九岁的大小伙子,眉目之间的疲惫和不耐烦让他看起来完完全全像个烟火气十足的中年人了。

这是一种怎样奇异的感觉,她凝视着对面三个在这世界上和她血缘最亲近的人,仿佛当年那个弱小无助、肥胖笨拙的自己就坐在他们对面。

可能是她凝视得太过于明目张胆了些,他们三个无意中看到了她的眼神,便投过来莫名其妙的目光。他们一定是在疑惑对面这个女的是哪门子的亲戚,看着也不像本地人。

金佩心迎着他们的目光,坦然地笑了笑。面对他们,她再也没有卑微和恐惧了。

这时姑父过来了。"金佩心,"他说,"你不是想要她的东西吗,我现在带你去拿吧。"

金佩心就站起来,拿了椅背上的外套,临走的时候她看了一眼对面的三个人,他们明显听到了姑父叫她的名字,脸上表情就像是冬天第一次来东北被骗舔铁棍的外地人一样,变幻莫测,十分精彩。

丧事的最后一天,姑父家的亲戚和姑姑娘家,也就是金佩心家的亲戚,就下葬的事情吵了起来。原因是姑父的叔伯兄弟认为姑姑无后,不能葬在夫家祖坟,而金家人认为姑姑出嫁随夫,当然也不能葬回娘家祖坟。

姑父那边的亲戚说,他们家祖坟地方小,葬了个无后的女眷,以后子孙就没地方葬了。

金家这边的亲戚说,他们家祖坟自从姑姑几十年前出嫁后就没给她留地方,现在再"插队"不合规矩。

于是两边吵得不可开交,丧事公司原定要去乡下祖坟的车也不能出发,所有的人就等在这里围着姑姑的骨灰盒听他们吵。

金佩心一个人躲在姑姑的房间,看着她以前保存的开药的单子和体检报告。

她特意去了姑姑最后抢救的医院。姑姑这几年一直处在病痛的折磨中,她这样的心脏病人,就应该随时看护,一旦出现意外才能及时施救。

但姑父每天都上班。表哥每天出去鬼混,两人白天都不在家。

姑姑的常备药就在她卧室的抽屉里。如果她在卫生间发病的时候有人及时帮她服上急救药,及时叫120,或许她真的还有机会。

但据医院说,人来的时候已经过了几个小时,心脏病人的抢救时间倏忽即逝,不可能有回天之力了。

她在姑姑卧室抽屉里还发现了一个小本本,里面夹着一张泛黄的录取通知书。

以前她听父亲说过,姑姑很聪明,没念过中学,但是偷拿着父亲和叔叔的课本,把中学的课程都自己念下来了。恢复高考的那年,她考上了牡丹江的一所金融专科学校,但没有去念,很快她就听从爷爷奶奶的意愿跟姑父结了婚,姑父带来的彩礼后来成了父亲和叔叔娶妻的聘礼。

1978年的录取通知书,姑姑保存了四十年,但她一次牡丹江都没有去过。

外面他们还在吵,丧事公司的司机师傅不高兴了,问:"你们到底走不走啊? 不走把钱退了。"

"走。"金佩心从里屋出来,迎着一屋子认识的不认识的目光,说。

司机师傅有点愣:"你谁啊? 你说话算话?"

"我是她侄女,我跟她说好了我要养她的,要不是没抢救过来……我说话怎么不算话?"金佩心掷地有声。

她穿过人群走到骨灰盒面前:"现在就走。"

"去哪边?"司机师傅问。

"两边都去。"金佩心说。

"之前可就付了一程的车费。"司机师傅说。

"我付双倍的。"金佩心掏出钱包,数出现金,当场塞进司机师傅手里,"这些够不够? 不够? 够了是吧。两边都去,不分先后,现在就走。我还没去过呢,也让我开开眼,看看咱们老家的祖坟一个个的是金子堆的还是钻石镶的,比北京的学区房都难抢,也不知道里面住的是哪朝的皇帝。"

先去了姑父家的祖坟。姑父的几个叔伯兄弟站在一旁,虎视眈眈,生怕她像变魔术一样突然挖个坑埋点土把骨灰盒大逆不道地葬在他们家地盘了。

金佩心把骨灰盒摆好,也不懂讲究,就胡乱拜了一下。

"姑,"她说,"我带你来看看他们老王家的祖坟了,你看,这荒山野岭鸟不拉屎的,坟头连草都不长,一共没多大地方,还要给他们家继承皇位的孙子留着,你要待着估计也无聊,是吧? 我就是带你来告诉你一声,从此以后,你,金秀芬女士,跟他们老王家,狗屁关系都没有。这祖宗十八代都在呢,大家都听见了吧?好,跟他们再见吧。"

然后她抱起骨灰盒跟司机师傅说:"走,咱去下一个地方。"

那些亲戚目瞪口呆地看着她,下意识就要跟来,金佩心伸手一挡,啪地把车门关上了:"哎,各位姓王的先生,你们跟金秀芬女士一点关系都没有,跟着她干吗?有什么话由我来转告,我让她晚上托梦给你们,行不?"

他们面面相觑,讪讪地站住了,真的没再跟来。

等到了金家祖坟,就也只剩下她父母,金闯,和叔叔家的几个亲戚了。

这也是她第一次见到他们金家的祖坟。爷爷奶奶,爷爷的兄弟以及他们的后代们,都葬在这里。

"佩心。"她妈突然走到她身边,叫了她一声。

她没吭声。

"你这些年,变化挺大的。"她妈说,"过得怎么样?成家了吗?"

她还是没吭声。

"你跟她有什么话说?"她爸离得不远来了一句,"这种能把爸妈告上法庭的人,我没养过这种东西。"

金家的祖坟比王家的也好不到哪儿去,那一个个坟头碑上的名字她都不认识,抱着姑姑的骨灰盒站在萧瑟的北风和尘沙中,她觉得自己就像是个魔幻现实主义文学的主角。

"姑,"她说,"我要是能早点回来就好了。我要是毕业就回来,在国内工作,就可以早点接你去治病。我可以带你去牡丹江,去哈尔滨,去北京去上海,还可以带你出国去玩,你想去哪里都可以。"

"没有机会跟你聊了,我也只能靠我自己的猜想帮你解决这件事了,你也别怪我。他们呢,怪不怪我,我也不在意。"

她抬眼看了父母和金闯一眼。他们竟意外地垂下了眼睛,没有跟她对视。果然,人强大了还是不一样。

"老金家的祖坟也没什么好待的,我带你过来打个招呼,也顺便帮我自己打个招呼,虽然金家的列祖列宗我也不怎么认识。以后呢,你也跟他们没什么关系,我也跟他们没什么关系。咱们姑侄爱葬哪葬哪去,扔天上,撒海里,怎么开心怎么来,放荡不羁爱自由。怎么样?"

"你胡说什么呢?"她爸终于忍不住上来扯住她,"这都是咱家的老祖宗,没让你磕头就不错了,你在这胡说八道?"

"是你家的老祖宗,不是我家,"金佩心面不改色,"你刚刚才说过,你没养过我这种东西。以后你放心,我也不会占你们金家的祖坟一点地方。从我念大学那年开始,我就和金家没半点关系了。"

"佩心,"她妈终究是有点心软,"你别这么说。你现在出息了……"

"也跟你们没半点关系。"金佩心迅速打断,"别怪我心狠,我是感谢你们生我养我,该报的恩我会报,但除此之外,我就是我自己,不是什么这家那家人。这些狗屁不通的迂腐东西,少来烦我。"她指着手里的骨灰盒,"姑姑的骨灰我今天就带走了,我会给她买一块漂漂亮亮的墓地,每年都会去看她。我欠她的我会还,和你们早就两不相欠了。"

她妈说不出话来,开始低头抹眼泪。她爸气得举起巴掌,僵了好久,也没有打下来,转身到一边抽烟去了。金闯全程笼着袖子在一边看,一脸满不在乎的表情,到后来甚至嫌冷跑到车里暖和去了,似乎是另一个世界的人。

后来金佩心在牡丹江市区附近的墓园买了一个墓位,依山傍水风景宜人,冬天沿路上山,满眼都是银装素裹的皑皑青松,比她当年去北美五大湖附近滑雪时看到的景色还好看。她一边跟着工作人员办手续一边在心里感慨,东北墓园的价钱还没涨起来,不像北京,死人和活人比房价,道高一尺魔高一丈谁也比不赢谁。当年姑姑借她的两千块,她也算是连本带息地还上了。

"我每年都会来看你的。"临走前她对姑姑说。

为了陪骨折的傅其华手术,金佩心特意请了两天假。原本帮相亲同事干的活现在双倍地返给了人家,小姑娘抱怨:"姐,同样是单身狗,能不能别互相伤害啊?"但还是善良地接过了金佩心手头的好多事情,其他的她在线上就可以处理,算是帮了她的大忙。

同事听说她准备帮大学同学打官司,过来问她是什么官司,她说是家暴和故意伤害。同事就说:"你怎么净关注这些家暴啊,强暴啊,性骚扰啊,性别歧视这些东西,哪来那么多这种事?"金佩心就不太高兴,直言:"你不关注不代表没有。你是男的可能你没注意,你是女的可能你幸运,我做一天这个行业,我就关注一天,谁撞在我手上谁倒霉。"同事看她严肃起来的样子吓人,耸耸肩默默溜走了。

傅其华谎称手机摄像头坏了,打电话给她妈,说这几天在金佩心家住。金佩心也在电话里跟傅妈妈侧面证实了一下,让她放心。在傅其华做完手术住院观察的日子里,金佩心把她的伤情诊断和之前拍的照片都保存了起来留作证据。

"还好你之前提醒过我,否则我当时气得浑身哆嗦,根本想不起来给那些门前的东西拍照片。"傅其华靠在病床上,吃着金佩心给她送来的鸡汤,说,"你也不要给我看,你自己看就行了,我不想再看第二眼。"

"那可不行,"金佩心坐在她床边,一边整理电脑里的照片一边严肃地说,"你不仅得看,你还得把细节记清楚,到时候法庭上咱们要拿这些跟他对峙的。心不狠可不行。"

"你呀。"傅其华看着金佩心的样子,说,"现在心这么狠,你这些年吃了不少苦吧。"

金佩心愣了一下,抬眼看了看傅其华,旋即笑了:"至少我还没骨折过。比你强。"

傅其华也笑了。

很久以后田小甜问何子睿,当时家里好多亲戚,他怎么知道当时开门的就是她妈呢?何子睿说,以前高中的时候她爸妈来学校闹,他远远地见过他们一面,就记住了。

田小甜不信。匆匆一面,怎么可能好几年以后还记着?何子睿就撒娇,说:"当时我灵光一闪,那就是我未来的丈母娘!可不能忘了她长什么样!果然,多年以后派上用场了吧?"

田小甜她妈多少还是有点涵养,没冲门口站着的何子睿发火,而是转头看向一旁惊呆的田小甜。

"怎么回事?"她妈问。

"没怎么……"一瞬间田小甜活泛的脑子里转过了无数个借口,但最后还是诚实地说,"妈,这是何子睿,他知道咱们家里有事,担心我,过来看看能不能帮上忙。"

后来田小甜还是怨过他,说他不应该突然就把她晾在那么个尴尬的境地,万一真的给她爸妈留下不好的印象,以后就有的辛苦了。但何子睿却说,他知道她一定会说实话,而她妈妈也不会真的生气。

他真的太了解她了。平日里鬼机灵一大堆的她,只有在有关他的事情上才是真心诚意的。

她妈忙着跟她爸出门,瞪了田小甜一眼:"等忙完我再收拾你。"

那晚田小甜跟家里的几个亲戚一起守灵。她例假第一天,阴冷的晚上根本坚持不下去,天刚黑就抱着热水袋和热水杯,还是脸色煞白,冷汗直冒。

何子睿走到田小甜她妈面前说:"妈,小甜肚子疼,让她回家休息吧。"

她妈本来也心疼她,没想让她守一晚上,就故意问何子睿:"那守灵怎么办?"

"我替她。"何子睿想都没想就回答。他走到田小甜爷爷的遗像面前,上了香,然后规规矩矩地跪下磕了三个头。

"小甜的爷爷就是我爷爷,我也是田家的人。"他说。

田小甜后来回了家,一觉睡到第二天早上。她放心不下何子睿,一大早就又跑了过去,看到家里的亲戚们打麻将打得愉快,何子睿蜷在角落打着瞌睡,身上盖着她妈那件巨厚巨暖和的羽绒服。

田小甜站在那,想去叫他,又迈不动脚步。那时候她心里就知道,她这辈子最幸运的事就是选择了跟他在一起。

她妈拎着一大袋打包的早点进来,看到她,不耐烦地说:"来这么早不知道买早点,还得我来买。"

田小甜反应过来,连忙跑过去帮忙。

"笨手笨脚的,"她妈说,"不如我女婿贴心。"

田小甜看了她妈一眼,她妈脸上没表情,田小甜心里笑开了花。

后来有一年清明她和家人去上坟,何子睿也去了。趁她家人上完坟离开,他一本正经地给她爷爷献了枝花,说:"爷爷,虽然你不知道我是谁,但我把你当成我和你孙女的月老,以后每年都给你烧纸,你想要啥,托梦给我就行,我一点都不害怕。不用托梦给你孙女,她还是有点害怕的。谢谢爷爷。"

田小甜忍不住笑,被走在前面的她妈听到,转过来瞪了她一眼,田小甜连忙捂住嘴。她拉着何子睿的手走在寂静的坟地中间,心里充满了安宁和幸福。

第七章
混乱善良

1

大三期末的时候何子睿拿了奖学金,他跟田小甜说,系里老师希望他保研。"因为学分绩点排在我前面的人都申请留学去了,所以我保研稳稳的。"他说。

但那个时候田小甜正在犹豫要不要出国留学。对她家里来说,供她几年留学绰绰有余,只不过她自己学分绩点不高,英语又不怎么好。这两年父母虽然仍然僵持着没有离婚,但感情也名存实亡,她爸仍然跟小三藕断丝连,她妈根本不管,也没法管。田小甜很担心自己不在的话,家里会有什么变故,虽然真要是有变故自己在也没什么用。

不过她妈倒是想得开,鼓励田小甜去留学。"要不然,你爸的钱还不一定将来是谁的。"她妈特别淡定地说,"你跟何子睿一起,在国外也能有个照应。"

但是何子睿家里条件一般,原本没打算出国,想安安稳稳读个研然后找个工作,田小甜怎么劝他都劝不动。

"你不要担心钱,我爸既然能供我,就能供你。"田小甜大包大揽地说。

何子睿就皱起眉头:"那是你爸,又不是我爸,他哪有义务供我?"

"哎,你这么说就不好听了,"田小甜不高兴了,瞪起眼睛,"当年谁一口一个'妈'叫得勤快呢？还给我爷爷磕头，说我爷爷就是你爷爷，怎么一说钱就自动把自己当外人了？你怎么那么高风亮节呢何子睿？"何子睿就闷头不吭声。以他的自尊心，田小甜越这么说，他就越反对。

当时正好傅其华和金佩心都在准备申请出国，田小甜听她们讲了一堆有的没的，虽然自己成绩不好，也动心了，心想原本自己就能混一天是一天，毕业了估计也找不到什么好工作，还不如出去玩两年镀个金。最重要的是以前全家人去欧洲玩的时候，买的包包鞋子比国内专柜便宜好多，简直太赚了，搞个代购什么的也不亏。

金佩心是法学专业，她不能有样学样。傅其华打算申请美国，早早地就考了托福和GRE，而且成绩都不错。田小甜一个四六级都好不容易低空飘过的人，考英语实在头疼，咨询了一堆人之后，决定申请英国的学校，学制短，还不用考GRE，雅思考7.5分就可以了，实在不行7分也可以先去读个语言课，似乎挺容易实现。

查学校写文书一堆乱七八糟的事，田小甜做不来，就揪来何子睿帮她忙。何子睿在帮田小甜查学校的时候也查了自己的专业，也问了问自己同系的学长们，觉得努力一下，或许可以申请PhD（博士学位），就有奖学金了，但是那样就要放弃保研名额。

他犹豫着跟田小甜商量，田小甜一听就高兴得跳起来。"就知道你肯定会改变主意！谁劝你的？我去给他送个果篮感谢一下！你这么厉害，成绩又好，英语也好，绝对可以申请到奖学金好吗？英国地方又不大，咱们还可以经常聚经常出去玩，等我毕业了，我就去陪你，到时一起回来，好不好？"

何子睿没有她那么乐天派。他仔仔细细地给两个人分别做了巨大的Excel表格，把所有学校的总排名、专业排名、位置、学费、文书要求、成绩要求、课程设置、学分设置、毕业要求、毕业前景等等，全都放了进去，两张表格的交集用显著的颜色标注。傅其华晚上回宿舍，看到田小甜对着电脑前属于她的那张密密麻麻的表格哀号，凑过去看了两眼，啧啧赞叹。

"你们家何同学要不要到我们公司来上班啊?我们留学部招实习生呢,他去都不用培训了,直接上岗!"傅其华说。她那时假期经常去英语培训机构兼职,带的就是跟她一样准备留学考试的学生。

田小甜翻了个白眼:"你说他怎么像个老妈子一样,这么唠叨,天天让我背单词背单词做真题做真题,没事就跟我讲这个学校怎么怎么行那个学校怎么怎么不行。你上课教学生也这样?"

"哇,对学生能比男朋友对女朋友认真?田小甜你真是身在福中不知福。你想干吗你家何同学都支持你,不像李文聪,唉。"傅其华摇了摇头走开,"而且哦,你可不知道在我们那做一整套择校加申请的方案要多少钱。不过你是富婆,倒也不在意,打赏何同学一点小费就行了吧。"

田小甜噘起嘴:"但是雅思要考7.5分……最少也要7分。我下周就要第一次考了,好慌啊,真题做下来根本就没有底……怎么办?"

"好多人刷了好几次才考到自己理想的分数呢。"傅其华笑,"大神也不是石头缝里冒出来的呀。今天我们还接了一个客户,P大外语系的姑娘,托福一战就114分,听说把各大藤校都投了,不知道能收到几个offer。"

"你们都是大神。"田小甜叹了一口气,"我这是何必呢?没这个脑子还非要挤破头跟你们一起申请出国。想买包包鞋子我旅游去买不行吗?哎,等忙完考试寄完申请,今年寒假我跟何子睿想去北海道看雪,你觉得怎么样!"

傅其华说:"北海道?我觉得北海公园看雪就挺好。要不颐和园、故宫,都挺好。"

"真没情趣!"田小甜沮丧地说。

那两周田小甜连周末都没回家吃饭,不是她去何子睿的学校自习,就是何子睿来她们学校自习。懒起来连课都不上的田小甜,硬是在何子睿的"看护"下背完了单词书,啃掉了一大本真题,听完了硬盘里所有的听力资料。

"哇,真没见你这么用功过。"金佩心第无数次在自习室偶遇田小甜和何子睿的时候,终于由衷地赞叹道。

"那当然!"田小甜笑嘻嘻说,"好不容易说服了何子睿跟我一起出国,我当然要用功啦,万一到时人家申上了'牛剑',我全是拒信,那多尴尬是不是。"

"我不申'牛剑',"何子睿老老实实地说,"'牛剑'录取率太低了。"

田小甜就娇嗔地看他一眼:"你直接说因为我根本申不上所以你也不申了,我听着多有面子。"

金佩心就笑。

后来何子睿考了7.5分,田小甜考了7分。她特别高兴,何子睿提醒她,她的选校列表里有两所学校是要求7.5分的,不然就要读语言课。田小甜说:"那就读呗!反正那两家也不一定给我发offer,到时再说!"

田小甜的申请大部分都是何子睿帮她做的。他把所有的资料都备份在田小甜的电脑里,但她也不怎么打开看,连每个学校的截止时间都记不住,直到两个人的最后一份申请寄出了,她兴高采烈地拉着何子睿:"我们现在可以去北海道了吧!"

但何子睿省钱,死活不愿意去,最后两个人好不容易互相让步,同意等两个人都拿到offer之后,再一起出去玩。

"那都是春天了!北海道都没有雪了!"田小甜还在那里生气。

何子睿默默地指了指自习室窗外:"外面不是雪吗?"

那一年北京确实下了几场不小的雪。田小甜打电话让她妈叫司机来,送她和何子睿去卧佛寺求签。"同学都说求offer就得去卧佛寺,超准的!傅其华有个学姐,学分绩点不高,英语也不好,去拜过之后都拿到斯坦福的offer了,简直狗屎运爆棚!特别适合我这样的学渣!"

她妈在电话那头犹豫了一下,说:"最近不行,你爸生意上有点事,小陈被他辞退了。你俩自己去吧,注意安全。"

"自己去怎么去啊?公共交通根本到不了吧,打车好麻烦的!……"田小甜不满地说,"怎么我爸把人都辞退了?那你平时出门啊买菜啊怎么办?多不方便啊?"

"我没事,你们俩好好的就行。"她妈说完急匆匆地挂了电话,也不知道忙着干吗去了。

不过求签求到了不错的结果,田小甜还是很开心,撺掇着傅其华和金佩心都去。金佩心完全不信这种东西,傅其华好像最近跟李文聪闹了点别扭,没有心情,于是她俩就都没去。

金佩心的offer是最先收到的,却跟谁都没说。田小甜大一时在话剧社认识的一个法学院女生偶然见到她,说,你们宿舍的那个金佩心也太厉害了吧,简直不给人活路!田小甜才知道这个女生跟金佩心申请了一样的学校,刚收到拒绝信。

田小甜一回宿舍就冲到金佩心桌前:"快快快,在哪呢在哪呢?让我沾一下名校offer的仙气!"

金佩心就笑:"沾什么仙气,纸质版的还没收到呢,电子版的在邮件里。"

田小甜非要让她打开,眼巴巴凑过去看:"哎,真羡慕,我的什么时候到啊……"

这时傅其华也回来了,一进屋就被田小甜拉过来瞻仰。傅其华倒是完全不意外,还笑田小甜:"你看,佩心也没去求签,一样能有offer吧!"

"那可不一样,你们是大神,不需要求签,我可不行!"田小甜争辩。

"我看呀,这还只是第一个,"傅其华说,"肯定还会有别的学校的。"

"嗯,我再等等别的。"金佩心说。

"你不打算去?"田小甜惊讶。

金佩心摇头:"没有奖学金。"

田小甜懊恼地说:"可是是名校呢,好可惜……不过没事,肯定下一个offer就是全奖!"

没多久,何子睿也收到了offer,学校在全英也算有名,PhD全奖。田小甜比何子睿还开心,拉着他去吃了一顿火锅庆祝。

"你们的都收到了,就我的还没收到。"田小甜一边在锅里涮肉一边说。

"再等等,不同学院的也不一样,别着急。"何子睿说。

"哎,我查了一下,那也算是英格兰中部比较大的城市,离伦敦坐火车只要一个小时。我们明年冬天可以去伦敦跨年啦!我要去坐摩天轮,还要去牛津街买衣服,还要去哈利·波特城堡!"

何子睿就笑着点头,把涮好的肉都夹到她的碟子里。

田小甜申请的学校不多,最后收到了两封拒信和两个offer,其中有一个要求她雅思成绩7.5分以上,否则需要去读语言课。

但不管怎么样,她都是手握两个offer的人了,兴高采烈地打电话跟她妈报喜。她想,她妈肯定特别喜欢何子睿这个女婿,有了他的监督,她简直战无不胜攻无不克,他们两个人的未来有他把关,一定是越来越好。

但她怎么也没想到,接下来等着她的,是三年的异国恋。

金佩心到美国的第三年,申请转学到了芝加哥的另一所法学院继续读法律博士,也就是当年她因为没有奖学金而没能去成的那所学校。她一边为了按时毕业疯狂补学分,一边找了一家公司实习。越忙越焦虑,换到新的环境又没有什么朋友,她觉得自己就像是一个高速旋转的陀螺,即使想停也停不下来了,只能一边告诉自己不要想为什么要这样旋转,一边没命地继续旋转下去。

原本在之前的学校还有一个同为中国留学生的室友可以偶尔说说话,换了学校之后她自己住,每天深夜疲惫地回到宿舍之后,周围安静得吓人,熬夜看书写论文到不知道几点钟时,更是觉得心慌害怕,很担心自己哪天累死或是饿死在屋里也没人知道。

但夜还是在熬,命也还是要拼。

感恩节前的最后一个周末,金佩心晚上十点钟回到宿舍,吃了点东西还要准备一门考试,直到将近三点钟才疲惫地洗澡睡下。人躺下了,脑子还在转,又疲惫又睡不着,好不容易困意袭来的时候,刺耳的警报声把她吓得一个激灵从床上滚了起来。

又是哪个深更半夜把烟雾报警器给搞响了。整幢楼的人陆陆续续顺着消防通道下了楼,在十一月的寒风里裹着羽绒服站在楼外瑟瑟发抖,甚至还有人直接把被子卷在身上神游着就出来了,闭着眼睛也不知道是先打哈欠还是先打喷嚏。

金佩心头发没太吹干就躺下了,此时冷风一吹,从头冷到脚,原本就不愿意来的睡意更是彻底没影了。她叹了口气,算了算离起床还能睡多久。

等了大概二十多分钟,一帮冻得丧失行为能力的人得到了进楼的特赦,一个个像僵尸一样移回了各自房间。

到自己房间门口的时候,金佩心看到隔壁一个中国男生正用一口无比流利的中国口音英语跟对门的黑人妹子解释,说他不是故意的,他只是想试着用中国的传统烹饪方式做一只火鸡,然后带去下周的感恩节派对。

原来罪魁祸首就住在自己隔壁。但是金佩心已经连生气的力气都没有了,她只想回到床上去争分夺秒地睡回自己的觉,虽然她担心原本计划好明天要做的事情很可能因为起不来床而泡汤了。

黑人妹子摊了摊手,一脸蒙地回了房间。男生正要关门,看到了游魂一般的金佩心,立刻像是见到了他乡的故知,兴奋地说:"哎,同学,你住我隔壁我怎么没见过你呢?有空过来尝一尝我做的火鸡!我跟你讲,融合了中西烹饪技术的精华,绝对是鸡中极品!"

金佩心瞪了他一眼,觉得莫名其妙,转身就关了门。

第二天金佩心将近九点才回来,刚进屋没几分钟,门就被敲响了,正是隔壁的中国男生。

"同学,要不要过来尝尝!我今天做的比昨天成功多了,而且没有弄响警报哦!"他笑眯眯地说。

金佩心说:"我不吃,我减肥。"

男生就惊诧地看着她："减肥？你又不胖！我跟你讲，真的很好吃，你不吃会后悔的！"

"真的不了，谢谢你。"金佩心保持着尴尬而不失礼貌的微笑，试图把门关上。

"你等一下！"男生迅速地冲回房间，没几分钟就又出现在她面前，手里端着个盘子，里面摆着切好的火鸡片。

"送你！"男生在她还没反应过来的时候把盘子放到了她手上。"晚安！早点睡！"然后又迅速地闪进了自己的房间。

金佩心愣了片刻，只好把盘子端进屋，关上门。她闻了一下，还真挺香的，而且好像不是美国人烤火鸡常用的那种香料的味道。她忍不住拿起一片放进嘴里，果然味道还不错，有一种说不出来的熟悉感，但她又不是美食家，吃过好吃的东西也不记得，只是忍不住一片接一片吃光了，一边吃一边想，今晚又要做两节Insanity（健身操）把热量消耗掉了。

吃了人家的东西总要还，她把盘子洗干净，趁第二天周末，做了巧克力布朗尼，装在玻璃饭盒里，拿上盘子一起去敲他的门。

"哇！"男生面露惊喜，"谢谢！其实你不用还我吃的，大家都是邻居，友好往来，没什么的。"

欠了人情不还对金佩心来说是不可能的。但一来一往地，两个人也稍微熟了起来。男生叫梁钊，物理系PhD第二年，平时喜欢网球和游泳，对烹饪没什么高深研究，但愿意做着玩。有时他做了吃的，就过来敲敲门，金佩心要是在啃书，他就放下吃的回去了，她要是在吃着冰淇淋刷剧，他就凑过来一起看一会儿。

金佩心没有那么愚笨，早就觉得他或许是对她有一点好感的。但漂泊在外的留学生，靠一点点好感来企图改变孤单生活的人太多，渐渐地就觉得廉价了，似乎谁都可以因为寂寞将就。何况，即使是将就，她总觉得也是轮不到她的。论长相，论性格，论经济条件，她都不是一个"恋爱友好型"人选。

很早就尝过求而不得的失望,因此不求便不失望。

梁钊在拿酱牛肉来交换她炖的冬瓜排骨汤的时候,很自然地提出了要不要试试看在一起这个话题,而那时的金佩心还从来不知道拒绝也是一种选择。

她曾经对田小甜拒绝大学里追求她的男生感到不解,有人喜欢,连高兴都来不及,哪还会拒绝?从来都是隐身人的她,也算是第一次发现这世界上竟然会有喜欢自己的人,这因此也成了她人生的一个巨大转折,仅次于减肥成功。因为对于她来说,这件事简直难以置信,连自己都讨厌自己,又凭什么指望别人喜欢自己呢?

因此,在旁人看来品学兼优才貌双全的梁钊,就像是她在常年考最后一名的时候突然获得的一张奖状,虽然光辉夺目,但总觉得像是自己偷来的成绩,也不敢站上台去领奖,也不敢裱在框里挂在家里墙上。

但金佩心在她二十四岁的这一年总算体验了第一次"恋爱"。和其他的校园情侣并无不同,尤其又是近水楼台的邻居,平时各忙各的,一起做饭一起睡觉,有空就去爬个山踏个青,单调的生活似乎也没有多少起色。

金佩心以前读大学的时候总是看到田小甜和傅其华她们谈个恋爱甜蜜无比的样子,当时就在想,我要是能像她们一样,又好看又可爱又自信,我也可以谈甜甜蜜蜜的恋爱吧。但是真的谈了恋爱,又觉得完全不是那么一回事。她并不想像别的女孩那样在跟闺蜜聊天时娇嗔地夸起自己男朋友,也不想在头疼脑热的时候哭哭啼啼地指使他去给自己端茶倒水。

有时忙课业忙实习昏了头,几乎忘记了还有一个男朋友住在自己隔壁,和同学聊起什么事情做不好的时候,对方提起一句"让你男朋友帮忙啊",她也会产生错愕,似乎自己的事情和男朋友也没什么关系。

这样就是喜欢吗?就是恋爱吗?金佩心在忙着课业和实习的间隙,总是会把这个困扰了她多年的疑问拿出来在脑子里过一过。但也只是过一过,她完全没有多余的精力去网上搜"二十个他到底爱不爱你的细节"或者"一起做完这一百件事才算完美的恋爱"。有那个闲心和时间,她不如去多背背法条或是多投一份简历,刷几集《Suits》(《金装律师》)或是《Boston Legal》(《波士顿律师》)也行。

但不能否认的是梁钊确实是一个性格很好也把自己生活过得很好的男生,很多话他们俩之间也说得很开。他说他觉得恋爱主要是当下的相处,对未来做那么多规划也没多大用处,她说她原本也没打算做未来的规划,她的规划里只有工作。他说两个人觉得合适就在一起,将来或许会有一天觉得彼此不合适,那就好聚好散,她说缘分没了就没了,也不会从恋人变仇人。

后来她才明白梁钊为什么要有意无意地那么说。也才明白为什么在学校里若是遇到梁钊的同学,他从来不跟别人介绍说"这是我女朋友"。也才明白为什么他从来也不问她明年毕业之后的打算。

他们两个第二年的春假时就"和平分手"了,总共在一起的时间不到三个月。倒也不是什么神反转的故事,梁钊也不是什么居心恶毒、充满控制欲的变态。

春假的时候,原本金佩心打算去纽约联系找工作面试,就问梁钊要不要一起去,可以顺便逛一逛玩一玩。梁钊春假实验室也没什么事,就说"那一起去"。行程都计划好了,出发前一天晚上金佩心从网上查到有家他俩都很想吃的餐厅有优惠券,但只有一天有折扣,打算问他那一天怎么安排,就起身出了门。

刚开门金佩心就愣住了,隔壁梁钊的门前站着一个女孩,个子小眼睛大,娇娇滴滴的,坐在自己的巨大粉红色行李箱上,两只脚吊儿郎当地晃来晃去,正在一边东张西望一边敲梁钊的门。

金佩心还来不及反应,梁钊就把门打开了,看到面前的女孩,他也愣住了,半天没说话。

女孩仰起头看着梁钊,两只大眼睛笑得弯弯的,可可爱爱地说了一句:"Surprise(惊奇)!"

金佩心吓得赶紧回身把自己关在屋里,仿佛看到了什么了不得的事情。

3

傅其华其实也收到了offer,还不止一个。

她的申请全都是自己做的。毕竟在留学机构做了整整两个假期的兼职,也算半个留学咨询顾问了。但她在做申请期间心里一直很忐忑。

说实话,她从小到大虽然淘气,但是成绩从来没让她爸妈操心过,学了文科之后更是轻松,不用费力就可以一边玩着一边把名次拿了。但大学这几年过来之后,虽然爸妈不说,她在临近毕业规划起自己的留学和未来时,不免有些心虚。

当年因为不想搬到郊区的新校区,她放弃了转系。后来申请了美国学校的summer school,最终也没能去成。

父母自然是支持她去的,她跟她爸说要自己花钱的时候还有点犹豫,怕她爸妈觉得太破费,但她妈二话不说就同意了。她爸觉得一个女孩子不安全,她妈劝了他几天,也同意了。

但奇怪的是,一同申请的另外几个同学陆陆续续地收到了确认邮件和用来办签证的邀请函等一系列文件,傅其华却迟迟没有收到。

原本也不需要争抢名额,只要报名,成绩差不多,保证学费交齐,没有不录取一说,但就是单单傅其华没有收到确认邮件和邀请函。她奇怪地发邮件去询问学院网站的小秘,还特意打了越洋电话去学校办公室问,得到的答复是他们没有收到过傅其华的申请。

这乌龙事件就让傅其华完全摸不着头脑了。她回宿舍跟田小甜她们抱怨,她们也不明白,只好安慰她说等下个暑假你再申请,反正哪年去都是去。

但机会错过就是错过了,一拖就拖到了大三之后准备申请留学的这一年。傅其华觉得自己没有国外经历有点吃亏,就跟李文聪抱怨。

"你就一定要出国吗?"李文聪不解地问她,"我也不觉得国外有什么好。

演出去过好几个国家,但还是觉得家里最好。"他比傅其华早一年毕业,已经考上了北京的公务员,琴也暂时不拉了。

"而且,你要是出国,咱们就要有两年见不到面了,我还想等你毕业跟你求婚呢!今年寒假先带你回家,让我爸妈认识认识他们儿媳妇。"他说。

虽然李文聪是北京人,但他俩谈恋爱这两年,傅其华还没见过他爸妈。她听他大概说过,他妈貌似不太希望他找个外地的女朋友,但他让她放心。"那是因为他们还没见过你。等他们见到你了,就肯定会喜欢了。"

要是换作十八岁之前的傅其华,她肯定当场找个地缝钻进去,以防李文聪他爸妈以为他们宝贝儿子取向出现了变化。不过自从和李文聪在一起之后,傅其华的头发慢慢长到了耳际,衣柜里也多了运动装以外的衣服。后来再去听他们乐团的演唱会,她穿一条黑色及膝的裙子,拿个手包,戴个项链,还挺像那么回事的。回宿舍的时候田小甜看到了,惊得差点把下巴掉在地上。

"哎哟!你这哪是去听音乐会啊,这是去走红毯的吧!"田小甜围着她的裙子左看右看,并且没忘记叫躲在自己床上看书的金佩心,"快来看傅其华同学大变身,这简直就是中国版《公主日记》嘛!你这包是从米兰哪条街上淘回来的小众手工品牌?"

"淘宝200块钱包邮。"傅其华把她的手从自己裙子上拍掉,"你就别取笑我了田大小姐。我今天算是见识了你这种每天穿高跟鞋的女人是怎么存活的,我脚指头都快没知觉了。"

"你这才几厘米!你知道Christian Louboutin(克里斯提·鲁布托)吗,走奥斯卡红毯的明星都说他的鞋是刀尖上舔血也要穿!女人为了美就是要付出代价嘛!"田小甜一本正经地说。

"你们家何同学也觉得你留长头发穿裙子穿高跟鞋才好看吗?"傅其华问。

"当然不是!"田小甜哈哈大笑,"我留头发,穿裙子高跟鞋,当然是因为我自己觉得好看啦!你看我哪次跟他出去约会穿高跟鞋了?我又不傻,走路当然穿平底鞋了,只有我自己想穿高跟鞋的时候我才穿,他才管不着我呢。"她把脚跷在自己的桌子上,涂着指甲油的脚趾动来动去,"他总说我涂黑色指甲油像中毒,涂深色口红像吃了死孩子,我乐意!"

傅其华艰难地踢掉鞋子扒掉裙子,呼出一口气坐下来。

"不过,"田小甜说,"我觉得你短头发也挺好看的。长头发的女孩太多,没个性,你能让人一眼记住,多好。"

"但是李文聪说不好看。"傅其华若有所思地说,"还好我把头发留长了,不然等他爸妈见到我,一定印象不好。"

"你要见家长啦!"田小甜激动地凑过来。

"还没有。"傅其华说,"我也不知道什么时候能见到,但总不能到时戴个假发吧。"

傅其华是很想和李文聪一直走下去的。她觉得两个人将来都留在北京工作,早早地结婚养小孩,听上去就很美好很有希望。

从小她像个假小子一样长大,父母双教师带来的童年就是亲爸亲妈对学生比对自己家孩子上心一百倍。她很爱自己的爸妈,但也不希望自己的小孩将来没有足够的陪伴,她甚至都在想,自己可以教小孩语文和英语,李文聪可以教他拉小提琴,三个人可以一起打球……

为了这个简单的愿望,她早就盼望着等毕业之后,可以美美地穿上婚纱做新娘。那个想要去新西兰跳伞,去土耳其坐热气球的自己,在遇到爱情之后,渐渐地被遗忘了。

在大家忙申请的忙申请,考研的考研,各自为毕业前景努力的那个冬天,傅其华寄完自己的申请之后,和李文聪一起去了他北京的家里。他爸妈倒是没有想象中那么苛刻,对傅其华既礼貌又周到,看起来也是保养年轻又谈吐得体的高级知识分子,爸爸是老一代的小提琴演奏家,妈妈是大学教育系老师。

和人家的书香世家一比,傅其华顿时觉得自己矮了一截,李妈妈问起她父母是做什么的,她只好说爸爸是中学物理老师,妈妈是小学语文老师。李妈妈就笑着说:"难怪你成绩这么好。"

后来她一直追问李文聪他爸妈到底对自己印象怎么样，把他都快问烦了，说："我说好的你不听，说坏的你又不信，你让我说什么嘛！"

李文聪原本对她申请出国是不太赞成的，他希望她可以像他一样考公务员，他们俩也不用异国恋，毕了业就可以继续在一起，结婚领证只是时间早晚的问题。傅其华被他劝得心动了，但已经准备了的文书，已经考了的英语成绩，不试试又觉得不甘心，就还是把该做的申请做了。她还感慨地想，再怎么说自己也是有一条后路的，如果全是拒信，那也就死心了，安安稳稳等着毕业嫁人就是了。

所以，连收到三封offer的时候，傅其华有点蒙，原本已经想好的后路面前多了一条路，让她犹豫起来。

她想了想，还是跟李文聪去商量了。

李文聪一听她拿了三个offer，就敏锐地察觉到了她的犹豫，问："所以，你还是想去读吗？"

傅其华说："有一个学校，就是我之前summer school没有申上的那个学校……"

"所以呢？"李文聪不解地看着她，"我之前跟你分析的利弊，你都忘啦？"

傅其华摇头。

"那还跟我商量什么？我的想法你早就知道了，你自己决定吧。"李文聪说。

可能是从小被爸妈两位老师教育惯了，有的时候傅其华觉得，在李文聪面前，她也像是他的学生。虽然他只比她大两岁，比她早毕业一年，但说教起来就是能让她服服帖帖，觉得他怎么都有道理。

即使这样，向往的学校仍然是一个很大的诱惑。傅其华在李文聪那碰了一鼻子灰回来后，还是纠结了几天。她给爸妈打电话商量，她爸说，她想去留学就去留学，她想在北京工作就在北京工作。她妈倒是建议她，还是以个人的学业和事业前途为重，也不太赞成她毕业就结婚。

"我们还没见过这个人呢,可不能说嫁就嫁。再说了,女孩子不管嫁不嫁人,自己也要能赚钱。"她妈说。

傅其华从小得她爸宠,但怕她妈。她爸唯她的喜好是从,她妈有时却会作为过来人给她提很严肃的建议。她差点就被她妈说服了,因为她知道大学这几年自己也没怎么用功,光顾着谈恋爱,一想到找工作的简历上连写什么都不知道,她就心虚得很,也生怕爸妈说自己荒废学业,她妈算是点醒了她残存的一点点好胜心和事业心。

离给学校回复的最后日期还有几天的时候,她几乎已经决定要接受那个offer了,却出了一件让她改变主意的事。

后来的好几年,傅其华每每想起当时的自己,就恨不得揪着自己的脚倒过来甩几下,控一控脑子里的水。如果当时她选择了留学,或许之后一步一步的生活,不会走成今天这个样子。但是怪谁呢?路是自己选的,跪着也要走下去。

田小甜以前不知道随便一个迪奥或是香奈儿的包包就是别的同学不知道多少个月的生活费。像金佩心那种,估计你让她过上一年都有余。她跟她爸妈去欧洲旅游,从意大利买到法国,刷她爸的信用卡,刷完副卡刷主卡,也没觉得有多少钱。

田小甜忙着考英语申请留学的那半年,她爸的厂子资金链断裂,破产了。她知道的不知道的那些在上海浙江四川北京的房产和车子都变卖了,她爸连当初给她爷爷和姑姑换的那套房子都卖了,姑姑一家人也因此挤回了县城自己家原本的小平房里。北六环那套别墅也卖了,只剩下唯一一套早年买的六十平老房子,在北四环里面一个老小区,因为房本是她妈妈的名字,所以留了下来。

这些田小甜都不知道,她开心地拿着offer打算跟她妈炫耀她要跟何子睿一起去英国留学了,她妈见瞒不住了,才告诉她。

田小甜一开始还没意识到破产是个什么概念,在她的印象里,出国读一年书最多需要个几十万,那还不是轻松的事?她爸戴的一块表都要十几万,就算再破产,这点钱还是有的吧?

结果她第一次进那间六十平的老房子的时候就气炸了。"什么啊?小区这么破,门口那垃圾桶和下水道物业不管吗?楼门都不锁,多不安全?这还顶楼,南北还不通风,卫生间都没有窗,这怎么住人啊?连我们学校宿舍都不如!"

她妈倒是挺平静,可能早就用之前的时间适应了现实,只是不得不严肃地告诉她,目前家里是拿不出钱给她留学了。

田小甜像是小孩子闹情绪一样,气呼呼地在那个狭小的房子里走来走去,想发脾气,却觉得在这陌生逼仄的环境里,脾气发出来估计都得在墙上地上拐好几个弯。她看到从前她妈用的那些贵妇保养品都挤在还没收拾的箱子里,简便衣柜里挂满了贵重的衣服。几万块的羊绒大衣瑟缩在袋子里,萎在衣柜的角落,像是落难的公主被关进了侍女的柴房。

"你喜欢的那些包包,妈都没动,怕你生气,妈给你放在那个箱子里了。都装在防尘袋里,没碰坏,你不用着急。"她妈说。

田小甜用了很久的时间才让自己接受这个事实。原本大言不惭地说要供何子睿的她,要眼睁睁地看着人家拿着全奖去英国留学,而自己只能干叹气。

何子睿听她说了之后,虽然惊讶,但很快就恢复了镇定。田小甜没办法镇定,哭哭啼啼了很久。"我不想让你去。"她满脸眼泪鼻涕地说,"你要是被国外的小姑娘勾走了怎么办?我离得那么远,你自己每天不好好吃饭睡觉怎么办?你想我了怎么办?……"

哭归哭,田小甜并没有真的想让何子睿因为她放弃出国。他选择申请,也并不全是为了她。毕业后的那个暑假,田小甜无意间在何子睿的电脑上看到了他的收件箱,里面赫然躺着来自"牛剑"的两封拒绝信。

他原本也不会因为她不可能够得着而选择不去够,那就是他的性格。而她也不会因为自己家里的意外而逼迫他放弃前途,那也是她的性格。

只是,对于即将到来的异国恋,她心里的确一点都没底。加上傅其华后来告诉她们,因为李文聪不希望她出国,不希望异国恋,她选择了放弃,田小甜就更焦虑了。

傅其华最终选择了放弃,是因为她第一次在李文聪的身边,看到了自己的感情危机。

原本她是个不怎么干涉对方生活空间的人,那些互查手机、互相知道密码的把戏她不愿玩,也懒得去玩。她第一次去李文聪的单位等他下班去吃晚饭,他去洗手间了,傅其华就坐在他的工位上百无聊赖地四处张望。他的QQ没有退出,有个对话框在不停地闪,头像是一张小提琴的图。

她看了一眼他的QQ联系人,发现那个"小提琴"被他单独分在一个分组。她莫名地就多了一个心眼,鬼使神差地打开了那个对话框。

倒也不是什么人赃俱获的现场。对方给他发来了一个音乐会的信息,还说了一堆曲子和艺术家的名字,傅其华也看不懂。但每句话后面都带上一长串小心心小花花和烈焰红唇的表情让她顿觉反胃,抬手就把对话框给关了。

后来她旁敲侧击地问过李文聪,得知他确实和一个以前校乐团认识的女孩一直有联系,两个人以前大学时就常常一起练琴。

"拜托,我那个时候还每天在图书馆等着追你呢,你想得也太多了……"李文聪不以为意。

傅其华却上了心。那个女生跟他同届,现在在读音乐教育系的研究生,虽然知道傅其华的存在,仍然隔三差五试图约李文聪去音乐会。

"对我们来说,去一场音乐会跟去学院里办的一场讲座没区别。真的没什么的,还不是因为你不喜欢,我才不叫你陪我去。你要是去听你喜欢的哪个流行歌手的演唱会,也可以不带我啊。"李文聪说。

虽然他说的都是实话,但傅其华听起来难免有些灰心。大学这几年,为了努力制造共同话题,她逼着自己分清了好多曲子,还恶补了好多历史知识,但他还是宁可和他校乐团的女性朋友一起去听音乐会。

一半赌气一半宣示主权似的,她非要跟着李文聪一起去听那女生QQ上说的那场音乐会。女生长得挺漂亮,看起来也像是那种学音乐的气质,落落大方地夸她的衣服好看,还说:"听文聪说你收到了美国大学的录取通知书,恭喜恭喜,不过文聪可是舍不得你走呢,都跟我诉苦好多次了。"

傅其华当场就宣示主权一样怼了回去:"谢谢,不过我决定不去了,我们俩毕业就结婚,他也不用跟别人诉苦了。"

田小甜那时候正在因为家里的事情苦恼,又因为何子睿要去英国而焦虑,有一次傅其华就问田小甜:"如果你真的特别特别不想跟他分开,他会愿意为了你放弃学业吗?"

田小甜想了很久,说:"我不知道。但我不想为了不跟他分开,逼着他在学业和我之间做选择。即使他选了我,我现在可能会很开心,但以后,难保他不会后悔,也难保我不会后悔。"

那个时候傅其华隐约明白了她和李文聪跟田小甜他们俩的区别。也隐约发觉,即使田小甜平时说哭就哭说闹就闹,但遇到重要的决定时,她反而是看得很透的,而自己,平时好像什么都不在乎,但实际上仍然是感情关系里更容易拿得起放不下的那一个。

2014年的春假,金佩心一个人去了纽约,联系了投过简历的律所的面试,逛了大都会博物馆,在中央公园跑了步,还特意在折扣那一天独自去吃了那家想吃的餐厅,一切都很顺利。

春假结束她回到学校,梁钊来敲她的门,端了他自己煎的牛排。

金佩心没接,也没让他进门,就站在门口:"有话在这说吧。"

梁钊只好说:"她是我的前女友。"

那个粉红色的大眼萌妹子比梁钊小两届,还在读本科,两个人原本在一起时间不长,梁钊来美国读书后,妹子迅速找了同校的新欢,单方面跟梁钊分了手,梁钊气不过,就看中了方便快捷的金佩心。但是妹子最近又分手了,后悔了,就千里迢迢追到美国来要跟梁钊复合。

"所以复合了吗?"金佩心问。

梁钊露出一种复杂的表情:"其实,反正她现在也回国了,短期内不会再来,如果你愿意的话……我也不介意。"

金佩心就果断地把他和牛排关在了门外。

即使是住在隔壁的邻居,想不见面也完全可以不见面。直到金佩心夏天毕业她都没再见过梁钊,搬走那天,她的男朋友过来帮她搬东西,看到一个陌生的中国女孩过来敲梁钊的门。

梁钊开门让女孩进屋,看到旁边搬家的金佩心,有些尴尬,金佩心倒是笑着跟他打招呼。

"毕业去哪里?"他问。

"还在芝加哥,找了一家公司给抽H1B。"金佩心说。

"挺好,祝你顺利。"梁钊说。

"也祝你顺利。"金佩心笑。

实在不知道说什么了,金佩心突然想起一个完全无关的话题。

"去年感恩节的时候,你做的那火鸡,还挺好吃的。怎么做的?"她没头没脑地问了一句。

"啊?"梁钊一脸蒙,半天才明白金佩心说的是什么。"我……我用了以前家里人做熏鸭子的时候调的料,醪糟汁、黄酒、味精什么的,比美国人用的调味更吃得惯吧。"

那火鸡的味道,其实金佩心也有点忘了。

有时她会想起当年从老家去北京时那个懵懂的约定,也会想起大学时对姚律师的崇拜,她终于可以承认,那些现在看来都不是真的喜欢,只是过于自卑和恐惧的童年给自己带来的缺爱症候而已。一个连自己都厌恶的人,又怎么可能去真心喜欢别人呢?

遇到了别的人之后,金佩心才渐渐明白为什么她和梁钊在一起的时候会对喜欢和恋爱这些问题感到困惑。

答案其实再简单不过。真正的喜欢不会导致困惑,只会导致更多对枯燥生活的惊喜,对未来的期待,对烦恼和痛苦的包容和理解,对对方以及对自己的好奇和欣赏。

她只有在学会爱自己之后,才有可能获取到同等的爱。

第八章
故意

1

毕业前的那半年,田小甜过得不好。

何子睿有时劝她多回去陪陪她妈,她不是不想回,只是待在那个陌生又狭窄的房子里,她实在是不知道要说什么做什么,周围的一切都在提醒她不一样了,什么都不一样了。她也曾经问过她妈,之前闹着和她爸离婚,为什么现在出了事,反而不离了。她妈说,那个小三在她爸破产之前还卷了他的一笔钱,说有了孩子也是假的,破产之后,更是再也没联系过他,他也不容易。

怎么就不容易了?破产了是天灾人祸,无话可说,但出轨就是出轨,怎么就归为一码事了?田小甜也懒得跟她妈争执,大家心情都不好,多一事不如少一事吧,何况自从家里出事之后,她更是再没见到过她爸了。听说他一直还在浙江那边忙,想重新做点生意,但以前的一切是真的回不来了。

也不想总和何子睿腻在一起。他一身轻松,只需要准备毕业论文就可以踏踏实实等着出国留学,虽然他知道田小甜的心思,从来不在她面前提,但田小甜还是不自觉地去想,一想就心里烦闷,就喜欢没事找碴地发脾气。何子睿不生她的气,还问她要不要一起去北海道散心。

田小甜连北海公园都不想去。何况,现在换作她不想花何子睿的钱了。

何子睿家里也并不宽裕,父母都是工人,否则他也不会非要申请全奖才去留学。

在大家都忙着论文忙着毕业的时候,春季校招已经开始了。没保上研的,没考上研的,都纷纷交流着各种校招信息,期盼着在毕业之前能给自己找个东家落脚。

这个时候,田小甜才开始真切地羡慕起金佩心和傅其华她们。金佩心早就定了要去的美国学校,打工也只是为了赚零用钱,除了毕业论文,根本不用操心别的。傅其华虽然放弃了留学,也没考研,但她从大三起就在英语培训机构兼职,虽然说着要跟李文聪一样考公务员,但是没考上的话也有工作可做。只有她,既没有成绩也没有经历,去应聘都不知道要往简历上写什么,总不能写自己长得好看吧?

"为什么不能?"金佩心笑,"长得好看就是有用呀,要是咱俩一起去面试同一个职位,面试官看你一眼,再看我一眼,肯定就想录取你。这有什么的?爱美之心谁都有,你有资本就大大方方承认,没什么不好的。"

"但是你成绩好呀,又能说会道,要是面试官问我大学四年学了什么,我都讲不出个头绪来。"田小甜垂头丧气地说,"我不知道要找个什么工作,以后要做什么,都没想过。人家学计算机的,学金融的,或者你,学法律的,至少是个专业,我们这算什么专业啊?早知道就像你一样当初转专业了。"刚说完,自己都把自己气笑了,"我还转专业呢,就我这个烂成绩,唉……"

金佩心看她每天在宿舍唉声叹气百无聊赖,就自告奋勇帮她改简历,还劝她不要宅在宿舍里,多去参加校招的活动,才能了解整个就业的趋势。虽然田小甜的简历实在是写不出什么东西来,但金佩心还是不得不鼓励她:"你看,你参加的活动这么多呢,话剧社,校园歌手大赛,跨年晚会,校庆活动……是吧?说明你……"

"说明什么?"傅其华正好从外面回来,听了个话尾。

"我在帮田小甜改简历呢,我说她参加的活动也真是多。"金佩心说。

傅其华凑过来看了一眼,笑:"说明啊,你就是天生靠脸吃饭的,还非要靠才华!你当初就不应该考咱们学校,考个电影学院戏剧学院什么的,多好,将来我们还能在电视上看到你。"

"胡说。"她俩的鼓励并没有让田小甜的心情变好。"这有个什么用?招聘的时候我总不能说,我在话剧社演过主角吧?面试官肯定以为我有神经病呢。"

带着自己贫瘠得可怜的简历,田小甜还是去了几次校招。她随便打扮一下,穿得利索一点,站在人群里就很显眼了,周围的男生女生也会打量她,还有负责招聘的人来问她是哪个院的。

每个公司的校招负责人员看到她都会显得很感兴趣,拿过她的简历,随便问问专业课,四六级分数什么的,田小甜就开始心虚了,往往就只拿了一张公司的名片就灰溜溜地离开,也不好意思回头看一眼自己的简历有没有被扔进垃圾桶。在网站上搜一搜招聘的信息,应届毕业生,尤其是文科生,起薪都是三四千左右。从小养尊处优的田小甜从来没想过毕业生的起薪会这么低,要是换作从前,这点钱她随便买个护肤品买件衣服都不够,竟然要花一个月才能赚到。最可怜的是,这样薪资水平的工作,她都不够格。

金佩心建议她去跟辅导员老师聊一聊,听听老师的建议,但田小甜也不太好意思去。大学这几年来,她和除了室友之外的同学、老师,关系都没那么近,不了解她的人,又容易觉得她是个高傲不太好接近的人,加上她又经常逃课,班里组织的活动也经常为了约会不去,给辅导员留下的印象也不怎么样,现在更不好意思去问人家。

傅其华倒是有时往辅导员老师那边跑,虽然她打算考公务员,但也在密切关注校招的信息,有活动也会去。她说如果能找到心仪的工作,她就不考公务员了,一样能够留在北京。

那天田小甜经过人文楼的时候,正好遇到一个认识的研究生学姐从辅导员的办公室出来,见到田小甜就叫住了她:"你是跟傅其华一个宿舍吧?"

"对,"田小甜说,"怎么啦?"

"她电话好像欠费了,你要是回去看到她,记得告诉她后天上午别忘了去××的招聘会,就在西门的小会场。"

"好,我知道了。"田小甜答应下来。

回去的路上她想,她在院里的招聘信息中没有看到这家的招聘会,××是大国企,也是应届毕业生梦寐以求的企业,每年招文科生的职位并不多。

鬼使神差地,她回到宿舍之后,没有告诉傅其华她今天碰到了学姐,也没有说后天招聘会的事情。傅其华和金佩心还问起她找工作找得怎么样,她也敷衍了过去。

那天早上田小甜出门的时候,傅其华也在收拾东西,田小甜问她干吗去,她说要去培训机构上班,田小甜就没有多问,一个人去了招聘会。

负责校招的是个看上去温柔亲切的姐姐,因为上午人相对没那么多,她就让田小甜坐下来聊。田小甜一看有戏,忍不住多跟她侃了一会儿,顺便把自己好一顿夸,还表示自己一定虚心勤奋热爱工作,最后姐姐留下了她的简历,还记下了她的电话,田小甜觉得心满意足。

回去之后田小甜就把这事忘到了脑后,还是继续关注着每一次的校招活动,偶尔也跟傅其华她们互通有无,但大家基本都一个样子,文科生在校招季能找到工作的太少了,同班好几个打算找工作的同学都同时在准备明年考研,或者考公务员,或者计划找不到工作就回老家去了。

直到有一天田小甜接到了一个陌生的电话,让她准备参加××公司的第二轮面试加笔试。田小甜想了一会儿才想起来当时跟她聊了好久的那个校招姐姐。

她熬夜查了好久公司的各种信息和可能被问到的各种问题,然后兴奋又忐忑地去了。面试问的不过是对应届毕业生都会问的几个问题,笔试也就考了很基础的行业知识和英语水平。田小甜胆战心惊地一一应对,觉得比自己考雅思的时候还紧张。

一个星期之后,HR给她打电话,告诉她,她被录取了。

田小甜简直不能相信自己的耳朵。她迫不及待地跟何子睿分享了这个喜讯,但是因为心虚没有告诉傅其华和金佩心。她总觉得是自己抢了傅其华的机会,暗暗祈祷傅其华不要知道××公司来过她们学校招聘。

但傅其华还是知道了,不知是从辅导员那里还是从学姐那里。那天晚上她回到宿舍,只有田小甜在,她就问田小甜:"××的招聘会你当时去了吗?"

田小甜老实回答:"去了。"

傅其华问:"是杨琳学姐告诉你的还是张老师告诉你的?"

田小甜回答:"杨琳学姐告诉我的。"

傅其华又问:"你进第二轮了吗?"

田小甜说:"进了。"

傅其华盯着她看了好久,没笑,也没生气,然后默默地坐到自己的椅子上。

"是我拜托张老师帮我关注的,"她说,"我今天打电话问了××,他们人事说,今年文科应届生就在咱们院招了一个,已经录取了。就是你吧。"

田小甜没说话。她知道她说什么都不重要了。

金佩心这时候推门进来,看到两个人都冷着脸,气氛诡异,就问了一句:"怎么了?"

"你问她。"傅其华冷冷地看了一眼田小甜,说。

打着石膏的日子,傅其华是在金佩心家里过的。她原本想重新租个住处,康复了就搬过去,但金佩心说什么都不让,直接打电话让搬家公司把傅其华的行李搬回了自己家。

行动不便的傅其华就在金佩心白天出门的时候留在家里看她为打官司准备的资料。她查了法条,发现金佩心口中的"故意伤害罪"要判处三年以下有期徒刑,吓了一跳。金佩心回来的时候她忍不住问:"要判那么多年?"

金佩心就像看外星人一样看着傅其华:"不然呢?你这还是轻伤,当时要真有个三长两短,不判他留着过年吗?"

傅其华就不吱声了,盯着自己打着石膏的脚发呆。

"你不会是同情他吧?"金佩心说,"就你这样的,要是没有代理律师,你自己一上法庭就哭,什么都不敢说,那还告什么告?自己回家遭罪算了。"

"他毕竟是西西的爸爸……"傅其华小声说。

"你们俩都离婚了!何况即使是婚内也不能家暴!"金佩心真是恨铁不成钢,"他今天伤害你,明天就有可能伤害西西或者你家人!不说别的,就他这个样子,你敢让西西跟他见面吗?你敢告诉西西这个人就是你爸,他天天咒你妈死,把你妈从楼梯上推下去吗?"

"你别说了!"傅其华大喊,颓然地倒在床上,用被子蒙住头,呜呜地抽泣起来。

看她又哭了,金佩心自觉话说重了,只好上前去拽拽她的被角。"对不起啊。"她说,"我也是替你担心。你别生我的气。"

"不生你的气。"傅其华在被子里抽泣着,闷闷地说,"我生我自己的气。都不知道从什么时候起,我变成这个自己都讨厌的死样子了。我不知道我是怎么了。"

金佩心也很困惑为什么傅其华会变成现在这个样子,但当事人走过的路,旁观者总是不该妄加评议。她只是整理好了傅其华所有的资料和信息,做好了其他的准备工作,等待开庭。

她问傅其华要不要出庭。那个时候傅其华应该已经拆了石膏,挂拐可以出门,但她犹豫再三,还是不敢。

金佩心给她做了很多心理建设,但她想象自己那些照片和截图被用作证据向法官出示,要坐在受害人的位置上面对坐在被告席上的于辰,她就害怕。她怕自己情绪失控,不仅达不到想要的结果,还辜负了金佩心这么多天以来辛苦的准备。

"你替我去嘛。"她小心翼翼地跟金佩心说,"我相信你,别人我谁都不信。"

金佩心理解她的害怕。于辰的父母在得知开庭的事之后,立刻从长沙来了北京,甚至带着人闹到了金佩心的公司,说金佩心教唆傅其华,原本于辰来北京是为了跟傅其华复婚的。好在金佩心所在的公司也不是第一次遇到闹事了,没有太影响到她。倒是金佩心后来听说,于辰父母那边也帮他花钱找了一个律师。

为了确认很多信息,金佩心特意去找了当时在楼道里看到傅其华和于辰争执的邻居,但当她询问他们是否愿意出庭做证的时候,却无一例外地遭到了拒绝。其中一个邻居说,当时出来报警帮她说话是怕闹出人命,但出庭这种事,影响到他们的个人生活,就不便再参与。

这些事情她都没跟傅其华说,怕她更心烦。

开庭前晚,金佩心早早就睡下了,傅其华却辗转反侧,焦虑得闭不上眼睛,只好反复看手机里爸妈发来的西西的视频,但看着看着,又因为想孩子忍不住红了眼圈。

就在她心神不宁的时候,手机里进来一条新信息。

"傅老师,最近好吗?"

傅其华一头雾水,把聊天记录往上翻,才发现是她从学校离开那天问她上不上课了的一个学生。她当时因为心烦,就没再回复,把这事给忘光了。

她只好回了一句:"你有什么事吗?"

对方输入了很久,才发来一句:"不知道傅老师最近遇到了什么状况,但是希望你每天都能有好的心情,早点回到你热爱的工作和事业中来,谢谢你带给很多学生的知识和快乐。"

傅其华感到莫名其妙,她点进这个人的朋友圈,只有每天在App上学英语的打卡记录,也不知道是谁。但这突如其来的"官方"祝福却也让她多少感到了一点温暖和善意,她关上手机,闭上眼睛躺下,心里计划着等脚完全好了,就去找之前聊过的那个开工作室的朋友，继续上课。想着想着，竟然慢慢也平静下来，随着困意睡着了。

在庭上，金佩心第一次见到了于辰和他的辩护律师。于辰精瘦精瘦的，头发剃得很短，一双三角形的眼睛不管看谁都是斜斜地自下往上瞪过去。他的律师坐在他旁边，戴着一副金边眼镜，不苟言笑，看年纪跟金佩心相仿。

于辰看了一眼金佩心旁边空着的位置，不屑地瞪了金佩心一眼。金佩心装作没看见，不想跟他一般见识。

案子走公诉程序，有公诉人阐述，金佩心原本不需要多言，只需作为受害人的代理人，强调事实，支持定罪即可。但在庭上，对方的辩护律师一直打感情牌，说于辰千里迢迢追到北京来是因为想女儿，想跟傅其华复婚，还说傅其华一直拦着不让于辰见女儿，特意把女儿送回了老家，于辰情急之下才连连紧逼，一口咬定那天发生的事情于辰是无心之失。

金佩心实在忍不住，就举手请求发言。

她指着那张傅其华家门口的照片："想复婚你为什么要往人家门口摆花圈烧纸钱？想复婚你为什么把人推下楼梯造成骨折？周围的邻居都看到了，你动手打人，当时她都已经倒在楼梯上站不起来，如果不是有邻居出来，你还会接着打，这样的状况，谁会想跟你复婚？"

对方律师发言辩解："被告声明受害人是摔下楼梯，不是他推的，是她自己没站稳摔倒的。邻居只是听到了声响报警，根本就没看见两人谁先动手。原本夫妻俩打架就是一个巴掌拍不响的事，要不是女方无理取闹，当时根本就不会离婚，何况她现在一个单亲妈妈带着孩子，根本没有能力抚养，也没有人要她，只有复婚才是她最好的选择，于辰来北京是在给她台阶下。"

坐在律师旁边的于辰，脸上没有丝毫愧意，反而透着不屑一顾的轻蔑。那一瞬间金佩心就觉得一股火噌地蹿到了头顶。一直不断告诉自己要冷静要理智不要仇恨不要偏激，全都没用了，只好再次举手请示发言。

"我们现在说的是，在这起伤害事件中，被告当天是否基于故意伤害的意图,且实施了对受害人的实际伤害行为,造成受害人骨折以及多处轻伤的后果。"她说,"至于一年之前他们是为什么离婚的,原告手里有多次医院诊断证明在离婚之前被告就经常对她实施家暴,他的伤害意图是非常明显的。至于你说的单亲妈妈带着孩子就没有人要她,"她目不转睛地盯着对方律师,"你这句话又是从何而来?她离了婚带着孩子,就不能有不复婚的权利吗?于辰给她台阶下的方式就是送花圈烧纸钱以及跟踪威胁伤害吗?你作为一个有文化有知识的辩护律师,在法庭上说家暴是一个巴掌拍不响,宣扬这种受害者有罪论,你觉得你配站在这里吗?"

对方律师被她说得脸色有些难看,举手反驳:"我不是说家暴有理,我是说这一次的伤害事件中,于辰的主观心态是过失,不是故意。他既然想来复婚,傅其华躲着不见他,他气急了才会追到她家里。"

"蓄意的跟踪,长期的威胁,这样导致的伤害怎么会不是故意?"金佩心毫不相让,"傅其华为什么不敢让他见孩子?孩子在他俩离婚之前已经每天活在恐惧中,好不容易离婚了只跟着妈妈,性格才稍微变好了一些,能让她再目睹她爸家暴她妈这个场面?如果不是傅其华一个人住在家里,他蓄意伤害的就不只是傅其华,很可能也伤害手无缚鸡之力的孩子!"

金佩心转头看了一眼坐在远处的于辰父母,说:"于辰的父母当初还因为傅其华生的是女孩而迁怒于她,这样的人渣家庭,我会尽全力劝傅其华永远都不要复婚。"

公诉人同样反驳了于辰的律师对于被告过失伤害的辩护。金佩心一度觉得没有什么悬念,于辰的这个故意伤害罪是判定了,她想着在附带民事诉讼中要给傅其华争取多一点的赔偿。但在法庭辩论结束之后,于辰的律师突然请求休庭,需要提交新的证据。

宣布休庭之后,金佩心有些气馁,她以为一审就能下判决,能尽快给傅其华一个交代,但于辰那边就是不甘心,非要再挣扎一下不可。

他们还要拿什么新证据?她心里不由得忐忑起来。

3

毕业前的那半年金佩心是很轻松的，留学的事情在按部就班地准备着，毕业论文也忙得差不多了，除了每周三天去实习，其他的时间就可以在宿舍偷闲，顺便安抚一下每天焦虑得乱发脾气的田小甜。

她知道田小甜虽然有时说话并不好听，但心里没有恶意，只是她优越惯了常常不太顾及身边人的情绪而已。金佩心确实也是欣赏她的，虽然她成绩不好，毕业论文抓耳挠腮也写不出来，一看书就头疼，但她也有别人没有的优点。

当然长得好看算是第一个。金佩心说的是实话，她去面试实习的时候，如果不是在她前面的那个漂亮姑娘连公司的英文名称都没拼对，估计面试官也不需要再面试她了。

所以在田小甜羡慕金佩心成绩好的同时，金佩心也很欣赏田小甜走到哪里都能吸引别人目光的特质。而她呢，走到哪里都很想先发制人地跟别人解释，我虽然身材略胖了点，长相略普通了点，但不影响我的工作能力。

面试时排在金佩心后面的一个男生，后来也被招进来当实习助理。虽然大家半斤八两，都只是做些打印文件、校对PPT、整理资料一类没什么技术含量的活，但那个男生却大大方方地把傲气和野心写在了脸上，一副"我是名校毕业生我凭什么给别人端茶倒水"的样子，一有活就推给金佩心去做，自己跟在公司的前辈身后，虚心地问这问那，一心求学，还时时装作不经意地透露出自己精英世家的出身和与年纪不相符的丰富阅历。

公司的同事们什么实习生没见过，对他的各种自我吹嘘不以为意。后来他不知道从哪里听来实习期结束之后只能留下一个实习生，他不了解金佩心，也完全不知道金佩心很快就要去留学，根本不会留在公司，于是便把金佩心当成了他假想中的竞争对手。金佩心只想赚点零花钱，默默做点助理的工作就好，其他时候尽量躲得远远的，不给他制造机会，但他得寸进尺，实在让她有点不想忍下去了。

那时有一个案子给客户做提案PPT,同事交给他们两个实习生来做。但等到做完的时候,那个男生当着其他同事和前辈的面,很自然地提出会上由他来讲这个PPT。"当然主要因为这个提案大部分的思路都是由我贡献的,并且,无论从形象还是气质上,我还是可以代表公司的脸面的。"他自以为有魅力地说,还不忘故作谦和地冲金佩心开一句玩笑,"我不是故意冒犯的啊,但这是事实。"

同事也善意地哄笑,也不知这善意里有多少成分是真实,多少是玩笑。

金佩心没笑,也没作声,算是默认了。

第二天开会之前,金佩心在打开电脑调试的时候,一瞬间不知道哪来的念头,她打开PPT,鬼使神差地点击鼠标删除了其中的两页。

开会的时候可有好戏看了。

金佩心也不和客户搭讪,也没和同事说话,只是出去给每人都倒了一杯水,然后就按惯例坐在会议室的角落,静静地听。

原本整个提案的结构和文字几乎都是金佩心贡献的,那个男生只是这边加了个标点那边改了个表格样式。讲着讲着,不仅他发现了不对劲,同事也觉得不对了,金佩心删掉的那两页,包含了一页重要的对标案例,和一页具体的提案策划,基本上相当于这个PPT最核心的内容。

项目负责的同事脸色变得不太好看,客户也一脸莫名其妙。那个男生慌乱地用鼠标前后翻着PPT,但他再翻也翻不出来更多的文字了。

金佩心眼看着他的脸涨得通红,他一边说着前面说过的车轱辘话,一边无望地点着鼠标,整个人慌了神。

后来金佩心回想起总是跟别人和自己较劲的那些年,常常会笑当年的自己真是狭隘又小气。既然自己都知道田小甜那样的人老天爷偏爱是事实,那么别人说自己没形象没气质也是事实,又记恨什么呢?

可能每个人在被轻视、被嘲讽,或是被拿身上的弱点来取笑的时候,都有过恶毒的报复念头吧。明知道那个男生和自己没有什么可竞争的,实习期一过,以后可能再也见不到了,但还是忍不住想要看到他夸完海口抢完风头之后尴尬的样子。

那样锱铢必较的他,即使形象和气质出众,内心也丑陋得不见天日吧。

她算是大获全胜。她云淡风轻地从会议室角落里站起来,走到电脑面前,一边口述,一边拿笔在一旁的白板上手写出了那两页删掉的PPT,然后不动声色地继续讲完了提案。

那个男生全程在一边傻站着,出去也不好,坐下也不好,只得承受着来自同事和客户的质疑目光,一直到会议结束。

他也没办法跟老板告状说是金佩心在PPT上做了手脚,毕竟他自己早就大包大揽说PPT都是他做的,跟金佩心又有什么关系呢。

只是从那之后他再也不找金佩心的麻烦了,也不指使她去干这干那了,像是躲瘟神一样每天躲着她走。金佩心有一次听到他跟同事吐槽,说她又凶又丑,心理不健康。

"将来肯定嫁不出去,只能在工作上找寄托,多可怜。"他说。

后来金佩心临近毕业,就提前辞了职,结束了实习,也不知道那个男生毕业有没有留在那家公司。但从那时起她的目标隐约就在脑海中成了形,她不希望自己的外在变成永远的短板。

她不能有短板。有短板,就意味着会有被嘲笑被歧视的把柄抓在别人手里,这让她永远不能得到想要的安全感。

辞了职的那天,金佩心回到宿舍,看到田小甜和傅其华两个人诡异的气氛,才得知田小甜拿到的offer是傅其华本来想去的,因为田小甜没告诉傅其华招聘会的事才错过了。

大学四年以来,她们平时虽有小矛盾,但大体还算和谐,金佩心看到她们两个闹别扭,也没太在意。

毕业前后发生了太多事,她们都没有意识到当时只是一个开始。

4

当时的田小甜并不觉得心虚。

她甚至睁着大眼睛对傅其华说:"你比我优秀那么多,肯定有好多工作机会,就让给我一个能怎么样?"

傅其华被她气得哭笑不得:"这个是能让的吗? 你以后上班别人跟你说,升职加薪这种事你让让我,你就让给别人吗?"

一旁的金佩心就打了个圆场:"你之前也没说想去××呀,不是说要考公务员吗?"

傅其华看了田小甜一眼。"我没说不代表我不想去。××他们总部离李文聪的单位特别近,我要是真能去,他就不会每天劝我去考公务员了。"

田小甜嘟囔了一句:"那我又不知道……"

傅其华没说话,自顾自收拾东西洗漱睡觉了。她控制着脾气没跟田小甜吵,但她是真的生气了,好几天都没再理田小甜,每天早出晚归,不知道在忙些什么。

田小甜讪讪地过了几天,自知理亏,也不敢再多做辩解。她回家跟她妈说找到工作了,她妈还挺高兴,都没问她实习期能挣多少钱,她也就不提了,自己都觉得像个笑话。

第一天实习,她背着香奈儿包包穿着羊皮底的小高跟鞋就去了公司,想着能给同事们留下一个完美的印象。但整整一个上午,她坐在角落没有人的工位上,除了喝了三杯水,上了两次厕所,帮同事关了两次门,递了一次笔,开了一次电脑之外,什么事都没做,持续时间最长的一次谈话是路过的一个女同事问她背的包是真的假的。

"什么真的假的?"田小甜一脸蒙。

"就是真的假的啊,是不是高仿A货啊?"女同事说。

"什么是A货？"田小甜问。

女同事的脸上浮现出一种困惑又惊讶的复杂表情，摇了摇头就走了。

下午她总算被叫到会议室去开会。她实习的岗位是部门助理，不需要专业背景，平时辅助公司日常的管理工作和部门内外的协调就可以，加上写一写公司网站的文案，安排一下会议和接待，也就没什么了。听上去很轻松的工作，田小甜想，以自己这三寸不烂之舌和沉鱼落雁之貌，还不是分分钟搞定的事。

结果看起来简单的事不知为何做起来就变得各种艰辛。一段五百字的文案，她写了改改了写，花了一整个下午，直到下班还没得到经理的认可。

部门开会，PPT的字体放在投影上不够大，看不清，她吭哧吭哧地调了十分钟都没调好，经理在老板和高层面前脸都绿了。

写网站文案，由于她的失误，公司网站上更新的页面链接放错了，还好经理提前发现改了过来，否则又要被老板训。经理吓得不敢让她干活了，把她的工作都交给了另一个同事。那个同事有自己的工作，并不是部门助理，但不得不负责给她把关。

几天实习下来，田小甜整个人都颓了，每天被经理和同事批得战战兢兢的，下班就跟何子睿抱怨。何子睿又是个死脑筋，田小甜吐完苦水求安慰的时候他来一句"那不是你自己弄错的吗，也怪不了别人"，让田小甜恨不得掐死他。

周末她回宿舍，正好金佩心和傅其华都在。金佩心在整理办签证的资料，傅其华在电脑上浏览求职网站。

田小甜也没跟她俩打招呼，默默地把包放下，开始收拾东西。

金佩心怕她尴尬，就说："回来啦，怎么样，实习忙不忙？"

田小甜没吭声。

傅其华从电脑前抬眼看了她一下，忍不住开口呛了一句："能不忙吗？××也不招吃干饭的。"

田小甜手下没停，沉默了好久，说："我辞职了。"

"什么?"金佩心和傅其华都大吃一惊。

田小甜小声地说:"我老犯错,什么都做不好。他们说,没见过R大毕业的高才生能笨到这个程度的。他们还说,我是他们见过的实习期最短的实习生。"

金佩心看她神情低落,走过来拍拍她肩膀:"怎么回事?是他们太严格了吧。实习生犯点错不是很正常吗?谁还没有刚开始的时候?怎么就给开了呢?是不是你自己脸皮太薄,不想做下去,辞职了?"

金佩心还是了解田小甜的。从小被捧到大的她,哪能忍得了在没人惯着她由着她的工作环境中被各种挑刺。她去跟经理辞完职出来的时候,还听到旁边两个同事以她完全听得到的声音指指点点地说:"真是看不出来,长得漂漂亮亮一小姑娘,绣花枕头一包草。"

"对,我就是脸皮薄,怎么了?本来这个工作就是我抢来的,我配不上,我什么都做不了!"田小甜突然爆发,把旁边的傅其华也吓了一跳。

"对不起,我跟你道歉,行了吧?原本该去××实习的是你!"田小甜瞪着傅其华,"我跟你道歉了,我也辞职了,你还想让我怎么办!"

她哭着甩开金佩心拉着她的手,夺门而出。

金佩心和傅其华面面相觑,都不知道要说什么。

好久,傅其华解围似的叹了一口气,说:"我也没办法真生她的气。而且,我已经决定了,毕业还是去培训机构工作,那边的薪水高,环境我也熟,不想再找别的工作了。"

"那还考公务员吗?"金佩心问。

"不考了。"傅其华说,"考公务员无非就是为了北京的户口。我和李文聪结了婚,户口不户口的也不是问题了。"

"你们俩真的一毕业就要结婚?"金佩心问。

"嗯,"傅其华点头,"我过阵子就带他回西安见我爸妈。"

金佩心看着田小甜扔了一桌子的东西,有点担心:"她没事吧?……马上就毕业了,咱们同学一场,谁也不想真的闹什么矛盾。她这段时间家里出事,心情不好,你别怪她。"

傅其华摇摇头,转身继续看自己的电脑。金佩心也知道自己的话说来没有什么力度。换作她,被朝夕相处的室友这样摆了一道,也很难原谅吧。

何子睿接到田小甜的电话从宿舍出来,田小甜抱着他就开始哭,把他吓了一跳,以为她受人欺负了。好不容易听她前言不搭后语地讲了一通,哭笑不得,一边哄着一边说带她去吃火锅。

田小甜放了满满一碟子的辣酱,一把鼻涕一把泪地涮鸭肠和毛肚,油星溅到了她扔在旁边的名牌丝巾上也不介意。何子睿把她的丝巾和包包从椅子上挪开,又在她面前垫了两张纸巾。

"虽然他们是有点欺负人,但你也太小孩子脾气了,以后不能这样了。"何子睿看田小甜吃着吃着几乎快忘了哭了,就小心翼翼地说,"工作刚一开始都是这样的,等习惯了就好了,谁都是这么过来的。"

田小甜瞪了他一眼:"你就不是这么过来的!"何子睿就没话讲了。她一边吸溜粉丝一边哼唧:"我也想去留学,我不想工作……怎么办……"他只好没话找话地说:"留完学也要工作的,你现在就工作,比我们这些还要读书的早得多,等以后轮到我们找不到工作,你那时肯定就已经升职加薪啦。"

田小甜撇撇嘴。"加薪加薪……这要什么时候才能加到足够的薪啊。"她说,"我以前都不知道钱这么难赚。公司里有几个女同事,每天上班都要看我背了什么包,还问我家里做什么的。我以前都不知道还有人专门做假的大牌包包然后便宜卖,可以差出那么多钱来,太吓人了!……"

从毕业那年起,田小甜再没有像以前那样买过大牌的包包衣服鞋子,光是以前的就够她一年四季穿了。再后来,她也可以穿妈妈的。

直到毕业之后的秋季,送走了何子睿,田小甜才找了下一个工作,是在一家杂志社。同时,她也开始准备年底的考研。何子睿说得对,谁都是这么过来的。以后再上班的时候,别人问她背的包穿的鞋,她也可以坦然地嘻嘻笑着说:"高仿,怎么样,像真的吧?"

庭审结束的那天，于辰的辩护律师主动过来找金佩心交换微信。

"我叫郑亦明。"他说，"很高兴认识你。能加个微信吗？"

金佩心面无表情地看了他一眼："我不高兴认识你。"转身就走。

以前也不是没有过和对方的辩护律师在打官司的时候认识，后来变成熟人、朋友，甚至有机会合作的也有。但傅其华的这件事让金佩心对于辰以及他身边的所有人都没有好印象，也并不想认识他的辩护律师。

"大家都在北京，又是同行，交个朋友吧。"郑亦明跟过来，并没有退让。

"是于辰的父母找你辩护的？"金佩心看他不走，就问。

"对。他们家不缺钱，只是觉得是小事，不想让儿子坐牢。"郑亦明倒是坦诚，一看就是收了钱当活干，不需要走心的那种。

但金佩心不能不走心，傅其华的状况她看在眼里，为了傅其华和小孩着想，这个忙她不帮就没有人帮了。

想了想，金佩心停下脚步，打开手机，加了郑亦明的微信。

她需要知道郑亦明还有什么新的证据。

傅其华听金佩心说了庭上的事之后，也摇头说，不知道还有什么证据是可以拿出来颠倒黑白的，毕竟事实摆在这里。

"于辰那个人，见人说人话，见鬼说鬼话。"傅其华说，"他以前打我的时候像个疯子一样，但是睡一觉第二天起来，要是心情好了，气消了，就跪在我面前哭着求原谅。有时我都觉得不知道是自己精神分裂了还是他精神分裂了，感觉晚上的他和白天的他像两个人一样。"

她盯着自己手机里孩子可爱的照片，叹了口气，幽幽地说："但他自己一定都记得，他哭着求我的时候，只会求我原谅他，就连'下一次不会了'这种话，都说不出口。他自己心里很清楚，一定会有下一次。"

泪水在她眼中打了个转，又被努力地收回去了。

"我不想有下一次了。"她说。

第九章
对立

1

以前读高中的时候，学校不让女生留长头发，一律都要剪成齐耳短发。很多女生不愿意剪，上学就像打游击战一样，但还是被教导主任犀利的目光从众人之中锁定，勒令去剪头发。傅其华那时本来留的也是长发，却也不觉得剪短头发就像没了半条命一样痛苦，毕竟长头发打球的时候还要扎起来，洗完了吹干的时间也长，太麻烦，早就想剪掉了。

于是跟着班里的女生们一起去理发店，看着她们对着掉满地的头发暗自神伤，还要在QQ空间发一句"我已剪短我的发，剪断了牵挂"，她一脸正气地跟理发师傅说："给男生怎么剪就给我怎么剪，没问题。"然后顶着个剃平了的脑袋回到家就被她妈骂了一顿。

她完全不明白她妈生气的点在哪，她多听话啊，不仅遵守校规校纪，还超额完成任务，剪得比学校要求的还短。

她爸下晚自习回到家，看到她的新发型，本来就累哑了的嗓子笑到发不出声，跟还在生气的她妈说，闺女爱怎么剪怎么剪吧，反正也不违反规定。看来不用担心咱们家的野丫头偷偷早恋了。

直到大一寒假她从北京回家，爸妈去火车站接她，看到她那努力长到了耳侧的头发和脑后用好看的发卡勉强能束起来的小揪揪,她妈和她爸就交换了一个了然的神情。

傅其华在通情达理的父母教育下长大,从来跟他们也没有什么秘密,晚上三口人在家里吃饭的时候她妈随便试探了两句,她就全都招了。听她说了李文聪的大概情况,她爸妈倒也没怎么反对,叮嘱了她几句,就说有空带他来西安玩,到家里做客。

直到2011年的寒假,她终于说动李文聪跟她一起回西安家里。看他两手空空,她又去买了水果和补品,塞给他提着,让他说是他买的。

"你啊,就是太在意这些小事了,"李文聪说,"之前去我家的时候我就说,我爸妈都挑剔,你买了东西他们最后也不会吃,根本没必要买,你当时还买了一大堆。"

"吃不吃是爸妈们的事,买不买是咱们的事,这个不能省。我要让你在我爸妈面前留下一个好印象。"傅其华振振有词。

她妈见到一表人才又能说会道的李文聪,满眼透着喜欢,拉他到沙发上坐下问这问那。她爸就一脸审慎的样子坐在一边,故意打开电视播新闻,也不插话。傅其华看她爸的表情就觉得好笑,抢过遥控器把电视声音调小,坐到她爸旁边,说:"爸,你不是一直说我小时候不学乐器不听话嘛,李文聪可是学了十几年小提琴的,在我们校乐团是首席!"

她爸年轻的时候也有几分才华,会吹葫芦丝,拉二胡,所以她小时候她爸一直期望着她能继承点音乐悟性,学个乐器什么的。结果,斥巨资给她报的手风琴班,她上了两次课就死活不去了,五音不全,又不会认谱,连小学音乐课上学吹竖笛她都学不会,后来她爸也就放弃了。

她爸看着她手机里打开的音乐会视频,听她讲这个作曲家那个作曲家,诧异地看她一眼:"你都哪学来的?"

"我跟他一起去听了好多次音乐会呢!"傅其华骄傲地跟她爸嬉皮笑脸。

很久以后傅其华偷偷问过她妈,当时她爸为什么不给李文聪好脸色看。

她妈说,李文聪来过家里之后,她爸一个人失落了好久,觉得闺女大了,跟自己不亲了,有了男朋友就惦记着跟人家跑了。她妈还笑他,人家男朋友可是北京户口,还不知道怎么说你闺女高攀了呢。

她爸说:"谁敢说我闺女高攀,我闺女谁也不攀。"

但失落归失落,看到傅其华毕业之后留在北京工作,还跟男朋友商量着结婚,她爸妈心里是高兴的,每次打电话给她都问,什么时候双方家长见个面,计划一下结婚的事?傅其华就笑着说他俩真是等不及要把她嫁出去,能不能矜持一点。

毕业的时候,金融学院的一个男生,在他们院毕业典礼的礼堂外面拉了横幅,摆满了一地的玫瑰花,穿着学士服向同班的女生求了婚,全院的学生和老师都做了见证。那一年大家刚刚开始玩微博,带着"毕业就结婚"话题的照片还上了微博热门,让他们学校很是出了一阵风头。

当时傅其华她们院的毕业典礼还没举行。她听同学说着金融学院那边求婚的场景,满心羡慕,旁敲侧击假装不经意地讲给李文聪听。

对于被求婚这件事,她心里充满着期待。当年在音乐会现场被李文聪表白的时候,她还是个情窦初开什么都不懂的傻丫头,那突如其来的惊喜改变了她单调的生活,也让她这个天不怕地不怕的"浑小子"变得越来越患得患失。为了能够毕业之后安安稳稳地和他在一起,她自觉放弃了许多,潜意识里便觉得该得到些弥补。但是究竟怎样弥补,她也并不知道。

金佩心参加的是法学院的毕业典礼,和她们不在一起。田小甜的妈妈来了,还有何子睿,穿着隔壁学校的学士服大摇大摆跑过来,跟着田小甜满学校各种拍照。傅其华早就问李文聪要不要来,他说他要上班,傅其华只能怨毕业典礼没有安排在周末。她看着旁边的人都有朋友或家人热热闹闹地拍合影,不免有些落寞。

然后她就接到了她爸的电话:"华啊,你干吗呢?"

她本来就心情不好,顺口埋怨道:"还能干吗,我今天毕业典礼,你俩都不记得了吧？我早就跟你俩说了，你非说学校得补课，不想来，人家爸妈都来了！"

她爸在电话那边哈哈笑了两声，被她妈接了话头："你别笑了老傅，问正经的。华啊，你们学校东门进来怎么有两条路啊？往哪走啊？"

傅其华愣了一秒，拿着电话原地跳了起来，大声尖叫："妈——"

旁边田小甜吓了一跳："你怎么啦？鬼喊鬼叫的。"

傅其华转身就往校门口跑，跑得学士服宽大的衣襟飘了起来："我爸妈来啦——"

"你来报到的时候爸爸就有事没来，这回你毕业，爸爸说什么也得来看看。"傅其华她爸给她扯扯衣角，整整衣领，上下打量着她不合身的学士服和戴歪了的帽子，一直在笑。

"你俩怎么不告诉我！我去火车站接你们啊！"傅其华埋怨。

"昨晚才着急忙慌地调开课，我俩就买了卧铺票来了，想着反正今天就到，到了再叫你，省得你惦记。这不，什么都没耽误！"她妈笑着说，"走，带你爸参观参观，他还没来过呢。"

傅其华一边一个挽着她爸妈走在校园里，路过三三两两拍毕业照的学生和家长，心里的失落一扫而空。她带她爸妈去食堂吃饭，偷偷把她爸拉到一边说，食堂做的菜都比她妈做的好吃。她妈不明所以："你们爷俩说什么悄悄话呢？"傅其华和她爸就心有灵犀地窃笑。

吃午饭的时候她发短信给李文聪，问他在干什么，吃饭了没有。李文聪没回复。傅其华想他应该在吃饭，没空看手机，但她无意中打开手机QQ，却发现他在线，账号状态显示竟然还是在玩游戏。她就有些不开心，但又不好说什么，想了很久才发了一句话过去。

"我爸妈来我的毕业典礼了，咱们找个时间，双方家长见一见吧。"

他还没有求婚，傅其华想，自己这样做会不会有点唐突，显得好像自己多恨嫁一样。但是他明明说过毕业就结婚的，反正见家长也是迟早的事，正好爸妈在北京,就当是认识一下吃个饭也无妨。她就跟爸妈说了,还特意说是李文聪的意思,想请双方家长见面吃饭。

她爸说:"这小子还算懂点事,知道该见面了。你今天毕业典礼他怎么不来?"

"他要上班,"傅其华连忙说,"机关考勤很严格的,无故请假要扣钱的。"

"怎么无故了,你不是'故'吗？你看你宿舍那个小姑娘,人家男朋友都来陪,他还摆架子。"她爸说。

"老傅,你怎么又挑人家的理?"她妈说,"年轻人工作最重要,什么这故那故的,你以为谁都把你闺女当个宝啊。"

"那可不!"她爸理直气壮,"我闺女当然是宝了。"

傅其华就嘿嘿笑。

但她心里没底。晚上安顿好父母之后,她回到宿舍,果然看到了李文聪晚了好几个小时的回复。

"??????"

一个字都没有,他回复了一长串问号,隔着手机屏幕她都感受到了他扑面而来的疑惑。

她打了电话过去。

"什么意思?"她问。

"什么意思?"他也问。

"我说你,打一串问号是什么意思?"她又问。

"你说见家长是什么意思?"他也问。

"见家长还能是什么意思?"傅其华才是疑惑的那个人,"我爸妈来北京了,正好大家都在,一起吃个饭不好吗？反正也是迟早的事。"

"这又不是普通的吃饭,现在就见家长,你是在催我是吗?"李文聪说。

"我,我没有催你!"傅其华愣了,莫名觉得有些委屈。但听着他不耐烦的语气,她那句"你说过毕业就结婚的"终究还是说不出口。

"所以,你是觉得……现在,不合适,是吗?"她斟酌了片刻,问。

"当然不合适了,咱们还年轻,日子长着呢,以后见面是迟早的事。"李文聪在那头说,"行,我这边还有个领导的文件要改,不说了。"

挂了电话,傅其华打开QQ,眼看着李文聪的账号状态由空白又变成了正在游戏中。

何子睿九月中旬出发去英国,毕业之后回了四川家里过暑假。田小甜和她妈妈留在北京,两人提前两个月开启了异地恋。田小甜心里烦闷,每天几十个电话几百条短信骚扰何子睿,连他父母后来都发现了。田小甜在电话这头跟何子睿闹脾气,听见那头他妈喊他:"哄完女朋友赶紧过来帮忙!"

田小甜吓一跳,连脾气都忘了发,连忙问:"你跟你爸妈说啦?"

"说了啊,"何子睿很自然地回答,完全没理会田小甜上一秒钟还在怪他没有及时回电话。"这不是早晚的事吗?"

"你怎么说的?"田小甜好奇地问。

"就说你特别好呀,又可爱又美丽,我捡了个大便宜。"何子睿笑,"他们还问我你毕业去哪里来着。"

"你怎么说?"

"我说你在北京乖乖地考研,读书,等我回来呀。"何子睿说,"我妈还说,人家姑娘愿意等你,你可不要辜负人家。"

"嗯。"田小甜有些失落地答应着,也不想发脾气了,"你妈妈真好。"

像当初何子睿帮她做申请时一样,田小甜在闲下来的时候,把何子睿要去的学校查了个底儿掉,学校每幢教学楼宿舍楼的位置,附近的每一个公交站地铁站,怎么办交通卡银行卡,怎么坐地铁或者公交车去上课,怎么坐火车怎么买家具怎么去超市,连他楼下麦当劳和星巴克在哪里都查到了,比何子睿自己记得都清楚。每天何子睿收到她发来的一堆攻略和详解,都哭笑不得,说她有这个工夫,当时怎么不自己做申请。

田小甜也不知道自己这么上心有什么用,可能潜意识里觉得自己这样做了一遍功课,就像是自己也去留了学一样吧。

但是怎么可能一样呢,他是全奖直博的计算机系高才生,她今年还要跟浩浩荡荡的考研大军一起挤去年没机会挤的独木桥。

她叮嘱他每天都要跟她视频。"你不要管我的时差,只要你有空,我什么时候都有空。"她说。她还在手机里下了一个记录日期的App,把他们两个重要的日子都记在里面,把他放假和回国的日子标出来,每天有一个小框框显示倒计时。

"怎么办啊,你还没去呢,我就已经在盼你回来了。"她愁眉苦脸地跟何子睿说。

"你好好准备考研,等你考完我才能回来。"何子睿说。

何子睿出发的前一天,田小甜想着再叮嘱他一遍重要的文件不要忘带,结果给他发了信息他没回,给他打电话他竟然关机了。田小甜本来就为即将到来的分别而焦虑得要命,一下子就气炸了。这还没走呢,就开始失联了,要是真隔着大洋十来个小时的时差,那还了得?

但是她只能空生气,该联系不到还是联系不到,又没有他四川家里的联系方式,也不知道他是手机丢了还是出了什么事。

终于在她急得快发疯的时候,他把电话打了过来。

"你在家吗?"他问。

"什么?"田小甜一连串的问题还没问出口,被他一句话问蒙了。

"我在你楼下。下来。"何子睿说。

后来他一直嘴硬,说是因为贪图机票便宜才多花了半天时间在北京转机。但田小甜查过,根本没有这么转机的联程机票,他是买了两个单程,特意在北京多停半天,见她一面。

那天他拖着个巨大的箱子站在楼下等她的傻样子,留在田小甜的记忆里,每次都会让她忍不住笑起来。但她当时一点也不觉得甜蜜,更不觉得惊喜。她气坏了,非要他保证以后再也不做任何先斩后奏的事情让她担心。

"什么惊喜?我不要惊喜!我要任何事情都在计划中,在我知道的情况下发生!你以后失联一秒钟都不行!真是的,从哪个偶像剧里学来的烂桥段?还惊喜……"

她唠唠叨叨地抱怨着,没注意到何子睿停下脚步,从口袋里掏出个什么东西,给她套在了手指上。

她愣了一下,低头去看,是个简单的素圈戒指。细细的,闪着微弱的光。

何子睿有些心虚,看着田小甜的表情,小心地说:"我用攒的零花钱买的,便宜,你别嫌弃,先戴着,等我毕业回来,跟你求婚,再换一个贵的。行不行?"

田小甜抬眼看着他:"为什么要送我这个?"

他挠挠头,说:"怕你跑了,也怕你怕我跑了。这样,你也安心,我也安心。"

田小甜就笑了。她举起手,伸开手指,左看右看,北京九月的阳光透过指缝,照得她微微眯起了眼睛。

"我喜欢。"田小甜说,"这是我收到过的最好的礼物。"

他们俩十几岁认识,在一起十多年,她几乎没有问他要过礼物。有他之前,她原本什么都不缺,有他之后,她更是什么都不缺了。

何子睿也不会主动送她什么贵重的东西,他太了解田小甜,对她来说,什么礼物都比不过一个随叫随到的贴心男朋友。

对于即将面对的异地相处,他心里也一样没底,但他不敢在她面前表现出来,要是他对两个人的感情没信心,她就更害怕了。

自从田小甜家里破产之后,她变得有些敏感多疑,看到什么事都会生出无端的担心来。她担心找不到好工作,担心何子睿去了英国就不回来,担心未来所有的不确定性。

他们两个人都需要一个承诺。虽然承诺是最不值得信任的东西,但在当下的那一刻,至少说出承诺和接受承诺的双方,都是相信的,这恐怕是世界上最吊诡的悖论。

"我以后每天都戴着。"她说。

"你回来的时候，要是还没有钱换贵的，也没关系。"她说。

"那你早点回来。"她说。

八个时区的距离，他在熬夜时她要早起，他在上课时她刚归家，他趁下午下课的间隙在洗手间跟她晚安视频，她为了等他到家报平安要熬到凌晨两点多才睡觉。他不愿意让她等，总是说让她先睡，他到家之后发个信息就行，但她就是不听，一定要眼看着视频里他坐在宿舍房间电脑前之后才肯去睡觉。

"这样是对你的督促，你要时刻记着我在等你，这样你才能每天都按时回家。"她说。

为了省钱，何子睿没有住在学校的宿舍，和另外两个中国男生合租在校外，每天要坐两站地铁去上课。交通也不便宜，为了省钱，只要有时间，他就会走路去学校。但从学校回来他都是坐地铁的，虽然贵点，但是能提前到家，让田小甜放心。

有一次，何子睿的手机卡出了问题，网络连不上，他就问一个同系的中国留学生怎么处理，那个男生倒是有经验，说下课带他去换另一个手机供应商的卡。但跑了学校附近的两家店都关门了，他们只好坐地铁去远一点的市中心。

回到宿舍已经是晚上八点多了。何子睿一边忙着把换了卡的手机连上微信和QQ，一边打开电脑，果然，微信、QQ、Skype（即时通信软件）里面全都是田小甜的连环轰炸信息。

他忙不迭地点开视频通话。那头，田小甜顶着哭得像桃子一样肿的两只眼睛冲他吼："何子睿你个没良心的，你死到哪里去了！我在这等你等到凌晨四点！"

何子睿那几天也因为课业太忙累得不行，还有一门课被老师不轻不重地批评了，因为他自己走神，没有听懂老师的要求。他心情本来就不好，好不容易从飘着冻雨的外面回到宿舍，只想喘一口气好继续忙他的作业，不想跟田小甜吵架。

"你先早点睡觉,明天再说。"他忍着气跟田小甜说。

但田小甜等了一晚上,哪能就这么被敷衍过去:"那你今天晚上去哪了?"

"没去哪,修手机。"

"为什么这么晚回来?"

"我说了啊,修手机。"

"那你怎么不回微信?"

何子睿终于被她逼得快崩溃了:"我说了,我手机坏了,所以网络连不上,所以没回你微信。"

"那你不能用学校 Wi-Fi 告诉我一声吗?明知道我在等你,还让我等到现在?"田小甜还是不依不饶。

何子睿突然就爆发了:"我又没让你等,我让你等了吗?每次我都说你先睡,我到家告诉你,谁让你非得等我了?偶尔晚回来一次我还要跟你报备?我这边忙什么跟你说你又不懂,能不能别问?你什么时候能有你自己的事情忙,别一整天盯着我几点回来!"

何子睿从来没这样吼过她。田小甜愣在视频那头,吓得忘了哭。

何子睿吼完,自己也被自己吓到了。他们两个人在一起以来,从来没有吵过架,一句重话都没说过,田小甜总是闹脾气哭哭啼啼,他也只当是她小孩子心性,没有真的生过她的气,也没想过有一天自己竟然会冲她大吼大叫。

过了好久,两个人在视频两端面面相觑,既不想继续吵架,又不知道还能说点什么,觉得说什么都不太适合。

两个人同时默默地伸出手,关了视频。

再开庭的日期在一个月之后。傅其华的脚伤好了,找了新的住处,搬出了金佩心的家。

"我这次出庭会跟你一起去。"她对金佩心说。

"没事。"金佩心安慰她,"你要是嫌烦,不想见到他,这件事就都丢给我来处理,没问题。"

"还是要做一个了结吧,"傅其华叹了口气说,"我只有站在那里看到对他的宣判,才能放下心来,我不想再每天做噩梦了,也不想跟西西分开,我不想再怕他。"

"你放心。这种只会对弱者使用暴力的人,最害怕的就是法律的惩罚。让他在牢里关几年比什么都强。"她对傅其华说,"你接下来怎么打算?"

"我想回趟家,看看孩子。"傅其华说,"然后就回来上班。朋友做了一个留学工作室,邀我一起,我前阵子跟他聊过,原本当时就打算过去的,结果出了这个事,给耽误了。"

金佩心点头。

傅其华笑:"你看,我这个连国门都没迈出去过的人,反倒在留学培训这个行业摸爬滚打了好几年,要是让客户知道,肯定说我是托。"

金佩心也摇头笑:"对你来说又不难,要不,等官司的事情敲定了,你也出国散散心,顺便镀个金?"

"得了吧,"傅其华说,"孩子这么小,我在北京都已经天天惦记得睡不着觉了,还出国,我哪舍得。"

金佩心没有想到的是,在等待再次开庭的日子里,她和郑亦明在行业的一个会议上又遇到了,他是其中一个圆桌会议的分享嘉宾,讲了有关中美法律发展的现状对比,她才得知他以前是一个知名律所驻华盛顿的顾问。

上次庭审之后郑亦明坚持跟她加了微信,但郑亦明的朋友圈里完全不像其他同行,每天分享行业信息和法律咨询,而是发发好吃的,发发蓝天白云,只看朋友圈完全看不出他从事的职业。她也是会上听旁边的人说,才知道他也是去年才回北京工作。

会议中间休息的时候,金佩心在走廊外面给同事打电话,看到郑亦明从会议室走出来,下意识地侧过身,不想被他认出来。但郑亦明显就是走过来跟她说话的,看到她在讲电话,就隔了一段距离等了一会儿。等她放下手机,他走过来,说:"好巧。"

金佩心点了点头,也不想跟他说什么。

"她还好吗?"他突然问。

金佩心愣了一下,才反应过来他问的应该是傅其华。

"挺好的,"她说,"只要没有于辰出现,她什么都挺好。"

郑亦明有些尴尬,说:"我知道。家长里短的案子,都是这样一地鸡毛。"

金佩心就冷笑了一下:"家长里短?刑事案件可不是家长里短了,郑律师。"

郑亦明就点点头,说:"是。但这都是工作,你也做这行,你也知道,咱们做律师的,也没有太多别的选择。"

"当然有。"金佩心说,"你可以选择不接。于辰的爸妈为了不让他坐牢,肯定不惜一切代价。但事实摆在眼前,你们不管拿什么出来颠倒黑白,都是没用的。"

"我没有颠倒黑白。"郑亦明说,"从那天我就看出来你对我可能有点偏见,今天正好遇到了,就想跟你聊聊。"

"没有偏见。"金佩心说,"这样的事我也不是没见过。去年我帮一个遭家暴的华人妇女打官司,后来败诉了,最后婚也没能离成。官司打完不到半年,那个妇女就跳楼自杀了。"

郑亦明若有所思地说:"你这么说就真的是有偏见了。我去年刚回国就帮了一个男性朋友打离婚的官司,女的为了把钱卷走还让男的乖乖签离婚协议,差点开车把她老公撞死。"

"嗯,明白了,"金佩心笑,"看来我们只是对彼此的性别有偏见。我愿意接这样的案子,就是想要保护婚姻中处于弱势的女性。不过我也有狭隘之处,不该把个案和群体的状况相提并论,我跟你道歉。但于辰这个案子,你想帮他脱罪,不可能。"

"不是帮他脱罪,"郑亦明说,"他们原本就有过婚姻,又有共同的孩子,为了将来着想,傅其华不该走这条路,她会后悔的。"

"是吗?我只知道如果于辰不坐牢,将来迟早有一天会发生更严重的事,到时我才会后悔。你也会。"

金佩心说完就转身回了会议室。

她想起上次庭审完,郑亦明声称要提交新的证据,想来想去她觉得不放心,但从郑亦明和于辰这里又不可能得到什么信息,她决定瞒着傅其华去一次长沙。

据傅其华说,她和于辰是2016年初结的婚,她放弃了在北京的工作,跟他回了长沙和公婆一起居住。因为没过多久她就怀孕了,所以她根本没在长沙工作过,也没有任何朋友和有效的社交圈。于辰在当地一个二本院校毕业,几年以来一直换工作,跟傅其华离婚半年多之后,他辞了职,之后再没有过正经工作。金佩心猜测,那应该就是他追到北京来跟踪威胁傅其华的时间。

于辰工作过的最后一个地方是一家当地的旅游咨询公司,跟傅其华离婚的时候他就在那里工作。金佩心辗转找到了他以前的一个同事,一听说是问于辰的事,那个男职员满脸嫌弃,上下打量了金佩心好几眼。

"你是他什么人啊?他都辞职这么长时间了,还来找他,你是讨债的还是他相好?真是,啧啧啧。"

金佩心虽然被这人盯得很不爽,但还是觉察出了于辰的人缘实在是差,这对她来说反倒是好事。

"我是讨债的。他欠了很多债吗?"她立刻顺口说道,"他什么时候辞的职?"

"可有一阵了,小半年了吧。"男职员想了想说,"我就记得他当时把我们老板气得够呛。"

"是被辞了还是他自己走的？他有没有说是因为什么，家里有事还是什么别的原因？"

"哎哟，要是自己走的还能惹出那么多事来？"男同事夸张地瞪大眼睛，"当时闹得全公司都不得安宁，要不是发现他精神疾病，我们老板都要把他告上法庭了！"

"怎么回事？"金佩心听他越说越玄，疑惑起来。

原来于辰跟傅其华离婚不久，他在外面欠了债，偷偷挪用客户的钱，被老板怀疑，他死不承认，还跟公司里的人打了起来，砸了东西，公司要他赔偿，要告他，他竟然还拿出一个医院的诊断证明，说他有精神疾病，闹了一大通最后也没还钱，就那么走了。

"他有精神疾病？什么精神疾病？"金佩心问。

男同事满不在乎地笑了笑："他那种疯子，没病才奇怪吧。一天天神经兮兮的，我早就觉得他不正常了。"

人渣归人渣，有病归有病，这个不能乱说。金佩心若有所思，她似乎猜到了于辰和郑亦明想要垂死挣扎的办法了。

回到北京之后，她又去找了傅其华，问她于辰以前有没有过这样的事。

"他倒是每次求我原谅的时候都说他脑子不清楚，他一发火就像变了一个人，但那都是借口吧。"傅其华说。

以前读书的时候，她也接触过这样的案例，精神病或精神错乱的确是辩护律师用于免除被告刑事责任的一个重要理由。但辩护律师只有出示被告犯罪时精神失常的证据，法庭才会就被告人刑事责任能力做出判断。而在做不做司法精神病鉴定的问题上，法庭仍然会首先遵循"无病推定"原则。毕竟，大多数被告人其实都是精神正常的，像于辰这种曾经有过用精神病诊断证明来逃避还债、逃避闹事责任的人，在辩护中通常不会走这条路。

至于于辰一家到底有没有跟郑亦明说实话，金佩心就不得而知了。

郑亦明还真是个阴魂不散的人，没过一个星期，她又在同事口中听到了有关他的事情,果然无论什么行业,兜兜转转圈子里的人总会互相认识。

她听说,郑亦明在美国原本有一个相处了很多年的女朋友,女朋友没有工作,就只能靠他用工作签证排期等绿卡,后来渐渐地就和一个美国人走到了一起,很快跟人家结了婚换了身份。这件事对他打击很大,他在负责一个案子的时候出了差错,丢了工作,不得已只能回了北京。

人都是有偏见的,这偏见也都来自个人已知的身份、背景、阅历。金佩心自知谁也不比谁高尚,更不比谁正义。

她也很想像她见过的很多人一样,历经挫折却还充满自信,像没有受过伤害一样去爱,去信任,去对这个世界充满好奇和热情,但每当她试图做出改变的时候,她内心那个遏制不住的充满厌恶的自己就会从角落的黑暗里冒出来告诉她,别想了,那些都跟你没关系,你也不配。有时接触一些身上背负着仇恨或是恶念的人,她并没有太多的愤怒,反而会感到深深的心酸和悲凉,像是看到了另一个平行时空的自己。

4

那个晚上,田小甜躺在床上好久,直到天亮都没睡着。

倒也不是生气,她想来想去,觉得何子睿说的话也不无道理。如果她再像现在这样每天隔着时差盯着何子睿的生活,她就真的没有自己的生活了。

睡不着她就坐起来上网,看何子睿到英国以后发的每一条微博,每一张照片,每一个定位地点。那些她都特别熟悉,因为她做足了功课,就像她自己去过那个城市一样。但终究,那是何子睿每天的生活,不是她的。

她的生活在两个月之后即将到来的那场考试里。没了家里给她带来的一切优越条件之后,她剩下的,也只有这个机会了。

何子睿关了视频之后就开始弄那门课的作业,一直弄到晚上十一点多。他头昏脑涨地去洗了澡然后瘫在床上,想到刚才对田小甜发的火,有点后悔。

但他还没后悔完就困得睡了过去,第二天上午还有课,他要为他之前没弄懂要求而跟老师道个歉,然后补交作业。

何子睿的早上是田小甜的下午,通常她都会趁复习间隙跟他说早安。第二天何子睿忙着去了教室,没注意到手机里没有任何田小甜发来的信息。直到他忙了一天,下午五点钟下了课,才发现哪里不对劲。

太安静了,微信、QQ、Skype,少了田小甜的连环轰炸,他的社交网络显得格外寂寥。

何子睿这才产生了不祥的预感。万一是暴风雨来临之前的安静,那他绝对是让自己陷入了万劫不复之地。又想到前一天晚上还在冲她发脾气,何子睿瑟瑟发抖,急忙点开跟田小甜的视频通话,不管怎么样,先认罪要紧。

结果响了半天那边没人接。

他只好坐地铁回家,一路心里都在忐忑,结果到了家,还是没有任何新信息。

完蛋,这是要冷战?何子睿心想,这不是田小甜的风格啊。她通常都是想发火就发火,想哭就哭,哭完就好,从来不会打心理战术。不会是攒了个大招来报复他昨天发脾气吧?他越想越心虚,又连着拨了好几次视频通话。

还是没有人接。

何子睿顺手点开了田小甜的微博,看到她在三个小时之前还转发了下个月即将上映的电影。

"哇!张艺谋导演的新片,等我考完试再去看!"她说。后面带了一串欢乐的笑脸表情。

貌似并没在生他的气,他算了下时间,也是国内深夜了,就没再骚扰她,自顾自去忙自己的事情了,但给她留了言,说:"我下课了,到家了。"

直到他早上起床才看到田小甜的回复。她说:"好的!我昨晚先睡了。"

从那天起,田小甜没有再熬夜等过何子睿。两个人心照不宣地,也都没有再提起何子睿那晚发的脾气。田小甜睡前会给何子睿发晚安,他下午下课就能看到。何子睿到家也会给田小甜发,睡前会再发一条,她早上起来就能看到。

那年的考研时间是一月份。田小甜报的是她们自己学院的电影学专业,问以前相熟的学姐要了第一手资料,又厚着脸皮回学校去找过本科时几乎忘了她是谁的教授。教授问她准备得怎么样了,她说不怎么样。因为她刚找了一份杂志社的工作,等于是一边朝九晚五一边挤出时间来备考。教授就皱了眉头,说:"你本科本来底子就弱,还不专心备考吗?"

田小甜就不好意思地说:"嗯。老师,我家前阵子刚破产,我妈没工作,我想赚点零花钱。"

教授也就不好说什么了。

如果不是毕业前出了很多事,田小甜原本可以多和傅其华联系的。金佩心出国了,只有她和傅其华还留在北京,本应互相照应。傅其华一直说毕业就要结婚,要田小甜答应当她的伴娘。

说好的伴娘,后来她们谁都没有当上。

毕业之后,傅其华为了上班近,在之前实习的培训机构附近租了房子,是三室一厅,四个女生住,她住在朝北的一个小卧室。四个女生共用厨房和浴室,每到早上大家都要赶时间出门时就各种混乱,这个人占着洗手池,那个人占着厕所,每个人都像打游击战一样左冲右突才能人模人样地上班。晚上回来更是比谁洗澡洗的时间长,或者比谁碗碟堆在水池里的时间久。

从她定下工作到租下房子,李文聪都是知道的,但他没有多问她什么,也没有再提毕业就结婚的事。傅其华想过要问问他,但她踟躇着不知怎么问出口,潜意识里也已经在回避这个问题的答案。

合租的室友听说她男朋友是北京本地人,都既羡慕又诧异。

"那他家里有没有四合院?"一个二十岁不到在美甲店打工的女孩两眼放光地问。

"那你还来跟我们合租,赶紧结婚然后住他家里去呀?"另一个跟她同岁刚来北漂的女孩不解地说。

傅其华只好义正辞严地跟她们解释:"他家的又不是我的,也没结婚,我哪有住到人家家里的道理?再说了,他家在西城,我上班太远,还不如在这边租房子方便。"

解释归解释,她早就意识到他们两人之间的危机并不仅仅是没结婚的问题。李文聪变得不再像以前那样,喜欢帮她计划工作,指点人生,也不再劝她一定要找一个安稳的工作。他一直好为人师,从前他是她的学长,自然要多加指点,作为男朋友,两个人一起规划未来也无可厚非,加上傅其华对他向来既崇拜又信任,自然事事都以他的考虑为先。

但他渐渐地对这些绝口不提,仿佛她从来没有为了和他同在北京而放弃了出国机会一样。

毕业之后,之前的集体户口就要转出来。没找到能给落户口的工作,傅其华别无选择,也只能把户口落回原籍。她打电话给她妈,问老家那边户籍的规定,她妈敏锐地察觉出了问题,一针见血地问:"你之前不是说要结婚吗,到时户口不是要迁过去?怎么现在又要往老家落了?"

傅其华踌躇了片刻,不知道怎么回答,她妈就追问:"是不是你们俩闹矛盾了?吵架了?"

"没有。"傅其华说,"就是,不想这么早结婚了。"

她妈反问:"谁不想,你还是他?"

傅其华就哑口无言。

她一直在劝自己,这都是早晚的事,何必急在一时,但她终究不得不相信,如果她现在对他能娶自己这件事都没有信心的话,那以后可能更没有机会了。

人为什么会变呢?这是她花了好多年才接受的一个事实。在她心里,很多人都还是初见时的样子,不需要改变,就像她爸妈二十多年把她养大,却还是喜欢互相拆台,也依旧恩爱。金佩心在她心里永远是个不爱说话也不爱笑的倔强的胖女孩,田小甜也永远是又甜美又骄傲的小公主的样子。

没有人可以一生只爱一个人,也没有谁的爱情可以永不消逝。

很多年之后,傅其华才暗自庆幸,庆幸当初并没有跟他走进婚姻,她甚至不想知道他后来的事,不想知道他是否娶妻生子,也不想知道他有没有发福有没有消瘦。这样,那个在音乐会舞台上美好的少年,就会永远留在她的回忆里面,和生活里黯淡蒙尘的她一比,那么灿烂,周身都散发着光芒。

后来她跟金佩心说起分别这几年的事,金佩心除了案子需要用到的细节,其他的事情怕勾起她伤心,都没忍心问,她知道这是金佩心的体谅。

但即使不问,金佩心也能猜出大概。感情的事无非就是从一见钟情到相看两厌,亘古不变的流程。

傅其华在她家养脚伤的那段时间经常跟她开玩笑说,你可千万不要因为我的事就恐婚呀。金佩心就笑。"我哪那么容易恐婚了,恐婚也不是因为你。"她说。

"那你也别总搞这样的案子,时间长了,对你的心理状态也不会有好处。"傅其华说。

这话倒是真的。接触太多婚姻家庭案件的话,长此以往,会对亲密关系和婚姻契约产生困惑和疲倦,很容易变得悲观。但悲观有时也不是坏事,任何事情只要一开始就往最悲观的地方想了,那就什么样的结局走向都可以接受了。

太多原本最亲密的人反目成仇甚至老死不相往来,都是接受不了人的变化。像傅其华一样,金佩心也用了不短的时间才接受了这样的一个事实。但和傅其华不同的是,她并没有从一开始灿烂的期望一下子坠入谷底的落差感,没有感受过美好的人,也不会受伤害。

是不是要为了不受伤害而不去触摸美好呢?在突如其来地面对选择的时候,金佩心觉得自己还没有准备好。但怎样才算准备好了呢?如果等她准备好了,这一辈子估计也过去了。

第十章
圣诞快乐

1

在上大学之前,金佩心没过过圣诞节。她对圣诞节的想象除了英语课外阅读里的解释,就是周围女生们从QQ空间或是言情小说里看来的桥段。但那时她连手机都没有,也没用过QQ,更不像别的同学那样自习课时有小说和漫画能互相偷偷传看。

孤陋寡闻地来到北京之后,她对学业以外世界所有的了解和好奇都源自田小甜和傅其华她们。她们拉她一起看电视剧,看小说,去爬长城,去香山看红叶,去和她们的同学,以及同学的同学认识。她们平时聊的事情她虽然都没听说过,但也听得津津有味,什么宋慧乔在《浪漫满屋》里的发型怎么扎啊,什么《越狱》的男主角好帅啊,什么哈利·波特系列的第几部又要上映啊,对她来说,跟专业课一样,都是疯狂吸收的新知识。

也不知道是谁规定的,那时候的圣诞节,大家都说要吃苹果,因为平安夜要"平平安安",于是好多男生会拿包装得花花绿绿的苹果塞进女生宿舍的信箱里。苹果往往没那么红润好看,包装也往往奇丑无比,但当时却都觉得能收到其他圣诞礼物再加上苹果就是特别圆满的平安夜。那时田小甜刚刚昭告天下自己已经有男朋友了,但很多不死心的男生还是争先恐后把603的信箱塞得满满当当,金佩心回宿舍的时候,正看到傅其华站在信箱前,一个一个地拆包装。

"干吗呢?"金佩心走过去问。

傅其华看到她,连忙说:"你回来了正好,帮我拆,我拆不过来。"

"怎么了?这些又是小甜的仰慕者送的?"金佩心问。

"不然呢!她刚才说她不要,让我帮她全都扔了,就上楼去了。我觉得太浪费了,就打算把苹果拆出来拿回去。"傅其华说。

金佩心觉得有道理,就留下来和她一起拆。

"明天晚上平安夜,咱们院跟理学院联谊,去不去?"傅其华一边拆一边问金佩心。

大一新生活动多,热情也高,逢年过节就要联谊。她们女生多,理学院男生多,于是双方都摩拳擦掌跃跃欲试,大有把联谊搞成相亲牵手会的架势。傅其华那时候还偷偷地藏着和李文聪的恋爱没告诉她们,又是院学生会的,自然要起带头作用鼓励大家联谊交友。虽然男生们得知田小甜不去都很失落,但其他的女生是能动员一个就动员一个。

金佩心看了她一眼,说:"你开玩笑的吗?我这样的还是不要去丢人现眼了。"

傅其华就说:"怎么就是丢人现眼了?大家一起唱唱歌,吃吃东西,玩玩游戏什么的,又不是真的找对象,你紧张什么!"

千说万说,金佩心还是没松口。她和傅其华一起把剩下的苹果抱回宿舍,果然遭到了田小甜的嘲笑:"你俩也真是的,这个苹果好难吃,还拿回来干吗?"

"不能浪费嘛,"金佩心说,"你不爱吃的话我吃就好啦。"

田小甜凑到金佩心身边:"傅大部长是不是劝你参加联谊会来着!"

"你怎么知道?"金佩心惊讶地看看她。

"她今天一晚上都在各个宿舍流窜,说理学院去的人多,咱们也不能输,非得拉到足够的人去撑场子,还强迫我们这些不去的贡献吃的,你说哪有这种滥用职权的?"田小甜趁傅其华去洗手间的工夫跟金佩心抱怨道。

"那是有点不公平。"金佩心说,"不去的人就没必要出力了吧。"

"所以啊,你还是去吧,不然她还要揪着你做贡献,太亏了。"田小甜装模作样地叹口气,"唉,要不是我有了我们家小睿睿,我也可以去凑凑热闹。"

"你啊,你就知道跟你的小睿睿圣诞约会。"傅其华走进门,"都不支持一下我们的工作。"

"我支持!我买零食给你们吃,行不行?薯片、可乐、巧克力,你要什么有什么,"田小甜一副求饶状,"只要你别让我去我就谢天谢地了。"

在傅其华持续一整天的攻势下,金佩心被她生拉硬拽地拖去了联谊会。

她其实心里有一些不高兴。即使她从不羡慕嫉妒田小甜和傅其华她们,但她们平时通常不会用这样的事情来开她玩笑,也知道她对这些不感兴趣,只是这次她即使明确地拒绝了,傅其华和田小甜还是不死心,绑也要把她绑去。

金佩心虽然尴尬,但她也不会发火,她从来没对任何人发过火。索性只好想,就当是去围观好了,等傅其华没注意她的时候再偷偷溜走,到时也不会有人注意。

去联谊还不仅仅是人去,按照要求,每个人都要带一个圣诞礼物,和理学院的男生们互相交换。金佩心说她没有礼物准备,田小甜就顺手拿了一盒巧克力,随便用纸包了包,等看不出来里面是什么了,就塞给金佩心。

"反正你都不知道换来的是什么,随便凑合一下就行了。难不成还有男生真拿定情信物来交换啊?"田小甜说。

联谊会还真是准备了挺丰富的节目,大家玩游戏输了就唱歌,有人带来吉他,唱了一首周杰伦的《彩虹》,有人说不会唱流行歌,直接开口唱了一段家乡的花鼓戏,还有个男生玩真心话大冒险选了冒险,跑到隔壁教学楼自习室里抓第一排的第一个人表白,结果被表白的是个男生。

金佩心坐在角落里一边嗑瓜子一边等着溜走,但傅其华总在她旁边赖着,就是不让她走。金佩心说了好几次你怎么不去玩游戏,傅其华就说:"我是联谊会的组织者,要顾全大局,怎么能光顾着玩游戏呢?"

"你看理学院都有人走了,哪还有大局。"金佩心忍不住说。

"所以我的任务就是你们一个都跑不掉!你们这些一晚上都在偷懒不玩游戏的人,都得接受惩罚。"

"什么惩罚?"金佩心吓了一跳。

傅其华就笑:"你别害怕,也不是什么惩罚,无非就是真心话大冒险什么的。"

金佩心就更害怕了。

终于等到了联谊会最后的交换礼物环节。学生会的同学们也是很会玩,男生和女生在入场时身上都贴了编号,大家的礼物想送给谁,就把他或她的数字写在自己的礼物包装盒上,礼物都堆在大厅中间,所有人背对着围成一个圈,由学生会的同学把礼物分送给大家,再一同转过身来接受惊喜。

这样虽然有针对性,但难免造成几家欢喜几家愁的局面,学生会的同学们特别善良地准备了统一样式的小礼物,每个人都有,以免你转过身来看到面前空空如也伤心难过。

金佩心进场就把身上那个莫名其妙的编号给搞丢了,也自知没有人会送她礼物,连忙把手里田小甜那盒巧克力塞到傅其华怀里,起身要走。

"你干吗去?马上就收礼物了!"傅其华说。

"我不要礼物,我先走了。"金佩心执意要走,被傅其华拉住,顺手往她身上贴了个编号。

"我就知道!你把编号搞丢了吧?你看,我多么贴心,还给你留了个备用的。"傅其华一边说,一边把她推到大厅中间,和其他同学们热热闹闹地站在了一起,还不忘把那盒巧克力扔进了礼物堆。

这个时候大家都已经站好了,金佩心再想走就要在众目睽睽之下穿过整个大厅,她只好手足无措地站在了原地。

在等待被分到礼物的时候,大家都在交头接耳,金佩心左边的一个男生和一个女生互相羞涩地交换了联系方式,她右边的两个女生在议论那个唱《彩虹》的男生的礼物会不会送给唱《日不落》的那个女生。叽叽喳喳的热闹声让独自站在那里的她更觉局促。

她只想赶快逃离。

分发礼物只用了十几分钟,但她感觉似乎过去了一整个冬天。

她只等大家开始拆礼物的时候,四处走动,她就可以趁没人注意溜走了。

好不容易等到主持人兴奋地大叫:"大家现在可以转身啦!Merry Christmas(圣诞快乐)!"

两个兢兢业业的同学适时地打开了烟花筒,纷纷扬扬的彩纸砰的一声冲上天花板,再慢悠悠地四散飘落。

在一片热闹欢乐的氛围里,周围的人都欣喜地拿起自己面前的礼物,有的当场就拆开,有的转身走开到角落里去拆,有的跟旁边人诉苦怎么一个像样的都没有。

而金佩心看着面前三个大小不一但包装精致的礼物盒子,愣住了。

她看看自己身上的编号,又看看盒子上用记号笔潦草写下的数字,还真是一样的。

她转身想去抓来傅其华问个明白,但傅其华不知道要忙些什么,跑得没影了。

联谊会散场之后,金佩心疑惑地抱着礼物往宿舍走。在楼道里见到陌生的女同学,看到她抱了满手的礼物,一脸羡慕的表情,让她实在是尴尬至极。

田小甜约会还没回来,傅其华也还在会场忙,宿舍里没有人。

她把盒子堆在桌上,踌躇了好久,才小心翼翼地拆开。

2011年的圣诞,留给田小甜复习考研的时间只剩下十二天。她在杂志社工作也满两个月了，没有悬念地通过了试用期。她学会了跟在同事旁边不懂就问，也学会了发任何邮件稿件之前都校对一遍又一遍。她每天挤地铁上下班，只要地铁上的空隙能抬得起手，她就会把手里常备的考研资料拿在眼前，多看一眼是一眼。

在同事和前辈口中，她也渐渐地成了勤奋好学又聪明伶俐的新人。有一次她还听同事跟另一个新来的小朋友夸她："你看看小甜，不愧是R大的高才生，干活就是麻利，来了几天就能上手，脾气还好，你多跟人家学学！"

田小甜想起第一次实习时自己的窘相，那死要面子活受罪的样子，自己都忍不住想笑。

何子睿说，他们冬天放假从圣诞到元旦，能放一个多星期。英国签证还可以直接去申根国家，他的同学都趁假期跑出去玩了。他想省钱，也没打算出行，反而是和国内以前的师兄一起接了个什么外包的项目，据说能挣点零花钱。

平安夜那天是星期六。田小甜在不上班的周末白天都会回学校自习，效率更高。那天也和往常没有区别，她在图书馆的自习室安安静静坐了一整天。

说来也奇怪，毕业之后才决定要考研的她，一个以前一直靠混日子读书的学渣，竟然也渐渐地习惯了心无旁骛地背书和做题，就好像回到了大四那年何子睿逼着她背英语考雅思的时候。那时她一打开书就抓耳挠腮心浮气躁，完全不能理解傅其华和金佩心那种人是怎么能做到两耳不闻窗外事地学习的，但现在只剩她自己，再也没有人督促她，她竟也坚持下来了。

那天坐在她对面自习的是一对小情侣，女生一直小声问男生这个题怎么做，那个题怎么做，男生就压低声音讲解几句，偶尔还恨铁不成钢地用笔盖敲敲女生的脑门。下午的时候，女生又指着书问男生，男生说了句什么，似乎惹女生生气了，她瞪了男生一眼，把笔摔在桌上就走了。

女生刚走没两分钟，男生就左右张望了一下，立刻从自己书包里拿出小小的一个包装精致的盒子，放在女生面前的桌上，还用翻开的书本盖住了。

看到田小甜在注意他，男生不好意思地笑笑，低下头继续看书。

没过一会儿，女生拿着本书回来了，坐下来一翻面前的书，惊讶地发现了盒子。她抬起头看着男生，男生笑了，抬手揉揉她的头发，轻声说了一句"圣诞快乐"。田小甜坐在她对面，看不到打开的盒子里究竟是什么，只看到了女生惊喜又甜蜜的笑。不过这倒是提醒了她，今天是平安夜，她忙得都忘了。

以前大学的时候，大家都是穷学生，没什么钱，互相送的圣诞礼物也寒酸得很，所以田小甜从来不让何子睿送她礼物。同学之间互送的包装得奇奇怪怪的苹果，她也嫌弃，通常都是被傅其华和金佩心她们拿去吃了。她想要什么根本不需要等，什么时候想要就买了，不用逢年过节，也不用货比三家。所以有男生觉得她很难追，有女生私下里还八卦过她，说何子睿不知道是何方神圣，能收了她这个富二代小公主。

但事实上，何子睿确实也没为她花过什么钱，她也不觉得有什么不对。从前她花钱大手大脚，经常毫不顾忌地给何子睿买很贵的东西，何子睿都不要，除非是很实用很普通的礼物他才会收下来每天用。她送他的钱包他用了四年，到现在都没换，送他的毛衫和围巾也每年冬天都翻出来穿戴，去英国也好好地收在箱子里带着。

现在他远在英国，她也没指望能收到什么礼物，毕竟隔了这么远。如果换作以前，她倒可以大包大揽地给他买机票让他回来陪她，但现在她什么钱都舍不得花。

倒是何子睿临走时送她的那个戒指，她每天都戴着。她妈有一次看到了，问她，这算是定情信物吗？她就说是。她妈还感慨了一番，无非就是何子睿这个孩子也不是个落井下石的人，对她一如既往地好，是个可以托付终身的好孩子。

现在轮到他什么都不缺了，她反倒失落起来了，第一个异地的圣诞节，就这样一点仪式感都没有地过去，她有点不甘心，但也没有办法。

从学校回家的一路上，她看到街上张灯结彩的圣诞树，挽着男友拿着礼物和玫瑰花笑得甜甜蜜蜜的女孩,橱窗里闪闪发光的漂亮首饰,看起来就很好吃的圣诞蛋糕,就更失落了。想起去年的这个时候她还在跟何子睿憧憬,要去伦敦过圣诞,跨年,去坐摩天轮,而现在只能孤零零地和他天各一方,什么节日都没有心情过。

晚上睡觉前,她看了看时间,想着何子睿这个时候在做什么,想给他发"圣诞快乐",想了想,发了张图片过去。

是他们俩都很喜欢在圣诞时看的那部电影《真爱至上》的截图,她最喜欢的那场戏,小男孩打着架子鼓看台上唱歌的小女孩,唱的是 All I want for Christmas is you(圣诞节我想要的只有你)。

何子睿没回应,想着明早还要继续早起去图书馆复习,她就睡下了。平安夜也和往常的任何一个夜晚没有区别,她做梦都还想着背书里的考试范围。

早上起来后,她看到手机里何子睿的信息。

"看邮件。"他说。

田小甜感到莫名其妙,有什么话不能直接说吗?还发邮件。她就坐起来,打开电脑,点开收件箱,果然有一封何子睿的邮件。

邮件没有标题,她点进去,看到一个链接。她好奇地点开链接,弹出一个画面,类似谷歌地图的操作,是伦敦街道的全景,从牛津街到摄政公园,从大本钟到摩天轮,她可以移动鼠标往前走,也可以点进景点的名字。

她好奇地点击牛津街,弹出了一张照片,正是《真爱至上》那部电影里的牛津街的Selfridge百货,电影里有男人偷偷摸摸地给他的女下属买项链的场景,还有憨豆先生客串的超级搞笑的售货员。

田小甜忍不住笑了。昨天大半夜给她发个邮件就为了让她看这个?行吧,算是计算机系直男最后的倔强。

结果下面弹出来个电影剧照截图,还有一个选择框。

"请问,他应该买还是不买?"

底下两个选项,一个"买",一个"不买"。

田小甜忍俊不禁地点击了"不买"。

页面冒出一串串粉红泡泡,显示"下一关"。

弹出另一张照片,是唐宁街10号的外景。电影里首相在家里欢快地热舞,因为他即将去找他心爱的姑娘。

"请问,他会不会向他心爱的姑娘表白?"

下面的选项一个是"会",一个是"不会"。

田小甜就点了"会"。

下一张照片是希斯罗机场。电影里小男孩在爸爸的鼓励下冲进机场安检,就为了见他的小女神一面。

"请问,他能不能得到小女神的吻?"

她笑着,点了"能"。

他们两个都看过无数遍这部在伦敦拍摄的圣诞电影,并且每年圣诞都要重温。去年田小甜憧憬未来的时候还在想着,等去英国的时候,一定要到伦敦每一个取过景的地方都拍照留念。今年她一个人留在国内,也没有心思独自重温这部电影了,但每一个场景每一个情节都记得清清楚楚。

她一关一关地点下去,笑得合不拢嘴,终于点完了最后一个,点过的每一个点在街景地图上被串联成了一个心形的图案。

她下意识地点击了一下那颗心,整个屏幕都冒出了粉红色的泡泡,然后逐字逐句地显现出了一句话。

"真希望你能在我身边。圣诞快乐。"

她还在愣神,何子睿的视频电话就打了过来。接通后,她看到他背后就是灯火通明的牛津街,人群熙来攘往,街道两端的浮夸灯饰闪闪发亮。他戴着厚厚的帽子,哈出的气把眼镜都蒙上了一层雾。

"圣诞快乐,亲爱的!"他笑着说。

田小甜也笑了,眼睛酸酸的,她努力把眼泪忍回去,露出高兴的样子:"你不是说你在赶项目吗?"

"项目也要赶啊,"他笑着,"但是也要来伦敦把好看的圣诞节拍给你看!我一个师兄在伦敦读书,我来找他玩,等跨年那天,我去泰晤士河边拍烟花给你!""我明天替你去坐摩天轮,给你拍视频,好不好?我今天听师兄说我才知道,摩天轮一个厢里要塞进十好几个人!你以前听谁说的摩天轮到顶点情侣要接吻的,挤在这么个小笼子里十几个人看着俩人接吻,尴尬死了!"他说。

他的鼻子冻得红红的,一直在吸鼻涕,滑稽的样子让田小甜觉得好笑。"你那边都几点了?快回去!"她连忙说。

那个链接她后来反反复复看了好多遍,觉得考试之前煎熬的日子也没那么难过了。

3

虽然已经试讲了很多次,但第一次站上讲台的时候,傅其华心里还是紧张极了。她一直以来都在做策划岗位,为了转成讲师,她做了很多准备,听过她试讲的同事都觉得完全没有问题,她还是担心。

她带的雅思阅读小班,只有六七个人,驾轻就熟的课程内容,难度并不大,看到她每天严阵以待的样子,连学生都笑她。一个听说读写都报了小班还是没过7分的男生经常给她带咖啡或者奶茶,还反过来劝她放松别有压力。"老师你别紧张,又不是你考试!我要是还考不到7分我就再考一次,又没什么的!"他笑嘻嘻地说。

小班的几个学生都是要申请明年春季入学的,时间很紧,全部的课程下来,两个月,傅其华自己都瘦了好几斤。当上老师之后她回想自己长大的过程中对父母的屡屡抱怨,心里不免多了些理解和包容,也隐隐为着自己可以和父母成为一样的人而有些莫名的骄傲。从小她就羡慕别人看到爸爸都会尊称一句"傅老师",现在,她也是孩子们眼中鞠躬尽瘁的傅老师了。

傅其华留下来给没走的学生答疑,下班的时候已经入夜。她走出公司,看着街上点亮的圣诞树,心里暖暖的,时间还早,她就径直去了李文聪的单位。昨天问李文聪周末做什么的时候,他说要加班,可能比她还晚,她担心他晚上不按时吃饭,就打算过去等他,毕竟他们俩已经两个多星期都没有一起吃晚饭了,难得的平安夜,也不该两人都忙工作。

她轻车熟路地到了李文聪在的办公区,里面的确有人加班,但是没有看到他。或许是去洗手间了?她走到他的工位附近,看他电脑都关着,桌上收拾得整齐干净,不像是临时离开的样子。

一个职员路过,看她眼熟:"哎,你是……"

"我是李文聪的女朋友。"傅其华说,"我来等他下班。他人呢?"

职员愣了一下:"李文聪?他今天没来啊,昨儿他说今天要去听平安夜音乐会,特意跟小张换了班的。"

傅其华也愣了,立刻下意识地胡乱搪塞过去:"啊,那我可能记错了,我们俩走岔了。没事,谢谢你啊,我先走了。"话音没落,她已经注意到了李文聪桌上留下的音乐会的海报宣传单。

竟然也没有太意外,可能因为她早有预感吧。她走出李文聪单位的时候想,他是不是跟那个在QQ上一直聊天发小心心的女孩一起去的?她想去质问他,想看他百口莫辩地解释,但她又不忍心。不是不忍心看他尴尬,是不忍心亲手打破自己心里仅存的期望。

一路犹豫着,她去了传单上的那个剧场。音乐会已经开始了,她在空荡荡的入场大厅外面站了很久,听着里面隐约传出来的音乐声。

剧场负责验票的小姑娘注意到了她,就问:"你是票丢了吗?怎么不入场?演出都开始好久了。"

傅其华就点点头说:"丢了。"

小姑娘同情地看着她:"对不起哦,我们一座一票,没有票真的不能进的。"

"没关系。"傅其华说。

十二月的北京夜晚很冷,小姑娘看她冻得发抖,就友好地邀她进大厅里面来。

"你别等了,中场休息的时候也不让放人,我们剧场很严的。"她说。看来是以为她想趁中场休息偷偷溜进去。

"我不进去,你放心。"傅其华说,"我也听不懂。我五音不全,最讨厌音乐了。"

小姑娘惊讶地上下打量了她好几眼,估计是看她也不像来砸场子的,犹豫了一下,没有叫旁边的保安大叔来把她赶走。

深夜音乐会散场,人群热热闹闹地走出来,每个人脸上都洋溢着快乐和满足。等到人陆陆续续快走完,她才看到李文聪。他走在后面,走得很慢,一边走一边跟旁边的女生说着什么。

并不是从前跟他聊QQ的那个女生。女生年纪不大,在周围穿着裙子高跟鞋的女生中间,她穿着普通的羽绒服运动裤和运动鞋,也没有化妆,但笑起来青春洋溢,看着李文聪的眼神里全是崇拜和好奇。

怎么说呢,就像刚遇到他时的她一样。

傅其华站在入场大厅的台阶下面,李文聪走下台阶,就直直对上了她的目光。

她也没开口质问,就是静静地看着他,等着。在一起四年,她觉得她值得一个正式的解释。

李文聪停下脚步,似在犹豫,旁边那个女生莫名其妙地跟着停下:"怎么了?"

李文聪躲躲闪闪地说:"你稍等我一下,我遇到个朋友,跟她说句话。"

"朋友?"女生疑惑地看看傅其华,又看看李文聪,"那我为什么不能在?"

于是傅其华就明白了,敢情他钓了妹子还不告诉人家自己的存在,正常人得知自己被小三都会翻脸吧。

"妹子,"傅其华就开门见山了,"我是他女朋友,他没告诉你吧。"

眼见着小姑娘脸上一阵青一阵白,李文聪面子上挂不住了,试图解释:"不是,咱们的事我以后跟你说……"

没想到妹子看起来柔弱倒是丝毫不手软,傅其华还没反应过来,妹子抬手一个响亮的耳光就甩在了李文聪脸上,大厅里零零落落的几个人纷纷往他们这边看过来。

人不可貌相啊。傅其华心里暗暗赞叹。

妹子干净利落扬长而去,李文聪捂着脸也想溜,被傅其华揪住了。

"挺不错的小姑娘。"傅其华说,"我在她那年纪要是也像她那么霸气,是不是就没有咱俩的今天了?"

"你说什么呢……"李文聪说,"你听我解释。"

"嗯,我听着呢。"傅其华认真地点点头,"你好好解释。"

傅其华这么一说,李文聪反倒没词了。事实摆在眼前,他估计原本也没打算解释,要么傅其华跟他翻脸,他顺势成功分手,要么傅其华和那个女孩打起来,他再决定向着谁。

结果那女孩完全没给他机会,傅其华也没像他预想中的一样大吵大闹,他面对等着他解释的傅其华,一时哑口无言。

"从什么时候开始的?"她问。

"……我真的,记不太清了。"李文聪答。这样的时候,他也没必要再骗她。说起来,他压根就没怎么骗过她,最多是谎称加班然后约别人听音乐会。她也算是及时止损。

"所以,人真的可以没有任何征兆就爱上另一个人,是吗?"那晚临走前,傅其华问了李文聪最后一个问题。

李文聪没有回答,他的沉默也算是给了她答案。

后来回想起来,任何感情的消亡都不是没有征兆的,只是她不愿去相信而已。她真想向那个小姑娘学习,也干脆地用一个耳光来结束他们的关系,但她终究还是不愿意亲手葬送最后的一点尊严和体面。

那个平安夜过得真是漫长。她走在两旁都是闪闪发光的圣诞树的街上,仿佛怎么走也走不到头。在走过十字路口的地下通道时,一个冻得哆里哆嗦的流浪艺人站在角落里拉小提琴,她驻足听了一会儿。

"你会拉《爱情礼赞》吗?"在他拉完一个曲子停下来的间隙,她问。

流浪艺人点了点头,就开始拉。她从钱包里拿出一百元钱,放在他面前打开的琴盒里。

十二月的北风裹挟着寒气穿过空无一人的地下通道,傅其华觉得一阵比一阵冷。她怀念那年音乐会上温暖的灯光、悠扬的琴声和红色的玫瑰花,怀念对爱情有着美好憧憬的自己,也怀念那个拉着琴的闪光少年。或许以后仍然会有另一个女孩陪他去听音乐会,永远有人正年轻,也永远有人怀揣一颗天真烂漫的心对他充满崇拜和好奇,但那再也不会是她了。

"大妹子啊,你想再听,自己回家拿手机听去吧,我要撤了,太他妈冷了今晚。"流浪艺人说完之后就自顾自收拾琴盒走人了。

傅其华回到住处,另外几个女孩都各自躲在小空间里,没有人和她打招呼。她在自己房间的小书桌前坐下,打开明天要讲的教案,开始备课。

手机响了一声,接着又响了一声。她想可能是同事或者学生,就拿起来点开。

"华,上课辛苦不?老傅老师今天说,小傅老师要加油啊,以后比他教出来的学生还多。"她妈说。

"华,今天是平安夜,吃苹果了吗?"她爸说。

傅其华拿着手机到厨房去,转了一圈,没找到苹果,只找到两个不知道什么时候剩在那的皱巴巴的橘子。她叹了口气,回到房间,网上随便找了一张苹果的照片,发了过去。

"这苹果又大又红,看着就喜庆,我闺女真棒。"她爸很快回复说。

傅其华忍不住笑了。

"这世界上还有比爱情更痛苦的事吗?"

大学的时候,她和田小甜金佩心她们一起看《真爱至上》,里面十来岁的小男孩有了暗恋的人之后,向他父亲发出了振聋发聩的质问。

他父亲忍住了笑说,的确,没有什么比爱情更痛苦的事了。

人生中第一次失恋,她以为她会像电影里演的那样,窝在被子里痛哭流涕彻夜难眠,暴瘦几十斤,形销骨立,颓废到需要打120来抢救她。

但事实上,那晚她很快就睡熟了,连梦都没做,明天一早起来,她还要去履行小傅老师的职责,她的学生都还等着她给考试押题。

再也没有时间去哀悼她失去的爱情。

第二天一早,傅其华一进教室,就看到讲桌上堆满了礼物。底下六七个男生女生乖乖地坐着,一看她进来,齐齐喊:"傅老师圣诞快乐!"

傅其华愣了一下,故作镇定地走到讲桌前,一边说:"搞这些没用的,你们好好地给我考个7分8分,比什么都强。"一边还是忍不住红了眼眶。

一个男生笑嘻嘻地说:"老师你黑眼圈有点重啊!是不是熬夜了?"

"废话,"傅其华笑着说,"还不是为了给你们备课。"

男生就吐吐舌头坐好,低头打开习题。

今天是这个小班的最后一次课。傅其华第一次连续两个月手把手带这几个比自己小不了几岁的孩子复习考试,真的是恨不得亲自上阵按着他们脑袋考出个高分来。讲完最后一个要点,她宣布下课。孩子们走之前都跑到她跟前来发誓保证,一定要考个满意的成绩。

最后走的是个平时沉默寡言的女生,她看大家都走了,才来到傅其华面前,说:"老师,有个事,我想问问你,不是学英语的事。"

"你说。"傅其华一边收拾讲义一边回答她。

"我……嗯,我男朋友保研了,不希望我去英国留学,我也觉得,分开时间太久了,但我又不能保研,考研又那么难,我也不知道该怎么办。"女生犹犹豫豫地说。脸上苦恼又纠结的神情似曾相识。

那一刻傅其华突然有好多好多话想说。想说她之前收到心仪offer时的快乐,想说她面对选择时的艰难和犹豫,想说她后来的失落和自卑,想说昨天冷清的音乐会大厅,想说地下通道里流浪艺人拉的《爱情礼赞》。

但她最后什么也没说,只是告诉女生,坚持你内心的选择就好,只为你自己,不为别人。

等到女生也离开后,她看着面前的礼物发了好一会儿呆,才开始一个个地拆开。孩子们送的礼物虽然简单却也贴心,有金嗓子喉宝加胖大海,有保温杯、手机壳、日程本,都是不会被她说太贵不能收又每天都能用上的东西。拆到最后一个,傅其华扑哧笑出了声。

那是个红润好看的苹果,还特意用不那么丑的包装纸给包了起来,淳朴中透露着真诚。

傅其华就起身去把苹果洗了洗,咬了一大口。很甜。

"你还记得以前上大学的时候吗?"田小甜问何子睿,"那时大家都流行送苹果,别人送给我的都塞在我们宿舍信箱里,我一个都没拿,连看都没看一眼,但是跟你说的时候你还吃醋了呢。"

"怎么不记得?"何子睿说,"你们学校那帮男的太恶劣了,都知道你有男朋友了,还送这送那的,要脸吗!"

田小甜就笑。

"不过我到现在也没明白吃苹果是什么中西结合的传统,只有中国人才这样。"何子睿说。

"英国人怎么过圣诞?"田小甜问。

何子睿就给她发他拍的照片。

"他们喝热红酒、蛋奶酒,还有姜饼人,什么的。"他唠唠叨叨地说。

其实田小甜也不是没去过欧洲,她只是喜欢听他絮絮地讲,这样就像是她也在他身旁一样。

"我慢慢地攒钱,等我攒够机票,你就来看我,好不好?"何子睿说。

"嗯。前提是我要先考上研啊。"田小甜怅然道,"马上就考试了,我真的心里没底。"

"一定能考上。"何子睿说,"只要你别总是想没考上怎么办怎么办,就一定没问题。"

"怎么能不想?"田小甜说,"考不上我就没有后路了。"

"我就是你的后路啊。"何子睿说,"所以别想别的,你一定行。"

那天回家的路上,田小甜看到降价甩卖的苹果,由于平安夜已经过去,卖家卖得都没了兴致,恨不得立刻清仓处理掉。她看便宜,就买了点,想着回家给妈妈吃。

到了家,她把苹果提到通风的阳台上,看到角落里还留着不知道什么时候买的苹果,已经快风干了。

"妈!"她就喊,"你这什么时候的苹果,都没扔!"

"我当时想着别浪费,一放就给忘了,"她妈在屋里说,"你给扔了吧!"

想起以前大学的时候金佩心总说她浪费,东西不好吃尝一点就要丢掉,水果多放了几个小时就觉得不新鲜要扔掉,那时金佩心不知道拣了她多少东西吃。金佩心倒也不觉得不好意思,毕竟她条件不好是大家都知道的事。田小甜也不觉得自己高人一等,自己不吃总不能不让别人节省吧。于是竟然一直很和谐地共处下来了。

只是金佩心在小事上可以接受大家互相分享,大事就坚决不行了。当初入学时那两千块,她一赚到就立刻还了傅其华。在学校没有手机跟老师同学没办法联系,她就买了个超便宜的二手诺基亚,办的资费最少的套餐,短信只收不发,电话只接不打。那时她还没有自己的电脑,不用说选课了,连上英语课要求完成的听力她都要特意跑去学校机房。

后来田小甜私下里和傅其华商量了一下,就想了个办法。

金佩心抱着礼物从联谊会回到宿舍,小心翼翼地拆开了第一个盒子。

那是一部崭新的手机。国产牌子,市面上流行的,周围同学都在用。虽然价格也没有那么贵,但金佩心自己是绝对不会去买的。

她愣了好久,才动手拆开了第二个盒子,是一个MP3。她又拆开了第三个盒子,这个盒子比前两个都大,里面是毛绒绒的帽子围巾和手套。

最近她一直在外面奔走找兼职,北京的寒冬,她只有一件挡风的羽绒服,双手和头脸每天露在外面,她也没舍得买防寒保暖的装备。

面对着三个拆开的礼物,她心里立刻全都明白了,为什么田小甜和傅其华好说歹说非要让她去参加联谊会,傅其华还死活不让她走,一定要装模作样地给她身上贴个编号。

这些家境优越衣食无忧的姑娘,为了她这点可怜的自尊心,也算是伤透了脑筋。

傅其华回来的时候带了热乎乎的奶茶和夜宵,一进门就问:"田小甜这个重色轻友的,怎么约会还没回来?说好要咱们姐妹几个一起看夜场电影的。"抬头看到金佩心坐在自己的床上看书,就说,"别看书啦,快下来吃夜宵!"

金佩心就从床上爬下来。

"我这把老腰啊,热闹完的乱七八糟都要我们学生会来收拾,真是累死了。"傅其华一边喝着奶茶,一边抱怨,"不过据说理学院有好几个男生跟咱们院的女生配对成功!我们这绝对是功劳一件!"

正说着,田小甜风风火火就进来了,带进一阵冷风。

"我回来啦!"她大叫,"怎么吃夜宵不带我?"

"带你干吗?你跟你家小睿睿吃圣诞大餐去了吧?还知道回来!"傅其华说。

"当然知道回来,"田小甜说,"我电脑里存了《真爱至上》,说好要跟你们一起在平安夜看的!"

"那是什么?"金佩心问。

"一个圣诞电影,"田小甜说,"特别美好。"

傅其华和田小甜都默契地什么都不提起,金佩心看她们瞒得辛苦,暗自决定自己也索性配合她们一装到底了。

后来,女孩们挤在同一张床上,又哭又笑地看完了电影。金佩心看着身旁把奶茶滴在了睡衣上的傅其华,又看看哭掉了一整包纸巾的田小甜,觉得圣诞节真是太奇妙了。

"要是真有圣诞老人就好了。"田小甜哭完之后,惆怅地说。

"幼稚!"傅其华白她一眼。

金佩心就笑了,说:"我觉得有啊。"

她们都惊讶地看着金佩心。

"你们就是我的圣诞老人吧。"金佩心说。

"可不是!我辛辛苦苦给你们带夜宵回来,我才是圣诞老人,哪像某个光顾着约会的。"傅其华立刻说。

"那你得把夜宵装袜子里!"田小甜大笑。

"你怎么那么恶心!"傅其华绕过金佩心伸手要打田小甜,几个人闹成一团。金佩心连忙伸手抢救差点被田小甜撞到床下面的电脑,却没来得及抢救旁边不知谁喝剩了的奶茶,奶茶泼在了傅其华睡衣上。

"我的睡衣!田小甜你赔我睡衣!"

"你那什么破睡衣,淘宝50块钱包邮的吧?我赔你十件!"

虽然之后的很多年,金佩心仍然没有过过真正意义上的圣诞节,没有亲手扎过花球,没有打扮过圣诞树,也没有和恋人在槲寄生下接过吻,或是牵着手走过飘着雪的灯下街道,几乎每年的圣诞节,她要么在为自己的事情忙碌,要么特地给自己安排一些事用来忙碌地过节日的这一天。

但她从此开始期待每一个圣诞节的到来。她期待周围的人都因为这一天而早早地有了期待,期待看到大家为了或庄重或浪漫的仪式感而开始忙碌,期待当这一天到来的时候整个世界都变得既热闹又喜庆,期待在这一天不可以有人发怒,不可以有人悲伤,因为圣诞节就是要所有美好的愿望都实现。

她感谢在十八岁那年的冬天度过的第一个圣诞节,美好得让她从那以后每一个圣诞节,都可以快乐地假装自己也和别人一样拥有真实到触手可及的幸福。

你好啊,再见了

你好啊。

后来你说,跟我打第一句招呼的那天,是你注意到我的第十七天。

我不太喜欢"你好"这个打招呼的方式。我总在想,一个人要是不好,可不是你说了一句"你好"就能好的。

那天我不好。我去学院递申请 summer school 的材料,遇到几个外语系大二的学生,听说我是大一的,还是中文系的,各种明里暗里嘲讽,说那个项目是有名额的,不是随便谁都可以申请的。

就很不服气。那个时候我还是很容易不服气的,年轻气盛可真好。

但人的变化能有多大呢?你想象不到。在我眼中,所有人都没有变,只有我变了,清晰可感的变化,从每一个日出的清晨到日落的黄昏,一点一滴地,从皮肤到血管,从四肢到大脑。

你知道吗?人的自我欺骗能力是非常强大的,很可怕。一个不知天高地厚的愣头青少年,变成唯唯诺诺畏手畏脚的成年人,根本不需要大动干戈。你应该知道。很多事情都是你教给我的,我怀揣着对你的好奇和崇拜,梦想着成为和你一样的人。不,应该说是成为站在你身后的那个人。

后来我想,你终究也没有错,谁都会对自己的伴侣有所期待,有所希望,没有人会喜欢一个看不到未来的人。只不过,理想的伴侣一起走向同一个未来,不够理想的伴侣试图拉扯对方走向自己的未来,如果失败就分道扬镳。

这话听起来冷漠,但却是我过了好多年才明白过来的道理。我一直以为我还算聪明,没想到却是一个在感情上怎么走弯路都绕不回来的傻子。

送我金嗓子喉宝和胖大海的女生后来考了7.5分，她后来给我发短信说，已经决定要去英国留学，也会和男朋友好好讲清楚。

送我保温杯的男生后来终于考到了7分，他爸爸激动得送了一个果篮到公司来，指名要给我。

带完那个班，我回到出租屋，昏昏沉沉地连着睡了一整晚加一整个白天。等我起床的时候，北京的冬天已经入夜，隔壁的室友们都还没回来。我侧耳听着窗外拥挤的五环路上车辆不耐烦的鸣笛声，感觉就像是一觉睡了好多年。做了一个很长很长的梦，醒来就真的与你和过去和解了。

后来爸爸妈妈曾经跟我说，他们很后悔，对我的教育很失败，觉得我长成了一个懦弱无能的人。

他们太在意我的得失了。他们是世界上最好的父母，我也自觉并没有差到哪里去吧。很多事情，我不去计较，要么因为当下是爱的，要么因为过后是不爱的，我有我自己的理由，也会为我自己负责。

你还记得大二那年暑假我一直闷闷不乐吗？你觉得我矫情。不就是一个summer school没有申请上吗？又不是什么大事，至于吗？

不是没申请上，是我的申请材料根本就没有寄出去。我后来琢磨了好久，想起那天我急着赶去上课，交代你帮我寄快件的事。

你并没有帮我寄。

我不愿意拆穿你，是因为我那时还抱有幻想，幻想你会排除万难和我在一起，幻想我们毕业就结婚，会有自己的宝宝，会美满幸福。

后来我回老家，和以前中学的同学见面，她们都说，完全想不到我会是一个她们所谓的"结婚狂"。我觉得我不是结婚狂。结婚狂或许是极度渴求家庭温暖的一种人，我不一样。我不需要去渴求温暖，反之，我愿意且敢于付出。我想，这辈子我应该一直会是这样的人。

所以我不怕。

和你分手以后很久，父母和朋友都担心我走不出来。那间出租屋我后来很快就搬了出去，换了一处离公司更近条件更好的房子。因为父母担心我，特意跑到北京来看我，还非要给我贴补生活费。他们真的要把我惯坏了。

但我真的没有走不出来。那个冬天我早早地和父母一起回了老家，每天穿得热热闹闹跟他们去走亲戚，每次有人问我毕业了吗，工作了吗，找对象了吗，我笑嘻嘻地还没开始敷衍呢，我爸就瞪眼睛反驳回去：找什么对象？我家华华还小呢！你压岁钱给了吗？

那个样子实在是太熟悉太可爱了，小时候我每次闯祸我爸在外人面前强行护短的时候，就是那个模样。

到现在，我唯一对不起的可能就是他们吧。原以为我会是他们的骄傲，结果在外漂泊这么多年，竟然还是要他们来给我收拾烂摊子。他们又不是超人，没钱没权，就是两个瘦小文弱的小老头小老太太，教了一辈子书，教白了头发教花了眼睛，也还没等来女儿的扬眉吐气衣锦还乡光宗耀祖。

现在看来是没戏了。

当培训老师很忙，后来我上几百人的大课，课酬更高，也更辛苦。有朋友劝我趁早升职转管理层，或是自己单干，何必给人打工，但我有些害怕处理那样错综复杂的状况，只想一头扎在简单重复枯燥的工作里。或许我还是不成熟吧。

但忙碌可以让我忘掉工作以外的其他事情。我没有了你的联系方式，也没有和你共同的朋友，你就真真切切地从我的世界里全面消失了。甚至有的时候我早上醒来，会有一时间的恍惚，担心记忆里的那些事，原本是我臆想出来的一个梦。如果不是，我为什么要刻意剔除那些不愉快的争吵，那些不愿拆穿的谎言，不愿去求证的事实，留下的都是想起来就能笑出声的欢乐和美好。

北京的冬天很冷，但我似乎也无权抱怨。大学的时候，金佩心跟我讲起她老家零下几十摄氏度的冬天，我们听得津津有味，还经常开起让南方人舔铁棍之类的玩笑。川妹子田小甜，说她从小吃辣吃到大都不会起痘痘，在干燥凛冽的北方季节里也犯了好几次过敏。相比之下我算是最适应北京的一个人了，我没有学费生活费的担忧，没有家里突然破产的意外，不像田小甜那么美貌出众招人喜欢，也不像金佩心那么自卑。

但留在北京却还是那么艰难。我不想抱怨，因为我遇到的困难和别人相比似乎渺小得不值一提。不想退缩，因为总觉得这样打了退堂鼓乖乖地夹着尾巴回老家太不甘心。

我还是一直相信生活是可以变好的。那个时候，我的生活没有变得更差，所以我会充满希望地相信。后来，我的生活变得很差，真的很差，我不再那么充满希望，但仍然偷偷地，小心翼翼地相信。

从什么时候起开始变差的？我后来回想了很久，才想明白，就是从我真正忘记你的时候起。但那个时候我还误以为，那是我的生活变好的转机。

2014年我调了岗，换到了海淀的主校区，也攒下了一些钱，想着贴补给老家的父母，让他们换一个大一点的房子。我的课讲得还不错，也经常会被学校派去其他的城市宣讲招生。

我是真的不适合在南方生活。大学的时候同学们聊天，高考填志愿的时候，有的人嫌弃这个城市偏远，有的人嫌弃那个城市潮湿，有的人嫌东南沿海有台风，有的人嫌西北内陆风沙大。我还很奇怪，报考报的是学校和专业，和城市有什么关系？后来我真是切身体会到，城市和人的气场果然有相合有相悖，不适合的地方，不适合的人，就真的不适合。

长沙那年的夏天闷热得很，我两天之内中暑了两次，加上皮肤过敏，整个人都不成样子，还要坚持跟着公司的活动到处跑。有一天开宣讲会的时候，我实在烦闷，就一个人跑到空调开得很凉的写字楼大厅透气。

后来，有一个人走过来，跟我打招呼。

他就那么自然地笑笑，说，你好啊。

我发誓，那个人和你从长相，到声音，到眼神，都没有半点相像。

但那一刻，我想起了你第一次在图书馆和我打招呼的样子。

有趣的是，从那天起，有关你的一切，在我的记忆里，慢慢淡去了。到后来，我甚至有点想不起你的长相，你的声音，你的眼神，你的一切生活习惯，你给我带来的一切影响。有时我试着回忆和你在一起时听的那些曲子，看过的那些音乐会，印象都模糊了。

于是我知道，是时候和你说再见了。

那就再见吧。

你的后来与我无关，我的后来也不必说与你知。

结婚之前的那个冬天，我最后一次出差，去了哈尔滨，那是我第一次去那么冷的地方。我有点理解大学时金佩心为什么总是说她不想回家。太灰暗太寒冷，即使房间里再温暖，我总是会不自觉地想着外面的冰天雪地寒风呼啸，光想想就冷得发抖。

奇怪的是，我没有感冒，也没有生病，平安地度过了那个冬天，还在某一次行车经过一片巨大的雪原时，穿得厚厚的跑出去蹦跶。

真神奇啊。我想。世界上有这么多奇妙的风景和际遇。

突然就觉得，似乎再难过的过去都可以原谅了，虽然那时我并不知道以后等待着我的是什么。

冬天会过去，我会越来越好，即使不是现在。

第十一章
左右为难

1

罗洛的电话打来的时候，田小甜正忙着给病床上的妈妈擦身。她探过去看了一眼来电显示，也没着急接，扶妈妈躺好，自己去洗手间收拾妥当，回来拿起手机，那边已经挂断了。田小甜就把电话拨回去。

"姐，你在忙呢？"那边是罗洛熟悉热络的声音。

"没忙，"田小甜说，"怎么突然给我打电话？"

"啊，就好久没跟你联系啦！你怎么样？阿姨怎么样？"罗洛问。

"还是老样子。"田小甜知道他打来电话也不是为了问她妈怎么样，"你最近忙什么呢？"

"我啊，我跳到MX了，"罗洛说，"都半个月了。"

"这么快？我走的时候你不是跟佳妮那个项目了吗？"田小甜问。

"那个啊，"罗洛尴尬地笑了两声，"那个我其实不算跟，佳妮姐那边的人基本各司其职了，也没有我的份，后来老板让我去写方案带新人，我就不想去了。正好有个朋友在MX说招人，我就过来了。"

"哦，"田小甜说，"也挺好。MX去年不是有个旅游的真人秀节目成了爆款吗？今年该做下一季了吧？"

"对对对,"罗洛说,"也有新的节目在策划阶段。姐,你现在在忙什么?有没有新东家呢?"

"还没有呢,"田小甜说,"我们家的护工请假了,还没找到合适的人来照顾病人,我还走不开。"

"那你哪天有空,我给你一个我同事的微信,你跟她聊聊,看看要不要来。"

"行。"田小甜说。

前一天田小甜才刚刚辞退一个新来的护工。因为她要的月薪低,田小甜才勉强同意家政公司让她来试试。但她年轻,也没有照顾无自理能力病人的经验,经历过无数个护工的田小甜一眼就能看得出她的手忙脚乱。但她还硬撑着,要是没过试用期就被辞退了就一分钱也拿不到。田小甜实在看不下去了,就跟她说不用来了,试用期间的工钱照给。

她也不能在家里一直待下去。妈妈的情况稳定,没有好转,也没有恶化,每天做的事情仿佛是在重复一个又一个一模一样的循环。她明白,如果和这个现实的社会隔离得太久,她所有的能力和精力就会在这循环里被无形地消耗下去,再也回不去残酷拼杀的职场了。

晚上她加了罗洛同事的微信,头像是一张简单且百搭的职业照片,美丽又有气场。田小甜点开头像看了一会儿,总觉得像是在哪里见过这个女人,但业内的活动和项目那么多,眼熟却不认识的同行也常见。她叫李铭,也是行内资深的制作人,可能是以前确实见过却不记得了,就没往心里去。

两人聊了两句,李铭问有没有时间见面聊。田小甜想了想,觉得还是不要离开家太久,就问她方不方便来家里。李铭显然愣了一下,回复了一个问号。

"实在抱歉,我需要照顾病人,走不开。"田小甜说。

见到李铭的时候,那种似曾相识的感觉又出现了。田小甜把她让进家门,一边给她倒了杯水,一边偷偷又打量了她几眼,总是觉得见过,但又想不起来什么时候哪里见过。正在思索的时候,李铭突然问了句:"咱们之前是不是见过?"

田小甜一愣，笑了："可能是在哪个活动上见过？我也看着你眼熟。"

李铭就也笑了。

两个人还算聊得来，田小甜讲了讲自己之前参与过的栏目，李铭也讲了讲他们部门新一年的规划，说起想要做一档和田小甜之前负责的那个节目定位有些相似的情感类真人访谈，但也因为受众和卖点的原因，迟迟没办法往下推进。

其间，田小甜进屋去照料了一下妈妈，出来连连道歉，李铭就摇手说没事。"你妈妈很幸运，"她说，"我父母去世得早，我都没有机会尽孝心。"

说归说，她看到了田小甜目前的状态，仍然表示了为难。"你这个样子怎么工作呢？"她犹豫着问。

"我之前就是这样工作的，但后来护工走了，我就被绑在家里了。"田小甜说，"不过我会尽快解决这个问题的，以后不会影响工作。"

送走了李铭，她又给家政网站打了个电话，预约了新的护工，然后给妈妈做晚饭。自从妈妈能够自己吃饭了，明显恢复程度变快了。田小甜把做好的营养餐按时按量喂给她，每顿饭她都吃得特别香。

喂饭的时候，她就跟妈妈絮絮叨叨地讲，下午来的那个美女是谁，要不要找新工作。

收完碗筷，她看到妈妈身旁的iPad上多了个字。

"何？"

妈妈清醒过来之后，田小甜意识到她之前跟妈妈说她跟何子睿要离婚的事，妈妈并没有听到。因此妈妈只要有精力，就在iPad上问她，何子睿去哪里了。

但田小甜反倒不忍心再说了。妈妈眼见着每天都在好转，她不想因为自己的事又让妈妈平添担忧。于是每次妈妈写下"何"字，田小甜就说，他出差了，他上班了，他不在家。

妈妈有时白天也会昏睡，有时晚上睁着眼睛一整夜，并不能确切地知道每一天时间的变迁,于是也并不知道何子睿有多少天不在。

和李铭聊过之后,她的确动心了,李铭让她有空去他们部门,见一见导演们,大家深入地聊一聊,田小甜犹豫了好久,打了电话给何子睿。

晚上11点半,电话没响完一声他就接了。田小甜下意识地说:"又在玩手机?"

说完她愣了一下,何子睿也愣了一下。

"嗯,今天好不容易不加班,正想早点睡觉。"何子睿说,"怎么了,妈没事吧?"

"没事,没事。"田小甜说,"你最近忙吗?"

"不忙。"何子睿说。

"我……想去MX,今天跟他们一个制作人聊了,挺想去的。你觉得呢?"田小甜说。

"你想去就去。"何子睿说。他一向不太了解田小甜的行业,不过每次她回家火冒三丈地抱怨的时候也会陪她吐槽,让她发泄,等她撒完脾气,就说:"大不了咱们不干了。"田小甜总是横他一眼:"不干了我喝西北风啊?才不用你养我呢!"然后第二天继续任劳任怨地去公司。

隔行如隔山,他俩的行业可能隔着三百六十座山。但每每互相吐槽自己的工作之后,就像是把生活里所有的情感垃圾都倾倒出去了,整个人都清爽了,觉得还可以再干五十年,虽然他俩对对方的工作一无所知。

"妈总提起你。"田小甜说,"要不,周末过来,吃个饭?"

何子睿的声音明显透着喜悦。"好,"他连忙接过话头,像是生怕田小甜下一秒反悔一样,"我明天加完班就过去。"

第二天何子睿来的时候正好妈妈醒着,看到何子睿在床前,眼神明显亮起来,伸手够iPad,划来划去要写什么。

"妈妈现在基本每天都能跟我沟通,挺好的。"田小甜一边把iPad在妈妈手边固定住,一边跟何子睿说,"我相信迟早有一天她会好起来。"

"有你照顾,她一定会好起来。"何子睿说。

田小甜做了他爱吃的菜,照料完妈妈后,两个人就在餐桌前安静地吃饭。何子睿几次小心翼翼地抬头看田小甜的表情,几次欲言又止,终于开口问:"那你改变主意了吗?"

田小甜知道他一定会问。她把他叫回家里来吃饭,他一定是想到,她改变主意了,不想离婚了。

"我也没有希望你原谅我,"何子睿说,"我只是觉得,你一个人照顾妈,太辛苦了。咱们就像以前那样,两个人倒倒班,再找一个不用24小时来的护工,能轻松很多。"

"我从来就没有不原谅你。"田小甜说。

离婚这件事情,是她想了很长时间的决定。何子睿的事只是一个契机。

2017年冬天,她还在为那档味同嚼蜡的访谈节目而焦头烂额,陈姐还在每天帮她照顾妈妈,何子睿那半年刚刚升了职,经常出差,她自己忙到没有心思去顾他,直到一个女生朋友有一天突然给她发了微信。那个女生原本是田小甜婚礼上的伴娘,以前在何子睿他们公司工作过。

"你和老何是不是有什么问题?"她上来就问,把田小甜问蒙了。

"怎么了?"田小甜问她。

"我一个以前的同事跟我说,老何跟他们公司新来的一个姑娘走得有点近,出差也总一起去,公司里的人有传闲话的。"女生说。

这个女生是田小甜认识了很多年的老朋友,平日不是会随便搬弄是非挑拨离间的人。田小甜有些奇怪,但还是觉得自己想太多了。

那次何子睿出差回来之后,田小甜就顺口问了一句。

"这次出差又是你自己?"她问,"你们公司也真是的,都升职了,还天天让你一个人到处跑。"

何子睿愣了一下,说:"啊,对啊。今年项目忙,人手派不出来,只能我自己跑。"

田小甜对他的每一个习惯都太熟悉了。他一说谎,就喜欢把手放在后背上整理衣服,扯得领子都变了形。在她面前他也没说过什么谎,她能记得的上一次,还是他求婚的时候,想着给她一个惊喜,但是一开口就被她看出来了,还得配合他的表演装作惊喜的样子。

很意外,她竟然一点都不觉得生气,只是直截了当地问:"多久了?"

何子睿吓了一跳,心虚得脸色都变了。"你说什么呢?"他艰难地敷衍。

"我说你啊。"田小甜说,"我也不想问那个女人是谁,也不想知道她长什么样子,我想知道多久了。不会是从那时就开始了吧?"

何子睿一下子就慌了,拉着田小甜的手语无伦次:"不是,真的不是,只有一次,真的只有一次,就今年。小甜你别生气,我以后再也不会了。"

隐隐地,田小甜反倒觉得心底里某一块石头悄悄落了地。可以离婚了吧,她想。

小学六年级的时候,傅其华趁午休跑出学校去玩,回来的时候被老师逮个正着,老师让她把她爸叫来。

每次叫家长,傅其华一点都不害怕,不像其他的小朋友一听说叫家长都吓得瑟瑟发抖。她妈本来就是他们小学的老师,五年级起就不教她了,知道管不住她,就跟她的班主任说,有事叫她爸来。她爸的中学在小学对面,打个办公室的电话,她爸趁课间的时间就来了。

她爸更是有对策,跟傅其华一唱一和,承认错误承认得比谁都勤快,在老师面前服软之后回到家还要跟她妈再承认一遍,有时还需要傅其华手写个保证书什么的。

"你们家傅其华啊,聪明伶俐,但就是有一点不好。"班主任说,"不长记性。"

"是是是。怎么不长记性了呢？"傅其华她爸认真又谦虚地问。

"我说过多少次了，午休不能出校，不管是回家，溜达，买吃的，什么都不行，傅其华可倒好，这个学期是第三次被我抓个正着了，我想着前两次教育一下就行了，也不想总麻烦傅老师你过来，但这孩子怎么就不长记性呢？明知故犯，非得趁午休跑出去玩？你要真想出去啊，让你爸给我写个假条，你就好好地出去玩！"

"对对对。我一定帮她长记性。午休的时候，坚决不能出学校。"傅其华她爸一边说，一边把傅其华拎到旁边，"听见没有？这是校规校纪！这一次是张老师大度，不批评你，让我回家督促你，没有下一次了！"

傅其华连连点头。

"那，您就再宽宏大量一次？傅其华也不是坏孩子，平时成绩也不错，我一定回家好好教育，她不会再犯错误了！"傅其华她爸真诚地对班主任老师说。

晚上到了家，果然面临的就是她妈一顿审。

"张老师放学之后特意来我办公室说的，你怎么回事？三天两头跑出去？是不是在校外认识了什么不好的人？"她妈严厉地问。

"那肯定不能，我闺女我知道，"她爸赶紧过来，"华啊，你跟爸妈说说，到底怎么回事。"

傅其华转了转眼珠子，心里琢磨半天，开口说："不一样。"

"什么不一样？"

"嗯……开学的时候，第一次午休出校被老师抓到，是因为上午最后一节体育课，他们说要吃雪糕，又不敢去买，我就去买了。"

"上星期第二次被抓到，是因为校门口书店老板说，那天新进金庸全集，我要是不先去租，他就给租别人了，他那个书店本来就不全，老没有《鹿鼎记》……"

"那今天呢？"她妈问。

"今天……今天因为曹莹莹例假来了，她说买不到那个啥。我就帮她去买了。"

她妈眼睛一立:"小姑娘这么早就来例假了？你还真是,还没来,懂的倒不少!"

傅其华缩一缩脖子。

她妈看了她爸一眼。

傅其华就辩解:"我不是不长记性。"

"对嘛,"她爸赶紧打圆场,"咱们姑娘,不是不长记性,她有她的理由,心地善良,还愿意帮助别人,也不算犯错误。"

"理由？什么理由？上次你把武侠小说包了个数学书皮放桌上,我要不是随手翻了一下,就被你糊弄过去了!"她妈瞪了她一眼,"年纪不大,招倒没少学……"

终究也是没再批评她。从小到大,傅其华就很委屈,每次犯错,大人和老师总说她不长记性,他们认为小孩子被批评一次,就应该举一反三,同类错误都不再犯了。但傅其华从小就懂得事物的个性与共性之间的相对关系,她总认为每一件事情都是不一样的,即使相似的情况下,做出相似的选择,也兴许有着千差万别的理由。

这些理由被她妈统一称作"歪理"。

长大之后,父母对她的选择并不会过问太多,觉得她是个成年人了,可以为自己的人生负责,也觉得她自己开心最重要。

和李文聪分手后很久,傅其华一直不愿意和父母说起自己的感情状况,他们也就一直没问。直到有一次,她在给家里打电话的时候,偶然提起她的学生送给她两张音乐会的门票。

"我转手就送给同事了,"傅其华说,"我宁可去看个爆米花电影,也不想去听音乐会,否则我肯定会睡过去,哈哈哈!"

脱口而出之后傅其华突然愣了一下,电话那端的她妈也愣住了,没接话。

尴尬地沉默了几秒钟,傅其华开口说:"妈,你不用担心我。李文聪那一篇,我已经翻过去了,我要开始新的恋爱了。"

她是在去长沙出差的时候认识于辰的。那时于辰跟他家里的亲戚做生意,全国各地跑,认识了傅其华之后,每次来北京出差都要特意找她出来见面。

于辰和李文聪是完全不一样的两种人。他可以在三分钟之内和第一次见面的人说说笑笑熟悉得像认识了十几年,可以在见傅其华的第二面就送她贵重的礼物,可以风风火火跑过来说要请她吃饭,却又在吃饭期间全程打电话聊生意。他没有高学历,也从不掩饰自己的精打细算,他会给傅其华讲他做过的生意怎么赔了,又怎么赚了,讲他怎么教他父母投资房产,讲各个一线城市的限购政策,什么都讲。

这些是傅其华平日里很少听到的。同事之间,聊的最多的是学区房和幼儿园,或是代购的奶粉和保健品,或是年长些的给她们这些单身的女老师介绍相亲对象。傅其华每每避而远之,看到做行政的刚毕业的小姑娘秀着钻戒发着结婚请柬,心里还是多少会有酸溜溜的嫉妒。听她们聊家长里短,她又不愿意参与。

于辰是个非常巧妙的人。他会夸傅其华的与众不同,会表示羡慕她是象牙塔里出来的高才生,也会说自己的理想型就是她这样的女孩。而傅其华的圈子里也从来没有过于辰这样的人,她既好奇于辰的生活,又愿意把自己的经历分享给他。

于辰有一次在傅其华公司楼下等她一起吃晚饭时,被和她一起出来的两个女同事看到,立刻八卦起来,问是不是男朋友。于辰立刻反应过来,忙不迭把手里提的湖南特产和小吃分发到同事手里。"现在还不是男朋友,多多关照,多多关照。"他笑着说。

于是第二天公司里都知道有个湖南来的小伙子在追傅其华了。一个比傅其华年纪大些的女同事问她他的家庭、学历,各种条件,傅其华也说不清楚。女同事就点她:"这样可不行呀,我看你对这个小伙子也挺有好感的,光有好感不行,一定要打探他的底细,咱们姑娘,千辛万苦地嫁到别人家里去,可要先摸个门儿清才行!"

"什么呀,八字还没一撇呢,怎么就嫁人家里去了……"傅其华辩解。

于辰也不含糊,交往了没多久,就正式地问傅其华要不要做他女朋友。用他的话来说,是以结婚为前提的女朋友。他絮絮叨叨把自己家底交代了一遍,还信誓旦旦地说,等她跟他回湖南老家,他把房本存折什么的都拿出来给她过目。

相比于当年李文聪不食人间烟火的性格和拖泥带水处理感情的方式,于辰无疑是一个适合奔着结婚而相处的人,除了总在忙生意之外,没有什么缺点。

"你年纪也真的不小了,"女同事说,"要是看准了,就别挑了,又不是神仙,跟谁过日子还不是一样。"

很久以后,傅其华回想起当年同事跟她说的这句话,心里还会隐约地升起恨意。当然,她也不会真的去记恨那个同事,毕竟每个人说出的话都基于个人的年龄阅历性格气度,但说者无心,即便是有心,听者也不该当真。

傅其华和于辰相处了半年多之后,她带他回西安老家见她爸妈,于辰带了一大堆礼物,一进家门就堆在门口,像一座小山一样。

一起吃饭的时候,一向礼貌的她爸她妈,听着于辰叔叔阿姨地叫着,一会儿聊黄金价格,一会儿聊股票走势,两人对看一眼,都不知道该接什么话,只好默默地吃饭。

吃完饭,她妈趁于辰拉着她爸在客厅看财经频道的时候,叫傅其华去厨房帮她洗碗,偷偷问她:"你俩处了多久了?这小伙子靠谱吗?我总觉得他神神道道的,他平时就这样?"

傅其华就笑:"还能什么样,就这样呗,他就这样的性格。"

她妈还是半信半疑地看看她:"你是真想跟他处?"

傅其华就点点头,认真地说:"妈,我这回回来打算拿户口本的,我俩想明年年初领证。"

她妈用手搓着沾满洗洁精泡沫的碗,没松口。

"我不同意。"

傅其华吓了一跳回头,她爸不知道什么时候站在了厨房门口,说。

人在年少的时候总梦想着改变世界,直到有那么一天,开始暗暗祈求自己不要被这个世界所改变。

在美国读书工作的那几年,金佩心周围不乏指点江山挥斥方遒的同学和同事们,似乎人类社会的前景都掌握在他们手中。也不乏金钱利益至上的现实主义者,无论从事什么职业都能以最快的速度找到最便捷的赚钱方式。

她并不是上述的两种人。从实习到工作,她接触的要么是表面冠冕堂皇实际已经蛀空的空壳企业,要么是以为有钱就可以逃避法律制裁的法盲暴发户,或是以为自己懂点法就可以把律师也变成他们的狗腿的权谋者,但更多的,仍然是一辈子也就打这么一次官司的普通人。对他们来说是学习和实践的案例,但对每一个当事人来说,可能就是一生中重要的转折点。

2016年刚刚跳槽去纽约工作的那段时间,金佩心和她男友租的第一间公寓楼下,住着一对中年夫妇,白人男性和华人女性。金佩心他们每天都能看到男主人上班下班,开车遛狗,但从来没有见过他妻子出门,只是每天出出进进时在楼下往上看,能看到那个女人在窗边往外张望的样子,表情冷冰冰的,让人根本不想多看一眼。

有一次金佩心回家上楼的时候,路过他们家门口,她突然把门打开了。他们家是两道门,外面那层是铁栏杆,里面是正常的房门,她只打开了里面那道门,还隔着栏杆,金佩心吓了一大跳。

"你住在楼上?"那女人说。

金佩心点点头。从长相和口音,金佩心猜出她是个华人,年纪大约五十多岁。

后来两个人隔着门聊过几次，金佩心得知她腿脚不好，不能出门，她丈夫不仅没给她留钥匙，还习惯在自己出门上班的时候把门反锁。她从国内来没几年，语言也不太好，这是她第三次婚姻。

那段时间正逢移民局查得紧，很多为了移民结婚来美国的人被移民局问话，专门做这种结婚中介的婚介所和打着婚介所名号的公司都被查封了，有人被判了刑，有人被吊销了绿卡，遣送回了国。

金佩心听她遮遮掩掩地说了一些，就猜测她的身份也是这么来的。

她得知金佩心在律师事务所工作，也接华人的委托之后，问她有没有办法帮自己打官司。

一开始金佩心觉得她可能是疯了，这样的人都巴不得所有人都不认识自己，把身份藏着掖着，生怕哪天移民局找来，自己的绿卡就没了。她连语言都不通，还要打官司？那之前又为什么选择这条见不得光的结婚路？

"他不让我出门。我的腿是他打的，他是个变态。结了婚之后，我才知道他是个变态。我不想待下去了，我要走。"女人瞪着有些呆滞的眼睛，抓着门上的栏杆，战战兢兢对金佩心说。

"可是，你走到哪里去呢？"金佩心忍不住问。

她的眼睛木然地盯着金佩心，没有回答。

那天晚上，金佩心躺在床上很久睡不着，一闭上眼就是那女人从门缝里露出来的脸。指甲死死地抠住金佩心的衣服，把她的袖子都撕开了线。金佩心忍不住推推睡在一旁的男友，跟他商量，要不要帮这个忙。听她说完来龙去脉之后，男友就问："你知道是个没什么把握的案子，那为什么还想帮她呢？"

"我也不知道。"金佩心在深夜的黑暗里叹了口气，"她说，她也是来自穷山村的小地方，一步错，步步错，到现在让自己落到了没有选择的境地。我在想，如果我当初没能跨出正确的那一步，这漫长的一辈子，想走错可是太容易的一件事了。就算不一定成功，试一试，对我来说没什么损失，对她来说可能就是从火坑里跳出来的一瞬间。"

"其实你也没必要过于同情她,"男友说,"你有你的能力,她有她的命运,即使你选择不帮她也没错,你不用觉得内疚。"

对金佩心来说,那是一场左右为难的官司。金佩心知道她自己的当事人是利用移民婚姻得到美国公民身份的,如果男方抓住这一点来指控女方骗婚,女方不仅会丢掉身份,还会一无所有地被遣送回国。

"这真的是你想要的吗?"金佩心问了她很多遍。

那双冷漠而浑浊的眼睛,只有在金佩心试图给她讲解明白美国的法律政策的时候,才会露出专注的光芒。她文化程度不高,有时不用说英语,很多东西金佩心甚至换成中文讲,她都听不太明白。金佩心不敢想象,这样的一个人,当初是以多大的勇气,背负了多少害怕,才敢只身来到举目无亲的美国,敢和一个没怎么见过面的人缔结婚姻关系,敢把自己扔进这个陌生的世界。

"对。"她每一次都坚定不移地回答。

在金佩心看来,如今她恨不得光明正大地承认自己骗婚,好让自己逃离这个家,好不容易得来的身份她也不想要了。她走到今天并不容易,能让她甘愿承认自己犯下的罪,可见她遭受了多少无法言说的痛苦和耻辱。

女方那边提出申请限制令,但在庭审中,法官认为出示的证据不足以证明她遭受了她所称的非人虐待,她的腿部残疾也没有证据证明是出自她丈夫之手,相关的诊断记录她也拿不出来,家里也没有其他物件可佐证,基本上等于空口白话。

但让金佩心意外的是,男方并没有以骗婚为由指控她的这一项罪行,移民局也因此并没有介入。官司败诉了,法庭并没有给男方限制令,她仍然是他的合法妻子,也仍然是合法的美国公民。

宣判的时候她不需要翻译就听懂了。她没有哭,也没有叫,更没有抬眼看对面坐着的她的合法丈夫。那一刻,金佩心从她脸上看到的,只有心如死灰四个字。她拖着脚,一瘸一拐地,跟着她丈夫离开的背影,瘦小而孤单。金佩心想追上去,跟她说几句话,或者是道个歉,但看到她丈夫在,就没有上前。

没有帮她打赢官司,金佩心觉得很愧疚。但对金佩心来说,那终究只是一次没有得到报酬的工作。对她来说,是她离人生的希望最近的一步,却在达到彼岸的咫尺距离坠下了万丈深渊。想来一句轻飘飘的道歉,也无法起到什么实质性的作用。

有时从光鲜亮丽的公司出来,疲惫地坐晚班地铁回家,路过衣不蔽体的乞丐和流浪汉,金佩心常常会恍惚自己在哪里,在做什么。跨越了几千几万里流落异乡,真的值得吗?每天做着别人眼里为正义而伸张为公平而辩护的工作,却不断地把自己陷入左右两难的境地,真的值得吗?自己所谓的坚持,所谓的理想,所谓的人生目标,真的值得吗?

有一次金佩心晚上回家,远远地看到那个女人的丈夫等在外面抽烟,金佩心想了想,还是没敢近前,而是给男友打了个电话让他下楼来接。白人男性看到有人出来,这才回到自己家里去了。

"他倒是也不能把你怎么样。他这种小中产阶级,很懂得保护自己的权益,也不会做任何对自己的名誉和前途不利的事。"男友说,"但我们以后还是不要跟他接触的好。要不,等这半年房租到期,咱们也换个地方吧。"

金佩心一边点头答应着,一边心里却在想着当时姑姑的事。她在纠结要不要回国,还没来得及跟男友说,心里也是一团乱麻。

那段时间,金佩心在楼下向上望的时候,没有再见到过她在窗边的样子。上楼的时候,那扇隔着栏杆的门也没有再打开过。

直到有一天,下班回家的时候,看到楼外停着警车,有一些穿警察制服的人走来走去。周围的人说,有人跳楼了。她透过人群的缝隙看过去,果然一个人盖着白布躺在那里。

她突然就有一种不祥的感觉。上楼时,她看到那扇全是栏杆的门正大开着,几个警察进进出出,看到她上楼,就把她叫住了。

"你认识这家的住户吗?"一个警察问,举起一张照片,"Wendy Liong,你认识她吗?"

金佩心正一边点头一边看向那张照片,突然愣住了。

照片上的确是那个女人,但又不太像。金佩心记忆里,那个女人总隔着栏杆,神神道道地抓住她的袖子跟她说话,或是在窗前阴恻恻冷冰冰地往外看,一脸横肉,面目狰狞。

但照片里,她化了淡妆,头发梳得一丝不苟,笑容安静,眼神明亮。

那一瞬间,金佩心甚至不自觉地屏住了呼吸。似乎这个充满生命力的女人,并没有盖着白布躺在门外冰冷的地上,而是在世界上的某个角落,活得像这照片上一样简单而快乐。

"我认识她。"金佩心轻声说,"我做过她的律师。"

在傅其华的记忆里,她爸就几乎没对她发过火,也没对学生发过火,所有亲戚朋友和老师学生都说,傅老师是脾气最好的老师,也是最会教育孩子的老师。

从小她想买的东西,有时她妈不给她买,有时她不敢跟她妈说要买,就都去求她爸。在她妈眼中的歪理,在她爸面前都可以振振有词地陈述,也不会遭到驳斥。要是说动了,她爸还会帮她在她妈面前求情,往往到最后傅其华总能得到想要的。于是在她心中,爸爸一直是她同一个战壕里的战友,可以有福同享有难同当的那种。

印象里,她爸有两次对她的态度意外地严肃。一次是她高二的时候擅自做主先斩后奏选了文科,她们班主任看到,特意把她的那张表格抽出来去问她爸了。按她班主任的意思,她爸完全就可以替她做主改回理科,但她爸没有那么做,而是特意去她们班把她叫出来,父女俩以老师和学生的身份在办公室聊了一个下午。

最后她爸同意了她选文科的决定,还答应她如果晚上回家她妈生气,会帮她说话。她爸只是要她保证,一是成绩不会下滑,二是以后高考报志愿不会后悔。她后来也做到了。

第二次就是她在北京和李文聪分手之后,她爸妈特意跑到北京来看她,忙前忙后给她做吃的,收拾屋子。她爸看她瘦了一大圈,吃饭也吃不下,睡觉也睡不好,很意外地并没有表现出心疼和安慰,反而生了气,严厉地批评她,不应该因为失恋就对自己的生活和工作自暴自弃。那时她妈反倒心疼了,让她爸别说那么重的话,孩子本来就心情不好,但她爸一反常态,毫不留情地说,只有现在把她骂醒了她才能早点走出来。

傅其华是个很懂事的孩子。她从来都知道父母对她无论是教育还是批评都出于爱,所以她凡事都和父母沟通,也基本上都听父母的话。

只有带于辰回家吃饭的那次,她和父母真真正正地吵了一架。

于辰走之后,她爸再一次明确地表达,希望她能够再考虑考虑,不要这么着急结婚。

"妈不是对你俩在一起有意见。妈是觉得,你们认识的时间短,以前的经历又不太一样,再多接触接触没有坏处。"傅其华她妈说。平日里她妈总是对她严厉,但真当她遇到感情上的困扰时,她妈还是能够给她中肯的建议,尤其是当她爸真的生气的时候。

但傅其华根本就不明白她父母为什么不同意,前一年春节的时候她爸妈还在劝她,年纪不小了,上一篇也翻过去了,要不,去相相亲? 现在她也不需要去相亲了,她找了个新的男朋友,还打算结婚,本来比她还"恨嫁"的爸妈怎么又出尔反尔了?

她也不明白为什么她妈觉得她过于草率。以前和李文聪在一起的时候,她也是觉得,只要他愿意,他们两个就可以去领证结婚,无所谓早晚。现在也一样。不就是奔着结婚谈的恋爱吗? 不就是看对眼了就想长久地在一起吗? 她从来不觉得有相见恨早恨晚的说法,见了就是见了,在一起就是在一起,想结婚的时候,身边正好有个人,那还等什么?

后来户口本是傅其华偷着从她爸妈的床头柜里找出来的。等他们发现的时候,傅其华已经早早地出了家门。

很多孩子会对父母有着矛盾的情结,要么抱怨小时候他们管得太严以至于自己没有快乐,要么抱怨小时候他们管得太松以至于自己不够优秀。大学的时候,大家就羡慕田小甜会跳舞会弹钢琴,但田小甜一提起小时候被她妈用格尺抽手心的阴影就瑟瑟发抖。傅其华小时候她爸望女成凤希望培养她的音乐细胞,但她一抱起手风琴就头疼肚子疼屁股疼浑身都疼,她爸又狠不下心打她,于是也就放弃了,她后来就怨她爸,怎么不能像别人家的爸妈那样,或许她也成了个音乐家了,至少还有门特长啊。

她爸就说,我哪舍得打你啊,要是真打了,即使你现在当了音乐家,也会恨我的。

而在人生的抉择上,父母却怎样都要把一把关,管得松了,孩子走错了路,反过来怨他们,管得严了,尽管被孩子"记恨",也希望孩子能少走些弯路。

傅其华这一段弯路走得并不容易。

第二次开庭前,傅其华已经安稳地开始了新的工作。她告诉自己,第二次开庭一定要出席,无论怎样,她要给这段生活一个干脆的了断。

金佩心没告诉她,开庭前,她又去找了一次郑亦明。

郑亦明对她能来找他有些意外。

"我以为你们不想调解。"郑亦明说。

"是不想。"金佩心说,"我不是来找你说这个的。"

她就说了她在长沙于辰的前公司遇到的事。

"我推测于辰和他父母没有跟你说实话。"她说,"如果他们又把那个所谓诊断拿出来,你也要权衡清楚了。现在可不是你们说精神病就是精神病的事。"

郑亦明思索着,没有接她的话。

"从第一次开庭到现在,你也什么都看到了,事实就摆在这里。他就该为他做的事付出代价。"

"你有你的立场,我有我的。"郑亦明说。

金佩心也没有再多说,该调查的,该找到的,她知道他自己也会看见。至于在法庭上他最后选择说什么,她也没有把握。

"听说你也是从美国回来的?"郑亦明最后问她。

"嗯,你也是吧。"金佩心说。

"为什么选择回来?"郑亦明问。

金佩心想了好久,不知道作何回答,最后说:"可能是因为想明白了,这世界上,多的是左右两难的事。"

"妈总是问起你。"田小甜对何子睿说,"我之前跟她说我们打算离婚了,她应该是没有听到。现在她每天都在好起来,写的字越来越多,我每天都盼着她能开口跟我说话。"

"嗯。"何子睿点点头。

"我不想再让她失望伤心。"田小甜说,"你回家里来住吧。"

"真的?"何子睿惊喜地看着田小甜,眼睛都亮了起来,"好,我今天回去就收拾东西,明天下班就搬回来。"

看着他期盼的眼神,田小甜只觉得心酸。

"但婚还是要离的,只是想等妈妈好一点。咱们的事不能打击她。"她说。

何子睿刚刚惊喜起来的表情旋即又失落了下去,不过很快他脸上就又堆起了笑容:"好。你说什么都行。小甜,我只希望你原谅我。"

"我说了好多次了,我从来没有不原谅你。"田小甜说。

何子睿搬回来住了之后,两个人倒班,又找了一个白天的护工,田小甜从失业后连轴转的护理工作中脱了身。

何子睿睡在客厅的沙发床,方便听妈妈卧室里的声音。田小甜没有把他让进卧室去睡,他也没有主动提出。

不工作的这段时间,她每晚照顾完妈妈就可以早早睡下,但她睡不着,经常看看电脑看看手机看看书,就到了半夜,仿佛身体是休息了,但脑子却留在了以前恨不得24小时连轴转的公司里,枯燥重复的家务也让她腰酸背痛,但脑子一直转又没事可做让她更煎熬。于是晚上她竟然还像以前上班时那样熬到后半夜,早上起来也不觉得困倦。

但何子睿搬回来之后,她失眠的毛病渐渐地好了,甚至有几次何子睿加班晚,她连他什么时候回来的都不知道,自己在卧室里早早睡熟了。

这样的安稳让她想起了妈妈出事前的那段日子,她那时还在公司团队里面打杂,何子睿的工作也刚刚起步,但每天加完班回来两个人一起筹备婚礼的回忆还历历在目。虽然累,但脑袋一沾枕头就能睡得香甜。

以前她上班比何子睿晚,每天早上饭桌上便都有他留下的早饭。现在她照顾妈妈起得早,又不用上班,就每天给何子睿准备早饭。他一开始总说不用,路上吃,但还是忍不住就在饭桌上坐下,跟她说着家长里短,吸溜完一大碗粥,吃完她准备的包子和小菜,然后不急不慌地去上班。

就像从前一样。

偶然间,田小甜看到傅其华朋友圈发了工作室的广告,心下疑惑,她记得傅其华一直在那家连锁培训机构工作,就发信息问她是不是跳槽了。

"我不仅跳了槽,我还打了个官司。"傅其华回复她。

"什么?你怎么了?"田小甜吓了一跳。

"佩心帮我打的。"傅其华说,"前段时间我骨折,一直住在她那里。闲时聊天,总是说起你。"

"聚一下吧。"田小甜终于主动在对话框里打下了这句话。

第十二章
结束和开始

1

正式入职新公司那天,李铭特意来找田小甜,带她挨个认识新同事,还说以后任何问题找她就行了。

"很高兴跟你成为同事,"她说,"原本我以为你不会来我们公司。"

MX和田小甜之前就职的视频网站的确有差别,视频网站作为携资本入局的大平台,有自己的综艺布局和爆款定位,而MX是纯粹的网综制作公司,需要依靠与平台的合作为自家节目找市场谋发展,自然有更多限制和风险。对于制作团队来说,在项目的策划和筹备上,创新和改变就容易缩手缩脚,被各种影响掣肘。

李铭之前提起的那个项目,和田小甜以前的那个节目很像,公司并不看好,也因此一直被搁置,没有任何推进。李铭通过罗洛联系到田小甜,也有心想让她参与。

"反正都是干活,在哪里不是一样。"田小甜笑着对李铭说。

"你家里怎么样?安排好了吗?"李铭问。

"安排好了,不用担心。"田小甜回答,"完全应付得了天天加班。"

李铭就笑:"行,看来你还挺期待天天加班的。"

连着几天田小甜都和李铭团队的人一起开会,也了解了项目从一开始到现在的每个方案每次改动。这是一档定位于都市女性的情感观察访谈节目,最开始的想法就是李铭提起的,但直到现在,要么是广告商对节目市场性有质疑,要么是艺人方面觉得没话题度不愿意来,一直拖到现在策划案都没被公司通过,也没开始筹备。

"他们都说我何必呢。"李铭跟田小甜说,"冲着流量去,冲着热搜去,省时省力,有钱有名,不好吗?"她叹了一口气,"人文的东西,贴近普通人生活的东西,没有人愿意看。但是我还是不死心,我还是想把这个东西做出来。我觉得如果是我,我就会愿意看,为什么他们就是不信会有很多人跟我一样呢?就比如你,你不会愿意看吗?"

田小甜想了想,说:"还真的不一定。现实太残酷了,好不容易看看综艺,乐一乐,让自己忘了焦头烂额的烦心事,谁还愿意看到那么丧的东西呢?"

李铭反驳:"真能说出来的丧就不是丧了,你看现在的年轻人,一个比一个厌,什么朋克养生,什么保温杯里泡枸杞,该加班该赚钱的一点不少,都拼着呢,叫苦连天的都是还不甘心丧到底的。要是真的丧,绝对连抱屈的劲儿都没有,哪能还深夜在朋友圈刷屏悲伤的歌曲,或者拍个带着妆仙女哭泣的短视频?所以啊,从丧的尘埃里开出花来,才是他们普遍的心态,我们呢,就也要顺着他们这个杆儿,告诉他们这花肯定能开出来,这多正能量啊!"

或许自己真的不年轻了。田小甜想。但看看比她还大上几岁的李铭,每天像个上弦的陀螺一样到处转,什么时间段都可能回复工作微信,朋友圈里还总有健身房滑雪场夜跑打卡闺蜜聚餐,今天吸烟装细高跟,明天就网红潮牌一头脏辫,她每次在公司见到李铭总要先恍惚一下,然后花几秒钟确认面前这人跟微信上那个简约干练的职业照头像到底是不是同一个人。

她终于有一次忍不住,午休泡咖啡的时候问了一个同事。

"李总一天天连轴转哪来那么多精力?她一直都这样吗?感觉她不睡觉都不会累。"田小甜说。

女同事一听就笑了,说:"还好,她就是工作狂,但也不耽误玩和休息!毕竟要为小朋友们做榜样。"

"小朋友?们?"田小甜问。

"嗯,她家双胞胎儿子,皮着呢。"

后来田小甜果然在李铭办公室的书架里看到了摆得有点隐蔽的一张合影,在海岛沙滩上,李铭一边一个抱着两个笑开花的熊孩子,三个人的表情像一个模子刻出来的一样。

她没有问过李铭生活上家庭上的任何事情,李铭除了刚入职的那几天问过她家里护工顺不顺心之外,也就不再问了。

谁还没有点难事呢。但看看李铭,田小甜觉得自己似乎也没有什么理由继续陷在一团糟的生活里面。丧是真的,但开出花来,还有可能吗?她不知道。只是她渐渐地有些理解了李铭为什么一直不甘心放弃这个项目。

因为她们这样的人,比田小甜更有勇气,也更有耐心。她们相信生活不是不可战胜的,相信所有的曲折和坎坷都是在为充满希望的未来铺路。最重要的是她们相信自己。

而田小甜,早就找不到自己去了哪里。

那天晚上跟傅其华聊微信,田小甜犹豫良久,还是主动提出了聚一下。

这些年她原本和金佩心联系得就少,妈妈的事之后,和傅其华的联系也少了,只知道她结了婚生了小孩,回了北京工作,具体情况一概不知。傅其华倒是会记得逢年过节问问她妈妈的身体状况,但她也没什么可说的。

"下个星期开庭,要不,那之后咱们再聚?"傅其华问。

田小甜也不是没上过法庭,无论官司大小,对当事人来说都是天大的事。不过有金佩心这段时间一直陪着傅其华,想必她也能尽快走出来。

刻意避开以前的老朋友老同学,对田小甜来说也不是一天两天的事了。2017年的时候,大学的班级组织过一次入学十周年聚会,她看到同学群里面免打扰的无数条信息,直接退了群。后来还有同学不知好歹特意给她发微信打电话,她一个都没有回,硬是靠装死拖过了聚会的时间。

但听傅其华努力轻描淡写地说起她离婚到打官司的这些事情,田小甜心里渐渐觉得不是滋味。如果她们几个还像以前读书时那样,互相陪着,互相嫌弃着,互相计较着,互相让着,一起有商有量地度过父母亲人婚姻家庭接踵而来的风波和意外,到了今天,心里或许不会像现在这样孤独。

"下星期什么时候?我去陪你。"田小甜说。

那边傅其华显然觉得有些意外。"你最近忙吗?还要照顾阿姨,别过来了。等官司的事结束了,我和佩心一起去看你和阿姨。"

"没事。"田小甜说,"我去陪你们。"

一连好几个晚上,她照料好妈妈之后,就窝在沙发上琢磨策划案,想到很晚也睡不着。有一天何子睿加班到后半夜回来,看她还在客厅里坐着,对着电脑发呆,就过来拍拍她。

田小甜眨了眨眼睛,回过神来:"回来了?"

"嗯,"何子睿说,"这都几点了,快睡觉吧。"

田小甜把腿上的电脑放在一旁,活动了一下发麻的腿站起身来。

"晚上吃饭了吗?我今天炖了鸡汤,还保着温呢。"她进了厨房,打开锅盖,浓郁的香气冒出来。

"新公司不顺心?"何子睿洗了手,接过田小甜盛的鸡汤,顾不上烫就匆匆喝了一口。

"没有啊,怎么突然这么问?"田小甜说。

"看你这几天老熬夜。"何子睿说,"以为你在新公司遇到什么难事了。"

"还能有什么难事。"田小甜叹口气,"我以前加班还少吗?"

看着何子睿低头喝汤的样子,田小甜突发奇想,问:"你觉得我是一个什么样的人?"

何子睿吓了一跳,抬头看了她一眼,确认她不是在梦游,才小心翼翼地问:"你刚才说什么?"

"我说,在你看来,我是一个什么样的人?"田小甜问。

何子睿谨慎地看着她的表情,不太敢回答。

上一次她陷入这样的自我怀疑已经是两年多以前的事情了。那个时候,她像着了魔一样,每天疯狂地问何子睿无数奇怪的问题,甚至晚上他加班回来困得沾枕头就睡,她还要把他摇醒,没头没脑地跟他说他听不下去的话。他不仅不能睡着,还要在她问出问题的时候答出正确的答案。

那个时候他知道,结婚是唯一的选择。但他不知道,这个婚能不能结一辈子。

"你想什么呢?"田小甜看他发愣,拿过他的碗,转身去锅里又添了几块肉。

"你放心,我又不像那时候。我只是想听听你的实话。从什么时候讲起都行。从咱们读书的时候,异地的时候,结婚的时候,什么时候都行。我想知道,在你眼中,我到底是个什么样的人。"

何子睿看她平静得很,不像是情绪激动的样子,就点点头,接过碗,说:"你是……嗯,是我想一辈子在一起过日子的人。"

田小甜笑出了声,眼神里却没带笑意。

"土味情话就省省吧,"她说,"不用同情我。从我打算和你离婚那天起,我就一直想知道,除了同情之外,我在你眼里,还剩下什么。"

何子睿看着她:"怎么突然想起要问这个?"

"也没什么。"田小甜说,"公司里有个同事,看她的生活,总让我想到我自己。你一直觉得我跟你离婚是因为你出轨,其实真的不是,我今天才明白,我是想试试,没有你的同情,别人的同情,我到底能不能正常生活。"

她就着打开的锅,给自己也盛了一碗热腾腾的汤。

"我很好奇。"她说。

傅其华的新工作没有想象中顺心。

朋友的留学工作室之前有一个顾问老师离职了,傅其华入职之后,没有教课,暂时接过了离职的老师留下来的项目。应对考试是她的专长,习惯了年复一年的真题和学生,一时间要全方位跟进客户的全部申请流程,面对各种各样的学生和家长,她难免有些不适应。

工作室的老板刘超,以前跟傅其华是同事,后来离职游学了几年,回来办了自己的工作室。规模不大,员工也不多,但每一个客户都是私人订制严格把关,积累了一定的口碑,在学生和家长中评价很高,好多学生从初高中到本科硕士都回来找他们做申请。

"我还是心虚,"傅其华跟刘超说,"你说,我自己都没留过学,以前就靠着考试成绩高,还能讲讲课讲讲经验,但是做申请我怕不行。万一家长问我是哪留学回来的,我怎么说啊?"

"你怎么说不行啊?你只是没留学过,又不是没那水平!"刘超平日总喜欢鼓励教学,他的学生和员工都被他灌输了谜之自信,"有那么多连英语都不过关的人还做培训呢,你差哪了?哪都不差!谁再问你哪留学的,你让他来找我。"

但傅其华也不可能真的让客户去找他,更不可能说假话。在跟一个申请本科的男生和家长见面时,他爸爸一看来的是傅其华,就问:"Cindy老师呢?"

"Cindy老师离职了,以后肖斌宇的申请由我负责。我姓傅。"傅其华说。

"离职了?"家长问,"我们之前好不容易商量决定让Cindy老师帮我们做申请,这还没开始申请呢,怎么就离职了?"

"是,她家里有事,临时决定的。但是您放心,我们每一个顾问老师都会一样认真负责的。斌宇的平日成绩也很好,我看了之前你们所有的资料,一定会做出一个您和斌宇都满意的方案。"

这位爸爸没说什么,拉着儿子在桌前坐下来。儿子倒是听话,穿着校服背着书包,眼镜后面的一双眼睛就盯着桌面,不看傅其华,也不看他爸。

等着傅其华打开电脑上的PPT的时候,家长意料之中地问了一句:"傅老师是哪个学校毕业的啊?"

傅其华就在心里暗自叹了一口气,一边点开PPT,一边回答:"R大的。"

"啊?"家长摇摇头,"不是,我是问傅老师是哪个国家留学回来的。"

傅其华就说:"我就是R大毕业的,没有在国外留过学。"

"哦!"家长愣了一下,脸上逐渐浮现出若有所思的神色。"傅老师没在国外留过学?我跟你们刘总也算是熟,是家里朋友介绍过来做申请的,还真不知道他也招你这样资历的员工。"

傅其华的PPT已经打开了,她努力保持平心静气,等这位家长说完。旁边坐着的男生抬头看了他爸一眼,说:"爸,咱们不是来开会的吗?今天不是要选校吗?你问那些干吗?"

他爸就瞪了他一眼:"你懂什么!"转头又跟傅其华说,"这样吧,我们这个申请呢,之前也是跟刘总说好的,要求最好的顾问来做。现在这个情况呢,我不是很满意,等我跟你们刘总沟通一下吧。"

傅其华也没生气,就说:"行。刘总今天不在,你打他电话吧。"

家长就拿着手机走出会议室,打电话去了,留下傅其华和小男生面面相觑。

男生打量了她一会儿,说:"Cindy老师是耶鲁毕业的。"

傅其华点点头:"我知道。你之前的调查表里dream school一栏是空的,你没有想去的学校吗?"

男生愣了愣,摇头。

"那你为什么想要出国留学呢?"傅其华问。

男生脸上没有表情,轻描淡写地说:"不为什么。我们班成绩好的同学都留学,剩下那些才高考。我爸就让我也留学。他也不懂,我表姐前年申请上了耶鲁,他就知道耶鲁是世界名校,非让我也申请。"

傅其华就说:"名校当然好,但学校不是你唯一要考虑的事。你要考虑到你今后的专业,本科毕业之后的方向,适合你的才是最好的。"

"老师,"男生有点不耐烦地打断傅其华,"您跟我说这些没用,我爸替我拿主意,您得跟他说。我就听安排就行了。"

"去面试去念书的人又不是你爸,你也要有自己的想法,不然我们怎么帮你写文书呢?怎么跟你申请的学校推荐你自己?"傅其华耐心地继续劝。

他爸打完电话进来,客套地冲傅其华笑了笑。"傅老师,"他说,"我刚才也跟刘总沟通过了,刘总说您以前是×××的金牌讲师,以后我们肖斌宇的英语成绩就拜托您了。"

"那是一定的。"傅其华说。

他就又有些尴尬地笑了下:"嗯,但是申请这块呢,我还是麻烦刘总给我们换另一位顾问了。毕竟,您看,您虽然教了这么多年英语,但您确实也没有太多留学申请的经验,咱们还是需要专人干专事儿,您说是不是?"

"行。"傅其华也没多说,站起身来,"那你们后续的申请我跟刘总沟通,直接转给您指定的顾问。"

"好好好。那我们肖斌宇之后会来上托福和SAT的一对一小课,到时还要请傅老师多关照啊!"

送走了肖斌宇和他爸,傅其华回到自己的工位上坐下,有点灰心丧气。

其实就专门上课也没什么不好,还是她轻车熟路的,除了嗓子总哑,时间安排太辛苦之外,没别的缺点。但她就是莫名觉得不服气。在这一行做了这么多年,到现在还要被学生家长看轻,也太失败了。

她漫无目的地刷了刷手机,发现有一条新的微信。

"傅老师最近还好吗?"

她定睛一看,又是那个三番两次来问她的,以前托福群里的学生。又没正事,冷不丁来一句莫名其妙的问好,怪吓人的。她想起以前于辰在被她拉黑无数次又换了无数次号码之后一次次发来的瘆人的话,忍不住起了一身鸡皮疙瘩。

不会又是个跟踪狂吧?她忍不住在心里嘲笑自己是什么莫名其妙的招奇

葩体质。

想顺手就把他拉黑，但转念一犹豫，还是不要误伤无辜，毕竟是学生群里的，索性不理睬就是了。

刘超给她打了电话，让她不要往心里去，家长总是为自己孩子着想，挑三拣四都是正常的，还说如果她觉得不合适，以后就专职带一对一的小课，简单轻松，也不用跟各种家长打交道。

刘超越是安慰傅其华，傅其华就越对自己失望。

一个同事给她建议，让她随便给自己安个学校专业："又不是学历鉴定，谁还会去查你的毕业证？你说你哪个学校毕业的就是哪个学校毕业的，反正你能力和资质在这，谁能说你什么？"

但傅其华终究实诚，觉得那是伪造履历，弄虚作假，她再心虚，也干不出来这种事。拿着学生空白一片的简历，要写出天花乱坠的申请文书，对她来说真是难上加难的事，还不如回去教课，至少考一分是一分，比把考60分的人夸成120分的天才要容易得多了。

晚上和田小甜聊了一会儿，田小甜得知她下星期开庭，竟然要来，她还有些意外。之前金佩心一直在群里说要聚，田小甜都没接话，她就猜想田小甜一定是家里或者工作上的事烦心，不愿意见到老同学。

2017年那次大学同学聚会她也知道。那时她刚刚艰难地带着孩子回到北京，还没安顿下来，整天手忙脚乱，根本无暇顾及什么聚会不聚会。但同学知道她2016年结婚之后去了长沙，就都以为她不在北京，所以没有人邀请她。她在群里看到有人问田小甜去不去，再去群成员里找田小甜，发现她不知道什么时候悄悄退出了群。

后来有人在群里发了聚会的合影，傅其华保存了图片，放大一张张脸看过去，竟有好多面孔陌生得根本记不起名字，群里的备注，也有很多人对不上号。不过离毕业只有短短六年的时间，所有人的生活就像是翻新了好几番。

大家你一言我一语聊得开心，讲起很多从前的事情，还有人一时兴起，找到了大学时的合影发在群里,纷纷感慨时光飞逝。那是毕业前他们班的最后一张合影,没有转了系的金佩心,她和田小甜分别站在人群的两个角落,她不记得当时在想什么,脸偏了过去没有看镜头,田小甜倒是露出她标志性的甜美笑容,一眼扫去就是一群花枝招展的女孩子里面最好看最夺目的那一个。

"小甜说她下星期会去。"傅其华给金佩心打电话说。

"开庭?"金佩心有些惊讶。

"嗯。她说想见面,我告诉她别去了,等官司结束了,咱俩再一起去看她和阿姨,她非要去。"傅其华说。

"我好多年都没有见到她了。"那边金佩心说。

"你有把握吗?"傅其华问。

"你说案子?"金佩心说。

"嗯。"

金佩心沉默了片刻。郑亦明当时的神情和回答在她脑子里转了几个圈,终究还是没有说出来。傅其华等了这么久,她值得一个开庭前的希望,更值得一个公平的结果。

"这有什么没把握的,又不是多难的官司,不过就是判他多久的事。你放心,这件事情在这里一定会是一个结束。以后就是你和西西新的开始。"金佩心说。

姚律师曾经给过大学时的金佩心很多有用的建议。时间过去很久,有很多建议过于具体,只针对当时的情况,后来她也渐渐忘记了,但有一句话,让她很多年以来都记着。

他说,不自信没关系,能和自卑和平共处的人也很厉害。

刚刚转学到法学院的时候,金佩心消沉过一段时间,田小甜她们并没太注意到,或许因为在她们眼里金佩心很少有情绪大起大落的时候。

她没换宿舍,除了平日上课之外,有时法学院同学之间临时互相通知的一些讲座或是其他活动,她就很容易被忽略,收不到通知就错过了。她也没什么理由和法学院的同学们混在一起,还是像以前一样喜欢独来独往。她又沉默寡言,上课从不开口说话,老师们知道班里有一个人文学院转系来的学生,但根本对不上号。

傅其华是学生会的,每天呼朋唤友热热闹闹,田小甜是系花,走在路上都会被摄影协会的同学叫住拍照。法学院的同学们,一个个也是天之骄子,在辩论比赛演讲比赛上舌灿莲花指点江山。金佩心的周围,都是生活顺风顺水的年轻男女,走到哪里都听到他们在聊世界经济局势,聊文化慈善活动,聊创业,聊学术,聊八卦,聊感情,似乎每个人的生活都那么精彩,而自己和他们之间,像隔着一层透明的墙,表面上坐在同一间教室里,却完全不知道面对别人的时候要如何开口说话。

越缺失的东西越在意。金佩心不羡慕别人,她只是陷在对自己的天生厌恶中不知道怎么走出来。有时她也会好奇,做一个天生就懂得自我欣赏,自我宠爱,自我骄傲的人,是什么感觉呢?恐怕她这辈子是没有机会体验了。田小甜和傅其华偶尔也会试图开导她,告诉她太内向太自信的人缺乏魅力缺乏吸引力,将来会影响她的事业和前途。

但那些话在金佩心听来只会更加深对自己的厌恶,因为她们说的明明就没有错。她既没有外表,也没人愿意关注她的内在,别人的自信和优越,对她看似体贴的安慰,都是居高临下的同情,表面上开导,实际对她的矫情根本不屑一顾。

也想过改变自己,不想默默无闻下去,但终究没有勇气狠下心来自取其辱。

大三下学期,学校举办院际的辩论赛,法学院正好抽到对阵人文学院,辩题是人的外在和内在哪个更重要。那个学期大家都在忙自己的事,有人实习,有人做毕业论文,有人准备出国,有人考研,愿意付出时间和精力弄辩论赛的人屈指可数。法学院学生会的几个同学有一次在教室里商量,金佩心下课路过,被其中一个女生叫住了。

那个女生和金佩心说过几句话,知道名字,算不上相熟。

"金佩心!"女生热情洋溢地叫她,"你有空吗?"

金佩心疑惑地站住:"怎么了?"

她就笑嘻嘻走过来,把金佩心拉到那几个同学面前:"你是人文学院转过来的吗?你认识王晔不?你们一届的,听说这次的辩论赛人文学院是她带头。"

"认识。"金佩心就说,也没觉得跟自己有什么关系。

"你看,咱们院辩论队的几个同学这阵子都忙,我们正在愁找不到合适的人才来参赛呢,今天突然想到你,你太合适了吧!"

"我怎么就合适了?"金佩心一脸莫名其妙。

"你看,知己知彼,有没有?而且这次的辩题也特别适合你这种,智商高,有内在美的人!"女生闪烁着一对亮晶晶的大眼睛,真诚地说。

那天在宿舍,正好听田小甜和傅其华聊天说起王晔,金佩心就把这件事说了。

田小甜一听就反应过来,立刻不留情面地说:"你们院都是什么同学啊?求人家去参加辩论赛,会不会说话?还特别适合你这种有内在美的,这明显就是讽刺好不好?亏得你脾气好,要是我,我就拍桌子跟他们打一架!"

"嗯,你倒是不会有人跟你说内在美的。"傅其华在一边偷笑。田小甜瞪了她一眼:"别打岔,我是为了佩心好!你们同学太过分了!"

金佩心被田小甜的打抱不平抢白得一时也不知道说什么好。

"我倒不觉得这是坏事。"傅其华若有所思地说,"佩心平时太内向了,也不爱说话,又是后来转去的,在他们同学里肯定没什么存在感。以前人家有辩论队的同学,她也没机会参与,这次正好可以借此锻炼一下,也可以跟他们同学多沟通,不好吗?"

"就那种毒舌同学,凭什么跟她沟通?狗眼看人低!"田小甜还不罢休,"佩心,你告诉我是谁,让我遇到,看我说不死她……"

"给你厉害的!"傅其华忍不住笑,"我应该告诉王晔让你参加咱们院辩论队去!"

"哼,小瞧我?"田小甜说,"要不是我英语太差了要复习考试,我真参加去!让他们知道知道本小姐我不只有外在美,也有内在美!"

"行,田大小姐你哪儿都美!"傅其华一边笑着一边收拾自己的东西。"我去图书馆,"她问金佩心,"你去吗?"

两个人走在去图书馆的路上,金佩心问傅其华:"你真觉得我该去参加?"

傅其华说:"如果你像田小甜说的那样,觉得被冒犯了,那当然不要去。如果不是的话,我倒觉得,你应该多参加一点学校里的活动。毕竟等以后咱们毕业了,可就是真实的职场,没有让咱们试错的机会了。你平时读了那么多书,成绩又那么好,应该自信一点的。"

傅其华的话让金佩心想了好几天。她知道对于自己来说,在无数人面前大声讲话是个几乎不可能完成的任务,她更知道,她太想改变了,尽管这改变的结局可能不是大获成功而是丢人现眼,但她终究需要走出这一步,否则,就还是永远缩在自己的壳里,捂着耳朵,假装看不到别人的成功,听不到别人的轻蔑。

她从来没有参加过辩论赛,表明要参与之后,她熬了几个晚上,找了无数的资料,写了无数的笔记,又按照他们辩论队平日的准备习惯,把讨论时想到的所有延展问题和论点都清晰明白地整理出来。最后拿给他们看的时候,大家都惊讶了好一阵,没有想到她这么上心。

法学院是反方,"内在比外在更重要";人文学院是正方,"外在比内在更重要"。辩论赛那天,金佩心坐在四辩,穿着跟其他三辩一样的院服。田小甜和傅其华特意为了她来看比赛,为了给她拍照片,没有跟自己人文学院的同学坐在一起,而是觍着脸坐到了法学院的位置,还遭了几个同学的白眼,田小甜就不甘示弱地白了回去。

"这可是佩心的首秀,以后前途光明的大律师,咱们现在拍点照片留念,将来肯定升值。"田小甜跟傅其华一本正经地说。

金佩心的眼前一片空白,手心不停出汗,感觉自己的心跳声一下一下砸在了耳边。面前摆着自己精心准备好的那么多资料,但她的嗓子眼像是被什么堵住了,有气无力,发不出声音。主持人说了什么,她旁边的队友说了什么,对方辩友说了什么,她一概没有听清楚。队友悄悄地用手肘碰她示意她起来说话,她还是僵在那里,毫无反应。

实在没办法,她旁边的队友伸手把她面前的资料拿走,站起身继续侃侃而谈。

台下掌声阵阵,对面的四位同学眉飞色舞,巧舌如簧,她却觉得自己掉进了另外一个世界。

田小甜和傅其华就坐在台下离她最近的地方,如果不是傅其华拉着,田小甜或许就要冲上去一耳光抽醒金佩心了。

"你干吗呢?说话啊!"田小甜急得跺脚。

这句话金佩心听见了。她艰难地从她自己的世界里清醒过来,艰难地呼吸了两下,想让自己看上去显得正常一点。然后,她就听见自己身边的队友清晰有力地说:"……我方四辩,我院的优秀学生金佩心同学,转系到法学院,每年成绩优异,天资聪颖,勤劳刻苦,用她的内在,赢得了每一个同学的尊重和佩服,这才是我们的榜样!"

金佩心还没领会过来队友在说什么,只听到台下有鼓掌的,有叫好的,还有哈哈大笑的。

连自己的队友、对方辩友,甚至主持人都忍不住笑了。台上原本剑拔弩张的气氛一时间热闹祥和起来。

那一瞬间,她知道,这个不可能完成的任务,果然不可能完成了。

辩论赛最后是法学院赢了。辩友们围在一起欢乐地庆祝,还不忘安慰站在一边不知所措的金佩心。

"佩心这一次做准备工作是最辛苦的,整理了那么多的资料。"

"对。佩心虽然没有参与辩论,但她的贡献是最大的,因为她本人就是一个活生生的论据!"

"哈哈哈哈哈哈!"

周围的人都很开心,金佩心觉得自己似乎也没有那么难过了。她就那么面无表情地站在那里,直到田小甜和傅其华冲上台来,拉着她离开人群。

她看到田小甜既气愤又埋怨的表情,嘴里不断地说着什么,淹没在周围的嘈杂声中,她什么也没听见。

傅其华一直没说话,等到出了门,喧哗声被留在身后了,她才揽过金佩心的肩膀。

金佩心鼻子一酸,眼泪差点掉下来,终于被她憋了回去。

下次,她想,下次再来。

反正也不会比这一次更丢脸了。

4

田小甜知道自己以前不是个好相处的人,但从小到大得到的数不清的羡慕和夸奖让她不自觉地忽略了对自己性格的认知。

她总是不理解为什么金佩心上课被老师点到发言时明明全会却还说得战战兢兢磕磕绊绊。换作自己,就算什么都不会也能编得天花乱坠让老师笑逐颜开。更不理解金佩心明明熬了好多天辛辛苦苦准备的辩论赛材料,为什么自己一句话不讲,就那么把大放光彩的机会拱手让人。

在她记忆里,金佩心总是怯怯的,喜欢缩在没人注意的角落,大家嬉笑打闹的时候,她就安静地在一旁看着,不会跟他们一起笑。她们送她漂亮的化妆品,硬拉她一起去逛街,田小甜还会特意给她挑显瘦的衣服让她试。她拼命抗拒,死活不进试衣间,辩解说试了自己也买不起。

很久之后,田小甜有一次在下班的间隙独自去逛街,挑了喜欢的衣服走进试衣间,发现自己比预想中胖了一个码,那件好看的衣服差点撑变了形也没能穿上。对着镜子灰心丧气的时候,她突然想起当年金佩心被她硬塞了衣服慌乱拒绝满脸通红的样子,不由得感慨金佩心那时脾气是真的好,如果换作自己,可能再亲近的室友闺蜜也要撕破脸打起来了。

后来她就变了,由内而外地变成了和年少时完全不同的样子,再在镜子中仔细观察自己时,她发现虽然眉目五官都没有变,年轻时的神情却消失殆尽,依然可以大笑,可以痛哭,可以做鬼脸,但却像是完完全全地变成了另外一个人。也说不上是变得好了还是不好,但她开始觉得镜子里的那个人越来越陌生了,连自己都不敢认。

当然她最应该感谢的还是何子睿,在她脾气最差的时候,一无所有的时候,所有可以依赖的人都不在的时候,怨天尤人悲观厌世的时候,他都陪在她身边,似乎从年少相约那时起,就从来没有想过这辈子还有分开的可能。

但也正因此,她格外在乎何子睿的看法。她想知道,在他眼里,自己到底是什么样子。

以前她不相信相由心生,时光在自己身上刻下的变化让她相信了。但在她见到多年之后的金佩心时,她又开始怀疑起来,以至于她几乎忘记了想要表达久别重逢的激动,脸上现出了难以抑制的困惑。

面前这个人不像金佩心,分开六年,这个人和她记忆里金佩心的长相完全不一样,五官精致,化着一丝不苟的妆,身材很瘦,短发染成漂亮的颜色,从装束到谈吐都没有一丝一毫熟悉的影子。但田小甜却又瞬间认定这个人就是金佩心,即使外表陌生得让她惊讶。

金佩心反倒是对田小甜一眼就认出她来感到意外。傅其华和其他的老友,还有她那坐在同一张饭桌上的亲爸亲妈,当时都没有认出她来。

"你倒还是老样子。"看着田小甜回过神来,金佩心忍不住笑。

"老样子？真的？"田小甜也终于笑起来。

"嗯。"金佩心点头,"你看我是不是老样子？"

田小甜知道她是故意自嘲,却也认真回答:"你也是老样子,一点都没变。只不过,现在倒是不用担心你辩论赛上没机会说话了,金大律师。"

金佩心大笑:"我那时候那么尻,你还记着呢?"

"当然记得!"田小甜说,"我以前可是恨铁不成钢。"她上下细细地打量着金佩心,"现在是成钢了。"

"特别钢,必须钢。"金佩心调皮地笑,转头就看到傅其华匆匆忙忙地过来。

"我来晚了我来晚了,"傅其华说,"早上跟孩子视频了一会儿,耽误了时间。"她一眼就看到田小甜,"你这么快就到了!"

金佩心就笑她:"人家一眼就认出我了,不像你!"然后给田小甜讲了傅其华那次在星巴克站在面前都认不出来她的事。她学着傅其华那个左顾右盼还眯起近视眼的样子,三个人都笑得前仰后合。

"怪我吗?明明是你脱胎换骨变成女神一样,还怨我认不出来!"傅其华不服气地说。

"但是我就能认出来啊,还是你眼神不够犀利。"田小甜笑。

"对对对,谁都没有你犀利,你最犀利了!"傅其华说。

有那么一瞬间,金佩心看着互相斗嘴的她们两个,仿佛回到了大学时的日子。有时明知道她没有什么朋友还愿意独来独往,她们俩非拖着她一起玩。她一个人从图书馆走去上课的时候,也总能遇上她们两个风风火火地从宿舍出来和她会合,然后一起去教室。傅其华嫌弃田小甜磨磨蹭蹭,田小甜嫌弃傅其华丢三落四,两个人隔着金佩心一路拌嘴,金佩心戴着耳机听英语面无表情,但一句话都没落下。

如今三个人重逢,却是在法院的门口。正要进门的时候,金佩心远远地看到了郑亦明。他先一步到达,已经走进了大厅。傅其华没有见过郑亦明,金佩心就伸手指了一下。"那就是于辰的律师。"她说。傅其华脸上露出担忧的神情,伸出手拽了拽金佩心的袖子。

"别害怕,有我在。"金佩心拍拍她的手背。

田小甜张望了一下:"在哪?"

金佩心就又指给她看。

"就是那个人? 行,咱们金大律师在,今天就给他点好看。"田小甜伸手握住傅其华的另一只手,"别害怕,我们都在。"

三个人手牵着手走进大厅。田小甜感觉得到傅其华的手心在微微沁出汗水,她又看了一眼金佩心,金佩心脸上淡定得很,就像是日常的上班打卡一样。

田小甜想起自己当年在辅导员老师面前为金佩心出头的傻样子,想起自己每次骂她贱的时候她沉默的表情,原本还在担心的田小甜,心里渐渐平静了下来。

或许那个冷静自信又聪慧的人格,一直以来都活在金佩心的身体里,只是年少的时候没有勇气出来和她们相识。现在的她,是可以独当一面为姐妹出头的英雄,再也不是默默无闻的小透明。相由心生,相辅相成,她活成了她想要的样子,比田小甜和傅其华她们都更勇敢。

金佩心的心里其实是忐忑的。她不知道郑亦明会不会拿出于辰的所谓"病情鉴定"来,靠精神问题来逃避刑事责任。如果他真的这样说,她也只能要求法院再次鉴定,这个案子就又要拖下去了。

但她不能表现出担忧,傅其华好不容易决定了要出庭,本来心里就发怵,如果金佩心再跟她说这个没把握那个没把握,今天也很可能没有丝毫进展,她就更焦虑了。

让金佩心十分意外的是,当主审法官要求被告律师提供上一次休庭前提到的新证据时,郑亦明却说,经过庭下反复调查核实之后,认为被告提出的事实不清,不能作为证据,所以在本次庭审中放弃提供新证据。

郑亦明自始至终没有看过金佩心一眼。她有些意料之外的惊喜,不知道郑亦明和于辰究竟经过了怎样的沟通,但无论如何这对她和傅其华来说是件好事。

傅其华没有注意到金佩心的心情变化,她一直死死地盯着被告席上的于辰。她告诉自己,现在他是犯人,她不怕直视他的眼睛,不怕证明他施暴的事实,不怕把自己一年多以来的噩梦讲给法庭上所有的人听,她什么都不怕。

但等到法官让她陈述的时候,她还是紧张了,比第一次站在几百人的大教室里上课还要紧张。她开口说的是那天楼道里发生的事,但她控制不住地想起那些和他住在同一个屋檐下的日子,那些她为了肚子里的西西担惊受怕的日子。金佩心紧紧地握住她的手让她冷静不要激动,但她还是语无伦次地哭出了声。

整个法庭的人都在等她安静下来。

田小甜坐在旁听席上,急得恨不得冲上去帮傅其华擦眼泪,只好一个劲地冲金佩心使眼色做口型。

"你帮她说话啊!"田小甜的无声呐喊被金佩心看到了,金佩心冲她点点头,示意她放心。看着金佩心并没有慌张无措,田小甜才冷静下来。

对于傅其华来说,虽然人生第一次作为受害人站上法庭,每一分每一秒都是度日如年,但什么煎熬和焦虑都比不过最后法官宣读判决书的那一瞬间。

于辰故意伤害罪罪名成立,判处两年有期徒刑。

那天晚上田小甜给何子睿打电话说不回去了,让他帮忙照看妈妈。何子睿还挺意外,田小甜自从开始护理妈妈之后,推掉了无数的出差,无论加班到多晚,都一定会赶回家。

"你帮我跟妈说,我今晚和傅其华一起在金佩心家。"田小甜在电话里说。

"你大学室友?"何子睿还记得她提过她们的名字。

"嗯。傅其华的官司打完了,我们很多年没聚了,想多聊聊天。"田小甜说,"她前夫,去年离的婚,前段时间跟到北京来,把她打伤了,故意伤害,被判了两年。"

"……"何子睿一时间也不知道接什么话。

田小甜在那边反倒笑出了声:"你害怕什么,害怕你打我还是我打你?"

她开着玩笑,听起来心情不错,很久没有用这么调皮又开朗的语气跟他说话了。一晃神,何子睿觉得像是又回到了他俩谈恋爱的时候,她在学校里听到什么八卦都要打电话跟他吐槽,他有时忙,一边做自己的事情一边三心二意地听她碎碎念,她也不生气。

"我知道你在听就行了。"她总是这样说。

那个晚上田小甜和傅其华占领了金佩心的大床,傅其华把红酒洒在了金佩心的真丝床单上,田小甜吃多了冰淇淋,一晚上去了好几次厕所,但她们都好开心,有讲不完的话,一直到三个人都迷迷糊糊地睡过去,也不记得讲了些什么。

但她们都知道,过去的过去了,明天一觉醒来,一定会是新的开始。

贤媛 下

易难 著

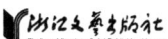

———— 目 录 ————

第十三章
丑—001

第十四章
执念—020

第十五章
最奢侈的事—039

第十六章
同路人—065

第十七章
人生计划—084

第十八章
美—105

第十九章
不必追—125

第二十章
明天和意外—145

第二十一章
孤独性—165

第二十二章
每一片雪花—185

第二十三章
迟到的青春期—203

第二十四章
未完成—226

第二十五章
赴约—251

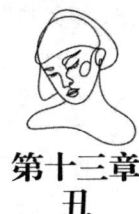

第十三章
丑

1

　　傅其华的脚伤彻底好了,于辰案附带的民事赔偿也赔了她医药费和其他费用。上次学生家长反馈之后,刘超就让她暂时只负责英语小课的部分,也不用坐班,其他的时间可以自己支配。虽然没有以前忙,但赚的也没有以前多了。她有些焦虑。

　　有以前的学生在微信上问她是不是离职了,说想来上她的课。传来传去,还给工作室拉来了不少的学生。

　　有天下课后,傅其华又收到了那个之前差点被她拉黑的学生的信息。这一次他说,听到了同学之间传的消息,想来傅老师的工作室继续学托福。

　　傅其华就多问了他几句,申高中还是本科,复习到什么程度,申请什么学校。

　　他说,他本科毕业都工作好几年了,想出国读研。英语底子差,考了两次都不理想,上过傅其华的阅读专项,觉得帮助很大,想继续加强。

　　现在的工作室没有单独的专项班,只有针对学生的一人或几人的加强班,听说读写都是傅其华负责。傅其华就把报名的信息发给了他,让他有时间直接来工作室咨询。

接待报名的时候遇到了一个家长,孩子上高三,成绩差,妈妈头疼得很,报完名跟傅其华好一阵抱怨。无非就是儿子不听话,学校老师越批评他越叛逆,孩子他爸也帮不上忙。

"傅老师,你是儿子还是闺女?"这位家长冷不丁问了一句。

傅其华愣了一下:"啊,我家的是女儿。"

"还是女儿听话!儿子真是太皮了。"家长抱怨道,"你就是教英语的,孩子成绩肯定没有问题,你家孩子送到哪里留学去啦?"

傅其华就更愣了,忍不住脱口而出:"我看起来有多大年纪?"

"啊?"家长也一愣,"不好意思傅老师,我估摸着你跟我差不多,你家孩子跟我儿子也差不多年纪……"

"……"傅其华想了想,还是说,"我今年二十九,女儿一岁多。"

最近焦头烂额,伤又刚养好,傅其华觉得自己确实是憔悴了些,但也不至于比实际年龄大上十几岁吧?意识到了危机,晚上回家洗完澡傅其华赶紧给自己敷了一个海藻泥面膜,还是前阵子从金佩心那里拿来的。

按惯例打视频给她妈,问西西睡了没,她妈说刚刚睡下。说了几句工作上的事,突然听到西西的声音,小家伙不知道什么时候又迷迷糊糊爬了起来,凑到姥姥身边,屏幕里露出个孛着毛的小脑瓜。傅其华本来还在想孩子睡得早没说上话,心里一喜,连忙叫:"西西,让妈妈看看。"

没想到孩子睡眼惺忪看到屏幕里一张涂满黑泥的脸,呆滞了两秒钟,然后嗷的一嗓子哭开了。

那边的姥姥连忙扔下手机去哄孩子,还不忘远远地喊傅其华一句:"都怪你大晚上的涂这个鬼样子,看把孩子吓得!"

傅其华一时气结,也不知道说什么,就听那边西西一直哭,姥姥一直哄,没有人理她,只好讪讪地挂断了视频,到洗手间去把面膜给洗了。

洗完脸,她盯着镜子里的自己看了许久。眼角细细的纹路和常年熬夜的黑眼圈赫然可见,即使不至于比实际年龄大了十几岁,也不再敢妄称自己年轻了。

小时候爸妈说她特别好看,她就真的以为自己特别好看。直到有一次小学合唱团选人,她沾了她妈是老师的光,被选了进去,还站在第一排最中间的位置。结果合唱团的排练老师并不知道她是谁,也不认识她妈,打量了她一眼,就把她换到了第一排边上,又换到了第二排边上,换来换去到了第三排最角落的位置。一开口,五音不全的她立刻暴露在了一片和谐优美的歌声中,最后被排练老师委婉地劝退了。

从那之后她开始渐渐意识到在旁人眼中自己可能并没有爸妈认为的那么好看。随着年纪的增长,周围总是有女生收到男生的纸条,操场看台后的墙上,总是有人用彩色粉笔写下两个一笔一画连在一起的名字和一个心形的图案,她却只知道跟男生一起抢篮板打游戏,用整个暑假的时间把自己晒得黝黑,高中时剪了超短的头发之后,更是好几次进厕所的时候差点引起女生的惊叫。

有时她也会想西西长大的样子,不知道她喜欢玩芭比娃娃还是小火车,喜欢蓝色还是粉色,喜欢长发还是短发,喜欢唱歌还是篮球。无论西西喜欢什么,她都会喜欢。

不知从什么时候起,她已经忘记了自己喜欢什么。或许是从大学时决定要留长头发的那一刻起,或许是戴上李文聪送给她的精致发卡的那一刻起,或许是穿上高跟鞋和裙子去听听不懂的音乐会那一刻起。

又或许是从吃不惯湖南菜上吐下泻的那一刻起,从怀上西西每天反胃到昏天黑地那一刻起,从坐月子时饿到发昏没有奶水的那一刻起。

也或许是重新站上熟悉又陌生的讲台那一刻起,从在火车站送走西西和母亲的那一刻起,从在法庭上目不转睛地盯住于辰的眼睛那一刻起。

她当然希望西西是最好看最耀眼的女孩,就像她父母希望她的那样。但那不现实。等她长大,她就会渐渐发现自己的平凡,发现自己不是世界的中心,发现坚持自我是一件比想象中艰难得多的事。

第二天上班一进工作室,傅其华就看到一个男生等在前台,个子很高,一身运动装束,背着书包,像是来报名的学生。前台的小姑娘看到傅其华进来,就说:"傅老师来了?这个同学等你好久了。"

"等我?"傅其华走过去,"是来报名的吗?"

男生看到她来,迎上两步:"傅老师好。"

"你是?"傅其华看他面生。

男生挥了挥手中手机:"我昨天发过微信,你说让我有空来工作室咨询。"

"哦哦,是你啊?"傅其华忍不住多看了男生两眼。想起之前收到的没头没脑的节日祝福和心灵鸡汤,感觉怎么都和面前的男生对不上号。

男生在她面前坐下,长手长脚地缩在桌前的椅子里,显得有些拘束。

"你之前在那边就上过我的课吗?"傅其华一边把报名的班型资料拿出来递给他,一边问。

"嗯,你的托福阅读考前冲刺班。"男生说。

"后来考得不理想?"傅其华问。

"嗯……没上100。阅读26。"男生说。

"26还可以啊,是口语和写作拉分了吧?"傅其华说,"这回是想学单项还是整体加强?要是不确定的话,等咱们拿真题做一做,我帮你评估一下。"

"嗯。"男生点头。

"大几了?"傅其华问。

"我上次说过了,我都工作了。"男生有些尴尬,挠了挠头。

"啊我忘了,不好意思,"傅其华看着他笑了笑,"你看起来还像学生,显年轻。"

男生更不好意思了,脸红着笑:"我11级的,都毕业三年啦。"他看看傅其华,"傅老师你应该也没比我大几岁,你也很年轻。"

现在的年轻人都这么会说话的吗?傅其华忍不住抬头多看了他两眼。昨天经历过那位家长的刺激之后,她今天特意化了妆,穿了减龄的卫衣和牛仔裤,生怕再有家长把她当作孩子快要高考了的同龄人。

"你叫什么名字?"傅其华一边在心里笑,一边问。

"陆舒阳。陆地的陆,戴望舒的舒,太阳的阳。"男生说。

"戴望舒的舒?"这回傅其华是真被他逗笑了,"这么复古文艺范?现在的学生除了中文系的没几个人读过戴望舒了吧?"

陆舒阳脸又红了:"嗯,我妈给我起的名,我妈年轻时是文学青年,不像我爸大老粗。要不是我高考非要选理科,可能我真的去中文系读戴望舒了。"

"中文系可不只是读戴望舒,很枯燥的,我都后悔了。"傅其华笑。

"傅老师是中文系的?"陆舒阳问。

"嗯。以前想转系没转成,想留学也没留成,倒是教你们这些准留学生,教了一批又一批。"傅其华想也没想,就把实话说了出来。

没想到陆舒阳反而一脸崇拜:"那你教托福都能教得这么好?你随便就能考个115分以上,出国留学又不是难事!"

在傅其华的建议下,陆舒阳报了她下周开课的四项强化小班。临走傅其华给了他厚厚的一摞资料,还跟他说:"你这次好好复习,考过100,趁早别来了。"

陆舒阳一个劲点头,抱着厚厚的一摞资料走了。

下班时,傅其华路过写字楼底商的一家理发店,不知怎么灵光一现,就走了进去。

想起多年之前在理发店凄凄惨惨哀悼逝去的长发的同学们,和那个剃了毛寸的自己,她忍俊不禁。时隔多年,她总算开始试图找回自己喜欢的生活了。

"剪个什么样的发型?"一位戴着"美发总监"名牌的小哥飘扬着一头缤纷的长发出现在她身后,笑容满面地问。

2

田小甜已经很久没有放纵自己舒服地醉过一次酒了。年轻的时候即使晚上喝到断片儿,第二天一觉醒来仍然可以神清气爽去上学去上班。现在醉一次酒,早上不仅起不来,脑袋还像压了哑铃一样沉,嗓子仿佛喊了通宵的KTV,一张嘴就是磨砂材质的声线。

到了公司,李铭不在办公室,她的小助理忙前忙后地打印文件。田小甜问了一句,小助理说李铭的儿子们要上双语幼儿园,现在孩子入学,审家长审得很严,她要帮李铭准备家长的简历和个人阐述,整整三大页,比求职还正式。田小甜扫了一眼,从毕业院校到工作履历,从个人奖项到行业定位,有条不紊,仿佛不是呈给幼儿园园长,而是呈给公司董事会。

"李铭是电影学院毕业的?"田小甜看到李铭的个人信息,顺口问。

"对呀。"小助理说,"她上学的时候还拍过戏呢,还参加过青年导演计划。她以前不叫李铭,叫两个特别难念的字,输入法都打不出来,后来才改的名。"

田小甜听到助理的话,突然脑海中灵光一现,想起她为什么一见到李铭就觉得她眼熟了。

大三那年夏天,田小甜话剧社的一个同学来问她有没有时间,说电影学院的一个学生团队要在她们学校取景拍一个短片,看了她的照片和话剧社活动资料之后,想找她来演女主角。

田小甜就很开心,觉得是因为自己长得好看又能说会道,还能出个镜,过一把大明星的瘾,就痛快地答应了。

导演是个在电影学院读硕士的女生,不苟言笑,见田小甜第一面就点了个头,什么都没说。田小甜就笑着问怎么称呼她,她就说,我的名字不好念,不记也罢。

田小甜就觉得莫名其妙,当导演有什么了不起,这么难相处吗,连个名字都不说。后来问一同来的负责摄影的男生,男生说她的名字叫李莳堃,一般人都不认识,每次需要拿身份证登记什么的都要费好大劲,后来她就懒得跟人家说了,并不是高冷。

从小田小甜就学舞蹈学声乐,最习惯的就是学校里有什么文艺类比赛老师同学就把她推举上去,也特别享受站在台上所有人的目光都聚焦在自己身上的感觉。校内网上一张校园歌手大赛的选手海报或是话剧社的剧照,都能得到成百上千的点赞。人文学院的院花可不是白当的。

在话剧社,她也不是总能当主角,但每排一部戏,都多少会有颜值高说话又少的角色。她只要扮上美美的样子,即使从头到尾杵在那里,那也是个漂亮的布景。

但在李莳堃这里,田小甜却迎来了她院花历史上第一次重大的挫折。

一无是处。当她试完第一场戏后去洗手间回来时,无意间听到李莳堃对之前介绍她来的那个话剧社同学说。

那个话剧社的女生认识李莳堃,被拉来帮她打杂。

"也不至于吧!之前在我们话剧社也演过一些戏,至少外形是合你标准的,你多沟通沟通,没时间再去找别人了。"女生好言好语地劝。

田小甜这才意识到她们口中说的那个一无是处的人就是自己。她哪经受过这种批评,瞬间心态就崩了。

没有时间换人也就只能硬来。

李莳堃先是揪着她的台词不放,非要改过来她带了点川普的口音,练了无数遍,好不容易通过了。然后又说她表情和动作不过关,太做作太不自然。

"这个角色就是个普通的女学生,你这两步路跟走红毯走T台似的。"

"你给你妈打电话表情能不那么夸张吗?你妈又看不见你挤眉弄眼!"

"洗手就洗手,能别翘兰花指吗?是买了保险的手模吗?"

"走到这边别总侧过去!怎么的,是右边脸比左边好看?"

"……"

田小甜就一条一条地重拍。走过来走过去,站起来坐下去,汗水流下来,擦掉,补妆,汗水又流下来。她想,我是哪根筋搭错了,这热死人的大夏天里要来给这帮人义务劳动,还要被这个恶毒的女人呼来喝去?

带她来的那个话剧社女生也有点看不过去。趁大家中间休息的时候,她悄悄地拉田小甜到一边,递给她一瓶水,小声说:"小甜,她们也是按高标准来要求演员,你别太往心里去,咱们又不是专业演戏的,这一次就是给面子帮个忙。如果她这个短片能入围明年的青年导演计划,是会在影展上映的,到时她们也要感谢你。"

"感谢我?"田小甜没好气地说,"我就是一个道具让她们捏圆了揉扁了,上不上映跟我有什么关系?我也就是看在你的分上。反正等拍完,我跟她就当没认识过。当导演有什么可趾高气扬的。"

一个几分钟的短片,花了三天三夜拍完,田小甜已经被摆弄得没脾气了。在李莳堃和其他人忙着看回放的时候,她缩在一旁的椅子上,有气无力地给傅其华发短信。

"我要死了。"田小甜说。

"大明星啥时候杀青?"傅其华回复,"你将来要是真出道了,我能不能先收集点签名?"

"省省吧。"田小甜说,"我算是明白了,我将来就算是穷困潦倒,砸锅卖铁,我死也不会进这一行。"

等到最后一场戏拍完,李莳堃也没对田小甜露出过一次笑容,面无表情地喊了一嗓子杀青,就去跟负责摄影的同学商量事情了。田小甜也记仇,招呼也没打,收拾东西就走了,那个话剧社的女生在后面喊了她一声,她也没回答。

那是她人生中第一次发觉自己长得好看但没有丝毫用武之地的经历。

后来兜兜转转,田小甜也做了幕后。年轻美丽的人儿像韭菜一样长出一茬又一茬,她却再也没有一丁点在镜头前展示自己的心思了。有人才不配位,有人因为长相平凡而失去机会,有人有颜又有能力但时乖运蹇,有人没有颜也没有能力爆红容易长红难。世界永远在变化,镜头前的衣香鬓影背后只是现实残酷的一地鸡毛。

田小甜几乎把这事给忘了,直到第二年年初,田小甜家里破产,又放弃了出国留学,正在灰心烦闷的时候,突然收到了李蒴堃发来的信息。田小甜都不知道她存过自己的联系方式。

"《未接来电》这周末会在我们学校的小影厅放映,邀请你来观看。"李蒴堃说。

田小甜皱着眉头愣了一会儿,没回复。

那个时候其实她已经对当时的事没有那么气了。她渐渐地明白,外表归外表,各行各业的人,都要有真才实学才能在自己的专业领域占有一席之地。长得再好看,要么当个绣花枕头一包草的花瓶,要么像个跳梁小丑一般被人嘲笑。

过了一会儿,李蒴堃的第二条信息又来了。

"不知道你最近好不好。拍《未接来电》时,我妈妈刚去世,我把我和她的遗憾拍成短片,想要尽量抽离,尽量冷静客观,可能却适得其反。当时有冒犯你的地方,我向你道歉。片子入围了今年的青年导演计划,谢谢你那时的相助。"

田小甜后来去了展映,没有跟李蒴堃打招呼,一个人默默地坐在影厅角落里看完了短片。镜头里她并不好看,脸显胖,发型也塌着,额头上的痘痘清晰可见,表情垮下来的时候更是毫无美感。她清楚地感受到即使经过了李蒴堃的要求和调教,她整个人仍然从里到外透出僵硬和做作,屏幕上的自己每说一句话,每做一个动作,她看着都如坐针毡,既尴尬又好笑。

映后采访主创的时候,有观众开玩笑问李蒴堃,既然是她自己的故事,怎么不自己出演。

"我太丑了,"李蒴堃说,"所以才做幕后。但在妈妈眼里,我应该是这世上最漂亮的女孩了,所以感谢我们的女主角,她的漂亮让妈妈和我的理想都得到了实现。"

全场都善意地笑了,李莳堃也笑了。那是田小甜第一次看到她笑,她真的不丑,笑起来也很好看。

后来田小甜后悔自己为什么当时不能再虚心一点,再多学一点,把李莳堃想要表达的东西,通过自己的脸、自己的表情、自己的动作,再多表达出来一点。

后来她觉得,自己真的没有从小到大别人夸赞的那么好看。或者说,即使是觉得自己丑只能做幕后还要找一个长得好看但不会演戏的人来演自己的李莳堃,都比她更好看。

田小甜那天下班后,在自己电脑硬盘里找了好久,找到了她当年随手拍下来的一张片场照,给李铭发了过去。

没过几秒钟,李铭回复了一长串问号,显然没明白是什么意思。

田小甜就笑了。

"李莳堃导演,我说怎么见到你有种一见如故的感觉,你竟然不记得你当年的一无是处的女主角了。"她说。

那天晚上三个人都喝了不少,田小甜眯着眼睛戳金佩心的脸,问她:"你整了哪?"

金佩心笑着躲开:"也没怎么整哪。做你们那一行不是有很多漂亮小姑娘都整吗?又不稀奇。"

"你呀你呀,"田小甜摇着头,仔细看着她,"你这个做得真不错。人哪最重要的是知足,我看好多女孩,也不看自己底子什么样,非要搞个欧式大平行,山根垫得比鼻头都高,还是你这样自然。真好看,真好。"

"好看什么呀,"金佩心笑,"这种事情,很容易上瘾的,我之前的一个客户,仗着有钱有闲,大大小小做了能有几十次整容和医美,投在脸上的钱都能在北京付个首付了。我没那个钱,也不想遭那个罪,但又心痒痒,什么时候都觉得自己丑,总想整下一次。"

"你真的不丑。"田小甜特别真诚地看着金佩心的眼睛说。

"这话从你这位院花同学嘴里说出来,我可没法信。"金佩心大笑。

田小甜也大笑。微醺通红的脸上没有化妆,两颊细微的斑点和眼角毫不掩饰的笑纹都清晰可见,却也格外生动。

她还是那个走在人群里能被人一眼认出的美丽的姑娘,少了年轻时的娇蛮跋扈,现在的她看起来没了脾气,没了棱角,整个人的气场温和了起来,却反倒多了些不显山不露水的深刻。

金佩心以前从来没有想过自己也可以成为在人群中被注意到的那一个。

以前别人倒也不会太直白地说,但谁都不是傻子。后来在国外,周围没有人认识她,更没有人对她评头论足,瘦下来之后,她身体变好了很多,不需要极其严格地节食,运动的习惯也坚持下来了,对她来说已经是脱胎换骨的蜕变,但只要她面对镜子里的自己,耳边就会自动循环播放起从小到大听到过的每一次嘲笑。

做医美手术的念头,始于一次留学生活动聚餐时的闲聊。台湾姑娘黄梦玲,比她大两岁,也在读硕士,经常会在留学生的活动中见到,问她寒假是出去玩还是回国。她说没钱,哪里都不去。

黄梦玲家境还算不错,自己住在校外的公寓,只要有闲暇就飞去全球各地玩。

"梦玲姐,你这次假期又去哪里玩呀?"金佩心问她。

"这次不去,这次约了闺蜜去韩国做脸。"黄梦玲笑着说。她拿出手机给金佩心看她闺蜜的照片:"你看,没修图,是不是不一样!你看这水光肌,你看这额头,这就是我想要的效果!"

金佩心好奇地看她手机里的照片:"这是怎么做的?"

"就是打了针啊!"黄梦玲说,"打针都是小意思。你看我的眼睛、鼻子、下巴,"她眨巴着她戴着金色美瞳化着精致小烟熏妆的大眼睛,调整着脸的角度,"所有人都说特别完美,特别自然,完全看不出来,就像换了个头!我做完之后都想把我以前的照片全销毁,简直是黑历史!"

黄梦玲的确很漂亮,气质也出众,金佩心完全没想到她脸上这么多的部位竟然都是做的。像金佩心这种连化妆都手残的人,同龄女孩子变美的方式对她来说都像是魔术,她怎么看都看不懂黄梦玲精致的脸上到底哪里有动过手术的痕迹。

新世界的大门被打开了之后,金佩心确实心动了。她问黄梦玲要了很多信息,自己也在网上搜索了很多相关的医学和微整形常识,看了无数的案例和图片,再看黄梦玲脸书上那些美丽的自拍时,就也看出了些门道。她算计了很久自己卡里的余额,终于忍不住问黄梦玲,她能不能一起去,黄梦玲倒不介意多一个人同行,还慷慨地把自己在韩国做医美的代理翻译和医疗中介都推荐给了金佩心。

生怕自己胆小反悔,金佩心问了她的行程之后,立刻马不停蹄地准备资料去递了韩国签证申请。回家之后继续做功课,搜到了一堆做整容手术失败后惨不忍睹的脸,又怕又气,连晚饭都吃不下去,转头又到健身房跑了半个小时,心情才平复下来。

后来傅其华她们也问过她,最开始究竟是为什么下决心去整容的。

这个念头在心里种下的那一刻,她就像是抓住了救命稻草一样,她想或许这样做,才能对自己不再那么厌恶,让自己有勇气在每次面对镜子的时候不再逃避。

"你觉得什么是好看的?"

第一次坐在安静的医生咨询室里,面对医生通过翻译问她的第一句话,她就哽住了,不知道怎么回答。

过了好久,她只好艰难地说:"对我来说,可能,只要不像我的,都是好看的。"

她看着翻译复述自己的话,又看着医生的表情从亲切温和变得严肃。

"这样不行。"医生说,"有太多人拿着别人的眼睛和别人的鼻子来跟我说要做,这样是不负责任的想法。只有适合你的才是最好的。"

金佩心低下头,看着自己面前中韩双语的厚厚一叠细则,没有说话。

医生似乎看出了金佩心的自卑,说:"好看没有绝对的,只有相对的。很多人已经非常好看了,还是会日复一日地来翻新自己,希望自己的脸更流行,更好看。有些人可能并不是社会大众标准认为的好看,但他们很自信,认为自己很好看,就也不会需要来做手术了。"

医生的检查和建议极其细致,方案的每一步都会请翻译详细地给金佩心说明并确保她理解。金佩心渐渐地没有那么忐忑了。

那是她人生中第一次为了变美而主动做的手术,做眼睛,全切加上开内眼角。麻药针扎进眼角的那一瞬间,她眼泪哗地就落了下来,一半是因为忍受着期望的煎熬,另一半是因为真的很疼。

麻药劲上来之后,她的精神还清醒着,能感觉得到医生剪开她眼睛上的肉,甚至在她眼皮上穿针引线的声音都听得见。由于语言不通,医生也没有跟她说什么话,为了转移自己的注意力,她就在心里数数,随便数两个五位数,然后在脑子里把它们加来减去,算到脑子有点糊涂了,手术也做完了。

由于行程的原因,她没有在韩国耽搁太久,几天后拆了线,记下了医嘱,拿了消炎和去疤的药,就跟黄梦玲一起回了美国。

眼睛一直肿得吓人,像是两片缝合到一起的皮肉一样恐怖,睁也睁不开,上药和热敷也没有丝毫好转。她不敢乱动,每晚只能把枕头垫高了靠着睡,还经常夜里被噩梦吓醒,去洗手间,又被突然看到的镜子里的自己吓一跳。

连哭都不敢哭,怕泪水对眼睛的恢复有不好的影响。

假期很短,开学就要照常上课。金佩心没办法,就试着戴了帽子和超大的墨镜,一路低着头到了教学楼,楼下的玻璃门擦得太干净,她只顾闷头往前走,砰的一声，结结实实地撞到了门上，要不是戴着的鸭舌帽帽檐缓冲了一下，她那惨不忍睹的眼睛估计就要受到二次创伤了。

这一下撞得也着实不轻。她捂着头，趔趄了两步，靠在旁边墙上，差点没站稳。

原本好不容易鼓舞起来的去上课的勇气也给撞没了。从来没有缺过一节课的她，实在不想再打起精神走进教室面对围坐成一圈的老师和同学，更不用说还要顶着这样的两只眼睛做presentation（报告）。

回到家左思右想，她忍不住发信息给黄梦玲，说自己担心得要命。

"我记得我当时没有肿这么多天啊，是不是每个人体质不一样？"黄梦玲说，"你别害怕，再等等，多热敷，别忘了上药。你那个药用完了吗？我这里还有，等我晚上到家，你到我这来拿。"

虽然是深夜，但金佩心的药用完了，心里没底，犹豫了很久，还是忍不住起身出门，跑到黄梦玲的公寓去拿药。

她冒冒失失就按照黄梦玲给她的门牌号码敲了门，没想到里面传出了两个人的争吵和东西摔碎的声音。

她在门外等了好久，黄梦玲才披头散发横眉怒目地开了门，和金佩心平日看到的时而温柔时而风情的样子判若两人。

"不好意思，我跟我男朋友在吵架，"黄梦玲说，"你拿了药就快回吧。"

"嗯，对不起，我马上就走。"金佩心连忙说。

就在黄梦玲回去取药的几分钟里，屋里走出一个怒气冲冲的男生。他一把扯下挂在门口的外套，走过金佩心身边的时候扫了她一眼，神情里是来自陌生人的嫌弃和厌恶。

黄梦玲的声音气急败坏地在里屋响起："你不要回来！"

男生头也不回地出了门。

"他骂我是整容怪，疯子。"黄梦玲稍微拾掇了一下头发出来，把药递给金佩心。

金佩心拿着她给的药,一个人走在回去的路上。眼睛肿得难受,她努力忍着,还是没忍住流下了眼泪,上过药的脸微微发疼。

疯子?她想。或许她也是个疯子吧。

4

眼睛慢慢地消肿了,金佩心每天都盯着镜子审视,看着自己的眼睛终于一天比一天自然。再去上课的时候,也没有人发现她跟以前有什么不同,但她整个人的心态都不一样了,甚至等到眼睛完全恢复,自己也试着开始化妆了。

也跟一个美国女生聊过审美的话题,美国女生完全不理解为什么亚洲女生会想把自己的单眼皮变成双眼皮,在她看来根本没有区别,也并不觉得所谓的双眼皮会比单眼皮好看。美国女性倒也会做医美,但大部分是中老年女性祛斑去皱或是美黑之类的项目。

金佩心也并不是觉得单眼皮就一定比双眼皮难看,甚至她也不觉得胖就一定比瘦难看。她在"油管"上关注过一个搞笑博主,是个表情生动性格活泼的胖姑娘,粉丝众多,每次看她的视频金佩心都能笑一个晚上,觉得她特别有魅力。

她只是觉得属于自己的都难看,好看都是属于别人的。

金佩心在校园里又一次见到黄梦玲,她恢复了妆容精致神采飞扬的样子,看到金佩心,立刻过来凑到她面前左看右看。"哇,你这恢复得不错!妆化得也好看!你下次还去不去做别的?等咱们再约了一起去!"

"下次不知道。我还要攒钱,等以后手头宽裕再说啦。"金佩心不好意思地说。

"嗯,"黄梦玲点点头,"女人喔,投资在自己身上的钱是最值得的,要是等老了再投资,就来不及了。"

说完,她又叹口气:"可惜喔,再怎么改造自己,连男朋友都留不住。"

"你们俩还好吗?"金佩心问。

"分了。"黄梦玲话音刚落就立刻补充,"是我把他甩了。"她摇摇手,看起来毫不在意的样子,"他总说我把钱都扔在不重要的地方。这怎么能叫不重要呢?又不是花他的钱,他穷,我花我自己的钱哪里不OK?"

黄梦玲以前的照片脸书上也有,金佩心看到过,并没有她口中那么丑,只能说不是万里挑一的女神脸。不过她一次次不停地改造自己,倒也不是为了哪个审美独特的男朋友,归根到底还是为了满足自己的审美欲望。自己会不会也变成她那个样子?如果有一天,自己的脸上五官皮肤都焕然一新不再是从前的样子,真的会得到别人的喜欢吗?那样的喜欢,还是属于自己的吗?

后来她变成了在人群中被注意到的那一个,有一段时间,她疯狂地折腾自己的外表,染颜色夸张的头发,在身上明显的地方纹身,画乱七八糟的眼影,穿奇形怪状的衣服和鞋子,似乎十三岁那年被命运无情略过的青春期,在二十多岁的时候又回来了,还来得更加叛逆,满足了她在异国他乡为了逃避空虚而寻求的存在感。的确有效,在人群中她总是能被别人一眼注意到,但不过是因为她身上的五颜六色看起来扎眼而已。剥掉千奇百怪的外表,她和周围任何一个人并没有什么不同。

奇怪的是,她和以前看起来完全不一样了,多年没见的田小甜竟然还是能一眼认出她来。那一瞬间她甚至有些失望,以为在她们眼里,自己还是那个又厌又自卑的胖女孩,不管容貌如何改变。

田小甜告诉金佩心,她早就相信金佩心一定会变得越来越好,变成今天这样冷静又强大的样子。她们见证了她最自卑的那几年,也只有她们心直口快地说她她不会难过,只有她们会真心实意地为今天的她而欣慰。她自己知道,内心的自卑并没有消失,只是在努力变勇敢的过程中,她学会了和自卑和平共处而已。

田小甜也不再是当年那个不知天高地厚的"一无是处的女主角"。她认识的李铭,也不是当年那个怼天怼地恃才傲物的李莳堃。

"其实我后来认出你了,怕你尴尬,就没再提以前的事。"第二天在公司见到田小甜时,李铭笑着说,"你不记得我的长相也正常,而且我还改了名字。但我可是在监视器里盯了你三天三夜的,就算过了这几年,还是会记得。"

"我竟然才认出你来。"田小甜摇头,"我这些年脑子都过糊涂了。很多大学时的人和事,就只剩下模糊的印象,怎么想也想不起来。"田小甜说,"后来怎么没再做导演呢?"

李铭就笑:"生活所迫呗,两个小孩要靠我养。有一顿没一顿的日子,我自己可以,舍不得让孩子也过。倒是你,"她说,"我是没有想到你会跟我成了同行。"

"生活所迫呗。"田小甜笑。

说来也奇怪,离开了学校,再也没有人说她是院花,没有人会因为她长得好看而宽容她的无知,也没有人会像李莳堃一样说她一无是处。她自己反倒渐渐看得清楚了,她长得没有那么好看,也没有那么一无是处。能力和长相都是自己的,自己怎么用,责任也只能自己来承担。

当年拍完李莳堃的短片之后,她把一些剧照发给何子睿看,原以为他一定嫌弃,怎么不像那些女明星的电影剧照那么美,结果他反倒很喜欢,还说比田小甜社交网络上晒的那些自拍照好看多了。

"怎么会?痘痘都没有P掉,也不是我平时拍照最好看的角度。"田小甜疑惑不解。

"但是痘痘本来就在啊,你P不P我都看得见啊。再说了,平时你什么角度我没见过。"何子睿漫不经心地说,"你要是平时也拿自拍角度对着我,那我还不如跟一张照片谈恋爱好了。"

在何子睿面前,她永远是最真实的自己。后来得知何子睿出轨了,田小甜甚至连好奇都没有,她不想知道他出轨的女人是不是比她年轻、比她漂亮,因为真的比她年轻漂亮她也没有办法,她不可能再回到更年轻漂亮的从前了,也不可能在坦诚相处多年之后再伪装一个新鲜有趣的自己来让他重新爱上了,如果仅仅是她的不够年轻漂亮导致了感情的消亡，那么这一段感情她也不想去挽救了。

周围的朋友以前并没有想到田小甜和何子睿会是还算长情的一对。她也不知道长情算是优点还是缺点。有时田小甜会好奇傅其华的生活，会想知道傅其华是怎样从一段感情里艰难抽身，然后打理行装重整旗鼓，又信心满满地去迎接一段新的感情，就像从来没有受过伤害一样。

有的人一次初恋可以恋一辈子，有的人一辈子每次恋爱都像初恋。

傅其华把自己的新发型自拍发到了群里，没几分钟就换来田小甜和金佩心刷屏的问号感叹号和表情包。

"我的天！一夜回到十年前吗？"田小甜发来语音。

"比十年前好看！"金佩心立刻接着说。

"怎么现在是流行剪短发吗？"田小甜说。

"你也去剪一个？"金佩心问。

"才不呢，你们都比以前好看了，就我比以前丑了，不跟你们拼颜值！就让我守着我的长发哭泣吧！"田小甜发了一串哭泣的表情包。

剪了短发，没有十年前那么短，由于傅其华现在变胖了些，还刻意烫了弧度来修饰脸型。但剪掉了沉闷的长发后，整个人看起来都轻盈了，美发小哥还帮她扎了一个流行的苹果头，信誓旦旦地告诉她至少减龄十岁。很久都没有拿起手机自拍的她，看到App里磨皮磨得五官都飘忽了的滤镜，果断换了什么美颜都没有的手机前置摄像头。

"你看看！我说的，至少减龄十岁！"美发小哥吹捧道。

傅其华就笑："为什么要减龄十岁？我就是二十九，就是要扎苹果头。"

"对对对。"美发小哥连忙附和。

把自拍发给她妈，没过一会儿，她妈发来视频，西西奶声奶气地说："妈妈，漂亮。"

傅其华就笑，心想这小孩心理还是脆弱，以后一定要让她习惯妈妈脸上敷着各种面膜奇奇怪怪的样子。

于辰的案子从头到尾,傅其华瞒得严严实实,没有让父母知道。他们一直以为于辰再也没有来找过她,以为她只是因为朋友邀约才转职从大机构去了小工作室,以为她借住在金佩心家那么久只是因为暂时没有租到合适的房子。

活了快三十岁,她总要脱离宠着她护着她的父母,独立地解决生活给自己留下的烂摊子。还好有金佩心帮忙,但又哪里算独立了?

解决之后,生活还是要继续走下去,他们怕她焦虑,不想给她压力,也从不问她以后怎么办,是把西西接到北京,还是她回老家。但她自己不能不考虑,横亘在眼前的问题也不是换一个发型拍几张自拍就能搞定的。

但她不害怕。她要找回自己喜欢的生活,也要给西西做出榜样。将来西西长大以后,就可以骄傲地告诉她,妈妈在成为妈妈之前,虽然也犯过错,但也是一名勇往直前攻无不克的少女呀。

第十四章
执念

1

于辰的案子结束有一阵子了,金佩心突然收到郑亦明的微信,邀她出来坐坐。

金佩心答应了,让他选地方,他选了个茶馆,在前门附近一个胡同里。外面是热热闹闹逛街的游人,茶馆里安静得很,工作日的上午,也没有什么人在这里闲坐。

"喝什么?"郑亦明问。

"我不懂茶。你随意。"金佩心说。

他摆弄茶具,金佩心坐在对面盯着看,他就笑了笑:"不像是国外待了几年的人,是不是?"

金佩心就也笑笑:"每个人有每个人的活法。我以前的华人客户也爱茶,在他曼哈顿的办公室里摆了一片曲水流觞,给美国人讲'铫煎黄蕊色,碗转曲尘花',讲得头头是道的。"

"怎么会决定要回北京呢?"郑亦明把茶杯送到金佩心面前,问。

"我记得你问过我了,"金佩心说,"不过回来之后觉得,哪里都一样。"

"你不问我于辰的事吗?还以为你答应我出来聊是想问这个。"郑亦明说。

"嗯,我当时还挺意外的。你后来去调查了于辰当年的那个诊断?"金佩心问。

"对。官司判了之后,他父母特别生气,还去我们公司闹过。但是没有办法,他那个诊断原本就是假的,我就算有心帮他辩护,也不会在那上面做文章。"郑亦明说,"不过还是谢谢你当时的提点。"

"提点谈不上。"金佩心说,"大家都在北京,又是同行,对事不对人。"

郑亦明饶有兴趣地抬头看着她:"我怎么记得这句话我之前跟你说过。"

"我又不是那么执拗的人,否则也不会出来跟你聊天了。"金佩心说。

两个人和平地闲聊喝茶。郑亦明坦诚地聊起自己以前在美国的女朋友,语气里也没有金佩心想象中的抱怨。"人往高处走啊。相处多年的感情比不过触手可及的利益,也可以理解。"他说。

"你呢?就一个人在北京?"他问。

看得出来是在打探她是否单身。金佩心思考了片刻,斟酌着要怎么回答他。

"我有男朋友,"金佩心说,"但是因为暂时没打算结婚,所以现在分手了。"

"他的问题?"郑亦明问。

"我的问题。"金佩心说,"我自知不是一个适合结婚的人,所以即使我非常非常喜欢他,目前也没有做好结婚的准备。"

郑亦明脸上的表情颇值得玩味。他自顾自地啜了一口茶,知趣地没有接着问下去。

从那次在机场的失败求婚到现在也有半年多了。他去了上海,平时完全不会主动联系,他了解她的习惯,一旦她决定的事情,也不会随便就改主意。

但如果是他改主意了,她也无话可说。毕竟在她心里,总是默认没有人倒霉到需要永远留在她身边。

回国之后,也有人旁敲侧击地向她表示过好感,或者像郑亦明那样,装作不经意地问问她是否单身。她明知自己已经算是分手了,还总是会拿这个挡箭牌来回绝掉所有可能发展暧昧的信号。但自己又犯到连逢年过节一句祝福的话都不好意思发,怕被他误会成自己后悔了。两个人明明最丑陋最不堪最悲催的样子都见过,现在却各自端着架子,心照不宣地维持着一场不知还会不会复合的分手。

舍不得。说是舍不得一个爱的人,其实更多的还是舍不得在一场爱情里付出的成本。两个既暴躁又刻薄的人要多努力才能学会互相体谅互相宽容,就有多不甘心放弃好不容易磨平了所有棱角的这段感情,就有多放不下自尊心来做主动求和的那一方。

当初的她,也万万没有想到会在那样尴尬的机缘下,开始一段感情。

那段时间她和黄梦玲走得很近,一边攒钱一边跟她商量着,想下一次去做鼻子的手术。黄梦玲那时在忙着求职,但还算有耐心地把她有的资料都找给金佩心,因为她会一点韩语,有时金佩心在咨询那边的医美方案时也会求她帮忙参考把关。

金佩心当时在实习,也在准备毕业求职,但变美这种事情果然上瘾,她虽然手头不算宽裕,毕业前时间也紧得很,还是心心念念着想要在正式工作之前再提升一下自己的形象。

那个时候她已经不会因面对很多人说话而紧张,但当有人盯着她的脸看的时候,她还是会不自觉地内心打鼓,心想今天是眼睫毛没有刷好还是口红沾到了牙上,然后千方百计地中途逃去洗手间照镜子。她的化妆技术也越来越熟练,赶时间的时候甚至在地铁上也能紧赶慢赶地化完一个妆,不希望再有人见到她不化妆的样子。

黄梦玲是中国留学生会的,经常会组织活动,有时是创业论坛,有时就只是交友联谊。她平日喜欢呼朋唤友,逢年过节必在自己的公寓里办party(聚会),自己生日更是提前好几天就开始计划准备大肆热闹一番。金佩心并不认识她的朋友们,但也被她早早地叮嘱了一定要来参加生日聚会。

黄梦玲的生日在春假回来后的一个周末。金佩心问她要不要提前去帮她打理布置,她说不用,让金佩心打扮得漂漂亮亮去就行。"好多单身帅哥呢!你可要抓紧机会啊!"黄梦玲戏谑地说。金佩心那天就化了个有点浓的妆,穿了一条小黑裙,带了给黄梦玲的生日礼物,还有自己做的甜品。

那个时候她早就不再像以前那样不合群,也不再对表面social(社交)这件事情有本能的抗拒。大家喝酒玩游戏,她虽然不认识谁,但也融入得很开心,还跟好几个人互换了联系方式。

黄梦玲穿了件粉红色低胸挖肩的连衣裙,据她说是某奢侈品春季新款,一看到金佩心就举着酒杯过来。"我要去打美白针了,等不及了!你看我,就春假一个星期的时间,从夏威夷回来,晒成什么样子!必须立刻白回来!"她熟络地钩着金佩心的脖子,"去不去?一个小周末足够了,还有时间逛街购物!"

"我最近几个周末都安排了面试……而且临时订机票,很贵吧。"金佩心也不是不想去,但只能说实话。

黄梦玲失落地撇撇嘴,转身找别人去了。她最近和一个商学院的香港男生走得很近,那个男生很喜欢黄梦玲,最近经常开跑车和她一起出去玩。

有的时候金佩心真是怀疑这些年轻人是用什么做的,可以通宵不睡吃零食赶作业,也可以通宵不睡喝酒蹦迪,可以懒得下厨连吃一星期老干妈拌饭,也可以把香槟滋来滋去打水仗。

闹够了吃够了,大家聚到黄梦玲面前分蛋糕,蛋糕上面做作地写了"十八岁生日快乐"。黄梦玲站在大家中间,拍了美美的合影,正闭上眼睛许愿的时候,门铃响了。金佩心正好站在旁边,顺手就开了门。

门外是黄梦玲的前男友。他没认出来脸不肿的金佩心,看也没看她,就径直走到黄梦玲面前。黄梦玲刚许完愿,一睁开眼看到他,吓了一跳。

"程枫,你怎么来了?"她脸上的笑容消失了,冷淡地问。

"你的生日party我怎么能不来?"程枫说。

大家觉察出气氛不对,但又不好就此告辞,只好尴尬地四散开来,装作正在聊天什么都没看到的样子。

程枫把包装精致的生日礼物送到黄梦玲面前。"生日快乐。"他说。

"谢谢。"黄梦玲说,也没有接的意思。

"我就想再问一句,我们之间还有可能吗?"程枫说。

"你不是说我是整容怪吗?"黄梦玲仍然冷淡。

"你知道我不是那个意思!"程枫说,"我是觉得我给不了你想要的那种生活。"

"那我们之间就更没有可能了。"黄梦玲说,"谢谢你今天过来,你可以走了。"

程枫瞪着黄梦玲许久,脸涨得通红,没再说话,气冲冲地把礼物摔在地上,转身摔门而去。

黄梦玲也觉得尴尬,连忙拿起切蛋糕的刀,招呼大家过来吃蛋糕。不知道是谁很合时宜地换了张碟,欢快的音乐响起,大家分着蛋糕开着玩笑,心照不宣地略过了方才的插曲。

金佩心是最后走的。她看黄梦玲情绪不怎么好,就帮她收拾了热闹过后一片凌乱的客厅和厨房。黄梦玲一看就是喝多了,晃晃悠悠地跟进来,挑了一罐还剩一半的酒接着喝。

"他还觉得委屈了。"黄梦玲语气里带着埋怨,"我都没委屈呢。我知道他是穷学生,拿着全奖来读书,我又没要求他什么!但我也没必要为了他那点自尊心降低我自己的生活水准吧?"

她拎着酒转回客厅,捡起被摔坏的那个礼物盒子,没几下就拆开来。里面是一个小巧的手包。

"你看,"黄梦玲拎起那个包,在手里抖了抖,"我真的不需要他从牙缝里攒钱给我买一个新款的包,我喜欢哪个包完全可以自己买。他又要忍气吞声讨好我,又要我给他面子,他何必呢?我又何必呢?"

帮黄梦玲收拾完,金佩心轻轻带上门出来,刚迈一步就差点绊倒,才看到程枫一直没走,坐在黄梦玲门前。一个大男生,哭得特别厉,完全没有了金佩心第一次见到他俩吵架时那副怒气冲天的样子。

金佩心突然觉得,他也挺可怜的。

第二天傅其华一上班就迎接了纷至沓来的夸奖和赞美。好几个同事都说她换了形象整个人状态都不一样了,大家都夸她短发好看,也有小姑娘表示羡慕,说也想换个截然不同的发型。傅其华整个上午都美滋滋的,备课都备得劲头十足。

加强小班第一天开课,傅其华早早地到了小教室开始准备,虽然只是七个人的小班,但她丝毫不敢懈怠,按照每个学生报班时的摸底情况重新做了教案。这个小班有点难带,七个学生全都是二战以上,还有三战的,都是之前成绩较差或是没有达到自己目标学校的要求的,三个高中生申本科,两个应届本科生和两个不是应届的申硕士,底子参差不齐。傅其华跟刘超商量过要不要分开教学,但时间安排上不允许,只好作罢。

傅其华先讲了课程的安排和要用的材料,然后简单说了一下根据每个人的摸底情况制订的学习计划。几个学生面无表情地听着傅其华讲课程安排,看起来对实现目标没什么信心。一个高中男生转着笔,侧过脸漫不经心地对旁边的高中女生说:"实在不行就算了,申哪个学校不是申啊?我妈非让我申排名前100的。"申硕士的那几个倒都是一脸沉重,不像高中生那么无所谓。

只有陆舒阳和另一个女生是已经毕业工作了又来准备留学的。那个女生是因为大四的时候申请的学校不理想,就干脆没有去,留下来一边攒工作履历一边把英语成绩刷得高一点再申请。陆舒阳算是这里离学生时代最远底子也最差的一个,考了两次了都是刚过90,离他想要的100+还差很远。

傅其华看着这几个花了"重金"来复习考试却又垂头丧气的学生,忍不住眉头一皱严厉起来:"还没考试呢怎么就开始打退堂鼓了?我带出来的学生就没有达不到目标的,只要你们按部就班地……"

"老师,"那个高中男生懒洋洋举手示意打断了傅其华说话,"你们是留学回来的学霸,不懂我们的苦,目标也要跟能力匹配好吗?你如果让一个考80分的人一下考到115分,那还不如杀了他。"

傅其华就笑了:"那你还真的说错了。我不是留学回来的,我也不是学霸,我考试的次数比你们想象的还多,考得不理想的时候也比你们想象的还多。你们都这么聪明,又不需要像我一样只能留在这里考试教书,英语成绩只是一块敲门砖,努努力就踏过去了。"

下课后其他人都走了,那个已经工作了的女生没走,犹豫地看着傅其华。

"怎么了,赵琳?"傅其华问。

"老师,我能跟你聊聊不?"

"可以啊。"傅其华看她没打算走,自己又有时间,就在她面前坐下来。

"我还是心里没底。"赵琳说,"原本我连加强班都没想上,来报名的时候,他们说你教托福教得好,我才来的。"

"你对自己要求太高了,别有压力。"傅其华说。赵琳是重点大学毕业的,想申请名校,前两次考了98和99,就是一心想把分刷高一点才来三战。

"怎么可能没有压力呀,"赵琳苦笑,"你看他们都是高中生应届本科生,我都耽误了这么久了。"

"你看看人家陆舒阳,"傅其华笑,"人家比你还早两年毕业,还是从事毫不相关的工作,为了留学可以不遗余力,就算家里没有足够的条件,自己攒钱也想实现梦想。"

话音刚落,眼神瞥见陆舒阳在教室门外犹豫着探头探脑,似是想回来,但看到她俩在说话所以只好在门外等。

傅其华就招招手:"你有事就进来说吧。"

陆舒阳就进来在赵琳旁边坐下,还是惯常地没开口先脸红:"我们这些大龄考生,让傅老师费心了。"

"大龄考生说的是我吧。"傅其华笑,"你们还年轻,趁早抓住机会出去留学,如果实在没有考到理想的高分也没关系,英语成绩不是唯一的衡量标准,将来的学习经历和职业规划才是更重要的。"

"老师,那你还考试吗?"赵琳问。

"我?要是考试改版了或者机经要更新的话,我当然要去考了。"傅其华说。

赵琳一脸痛苦状:"唉,好想把老师的头脑借给我去考试啊……"

"我哪有什么好的头脑,"傅其华笑,"你们好好努力,会比我有出息。"

陪着他们俩聊了很久,直到同事过来叫她去开会,傅其华才把两个学生送走。陆舒阳临走还回来,腼腆地跟她说了句:"老师,你新发型挺好看的。"

晚上傅其华收拾完准备跟孩子视频,几个学生的写作练习陆陆续续给她发了过来。赵琳和陆舒阳是最早的,写得也最认真,自己总结的句式和问题也最仔细。其他的学生就像完成任务一样迅速地写完,看着字里行间的错误,傅其华都能想象出他们写完之后连拼写和空格都懒得检查就交差的样子,不由暗暗惋惜现在的年轻人真是把父母的钱不当回事。

"妈,上次跟你说那早教班你去看了吗?"一打开视频傅其华就问。

"去了,去了。"她妈一边把在身边咿咿呀呀爬来爬去的西西捞回来,一边忙不迭点头,"不行啊,咱们孩子太小了,这边的早教班又贵,我和你爸商量了一下,觉得没有什么用,还不如我俩好好陪她一段时间,然后正常送去幼儿园。"

"上次问你都好几个月以前了,你就说年纪小,现在还说小!早教班当然要从小教起啊,不然怎么叫早教?"傅其华有点气结,"多贵?"

"一个课时要两百块呢,全套要一百多个课时,合着三万来块钱。我看那些小孩玩的,咱们自己在家也能玩,去那花钱干吗啊?"她妈说。

"北京的更贵!我周围朋友有小孩的都是一岁多就送去学了,咱们西西怎么能落后?"傅其华说,"我就是担心西西回了老家没有好的环境,将来上学怎么办？一步落后步步落后，我自己已经这样了，不想让西西将来埋怨我！"

她爸听见了她的声音，凑到视频跟前："华啊，你别着急，我跟你妈商量商量，肯定能找个对西西好的办法。别着急！"

"商量商量，就知道商量，你俩能商量出来啥？再商量别家孩子都会跑会跳会算数会唱歌了，就西西什么都不会，我小时候你俩还试图培养我多才多艺呢！"傅其华说着说着就有点不耐烦。

傅其华是听了周围同事的建议才想到送西西去早教班的。听她们说，在家里吃饭穿衣上厕所都完全不能自理的小朋友，没几天就能培养良好独立的生活习惯，还有专业的老师陪着做各种游戏开发智力。她就有些着急，心想西西不在她身边的日子里，可不能耽误了。她爸身体不太好，平日里只能她妈带着西西出去玩，生活单调，两个老人家惯常宠孩子，也不会教西西太多东西，如果不趁现在培养好习惯，怕是以后就迟了。

"咱们家的孩子，怎么就落后了……"她妈还在那边碎碎念，"你小时候啊，我和你爸都在学校忙，你就被我带到办公室一扔，奶瓶放在旁边，有路过的同事看见了，就替我喂一口……有一次我监考，办公室要锁门，没人看你，我就只能把你的儿童车放在考场外面的走廊，结果你饿了，使劲哭，差点影响学生考试……"

"行了行了，"傅其华不耐烦地打断，"别拿教我那一套去教西西，好像教我教得有多成功似的。"

她妈愣了一下，好久没接话。

傅其华也不想再说话了，挂断了视频，她在微信里给她妈转了三万块。

转完账，她觉得自己刚才发无名火有点过分了，不免有些后悔，但也拉不下脸再去说话，只好又发了一句："不上早教也行，你们决定吧。"

周围上早教班的小孩，都是有父母陪的，平时回到家也都可以亲手带着教，亲自陪玩，北京靠谱的早教机构也多。老家那边的教育资源肯定没有北京好，三万块钱对父母来说，也不是个小数目，各种早教班鱼龙混杂，谨慎些也没错。

何况,自己又有什么权利埋怨父母呢?他们不辞辛劳给她带孩子,她作为一个妈妈,连独立养育西西的准备都还没做好。

她叹了口气,继续去批改学生们发来的作文。过了好久,她又点开和她妈聊天的页面,发现刚刚那笔转账被退回了。

"才发现能点退回。"她妈说,还发了一个中老年笑脸表情,"你留着忙你自己的事情,西西有我们呢。"

傅其华继续批改作文,在电脑里查以前的课件时,无意中看到了最开始入职培训机构时自己的资料,里面还有一封她当年用来申请的个人陈述。

那篇文章她清楚地记得自己熬夜写了很多个晚上。在最开头,她写道:"我的父母都是教育工作者,他们教出了很多成功的学生,并认为我是他们不完美却最珍贵的作品。"

从田小甜2012年考上研的时候起,何子睿就一直信誓旦旦说要奖励她,田小甜知道他自己在英国读书还要攒钱也不容易,就也没把他的话当回事。

结果这个奖励还真就一直没来,田小甜后来都忙忘了。直到2014年夏天,何子睿完成了他的毕业项目,告诉田小甜他找到了一个实习,要晚半年再回国,正好参加冬天的毕业典礼。田小甜就有些失落,他们俩为了省钱,这三年都没有见面,她每天都会看手机里那个计时的App,数着日子盼着,以为他能夏天就回来,结果又是空等一场。不过她也没有太生气,毕竟那个时候她刚找了一家小影视公司的兼职,还要兼顾课业,整个人也恨不得分身成三头六臂使唤,没有空去伤春悲秋儿女情长。再说了,三年都等过来了,还怕六个月吗?

后来有天晚上,她忙到后半夜精疲力尽地回家,瘫在床上,又收到了何子睿的信息,还是熟悉的套路,简短的三个字:"看邮件。"

田小甜本来就累到快崩溃,连看手机的力气都没有,气呼呼地给他留了句语音:"有什么事不能直接说?我累死了,不想看邮件。"然后倒头就睡了。

第二天早上起来,看到何子睿的留言:"没事,你有空的时候看就行,不着急。"

田小甜睡饱了也不气了,就爬起来打开邮箱,看到里面有两封何子睿发来的新邮件。一封是邀请她参加毕业典礼的邀请函,一封是机票确认单,北京到曼彻斯特。

"这个是给我的奖励吗?"田小甜问何子睿。

"嗯,我好不容易才给你攒下的机票,你一直说想来英国看我,也一直没机会,正好赶上你寒假,我这边毕业典礼,你来吧。"何子睿说。

"切,"田小甜嘴上嫌弃,"攒了三年就这么点,还以为你有多少家底呢。"但还是忍不住笑出了声,撒娇道,"那你要陪我去伦敦玩。"

"好。"

"我还要去看查令十字书店。"

"好。"

"我还要去哈利·波特的城堡。"

"好。"

读研的这两年,田小甜哪里都没有去,妈妈为了爸爸的事情,跑了几趟四川和浙江,整个人都苍老了很多。她兼职攒下来的钱也很少,原本想带妈妈去度假,但觉着既然达不到以前的度假标准,出去玩也没什么意思,想来想去还是作罢了。

何子睿也不在,她自己也没什么意思。为了省钱,她读研没住学校的宿舍,每天自己从家里往学校跑,除了上课基本都不在,所以跟同届的其他硕士也不太熟,没有什么朋友。

她渐渐觉得独来独往也挺好的,想起以前她们觉得金佩心总是一个人特别不合群,就强行拉她来集体活动,现在想想,说不定人家是真的享受独处呢。

何子睿的毕业典礼在一月份。学校放了寒假之后,田小甜开心地收拾行装,登上了飞往大洋彼岸的飞机。在飞行中昏昏欲睡地重温了《诺丁山》和《一天》,过了关出来,就看到何子睿远远地站在接机的人群里,冲着她笑。

她把箱子嗖地冲他一推,自己也撒开腿飞奔过去,一头扎进他怀里。

"我总算来了。"她低声说。

"你总算来了。"他轻笑。

那一刻,她才清晰地感受到App里记录下的一千多个分开的日子,都是为了这一个重逢。

她好久都没有那样无忧无虑地享受了。他们一起去了伦敦、剑桥、爱丁堡,看了哈利·波特的拍摄地,在莎士比亚露天剧场看了《仲夏夜之梦》,坐了摩天轮,在康河里划了船,像《一天》里的男女主角一样爬上爱丁堡最高的山顶,手拉着手逛校园,走过何子睿每天生活的每一个地方,一起去中餐馆吃饭,或是去超市买了食材回来自己在厨房试着做,有一次还差点因为油烟引发消防警报。

在伦敦的时候,田小甜拖着何子睿在牛津街逛,每个奢侈品店都进去转一圈。虽然现在她穿的背的是几年前的旧款,但不妨碍她开心地到处看,每一件应季新款都上手摸一摸,让柜台SA(销售顾问)挨个拿出来试一试,没有人看得出来她其实什么都买不起。

"看得出来也没关系,反正我买得起过。"田小甜哈哈傻乐。

何子睿看着她又好气又好笑。

"放心,"田小甜说,"将来不会要求你都给我买,我没有那么不切实际。"

"嗯……"何子睿点点头,"多买可能困难,少买的话,我努力,"话音没落,他注意到了田小甜刚刚摸完的一件大衣的价格,"……可能,也有点,困难。"他哽了一下,尴尬地吞咽了一口口水。

田小甜哈哈大笑。

毕业典礼那天,田小甜充当了何子睿的摄影师,前前后后地忙碌,给他拍了好多周正帅气的毕业照,还给他和他的同学们拍了好多合影。她发挥她的优势,教他们摆各种pose(姿势),拍出来的效果特别好。典礼结束后和几个相熟的中国留学生一起去吃饭,他们一直夸何子睿运气好:"这么好的女朋友,难怪他天天念叨着要早点回去看你。"

"那他也没有回去呀!"田小甜笑着反驳。

"还不是因为要让你来陪我!"何子睿也笑。

毕业典礼回来之后,田小甜挽着何子睿的胳膊,一会儿给他整整领子,一会儿拨一拨他帽子上的穗子。

"还是挺羡慕你的。"田小甜说。

何子睿抬手把帽子戴在她头上:"没有什么羡慕的,以后工作了,大家都是一样的。你看你现在也一边读研一边兼职,和我一样啊。"

"要是我们家没破产就好了,"田小甜语气惆怅,"我也可以和你一起在这边读书。"

"没事,等我回北京了,你明年毕业,我去给你拍照。"

"谁稀罕你拍照,丑死了。"田小甜抱怨,"真不公平。"

开心的时间过得太快,毕业典礼之后,回北京的日子就剩下倒计时了。田小甜陪着何子睿处理了一些零碎的事,就准备同一航班回北京。

回去之前,两个人去逛街,给家人买了好多礼物。田小甜故意问何子睿自己有没有礼物,何子睿看了她一眼说:"你的份额都用在机票上了,没有了。"

田小甜就生气了,一路都噘着嘴。何子睿看她不开心,就在路过的糖果店顺手给她买了一块巧克力,简直敷衍得不能再敷衍了。

"你看这个包装多好看,"何子睿对田小甜的气愤全然不知,"是你们女生喜欢的Hello Kitty哦。"Hello Kitty个大头鬼啊!田小甜气得三口两口就把巧克力吞进肚子,半口都没给何子睿留。

何子睿当年的话田小甜可是记得清清楚楚的。他出国前特意跑到北京她家楼下,就是为了给她戴上那枚廉价的戒指。他说,让她先戴着,等他毕业跟她求婚的时候,再换一个贵的。贵不贵的她倒不稀罕,但求婚的话她可当真了。

其实她一直以为来英国玩的这段时间他会求婚。不管是在康河的船上,还是在伦敦的摩天轮上,就算是在他们学校那些漂亮的红砖建筑草坪上也行啊,每一个场景都好浪漫,够他们甜蜜地回忆一辈子。

但直到他们俩提着行李和礼物,大包小包地赶往机场,田小甜也没等来何子睿的求婚。她只好依依不舍地望了美丽的英格兰最后一眼,然后心怀惋惜地离开。

在慕尼黑转机的时候,遇到了天气问题,航班一直延误,从晚上等到凌晨,都没能登上飞北京的航班。两个人又困又饿,狼狈地合吃了一个三明治。田小甜蜷缩在候机大厅的椅子上,觉得冷,何子睿就把外套脱下来给她盖在身上,自己跑去买咖啡了。

田小甜打了个哆嗦,把衣服裹得紧了点,突然觉得他外套里侧口袋里有什么东西。她下意识地伸手去摸,是个小小的盒子。

原本饥寒交迫到要发飙的她,一下子就清醒了。她又小心地摸了几下,如果女生的直觉以及当年挥金如土买首饰的直觉没有错,这应该是个戒指盒。

怕何子睿回来,田小甜赶紧把盒子塞回外套深处,闭上眼睛一动不动地装睡,心里却忍不住地乐开了花,航班延误耗掉的一整夜瞬间就不算事了。

何子睿拿着一杯咖啡急匆匆地跑回来:"给你,喝点热的,别着急了,一时半会又走不了。"

田小甜一点都不着急了。她心里一半是被期待充满的甜蜜,一半是对何子睿的笨拙恨铁不成钢。在哪里求婚不行啊?拖到都要回北京了,这个破戒指死藏着不拿出来,多留一天是有利息吗?

一直到登机,何子睿的外套都牢牢地裹在田小甜身上,里面那个盒子悄悄地硌着她的手,像是长出了细细软软的小爪,潜滋暗长地爬进她心里,挠得她痒痒的。

4

早教班的事情后来还是不了了之了。傅其华让她爸妈等她回去亲自考察之后一起商量,如果没有合适的,就等西西大一点以后再说。

她妈以为她是怪他们把西西耽误了,忙不迭地给她道歉。

"都怨我跟你爸不懂。"她妈说,"现在的小孩,教的都高端,这个理论,那个理论,都是国外传来的,什么心理学的,我们听着糊里糊涂的,不知道有没有用。我跟你爸老了,跟不上时代了,西西让我们给教坏了怎么办?"

"没事。你俩挺好的,教不坏。"傅其华感到一阵心酸,"你俩当了一辈子那么好的老师,西西能跟你俩长大,比跟着我强。"

"华啊,"她爸闻声凑近视频屏幕,"你别有压力。西西跟你一样,将来长大了肯定有出息。"

第二天的课上,傅其华拿出之前报名时的摸底情况,又跟几个学生确认了一遍大家都是什么时候的考试。大家没明白傅其华想问什么,傅其华就说:"我得看一看,我什么时候考试才不影响你们的课程呀。"

"老师你也要考试?"赵琳好奇地抬头,"题库又没更新,你为什么要考啊?"

傅其华看着他们笑了笑:"这一次,我为我自己考。"

"老师,你也要申请出国?"另一个学生也问。

"嗯。"傅其华说,"从现在开始起,没有什么大龄考生。我们每一个人都是平等的。我要实现我的目标,你们也要实现你们的目标,谁也不许掉队。"

那天晚上她没有睡着,一个字一个字地,把她以前的每一份申请材料都仔细看了一遍。从事培训工作以来,她看过了无数份申请文书,做过无数道习题,也经历过无数个学生或心酸或励志的故事,而关于自己的部分,却被她自欺欺人地忘记了。这条原本想要自己亲自去走的路,在八年前被自己亲手放弃的路,如今兜兜转转回来,越过了阻碍之后,还在那里。

八年前的她不甘心地放弃了,现在的她想要重新开始,还来得及吗?

上课之前,她去过刘超的办公室,跟他说了自己的想法。

刘超一开始以为她是因为上次被家长提意见结果取消了她作为咨询顾问的工作那件事而耿耿于怀。"你也不用太当真吧?等过阵子你一样可以做咨询顾问,履历什么的也不是每个人都会查你。"他说。

"不是,跟那件事没关系。"傅其华摇头。

"啊,你是觉得咱们这边薪水没有达到你预期?等我看看接下来的课程安排,如果你还是只负责课程部分的话,可以多开课。"刘超又说。

"也不是。"傅其华笑,有些为难,但还是坚定地重复了一遍,"这是我自己的事。我今年二十九岁了,总觉得很多事如果现在不去尝试,就不知道以后还有没有勇气了。为了我和我的小孩,我想再拼一次。"

她给刘超讲了自己的计划,课还会接着上,如果她成功申请到她想读的教育专业,以后会以兼职的方式继续从事留学选校和外语教育咨询的工作。

那天下课后,她坐在教室里没有走,打开电脑,给自己建立了一个新的文件夹,列了一个新的Excel表格。接下来的日子里,她会像给每一个学生做申请的时候一样,把这个文件夹填满,然后像八年前一样,认真地寄出每一份申请。

她正在出神,教室门被敲响,抬头见是陆舒阳。

"怎么还没走?有什么问题?"她问。

陆舒阳摇摇头。"没什么问题,"他说,"傅老师,客服说你只管上课,不管选校咨询。"

"对。"傅其华笑,"你看,我自己都没留过学,怎么给别人做咨询?"

"那……"陆舒阳犹豫着问,"你能不能……帮我咨询啊?"

"啊?"傅其华奇怪地看了他一眼,"我记得你报名的时候说不在我们这边做选校咨询,说要自己做来着。"

"是的……但是,我想听听傅老师的意见。"陆舒阳说,"而且,你不是也要做申请嘛,就当是建议,行不?"

傅其华觉得他可能只是为了省下选校咨询那部分的费用,但还是点头答应了他。

当年她自己就在培训机构实习,申请自然都是自己做的,田小甜还特意来问她,要她帮自己跟何子睿也研究一下。但是专业和方向都不一样,根本没办法泛泛地给出建议,还好何子睿省心,替田小甜把所有的工作都给做了。如果不是田小甜后来家里破产,他们两个人也不会异国恋三年。

田小甜和傅其华不一样。她原本对留学这件事情也没有很执着,她惋惜的只是在于少了三年和何子睿一起的时间。

不过也没关系,她想,反正他们还要在一起很多很多年。

折腾到天亮,他们终于登上了飞往北京的飞机。田小甜靠在何子睿肩头昏昏沉沉地睡去,藏在毯子下的手习惯地摸着戴了三年多的那枚素圈戒指。

回了北京之后,有天何子睿说他要回他学校处理些事情,正好田小甜要叫他出去吃饭,他就让田小甜到时去他学校等他。

田小甜问:"你都毕业好几年了,怎么还有事情要处理啊?"

"就……以前,本科的时候,有学位的事情,要处理。"何子睿说。

何子睿不擅长说谎。他一说谎,就喜欢把手放在后背上整理衣服,扯得领子都变了形。他一开口田小甜就知道他要干什么了。

但是还要配合他把戏演完。田小甜特别心机地回家化了个漂亮的妆,换了身好看的衣服,然后去了H大。走近他们计算机系大楼门口,她远远地就看到了站在那里手捧着玫瑰花的何子睿。

要配合做出惊喜的表情好累啊,田小甜想,但还是惊喜地冲他飞奔过去。

何子睿把玫瑰花递给田小甜,挠挠头,不好意思地说:"我……嗯,我想了好长时间,还是想在这里跟你说。"

大一那年,她就是这样特意跑到一条马路之隔的H大来,跟何子睿说,以前的承诺还算不算数。

"我后悔来着,觉得当初我应该主动一点,先跟你表白的,结果被你抢先了。今天在这里,怎么也该是我主动了。"

何子睿拿出那只盒子打开,里面躺着一枚细细闪闪的钻戒。

"你的配额不只有机票……还有它。"他说,"我也没能攒下那么多钱,只能在我能力范围内,买一个最好的给你。"像是怕田小甜生气一样,他连忙补上,"这个钻小,以后我给你换一个更大的!"

田小甜笑着,拿起戒指套在手上,正正好。

"你的号小,英国那边等了好久才有货,拿到的时候咱们都快回国了。要不,我本来想在英国跟你求婚的……"

"这里也很好。"她抬头看看周围,"等咱们拍婚纱照的时候,也来这里拍。"

"真的?"何子睿眼睛亮起来,"所以你答应啦?"

"答应什么?"田小甜又逗他,"你都还没问我呢!"

"答应嫁给我啊!"何子睿慌忙说。

田小甜说:"我早就答应啦。"

她踮起脚,让何子睿把她更舒服地抱在怀里。

"你什么时候跟我说,我都答应,不需要等这么久的。"她说。

那个时候她以为,等着他们的,将是甜蜜幸福一往无前的未来。

她和傅其华金佩心她们毕业之后没有再联系,但她特意从同学那里找来了她们俩的联系方式,她要结婚了,她希望她们能陪在她身边,做她的伴娘。

2014年夏天,金佩心和黄梦玲闹掰了。

有天金佩心回到自己住处,一眼看到黄梦玲等在门口,她刚想打招呼,黄梦玲冷着脸上来,举起手,快准狠地打了金佩心一个响亮的耳光。

"金佩心,你要不要脸?"黄梦玲狠狠地瞪着她,"我把你当朋友,什么事都想着你,帮着你,你倒好,回过头来打我男朋友的主意?"

金佩心被她打蒙了,脸上火辣辣的,第一反应却是,还好上周有事把原本去做鼻子的日程取消了,否则要是刚做好的鼻子,被这么打一巴掌,打成什么样可真不好说了。

"我没抢你男朋友,你们不是分手了吗?"金佩心努力冷静下来,对黄梦玲说。

"分不分手也不关你的事!"黄梦玲气势汹汹,"你可以啊,这么饥渴吗?是个男人你就想勾搭?以为整了脸就好看了是不是?我告诉你,他只要见过你最丑的样子,就根本不可能爱上你!"

这句话是真真地说到了金佩心的痛点。她一时语塞,竟然不知道该怎样反驳。

她想恶毒地骂回去,说黄梦玲没整容之前也不比自己好看到哪去,但想到她说程枫骂她整容怪的样子,明明她和自己是同病相怜。

她想辩解说她没有抢黄梦玲的男朋友,但她没有办法否认她确实在黄梦玲和程枫分手的这段时间里和他走到了一起。

她想告诉黄梦玲,程枫和她不是同路人,和自己才是,但话到嘴边的一刻她却不自觉地怀疑起来。程枫和自己,真的就是同路人吗?

她前二十几年的人生,都在找一个同路人。但即使她真的找到了,也无法说服自己相信和接纳。这一条路上,从以前到以后,都只有她踽踽独行。

第十五章
最奢侈的事

1

2018年末,金佩心跟公司同事一起去日本团建。吃完大餐开完party,回了酒店自己房间,倒了杯小酒正准备泡汤的时候,看到了手机里程枫发来的微信。

"今年过年去哪里?"他问。

自从他回国在机场那次失败的求婚之后,他们就只是逢年过节才会联系,但通常的节日他们两个人都在出差或加班,一两句祝福之后,还是各忙各的。

"你呢?"金佩心回复。

"我今年没出差,也没加班。"他回复。

金佩心还在想怎么回复他,突然电话响了,显示国内不知道哪来的一个陌生号码。

"是金佩心吗?"对面一个女声说。

"是。你哪位?"金佩心漫不经心地答。

"佩心。"

也没说什么别的,金佩心却一下子听出来了,是她妈。

她没给过他们自己的联系方式,可能是从姑父那里得到的,金佩心倒也不太在意,反正给她打电话也不会是为了祝她新年快乐。

她妈委婉地表达了打电话的用意。原来她爸最近总是说身体不好,在老家那边的医院检查了,没有什么事,但他们听亲戚朋友说要去北京的大医院做彻底检查才行,就想到了金佩心。

从那次带着姑姑的骨灰去看祖坟之后,她就没跟他们联系过,他们可能都不知道她在北京具体是做什么工作的。但只要她在北京,或许就该找她来安排。

金佩心终究不是铁石心肠的人,她一直以来,都不希望他们恨她。

"我父母要来北京。"金佩心回复程枫,"过年去哪里,我还不知道。"

程枫是了解她最多过去的人。没和他在一起之前,金佩心想着他只不过是陌生人,可以毫无顾忌地倾诉秘密。在一起之后,她又想着反正总有一天会分开,两不相见,也不在意袒露心里最黑暗的角落。

但真的分开了两不相见之后,她又有些恐惧,担心这辈子她不会再遇到下一个这样的人了,即使知道真实的她内心有多丑陋不堪,也愿意拿他最痛苦最卑琐的秘密来交换。

拥有幸福童年的人可以被治愈一生,其他的人却只能用一生去治愈童年。

回到北京之后,金佩心琢磨了一下,也没有什么在医院工作的朋友,想来想去,又不是治病,就打算给父母先做个彻底的体检,再按他们的意愿决定要怎么安排。

既然帮着安排体检了,那住宿就也负责了吧。她妈说想逛逛王府井,她就订了王府井附近的一个五星级酒店。既然住宿都安排了,那来回的票也负责订了吧。她妈说他俩腰不好,不想坐高铁,就买了机票还升了舱。

一月中旬两个人就到了。去机场接他们那天,金佩心在公司有个会要开,原本就出来晚了,赶上下班高峰又不好叫车,堵在机场高速上,迟了快一个小时才到。她爸坐上车第一句话就说:"你自己没有车?还以为你在北京混得多好呢。"

"在北京买车得摇号,不是北京户口的要五年社保以上,我才回来一年。"金佩心说。

当然她解释也是徒劳。

"金闯怎么没一起过来?"沉默了一路,她尴尬着试图找了一句话说。

"他要等着年前收房,忙着呢。"她妈说。

车子到了酒店门口。"酒店?"她爸转头难以置信地看了她一眼,"你在北京也没房子啊?"

北京的房子那么容易谁都有吗? 金佩心在心里翻了个白眼,还是忍住脾气,说:"我租的房子,在国贸那边。地方小,怕你们住得不舒服,给你们订了酒店。前面过去就是王府井、东单,逛街也方便。"

她爸"哦"了一声,就自顾自地下了车。

金佩心把他们俩送到房间,说:"明天的体检我安排好了,早上我叫个车到酒店来接你们。"

"你呢?"她妈问,"我们两个人去医院,找这找那的,什么都搞不懂啊,两个人都体检,总得有个人帮我们跑跑腿吧!"

第二天金佩心先跟公司请了假,然后跑到了医院,正楼上楼下地带着她爸妈每个科室跑,接到了田小甜的电话。

"你忙呢?"田小甜问。

"忙……还行,不忙。"金佩心说,"怎么了?"

"今年过年你去哪?"田小甜问,"留在北京吗?"

"应该是吧,年前要加班,忙不完的话应该就在。怎么啦?"金佩心挤在等着取抽血单子的队伍里,旁边有对夫妻不停地大声互相抱怨,她不得不把手机音量调到最大,才能勉强听清楚田小甜在说什么。

"要是有空,你到我家里来吧,何子睿不在家,就只有我和妈妈,也没什么意思。"田小甜说,"你过来吧,要是不嫌弃的话,陪我们过个年。"

"嗯……我爸妈来了。"金佩心说,"他们还不知道哪天回去,想等检查结果出来看他们的意愿。"

"怎么了？身体不太好吗？"田小甜问。

"没事，应该也没大事，我这两天在医院呢，他们想彻底检查一下。如果在北京留的时间长，可能就赶到过年了。没事，你和妈妈好好的，我有空的时候去你家里看你。"

"嗯。"田小甜说，"你和爸妈关系还好吗？我还记得以前大学时候的事。"

"也是不怎么联系。但是他们说要来北京做检查，找到我我也不能不管吧。"金佩心叹了口气，"行啦不多说了，我这排队拿单子呢。回头聊。"

连着忙了几天，常规的项目都查了，按他们的要求，又查了心脏超声、肺功能什么的，胃肠镜也做了。两个人原本还有着耐心，等到最后一天，怨声载道，说空腹一晚上一早上饿到低血糖，再也不来做了。嚷嚷着这里疼那里疼，医生看着拍片结果问完之后，什么也问不出来。他们还不依不饶地，一定要让医生给开药。

"你不是有医疗保险吗？能当钱花吧？在北京工作的人都有医疗保险，你平时也用不上，对吧？"她爸说。

两个人身体都没什么大病，但是检查完之后，她爸还是说身体不舒服，让金佩心给他们买了很多保健品，还买了按摩椅和足疗机，网上下单直接寄回老家。在酒店的几天，金佩心给他们叫了烤鸭和海底捞的外卖。他们又去逛街买东西，玩得开心，红光满面的，也没说什么时候回家。

"这是在这度假了？"傅其华在微信里问，"他们过年不回家吗？"

"我不知道。"金佩心说。

"你怎么这么厌啦现在？"傅其华说，"我记得你大学的时候还打过官司，他们当时给你钱了吗？"

"没有啊，"金佩心叹了口气，"但是那些都过去了，我现在也有我自己的生活，不想恨他们一辈子，也不想让他们真的恨我。他们如果有求于我，能够和解，对我来说也算是没有什么遗憾。而且，"她顿了顿，"我真的已经不记得，和他们一起过年是什么感觉了。"

金佩心问父母订什么时候回去的机票,他们一直说不着急不着急,她以为父母会留在北京过年。她搜了搜哪家餐厅的年夜饭有名,北京周边有什么活动适合带父母去玩,有什么礼物适合让他们带回老家。

离过年没几天的时候,金佩心她妈突然打电话给她,难得地说了些感谢的话,说这些天她照顾得周到,辛苦了。

金佩心就说,应该的。

她妈问:"现在还能订到回去的机票吗?"

"现在?"金佩心一愣。

"就,明天,或者后天,尽快。"她妈说。

"……我之前问过你们什么时候回去,你们说不着急,我以为你们要过完年再回去。马上春运开始了,高铁和机票都不好买。"金佩心说。

"金闯那边有点事,"她妈说,"我们得年前回去。"

金佩心多问了几句才明白原委。他们家里为了金闯结婚买的新房原本要在年前交房,但是不知道开发商那边出了什么问题,很多业主都没收到房,闹了起来,金闯没了主意,只能跟父母求助。他本想收了房之后就装修,现在跟老婆一块儿暂时住在父母家。

"金闯让你们来北京找我看病的?"金佩心忍不住问。

"……他们两口子住在家,我们只能躲出来。"她妈难得地语气软了下来,"我知道你也忙,也麻烦,但是没办法,你爸和金闯非要这样。反正你在北京,挣得多,人脉广,这点事不算什么的,是吧?"

金佩心帮他们抢到了两张高铁票。从酒店到车站,她爸还一直在抱怨腰不好,不能长时间坐车。金佩心实在忍不住了,说:"你回去用那个按摩椅按一按,什么腰疼都能好,你自己非要买的时候说的。"

送走他们,金佩心一个人回到家,打开跟程枫的对话框,输入了很久,还是取消了,退出去,点进了田小甜的对话框。

"我今年能去你家过年吗?"她问。

傅其华从小就喜欢过年。

每次有她爸妈的学生和学生家长提着礼品来登门拜访的时候,她都表面装作毫不在意的样子,但内心却疯狂祈祷她爸妈能开一次恩,把送上门的好吃的破例留下来。但无一例外地,她等到的只有失望。

过年期间来访的人自然比平日多,还会多带些水果零食之类平时不会存太多的东西,有时甚至有专门买给她的玩具。眼睁睁看着爸妈全部拒收的傅其华,咬牙跺脚转身跑到自己小房间里生闷气。她爸看出来她不高兴了,就过来问她,到底想吃什么,想玩什么,爸爸给她买。

虽然买了也不都是给她吃给她玩的,等到过年那几天,爸妈总会买五花八门的东西带回爷爷奶奶和姥姥姥爷家,分给跟她同辈的孩子们,她就也能吃到玩到了。

但亲戚家的孩子们却普遍有些畏惧傅爸爸,因为他给小孩们的礼物不仅有玩具和零食,往往还要加上一套《十万个为什么》,或者其他连傅其华自己家里放着她都不会去看的书。要是赶上哪个孩子刚上高中,更是必赠《5年高考3年模拟》,或者追着问物理考了多少分,弄得傅其华的表兄弟表姐妹们从小就有心理阴影,过年看到她爸就胆怯点头乖巧微笑,要是成绩不好的更是连红包都不敢领就灰溜溜逃走了。

傅其华是唯一一个可以在她爸面前任性的"学生"。爸爸在别人面前都是不苟言笑的傅老师,唯独把她宠上天,从小她过年就可以随便玩,连一句"寒假作业写没写完"她爸都不会问。后来她念高中学了文科之后,她爸更是管不着她,从成绩到志愿都听凭傅其华自己做主,家里的亲戚都说傅老师实在是太惯着自家女儿了,就知道对自己的学生们谆谆教诲耳提面命,到了傅其华那儿就全都她说了算。过年时要是哪个长辈问到她成绩怎么样的时候,她爸还会护短地说,我们家傅其华就是擅长学文科,将来肯定比我有出息。

傅其华一度庆幸,即使自己的父母当了一辈子应试教育最坚定的拥护者,自己也并没有觉得受到多少"摧残"。

即使他们不愿意花重金送西西去上早教班,还总担心他们不懂得现在年轻父母带孩子的方法论,怕把西西耽误了。

她左盼右盼,终于盼到了春节假期回家,急匆匆地进了门就往卧室里冲,看到西西在小床里酣甜地打着小呼噜,床头上赫然挂着一个她爸不知道以前从哪个班的教室捡回来的倒计时牌:距离高考还有5605天。

傅其华哭笑不得。

"我就说闺女肯定笑话你!"她妈笑她爸,"高考100天你倒计时一下,365天也行,你何苦跟一个两岁小孩开玩笑? 怎么着,你还指望她将来念高三的时候你来带呢?"

"我带什么? 我都退休了。"傅其华她爸面子上过不去还嘴硬,"我不带有别人带。小娃娃总有一天要长大要高考的,现在早一点给她做规划怎么了? 当年谁不是这么过来的?"

"你闺女就不是这么过来的,"她妈毫不示弱,"说不定西西长大了跟她妈一样学文科,到时我看你跟谁倒计时去。"

两个人一边嘴上谁也不让谁,一边手底下麻溜又配合默契地趁傅其华去卧室看西西的工夫收拾出了她爱吃的肘子、羊肉和虾。"这个得卤。""我知道。晚上你问她还要吃什么菜。""好。"

傅其华闻声来厨房,吓了一大跳。"我的天!"她看着阳台上和冰箱里码得整整齐齐的食物,还有在火上咕嘟咕嘟冒着热气的砂锅,"你们俩从什么时候起变成大厨了? 我还以为你俩跟我一样,喂饱西西喂饱自己就行了呢!"

"那哪行?"她爸骄傲地看了她妈一眼,"你妈自从立志要好好做饭以来,我给她打配合,虽然失手的也不少,但是成果也很显著。一会儿上桌你尝尝,多提提意见,以后继续改进!"

饭桌上,傅其华吃得满嘴流油,但也没忘委婉地跟她爸提出了一个建议。"那个倒计时您老人家就别费心了!还真弄个五千多天,您天天给她改数字啊?"

"这又不费事!"她爸一边忙着把肉都挑到傅其华碗里一边漫不经心地说,"好像谁家的娃娃不高考似的,谁都得有那么一天!我作为一个人民教师,等西西读书认字了,就要跟她普及这件人生大事对她的重要性……"

傅其华低下头吃饭,心里想着怎么跟她爸妈吐露她自己的"人生大事",以及这件大事给这个家庭带来的可能的变化,给西西以后的"人生大事"带来的所有影响。

当然,一切的一切都建立在"可能"变成"现实"的前提下。

她想等到事情板上钉钉之后再告诉父母,但在那之前,她总得试探一下父母对此的态度。

家里亲戚对傅其华的事情这两年知之甚少,但大家知道她离婚了。她爸妈怕她心情不好不愿意走亲戚,也怕别人来家里影响西西生活,几乎推掉了所有亲朋好友间的聚会和见面。傅其华听说了,反倒笑她爸妈太紧张。"过年不就是大家见见面吃饭聊天吗?都好久没见了,听说小伟哥的小孩快出生了,我还给他准备了礼物,小琴是不是今年也快结婚了?男生是舅妈给介绍的?我还没见过呢!"

她带了好多礼物,比以前她爸妈每年准备的还要多,比她第一次工作第一次赚钱回家过年那次带的还要多,像是要证明她过得很好。跟着父母去爷爷奶奶家和亲戚家拜年,抱上穿着新衣服吃饱喝足心情好笑眯眯的西西,大家和和气气地寒暄,说西西又胖了,水灵灵白净净,姥姥姥爷照顾得真好,说傅其华在北京工作辛苦,瘦了好多,问问北京雾霾严不严重,堵不堵车,问问哪天回来,哪天走,一切都客套又熟稔,连答案都不需要细想。

傅其华就知道,一定是她爸妈在她回来之前偷偷给亲戚们挨个打过了预防针,让他们不要问那些她不想听的有的没的,怕她多想。

大伯父家的堂哥和嫂子今年过年没有回来,两个人工作太忙,年假不好请,答应他们上小学的儿子要去加拿大旅游,算来算去,也只能趁春节假期去,就不能和家人一起聚了。大伯父不太高兴,过年各个小辈来拜年讨红包的时候,他就一直叨咕着要跟他儿子孙子视频,戴着老花镜点了半天手机屏幕,也没视频成。还是傅其华凑过去告诉他有时差,那边可能在睡觉没看见,他才悻悻地放下手机,到一边跟别人打牌去了。

"这还是出去玩呢,"大伯母在一边说,"小轩还说等孩子上初中,就送到那边念书……那还不得一年到头不回来?我们想孙子,他们才不管呢,唉……"

看大伯母说着说着眼圈都红了,傅其华她妈就过去坐她旁边,连声安慰:"这不没几天就回来了吗?"

"以后呢?孙子要是真去念书了,小的不回来,两个大的也不回来,留下我们两个老的,看也看不着人,说也说不上话……"大伯母说着说着又开始抹眼泪。

"不会的,"傅其华她妈连忙说,"小轩不会那么狠心的,他也就是那么一说,哪能说去就去那么远呢?咱们孩子们都懂事,你就放心吧!"

傅其华远远地坐在一边,拿个水果哄西西玩,把她俩的话听得一清二楚,心里琢磨着,有些不是滋味。

大三那年冬天,她计划着自己的前途的时候,满脑子想着去外面看广阔的世界,后来她教的学生,家长大部分自己就有留学经历,有足够优越的条件陪读或移民。她从来没有想过,一辈子留在老家的父母,如果真的送自己的独生女漂洋过海地出了远门,逢年过节的时候是怎样手足无措地拨那个有时差的电话。而如今,自己不能再像以前那么莽撞糊涂了,有勇气给身边这个嗷嗷待哺的小家伙一个安全崭新的未来吗?有勇气给日渐苍老的父母一个健康平安的承诺吗?

她真的不敢想。

加强小班教到最后一节课那天,也是傅其华要考试的前一天。下课之后,陆舒阳又留在最后没有走,等大家都走了之后,他过来问傅其华在哪考试。

"R大。"傅其华说。她们学校也是考点,她习惯性地就报了自己学校,觉得会更安心。

"这么巧吗?我也在那考!"陆舒阳一脸惊喜,"看来这回能沾到傅老师的仙气了!"他忙不迭地拿出自己的真题册,"傅老师,快给我签个名,保佑我明天考到100+!"

傅其华就笑着给他签了名:"你这段时间真的复习得不错。我觉得,至少105。你信我。"

"真的?"陆舒阳差点没跳起来,"别人说的我不信,你说的我可真信啊!"迅速把另一本册子也递过来,"这本也签!"

"嗯。"傅其华笑。

每一次下课陆舒阳几乎都会最后走,有问题就问问题,没问题就没话找话地问问题。实在没问题了,就说说自己是哪里人,哪个学校毕业的,平时听什么歌看什么电影。如果不是傅其华觉得完全没可能,她几乎都要误会这个比自己小好几岁的男生是对自己有点意思了。

最后下课那天,陆舒阳拿了傅其华的仙气签名,兴高采烈地出了门。傅其华突然心里就有些软,想叫住他,再鼓励他几句,毕竟以后就见不着了,但还没来得及开口,就看见赵琳远远地站在电梯口等他,看到他过去就笑起来。他扬着傅其华签了名的真题,像是在跟赵琳炫耀,然后两个人有说有笑地进了电梯。

傅其华想起,有很多次赵琳也会晚走。

想起自己差点误会陆舒阳对自己有意思,傅其华简直要笑出声。现在的年轻人,哪那么容易就对谁有意思了?即使有,也不会是对自己。

3

田小甜提早好几个月就给何子睿买了春节回成都的机票。

从2015年起,何子睿就没有回老家过过春节,每一年都是因为她。今年看他还是没有要回去的意思,她就麻利地替他安排了。

"你要是不想说的话,可以先别告诉爸妈咱们要离婚的事,等以后都安排妥当了,再慢慢跟他们说也行。"她跟何子睿说。

怕何子睿准备得不周全,她替他买好了给每个家人的礼物,又怕他托运费事,提前早早跟他确认了每个地址,打包寄了快递。送走了何子睿,她想起来给金佩心打了个电话,问她过年在不在北京,要不要来家里聚,金佩心说暂时还定不下。

今年的春节,只有她和躺在病床上的妈妈一起度过了。

何子睿走的第二天,田小甜休假在家,想睡个懒觉,晚点起床,却一大早就听到了门铃声。

护工刚走,没人会不请自来。田小甜莫名其妙地从床上爬起来走到门口,从猫眼往外看了一眼,顿时整个人都醒了。

门外站着的是好久没见的她爸。

妈妈没出院的时候,她爸隔一两个星期会来一次,也不说什么,在病房坐个三五分钟就走了。后来在田小甜的强烈坚持下,妈妈出院回家了,完全由田小甜和护工照顾,她爸就没再来了。听姑姑说他现在在老家那边和叔叔的几个朋友一起做生意做得不顺利,没事也不怎么往北京跑。

"爸。"田小甜开了门,把她爸让进屋。她爸拿了些保养品和吃的,看上去也是不便宜,田小甜接过来的时候,总觉得有点别扭。明明是面对自己的爸爸,却像是一个局促的主人面对着不常登门的客人一样尴尬。

这两年以来,她越来越不知道和她爸开口说些什么。家里出了那么多的事情,她也不再是以前那个以为即使天塌下来还会有家里人替她撑住的小女孩,小时候仰慕崇拜的那个忙碌的背影,也像是一个跌落神坛的迟暮英雄,和任何一个普通人一样犯错,甚至不及普通人愿意为自己的错误承担责任或付出代价。

"要不要我去叫醒妈?"田小甜问。妈妈有时夜里不舒服睡得不好,第二天整个上午都会一直睡。

"不了,让她先睡吧。"她爸摇摇手,在沙发上坐下,接过田小甜给他端来的一杯热茶。

"不是什么好茶,你凑合喝。"田小甜说。她爸以前喝茶很讲究,田小甜不懂,现在也早没了讲究的资本和心情。

"你前阵子给你姑打电话了是吧。听她说,你妈恢复得挺好的?"她爸呷了一口茶,问。

"嗯,妈现在能自己吃饭了。"田小甜说。

"说话呢?平时能交流了?"她爸问。

"我平时跟她说话都用写的,挺方便。基本上交流没什么障碍了,除了她喉咙还得恢复,还不能自己出声说话。"田小甜点头回答。

"挺好的,你照顾得挺好。"她爸点点头,又问了些工作忙不忙之类的话。田小甜就一一答了。

她听卧室里有动静,就先进去,在妈妈耳边轻声说:"爸爸来了。"

没想到妈妈醒过来,反应很激烈,拼命挥手。田小甜以为她听错了,就又握住她的手说:"爸爸来了,快过年了,他给你买了挺多补品过来。你要跟他说话吗?"

妈妈的手慌乱地摸索着去找床边用来写字的iPad,情急之下把iPad挥到了地上。田小甜连忙捡起来重新塞到她手里。"妈,你怎么了?爸爸是来看你的,"她看着妈妈仍然瞪大眼睛,满脸通红,浑身上下都表达着拒绝,"就是来看看你,你生什么气呀?你不想说话就不说话,好不好?"

好不容易把妈妈安抚下来了,妈妈拿着iPad,在上面写了两个字,"不见"。

看妈妈情绪激动,田小甜只好出去,掩上卧室门。

"妈妈今天不舒服,应该是没有心情说话。"田小甜说。

"那让她再睡一会儿,我等一会儿也行。"她爸并没有走的意思。

"那,你在这吃个午饭吧。"田小甜说。

她做了一个烫青菜和一个鱼香茄子。盛饭的时候,她爸看着她说:"现在做饭做得真不错了。"

"嗯,"田小甜说,"现在都是我做饭。"

记忆里只有妈妈能记住家里每个人吃饭的喜好。换了新的厨子,也是妈妈先来把关,告诉厨子家里人的饭要怎么做。到老家去招待客人,和亲戚朋友聚会,也都是妈妈在忙前忙后地打理,老人小孩大人都能照顾得妥妥帖帖。这两年田小甜学习着做了这么多的饭,其实做来做去不过还是按照自己喜欢的口味来,虽然记得一些何子睿爱吃的菜,但也因为忙,没有太多的机会做给他。妈妈的口味,她有时会问,但妈妈也很少写出来,总是说怎么都好。她并不知道妈妈到底爱吃什么,不爱吃什么,但妈妈却记得她的口味。她不吃香菜,喜欢麻椒,吃芒果会生溃疡,妈妈都记得清清楚楚。上中学的时候有一次,别人给爸爸的一箱芒果,爸爸扔在家里,她不吃,爸爸还因为她矫情,骂了她几句。她当时就急了,指责她爸连她不能吃芒果这件事都不知道,一点都不关心她,两个人大吵了一架。后来想想,她爸又有什么义务了解她吃不吃芒果呢?

父女两个沉默地吃完了一餐饭。她爸看上去胃口不错,两个菜吃得干干净净,吃完就欲言又止,许久,还是开了口。

"你妈不愿见我。"她爸说,"等我走了,你替我再跟她说说?"

"说什么?"田小甜一时间没反应过来。

"之前你妈一直没恢复,我也就一直没法说。"她爸说着话,没抬头看她,"我们俩离婚的事,她一直没松口。现在也过去挺长时间了,我这边事情比较多,也实在拖不下去了。"

田小甜一口还没咽下去的饭哽在了嗓子眼。她这才明白妈妈听清是爸爸来了之后为什么反应那么强烈。她原本还以为妈妈应该是愿意爸爸来看她的,毕竟自从她出院之后,爸爸已经很久没来看她们了。

她鼻子一酸,一动不动地坐着,不想起身到卧室去告诉妈妈爸爸来催她离婚了,也不想冲对面的爸爸发火。

最后她说:"妈妈不想见你,也不想跟你说话,我也没办法。等她情绪好一点之后,我试着跟她说一说吧。"

她爸临走之前,从怀里拿出个红包,挺厚的,也挺沉,递给了田小甜。

"跟何子睿好好的,"她爸说,"早点要个小孩吧。"他顿了一下,"我其实从来不吃茄子,你妈知道。"

田小甜一愣,他已经转身出门去了。寒气顺着门缝钻进来,她忍不住打了个哆嗦。

她走到阳台上往下看去,看到他走出楼门,一边走一边打了个电话。他走到小区门口,站在寒风呼啸的路边,缩着手脚等了片刻。远远看过去,他还是以前那个大腹便便的体形,但肩背都往前微微佝偻了些,没了以前的架势,更像是一个无措又迷茫的老头了。

没多久,一辆陌生的车开过来,停在他身边,他便上车走了。田小甜看着那辆车消失在街角,怔怔地一个人在阳台上站了许久。转进屋来,看到还放在门口的那堆东西,突然莫名生气,提起来就想要往门外扔,脱手前一秒还是硬生生地收住了,放回地上,蹲下身挑拣了一下,看看有哪个可以留给妈妈吃。

晚上睡前,她给妈妈擦身,看妈妈精神还好,就问了一句。

"妈,"她说,"实在不行,就离了吧。下半辈子我给你养老。"

妈妈微闭着眼没回答,她就继续擦身。擦完扶妈妈躺好,突然听到妈妈喉咙里咕噜咕噜地发出了一些声音,随即,妈妈睁开眼睛,温和又坚定地看着她,缓慢清晰地说了一个字:"好。"

田小甜又惊又喜,手里的毛巾掉到了床底下都没注意。"妈!"她凑近妈妈嘴边,"你再说一次。"

"好。"妈妈又说了一次,比刚才更大声。

田小甜开心得想在妈妈卧室里跳舞。

一整个晚上,她睡在妈妈旁边的小床上,她睡不着,妈妈也睡不着。她每隔一会儿就叫一声:"妈。"妈妈就回答:"好。"两个人,两个字,一问一答,聊到了天亮。

田小甜一点都不困,一骨碌就爬起来准备除夕晚上的年夜饭。虽然只有她和妈妈,但她觉得她从来没有过过这么开心的年。

金佩心来的时候,田小甜一个人已经忙活了整整一桌的菜。给金佩心开了门,戴着沾了油的围裙就给了她一个大大的拥抱。

"我今天好开心!"田小甜笑得合不拢嘴,"妈妈开口说话了,我好高兴啊!过年好!新年愉快!大吉大利!"

她语无伦次地说着祝福的话,金佩心也被她感染得笑了起来。

"你爸妈呢?我还以为他们今年在北京陪你过年。"田小甜随口问。

金佩心摇了摇头,没解释,脱了外套开始挽袖子。"我来帮你。"金佩心进门就看到餐桌上满满的菜,"我的天,你做了这么多?"

"今天开心。"田小甜说,"新的一年里,妈妈一定会彻底好起来。"

"妈妈开口说话了。"田小甜给何子睿发微信。

"真的?"何子睿回复,"晚上给妈妈包一个大红包。"

金佩心没再问田小甜为什么何子睿没在家,田小甜也没再问金佩心为什么没跟父母一起过年。两个人不约而同地点开微信群,给傅其华发了个大红包。

"给西西的。"两个人同时说。

傅其华那边可能在忙着带孩子走亲戚，没有及时回复。

田小甜照料妈妈早早睡下之后，看着电视里热热闹闹的，再看看和她一样百无聊赖刷手机的金佩心，忍不住笑："真的是老了，以为除夕叫你过来，怕你孤单，也怕我自己孤单，没想到咱们这种人，在哪都一个样。"

"可不是吗，"金佩心自嘲地笑笑，"你还有那么多亲朋好友群可以抢红包，我除了公司群，连抢红包玩的地方都没有。"

两个人在餐桌边坐下。"还好今天你在，"田小甜说，"要不然我做这一桌菜给谁吃？"

"你就不应该做这么多，吃不了多浪费呀，明天热也不新鲜。"金佩心说。

"你以前在国外的时候，怎么过年？"田小甜问。

"国外吗？不过年。每年这个时候要么在上课要么在上班吧，"金佩心说，"周末能去唐人街的中餐馆吃个饭就已经不错了，大多数时间都糊里糊涂就忙过去了。"

只有和程枫在一起的那两年，她才有了春节要吃年夜饭的习惯。有一年她加班忘了时间，程枫又去西海岸出差，她深夜回到家，看手机的时候才想起那天是除夕。但她实在又冷又困懒得做饭，连打开冰箱自己找点现成的吃的都不想动弹。

饿得倒在床上发呆的时候收到程枫的信息。

"今天除夕。吃饭了没有？"

"没有。"

"饿不饿？"

"饿。"

"开门。"

她惊得一骨碌从床上爬起来冲向门口。打开门，程枫果然站在门外。

"刚下飞机，太饿了，就知道你也懒得做饭，买了你爱吃的那家中餐馆的外卖。一起？"程枫一身的寒气，一手拖着行李箱，一手提着热气腾腾的外卖盒。

"嗯!"她的馋虫被勾起来了,忙不迭地点头。

黄梦玲骂她捡了自己不要的男朋友。那又怎么样呢?两个没人要的人在一起,不也是天经地义为民除害吗?

到了晚上九点多,门铃突然又响了。田小甜满心奇怪,起身去看。

一开门她就愣住了,何子睿风尘仆仆地站在门口。

"怎么回事?"田小甜瞪起眼睛。她还是像以前一样,最不喜欢的就是任何计划之外发生的事情,即使是惊喜也不行。

"我改签了返程票。"何子睿笑,"还是回北京的票好买,都没什么人。"

"谁让你赶回来的?不是说好在老家多陪爸妈几天吗?"田小甜又瞪了他一眼,手上却麻利地接过了他的行李,顺手扔给他拖鞋,"礼物都收到了吗?"

"都收到了,爸妈挺高兴的,家里没什么事。他们说我不懂事,把你和妈扔在北京过年,我就干脆回来陪你们了。你不是说妈能开口说话了吗?我今天要给她包一个大红包呢。"何子睿一边脱下外套一边跟金佩心打招呼,"佩心在呢!你吃你的,没关系,不用管我。"

"你快洗洗手过来吃饭,饿坏了吧?"田小甜催他去洗手,又进了厨房把砂锅里熬的汤重新热起来。

金佩心就一边吃饭一边看着他俩忙活,一会儿把从老家带回来的食物装进冰箱,一会儿又商量保健品要不要送给别人。

以前读书的时候金佩心确实不羡慕田小甜。田小甜曾拥有的她不曾拥有过,田小甜所失去的她也无法真正感受。但后来她猜想,拥有过再失去的痛苦,或许比从未得到更加难熬吧。她渐渐地,也有些羡慕田小甜了,觉得田小甜有她所没有的勇气和温柔,毕竟有过最好的时候,就怎样都不怕最坏的时候了。

何子睿回来了,金佩心就有些觉得在田小甜家待得如坐针毡,好像自己冒冒失失地闯进了人家和家人的除夕夜。田小甜也觉得不好意思,明明自己把金佩心叫来的,怕她孤单,结果何子睿又临时回来,倒好像自己故意在金佩心面前秀恩爱一样。

哪有什么恩爱可秀呢？不过是一对拖拖拉拉离不成婚的夫妻罢了。

"哪有大年三十把客人放走的道理？"田小甜和何子睿怎么留也没有用，金佩心还是坚持要走，他俩只好给她拿了好多吃的。金佩心连忙推托："我一个人住，哪里吃得了这么多！"他俩坚持要她都拿着："哪有大年三十从家里空手出去的？"她越推托手里东西越多，差点提不动了，何子睿帮她提下楼，叫了车。

每一个平常人家，过年期间走亲访友，应该都是这样的吧。

她小时候没有太多这样的经历。过年的时候父母带着去走亲戚的都是金闯，送来送去的好吃的，在家里放过了初一，放过了十五，放过了正月，有的放坏了，有的不知道哪里去了，她也很少吃到。有一年除夕，她给金闯收拾房间的时候换了他的床单，他说刚放在枕头底下的压岁钱没了，在家里暴跳如雷，破口大骂。她爸妈闻声赶来，问她怎么不把钱还给金闯。但她根本就拿不出钱来还，金闯不依不饶，一家人从除夕一直吵到大年初四。金闯拿了好多亲戚朋友给的压岁钱，重又笑得合不拢嘴，这才作罢。

后来姑姑到家里来，她终于忍不住，趁父母没注意的时候，偷偷跟姑姑诉苦。但姑姑那年正好赶上表哥打架被学校劝退了，家里也是吵得天翻地覆，姑父每天都打她，她自身难保，连带金佩心去小书店的钱都没有，也只能口头上安慰安慰她，多给她一块糖吃，别的什么都帮不上。

她之后才逐渐意识到别的小孩是每年能收到压岁钱的，每个大年初一能穿上崭新的新衣服的，正月里各种好吃的是吃不完的，在年夜饭的桌上大声笑闹是不会被打的，除夕晚上是可以噼里啪啦放鞭炮的。可惜，知道这些的时候，她已经长大了，现在再让她去放鞭炮，接红包，她只会觉得自己像个精神病。

有时看很多和她年纪差不多大的贺岁老港片，不管家里多么四分五裂，家人吵得多么不留情面，到影片的最后，大家还是会不约而同地陆陆续续地往家里赶，只为在守岁的时候按响门铃，在长辈父母身边围坐一圈，和和美美地吃上一顿团年饭。

那是她羡慕却从未经历过的,过年的样子。

程枫给她发信息让她开门的那一刻,她第一次在他身上,看到了和爱情不同的,家一样的归属感。

那两年虽然在美国过年,他还是会特意去中国超市买红包,然后装上美元,晚上放在她的枕头下面。她说按国内时差,年早就过了,何必还要卡着时间走这个形式呢?他就说,因为她从小没有过压岁钱,他以后每年都会给她补上。

2018年初他回老家过年,也没忘在微信上给她发了一个红包。

金佩心提着一堆东西回到自己的公寓。没有电视,没有鞭炮声,也不想上网看春晚,她收拾了屋子,泡了一个舒舒服服的澡,房间里放着自己平日喜欢听的音乐,就像过一个没有加班的周末一样,安静地钻进被窝,准备好好地睡一觉。

临睡前,她拿起手机看了看,已过零点,程枫今年没有发来祝福的信息,也没有红包。

她点开红包打算给他发一个,但在写祝福语的那一栏里犹豫了,写了删,删了写,最后好不容易发了出去。等了好一阵,他也没回复,红包也没收。

金佩心等得困了,就准备关灯睡觉。把手机扔到一边的瞬间,它乖乖地响了一声。

她重又捞过来看,果然是程枫的信息。

"今天除夕。吃饭了没有?"

"吃了,在同学家吃的。你呢?"

"我还没吃。"

"怎么还没吃?"

"想等你一起。"

"……"

"可以吗?"

"……"

"开门。"

又来?金佩心吓了一跳,光着脚跳下地去,到了门口一看,程枫真的站在门外。

一开门,他手里拿着的红包就递过来。"过年好。"他笑,"下飞机太晚了,大过年的,也不知道去哪里吃。你家里还有吃的吗?"

金佩心愣了愣。他说得太熟稔,就像他们俩根本没有分过手一样。恍惚间她甚至也以为他们从来没分过手。他开心地跟着她从纽约回了北京,开心地在机场送她玫瑰花和戒指,开心地继续一起生活。

只是想象而已。她一个人的公寓里,餐具都只是她一个人的份,傅其华在她家住的时候各种不适应,还问她家里从来不会来客人吗?连喝水的杯子都不多准备一个。她根本就没有预想过他会来,像一个慌乱的主人第一次接待访客一样,找拖鞋,倒水,问他要吃什么。

就像田小甜说的那样,哪有大年三十把客人放走的道理?

两个人面对面,吃简单的宵夜,听着熟悉的音乐,金佩心觉得像是又回到了在纽约的那个小窝,两个漂泊在他乡的"没人要的人",自得其乐,仿佛可以就这样生活一辈子。

"陪我去看一个人吧。"金佩心说,"过年是要走亲戚的,对吧?"

槛儿桥

槛儿桥

槛儿桥

槛儿桥

桥头有座龙王庙

庙里有小鬼

夜半三更叫

镇子离后山是很近的,过了一条河就是。沿着河的公路后来被翻修拓宽了。从公路一直往西南方向走是邻镇,再走是下一个邻镇,再往南,再往南,是县城。

河这边是车来人往,河对面是座荒庙,背靠着荒山野岭。

从小我们都被家里人叮嘱着不要往后山跑。后山闹鬼,大大小小的孩子都听说过。

河上那座桥原本没有名字,老人们叫它槛儿桥,门槛的槛,鬼门关的门。据说桥下漂着无数孤魂野鬼,如果你半夜三更想过那座桥,会有鬼的手伸上来,无声无息抓住你的脚脖子,冰凉冰凉地拽着你下去。

即使站在河这边,挨着有人烟的镇子,若是等到寂静无声的夜晚,也会隐约地听到幽幽怨怨的呜咽。

我的小学是在镇上读的。周围的同学每当吵架拌嘴说不过别人的时候,就发狠似的说,有能耐你上槛儿桥走一趟。像是最恶毒的诅咒。

有一年快入冬的时候,我们班有个小男孩被同学欺负,放学之后独自一人跑到了河边去,三步两步就上了桥。欺负他的同学站在岸边,笑话他胆子小,有能耐就到桥那头的龙王庙去。他一声没吭,跺了跺脚,真的往对岸跑了。同学看天要黑了,等了一会儿,叫了两声,没等来人,吓得跑回了家。

后来几乎出动了半个镇子的人四处寻找,都没有找到。

很快冬天就到了,严寒铺天盖地,滴水成冰。半大孩子在河边走过,心痒痒,跑到冰面上去溜冰,都会被家人厉声呵斥,揪回岸上。

有个孩子多滑了几步,离岸边也没那么远,但也足够让他无意中一低头,看到了冻得坚实的冰面之下,一张隐隐约约透着青紫的脸。

河边后来建起了护栏,简陋得很,并不如小孩子心里的阴影那般有用。

那个时候我还很小,也没有发胖,但人的性格是骨子里带来的,我天生就不是个讨人喜欢的孩子。金闯和我同班,如果说班里有一个天经地义被人欺负的孩子,那必然是我。

自从班里那个小男孩的座位空下来之后,我总是做噩梦。白天老师多说了我一句,不小心踩了哪个同学的脚,我晚上都会梦到他们狞笑着把我往那座桥上赶。桥下一会儿是湍急的河水,一会儿是铁青的坚冰,我手脚发抖,眼前天旋地转,直到从梦里哭着醒来。

小学毕业那年,我的噩梦变成了现实。

我考了全校第一名,是我们学校唯一一个可以去县里读初中的学生。老师告诉我入学通知书会寄到我家里,但我等了一个暑假都没等来。金闯知道了就笑话我,说通知书他拿去扔到河边草丛里了。

一瞬间脚都软了,但我还是下意识地就往河边跑。我天真地想,趁天黑之前去找,说不定还能找得到。

我不记得自己在河边找了多久,脸和手都被树枝和草叶刮伤了,火辣辣地疼,眼看着太阳一点点下去,河边的风大起来,水流的声音也显得越发恐怖,我抬眼往桥那边看去,夜幕逐渐笼罩了河对岸的那座荒庙。

所有童年时最恐惧的想象都涌进了脑海。

直到我听到一个熟悉的声音,看到微弱的手电筒亮光。

"佩心!"是姑姑的声音,"怎么回事?姑特意来看你,你妈说你跑河边来不回去。在哪呢?赶紧跟我回家!"

那微弱的亮光是我的救命稻草。我连滚带爬地从草丛里冲过去,抱着姑姑的腿不撒手。

第二天,我收到了寄来的入学通知书。我心有余悸,偷偷跟姑姑说了自己的噩梦。

"你怕什么?"姑姑说,"这世界上没有鬼。"

"但是那个男生……"我支支吾吾说。那是童年的我离死亡最近的一次。

"他掉水里了,河上冻了,就这么简单。怎么,你还真以为是龙王庙里的小鬼把他拖到河里去的?"

姑姑虽然没上过太多学,但也算是我人生中第一个设身处地传播唯物主义价值观的人。后来我回想起来,觉得真的不容易。

我百般拒绝,还是被姑姑拖着,上了槛儿桥。

"你听好,"她说,"你不像姑,以后是要去县城,去城市,去更大的地方的,胆子这么小怎么行?"

"我不去!"我挣扎着,都快哭出来了。

"我又不会害你,"姑姑像是下了决心似的,"我带你去看看龙王庙里到底是什么样。"

人的恐惧很多时候是自己的想象带来的。我长大以后,看多了各种类型的恐怖片,日本贞子、美国僵尸等在脑海里排好了队,想象具象了,也就没那么害怕了。但儿时那对未知恐惧的感觉仍然还在。

光天化日地看到荒草掩映的庙门时,我还是害怕得闭上了眼睛。

我听到庙门"吱呀"一声开了，风贴着我的耳边刮过。

然后是很长时间的静默。不知哪里有窸窸窣窣的声音传来，像是老鼠跑过，我头皮发麻，不小心睁开了眼睛。

我这才看到，破败的庙里早已被倒塌的房梁和杂乱的土石堆满，在一个角落里，有一团已经看不清颜色的被褥，一个早已无炭可烧的简陋火炉。

像是有人在这里住过。

"你看，没有鬼吧。"姑姑轻描淡写地说，"你记得你秀芹阿姨吗？"

"记得。"我点点头。她是姑姑的一个远房表妹。

"她的姨姥姥，别人都叫她六姥姥，几年前得了绝症，不想治，也没钱治，在入冬之前，一个人跑到这庙里来，没待几天就冻死了。她家里人欢天喜地来收了尸，过了个好年。"

我太小了，对那个六姥姥没有印象。姑姑说我刚上小学那年还跟别的小朋友一起去过她家，那时那个瘦小枯干的老太太坐在炕上，给我们几个小孩一人分了一块水果糖。

我那时不太懂姑姑为什么要给我讲这些，但奇怪的是，她讲的这些和以前听到的鬼故事相比，完全不会让我害怕，甚至我还试着想象那个老太太坐在荒庙的角落里的样子，裹着被子，坐在早已熄灭的冰冷的火炉边，听着外面北风的咆哮，看着破败的窗子逐渐结满霜花，等着冬天的第一片雪落下，守着生命的最后一丝温度……

"但是，"我忍不住小心翼翼地问了姑姑一个问题，"后来为什么还会有人听到哭声？"

姑姑没有回答，只是在我们从桥上走回去的时候，她回头望了很久。"可怕吗？不可怕，也挺好。"她喃喃自语着，声音在风里打了几个旋，就被桥下的河水吞没了，我甚至不确定有没有听她说过这句话。

也是从那天起，我再也不害怕槛儿桥了。去县城里上学之后，每周回家的车会停在桥附近的公路边。我下了车，还要再走一阵回家。我常常趁那个时候，一个人在河边站一站，看看对岸那座孤零零的庙。

后来新修了更近的公路，走河边那条路的人越来越少了。

再后来，我离开家，去上大学了。

再再后来，姑姑带着她终生没能实现的、走出镇子的愿望，去世了。在她去世之后，我才隐隐地明白，她的一生有多逼仄，就有多渴望自由。也才明白，从很小的时候起，我内心深处就已经盼望着，要沿着那条路，走向很远很远的地方，再也不回来。

那微弱的亮光一直照着我的路呢。我实现了姑姑没能实现的愿望，成为了她想要成为的人。她如果看到，也会替我开心吧。

带走姑姑骨灰的那天，我特意让司机绕了远路，经过了河边。冰面一望无际，空荡荡的，什么都没有了。

"师傅，桥呢？"我愣住了，脱口而出。

"啥桥？"司机师傅没反应过来，抬头看了一眼，这才漫不经心地说，"你说那破桥啊？前两年自己塌了。别说桥了，水越来越少，连河都快没了。"

我仔细看，确实比我童年记忆里的那条河窄了很多，甚至都不能称之为河了，算是条浅浅的水渠。或许再过几年，夏天的时候都可以走到河对岸去了。

对岸的荒庙只剩下一片断壁残垣，隐在乱草之间，几乎找不到了。

还会有新的传说用来吓唬不谙世事的小孩子，但童年的记忆总归短暂，即使是那些被想象渲染夸张过的恐惧，也都会随着一年一度的雪季被冰封，等到春暖花开一切化了冻，旧的往事就会被覆盖，自然的更替是命运最好的选择。

　　每一年我都会来看望姑姑，今年格外好，有程枫陪我。他没有来过东北的雪乡，和任何一个外地人一样好奇。我给他讲小时候姑姑给我缝的棉衣棉裤，讲冻裂了的手指头，讲冰面下青紫的那张脸，讲那座消失了的槛儿桥。他听得津津有味。

　　槛儿桥消失了，心里的那个槛儿，也总会迈过去的。

　　迈不过去的，也不用再经历人间的风霜雨雪了，总归是好事吧。

第十六章
同路人

2014年末,田小甜通过别的同学辗转加上了傅其华和金佩心的微信。毕业之后的三年,她们彼此之间没有过任何联系。

虽然没联系,但田小甜也并不客套,开门见山:"我跟何子睿明年六月办婚礼,来吗?"

金佩心在国外实在没时间回来,要了田小甜地址,说到时会寄东西给她。

傅其华倒是答应了。

那时田小甜还不知道傅其华和李文聪早就分手了,一直以为她会比自己先结婚。虽然她们平时不联系,田小甜想,傅其华的婚礼一定会把她们聚到一起的,毕竟在学校的那会儿就答应了,后结婚的给先结婚的当伴娘。只是没想到先结婚的那个会是她自己。

在北京想找一家"既简约又精致、既平价又高档、既实惠又有趣味、既私密又气派"的婚礼场地简直比登天还难。当然,这些词都是田小甜用来给自己"定调"的。

"虽然我不是写文案的……但是我想问,这不是不可能完成的任务吗?"何子睿看着田小甜在手机备忘录里存下的密密麻麻的文字和图片,"怎么可能又平价又高档？又简约又精致？我要是婚庆公司估计都被你这样的客户弄得头疼死。"

"为什么不能？"田小甜一边盯着电脑屏幕一边白他一眼，"你不懂就不要乱讲！"

光定下来婚庆公司就权衡了很久，跟着管家和策划从场地到流程每一个细节不厌其烦地敲定，足足用了好几个月。

田小甜喜欢海。她一直梦想一个海岛婚礼，以前家里还殷实的时候，她每次和闺蜜朋友说起自己以后的婚礼，那必然是马尔代夫长滩岛夏威夷大溪地，阳光沙滩椰树海浪，又热情又浪漫，高饱和度的撞色和湿淋淋的暧昧，简直是绝佳的婚礼和蜜月去处。朋友就笑她说，你干脆穿比基尼当婚纱算了。她就瞪起眼睛："你以为我不想？我是怕我妈把我腿打断！"

北京没有海岛，只有灰蒙蒙的城市天际线和生硬凛冽的风。她的预算也让她去不起海岛，甚至连稍微有点小众格调的户外场地她也嫌价位太高，但又嫌千篇一律的酒店宴会厅体现不出她的特别和品位。

但是有什么办法呢？生活总是能最及时地把你从梦里叫醒，然后贴心奉上你专属的那份真相。她可不再是那个在海岛上度假的小公主了，或许千篇一律的宴会厅看起来跟她更相配。

何子睿刚入职新公司，每天忙得团团转，田小甜研究生还没毕业，学校公司两头都要顾，即使这样，田小甜还是发挥了她事无巨细的好习惯，她也不知道从什么时候起养成这个好习惯的，以前明明是个饭来张口衣来伸手的小公主。

田小甜的婚礼管家是个比她小两岁的女孩子，学设计的，工作一年，也跟了不少婚礼和活动，直言见过的"处女座"的新娘不少，但田小甜比处女座还处女座。

"我理解我理解，咱们会过日子的女孩子都精打细算，每一分钱都要落到实处，可不像有钱人，大包大揽什么贵来什么。姐，一看你就是会过日子的！"

田小甜默默地一边在两束双胞胎捧花之间纠结，一边尴尬地笑着点了点头。她偷偷打量了一下自己,穿着何子睿的外套,旁边扔着装着电脑的购物袋,顶着两天没洗的头发,和当年那个背着香奈儿去实习的自己一比,总算是像一只在职场里打拼的蝼蚁了。

那时她没住在家里,和在公司附近租了房子的何子睿住在一起,每天晚上他加班回家,田小甜就趴在床上,打开自己的婚礼备忘录,把新敲定的每一个细节说给他听。

何子睿困得很想睡觉,毕竟第二天早上起来还要上班,又尽量忍着不拂了田小甜的兴致。但他是真的不知道桌卡的颜色是用草木绿好看还是薄荷绿好看,在昏黄的床头灯光下,他看田小甜手里那两张卡全都是灰扑扑的颜色,看久了特别催眠。他脑袋昏昏沉沉的,田小甜还在滔滔不绝地说着,他就已经半张脸沉到枕头里去神游了。

田小甜啪地把卡片摔在他面前,他才又醒过来。

"完了吗?你选你喜欢的就行了,睡觉吧。"他迷迷糊糊地说,伸手就要去关床头灯。

"何子睿!"田小甜声调一下子拔高了,"你到底听没听我说话啊?"

"听了啊……反正也是你来决定,你喜欢就好。"何子睿连忙顺着她的话说。

"我决定我决定,我结婚跟你没有关系是吗?"田小甜伸手在他脑门上敲了一下,"你能不能稍微上点心,让我觉得是咱们两个人要办婚礼,不是我自己?"

何子睿很委屈:"但是我都说了,只要你喜欢的我就喜欢啊。而且你不是说了吗,有的环节不要我参与,要给我惊喜……"

"只有婚纱的环节不让你参与!是因为我要把第一眼留到婚礼那一刻!别的环节谁不让你参与了?"田小甜越说越生气,"我知道你天天加班累,我也加班啊,我一周有三天去公司两天去学校,其他的时间全都用来跑婚礼的事了,光是敲定那个楼顶花园我就跑了六七趟!我不累吗?"

"好啦好啦,知道你辛苦,"何子睿伸手揽过她的肩膀,试着平息她深夜爆发的怒火,"所以你也不要那么累啊,还选什么卡,什么颜色,我看都差不多……"

"你根本就没明白我的意思!"田小甜甩开他的手,转身赌气着倒进被子里,眼眶一酸,眼泪就流了出来。

有时她也觉得自己矫情。她一边跑来跑去地省着钱砍着价,一边还是不由自主地回想起少女时代所有的憧憬。那时因为有优渥的生活背景加持,憧憬都是细节的、真实的、触手可及的,当然,也造价昂贵。只是她当时不知道,她触手可及的东西已经是很多人连憧憬都不敢憧憬的。她并不是委屈,也不是挑剔何子睿没有能力给她一个憧憬中的婚礼,她只是需要这个陪在她身边的人,让她相信以后的路即使是需要不停地妥协不停地砍价不停地权衡不停地忙碌,也是可以互相鼓励着一直走下去的。

但何子睿的脑子里完全没有想到这些,看田小甜转身躺下了,他如释重负地一抬手就关了床头灯。他早就想关了,从田小甜讲到草木绿和薄荷绿的时候开始。

灯一关,黑暗里的田小甜愣住了,过了好久,她才反应过来何子睿这个操作是什么脑回路,继而就听到了枕头那端富有节奏感的鼾声。

田小甜脸上的眼泪都还没擦干,就被气笑了。她无奈地叹了口气,把整个脑袋更深地埋进枕头里,没过多久就也睡着了,梦里她还在想,要不还是用薄荷绿吧。

第二天在婚庆公司的时候,管家妹子听着田小甜气急败坏地抱怨何子睿完全不作为,好脾气地笑着安慰她:"何先生这样的新郎真的已经很好了,多给你省心,什么事都由着你来做决定,换作别的新娘,偷着乐都来不及呢。"

但糟心的事一件接着一件。退了换换了退的好几件婚纱,怎么搭配都不对劲的鞋,试了无数次仍然不合格的妆,改来改去剪不完的视频,左挑右拣的伴手礼,没有什么能让追求完美的田小甜满意。

她拉了一个伴娘群,里面有傅其华,有她大学时话剧社的一个同学,还有两个同事。她早早地开始给大家选衣服,时不时地甩一堆淘宝链接在群里。但是没过几天,傅其华突然私聊田小甜。

"抱歉,你能不能把我换下来?我可能没办法参加你的婚礼了。"傅其华没头没脑地说。

"怎么了?"田小甜一头雾水,"是不能当伴娘,还是不能来参加?"

"不能当你伴娘,也不能参加。"傅其华说。

"怎么回事?不是说得好好的吗?是出了什么事吗?"田小甜奇怪地追问。

"没什么事……就是我突然想起来我六月份要出差。"傅其华闪烁其词。

"但是我没有别人可以当伴娘了,"田小甜有些不高兴,"总不能少一个伴娘吧。"

"少一个伴娘不行吗?"傅其华小心翼翼地问。

"当然不行了!"田小甜说,"三个伴娘四个伴郎?逼死强迫症呢?还是我让何子睿临时扔掉一个伴郎?都是他的发小好兄弟,这样不好吧?你真是给我出难题!就不能不出差吗?你早点跟你们老板说,就给我留一天都不行?"

傅其华没有松口。

田小甜不傻,明显看得出傅其华是突然改变了主意找借口不想来,半生气半埋怨地说了几句,也自觉没趣。关掉对话框,她点开购物车里各式各样的伴娘裙,叹了一口气。

果然大学的时候几个人好得恨不得穿一条裤子,以为可以互相陪伴着走过人生的每个阶段,都是奢望。

金佩心是一个不会发脾气的人。

从小到大,她一直以为这是她为数不多的优点之一。毕竟对于一个从不发脾气的人来说,任何人似乎都无法再对她的错误或是缺陷进行指责,所有的呵斥和质疑都是一拳头打在棉花上,收不到什么预期的反应。无论是亲近的人还是陌生人,她看不惯或是看不惯她的人,生活上工作上遇到的讨人厌的人,没有什么事能真正让她生气。或者说,在别人看来,她永远不会生气。

不过不会发脾气不代表没有脾气。金佩心想,她的脾气可能自带内循环系统,可以被自己消化吸收,完全不会表现在表情动作语言上。任心里翻江倒海,脸上一派岁月静好。

大学的时候她看着身边的男生女生在恋爱中三天一小吵五天一大吵,女生哭得梨花带雨男生愁得焦头烂额,就觉得既神奇又困惑。后来她自己谈了所谓的恋爱,却也没有茅塞顿开情商突飞猛进的发展,永远是一副事不关己的样子。

她从没意识到自己的变化是从何时发生的,直到那天在自己住处门口,脸上结结实实地挨了黄梦玲一记耳光。

她终究没有辩解,像之前二十几年的生活里每一个这样的时刻一样,她什么都没有说。

后来黄梦玲走了,她一个人坐在昏暗的门廊灯下,脑子里乱得很,想了很多事情,又仿佛什么事都没想。

最后留在她脑海里的,是那天从黄梦玲家里出来,看到坐在门前哭的程枫的样子。

那天他们两个同走了一小段各回各家的路。程枫完全没有认出有过一面之缘的她,只是把她当成黄梦玲身边那些记不住名字的闺蜜之一。

"她肯定跟你们说我是个渣男,是吧?"他也完全不避讳,"反正你是她的朋友,肯定向着她说话。"

金佩心并没打算说好话给他听:"她倒没跟我说太多,我只是听说,你说她是整容怪。"

程枫瞪了瞪眼睛看着她,倒也没生气。"我跟她道过歉了。虽然我是真的不赞成她整容。她以前的样子有什么不好?我是越来越看不懂你们女生的审美了。"

女生的审美？金佩心想，有多少女生忍痛改变自己的样子是为了自己真正的审美，又有多少是为了所谓异性的评判和褒贬呢？

"她本身就条件优越，我给不了她什么，但我又舍不得放手。"程枫说，"奇怪吧？我真的说不清楚我喜欢她什么，说到底，我也没问过她喜欢我什么。可能是因为她当初先追的我，我受宠若惊，像中了彩票一样。"

金佩心忍不住抬头打量了他一眼："没有人追过你？你也没追过别人？"

"很奇怪吗？我又不爱聚会，又不会哄女生，也确实没有条件给她们买贵的礼物。大家都很现实。"他说。

什么叫现实？黄梦玲只是维持了她一贯的生活方式，她不需要他委曲求全，她找的是个男朋友又不是提款机。何况，不是所有的女生都是这样的生活方式。金佩心想。但她并没有说出口，只是对这样的以偏概全有些不满。他们正好走到了各回各家的分岔路，她就敷衍地跟程枫告了个别，转身回家去了。

固执，意气用事，好面子又条件有限，还有点大男子主义，这些她对程枫的粗浅印象，其实很久以后也没有根本改变。那个从分岔路口回家的夜晚，她也不会想到，两个月之后，她就跟这个在她看来具备了无数缺点的男生开始了一段将会持续很久的感情，还为此被他的前女友黄梦玲追到住处来打了一个耳光并且恶狠狠地咒骂。

和程枫在一起的契机也很奇怪。

那个学期她实习的公司，由于明里暗里的歧视和其他一些众所周知的原因没有录取她，她之前付出的所有心血都白费了，还为此耽误了那学期她最重要的课。虽然可以留到下学期重修，但下学期有下学期的课业，还要重新找实习，等于是全盘打乱了她的步调和计划，连预定好的去韩国做手术的日程都要改了。

不顺的事情常有。金佩心不愿意抱怨，就像每一次一样，内循环消化脾气。那天她从老师的办公室出来,意外遇见程枫。

程枫看起来也是不太顺,脸色难看得像是熬了一个星期通宵,胡茬也不刮,和那天打扮齐整去黄梦玲生日会的样子完全判若两人。

两个人对看了一眼,点头示意了一下,连话都懒得说。

金佩心下楼,程枫无精打采地跟在她后面。两个人一前一后地沉默着同行了一段路。

"黄梦玲跟Jeremy(杰里米)在一起了。"他哑着嗓子吐出一句话。Jeremy是之前喜欢找黄梦玲一起出去玩的那个香港男生。

"我知道。"金佩心说,也没什么同情心地回头看了他一眼,"怎么,你还打算去她家闹一顿?"

程枫看了她一眼:"我真是那么蛮不讲理的人吗?"

金佩心面无表情:"不是吗?反正我第一次看到你,你俩就在家里打架,东西砸得噼里啪啦响。"

"你怎么知道?"程枫惊疑地看着她,"你什么时候见到我的?"

"哦,"金佩心想起来,"我那时候刚做完眼睛,整个脸是肿的,戴着口罩,你不记得我也正常。"

程枫努力想了想,还是无果,重新打量了金佩心几眼:"你做眼睛?"

金佩心就拿出手机,给他看自己的微信头像:"喏,这是我。"

"哦。"程枫点头,也没有评判她的丑照,也没有说整容怪,自顾自往前走了。

"我俩没打架。"他若有所思地说,"真打架的话,早就有警察来把我抓走了,家暴的话她一报警我就进去了。"他叹了一口气,"只是她生气的时候喜欢摔东西而已,谁还没有个发脾气的时候呢。"

金佩心觉得好奇:"那你发脾气的时候呢?"

"我?我就去打游戏……"程枫尴尬地挠了挠头,"或者去徒步。上山下谷几天几夜,累到像野人一样,什么怨气都没了,特爽。你呢?"

金佩心愣了一下："我？我不知道。"

"你们女生不都是一生气就让男朋友给买个包买套口红就好了？"他又不知死活地说。

金佩心就不太高兴了。她的礼貌认知告诫她没有必要去对他反唇相讥，但她实在忍不住："你能不能不要总是说你们女生你们女生？像黄梦玲的女生很多，不像黄梦玲的女生也很多，但她们爱怎么生活是她们的事，不需要你来想当然。"她看着他的眼睛，"我现在知道你为什么要在黄梦玲生日送她一个她根本不需要的包了，也知道为什么她要跟你分手了，你们俩根本就不是一类人。"

程枫看她反应激烈，意外地没有发火，反倒心平气和地说："是啊，我知道她和Jeremy在一起的时候，竟然也没生气，可能她真的有更适合她的人吧。"

金佩心还以为他要跟自己争辩起来，没想到他说了这句话，一时间愣住了，忘了继续怼他。

他就问："所以你呢？你就没有生气的时候吗？"

金佩心一直认为，不生气是因为生气没有用，但后来她渐渐发现，"有用"是一个很微妙的概念。人在大部分生气的场合，在意的或许并不是引发生气的事情本身，而是自己真正的情感诉求究竟有没有表达出来，有没有人接收得到，有没有得到期望中的反馈。

程枫第一次邀请她一起去徒步的时候，她没有拒绝。两个人选了很长的一条小路，从晨星初见走到夕阳落尽。金佩心觉得这不过就是她在健身房游泳池自虐的另一种形式，没什么了不起，但等她登上山顶望着视野里的层峦叠嶂时，内心真的有一种冲动，她把心里的话全都大声地喊了出来，虽然声音很快就消失在猎猎风里，但胸中郁结的怨气果然被释放了，她觉得她什么都不怕了，还能再战几十年。

程枫自从和黄梦玲分手后，在同学家的客厅里打地铺，每天都要在学校消磨到很晚才回去,偶尔会遇上在图书馆做完作业同样晚归的金佩心,两个人照例同行一小段路,然后各回各家。有聊的就聊两句,不知道聊什么,就沉默。

"下一次什么时候一起徒步?"他问她,"下周末?我同学之前走了一条新路线,感觉还不错。"

"下周末不行。"金佩心想了一下,有些为难地说。

"有事?"程枫问。

金佩心含糊其词,没有回答。

她定了周末趁小假期去韩国做鼻子的手术。不知道为什么,她不想告诉程枫。虽然她知道他的想法只是普通人都会有的想法,她也给他看过她以前的丑照,但他说"整容怪"三个字的样子,还是深深地印在她的脑海里。

那个时候她已经有一点隐约的期望,期望他们可以在同行的那一段路上,能走得远一些,再远一些。至于面具背后的自己究竟还能隐藏多久,她却不敢去细想。

3

回R大考试那天,傅其华刚走近考点,远远地就看到了等在楼门口东张西望的陆舒阳。他一只手拿着那本她签了名的习题册在看,另一只手提着个塑料袋,里面装着纸杯什么的,看起来是他刚买的早餐。

傅其华犹豫了一下,正想着要不要走过去叫他,就看到赵琳从另一个方向往楼门口走过去,跟陆舒阳打了招呼。陆舒阳提了提手里的袋子,跟赵琳说了句什么。

傅其华愣了一下,下意识就转过身,绕到了楼后面,轻车熟路地从后门进去,避开了他们俩。她一边漫不经心地看着墙上的考场须知,一边在心里暗暗地嘲笑自己,也太自作多情了。

接着她手机上就出现了陆舒阳发来的信息。"傅老师,祝今天一切顺利!

(其实是祝我自己)希望你能大发善心,给我们这些学渣一点机会,考个119就可以了。"

傅其华收起了手机,排在考生的队伍里准备进考场,没有回复他。

虽然这已经是她无数次进考场了,但上一次为了自己的前程考试,还是恍如隔世的2010年。那时她还不是现在的傅老师,也不会想到自己过了十年,竟然还是一次都没有出过国。

她原本以为自己会像电影里的情节那样,在电脑前疯狂答题的时候耳边会有心潮澎湃的BGM(背景音乐),仿佛过了今天自己就会走上人生巅峰,然后出来"从此以后过上了幸福的生活"的字幕。但什么都没有,她甚至在做阅读的时候走了好几次神,因为她妈说西西这两天有点咳嗽,可能是被传染了流感,不知道好一点了没有。

很绝望很绝望的那段时间,她一直在幻想自己能够有一个特异功能,就是查看一下自己人生的进度条到底走到了哪里,之后还有多少个坎在等着她,离结束到底还有多远的距离,也好有个心理准备。但她不是奇幻小说中的角色,她也没有主角光环,更不会做什么事都自带BGM。她只能一边幻想着,一边默默地熬下去。

考完试出来还是没躲过陆舒阳的堵截。他远远地等在楼外面,一看到傅其华出来,就一脸苦相地跑过来。"傅老师,"他脸上的五官都皱在了一起,就快哭出来了,"我觉得我又考砸了……"

"怎么会?你几次模拟不都还不错吗?"傅其华惊讶地站住,"考试的时候有什么事影响了吗?"

"没有,我就是紧张,一直想这次不能再拖了,这次是最后一次了,一定要考好……就是太紧张了。"陆舒阳委屈地说,"我爸妈给我下了最后通牒,如果还是不理想,就不要出国了,他们给我介绍了好几个相亲对象……"

陆舒阳是河北人,家里也是工薪阶层,听他说,他家里也不是没有这个钱送他出去留学,只是他自己不忍心啃老。"我爸妈说,我要是真想去,棺材本花了也愿意帮我,但我哪能用啊,也太不要脸了。"他说,"再说了,我要是用了他们的钱,就没办法不接受他们给我安排的相亲了。用人家的手软,这个账我还是算得过来的。"

这话虽然不中听,但却在理,倒是个实诚的孩子。傅其华在心里默默地叹了口气,看着他愁眉不展,又想起好多次下课后他和赵琳说说笑笑地一起离开的样子,忍不住说:"听你以前说,你父母也不是不开明的人,你就把话跟他们说开了,说你有你自己喜欢的女孩,不需要他们操心,他们也不会真的强迫你。"

"是吗?"陆舒阳看着傅其华,眼珠子转来转去,脸唰地就红了,像是大学校园里那些莽莽撞撞的大男孩,"我真的有我自己喜欢的人,但是我这回要是考得不好,就不知道怎么回去跟父母说了。傅老师,你觉得他们会同意吗?"

傅其华尴尬地笑了笑,佯装自然地往前走。"我怎么觉得没有用,我又不是你父母。考完试就别惦记了,申请什么的还要费时费力呢。"她说,"到时你要是有疑问,可以来找我。"

陆舒阳跟在她身后,犹豫着念叨了一句:"我就怕他们不同意。"

陆舒阳说完连忙摇头:"没什么。"他甩着手往前走,背影毫无违和感地融入身边穿梭往来的大学生中。

那天晚上傅其华刚跟西西视频完,就收到了赵琳发来的信息。

"傅老师,我觉得我今天发挥得还不错,谢谢这些天来老师的指点!之后申请的时候可能还会麻烦到老师,谢谢啦!"

赵琳不像陆舒阳,一开始来的时候就购买了申请流程的定制,有其他的顾问老师全程指导她,傅其华应该也帮不上她什么。但傅其华猜想,陆舒阳今天可能正是为此有些担心。原本在自己的班上促成一对小情侣是好事,但如果赵琳申请得理想,陆舒阳又没考好,又没有顾问帮他申请,难免会没有信心,万一又将异国或异地,也怕陆舒阳家里不同意他们俩在一起。

这样想着,傅其华顺手打开了电脑里陆舒阳刚来的时候填写的信息资料,扫了一遍他的条件和选校。

成绩出来那天傅其华还在上课,趁着中午吃饭的时间回到自己工位上登录了一下查分网站。112,以她自己的水平来说中规中矩,甚至不如前几次考得高。打开之前的学生群,看到已经有同学来报告自己的分数了,她忙着准备下午讲课的材料,就简单发了句话,客套地表扬了考得好的,鼓励了考得差的。

等到下午再下课,她看到了赵琳私发给她的信息:"老师,我终于过百了,105,我要开心死了!老师你是我的福星!都是因为有你的仙气签名护体!谢谢老师!"

陆舒阳那天拿来让她签名的第二本习题册果然是赵琳的。傅其华还没来得及感慨,紧跟着就看到了陆舒阳的信息:"傅老师,我考了99。对不起,辜负了老师的教导。"

傅其华就回复他:"怎么就辜负了?99也不错,现在大部分高校对分数没有那么严格的限制,99和100出头其实没多大区别的。别多想,好好写文书,你可以的。"

看来陆舒阳肯定是因为自己考得不如赵琳而失望了。但他们俩专业差得远,即使英语成绩差不多也很难申到同一个学校,除非是排名靠前的综合性大学。不知道为什么,傅其华对这两个离开了学校之后又回来圆自己留学梦的学生多了些情怀,想帮他们一把。

"傅老师,这是什么意思?"陆舒阳收到傅其华发给他的邮件,惊讶得顾不上礼貌,把电话直接拨了回来。

邮件里傅其华帮他梳理了他的选校和文书特点,还特别标明了几个综合类大学。她没明说,但她想陆舒阳应该是知道的,那几个大学会是赵琳申请的主攻方向。

"嗯,我帮你看了一遍你的选校,觉得你对自己的定位有点过低了。文书我来帮你把关,你尽可以放手去申请,不要不敢碰好学校,试一试又不会怎样。"傅其华说。

"傅老师，"不用听就知道陆舒阳肯定在电话那头感动得声音都变了，"真的……太谢谢你了。我不知道要说什么了……"

傅其华就笑："也不用说什么，你们两个人不是应届，又要工作又要学习，也算是背水一战，和我一样。我不过就是做了一点我本职的工作。"

陆舒阳还在一个劲地道谢："那，哪天傅老师你没课，请你吃饭吧！怎么样也要谢谢你的！"

傅其华犹豫了一下："你们俩？"

陆舒阳那边也愣了一下："我们……啊，你是说我和赵琳？对啊！"

"我看看时间吧，"傅其华推托，"最近又新开了一个班，有点忙。"

"你不是自己也要申请吗，"陆舒阳问，"还要上课？"

"当然，我和你们一样，要奋战到出国前最后一秒钟呀。"傅其华苦笑。

"那你申请了哪个学校？哪个专业？如果方便的话……我能问问吗？"陆舒阳说。

"我学教育，跟你又没什么关系，你要知道干吗呀？"傅其华问。

"不干吗，我就问问。"陆舒阳连忙说。

第二天上班的时候傅其华遇到了来跟顾问老师做申请的赵琳。赵琳兴奋得不行，拉着傅其华叽叽喳喳说了好多，直到她的顾问老师来把她叫进小会议室里去。

"傅老师，哪天一起吃饭呀！"赵琳临走对傅其华恋恋不舍地说。

"那个女生还真的挺不错的，"后来她的顾问老师告诉傅其华，"果然工作了的人还是不一样，履历啊，个人陈述啊，自己写就像模像样的了，不用操心。"

"嗯，她确实很上心，"傅其华说，"你多帮帮她，到时她和她的小男友能申请到同一个学校，咱们还算是做了一件善事呢。"

"小男友？"顾问老师一脸迷茫，"什么小男友？我今天跟她闲聊她还在说，这两年连恋爱都没敢谈，赶紧去国外寻觅一个心仪的帅哥。你怎么知道她有男友？"

4

　　金佩心告诉程枫她改了日程，有时间和他一起去徒步，他特别惊喜。

　　她重新跟那边的医生和中介约了时间，记忆里她几乎不会因为自己的私事改变已经订好的任何计划，更何况还是跟朋友去徒步这样的小事。

　　前一天在校园里她还偶遇了黄梦玲，黄梦玲正跟Jeremy在一起，没看见金佩心就走过去了，金佩心反倒心虚地低了头快步躲开，也不知道在怕黄梦玲什么。

　　自从认识程枫之后，金佩心渐渐地也对户外的运动感兴趣了，以前健身和游泳都只是她为了维持身材而做出的牺牲，不存在任何乐趣。身边热爱户外运动的美国同学那么多，她也没能被感染，反倒是程枫渐渐地跟她玩到了一块儿去。她还在程枫的建议下报了学校的击剑课和攀岩课，一上课才发现即使减了这么多年肥，也不过是掉了体重，身体的核心力量还是弱得很。为了能跟上课程，她又去健身房给自己加码，还看了不少营养学和运动学的书，俨然已经成为了自己的私教。

　　从山上下来那天，两个人兴致很高，虽然累得要死，还是开车去了唐人街吃火锅。原本一边吃饭一边聊运动，聊学校，聊好玩的新闻，聊新上映的电影，气氛融洽，但后来话题不知道怎么就拐到了黄梦玲身上。程枫不赞同黄梦玲无止境地整容，金佩心是知道的，但她并不会跟他一起在背后"声讨"她，而程枫似乎也没有意识到金佩心也是那个整容群体中的一员。

　　"你这样说你的前女友真的好吗？"金佩心忍着生气放下筷子，问。

　　金佩心对程枫不是没有过偏见。一开始她以为他是对白富美女友唯命是从的小跟班男友，后来又以为他是动辄对女朋友大吵大闹的暴脾气，再后来以为他是被甩了之后还跑到前女友生日会上死缠烂打的渣前任。

　　但他跟其他独自离家到国外来读书的学生并无不同，也会纠结奖学金生活费和女朋友的礼物,也会担心毕业找不到好实习,签证抽不到签就要回国,也在和女友分手之后郁郁寡欢很多天。

"我没有别的意思。以前因为这个跟她吵架,也只是因为我不想让她受那么多罪。你们女生不怕疼的吗?"程枫说到这个话题就一脸不解,"我中学的时候手骨折了,疼得我哭了好几天,被一帮哥们笑话。我只是心疼她好吗?她本来的样子我也很喜欢,有什么不好?"

"你有没有想过,"金佩心说,"可能她在意的并不只是你喜不喜欢。其实很多女生改变自己,不是为了男朋友,也不是为了她们想要取悦的异性。"

她就讲了自己小的时候发胖的事,也讲了自己大学时的丑样。一开始她还试图控制自己的情绪,明明是很开心的一天,她并不想扫兴,但讲着讲着她不知道为什么莫名生起气来,就好像程枫说的不是黄梦玲,她才是被冒犯的那一个。她觉得自己像是一个没有修养的泼妇,抓着别人的话柄不放,越说声调越高,她听不见周围的嘈杂声,也注意不到旁边桌吃饭的人投来的讶异的目光。

意识到自己失控的时候,她才发现自己不知道什么时候连眼泪都流了出来。

她的神态吓到了程枫。过了好久,他一句话都没说,等到她逐渐平静下来了,他才盯着咕嘟咕嘟冒泡的火锅,端起一盘鸭血,有条不紊地一块一块下进锅里。

"很好。"他说。

"什么?"金佩心完全没懂他是什么意思。

他用漏勺轻轻地拨了拨火锅里的食物,笑着说:"我还从来没见过你这样。原来你也是会炸毛的,我以为你从来都不会发脾气。"

"小时候我特别内向,我爸看我丑,就把我扔进拳馆学打拳。"他一边把煮好的食物夹进金佩心的盘子,一边说,"但我怕得要死,每次都被比我大的孩子打得屁滚尿流。有几年我爸和我妈关系不好,老吵架,我放了学不敢回家,除了拳馆无处可去,那几年我才真正学会了打拳,无处宣泄的压抑和恐惧也找到了出口。"

"我知道你对我有意见。"他诚恳地说,"但我这个人笨,又直肠子,你只有说出来,我才知道你为什么生气。你只要说出来,我就会听。"

他后来也做到了。

陆舒阳约傅其华在公司写字楼附近吃中饭,果然赵琳也在。傅其华想起同事说赵琳的话,心下奇怪,想着难不成是自己搞错了,陆舒阳只是偷偷暗恋赵琳,赵琳都不知道?

她看着坐在自己对面的陆舒阳和赵琳,怎么看怎么觉得并不像是已经在谈恋爱的情侣,不由得暗暗为陆舒阳着急。人家都已经在考虑去哪所大学了,光暗恋不表白怎么行,必须得有点实质行动。

赵琳一直在和傅其华探讨写申请文书的事,陆舒阳看上去心事重重,也没怎么吃饭,也不接话,就在一旁坐着。傅其华几次特意转过头来问他话,还暗示他和赵琳的事,他都走神了,根本就没明白傅其华的意图。

傅其华真是恨铁不成钢。她都想替陆舒阳把这层窗户纸挑破,否则等到异国了或是异地了,好不容易相遇的缘分又没了。但她又转念一想,要是真成了,两个人到时又去了不同的学校,那还不是又一对异地虐恋。

她自己在那里闲操心,结果陆舒阳突然站起来说他下午有事要先走,然后慌慌张张就跑了,临出门还不忘绅士风度地跑去前台帮她们买了单。傅其华和赵琳都没有反应过来,他一溜烟就没影了。

"这孩子怎么回事?"傅其华一头雾水,"不是他说你俩要一起请我吃饭的吗?怎么自己先跑了?"

"我俩?"赵琳听傅其华这么说,也一头雾水,"他说他想请你吃饭,怕你尴尬不来,非要我作陪,我才来的,他还说要谢我。"

"什么意思?"傅其华没有反应过来,"他不打算跟你表白吗?"

"跟我表白?哪儿跟哪儿啊?"赵琳愣了一下,哈哈大笑,"他为什么要跟我表白?傅老师你在哪儿听说的?"

傅其华脸上一阵青一阵白："呃……我总看见你们俩下课一起,他让我签名的也是你的册子,考试那天他说他不知道怎么跟爸妈说,他有喜欢的女孩……所以我以为他是想追你,但是还没敢跟你表白。"

"他想追的人是你。"赵琳笑完了之后,淡定地对傅其华说,"所以才拖到了课程结束,怕你尴尬,傅老师。"她特意加重了"傅老师"这几个字的音,在傅其华耳边,不像是尊重,更像是讽刺。赵琳没有恶意,但傅其华的脸却瞬间白了。

"胡说。"她强行平复情绪说出这两个字,却控制不住自己声音的颤抖。

赵琳说他这段时间总是拉上她就是为了怕傅其华发觉,拖着她课后留下和傅其华聊天。考试那天早上,故意说他没考好,说他不想听父母的话相亲,又怕父母不同意……也说得通了。只是傅其华一直先入为主地误以为说的是赵琳,根本没有往别的方面去想。

傅其华以前从来不觉得自己屐。从李文聪,到于辰,对的错的感情,只要她确认了自己的心意,就毫不畏惧表达。但经过和于辰的婚姻之后,她是真的怕了,她宁愿从此做一个没有"心意"的人,她宁愿别人都叫她"傅老师",叫她"西西妈妈",叫她任何一个可以隐藏自己的代称。她不想再回忆起那个蠢到无法直视的自己,不想再被别人看笑话,更不想纠缠到任何其他人的世界中去。

何况,陆舒阳对她来说,就是一个一面之缘的学生而已。

那天回家,她就果断地拉黑了陆舒阳所有的联系方式。

傅其华是一个性格很好的人,除非是触到了她的底线,否则她不会轻易跟朋友翻脸或是出尔反尔。大学的时候跟金佩心她们也几乎没有红过脸,就只有跟任性的田小甜闹过几次矛盾,但也很快就和好了,没有什么过不去的坎。

只有田小甜找她当伴娘的那一次,她知道田小甜真的不高兴了,但她后来也没有跟田小甜解释自己为什么临时改变决定不当她的伴娘。

田小甜拉了个伴娘群之后,傅其华发现群里有个姑娘,应该是田小甜口中的同事,朋友圈里刚发了出去旅行的照片,还晒了订婚戒指。照片里自然也有男主角，虽然是加了文艺滤镜和角度刻意的照片，她还是看得出来，那个男生是李文聪。

是田小甜的同事，也能做她的伴娘，应该是很熟悉的朋友了，或许彼此之间也见过男友。大学时宿舍女生们也都是认识李文聪的，田小甜应该记得。但她还是没有回避就把傅其华也拉来当了她的伴娘。

当然，田小甜才是婚礼的主角，伴娘没有什么挑来拣去的权利。难道说，我不能跟我前男友的现女友站在一起当伴娘？也太狭隘了吧？

于是狭隘的傅其华选择了退缩。田小甜埋怨了几句之后，也没再追问了，或许她是真的不知道那个姑娘的男友是李文聪，或许她根本就忘了李文聪是谁。

傅其华想，她也早就应该忘了李文聪是谁了。

后来田小甜不得已只能临时拉来了她同学的表妹凑数。婚礼计划在她硕士毕业的夏天举行，他们还打算回R大和H大拍婚纱照。一切都按照细节控田小甜的指挥进行，毫无差错。除了金佩心和傅其华不能到场之外，没有什么能让田小甜不满意的了。

除了她自己。

第十七章
人生计划

1

如何让一个对你有好感的人放弃追求你？做真实的自己就可以了。

傅其华拉黑了陆舒阳之后，可能他也觉察到了，要么就是从赵琳那里听说了，好多天都没再试图联系她。傅其华偷偷地松了口气，正以为这件事情就这么过去了，却在下班的时候看到陆舒阳远远地等在了电梯门口。

傅其华那天给一个学生上一对一的专项课，是晚上最后一个离开公司的。她看到陆舒阳的一瞬间，想要装作忘记拿东西转身准备躲回办公室，但是反应慢了一步，公司的门迅速地在她回头之前关上，电子门禁嘀嘀响了两声，亮起了红灯。

她想了一下，她早上不常第一个到公司，记不起来门禁密码，只好自认倒霉地硬着头皮走向电梯，在陆舒阳的目光注视之下按下了按钮。抬眼看了他一眼，果不其然，他脸和耳朵又红得像个番茄一样。

看他一副欲言又止的样子，傅其华有点心软了，心想或许他不过是开个玩笑或是一时头脑发热，又没有恶意，没必要把他当成变态一样防着，话说明白就可以了。她就叹了一口气说："你吃饭了吗？"

"啊？"陆舒阳没反应过来。

"走吧,老师请你吃宵夜去。"傅其华走进电梯,说。

陆舒阳立刻反应过来,喜出望外,连忙抬脚跟着进电梯,一边忙不迭地问:"我能不能不叫你老师了?"

"不能。"

"为什么?"

"因为我就是你老师啊。"

"现在不是了。"

"教完就不认账了?"

"……"

"也是,我的学生100分都考不到,确实给我丢脸。"

"……"

傅其华看着人声鼎沸的火锅店咽了一口口水,决绝地拐进了旁边的一家西式简餐,点了一份沙拉。

"你吃素?"陆舒阳好奇地问,"晚上就吃这么点儿?"

"我减肥。"傅其华说。

"你真的不胖。"陆舒阳忍不住说。

傅其华看了他一眼:"胖不胖不是你说了就行的。"

陆舒阳接连挨怼,也看出来傅其华对他并没有什么友善的示好,却也没太在意,装作脸皮厚,自顾自地点了一份汉堡,大吃特吃起来。

傅其华一边对着面前的那碗"草"挑挑拣拣,一边犹豫着,还是不放心似的问了一句:"你是在开玩笑,对吧?"

"什么?"陆舒阳问。

"赵琳说的,那个事。所以我才拉黑你。"傅其华说着,自己却莫名地心虚起来,她狠狠地在心里鄙视了自己一下。

没想到陆舒阳一边啃着汉堡,脸和耳朵还是红的,却非常快速而果断地回答:"不是。"

"啊?"傅其华差点把一块青椒没嚼就吞下嗓子眼去,"你说什么?"

"我说我不是开玩笑。"陆舒阳虽然眼神没敢看她,但嘴里话却没停,"我很早很早就上过你的课了,在海淀那边校区的时候。那时你上的大课,上百人,你不记得我。"

一个阶梯教室那么大,上了两个多月的课,按报名先后顺序排座位,陆舒阳不幸一直坐在后几排,只能勉强看清大屏幕投影的PPT,连讲台上那个老师长什么样子都看不清楚。

那个时候他刚刚开始准备考试,还要一边工作一边复习,每周末来上课的时候都困得东倒西歪。周围坐的都是无忧无虑的高中生和本科生,有的低头匆匆写着物理化学作业,有的跟邻桌说着哪个院的院花,就算他不想听想专注背单词还是不得不被动听了一耳朵。

就那样好不容易跟着混到了最后一节课。课间休息的时候,他在嘈杂的教室里坐在自己的座位上,看着C往后保持着雪白崭新的单词书,又看着自己做完真题正确率不怎么高,想想一个星期后的考试,自暴自弃地叹了一口气。

突然身后急匆匆地走过一个身影,拿着圆珠笔的手迅速地往他摊开的真题上点了点:"叹什么气?这组阅读不是一个都没错吗?要对自己有信心。"

他愣了一下抬起头,就看到一张素淡却生动的面孔对着他微笑。"当然,"她扫了一眼他的单词书,"单词还是要背的。这么新的书,单词都背到哪儿去了?"

被她一说,陆舒阳面红耳赤,也不能辩解。她转身抱着资料风一样地飘到讲台上去了。

那天他才近距离地看到她的模样,和他远远地看到的讲台上那个语速飞快的人不太一样,她的声音和透过话筒传出来的声音也不太一样,熟悉中多了亲近。

最后一节课的时候,上百人的教室已经开始有稀稀落落的空座位了,有些学生没上完课就不来了,有些觉得最后一节课的总结也没什么可听的,他看到第一排边上有个空位，灵机一动，拎着书包就冲了过去。

他第一次那么近地仰视她，也第一次开始后悔怎么之前的两个月不好好听讲好好背单词。他盯着自己面前的单词书，下定了再考一次的决心。

果然那次考试他考得很差。他想都没想，就又跑到报名中心去，专门问傅其华老师的托福专项班。

"没有傅老师的班，你看一下这个集中冲刺班可以吗？"负责报名的老师迅速地在页面上调出班次信息，问。

"没有？我之前上的就是她的专项班，怎么没有了？"他疑惑地问。

"傅老师离职了。"那位老师面无表情地说，看起来也并不想向他多解释什么。

他觉得奇怪，怎么才过了一个星期她就突然离职了。想来想去，他犹豫着从群里找到她的微信，小心翼翼地发送了好友申请。

过了没多一会儿她就通过了。他斟酌着问她以后还有没有她的课了，她客套地回复说自己离职了，让他咨询学校的客服。他忍不住多问了一句，她就没有再回复。

估计是把他当成没事就拿鸡毛蒜皮的问题来烦她的小屁孩了。

他只好报了另一个专项班。这一次他报名早，每次都坐在第一排，单词书也终于被他背旧了。虽然第二次考试成绩仍然没过百，但比第一次还是提高了不少。

只是他总是不自觉地想，她去了哪里，为什么突然不教课了。有时逢年过节，他发一个客套的祝福，来试探一下她是不是把他给删除了，但也不敢再问别的。直到过了很久，有一次在另一个学生群里有个认识她的学生提起来，说她去了一个留学工作室。

"还能因为什么，越VIP赚得越多吧。"有的学生说。

"才不是呢。据说她当时在学校出了点事，被家长投诉了，才被开除了，根本就不是自己辞职的。"另一个学生说。

"真的,我那段时间正好在海淀校区上课,听说连警察都来了。"又有学生说。

他吓了一跳,顾不上礼貌就冒冒失失地给她发信息,没想到她很快就回了,还问了他很多关于复习程度和申请情况的问题,说如果他确实还想提高,可以来工作室咨询。

他第二天就去了。不知道是不是以前上课的时候对她的模样印象不够深刻的原因,他就只记得那个课间休息时她点着他的习题微笑着鼓励他的样子,那天在工作室见到她,他有些惊讶,觉得她憔悴了好多,和印象里那个在课上即使嗓子哑掉,不停咳嗽,也活力四射地跟同学们讲笑话,千方百计地让他们不要瞌睡,打起精神来学习的样子完全不一样。即使他看得出,她为了掩饰自己的憔悴,刻意化了妆,穿着显年轻的衣服,但她的脸上没有笑容,眼神里也没有光。

他很想考高分,但他也很想,在老师和学生的身份之外,和她做朋友,聊一聊彼此的爱好和兴趣,聊一聊工作上的烦恼,聊一聊未来。

"吃完了吗?吃完了咱们就聊到这吧。"傅其华把碗里的沙拉吃得一点不剩,然后努力摆出严肃又不失慈祥的笑容,对面前不知道在想什么出了神的陆舒阳说,"这件事就这么过去了。不管你是不是开玩笑,到此为止。希望你申请到梦想的学校,留学一切顺利,好吗?"

仍然既官方又客套,拒人千里之外。陆舒阳一开始就想到,一旦捅破了这层窗户纸,果然连朋友都没得做。

都怪赵琳。他无数次扯上她当挡箭牌,就怕自己暴露,结果没想到赵琳什么都跟傅其华说了。

"咱们走吧。"傅其华说。

陆舒阳没动。他知道出了这个门就要像没认识过她一样了。但还能怎么挽救呢?都被拉黑了,以后也没有上课的理由了。

就在他苦思冥想的时候,傅其华的手机响了,她也就没再继续为难陆舒阳,看了一眼屏幕,然后按了接听。

是视频通话,傅其华也没有回避陆舒阳,她原本就不需要回避。她把手机随手靠在桌边,西西圆鼓鼓的小脸出现在屏幕上。

"妈妈!妈妈!"西西大声叫着,嘴里吃了半口的不知道是什么的东西顺着嘴角流下来,旁边傅其华她妈连忙伸手拽着她的口水兜,怕流到她衣服上。

"睡觉前非要跟你说话,拦都拦不住!"她妈在那边说,"你回家了吗?"

"还没有。"傅其华答应着,突然觉得她妈这个视频打得真是时候,太是时候了,简直是绝妙。"从公司出来吃了点东西,跟一个学生聊聊天。"她说。

"这么晚了,赶紧回家!别在外面闲逛,不安全!"她妈一边拉走不停把手里的食物往镜头前抹的西西,一边见缝插针地说。

"知道了。"傅其华淡定地说,故意看了一眼对面僵坐着脸一阵红一阵白的陆舒阳,"妈,你不用担心,北京治安挺好的,晚上也很安全。再说了,唯一试图置我于死地的我前夫还得在监狱待两年呢,我有什么可担心的。"

"你今天说话怎么奇奇怪怪的?"她妈疑惑地凑近屏幕看了她一眼,"没事提那个王八蛋干吗?"

"没什么,"傅其华说,"那我回家了,你们早点睡觉。"

傅其华挂断了视频,平静地看着对面的陆舒阳,又说了一遍:"咱们走吧。"

"你还是以前的样子,没变。"

看着多年未见的梁老师说出这句话,金佩心不由得笑了。自从回国之后,和以前的熟人重逢时,听到的是两句互相矛盾的话。一句是"你变得我都认不出来了",另一句是"你还是老样子,一点都没变"。

她很开心梁老师属于后一种。

每每想起以前读书时的事情,她都感激梁老师当年对她的帮助和鼓励。

大一还没转到法学院的时候,她就旁听梁老师的课,梁老师看她认真,不仅经常点拨她怎么补上错过的课,后来还帮她找了兼职。暑假时学生宿舍没有空调酷暑难耐,梁老师告诉她白天可以去法学院楼上的图书馆,去她办公室也行。当然金佩心并没有真的去老师办公室蹭空调,那个夏天窝在图书馆里看了多少书,她也记不清楚了。

是梁老师鼓励她当年第一次走上法庭,和自己的亲生父母对峙。她记得姚律师当年表扬她很勇敢。"梁老师说你不一般,我现在相信了。"姚律师后来说。但她自己心里知道,如果没有梁老师这个领路人,她或许没有胆量走出那一步,也或许就没有了接下来的许多许多步。

梁老师和她父母一样的年纪,十余年过去了,金佩心成了一名兢兢业业的律师,梁老师也在她毕业后的第二年就离开了大学,如今已经是区法院的一名法官。

"别的我不敢说,看人我还是准的。"梁老师还是以前的样子,戴着眼镜,留着短发,穿着一丝不苟的长裙,慈祥又认真的眼神打量着金佩心,微笑起来,"怎么样,回国之后工作上还适应吗?"

金佩心点头。"还好,"她笑答,"不适应的现在已经都适应了。您呢?都还好吗?"

"还好,"梁老师说,"还好。"

老师的联系方式是金佩心通过别的校友找到的,见面之前,她已听说梁老师的丈夫前年病逝了,唯一的儿子因为早年间她不愿意动用自己的关系帮他在仕途上走捷径,和她一直有矛盾,现在留在上海工作,几乎不回来看她。她自己倒我行我素,仍然像印象中一样,是个不折不扣的工作狂。

既然老师说还好,金佩心便也笑着说:"那就好。"

两个人聊起金佩心读大学时的事情。梁老师的记性很好,问起来金佩心的父母,她就大概说了回国之后发生的事。说到过年时他们来北京,金佩心半是自嘲半是开玩笑地说:"他们还能知道来北京压榨我,看来是不恨我了,挺好的。"

"没事。"梁老师说,像是在安慰她,也像是在说自己,"父母子女一场,不要看得太重,人这辈子哪有那么多爱啊恨的,对得起自己的良心就够了。"

金佩心点点头。

"你呢?自己有什么打算?"梁老师问她。

"打算?哦,我其实想做几年律师之后停一停,尝试一些别的事,也可能换一个行业。"金佩心说。

"不是问你工作上的打算。你自己的生活呢?什么计划?"梁老师问。

由于不和家人来往,金佩心到了这个年纪,反而并没有其他同龄人每天被父母亲戚催相亲催婚催育的烦恼。梁老师就像她的亲人长辈一样,能感受一下被催婚的体验,金佩心反而觉得也不错。于是立刻回答:"我暂时还没考虑结婚,觉得自己没做好准备。"

"也好,"梁老师笑了,"我又不是来给你介绍对象的,你自己倒先认怂了。"

金佩心也不好意思地笑了。"我原本有一个男朋友,"她斟酌着说,"但是我没准备好跟他结婚。总觉得对自己,对婚姻,没有安全感,更没有办法想象以后假如有了子女的话会怎么办。"她叹了一口气,"我们两个都是缺点一大堆的人,能够磨合到现在已经是奇迹了,不敢计划以后。"

"谁没有缺点呢?为人父母没那么容易,但也没那么难。"梁老师说,"你的父母难道有想过你现在会变成这个样子吗?不可能吧。所以不要给自己太大压力。你是你,伴侣是伴侣,子女是子女,都是独立的个体,没有谁是谁的责任。"她的语气轻描淡写,没有落寞,也没有怨怼。道理金佩心都懂,但放在自己身上,总需要有个时间去真正想透,三年五载或是天长日久。

"对了,"梁老师突然想起什么似的,"也是巧了,这么多年没联系,我还真是最近就经常想到你,结果你就联系我了。"

"想到我?"金佩心问。

"嗯。"梁老师若有所思地说,"最近认识了一个小女孩,挺有意思的,总让我想到你。"

一个星期之后，金佩心应梁老师的邀请去旁听了一次开庭。

这些年接触的案子多了，主动或被动卷进家庭情感甚至刑事案件的争端的主角，要么来自风雨飘摇的家庭，要么造成了风雨飘摇的家庭。有时金佩心会觉得自己其实是幸运的，平安健康地长大求学，还可以尽力靠自己成年后的判断和理性来努力摆脱从前经历的影响，试着更加客观地去面对人生。但每当她遇到案件中残酷的真实的时候，难以排解内心负面情绪的时候，甚至每一次自厌自弃到无法自控的时候，她心里都清楚地知道，她从来都不曾和那个童年时期阴郁而绝望的自己和解。

在法庭上见到那个小女孩的时候，金佩心忍不住在心里笑出了声。梁老师可真是抬举我啊，她想。不是每一个有胆量状告亲生父母的小孩在青春期的时候都是桀骜不驯的叛逆少年的，她在那个年纪只是个没有存在感的胖子，可远远不如这个女孩看上去又酷又有个性。

这女孩坦然地坐在原告席上，穿着平价但自以为很有型的运动服，一头彩色的辫子高高扎在脑袋后面，嘴里漫不经心嚼着口香糖，眼神飘来飘去不知道在瞥哪里。

是她想象里中规中矩的叛逆少女的样子，也不算太出格。即使努力扮出不好惹的表情和姿态，也仍然看得出是个青春有活力的妙龄女孩。

女孩旁边坐着的中年男人，谢顶，微胖，穿着朴素，低着头，肥厚的双下巴被挤到衣领的褶皱里，看不见他的表情。

对面被告席坐着个戴着眼镜气质儒雅的男人，四十岁出头，保养得很年轻，举止衣着看上去也很有品位，神色镇定，丝毫不慌，也一眼都不往原告席的方向看。

梁老师坐在主审法官的位置上，不动声色地扫视过去，和金佩心的眼神相遇，淡淡地点了点头，算是知道她来了。

金佩心的旁边坐着个精致的女士，身穿香奈儿套装，手拿迪奥贵妇包，清淡又不失气质的香水味轻轻飘过来,让金佩心忍不住多看了她几眼。刚刚开庭之后,她就有些坐不住了,一会儿试图拿出手机,一会儿又频频看表。金佩心有些受到干扰,连一开始法官说的话都有些没听清楚。

"庞学志,你作为庞优的继父,在庞优的生母病逝之后,目前是她唯一的法定监护人,对吗?"法官对坐在女孩身边的胖男人说。

男人抬起头,有些瑟缩地梗着脖子点了点头:"是。"

"你以和庞优没有血缘关系,也没有足够的经济条件为由,不愿承担庞优的抚养义务,通过社区和律师的帮助,找到了庞优的亲生父亲徐展,并要求徐展每月支付庞优抚养费,直至庞优成年,对吗?"

"对。"男人说。

戴眼镜的男人冷漠地看了他一眼,转头往旁听席张望,目光不小心和对面的女孩撞上,立刻装作没看见一样避开。

"庞优。"

"啊。"女孩吧唧了一下口香糖,爱答不理地应了一声。

梁老师镜片后面的眼睛弯了弯,冲女孩露出一个友好的表情:"庞优,说说你的想法。"

女孩往空中翻了个白眼,没出声。

"庞优。"主审法官又说了一句。

女孩身边的律师举手示意发言。

"庞优今年十二岁,上小学五年级,成绩优异,家里条件不足以提供她今后的教育资源,无疑是拦腰斩断了她的前途。庞学志没有固定工作,家里除了庞优,还有一个儿子今年即将上小学。庞优的姥爷长年瘫痪在床,姥姥的退休金基本用来照顾病人,也没有抚养庞优的条件。"律师说,"徐先生在北京工作多年,家境殷实,何况庞优是他的亲生女儿,在过去的十二年里,他杳无音信,完全不知道有这个孩子的存在,现在她母亲去世了,父亲理应担负今后对孩子的抚养义务。"

"要不是你们找到我，我根本就不知道她的存在。"戴眼镜的男人不温不火地开口了，声音不大，冷漠又镇静，"我有妻有女，有自己稳定的家庭，没有理由抚养一个额外多出来的孩子。她继父有手有脚，还有别的亲戚，一个小孩，怎么养不能长大？怎么养不能上学？找我来干什么？跟我有什么关系？"

"徐先生，这个额外多出来的孩子，"律师回答，"是您当年抛弃庞优母亲造成的后果，您不觉得您在这件事上需要负起责任吗？"

徐展眼镜下的目光闪了闪："不是抛弃，是分手，她又没告诉我她怀孕了。"

"那是因为她找了你一年多，你整个人失去联系，她不得已才独自生下庞优。"

"她后来不也找别人去了吗？那还不是她自己的事，我有什么错？"徐展继续不紧不慢地说。

"要不是你，她能带着个拖油瓶嫁给我？"对面庞学志突然出乎意料地插了一句。

"这怎么还赖我了？你娶了她妈，你不养她谁养她？反正我不养！"徐展声调也高起来。

"跟我半点血缘关系也没有，我凭什么养？"庞学志也不甘示弱反驳。

"你爱凭什么凭什么！"徐展正要继续骂，被法官呵止。

坐在一旁的庞优全程没出声，嚼着口香糖，来回地打量着身边的继父和对面的生父。如果不是在法庭上，可能他们两个就要打起来了。她脸上没有委屈也没有恐惧，反而透着一种和她这个年龄段相当不符的玩味，似乎整个法庭上只有她才是彻底的局外人，这两个吵架的人跟她半点关系都没有。

现在的小孩都拥有这样超前的成熟了吗？金佩心远远地注视着她，心想，还是她经历了多少不愿再提的苦难，让她把眼前这因她而起又不知如何收场的争端看作是残忍的闹剧？

金佩心旁边坐着的精致女士脸色一阵红一阵白，捏着包的手不住发抖，终于怒气冲冲地起身离去。

3

田小甜硕士毕业之后，进了一家不错的影视公司做宣发，何子睿回国后进了互联网公司，工作也在慢慢走上正轨，两人的婚礼日期也越来越近，一切都在按照既定的轨道发展。自从大学时家里发生变故之后，田小甜已经很久没有过上这种有盼头的日子了，简单又有触手可及的期待，即使忙到脚不点地，但看着时间一天一天往前走，心里总是充满希望。

何子睿是普通家庭，家里虽也有房有存款，但那只能在四川老家保证生活的优渥，要说在北京购置新房自然是强人所难。田小甜的妈妈跟她商量过，要么就把现在住的这套小房子卖了，给他们俩凑一个首付，但田小甜和何子睿都表示了反对，说反正也要另租离公司近的房子，没有必要非得赶在结婚前买所谓的"婚房"装样子，等以后两个人收入稳定一些再开始当房奴也不迟。

她读研工作的这几年，家里从前的亲戚朋友都不来往了。以前隔三差五就会跟她和她妈叙旧的姑姑一家，因为她爸卖掉了当年给他们住的房子而到现在还心存怨怼；跟她爸借过很多次钱来做生意的叔叔一家，怕她爸开口要他们还钱，更是躲得远远的；那些因为她爸的关系而认识的朋友更是销声匿迹。田小甜为此和她妈抱怨过，但她妈倒是看得很开，说生意场上认识的人，淡了就淡了，没什么可惜的。

她总是怪她妈太要面子。她爸这些年来虽然没跟她妈离婚，但也从来没跟外面的某个女人断了联系。她妈心气高，也知道他落魄了，一分钱都不舍得跟他要。他倒好，还真的跟别的女人去同甘苦共患难，正儿八经地白手起家从头再来了。她妈倒像是跟他大难临头各自飞的功利夫妻一样。但田小甜知道，如果她妈真的想撇清关系，早就利索地离婚了，何必还苦苦等他回头。

很多时候田小甜心里会偷偷幻想，希望不知道多久的以后，那些优越富足的日子能再回来。不过就凭她的双手，怎么可能做得到呢？她跟何子睿再努力工作,也是要保证稳步升职稳步涨薪才能一点点实现更好的人生,没有天上掉下的馅饼,即使有,也不会平白无故砸在自己头上。

心里总憋着一口气,那段时间她对工作充满了不正常的狂热,日程本的字里行间全都是给自己打的鸡血。扉页上四个描黑的大字"人生计划",下面密密麻麻地按阶段列了很多条,什么奖金目标,什么自我提升,什么五年小目标十年大目标,甚至工作上每一个项目的复盘都能写成一篇研究生论文然后把主旨摘要归档保存。但当部门负责发行的一个重要的暑期档院线片成绩不理想之后,她盼了好久的奖金和升职没有了,计划中的一个新项目也泡汤了。那个时候田小甜还年轻,对刚刚入驻的行业还抱着新鲜的期待,失去一个穷尽心血孤注一掷奉陪到底的项目,这种空虚和失落简直堪比当下追星族掏心掏肺喜欢的"爱豆"某一天突然人设崩塌或是隐婚生子退圈,痛苦和绝望难以言表。她原本指望着这个项目做完,可以在自己的履历上写下一个漂亮的首战告捷,以后跳槽涨薪,平步青云,却连打算好的拿奖金给何子睿买他想要的游戏机和机械键盘当生日礼物都做不到。

北京的秋天很短。何子睿生日那天是十一放假前的最后一个工作日,田小甜跟他说下了班要一起去吃早就订好的一家米其林餐厅。

上午在公司的时候,一个同事突然身体不舒服,临时抓住了田小甜陪她去医院。那个同事和她关系还不错,田小甜对她印象比较深刻是因为刚入职的时候她生完孩子每天当着背奶妈妈,常常开会开到一半就突然跑到洗手间去。

同事痛经,让医生给开缓解的药,田小甜在一边看着,想到自己也痛经,就也跟着问了几句。医生问了问田小甜的状况,就问她多长时间没体检了。

田小甜愣了一下,她上一次体检好像还是上学的时候,查了什么都不记得了。

"不能这么不注意,"同事在一旁说,"不用说我们生完孩子的,你们这些没生过的也不能掉以轻心!咱们天天拼命工作,这里疼那里疼都不当回事,等一旦有事了就晚了,一定要定期体检!我现在都断奶了,有的时候还是胸疼得要命,上次来做了B超,虽然发现只是乳腺增生和结节,还是吓了我一跳!"

田小甜被同事一惊一乍地说得害怕,她最近确实觉得胸前不舒服,但又觉得自己身强力壮没有什么事,医生说不放心就去做个B超,也求个心安。

于是在等同事去楼下取药的时候,她就预约了一个B超。明明是陪同事来的,田小甜在心里又觉得自己大惊小怪,现在脑子里想的应该是公司电脑里没做完的PPT,或者她藏在抽屉里给何子睿的根本称不上用心的生日礼物,或者是念叨了好久一直都没能去吃的那家餐厅。

绝对不是手上这张写着她名字的空白报告单。

好不容易等到医生叫她的名字,手机响了,同事在电话里问:"我拿完药了,你在哪呢?"

田小甜觉得自己真是莫名其妙,想转身就下楼跟同事一起回公司,做什么B超。

后来她还是想感谢当时鬼使神差的自己走进了那个摆满仪器的科室,躺在上面,身上涂抹着凉凉的液体,让医生拿着仪器在她胸前上上下下扫了一遍。她看着医生皱起眉头,操纵着仪器放大屏幕,然后把其中某些区域做上标注,心里突然就升起了不祥的预感,手脚开始冒出冰凉的虚汗,眼睛也有点模糊了。

接过那张报告单的时候,她连看都没敢看医生一眼。医生直接让她去找刚才给她问诊的那个医生,她心颤腿抖地走出来,收到同事的微信说先回公司了。

她不想看报告上"超声意见"那一栏写的具体是什么,但底下的诊断意见写着她不懂的分类,最后四个字是建议复查。

"难说。你再去做个夹板看一下。"问诊的医生看了一眼她的单子,说。

她不想知道"夹板"是什么,看到旁边一个女人手里拿着跟她不一样的单子,扫了一眼,上面"乳腺癌"三个字硬戳戳地捅进眼里。

手里攥着单子,她趔趄地走下门诊部楼梯,跑到门外,拿出手机,拨通了何子睿的电话。电话刚接通就后悔了,想挂断,但那边何子睿已经接了。

"怎么了?"何子睿那边应该在忙,声音有点急。

田小甜的喉咙哽住,忍了忍,强撑着说:"没事,你记着给那个餐厅打电话确认一下,别好不容易预约了,晚上去又没座了。"

"都预约了,怎么可能没座?"何子睿说,"你不是在忙吗,还惦记这个干吗?"

田小甜不敢再开口,哆嗦着挂了电话。

她又拨通了妈妈的电话,妈妈不知道在做什么或者没有听到,没接听。

手里的单子已经被冷汗濡湿,田小甜打开手机网页,搜索诊断意见上的那几个字。"BI-RADS(乳腺影像报告和数据系统)分类4a",搜索了片刻之后,她重新站起身,往楼上走去。

"夹板",也就是钼靶,诊断结果出来,分级同样是4a,田小甜再次回去找门诊医生的时候,心里已经清清楚楚地意识到,自己和那些等在门诊科室门前的女人一样,成了疑似乳腺癌群体的一员。

"尽快预约做穿刺活检吧,然后才能确诊是不是良性。"医生迅速地应对完她,转身又去回答别的患者的问题了。她拿着单子木然地往外走,手机又刺耳地响起来,是另一个同事。

"你那个PPT做完了没?怎么一上午不见人?"那边急吼吼地问。

"没,"田小甜机械地答,"我下午就回去接着做。"

后来她回想起那天的心路历程,她也不知道自己都想了些什么,竟然还能回到公司继续做完PPT。下午下班前大家都在热烈讨论十一假期玩什么的时候,她提了包,拿上抽屉里给何子睿的生日礼物,出了公司,去了那家约好的餐厅。

"这个不错啊,实惠。"何子睿说。田小甜给他的是一套男士剃须的礼盒,确实是知名的牌子,价格也不便宜,但其实是她们公司合作的一个品牌代言送的,多出来好多套,同事都没拿,只有她厚着脸皮留下了一套。

"嗯。"田小甜说。

"游戏机啊键盘什么的，总有新款出来，以后想要可以慢慢买。你又不用跟我讲究这些。"何子睿说。

"可能以后没机会给你买了。"田小甜突然说。

"什么？"何子睿抬起头惊讶地看着她，完全没反应过来。

田小甜从包里拿出报告单子，隔着餐桌上精美的食物递给他。

何子睿接过来看了一眼，脸色就变了。他不可置信地看着田小甜，下意识地站起身到她身边来，手足无措地抱住她。

田小甜终于崩溃地失声痛哭。

陆舒阳或许想到过傅其华的反应，却也被她这坦然的现实主义拒绝方式给吓到了，慌张地打了个招呼就跑掉了。看他匆忙的身影无措地消失在门外，傅其华反倒长长舒了一口气，不慌不忙地把剩下的食物吃完，买了单。支付的时候，屏幕上方弹出一封新邮件，她下意识就伸手点开。

发件人是加州大学一所分校的教育学院，邮件开头是喜闻乐见的Congratulations（祝贺），意料之中的offer。傅其华欣喜之余，想起多年前自己第一次收到offer的那个时刻，那时她以为自己面前铺好了各种多彩多姿的路，就等她自己飘飘然地选择某一条，欢蹦乱跳走下去。谁能想到她自己最后选的这条路这么难走，走到十年之后她费尽心力好不容易回到了原点，站在相同的岔路口，一边庆幸自己能回得来，一边看着眼前的未知再也没有了当初的年少轻狂。

回到家里，她打开邮件重又逐字逐句地研究了一遍。这所学校是她的理想目标之一，她和招生的负责人以及导师邮件沟通过几次，想直接申请PhD，但由于她确实没有硕士学位，就算有多年教学经验，最后学校还是给了她硕士录取。她看着附件里的录取通知书,又点开学校官网招生页面看学费和其他奖学金的申请,刚刚开始欣喜的心情又缓缓地沉了下去。她忍不住拿起手机,打开自己的每个银行账户,开始计算能不能负担得起这两年读书的费用。但即使负担得起,西西怎么办?家里怎么办?她不再是一身轻松的学生了,也早该成为这个家的顶梁柱了,这样冒失地计划自己下半辈子的人生,这样轻易就把沉重的包袱扔给年迈的父母,是不是太自私?

有那么一瞬间,她真的想放弃这个理想学校发来的录取通知,然后留在原地,和十年前一模一样。

但她太舍不得了。即使是回到十年前的原地,也太不容易了。她不想放弃。

一整个晚上,她几乎没睡,继续发邮件跟招生的负责人沟通,然后查了所有可以申请的奖学金,又查了学校相关的机构所有的工作信息。等到她疲惫地倒在床上时,天已经蒙蒙亮,她刚刚合上眼,就听手机响了一声。

她闭着眼皱着眉伸手摸来手机,借着微光,她看到陆舒阳发来了一条消息。

"对不起。"他说。

她抬眼看了下时间,凌晨五点,或许他也是一夜没睡。但她彻夜忧心自己和西西的未来,已经把这个刚刚试图表白但被自己粗暴拒绝的大男生完全忘得一干二净。

可见他的心态还年轻,还会为突如其来的心动而辗转反侧,她已经老了,只会为碗里的柴米油盐而焦头烂额。

不过他说对不起也是好事,给她道歉了,说明知道错了,知道不适合,以后他心里这一篇也算是翻过了。

"昨晚吃饭我应该买单的,但是我先走了,是我的不对,我跟你道歉。"他的信息又来了。

他说什么?傅其华以为自己困过劲了看错了。谁在乎吃饭要不要他买单啊?这个人怎么糊里糊涂的,她都已经把现实摊在饭桌上摆在他面前了,怎么抓不住重点呢?

难怪他托福阅读理解分数一直上不来。傅其华迷迷糊糊地想着,也没有回复,就睡了过去。

她做了一个梦,梦里她去了她想去的那所学校,西西也在她身边长大了,她梦见自己带着西西出去玩,还去纽约找金佩心,金佩心夸西西可爱,还说,如果小孩子都像西西这样,她也要赶紧生一个跟西西一起玩。

金佩心一直都很讨厌跟小孩子相处。即使是傅其华的孩子,她也只停留在礼节性地去看望西西,以及逢年过节给孩子发个红包这样表达感情的方式。就连傅其华在她们的小群里发的西西的可爱视频她都不会点开,只会在田小甜回应了一串表情之后自己跟着也回应个相似的。

小孩子是非常聪明的生物,他们的雷达能够敏锐地探测到面前这个大人是否是和善的友爱的可以相处的,遇到金佩心,他们都会主动选择避让。下至看到她就开始哭的满月婴儿,上至正值叛逆期的接近成年的少男少女,都是她永远不想去招惹的类型。

眼前这个一看就在叛逆期的女孩,谁都爱答不理,被继父和生父像踢皮球一样踢来踢去,两个性格背景截然不同的中年男人为了不出那点给她的抚养费在法庭上大吵大闹,她却像没事人一样继续嚼着嘴里的口香糖,一会儿看看他俩,一会儿四处张望,无意中对上金佩心的眼神,她习惯性地翻了个白眼,冷着脸把头扭了过去。

她看上去比年少时的自己要不好惹得多。金佩心想。或许她足够自私,即使妈妈不在了,也能在继父的家里好歹留下一席生存之地,或许她足够冷漠,即使消失十二年的生父突然出现,对于她的存在这件事情充满了愤怒和拒绝,她也毫不在意。

两个人争执不下,只得休庭。金佩心走出来接电话,看到刚才出去的精致女士远远地等在走廊里,徐展一出来,她就冲上去揪住他的西装。"徐展你给我说清楚!"她尖锐的声音和圆润上扬的京腔让远远站着的金佩心听得一清二楚,"你可从来没跟我说过以前是这么一回事儿,合着你当初把人家肚子搞大了然后跑了是吧?跟我谈的时候半个字都不说?徐展你可真行啊,你瞒了我十二年?要不是这孩子找上门来,你打算瞒我一辈子?"

徐展尴尬地挣脱开她的手,拼命拽着她往外走,但她的嗓门已经让走廊里经过的人纷纷侧目。"咱回家说,行吗?"

"回家说?怎么着,有胆干的事没胆说是吧?还是你还有几个私生的没告诉我?行啊徐展,我真是瞎得可以啊,看上你这么个……"

金佩心看着精致女士的香奈儿套装被拉扯得变了形,两个人推推搡搡地消失在走廊尽头。她叹了口气,一转身,看到身后不远处另一个靠在墙边看戏的小小身影。

庞优看到金佩心回过头,也没动,上下打量了她几眼,问:"你是他那边的?"

金佩心原本要离开,没料到这小孩会开口跟她说话,一听,反应过来她是把自己当成徐展这边的朋友了。毕竟她和她继父那边没有什么人会来。

她摇头:"我哪边都不是。我是法官梁老师的朋友,找她有事,临时过来的。"

"哦。"小姑娘若有所思地点了点头,然后一本正经地评判说,"法官也没什么能耐。那俩人吵来吵去,不还是吵不出个结果来?"

"对,"金佩心索性顺着她的话说,"你要是法官你怎么办?"

"我是法官?"小姑娘突然瞪大眼睛,原本斜倚在墙上站没站相的小身板也挺直了,理直气壮地说,"我要是法官,我就让他们赶紧滚蛋,谁都别来烦我,好像我自己活不下去似的!"说到这里,她还激动了起来,"凭什么未成年就要被抚养啊,就要被监护啊,法律就应该改一改,十二岁就成年不行啊?我才不需要谁监护!"

话音没落,她继父远远地从走廊另一端过来,喊了一声她的名字。

她嚣张的气焰就像被突然泼了一盆冷水一样被浇熄,也没看金佩心一眼,就转头跟着她继父走了,仍是走没走相,吊儿郎当的。

"你是不是奇怪,"梁老师不知什么时候出来,站在了金佩心身侧,"这个小孩为什么会让我想起你?"

"嗯,奇怪。"金佩心说,"至少我像她这个年纪时可不是这样的。"

"我第一次和她沟通,这小孩竟然不知道从哪里搞来了一本《婚姻法》,指着上面跟我说,父母对子女有抚养教育的义务,未成年的子女有要求父母付给抚养费的权利。"

金佩心愣了一下。

"那个时候我相信她还是对她生父抱有期望的。她在继父家生活得不幸福,指望这个突然出现的亲生父亲能拯救她。但后来他的态度,你也看见了。"

金佩心沉默着,没有说话。

"小姑娘人小鬼大,自己有的是主意,她给我看她的小本本,上面人生计划一条一条列得可清楚了,想考政法大学,以后也能当个有能耐的法官。"梁老师笑,"我想,她一定是在嫌弃我这个小老太太没什么能耐,没办法让她看到最好的结果了。"

"4a到底有多严重?⋯⋯最坏的结果是什么?⋯⋯"

那一整个晚上,田小甜都把自己锁在洗手间里,不管不顾地大哭。后来她妈妈来了,和何子睿两个人怎么劝说,她也不出来。到后来三个人都累了,田妈妈和何子睿就分头打电话,托了能托的关系,问了能问的医生,给发了片子和报告的图片过去。但在没做穿刺之前,一切可能都只是可能,一切的好与坏都只是概率。

后来田小甜选择性地失了忆,忘记了自己坐在洗手间的一整夜究竟想了些什么。唯一记得的,只是被恐惧和绝望吞没的感觉。她知道门外的两个人是她人生中最亲的两个人,但她就是不敢面对他们担忧和焦急的神情,不敢带着他们的嘱托去上手术台。

不敢想象,那一长串密密麻麻的人生计划中,包括了以后所有可能发生的美好的事情,却唯独没有包括她自己。

第十八章
美

1

　　金佩心在韩国做了第二次手术之后回到芝加哥,鼻子还没有恢复,程枫约了她两次,她都找理由拒绝了。为了不在晚归的时候跟他偶遇,她特意每天绕了远路回家。但是某一天从图书馆出来,戴着帽子眼镜口罩全副武装,还是在她家附近遇到了他。

　　"你最近都不走那条路了?我还以为你没出门。"他说。

　　"嗯。"金佩心点了点头,不想回答他。

　　"你怎么了?"他疑惑地看着她,"这几天都看不到你,叫你出去玩也不去,是生病了吗?"

　　他上前一步,金佩心立刻低下头。"最近不太舒服,改天再约吧。"她试图快步离开,但程枫还是察觉到了什么,他拉住她,盯着她脸上的口罩:"你之前干吗去了?"

　　"没干吗去啊,有点忙。"金佩心说。

　　她躲了一下,但程枫还是看出了她脸上的端倪。

　　"你又做手术了?"他犹豫了一下,还是开口问。

　　金佩心没说话。

"为什么不说实话,还找借口不见我?"他问。

"说实话?你是我什么人啊?"金佩心忍不住开口呛他,"我为什么要跟你说实话,让你也叫我整容怪吗?我们又没有在一起,我何必要听你对我的生活指手画脚?"

"我们是没有在一起,但我的心意我以为你是知道的,我们这段时间相处不好吗?"程枫不依不饶地问。

"这跟我去做手术有什么关系?要经过你同意?"金佩心反问。

"你能不能不要这么自我?我以前是说过不赞同的话,但是我已经道过歉了,你为什么还在记仇?"程枫伸手拉住扭头要走的金佩心,"你能不能给我一个机会,也给你自己一个机会,不要拒人千里之外,也听取一下我的意见。"

"对不起,我这个人自我惯了,最不擅长的就是听取别人的意见。"金佩心火气也上来了,"程枫,如果你之前想跟我在一起,我谢谢你,和你相处我也很愉快,但是对不起,我就是这么一个从小到大由内而外都自卑的一个人,我就是想要通过后天的条件变美,这和别人的任何意见都没有关系。我早知道你不能接受这样的我,所以我一直没有办法让我们之间的关系更进一步。"

"你怎么这么固执?"程枫也急了,"我有说你哪里不好吗?你一定要把自己弄得面目全非?到时候如果你有了一段新的感情关系,你觉得他是因为你的脸还是你的内心?"

振聋发聩的问题。一直以来,她最怕的就是想到这个问题。

但她每天都会想。醒着的时候想,做梦的时候想,对着镜子给自己换药的时候想,仰面躺着一边流眼泪一边为了防止眼泪碰到伤口迅速拿棉巾抹干的时候想。

多年以前,她觉得她这辈子永远都不会碰到喜欢的人了,也永远都尝不到被人喜欢的滋味了。但当多年以后,她碰到了喜欢的人,也尝到了被人喜欢的滋味,她还是执拗地不肯换掉那个从前的头像,即使很多人要么被吓退,要么笑她傻,好不容易变美了还要昭告天下自己原来特别丑。

她只是想要随时提醒自己，无论外表变成什么样子，自己的内心还在。或许这辈子总有一天，会有那么一个人，愿意在熟悉了她现在和从前的样子之后，悄悄跑到她心里去，然后打个招呼，问她，你还在吗？

是她多想了，程枫也不会是那样的人，从他对待黄梦玲的态度就能看出来了。

鼻子消肿得很快，没过多久，她的面容就恢复成了正常的样子，当然比从前更美了。她照常每天去学校，去兼职，去健身房，周末去跑步，爬山，程枫却很久很久都没再来约她。

有一次她在一个活动上见到黄梦玲，好像又动了下巴，加上苹果肌打的针看起来还没过恢复期，两颊肿得厉害，额头也不知道怎么回事有个鼓包，整个人脸庞泛着不自然的光亮，笑起来也僵硬得很，仿佛成了精的一颗电灯泡。

那个晚上她做了一个梦，梦到自己去浮潜，周围所有的鱼都冲过来啄她，她拼命挣扎，护住自己的脸不被咬，但是徒劳无功，密密麻麻的鱼群围着她，一口一口地蚕食她的全身。她眼看着自己的四肢变成骨骸，四分五裂地沉入海底，她惊恐地去摸自己的脸，只摸到在海水中渗开的满手鲜血。

一声尖叫过后，她裹着被子从床上滚到了地下，这才惊醒过来。

后来的某个周末，她去学校里的攀岩中心上课，由于走了神，手滑脱了，摔了下来。还没等她自己爬起来，突然旁边伸出一双手，利索地把她从地上捞了起来。

"程枫？"她惊讶地说，"你怎么在这？"

"我来练习啊。"他说，"你刚来的时候我看见你了，看你过来上课，就没叫你。"

"哦。"金佩心点了点头，突然反应过来，连忙摸了摸自己的鼻子。虽然已经完全恢复了，但这段时间一有小的磕磕碰碰，她还是忍不住第一时间去摸自己的鼻子。刚摸到，意识到在程枫面前，她又尴尬地把手缩了回去。

程枫看出了她的窘迫，笑了笑。"别担心，"他说，"你挺好的，也没摔到脸，没破相。"

金佩心不知道跟他说什么,只好走到一边,自顾自地开始脱护具。

程枫就跟过来,在她旁边犹豫了一会儿,说:"我想通了。"

"什么?"金佩心没听清楚,心不在焉地反问了一句。

"我想通了。"他稍微大声了些,"这段时间我没有找你,就是怕自己没想明白。"

金佩心看他神色严肃,不像是开玩笑的,想起之前他们闹掰的那天,她心里涌上一种不祥的预感。

虽然她习惯了,但她真的不想再多受一次羞辱了。长得丑是过错,长得丑变美了是过错,长得美变丑了也是过错。没有人喜欢是过错,喜欢上自己不配喜欢的人是过错,不喜欢喜欢自己的人也是过错,这世道究竟给不给人活路?

她脱了护具,转身就往外走。程枫连忙追上她,拦在她面前。

"你听我说完,行吗?我不是来吵架的,也不是来批判你的生活方式的,真的。"他诚恳地说。

金佩心只好站住。

"我想明白了。我和你相处很开心,我想和你在一起。两个人本来就有很多不一样的地方,彼此的生活方式可以磨合,可以改变,但没有必要无条件接纳。只要我们彼此有吸引对方的地方,我有信心去磨合。"他一字一句地说。

金佩心惊异地瞪大了眼睛。

"我以前不理解你的困扰,我向你道歉。我不会再对你的观念强行指手画脚,但我希望我们两个人在一起是开心的,是可以互相沟通的,我也希望以后我会是你遇到困扰或是不自信的时候,可以来寻求夸奖寻求宽慰的那个人。"他说。

"说完了吗?"金佩心问。

"说完了。"他回答。

金佩心就继续往外走,把他一个人晾在原地。

"哎,等一下!"他在后面喊,"你要是答应我,我给你看我小时候的照片!"

一点都不好笑。金佩心面无表情扬长而去。

那个晚上她失眠了,无聊到翻看硬盘里留存的大学时的照片。大部分都是田小甜和傅其华拍的,她在那些照片里要么是个失焦的影子,要么是露出半截手臂或是一个模糊的背影。如果不是做头像的这张照片,她似乎完全可以忘记自己从前的模样了。

辗转反侧到凌晨,她收到了程枫发来的一条信息。

是一张图片,翻拍的那种旧照片,上面是个黑瘦孱弱的小男孩,站在拳馆的台子底下,缩着肩膀,浑身脏兮兮的,穿着短裤的两条腿上一块青一块紫。应该是不知道有人在拍照,他惶恐地看向台子上的人,仿佛那两个模糊的影子不是拳手,而是破笼而出的巨兽,轻易就可以把他消灭。

想起程枫曾说过他小的时候又尿又没出息,她忍不住笑了。

或许,她和他之间的共同点,也没有想象中那么少吧。

睡觉前,她给程枫回复了一条消息。

"你小时候没有我好看。"她说。

程枫很快就回了。

"你全世界最好看。"他说。

那是她活了二十多年得到的最让她开心的赞美。她仿佛回到了十三岁之前的青春期,想像所有幻想着破茧成蝶的少女一样,把这句话贴满床头和天花板,每天早上醒来都对自己念上一百遍,咒语就会实现。

那些从小就认为自己全世界最好看的少女,后来活成什么样子了,她并不知道,也没有机会去体验。毕竟,人长大之后,再也不会相信全世界最好看这种鬼话了,但在被生活压垮之前,觉得拼命变美也是一种精神寄托,如果不能活得优越,尽量活得体面,又有什么错呢。

是时候放下担忧,去接受并信赖一个愿意夸她全世界最好看的人了。

2

晚上跟家里视频的时候傅其华觉得不对劲,每天都是她妈打给她,今天变成了她爸,每天西西一听到她的声音就兴奋地扑到屏幕前来喊"妈妈",今天不知道哪儿去了。

"妈呢?西西呢?"傅其华疑惑地问。

"啊,宝宝洗澡呢,今天玩累了,估计一会儿洗完澡就该睡了。你要是忙你就先睡吧。"她爸说。

"我不忙。我等宝宝洗完了跟她说句话再睡。"傅其华说。

过了一会儿,她妈凑过来,看她还没挂断,就说:"你去睡觉吧!都这么晚了!"

"我这不是在等着看孩子一眼吗?"傅其华感到莫名其妙,"洗完澡了吗?我看看。"

她妈和她爸支支吾吾了半天,傅其华心下奇怪,就问:"西西怎么了?是生病了吗?磕了碰了?"

她看出来她爸妈不想让她看西西,估计也没大事,可能是怕她看到孩子难受心疼。

最后她爸妈拗不过她,只好拿着手机进了卧室。西西洗完澡乖乖地裹在小被子里,搂着喜欢的毛绒小熊在玩,红光满面根本没生病。

傅其华仔细一看,忍不住扑哧一笑。

"妈,爸,"她故意装出一副生气的样子,"你俩不打算给我解释一下吗?"

西西原本又黑又密的头发已经留得挺长了,她妈喜欢给她在头顶上扎一个小揪揪,像个毽子一样,还挺萌的,扎上蝴蝶结和花头绳,就是一个人见人爱的小女孩。结果现在,整个头被剃得露出头皮,那形状和手艺跟她妈拿个家用电动推子给她爸剃出来的风格一模一样。

"我记得我是生了个女孩吧?"傅其华哭笑不得,"你俩现在反应过来不开心了,想要个外孙了?"

"不是,华啊,你别生气,都是爸不好。"她爸忙不迭地解释。

原来今天老两口带孩子去商场玩,西西要玩那种涂颜色的画,她妈就让她爸陪着,自己到楼下的超市去买东西。结果她爸一眼没看住,西西兴高采烈地把颜料全弄到了头发上。

回到家里两人用各种洗发水沐浴露一顿洗,也没洗掉,还把头发都粘到了一块,西西没耐心了,烦躁得哇哇大哭。她妈索性一狠心,拿了平时给她爸剃头的推子,三下两下就全给推掉了。

"你别生气啊,华,小孩儿头发长得快。我看西西也没闹,我跟她说,等天气再暖和点,头发就又长长了,可以扎蝴蝶结了。"她妈在旁边有点心虚地说。

傅其华倒没生气。毕竟她也是在妙龄少女时期自作主张地剃过寸头的傻孩子,当年她妈气成那样,估计现在对西西"下手"自己也于心不忍吧。

即使她在留着寸头的那段时间被年级里陌生的同学侧目过,也被周围的朋友误解过,老师的批评更是数都数不清,但她印象最深的,是班里一个从来跟她不太熟的、沉默寡言的女生,有一天在走廊厕所里洗手的时候站在她旁边,特别小声地跟她说了一句:"我觉得你特别酷。"

她一直觉得自己很酷。直到十八岁的那一天,她在音乐会礼堂接受了李文聪送给她的第一束玫瑰花,她被错认成男生的青春岁月也画上了句点。

那天她收到了周围很多陌生人的祝福,但也有一些不那么友好的声音。她旁边几个学生又好奇又好笑地打量着她,用完全不介意她能听到的声音嬉笑着说:"那个拉小提琴的男生一表人才,怎么会喜欢这样的女生啊?""就是,R大美女那么多,也是瞎了眼了。""哈哈哈!"

她才不介意。她和李文聪在图书馆对坐了那么多天才开始交往,如果他真的介意她的形象,根本就不会向她表白了。后来有一次他俩在校园里散步的时候遇到几个男生,他们笑嘻嘻地冲李文聪打招呼,说是他的室友。

"我知道,李文聪说你们都是他的好哥们儿。"傅其华友好地笑着说。

他们几个愣了一下,忍不住地大笑着走开,其中一个男生还回过头来大声说:"李文聪说你看着也像他哥们儿!"

傅其华莫名地觉得自己被冒犯了,却也说不清楚。她生了一晚上闷气,第二天去质问他,是不是嫌弃她不好看。

李文聪当然否认,还哄了她很长时间。但他还是犹豫着,试图给她提了一点建议。

"你能把头发留长吗?"他斟酌着语句,"或者,像别的女孩一样,穿穿裙子,化一点妆?"

傅其华很想反驳他,说自己不是别的女孩,你喜欢的,你表白的,也不是别的女孩。

但她说出口的却是:"如果你觉得我那样好看,那我就试一试。"

确实连田小甜和金佩心她们都说她变好看了。她寒暑假回家,和高中同学一起回学校去看老师,老师对着她想了半天都不知道是谁,还是同学们说的。同学们起哄说她恋爱了,终于变样了,她也就跟着大家一起笑。

后来她回想起大学那段时光,有的人在恋爱里伤了心,有的人在恋爱里得了意。而她在恋爱里,一直扮演了一个合格的学生,但也只扮演了一个合格的学生。她学会的,是成为了在他眼中一个美好的女朋友形象,甚至还没有上升到妻子的概念,他就已经厌倦了,去寻找他的下一个"学生"了。

金佩心在帮她打官司那段时间曾经试着问过她,当年为什么会和于辰在一起。尽管看清了他的真相之后,她不愿再忆起曾经生活的每一个细节,但不可否认的是,如果不是因为走进了另一段稳定的感情关系,她也不会把上一段忘得那么干净彻底。只是她走进的是一个她自己都看不清楚的深渊。

于辰表现出的和他的头脑性格不相符的真诚,曾经让她天真地以为,她终于能够正确而客观地审视自己和以后的生活了。他说她太平凡,既不好看,性格又无趣,但他爱她,所以他能够接纳她的一切缺点。他父母不喜欢她,他说他不介意,他会忍辱负重,即使父母对她有偏见他也会包容和接纳她。她放弃了工作跟着他离开北京,他说她的工作只能辛辛苦苦地挣死钱,还不如回家早早地生小孩,这点钱他明年的投资就能收回来。

生活的潮水退去后,狰狞陡峭的暗礁才现出咬牙切齿的真面目。这些年她是怎样在他的打压之下逐渐忘记自己的价值,再也不想在镜子中看见自己的脸,她不记得,但从生理到心理的每一个细胞每一根神经都记得。

"妈妈!我现在也是短头发了!"西西丝毫没有觉察出妈妈的"嘲笑",从裹着的被子里跳出来,抱着小熊在床上跳舞。

"真好看!"傅其华笑眯眯地说,"西西怎样都好看!"

又笑闹了一会儿,傅其华挂断了视频,自己也准备睡觉。

手机又一响,是陆舒阳发来的短信。

"傅老师,这次换我请你吃饭,行不行?"

他还没完?傅其华无语,想把手机丢开,下一条信息紧接着弹了出来。

"没有别的意思。我收到offer了,想听听你的建议。"

这样的理由,傅其华再拒绝,就显得太小家子气了。第二天她按约定的时间到了餐厅,陆舒阳早早地坐在那里,看到她来,像变魔术一样从身边拿出一个巨大的袋子,袋子里装着大小不一的盒子。

"给你的。"他说。

"什么?"傅其华一头雾水。

"你……你女儿不是还小吗?我问了我表姐,我外甥女也差不多大,就看着买了点礼物,都是实用的东西,还有玩具,要是年龄不合适,你就留着,等长大一点再玩。"他顿了顿,又说,"不过我想,你的小孩一定很聪明,说不定两岁就能玩别人家大孩子才能玩的玩具了呢。"

这是什么路数?傅其华哭笑不得地说:"我的小孩在西安,我又不回去,你现在送给我也没用的。"

"啊,那你给我个地址,"陆舒阳眼珠一转,又艰难却灵活地把那个巨大的袋子挪回了自己身边,"我一会儿出门就帮你寄了,后天就能到。"

傅其华没话说了。沉默了几分钟,她问:"你的offer怎么样?"

陆舒阳看着她的神色,话里有话地问:"你呢?你也收到了吧?哪个学校?"

傅其华反问:"我去哪个学校跟你有关系吗?"

陆舒阳被她直直怼回去,不吭声了,默默地低下头看菜单。

点完菜,他拿一旁的壶帮她倒茶,小心翼翼地抬眼看了看她,还是不甘心地问:"西岸还是东岸?"

傅其华不作声,他也看不出来她表情背后的心思。

"你不会申请到藤校了吧?那么牛吗……"他自己小声叨咕,"那我上哪儿够去啊……"

"你说什么?"傅其华一问,他吓得手一哆嗦,热茶差点没倒在自己手上。

没有生过病的人总觉得病的严重程度和概率相关。一个病治好的概率是90%,那就不严重,10%那就是严重。但自己生了病才会知道,命只有一条,不是医学案例里成百上千的数字,不管什么病,落在自己身上,治好了就是100%,治不好就是0%。

何子睿说,他问了好多人,上网查了几天几夜,有比4a等级严重的4b活检出来都是良性,但也有像她一样4a的,检出来状况不好。

"你别听医生吓唬人。他们要尽量把可能的情况都说出来,即使是0.1%的最坏可能也要说,让咱们有心理准备。这样等检查完了,良性的,就做手术解决了,不是很好吗?"何子睿说。

田小甜心里很清楚他只是说出来安慰她,但她没有办法不怕。

手术预约排期紧张,她妈妈为了她,去找了她爸爸以前认识的一个朋友,辗转找到了一位业内比较有名的主任，紧赶慢赶还是约在了一个多星期之后。她没办法再去上班，每天不吃不睡在家里窝着，白天在网上查各种病情案例，晚上彻夜难眠。

她小心翼翼地给那位主任医生打电话，问："必须要动手术吗？能不能不动手术，确认是不是良性再动？"医生说不行，按照她片子上的阴影位置大小，各种风险性，不厌其烦地讲了很多。她又想到一个可怕的问题，又问："那如果切掉了，我的胸还在吗？是要全切吗？"医生说不一定，又说无论怎样还是生命安全第一位，其他的都要在活检结果出来之后再决定。

入院前的几天何子睿也请了假，每天和她妈轮班，寸步不离地看着她，仿佛担心她精神状态出什么问题。

几天没怎么吃没怎么睡，田小甜整个人都是恍惚的。她妈辛辛苦苦给她做了早饭，她不吃，她妈也没有办法，抹着眼泪出门回老房子去了，给她收拾些第二天带进医院的东西。

何子睿打起精神来喂她她妈做的早饭，她一甩手就给摔到了地上。

何子睿脸色铁青："你明天就要住院了，再这样下去你还没上手术台就饿死了！"

"那你就让我死了吧！"田小甜声嘶力竭地大喊，但她体力不支，拼命喊破了嗓子也没有多大声音。

何子睿咬紧牙关，有那么一瞬间田小甜以为他要发火了，但他没有，转身拿了外套出了门。

房间里一下子静了下来。

她靠在沙发上往窗外看。外面是个难得的好天气，蓝天白云，晨风习习。她努力推开窗，新鲜的空气让她清醒了很多。她想，万一真的是不好的结果，她要怎么熬下去？家里没有钱给她倾家荡产地治病，因为家里早就已经倾家荡产了。而她自己，体检抽个血都会疼到哭，她知道自己根本承受不了癌症化疗的痛苦。

她忍不住低头往楼下看。何子睿租的这个房子是小高层,11层,不比她和她妈住的只有几层的老住宅楼,从上往下也干干净净没有突出来的阳台上的衣架什么的,能阻挡自由落体。

我没做错过什么,为什么要承受这样的苦难?她心想。

当然后来的她早已明白,人生中的苦难原本就是不讲来处的。

何子睿用钥匙打开门,看到田小甜站在窗边发呆,他愣了一下,走过来拉住她。

"换衣服。"他说。

田小甜反应不过来,呆呆地看着他。

"换衣服,我们出门。"他说。

"干什么?"田小甜毫无力气被他架着去卧室,试图抗拒。

"出门。"他一边把她的外套扔给她,一边拿起她丢在地上的包,翻了翻她的钱包。

"你翻我钱包干吗?"田小甜说。

"拿身份证。"何子睿说。

她浑浑噩噩地被他领着,一路到了民政局门口。

"你要干什么?"田小甜突然反应过来,扭头就要走,被何子睿一把扯住了。

"回家。"她说,"何子睿,你别逼我,我要骂人了啊!"

何子睿死死拉住她不让她走。

田小甜没有力气,被他扯得一屁股坐在地上,大声哭起来。

周围的人吓了一跳,有路人聚集过来,还有一对拿着离婚证刚出来的夫妇以为何子睿家暴,拿出手机要报警。

"我要回家!何子睿!"田小甜哭喊。

"回什么家!不回!"何子睿眼圈也红了,哑着嗓子吼出了哭腔。他索性把身份证和户口本拿出来,砸在田小甜面前的地上,"你不是说了吗?早领晚领不差这一天!今天来领个证怎么了?我告诉你田小甜,今天我就是要跟你领证!"

"不领!"田小甜哭吼,"我明天就要住院了,要上手术台了,我……我不知道我这条命以后会怎么样,你娶我你有病吧?啊?何子睿你是不是脑子有病?滚!我跟你分手!现在就分手!……"

"我不管!"何子睿吼着打断了她,他跪在田小甜面前,用力拉住田小甜拼命推开他的手,眼泪噼里啪啦地掉在她脸上:"今天我们领了证,以后就是同甘共苦的夫妻,有什么风险咱俩一起承担,我陪你手术,我给你签字,你别害怕……"

他说不下去了,田小甜也吼不动了,两个人在民政局门口倒作一团,抱头痛哭。

后来,田小甜问旁边那个刚离完婚的妻子借了化妆品,扑了点粉,跟何子睿去拍了张简单的照片,然后趁民政局下班之前领了证。

何子睿去老房子拿她户口本的时候就跟她妈知会过了,他俩晚上回了老房子,她妈做了一桌他俩爱吃的菜。

田小甜在饭桌上跟何子睿一起敬了她妈一杯水,说:"从今天起,就是一家人了。"

"早就是一家人了。"她妈说。

住院那天出门前,她问何子睿:"我能带电脑吗?"

"不能。你要用的话用手机,我先帮你收着。"他说。

"我能再去吃一次辣府吗?"她问。

何子睿看了她一眼:"你说呢?"

田小甜老实了五秒钟。

"我能去做个美甲吗?你看,我这个拇指指甲掉了。"她把手伸到他面前,郑重其事地说。

何子睿知道她只是在无谓地拖延时间,她只是在害怕。他陪着她下楼坐上了车,紧紧地搂着她:"等你出院了,你想吃什么我都陪你吃,陪你去做新的指甲,新的发型,你想去哪我都陪你去。"

"……好吧。"田小甜小声地回答。

在医院的那段时间,她没有像别的病人那样,交了不少病友朋友,也没有每天缠着来量体温的护士焦灼地碎碎念。她不敢看那些剃了光头,有的笑眯眯有的哭哭啼啼,或年轻或年老的面容,也不敢照镜子。

但在病房这种地方,在脆弱的生命面前,什么都不重要。遇到主任医生来查房,很多人就迫不及待地掀起衣服让医生分析病情。正好赶上她妈和何子睿都帮她去忙了,她身边没有人,脸涨得通红,死死按着衣服不想动。

旁边一个大姐过来摸了摸她的头发,说:"孩子啊,保命要紧,活着不比啥都强?还要啥面子啊,可别像我们这些,耗得治治不好了。赶紧让大夫给你看吧,这么年轻。"

后来她还是偷偷地溜出病房去,找到那个给她主刀的医生。

"如果术中化验是恶性的,位置又不好,那必须全切。"医生说,"我知道你年轻,我们也会尽量给你保住,但毕竟性命重要。等病治好了,以后时间还长,咱们再想办法。好不好?"

活了二十多年,她一直以为手术前的那个晚上是她最难熬的一个晚上。她恨不得马上就上手术台,长痛短痛给个痛快,但她又怕她如果真的没挺下来,想多陪陪身边最重要的两个人,毕竟这个晚上过去之后,可能一切都不再像从前一样了。

第二天早上她没想到的是她爸也来了,进病房的时候她正好要被推上手术车,她爸一进门,眼泪就下来了。

"爸,我还以为你不来了。"她一边艰难地抬头看她爸,一边被安放平稳,盖上了手术被单。

"对不起甜甜,爸爸怕你不愿意见我,一直没敢来看你。你妈都跟我说了。"她爸有点慌张,想赶在她没进手术室之前跟她说两句话,但很快时间到了,护士和手术室的人就把她推走了。

很小的时候她爸妈叫她甜甜,她已经很多年没听她爸这么叫过了,就好像是回到了可以躲在父母怀里的时候,生活富足而安逸的时候,父亲还没有因为外面的女人和母亲终日争吵的时候。麻药起作用之前,她脑子里混乱地回放了很多事,很久以前家里的样子,父亲的发怒,母亲的眼泪,大学时周围欢乐的笑脸,何子睿戴在她手上的戒指,最后停留在那天她被何子睿拉出门前的窗口。窗没关,风还在吹进来,满地都是她那天摔碎的碗盘残渣。

得把地板收拾了,再把窗关上,不然那房子没法住了,得早点回去上班啊。失去意识前的最后一秒钟,她在心里想。

4

金佩心没有再动过手术。她和那位韩国的医生后来一直保持着联系,有时会在保养或美容方面去问他的建议,有时也会推荐朋友去他那里做医美项目。她和程枫在一起之后,也不再介意敞开聊这方面的话题,她曾经的自卑,他曾经的不理解,都在潜移默化的相处中改变了。

但她不会忘记黄梦玲打了她一耳光的时候说的那句话。黄梦玲说,他只要见过你最丑的样子,就根本不可能爱上你。

她没有真的回去质问程枫,但后来渐渐地想通了。自己之所以一直保留着从前的照片,就是想要提醒自己,不要像黄梦玲那样,陷入对改头换面的狂热中去,以至于忘记了自己本来的模样。人本来就是视觉动物,她自己扪心自问也不可能对一个长着自己讨厌长相的人产生好感,又何必强求别人把肉体和灵魂分得那么清楚。

再后来,没有人会说她丑,更没有人会笑她胖,她的模样变得越来越符合别人眼中的美之后,才越来越接受了当年自己都不堪回首的丑样子。

大学的时候她就问过傅其华,为什么有勇气剪那么短的头发。傅其华就说,想剪就剪呗,爱谁谁,不用怕别人怎么说。现在的她终于也渐渐地胆子大起来,偶尔突破形象改变一下自己的外表,也不会再把旁人随意的评头论足敏感地当作是对自己的讥讽。别人都忙着呢,就算你长了三头六臂走到街上去都没人会多看你一眼,可真别把自己当盘菜。

但她不知道的是,傅其华后来却变得越来越怕了。她留起了长发,穿起了裙子,结了婚辞了工作当了妈妈。她被于辰打击得一无是处,早就忘记了当初那个无忧无虑年少轻狂的自己,也可以肆无忌惮地大笑,随心所欲地接受别人的赞美,为了取得的微不足道的成绩而骄傲。

现在的她,面对别人突如其来的表白,只能感觉到自己内心的恐惧。

"你不会真的申到藤校了吧?那几个学校教育专业都很牛的。"陆舒阳隔着热气氤氲的食物,小心翼翼地问,"我把教育专业好的学校挨个捋了一遍,加上别的条件,我觉得以你的水平,应该也看不上排名低的。"

傅其华苦笑:"别的条件?我没别的条件,有钱就行。藤校是牛,藤校能给我钱吗?我不是学生了,一个人带着孩子,这次打算去留学,也算是把身家性命都搭上了,到现在还不敢跟我爸妈说呢。"不自觉地,她把自己心里的困扰讲出了口。

"你要一个人带着小孩去留学?"陆舒阳忍不住问。

傅其华摇头:"如果能给我 PhD 录取,我可能真的会带小孩去的。不想再辛苦我父母,也希望小孩有个好的成长环境。但现在还要先读两年硕士,我实在不知道以后会怎么样。"

她说着说着,突然反应过来:"不是在说你吗?我怎么说起我自己了。你怎么样,拿到几个 offer?"

陆舒阳警觉地看着她:"我不说。你先说我才能说。"

傅其华无奈地摇摇头,自顾自开始吃饭:"不说就不说。不是你叫我来给你参谋的吗?你随便吧。"

陆舒阳看这招没用,想了想,换了一个话题。

"你那天当着我的面跟家里人通话,是故意的吗?为了吓唬我?"他问。

傅其华抬了抬眼:"怎么能说是吓唬你呢?那是事实,我要是瞒着你,你还不得说我老不要脸,欺骗你的感情？我从一开始就没打算接受你的表白。何况,你不是确实被吓到了吗？"

"那倒不至于,"陆舒阳一本正经地说,"我虽然比你小几岁,但我也不是小孩了,追你也不是闹着玩的,你随便吓唬一下就尿的。只是你不给我机会多了解你,所以才出现这个意料之外的事情,我要回去好好想想,怎么说你才能不继续拒绝我。"

"想出来了吗？"傅其华反问。

"……说实话,没想出来。"陆舒阳认真地回答,"所以我才想约你出来吃饭,问你最后打算去哪个学校。反正大不了我就跟着你去美国,继续想呗,说不定有一天我就想出来了。"

傅其华被他逗笑了:"美国那么大,你跟着我干吗？"

"美国那么大,我才得跟着你啊,万一有别的人乘虚而入,把你追到手了,我会特别遗憾的。"陆舒阳说,"但是你别担心,我不会做任何冒犯到你和你家人的事,如果我哪里做得让你生气了,你就说,我改就是。"他说着说着,声音低下来,像是很不甘心的样子,"要是你真的,特别,特别特别烦我,那你也跟我直说吧,我不想到时候又追不到你,又让你嫌弃。"

傅其华真想立刻就撒谎骗他说,特别特别烦他,让他赶紧从眼前消失,再也别出现。她明知这样才能彻底了结,但不知为什么,面对他的坦诚和直率,她真的说不出口。

或许她根本没有想象中那么讨厌他。

明明在得知他喜欢自己要表白之前,自己根本就不讨厌他,会因为他上课前客套地夸了她一句好看而心情好上一整天,会花费自己的时间全心全意地帮他做申请文书,会看着他和赵琳在一起说说笑笑而莫名失落。

她叹了一口气,说:"别闹了,我不跟你计较。你去了美国之后,抓紧念书找工作谈恋爱才是正经事。要不你家里人又要催婚了。"

"谁说我闹了？"陆舒阳撇了撇嘴,一副不高兴的样子,"你不就是教了我几天英语吗,别老把我当小孩好不好?我也不是没谈过恋爱,我知道自己想要什么。"

"你想要什么?"傅其华怼他,"不就是以为像大学时候那样耍耍帅,小姑娘就会看上你?平时吃吃饭,送送花,看看电影,约约会,就可以过上神仙日子了?你真的找错人了。我不漂亮,也不年轻,更没有空约会。陆舒阳,你也看到了,你追错人了。"

"你凭什么说我追错人?你就不能放下你的偏见吗?我为什么只能喜欢年轻漂亮的小姑娘?"陆舒阳也有点生气,大声反驳,"说实话,年轻漂亮的人很多,可我只喜欢我喜欢的那一个!"

这话说得,真是可爱的直男。傅其华哭笑不得地想,也不知道对自己来说这是赞美还是嘲讽。

从餐厅出来,傅其华反思着,可能自己的话说得有些重了。但伤了他的心也好,免得以后夜长梦多。

晚上跟家里视频,电话通了半天没人接,傅其华有些着急,她爸她妈电话换着打,打了十几分钟,她妈终于接电话了。

"怎么回事?"傅其华上来就问。

"华,"那边她妈也没想瞒她,言简意赅,"你爸摔伤了,在医院呢。"

普通人都不愿意去医院。谁没病没灾的去医院呢?田小甜在手术之前一直以为这一次的病是她人生中最难熬的一个阶段,却万万没有想到,即使大难不死万幸躲过了老天降下来的灾祸,等着她的,是在今后漫长日子里遥遥无期的恢复。心理上的恢复,比生理上还难。

从手术室里出来后她是被护士轻轻拍醒的,一睁眼,一车的人推着她在走廊里往病房走。她费力地抬着眼睛看,她妈,她爸,何子睿,都在。

"没事了,没事了。"她妈眼睛红肿着,看她醒了,连忙摸着她的头安慰,"良性的,已经手术切除了,没事了。"

"真的?"她拼命抬起头,看着围在自己上方的这一圈脸孔,"良性的?"

"嗯,"何子睿说,"术中病理检测出来是良性的,但还要送去做进一步的鉴定,得一两个星期。我刚才问了医生,医生说通常结果没有大的出入。"

"你现在就好好养身体,等术后你恢复了,结果也出来了,咱们就可以好好地回家休息了。"

那一瞬间田小甜的脑子是一片空白。她觉得自己在做梦,可能麻药的劲还没过,可能自己还在手术台上。她呆滞地任凭几个人把她抬上病床,眼前床边滴着药的吊瓶微微摇晃,她觉得整个身体都不是她自己的。

"不疼。"她喃喃地说。

"什么?"何子睿看她说话,连忙凑到她面前。

"不疼。"她说,"我不疼,我是在做梦是吧?"

不过她很快就安下心来了,随着麻药劲过了,她的伤口终于开始疼,她这才真真切切地意识到自己不是在做梦,自己从手术台下来了,自己躲过了一劫。

"我想看一下。"晚上疼得睡不着的时候,趁何子睿出门抽烟去了,田小甜偷偷跟她妈说。

"看什么?"她妈问。

"看一下伤口。"田小甜示意她妈帮她掀衣服。

"不行,你起不来,想看也看不着。"她妈说,"等你身体好了再说。"

"妈,你有镜子吗?你拿个镜子来,我就看见了。"田小甜坚持说。

"看什么看?什么都看不到,都是纱布包着的。"她妈骂她,"你好好睡觉!好不容易捡了条命回来,你看什么看?真不让我省心!"

田小甜被她妈突如其来的怒火骂委屈了,只好作罢。

何子睿抽完烟回来,看到她妈在病房外面的走廊里坐着哭。

母女连心。田小甜从小连剪指甲剪出血了都要哭好久,细皮嫩肉的没受过任何一点委屈。她爸很少带她出去玩,都是大手一挥给她们钱让她们和家人去旅游,只有田小甜上初中那年她爸突然大发善心,亲自陪她出门教她玩轮滑,结果田小甜摔了,下巴上缝了五六针。她妈又气又心疼,换药的时候陪她一起哭,以后再也不让她爸单独带她出门。原本孩子伤口就恢复得快,忘了疼之后,一家人也没放在心上,但初中毕业时田小甜有个相熟的好闺蜜考空乘,问田小甜要不要一起去考,结果去了人家说她有疤痕不合格,田小甜气得回家哭了一晚上。

她妈当时也骂她,咱家家底够养你好几辈子了,考不上空乘有什么要紧的?

说到底还是心疼。

但再心疼也没有保命重要。等最后检验的结果出来之后,全家人终于彻底地松了一口气。还是年轻,她身体恢复得很快,除了每半年要回去做一次乳腺体检,没过多久她就完全恢复了正常人的生活。

唯一不同的就是当初的婚礼日期被无限期延后了,原本定好的婚纱也不能穿了。何子睿打电话跟婚庆公司沟通过,说如果需要,可以看看能不能想办法改期到近一点的日子。

但是田小甜想了想,说:"先不用了。"

"那改到什么时候?"何子睿问她。

"不知道,先这样吧。"田小甜摇摇头。

对何子睿来说当然是求之不得,毕竟即使田小甜再省钱,婚礼这一套流程花销下来也不会少,如果不办了,说不定离攒够首付又近了一步。至于他家里那边,找个节假日回去吃桌酒席收收份子钱就行了。

何子睿答应得爽快,却没有注意到田小甜脸上闪过的失落感。身体恢复之后,她胖了十几斤,每次洗澡都不敢照镜子。

"证都已经领了,婚礼不婚礼,也没那么重要了,是吧。"田小甜抬起头,笑着对何子睿说。

第十九章
不必追

①

和程枫在一起之后，金佩心听他说过一些他家里的事情。他在江西出生，很小的时候就被父母带着去了上海打工，后来在上海长大。父亲年轻时酗酒，脾气也不好，在他上初中那年跟人打架斗殴去世了，母亲一个人做生意拉扯他，硬是供他考上了上海最好的大学。但他这些年经济独立之后，除了不断地给家里钱以外，也不太和家里联系，更不爱提起家里的事情，只有和金佩心在一起之后会聊一些。

"我其实很爱我妈，但我就是不愿意回家。她这些年养育我很辛苦，我知道，但她无休无止天天跟我念叨她为了我有多不容易有什么用？我除了给她钱给她养老，我还能怎样？到广场舞那给她绑架一个老头回来当老伴吗？"程枫不耐烦地说。

能够和他一直相处几年而没分手，是金佩心一开始也没想到的。他们知道彼此都是努力想要摆脱童年影响，想锻炼出强大的内心以说服自己值得更好生活的人，也往往在亲近的人面前才会暴露出骨子里的坏脾气和阴郁心理，在产生很多争执或是矛盾的时候，难免会在对方身上看到自己的缺点，不自觉地心软下来，也就吵不起来了。慢慢地习惯了对方的存在，就也这么生活下去了。

有时她也想过,就像别人一样,等相处得水到渠成的时候,就跟着他回家,见见她妈,然后领个证,将来生个小孩,不是很自然的事吗?

对她来说真的不是。她和程枫表露过自己的恐惧,程枫反倒安慰她说没关系,等你有一天不害怕结婚了,我们就结婚。有一天不害怕小孩了,我们就养小孩。如果一直害怕,就一直不养,也没什么。

"反正咱们俩是一起的。"他说,"你要是害怕,搞得我也害怕了,那还是别着急的好。"

除夕那天晚上,他们两个聊了很多,聊起以前在美国的日子,聊起机场的玫瑰和戒指,他说:"我后来想了想,确实是我冒失了。以为在一起这么久了,你应该不会拒绝,就没提前探你的口风。"

"你要是提前探,我可能就提前拒绝了。"金佩心摇头笑,"也是我的不对。当初不该让你放弃工作跟我一起回国的。现在工作签越来越难抽到了,你是不是后悔了?"

"你没有让我回,是我自己想回来。"程枫说。

他欲言又止了一会儿,叹了口气:"我这半年在上海工作,回家待了一阵。"

金佩心点点头。

"主要是给我妈找了个稳定的保姆。她现在身体越来越差了,年轻时落下的毛病全找上门来了。脾气也越来越大,保姆被她骂跑了好几个。"

金佩心不作声地听着,听到这里就轻声笑了,说:"你不会是因为她催婚又跟她吵架了吧?"

程枫就有些尴尬:"有的时候吧,你还真是不给我留面子,想说什么都被你抢先猜到了,没劲。"

金佩心笑着说:"不是有时,是经常。对不起,我的错。那你怎么打算的?去相亲了吗?"

"怎么可能?工作忙还忙不过来呢。"他摇头,又意味深长地看了她一眼,

"有你呢,我为什么要去相亲。"

她就不说话了。他似乎明白了她在想什么,连忙说:"我不是那个意思。"

"我还没说你是哪个意思呢。"她笑,"所以你当时刚回国就跟我求婚,是为了让你妈放心?"

"不是不是。"他连忙说,"当时真的就只是想跟你求婚。这段时间看我妈年纪也大了,总是跟我发脾气,跟我哭,说看不到我成家抱孙子。我就在想,哪怕先装个样子哄哄她,让她安心几年,以后再打算以后的事情。"

"装样子?"金佩心问。

"嗯。就是,你今年什么时候有空,或是去上海出差的时候,能不能陪我回家看看她。"程枫说。看到她微微皱眉,他立刻又补上,"就是给老人看的,你别多想。毕竟……你是我这么长时间以来的女朋友。我也不想找个假的去骗她,你说是吧!"

她最讨厌被搅和进鸡毛蒜皮的家事里面,自己家和别人家。但是这一次,她没有开口直接拒绝。

过完年没多久程枫就回上海去了。金佩心开工之后,找了个去上海出差的机会,趁周末提前一天飞到了上海。

联系程枫的时候他还挺意外的,但话语里也是掩饰不住的惊喜:"我今天不加班了,马上就去接你,晚上咱们回家吃饭。我提前跟我妈说一下,她肯定高兴!"

说得好像她真的是他的未婚妻一样。

但就像程枫说的那样,样子装也是能装出来的。她不是没见过周围的男女青年,在父母的逼婚大法狂轰滥炸之下研究出无数对策——破解,找个好朋友假扮是最自然最不容易穿帮的,撒谎也能撒得不露痕迹,随时能圆回来,演技不精湛也可以弥补。

就算是他的女朋友,不管分手不分手,认识几年了,她也该去拜访一下人家的家人。她带了在北京买的礼物和保健品,简单打扮了一下,就跟着程枫回了家。

程枫的母亲住在杨浦区北边一个不算新的小区里,据他说,当年他爸就是为了买这套房子,真正在上海安个家,才会一时昏头,被一起打工的人骗了钱。

一进门,程枫的妈妈迎出来,瘦小精明的老太太,脸上虽然堆出了礼节性的笑,一双眼却毫不空闲地上上下下打量了她好一阵。

"我说呢。程枫一直说他有女朋友,又一直不带回来给我看,我还以为他骗我呢。"老太太一边把她往屋里让,一边瞪了一眼跟在后面的程枫。

"骗你干吗?我这不是带回来了吗?佩心是律师,在北京工作忙,好不容易来上海有空,就惦记着来看你了。"程枫一边把买的一堆东西放下,一边赶着说。

"是吗?在北京工作哦。"老太太挪进厨房,"晚上吃上海菜?小刘做的,我这两天肩膀痛,抬不起手臂来。"

小刘是请来的保姆阿姨,负责一日三餐,打扫卫生,以及在老太太有小病小痛的时候陪她去医院。老太太脾气不好还挑三拣四,小刘为了工钱留下来,却也常常看到程枫来就摆点小脸色诉点苦,抱怨老太太天天给她罪受。

"佩心是北方人。"程枫话还没说完就被金佩心接了过去:"我喜欢上海菜。以前大学时室友的妈妈就很会做,特别好吃。"

"哦。小刘是现学的,手艺说不上好,你们就随便吃吃好了。"老太太说。

"今年多大了?"金佩心在沙发上坐下,老太太递过来一杯茶,问。

"马上三十了。"金佩心答。

"90年的?"

"89。"

"比我们家程枫年纪大哦。"

程枫抬眼看了她一眼:"她就比我大几个月,妈你问这个干吗?"

金佩心就在身后轻轻拉了拉他的袖子,示意他没关系。

吃饭的时候,程枫的妈妈问金佩心:"什么时候调到上海来工作?"

"啊?"金佩心一时间没反应过来,程枫连忙替她搪塞:"她今年忙,等能调过来的时候就过来了。妈你别着急,我们都有我们的工作计划,不能说风就是雨的。"

"我怎么说风就是雨了?你回国都一年多了,答应我的事你办到几件了?还总说我不讲理不讲理,我哪句话你听进去了?"

老太太一直心情不好碎碎念,程枫看来习惯了,丝毫没有影响他饭桌上的好胃口。金佩心却是坐在全然陌生的环境里,不自在得很。小刘做的菜又偏甜,一餐饭下来她几乎就没吃上几口。

从程枫家出来已经是晚上七点钟。两个人走在湿冷的夜里,心照不宣地对视了一眼,程枫笑说:"没吃饱吧?就前边两个路口,有一家灌汤包不错,走?"

"走。"金佩心笑。

两个人缩在小桌子两端吸溜吸溜地吃汤包,氤氲的热气里,她看到程枫的眼圈红红的。

"我妈有心脏病。"程枫说,"她常常说,说不定哪天突然就没了。我凡事都不跟她吵,她说什么是什么,但唯独成家生子这样的事情,就算别人说我不孝,我也不能听她的。"

他吸了吸鼻子,叹了口气:"以前我不懂,上一个女朋友就是这么分的,被我妈挑刺挑得翻了脸。我妈为了我过得好,已经赔上了她的一辈子,她就想让我一辈子也听她的,但我永远不可能做到她认为完美的标准,她说要抱孙子就抱孙子,我找了女朋友回来她又到处挤对人家不好,换成谁谁不烦啊?"

"还好。"金佩心说,"真的还好。她是怕她走了不放心你,想替你找一个靠谱的人照顾你。"她自嘲地笑笑,"估计也不是我这样的。"

"你没有什么不好的。"程枫说,"不过,你好不好,我好不好,从头到尾都是我们俩自己的事,和别人没有任何关系。"

2

傅其华爸妈家里浴室是地砖,西西会走会跑了之后,怕她滑倒,就在浴室里铺满了塑胶的防滑垫。但那天晚上西西睡觉前在屋里四处闹腾,不知道什么时候拖走了一块防滑垫,藏到了客厅门口鞋架后面。晚上傅其华她爸洗澡的时候没注意,一下子就摔倒了。

傅其华她妈一直告诉她没事不用回来,她还是没听,买了第二天的机票就飞回了西安,打了车直奔医院。她妈要陪着她爸在医院处理,又不能扔下孩子自己在家,就只得推了婴儿车带着一起到了医院。傅其华到的时候,西西正在车里香甜地打着呼噜。

"说了你不用回来,你怎么还回来?"她妈一看到她就埋怨,"昨晚上着急,你又正好打电话,本来没想告诉你。今天都差不多处理完了,我刚打了电话叫你谭姨过来,你回来干啥?"

"那你就再打个电话告诉谭姨不用过来了,我在呢。"傅其华说。谭姨是妈妈的老同事老朋友,女儿比傅其华小几岁,还在上海读博士,平时不怎么回来,她妈忙不过来的时候,谭姨有时就过来帮忙搭把手。

医院检查结果出来,脚崴了但是万幸没骨折,摔的时候胳膊撑地,扭伤了,没有什么大碍。

她爸看到她也不怎么高兴,转头就埋怨她妈:"不是让你别告诉她吗?这又坐飞机回来,还耽误工作,我什么事都没有!"

傅其华也不跟他俩计较,忙着跟醒来的西西"叙旧"。西西醒来见到妈妈开心得不得了,在医院的走廊里就兴奋得大喊大叫。她妈去帮她爸开单子拿药,她就跟她妈打了声招呼,抱着西西下楼到门外放放风,顺便等他们出来。

"西西,想妈妈了没有?"

"嗯!"西西滚在傅其华身上手舞足蹈。

"妈妈以后天天都陪着你,好不好?"

"嗯!"看样子西西也并不在乎妈妈说了什么,一个劲地点头。

"妈妈带你去美国,有很多好看的风景,也有好吃的,有新的小伙伴,你愿不愿意去?"傅其华点了点西西的小脸蛋,问。

西西还没回答,她转身看到了大厅里匆匆跑去领药窗口的妈妈,心里一酸,就抱着西西走过去。"我来吧,你带西西去歇会儿。"她跟她妈说。

"不用。你爸有些老毛病,我还得问一下大夫,你陪西西就好。"她妈推着她出去,"这边人多,空气也不好,西西没戴口罩,你带她出去。"

折腾了一整天,总算回了家。傅其华说要给她爸弄个轮椅,她爸坚决不让。"崴个脚要什么轮椅?说得好像我老得走不动路了似的。我过两天就好了。"她爸说。

"那你怎么动啊?我给你弄一副拐杖也行,但是你胳膊也使不上劲,总不能这几天你都不挪地方吧?"

"我好了就能挪地方了,这几天不就是上厕所费点事吗?"她爸不服气,"你就别管我了。你赶紧回去工作,别耽误人家孩子上课。"

"不耽误。"傅其华说,"我现在不像以前了,课少人少,时间也可以调整。"

她爸就有点担心地看看她:"那是不是比以前赚得少了?钱够花吗?"

"够!爸,你就别惦记我了行吗?"傅其华一边不停地应付窝在她身上玩玩具的西西一边不耐烦地回答,"自己都不利索还惦记我。"

晚上傅其华难得地负起了哄睡西西的责任,任劳任怨地陪着兴奋的西西讲完了好几本画册,她自己天没亮就起来赶飞机又忙碌了一天,困到眼睛都睁不开,等她妈照顾她爸睡下之后进屋,看到她和西西一起瘫在床上睡得东倒西歪。

本来她想着等西西睡了,跟她妈聊聊天,说说以后的打算,结果睁开眼已经是早上,卧室门开着,厨房里飘出早饭的香味。

西西似乎觉出妈妈回来之后家里不一样了,一醒来就腻着妈妈,在吃早饭的时候打翻了傅其华喂她的半碗粥,趁她去拿抹布的时候把鸡蛋黄抹在脚底上,还试图从儿童椅上"越狱"。姥姥忍不住,说了她两句,她立刻非常聪明地把无助的小眼神投向妈妈。

"你别看你妈。"姥姥拍了拍她的小脑壳,"这是你姥姥家,你妈说了可不算。你妈明天就走了。"

"我明天不走。"傅其华说,"我在家多待几天,要不爸也需要照顾,你一个人忙不过来。"

"我怎么忙不过来?"她妈立起眼睛瞪了她一眼,"你赶紧回去忙你的,我用不上你。"

傅其华收拾了西西闹出来的灾难现场,转头看了一眼她爸关着的卧室门,跟着她妈进了厨房。

"妈。"傅其华一边重新盛粥,一边说,"我这段时间想了想,觉得以后西西还是要我来带。你们俩年纪大了,太辛苦了。"

"我俩年纪大?"她妈笑,"你是觉得西西大了,以后上幼儿园,我俩教不了她吧?"

"哪有?"傅其华委屈,"你俩都是这么牛的老师,什么熊孩子教不了?我是真觉得还是应该我自己来带。你俩教书育人一辈子了,差不多得了。"

"也行,"她妈说,"所以你是想通了,准备回来工作?北京的工作不要了?"

傅其华刚想夸她妈开明,一句话噎在嗓子眼里没说出口。原来她妈以为她说的自己来带,是回到西安老家来,安安稳稳地跟他们在一起。没错,这是最完美的方案,父母在身边,孩子在眼前,找一份不够优裕却足够稳定的工作,就在家门口,每天早早地回家陪他们,父母能颐养天年,西西能健康快乐。这无疑是父母眼中最好的安排。

就在她对着那碗粥犹豫的时候,她妈转身去了卧室,没过一会儿就听到她妈训她爸的声音从卧室里传来。"不是告诉你等我给你穿好扶你出来吗?你着什么急?再把另一只脚也崴了,我才不扶你,我看你怎么办!"

看着老两口轻车熟路地吵起来,傅其华只得叹了口气,转身继续去给西西喂饭。一回头,西西已经把碗里的草莓抹得满脸都是,伸着舌头,舔得津津有味。

"不是让你好好坐着不要动了吗?"傅其华忍不住瞪起眼睛,"你还想不想吃饭了?你不想吃饭妈妈还想吃饭呢!"

她妈扶着她爸从卧室出来,在饭桌前坐下,看她对着孩子发飙,她妈就笑:"你闺女今天已经算不错了,你这喂她吃一顿饭就要发火,我喂了一年多了,还不得把我气死啊。这小家伙跟你小时候比已经省心多了。"

傅其华她妈迅速地用纸巾给孩子擦了一把脸,拖了椅子坐下来开始喂饭。西西看妈妈摆出生气脸,也不害怕,还冲着她嘻嘻笑。

"妈。"傅其华心软下来,"你带她真的太辛苦了。"

"知道就好。"她妈倒也不跟她见外,"你早点回来帮我吧,省得上个早教班我还得落埋怨。"

"但我不是这个意思。"傅其华犹豫了一下,还是试探着问出了口,"我想换个环境。"

她爸抬起头看看她,又看看她妈:"换个环境?"

"嗯。"傅其华说,"我申请了美国的学校。"

她妈也抬起头看看她,又看看她爸:"什么意思?"

"我想去美国。"傅其华说。她深吸了一口气,反正话都说出来了,也不用再犹犹豫豫的了,"我已经收到offer了,加州的一个大学,教育学院,读两年硕士之后,我会申请PhD,硕士的部分学分也可以转过去。"

"你?去美国?现在?"她爸像是没听明白她的话,重复了一遍。

"今年九月。"傅其华说。

一时间,她妈和她爸都没说话。她爸默不作声地拿了一个鸡蛋,在碗边磕了磕,一点点剥开。她妈继续一勺一勺地喂西西吃饭。整个房间里只有西西在不知所云地一边咀嚼一边呜呜啊啊。

"你自己?"良久,她妈又问了一句。

"其实我想带西西一起去。或者等我先到那边安顿好之后,你们可以带西西过去。"傅其华说。

她本来没打算这次回家跟他们说这件事,她爸刚刚摔伤,家里乱成一团麻,她一个甩手掌柜,在这个时候说出这么不负责任的计划,任谁都会觉得她是一个不孝女。但她又觉得择日不如撞日,既然自己决定了,迟早要告诉他们的,早一点也好有个心理准备,她在出国之前家里的事也能尽早安排好。

她妈给西西喂完饭,转身端着碗进了厨房。

"妈,"傅其华忍不住叫她,"你自己还没吃呢,别忙着洗碗啊。"

她爸默默地给她剥了一个鸡蛋,放进她面前的碗里。

"你谭姨的女儿去年出国了。"她爸说,"过年都没回来,你谭姨想去看看她,她又说忙,签证拖到现在都没办。前阵子老跟你妈抱怨。你妈听你这么说,肯定又想多了。"

"谭姨女儿不是在上海读博士吗?"傅其华问,"怎么就出国了?"

"好像是什么项目吧,不知道。"她爸说,"你啊,上大学那会儿费了那么多心思准备出国,后来不去了,谁知道你这个心思……唉。"

"你们不支持我去,是吗?"傅其华问。她从父母的反应里已经看到了他们的态度。但说出这件事之前,她一直认为,这二十几年来,不管自己做什么,父母都是站在她身后永远支持她的人。

或许他们真的老了,而自己也真的需要成长了。代价就是,他们不可能像哄小孩一样无条件宠着她惯着她,任凭她横冲直撞毁掉自己的生活了。

但现在她的生活里除了西西和父母,早就没什么可失去了,还怕什么呢?

"甜甜,什么时候把户口本给我拿回来?"田小甜的妈妈给她发信息问。

自从她跟何子睿领完证之后户口本就一直在她这里,她存了小小的私心,这样她爸妈就不会偷偷地瞒着她去离婚,总要经过她这一关。

自从她生病之后,她爸来看她的次数也变多了,和她妈之间也和谐了很多,再也不提离婚的事了。田小甜重新上班之后,有一次没告诉她妈就临时回家,发现她爸竟然在。两个人难得地坐在沙发上,茶几上泡着没见过的茶,估计是她爸带来的。

她挺高兴,以为她爸难得回来跟她妈叙旧,好像自己耽误了人家二人世界一样,匆匆地回房间拿了东西就要走,被她妈叫住了。

"甜甜过来坐。"她妈说。

田小甜只好也到沙发边上坐下,她爸给她倒了杯茶。

她很不喜欢这样的氛围。或许从小到大在父母面前她都只想当个被宠着被惯着的孩子,一旦他们严肃地坐在她对面,商讨什么家庭大计,她就莫名地觉得和他们生疏起来了。记得外公外婆去世的时候,她年纪还小,但她印象里尤为清楚的是,丧事办完很久之后,有一天她惹妈妈生气,把妈妈弄哭了,妈妈特别委屈地说,甜甜,妈妈好羡慕你。你可以惹妈妈生气,你再调皮妈妈都会原谅你,但是妈妈不可以了,妈妈没有妈妈了。

后来那些陪伴着病床上的妈妈度过的暗无天日的日子里,田小甜每天都会向上天祈祷。不管妈妈恢复成什么样子,只要她还在,还能呼吸,还活在这个世界上,自己就不是一个没有妈妈的人,所有的痛苦就仿佛都能过去。

但她爸就总是埋怨她妈,把田小甜养成了一个不懂事的孩子,好像永远都不会长大。自从她知道爸妈想要离婚之后,每次一提到这件事情,她就像变回了三岁,蛮不讲理地用大哭大闹来阻挠,搞得她爸和她妈都拿她没有办法,就只能一拖再拖。

"甜甜,昨天给你发信息让你把户口本拿回家来,拿了吗?"她妈问。

田小甜心里就又不高兴了。她还以为她爸上门要重修旧好了,没想到事情都过去这么久了,他俩还是不屈不挠非要离婚。

"没拿。"她别扭着说。

"还是尽快拿回来吧。"她妈当然知道她为什么不高兴,但也没说她,"我和你爸有事要用。"

"还能有什么事?"田小甜生起气来。

她妈看了看她爸,说:"甜甜,你二十多岁的人了,也成家了,该体谅爸爸妈妈的不容易。你爸有他自己的生活,他还得做生意,买房子,弄公司的事,这样拖着说不清,以后财产上也不好处理,我们俩尽快离了是好事。"

"好事?什么好事?"田小甜腾地站起身,差点把面前一杯滚烫的茶水碰倒,"离婚是好事?谁当初答应我要在我婚礼上和和美美地把我送出嫁的?"

"那行吧,"一直闷头喝茶的她爸开了口,"等你办完婚礼再离,行不行?"

田小甜愣了一下。

那段时间她不怎么回来,她妈并不知道她跟何子睿已经商量不想办婚礼这回事。

"甜甜,你觉得呢?我们把你好好地送出嫁,好不好?"她妈好声好气地问。

于是她就心软了。女孩子为什么想要办婚礼?除了想让伴侣看到自己最美好的样子,无非就是想给养育多年的父母一个有仪式感的交代。我真的长大了,我有自己的家了,从此以后不需要你们操心了,你们好好地去开启你们下半辈子的生活吧。

晚上她回去问何子睿:"之前婚庆公司说最早能排期到什么时候?"

"怎么了?"何子睿问。

"要不,咱们还是办个婚礼吧。"她说,"等以后他们俩离婚了,我应该再也看不到他们两个打扮得漂漂亮亮的,笑眯眯地站在一起,宠着我的样子了。"田小甜说。

试婚纱那天田小甜没让何子睿跟去,她妈要陪她去,她也没让。田小甜换了一款婚纱,领口开得不低,也能挡住她还没减下来的腰身。之前她最期待的"第一眼"环节也被她取消了,改成她爸牵着她的手把她送到新郎面前。

她的婚礼管家也还是那个嘴甜手快的女孩子,也没问她家里出了什么事延迟了婚礼,只是拿着手里的备忘录,按部就班地跟她确认每一条细节的改动。

"行。"

"就这样,不用动了。"

"两个都行,哪个便宜用哪个。"

女孩子一一记下。

田小甜看了她一眼:"你怎么不问我为什么不挑了？之前你可说我是你见过的比处女座还要处女座的新娘子。"

女孩子就笑了。

"也没什么奇怪的。"她说,"跟了这么多个婚礼,最后没结成的也不少。"她用少年老成的语调叹了一口气,就像是看遍红尘俗世一样,"还能结就好。"

田小甜不由得在心里笑了笑。还能结当然好,否则我们要心疼定金,你们要心疼尾款,不是吗?

她心里对她爸不是没有怨气的,总觉得他其实根本不在乎她什么时候结婚怎么办婚礼,他在乎的只是早点跟她彻底分割清楚。听她妈说,他和那个女人准备合伙做生意,还想买房子,难怪天天追着她妈要离婚,八成是这边拿了离婚证那边就领结婚证去了。她养病的那段日子心情不好,动不动就在家里大发脾气,她爸每次来也不好当着她的面多说什么,好不容易她现在回去上班了,他真是一天都不想多等了。

在她心里,从大学时她第一次撞见妈妈哭闹着不想跟他离婚的那个晚上开始,他就不再是她小时候每天惦记着盼着他回家,能给她带漂亮的礼物,能抱抱她夸夸她的爸爸了。婚礼上或许是最后一次她能挽着他的手臂,在亲朋好友面前,维持一个幸福的假象。

婚礼前一个月,她妈有一天打电话问她周末回不回家。那个周末田小甜正好要加班,何子睿也忙,就说不回了。

"还是回来吃个晚饭吧,"她妈说,"做了你爱吃的红烧肉。子睿也来吧。"

田小甜加班加得心情烦躁,心想肯定是她爸又来催她还户口本了,忍不住怼回去:"不就是要户口本吗?不用天天装得好像很盼我回家吃饭一样,我今晚就把户口本给你们送回去!"

她不耐烦地挂了电话。

晚上好不容易下班,回家拿了户口本,田小甜和何子睿又赶到她妈那里,她妈和她爸已经坐在饭桌前等很久了。

"你们饿就先吃啊,我说了我俩下班晚,折腾到家不一定几点了。"田小甜有点过意不去地看了看表说。

"没事,来,坐。"她爸说。

还没动筷子,田小甜就把户口本拿了出来,看了一眼她爸,故意绕开直接递给了她妈。

"给你。"田小甜说。

"甜甜,爸爸妈妈既然答应你了,就肯定会好好陪你办这场婚礼,你不用担心。"她妈说。

她爸看了看她的脸色,也没说什么,伸手从衣服内侧掏出了一张卡,递到了田小甜面前。

"甜甜,这个给你。"她爸说。

田小甜惊住了:"什么?"

她爸看了一眼她妈,叹了口气,说:"爸爸这几年的事,你应该也知道。你读研,找工作,养病……爸爸都没帮上什么忙。这里面的钱不多,但是我想,你们俩结婚,总要买自己的房子,就当填进你们俩首付里面吧。"

"密码是你生日。"她妈在一旁说。

田小甜愣了,好久没反应过来,还是何子睿先开了口。

"爸,"何子睿说,"我和小甜本来就没打算用你们的钱。我和我爸妈都商量过了,我们家里凑出一个首付还是差不多的,以后贷款我们俩自己来背。"

田小甜心里发酸,说不出话,只好拍拍何子睿的手背,点了点头,然后把那张卡给她爸推了回去。

"爸,"她说,"我早就长大了。我办这个婚礼,不是为了要你俩给我出嫁妆,是希望你俩作为我的父母,能和和美美地坐在一起,吃上一杯我们俩的喜酒。"

她妈低下头,悄悄用袖口擦了擦眼睛。

"钱你拿回去吧。"田小甜说。

后来她妈告诉她,家里破产之后,她爸一直觉得对不住她们母女,她们现在住的这套老房子,也是他当年想尽办法保留下来的。"以后再做生意,就不像从前了。"她爸跟她妈说,"不能把你们再牵扯进来了。"

或许他身边的那个女人,不像妈妈这么贤惠顾家,但真的可以和他一起担起以后的风险吧。田小甜这样想,突然有些同情她爸了。

那年他俩真的买了套小房子,在天通苑,贷款还在慢慢还。由于离他俩公司都远,他俩还是住在原来的地方,房子出租了一阵子,又重新收拾过,就空在那里。直到她和何子睿商量离婚,他才一个人搬过去住。

有一个晚上何子睿睡不着,给田小甜发信息。"没想到咱们结婚那年买的房子,你到现在都一天没住过。"他说。

同样失眠的田小甜看到他的这句话,忍不住泪流满面。

趁金佩心从上海回北京前,程枫还想再约她表示感谢,她说工作忙拒绝了。

"也没有什么可感谢的,就算是朋友我也会帮你的忙。何况,"金佩心说,"我还没有想好要不要跟你复合。"

"行,"程枫说,"那你回去慢慢想。"

程枫说,他知道以金佩心的性格,即使她还是他的女朋友,也不见得就愿意嫁进他家,当个逆来顺受的儿媳妇,但如果她真的愿意嫁,他保证会做到不需要她逆来顺受。做不做得到且另谈,话能这么说就已经很值得褒奖了。

自从离开了她长大的那个家之后,金佩心从未想过要嫁"进"另一个家。对她来说,即使一辈子都没有所谓的家可进,也没什么关系,习惯了自己在的地方就算是家。

回到北京还没下飞机,金佩心刚打开手机,就进来一个陌生的号码。她接起来,那边一个生硬的男声突兀地问:"金佩心吗?"

"请问你是哪位?"金佩心疑惑地反问。

"爸住院了。"那边说。

金佩心愣了一下,这才反应过来,那是金闯的声音。

"怎么回事?"她问。

"脑梗。"那边说。

金佩心的脑子闪过一丝空白,之后下意识地脱口而出:"我买最近的机票回去。"

"不是,"金闯略显不耐烦的语气打断了她的话,"我不是打电话叫你回来的。"

"啊?"金佩心还没反应过来。

"你能不能打点钱过来?"金闯说。

放下电话之后,金闯就发了个银行账户过来。金佩心想了想,拨通了她妈的电话。

"情况怎么样?"她问。

"金闯给你打电话了?"她妈问。

"嗯。"金佩心说,"我就是确认一下情况。你之前说他以前老跟亲戚借钱,我以为是他胡说八道。"

"你还嫌他胡说八道?"她妈那边明显没好气,"你爸的事情怎么能拿来胡说八道？你钱给他没有？"

金佩心尽量平心静气地回答："我刚下飞机，一会儿我就转给他。需要我回去看看吗？"

"不用。"她妈说，"这边药贵着呢，听大夫说，一针就要两千，还得做血管造影，金闯刚搬进新家，我和你爸也没什么积蓄，这病治不起啊……"

回程的机场高速堵得像停车场，金佩心坐在车上收到程枫的信息问她落地了没有，就回复了一个"嗯"。她拿手机App给金闯转了五万元钱，又查了一下最近的机票，查着查着她觉得也没有什么回去的必要，心里一烦，把手机关掉，出神地望向窗外。

梁老师也曾劝她没有必要和家人一辈子过不去。"他们已经老了，"梁老师说，"我不是在为我们这些老了的人争取原谅，我也没有这个资格，但死死抓着过去不放，心里难过的只是你自己。"

她幻想过可以等到一句他们的道歉。他们说，佩心，是我们错了，你理应和别的小孩一样，快乐幸福地长大，我们家不富裕，但你和弟弟都应该受教育，将来长成善良温暖的人。

也有别人曾经劝过她，认为生身父母总归有养育之恩，她不应该对他们有丝毫怨怼。"你就庆幸吧，"他们说，"你要是生在穷山沟里，十五岁就被卖到隔壁哪个出得起彩礼钱的家庭当孩子妈了，你能有今天已经很不错了。"他们还说，"你爸妈偏向儿子是对的，他们要指着他养的，你是嫁出去的女泼出去的水，他们从来也不指着你养老，能生你养你你就该谢谢他们了。"

她永远说不出对他们的感谢，也永远不会等来他们的道歉。

傅其华还是忍不住和爸妈吵架了。从小到大一直宠着她惯着她的爸爸，说了最让她伤心的话。

"这些年来你做的决定，哪一次我们不是由着你的性子来？"她爸说，"但最后呢？我们不愿意每次拿'不听老人言'这样古板的话来绑着你，不代表我们现在还会任你胡闹！如果不是当初你不听我们的话，你也不会过成今天这个样子！"

"我今天过成什么样子了？我这样让你们很丢脸是吗？你们过年的时候是不是挨个跟亲戚打电话让他们不要笑话我离婚了？"傅其华忍不住哭了，"对不起！让你们丢脸了！我承认我就是厌，我就是错了，但是我不想就这样一辈子下去，我还想给你们养老，我还想让西西好好长大，你们就不能再相信我一次吗？"

"那你就回家来不行吗？"她妈也开始抹眼泪，"咱们这辈子就这样了，不图什么大富大贵，我们也想看着西西平安长大，才能安心入土，这对你来说就这么难吗？我们老头子老太太带外孙女，捧在手心怕化了，又怕你嫌带得不好，我们俩容易吗？"

她连被争吵声吓哭的西西都没顾得上安抚就买了高铁票回北京，在车上哭了一路。

伤心是因为她爸妈说的话一点都没错。不管她当初该不该听父母的话，事实就是她走到今天过成了她自己都不想接受的样子。

但就因此失去了对自己人生的决策权吗？她很想让爸妈再相信她一回，想跟他们保证，她以后会让他们和西西过上越来越好的日子，不需要让他们晚年那么辛苦，但她不敢保证，因为她自己真的没有信心。

平复了心情之后，她在群里问田小甜和金佩心，自己到底该不该出国去留学。

金佩心先回复了。"我大学时的样子你是知道的，毕业那件事之后我更是很久都没缓过来。国外的生活治愈了我。"她说，"别害怕，你走到哪里都会是西西最伟大的榜样。"

过了很久，田小甜也回复说："去嘛。又不是不回来了，叔叔阿姨还年轻，你好好混，总会有办法的。"

然后她又加了一句："或许还会有新的爱情呢。"

田小甜以前总是跟何子睿开玩笑,说她这辈子只有他一个男朋友,真是亏了。

"还好你没有跟别人在一起过。"何子睿就嘿嘿笑,"那样你就会知道我的不可替代。"

"不要脸。"田小甜笑着说他。

但是生过那次病之后,她再也不开这样的玩笑了。倒是何子睿有一次在陪她一起看一部美国的浪漫爱情电影时无意间说:"其实男主也没错啊,要是没有感情了,那还不如分开,这样对女主也好。"

田小甜立刻敏感起来,说:"你这么想的?"

何子睿连忙看了她一眼,辩解:"我就是那么一说,你看那个男主都不跟她说清楚,真是个渣男。"

那段时间田小甜脾气变得格外躁郁,像变了一个人一样。经常整夜整夜地不睡觉,有时是为了加班,不加班的时候,她就在浴室里洗澡洗上好几个钟头不出来,何子睿还以为她缺氧晕倒在里面了。

何子睿担心她,瞒着她偷偷跟她妈商量,又去问医生,觉得可能是之前治病那段时间吃了很多含有激素的药,加上后来又要缓解失眠,可能身体和心理状态都不太好。医生给的建议当然是舒缓心情,多散心,多和家人沟通,总之为了她心情好,怎样都值得。

筹办婚礼的工作人员都觉得何子睿是个万年难遇的好好先生,倒是田小甜时而丧到生无可恋时而暴躁得六亲不认的"神经病",惹得除了那个当婚礼管家的女孩,别的工作人员都不想跟她说话。

"我这个婚礼是为了我爸妈办的,让他们永远记得他们是我的爸妈。"田小甜有天晚上躺在被窝里跟何子睿说。

"也是为了你办的。"她说,"让你永远记得,你这辈子只能爱我一个人。"

何子睿还没答应,她就又改口说:"你这辈子只能陪伴我一个人。"

"那是一定的,"何子睿就说,"以后一直都会陪着你的。"

年轻的时候他们都以为一辈子只能爱一个人,但后来会发现陪伴才更重要,爱不爱的,渐渐地在天长日久的相处中,被有意无意地忽略,不再提起。

"以后如果我爸真的有了新的家庭,你说,我妈该多孤单啊。"田小甜说。

"嗯,"何子睿说,"等以后努努力换个大点的房子,陪她一起住,或者咱们回成都,买个小院子,一起种种菜,养养花,你不是喜欢金毛吗?咱们养一只大金毛,还能看家,好不好?"

田小甜缩了缩,靠在何子睿身边,闭上了眼睛。

"好想回到中学的时候啊。"她轻轻地说,"爸爸虽然忙,但是每次回家都会给我和妈妈带礼物。妈妈每天给我做好吃的菜,催着我写作业。某一个课间能见到你,跟你说句话,就觉得很开心。那个时候真好。"

何子睿不知道什么时候关了床头的灯,田小甜迷迷糊糊地睡过去,听到她妈在叫她起床,再不起床早自习就要迟到了。她一骨碌爬起来,却看到她妈和她爸一起笑眯眯地看着她。"今天没有早自习,今天放假,出去玩吧。"她高兴地穿好衣服蹦跳着出门,一回头,却看到他们站在门口,仍然笑眯眯地望着她。

"不是说要带我出去玩吗?"她问。

"甜甜是大姑娘了,"她妈说,"以后你一个人出去玩,爸爸妈妈不会再管着你了。晚上早点回家。"

"那我不出去玩了。"田小甜连忙转身回去,他们却微笑着关上了门,她被隔在门外,怎么敲门都敲不开。

那个家已不是她的了,那个家也不再是家了。以后的路上,再怎么回头也不会看到父母并肩站在一起的身影了。她走得越来越远,而父母,也早已不再追上来了。

第二十章
明天和意外

1

毕业之后田小甜和傅其华金佩心其实都没怎么说过话。上次加微信就是生病前准备婚礼的时候,金佩心简单地说自己在国外回不来,傅其华后来也拒绝了当她的伴娘,倒是把份子钱给她发了过来。但她的婚礼延期了,人又忙着养病,钱没收,也没多说,傅其华就也没问。

和何子睿商量来宾名单的时候,何子睿问她大学同学有多少。她愣了一下,心想除了她们俩,她还真没有什么大学同学要请的。

"真的一个都不请吗?"何子睿问。

田小甜想着,点开微信里的大学同学群,在群成员的列表里漫无目的地刷着看。很多人没有备注真实姓名,那些不知所云的头像和千奇百怪的网名让她完全不能跟大学时代的记忆对上号。

刷着刷着,她无意间看到了一个似曾相识的头像,手一下子停住了。她把屏幕划回去,看到了一张熟悉的图。那个微信的名字叫"雪",没有备注,头像是一个动漫人物,《十二国记》里的女主。

田小甜的手开始抖。她点开这个人,发现她的朋友圈里什么都没有。

之前她和傅其华金佩心都是分开发的信息,她实在忍不住,拉了一个群,把这个人的头像和网名截图发在了群里。

"这个人是怎么回事?"她问。

继毕业之后,那是第一个把她三个人聚到一起的借口。也是同样的一个借口,让她们当初在毕业之后渐行渐远,互不联系。

2007年的那个九月,她们在603宿舍相识,假小子一样的傅其华,细心地帮金佩心买了生活用品。娇滴滴的小公主田小甜,偷偷地给金佩心垫上了学费,还没让傅其华告诉她。一无所有既迷茫又胆怯的金佩心,从此安心地开始了她平凡却努力的大学生活,也收获了最好的朋友。

田小甜的床铺在左边靠窗,被她布置成粉红色的梦幻小屋,她还特意买了专门的小衣柜和衣箱放在床下,用来放她的衣服鞋子和宝贝包包。书桌就没用来看书,全摆满了她的高级护肤品化妆品,还有专门的化妆镜,一按开关四周都有灯光亮起,能把妆容照得清晰准确。

傅其华的床铺在右边靠窗。她喜欢看动漫,看武侠,桌上摆了很多闲书,还有后来从李文聪那里借来的唱片和电影。后来她留起了长发穿起了裙子,开始和田小甜交换化妆心得和服饰搭配,也经常在闲适的周末和田小甜前后脚出去约会。

金佩心的床铺在右边靠门。傅其华送她的那套床褥,她用了四年,洗到发白变薄,直到毕业都没舍得扔掉。她桌上摆满了从图书馆借来的书,转到法学院之前,辅导员老师问她要不要换宿舍,她说,可不可以不换?老师答应了,于是她一直守着自己的那个靠门的角落,每天尽职尽责地负责关灯关门,反正她也要看书到很晚,通常都是最后一个上床睡觉。

而左边靠门的那个床位,一开始是空着的。

直到她出现。

大一开学一周后的那个下午,三个人都在宿舍,田小甜在打电话,金佩心在桌前看书,傅其华刚打完球,满头大汗地回来,提着一瓶冰可乐,门也没关,就自顾自一屁股在自己椅子上坐下,咕咚咕咚喝了起来。

她就是那时出现在603门口的。

矮、瘦、长头发，脸上是温良无害的笑容，目光往她们三个人身上扫视了一圈，然后落在左边那张空的床位上。

"这里是603吧？"她笑着说，"我来晚啦。"

"什么情况？"田小甜首先发问。

傅其华恍然大悟站起身，说："啊，你也是我们宿舍的？我说呢，开学的时候我还问过辅导员，怎么四人一寝我们只有三个人，辅导员说你家里有事晚点来报到。你还挺及时的，这周都是报到和新生介绍的破事，明天正好是第一天上课啦。"

她叫江雪一，比她们都大两岁。长得秀气，又不打扮，看起来就天真淳朴。不像田小甜骄傲跋扈，也不像傅其华大大咧咧，更不是金佩心那样的闷葫芦，她说话得体，性格温柔，还爱笑，全班的男生女生都喜欢她。

田小甜却不太喜欢她。有一次宿舍里只有田小甜和金佩心，她就百无聊赖地跟金佩心吐槽："你说她是不是要靠找存在感来实现人生成就啊？怎么做到的？长得又没多好看，怎么一个个的都说她这也好那也好？"

金佩心还没回话，傅其华从门外回来，一惊一乍地说："我听说了一个事。"

"什么什么？"田小甜立刻一副八卦的兴奋脸。

"江雪一啊。"傅其华说。

"还真是她的事？我们刚刚还在说她呢！"

傅其华说："我听辅导员说，她留了两级才考到咱们学校的。"

"留级？"田小甜不屑地说，"留级就要讨好别人吗？怕我们说她大龄？哈哈哈哈。"

"她前两年都是她们学校的文科状元，有一次还是全市的状元，整个河北省也是前几名的。她为什么不早点读大学，今年才来念咱们学院呢？"傅其华说。

"就这个？"田小甜嗤笑，"啊，又是学霸，又是好人缘，什么好事都让她占尽了是不是?"

傅其华也笑了:"你酸什么?"她戳了戳田小甜的脑门,"你才是白富美好吗?我们都羡慕你还来不及呢!"

"那是自然。"田小甜忍不住得意地撇撇嘴。

正说着,江雪一推门进来,三个人都吓了一跳,连忙转过去忙着做自己的事情,也不知道她听见了没有。

有一次公共课,金佩心去得有点晚,马上就上课了,她在后排随便找了个位子坐下,才注意到旁边就是江雪一。很快就开始上课了,她也忙着翻自己的书,没跟江雪一搭话。但上课的时候,她无意中瞟到江雪一看的书,不是课上的书,是一本比较文学的论文集,封底上那一串名字她一个都不认得。

金佩心好奇,就多看了两眼。江雪一注意到了,把封底翻过来正对着她,让她能看得清楚些。金佩心有点不好意思,就收回了眼神。

"我也在开小差。"她小声说,"我想转去法学院,好多必修课要补呢。"她指了指自己桌面上的法学教材。江雪一看了看她的书,就轻轻地笑了,说:"加油。"

那天回到宿舍,江雪一不在,金佩心又听到田小甜在跟傅其华吐槽。

"我告诉你们,她不是总把最底下那个抽屉锁上吗,今天早晨她拿东西,我看见了。她以为我在睡觉,其实我醒着。"

"你又看见什么了?"傅其华瞥了田小甜一眼,"一天天疑神疑鬼的,好像演惊悚片一样。"

"我看见她抽屉里有药,好几瓶。"田小甜说,"绝对没看错。"

"吃药有什么稀奇,你感冒发烧不吃药吗?"傅其华笑着说,"我痛经还吃药呢。别大惊小怪了,大家都是同班同学,各人有各人的生活习惯,人家就是性格招人喜欢,爱干吗干吗呗。"

后来她们回想起当年的事情,除了田小甜发现的那些药之外,江雪一的生活简直阳光灿烂完美到无可指摘。

大三那年初秋开学的时候,隔壁宿舍的女同学突然有一天在水房问起她们。

"你们宿舍的江雪一怎么了?"她神神秘秘地问。

傅其华和金佩心当时已经忘了那些药的事情,一头雾水。"什么怎么了?"她俩莫名其妙地问。

"我今天在附属医院看见她了。"女生说,"她跟一个中年男的一起,在医院。"她是本地人,平日经常回家,不怎么在宿舍住。

金佩心一脸疑惑:"你看见她了?你去医院干吗?"

女生立刻不满道:"我陪我妈看病,她更年期,不行啊?……我说的不是这个。江雪一是不是有什么病啊?那个男的今天还开车送她回来了,就在西门。她有没有男朋友?是不是那个男的?"

"不知道。"金佩心没有理她,和傅其华看了一眼,两个人埋头洗漱,那个女同学讨了个无趣就走了。

八卦总是传得比风还快。等第二天田小甜回来的时候,听到的版本已经是江雪一被人包养了,还生了什么不得了的病,还有什么她当初留级就是因为被原配发现当小三,被打得流了产,所以才晚了两年上大学,头头是道,有理有据。讲着流言的同学还一本正经地跟田小甜说,千万不要跟她混用日用品啊,把自己的毛巾啊,手纸啊,杯子啊,都藏起来,否则万一传染怎么办?

晚上江雪一推门进来的时候,看到三张既惊恐又扭曲的脸,胆战心惊地瞪着自己。

"晚上吃了吗?我给你们带了奶茶和鸡排。"江雪一举起手里的外卖纸袋,看着她们,脸上的表情逐渐消失,变成了困惑。"怎么了?"她不解地问。

三个人面面相觑,互相用眼神推脱,谁都不想第一个问出口。

正在僵持,隔壁宿舍的一个女生推门进来:"其华,你的课表借我——"话音未落,差点撞在门口的江雪一身上,她就像见了瘟神一样,嗷的一声跳了起来,尖叫着甩着手就跑回自己宿舍去了。

江雪一更困惑了:"怎么回事?"她一反常态地收起笑容,瞪着面前欲言又止的三个室友。

田小甜和傅其华都怵了,反倒是金佩心开了口。

"你听到她们怎么说你了吗?"她问。

田小甜联系金佩心那时,她刚刚和程枫一起搬到纽约,也决定为了节省高昂的房租而住在一起。程枫毕业第一年没有抽到工作签证,不得不挂靠了一个其他的学校,第二年终于抽到了,他俩也算是在纽约暂时安顿下来了。

她毕业之后和大学同学几乎没有联系,无论是田小甜她们原来人文学院的班级还是后来转去的法学院班级。那个同学群还是之前傅其华把她加进去的,估计她们班大部分同学已经不记得金佩心是谁了。

但她想,应该没有人会不记得江雪一。

江雪一喜欢用一个"雪"字来当各种社交网络上的名字,也因为喜欢看《十二国记》,总是用女主阳子的截图来当头像。大学的时候还没有微信,如果她有微信的话,应该也是这个样子。

三个人的群里好久都没人再说话,隔着时差,金佩心盯着那个头像的截图看了好久。

"群管理员是谁? 能不能让他问问?"傅其华回复了一句话。

那时傅其华怀着西西已经有六七个月,每天睡眠不好,经常凌晨两三点了还在看手机。那边金佩心意识到时差,就问了一句:"怎么这么晚了还不睡?"

傅其华那边没回,倒是过了二十几分钟,田小甜回了一句。

"忙呢。你那边是白天吧?"

纽约阳光明媚的下午,金佩心看着这两条凌晨发来的消息,想问问她们过得怎么样,却又怕她们不想说,而自己不忍心听。

"事情过去这么久了,我们就不要再互相埋怨了。好不好?"傅其华说。

金佩心当初确实怨过她们。她们是拥有过美好青春岁月的女孩,不懂得同样美好的青春岁月在某些人的记忆里会变成多残酷的噩梦。

十三岁之前的她,虽然平凡,但至少不会成为周围所有人的笑柄。她即使长得不漂亮,不讨人喜欢,但她也得过学习标兵,也写过入团申请书,也当过星期一的升旗手,也会和同班的同学们一起出去玩,每天都无忧无虑地期待着明天的到来。

但没有人知道明天和意外哪个先来。那个夏天过去之后,一切都没有了。以往嘻嘻哈哈打闹说笑的同学,就像一夜之间换了灵魂。就在别的女孩们开始发育,换上漂亮的裙子,戴上时髦的发卡时,她胖了几十斤,长了一脸痘,因为缺了些课,有些课的老师都不认得她了。

女孩们偷偷地打听她的体重,然后跑到以为她看不到的地方交头接耳。一到体育课她就躲起来不去上,但评测的时候她跳个绳、跑个步,都会成为全班的笑点。没有人再记得她期末考了全班前几名,没有人注意到她解出了全班都解不出来的附加题,没有人认真倾听她说话,她也不再开口说话。

她坐在班级最后挨着垃圾桶的位置,仿佛和垃圾桶一起,形成了一个密封的结界,把她和世界上其他人隔开了,所有的快乐和热闹不再与她有关,她整个人由惶恐变得怨念,又由愤恨变得麻木,觉得自己浑身也散发着和垃圾桶一样的味道了。

那段时间她学着电视里演的那样,用小刀偷偷地往手腕上划,却不知道随便划划根本达不到自杀的效果,留下的只有很快干涸的血迹和丝丝拉拉的疼。她还试着往手背上刻字,但字结了痂,慢慢地掉了,什么都留不下。

她的后桌就偷偷跟旁边同学说,她这样可能是为了减肥,多放点血能瘦个好几斤。两个人在她身后窃笑,她咬着牙不敢回头,那轻快的笑声就像一个生了锈的锚,死死地沉在她心里,在后来的每一个做噩梦的夜晚折磨得她浑身发抖。手上的字看不见了,但疼却潜滋暗长地噬进骨头缝里,很多年后都没能愈合。

唯一产生的良性作用或许是金闯那段时间在家里和学校没有惹她。他每次在走廊里碰到她，就像绕过一个垃圾桶一样，即使是在家里，他都不会和她同桌吃饭，爸妈惯着他，就特意把饭菜给他端到他自己的房间里去。

有次晚上金闯打游戏睡得晚了，第二天金佩心早早起来，去卫生间洗漱的时候声音有点大，把他吵醒了。他从自己的房间出来，正撞上她背着书包准备去学校。

"你在家里能不能把嘴闭上？非得弄出那些恶心的声音不让我睡觉？"他烦躁地冲金佩心吼。

金佩心当时正好下意识地从校服裤兜里拿出她的小刀，在手里打开合上打开合上地摆弄着玩。她面无表情地看了看金闯，又低头看了看手里的刀。

"知道了。"她说。但是她没动地方，手里的刀仍然一开一合。

金闯这才睁大惺忪的眼，看见了她手里拿的小刀。

"金佩心，你有病啊？你你你一大早拿把刀吓唬谁啊？你给我收回去！"金闯吓得舌头都打结了。

出神的金佩心这才意识到自己手里玩着刀。"哦。"她答了一声，默默地走开，留下金闯在她身后瞠目结舌。

她也没意识到金闯为什么那段时间消停了很多，也没找她麻烦。她真没想要吓唬他，那天早上她脑子里正想着物理小考错了的那道大题，金闯说什么，她根本就没有听见。

后来有一次语文课上，五十多岁的女老师拿着书一边在过道走来走去一边讲课文，路过金佩心的时候，看她手里摆弄着那把削铅笔的小刀，就顺手给没收了。

"好好听讲，乱玩什么。"老师在讲课文的间隙随口说了一句。

金佩心就只有那一把小刀。被没收了之后，她只好攒了早饭钱，又去校门口的小卖部买了一把。

结果没两天，又被语文老师上课时发现了，她伸过手来没收了小刀。"再玩就罚站了啊。"她说。金佩心下意识地抻了抻袖口，挡住手腕上斑斑驳驳的痕迹，生怕被老师发现。

为了以防小刀再被老师没收，她就总得省下早饭钱，买了好多把备用的。有的放在笔袋里，有的放在书桌里，有的放在书包口袋里。

等再一次语文老师拿着课本路过她旁边的时候，不仅会收走她桌上的小刀，还会轻车熟路看一眼她的笔袋，把能找到的小刀一并没收。她为此省了无数顿早饭钱，简直恨那个语文老师恨得牙痒痒，心想这个老妖婆为什么死盯着她不放。

后来她初中毕业，成绩很好，考上了市里的高中。毕业前她去学校办公室处理档案的事情，遇到了语文老师。语文老师把她叫到办公桌前，拉开自己的抽屉，金佩心看到了满满一抽屉她没收的自己的小刀。

那时她已经熬过去了，不再习惯性地自残，手腕上的疤痕也几近消失了。

老师看着她，和善地笑了笑，一边把抽屉关上一边说："你看，都在这呢，不还你了。以后用自动铅笔吧，别用小刀，削铅笔浪费时间。去了高中好好学习，你很聪明，一定能考个好大学。"

很久之后金佩心再想起来那一抽屉小刀，手上虽然还会隐隐作痛，但在她的心里，她宁愿相信，语文老师一开始就发现了她的秘密，并用自己的方式，一直小心翼翼地试图维护她的自尊和安全。

从那以后，她虽然仍旧自卑，却再也没有自残过。

她想，如果以后有机会，她也愿意做一个不动声色地没收小刀的人。

因为经历过那样的青春期，她明白一个人在年少的时期被身边的群体孤立是怎样的感受。何况江雪一和她不一样，她只是个又胖又丑的平凡女孩，江雪一却有着大家都羡慕的好人缘，完美到没有缺点。

后来金佩心回想起当年的事情，仍然隐隐觉得恐惧。是怎样的心理，让一群正值青春的男孩女孩，在一个一直以来都温和善良活泼开朗的同班同学背后,口无遮拦地散布让人心寒的谣言?

江雪一听了金佩心的话,什么都没说,只是走向自己的柜子,打开了最底下那个抽屉的锁,然后拉开了抽屉。里面果然是几瓶药,上面是她们看不懂的外文。

"你们自己看吧。"她把药瓶放在自己桌上,转身拿了东西去水房洗漱了。

她们去网上查了那几瓶药的名字,竟然都是抗抑郁的药。

以前她们不了解,只是以平日里的想当然断定,抑郁症自然就是每天不开心,不想起床,不想上课,每天哭哭啼啼,生无可恋。反正田小甜每次早上起不来床逃课的时候都躺在床上喊,再早起她就要抑郁了。

但她们那时并不懂得,一个每天笑得很温暖,和大家相处得都很好,老师和同学都认为她性格和善的人,也会需要靠长期吃药来抵抗抑郁。

江雪一洗漱回来,药瓶已经被摆回她抽屉里,三个人都回到了各自床上,就像刚才什么都没有发生过一样。

她也没说什么,自顾自地收拾东西睡下了。

她们知趣地不再提起,别的同学问起来时,也总是以不知道不清楚来搪塞。但那学期期末的时候,班里却发生了另一件事。

婚礼前一天彩排,何子睿却要加班。田小甜一边跟着工作人员一条条地核对流程,一边抽空对何子睿进行电话轰炸。

"你不是说你今天请假吗?你们上司是不是疯了,婚假都要压榨?"

"你还来不来了?你干脆明天也加班算了!"

"不想结就直说!"

何子睿终于赶到的时候彩排已经结束,天都黑了,工作人员都回去休息准备明天开工,造型师惦记着田小甜试戴不太合适的一副头饰,临时不知道跑到哪里去改尺寸了，只剩下婚礼管家陪着田小甜在等。何子睿气喘吁吁但仍然好脾气地冲田小甜笑："别生气别生气，我这不是来了嘛。"

累到只想仰天横躺的田小甜连生气都懒得生气，用下巴示意他在旁边坐下，又示意婚礼管家："你把该跟他说的说一下，我累死了，我歇会儿。"

婚礼管家就带着何子睿去酒店大厅里走流程去了。田小甜瘫在原地，打开微信，看到群里那个名字叫"雪"的人，鬼使神差地发送了一个好友申请。

事情过去这么多年了，她不复当时的骄傲跋扈，生活也已教会了她太多。她不知道群里这个人是不是江雪一，但如果是，她觉得她欠江雪一一个道歉。

她正盯着好友页面发呆，来电提醒赫然亮起，屏幕上显示"妈妈"。

从小到大她一直觉得她所有的都是她应得的，优越的生活条件，身边人的宠溺和喜爱，轻而易举就得到的关注和夸赞，都是天生就该落在她身上的。

就像一个完美的婚礼，虽然因为种种的原因延期到了现在，她也受了很多委屈和痛苦，但她仍然值得所有人把她捧在手心，陪她完成这样一个心愿。

而不是像她爸一样，临时打个电话让她妈转告她，说他明天可能上午11点赶不到现场，不能陪她完成新娘出场那个环节。

他甚至都没亲自给她打电话，就那么轻描淡写地告诉了她妈一声，就像她小时候他无数次因为出差和酒局推掉了学校每一次需要家长参加的活动一样。

"他没说为什么？"田小甜在电话里气急败坏地问她妈。

"……好像家里有点事。"她妈支吾了片刻，说。

田小甜没听懂："谁？谁家里？"

"就是……她家里。"她妈说。

田小甜这才明白。他为了那个女人很可能就是随随便便顺口胡说的什么事，就要错过自己亲生女儿的婚礼。

"他不是答应我要来吗？"她当时怒火就烧了起来，"我说得好好的，我就要这一次，就这一次，我就同意你们俩离婚，他爱找哪个女的就找哪个女的去，他就这一次都不来？他还是不是我爸啊？"

"甜甜，你别着急。他说他忙完了尽快过来，可能也能赶上。"那边她妈听她急了，连声安慰。

"你凭什么就替我同意？我同意了吗？你总是这么迁就他，你迁就他一辈子了，他怎么对你的？"田小甜整个人都爆发了，话像连珠炮一样往外冒。"你能不能替我想想，是我的婚礼重要还是他的破事重要？我是为什么非要办这个婚礼你们不知道吗？我胖了这么多，也不好看，我连婚纱都穿不进去了，我何必呢？别的环节我能省全省了，酒店接亲，酒店摆席，何子睿的爸妈和亲友也都为了迁就我们小两口特意来北京，我们俩容易吗？我有多希望咱们这个家能好好地像从前一样，妈，就算我爸不知道，你还不知道吗？"

挂了电话，田小甜有气无力地瘫在椅子上，眼泪扑簌簌直往下掉。何子睿和婚礼管家走过来，女孩一看她这个样子，连忙一边抽纸巾递给她擦眼泪一边说："姐，你可不能哭呀，哭肿了眼睛明早没法上妆，怎么当个好看的新娘子呀！"

何子睿在她旁边坐下，问："怎么了？"

田小甜哭得没有力气搭理他。他只好坐近点，把她的头靠在自己肩膀上。

"刚才婚礼管家问咱们明天的戒指准备好了没。"何子睿没话找话地说。

"不是一直放在我那吗？"田小甜一边抽泣一边说，突然转念一想，一下子弹坐了起来，把何子睿吓一跳，"不对，我前阵子收拾东西，放回我妈那去了。哎呀！"

"没事，明天让妈来的时候顺便捎过来就行了。"何子睿说。

"那怎么行？今天晚上什么都得准备得好好的，明早我六点钟就得起来收拾，人多手杂，哪能等到明天？"田小甜立刻拿起手机又给她妈打电话。

"妈，你在哪呢？"

"我在你这帮你收拾东西，怎么了？"

"你今晚回不回老房子那边？"

"你不是让我今晚在酒店陪你吗?"她妈说,"怎么了?"

"我戒指落那边了,"田小甜说,"但是我一会儿还得到造型师那边去,她那个头饰在修改尺寸,让我过去试,不一定到几点呢,你能不能一会儿回去一趟帮我拿啊?"

"要不我去拿。"何子睿在一边说。

"你算了吧。"田小甜白了他一眼,"彩排都不来你现在还想跑?我有的是跟你交代的事呢。交代完了我跟你去看看你爸妈。"

"行,"她妈在那边说,"你俩想想还有什么要拿的,我一起都拿了。"

"我要是想到什么再告诉你。"田小甜说。

放下手机,田小甜又打开自己的小本本,按上面的备忘开始逐条"提审"何子睿。

"接亲时间记住了?"

"记住了。"

"你那几个兄弟靠谱点,具体事项我都发在伴郎群里了。"

"好。"

"还有什么我要是忘了提醒你,你就问婚礼管家,她都记着呢。"

"嗯,"何子睿说,"你还能有忘了提醒我的?不可能。你可是哆啦A梦。"

"别闹,严肃点。"田小甜哭笑不得瞪了他一眼。

好不容易"审问"告一段落,田小甜跟着何子睿去酒店房间看他爸妈。何子睿的爸爸妈妈都是工人,妈妈因为身体不太好,在何子睿去留学的那一年就退休了,现在爸爸还在厂子里工作。之前田小甜养病的那段时间,两个人不敢多问何子睿什么,就只好把四川老家田小甜爱吃的特产一箱箱地往北京寄。田小甜他们吃了很久,还送了很多朋友,都没有吃完。

"如果我爸明天真的不来,我就让我妈陪我出场。"在酒店的电梯里,田小甜跟何子睿说,"谁规定新娘出场只能挽着爸爸的手了?我要把那条规则废掉。"

"嗯。妈应该也挺愿意的。"何子睿说。

为了买天通苑那套小房子,何子睿的爸妈也拿出了家里的积蓄,何子睿就算再懂事也不得不承认,他还是拿了爸妈的养老钱来支撑自己的小家。但他爸妈也不是没有自己的小心思,房本是何子睿自己的名字,就算以后两个人的生活有什么变数,总归房子仍是他的。

田小甜也不是不知道,但她之前并不在乎,毕竟她一直不觉得她和何子睿的生活里有任何可能影响他们婚姻的因素。从他们在民政局门口抱头痛哭的那一刻起,他们就是拴在同一根绳上的蚂蚱,谁也躲不开谁了。

何子睿那边的几个亲戚正好在他爸妈房间里聊天,看到两个人来,都凑过来问长问短唠家常。田小甜努力打起精神,笑容满面地一一回应,做出一副好媳妇的姿态,却忍不住隔几分钟就想掏出手机看时间,心里想着什么时候才能回去,还有好多新娘要准备的事没做呢。

在七嘴八舌的聊天中,神游天外的田小甜突然想起,她有一双备用的鞋子还留在她妈那边,最好也能带过来,明天穿高跟鞋站久了的时候可以换着穿。

她于是拿出手机给她妈发信息,让她妈回家拿戒指的时候顺便帮她带过来。

但是过了二十多分钟,她妈还是没回复。田小甜有点不耐烦,转身把何子睿丢给一众亲戚,自己拿着手机到房间门外,给她妈打电话。

打了好几个都没人接。

她又发了好几条信息过去,还是没回复。

她只好又回去坐在何子睿身边,但却越发心烦气躁,总觉得明天就要婚礼了怎么什么事都不顺,心里窝着一股无名火,手心也无故生出汗来。

好不容易何子睿应对完了亲戚们,跟他父母又确认了明天的时间,两个人才出来。

"我妈一直不接电话。"在电梯里,田小甜皱着眉头说。

"可能她取完戒指已经过来了呢。"何子睿说。

"但我还有双鞋让她拿呢!"田小甜窝着火说,"说了我还差什么告诉她一起拿,怎么就不接电话呢?"

如果她能够预知未来,她一定希望自己没有办那个婚礼,她不会再强行要求她的爸爸妈妈为了她的出嫁站在一起,不会因为爸爸不能来而在电话里对妈妈大吼大叫,不会再为了取什么东西而让她妈妈急匆匆地往家里赶。如果那天晚上妈妈能够安安心心地坐在原地哪里都不去,就不会在离家仅仅一个路口的地方被一辆横冲直撞的车刮倒。

妈妈当场人事不省,身上没有带身份证,手机也摔坏了,被送到医院之后,别人很是费了一番周折,才找到田小甜。

她自己动手术的时候,妈妈陪在她旁边,拉着她的手让她不要怕。但轮到她作为妈妈的家属签字的时候,她却退缩了,哭到看不清手术单上的字。她颤抖着拿起手机拨打她爸的电话,她爸不接,她绝望地留了一条语音给他。

"你现在不接电话的话,你可能再也看不到我妈了。"她强忍着哭腔说。

漫长的开颅手术持续了整夜,其间医院下了两次病危通知书。田小甜坐在手术室门外的椅子上哭累了,就靠在何子睿的肩膀上,手里机械地在婚礼微信群里回复着婚庆公司和工作人员的微信,一遍遍地重复取消婚礼的安排。她觉得那个夜晚过得如此地艰难,比她当时躺在手术台上等着麻药起效的时间还要长得多。

天蒙蒙亮的时候,她爸终于赶到了。妈妈还在手术室里没出来,她嘱咐何子睿跟她爸一起去交警大队了解肇事者的情况。开车的是个无证驾驶的未成年人,态度极其恶劣,差点没打起来。田小甜听着电话那边声嘶力竭的叫骂,盯着这边紧闭的手术室门上的红灯,每一秒钟,都觉得自己的灵魂似乎已经出窍,飘到了医院的上空,悲悯地俯视着那个缩成一团面如死灰的自己。

妈妈从手术室出来就被送进了ICU。好歹命是保住了,但重型颅脑损伤的病人,能救治到什么程度,医生早已详尽地说与他们了解,他们也自知不能抱太乐观的期望。

田小甜没有想到,在短短一年的时间里,她要经历两次与死神的战斗。属于她自己的坎,她好不容易挺过去了,但看着病房里人事不省的妈妈,她比自己躺在那里还要害怕。每天到了探视的时间,她从头到脚套着隔离服走进去看妈妈的时候,她都要努力忍住自己的情绪。她尽量不去注意妈妈淤青的脸,头上厚厚的纱布,鼻子和喉咙处的胃管和气切管,吊瓶架上挂着的注射液,床边的尿袋,心电血压检测仪上不断跳动的声音和数字。她努力把精神集中,小心翼翼地跟妈妈说话。每天探视时间只有半个小时,她根本不记得她每次说了什么,只记得每次出来,她都艰难地闭上已经哭不出泪的眼睛,希望睁开眼的时候发现这一切都是梦,妈妈还是好脾气地在家里等着她,问她和何子睿哪天不加班可以回去吃饭。

但从那一天开始,她的生活彻底改变了。

如今留下的只是App上的一个个日期,和她每天深夜在护理日志上写下的一句句话。

2016年11月2日,第12天,出ICU,转入神经外科普通病房。

2017年4月5日,第166天,颅骨修补二次手术。

2017年6月,中医会诊。

2017年8月,高压氧舱治疗。

……

什么方式都试过了。落在笔头上是一次次失败的记录和看似永远不会推进的康复过程,但在田小甜记忆里,是她度日如年的每一分每一秒。

后来是田小甜自己决定要接妈妈出院。她想要回到家里,在妈妈熟悉的地方,陪她一天一天好起来。

妈妈在医院的时候田小甜就已经和护工陈姐相处得不错,陈姐人靠谱,干活又利索，在妈妈住院的那两百多天里，她教会了田小甜很多。得知田小甜坚持要办理出院手续的时候，陈姐好心地告诉她，让她好好考虑，做好准备。

"孩子，不是我说话难听，"陈姐说，"很多这样的病人，床上一躺，可能真的是一辈子。回了家，所有的担子就都落你一个人身上了。你还年轻，以后对你自己生活的影响，可能比你现在预想的还要大。"

"我知道，这就是我自己的生活。"田小甜说，"我妈在床上躺多久，我就照顾她多久。"

交通肇事的案子后来判了，也罚了钱。但那个肇事的孩子本身也没成年，又是来京打工的外地人，不仅死皮赖脸拿不出罚的钱，后来更是连人都找不到了。何子睿气不过，跟田小甜商量要不要再继续告下去，找下去，但田小甜却放弃了。她全部的精力都只能花在她妈妈身上，实在没有任何心思去打另一场仗了。何况，就算找到那个肇事者又能怎样呢？他拿不出钱，即使他能拿出很多钱赔偿给她们，妈妈就能立刻康复吗？

什么都回不去了。

金佩心问她婚礼怎么没有办，她也只是简单地回复说，家里出了点事。隔着时差，金佩心便没多问。那段时间傅其华生下了西西，离了婚，带着孩子回到了北京，但也没和田小甜联系。

那年是她们大学入学十周年，班里还组织了一次聚会。田小甜每天忙，没有注意到群里的聚会通知，还是有同学圈了她她才看到。

"田小甜结婚了吧？都没机会喝到你的喜酒。聚会来不来？可以带家属哦！"同学说。

田小甜看到了，也没有回复，只是不声不响地退出了群。

她不知道该怎样和别人去说。表面上她还是每天工作，晚上回家照顾妈妈，即使何子睿能帮她分担些，也有护工陈姐，但她仍然觉得自己无比孤独。

她好希望某一天醒来，妈妈能像以前那样，任由她再撒娇，再任性，再耍小脾气，都笑眯眯地，慢声细语地劝慰她，让她不要急躁，有什么事慢慢来。

有什么事慢慢来。时间过得太慢了,真的太慢了,她似乎在日复一日行尸走肉般的生活中,过完了一辈子,又过完了一辈子,但往前看去,却仍然看不到尽头。

那段时间她换了新公司,王牌节目轮不到她,她参与制作一档只在网站播出的搞笑小视频脱口秀。每天和编剧导演们一起开会写脚本,挖空心思找各种还没被用烂的段子,冥思苦想地写笑话。为此同事们把素材都分了等级,按好笑程度1到10分,但大部分人写出来的段子都只在大家认为的5分以下。有一天大家开会开得头昏脑涨的时候,田小甜灵光乍现,说了个段子,逗得大家哄堂大笑,一致给出7分的高分,让编剧一定要用在新一期的脚本里。

看着大家笑,田小甜本想跟着他们一起笑,却突然情绪失控,在欢乐的氛围里号啕大哭,把一屋子的同事都吓了一大跳。

后来那个段子还真被编剧写进去了,但那一期节目播出的时候,田小甜已经忘记哪个段子是她原创的7分高光时刻了。

很久之后的某个晚上,田小甜照料完妈妈之后,在一旁的小床上加班,一边看电脑上的PPT,一边翻手机里跟同事的聊天记录。翻着翻着,注意到一个新的好友申请,她通过了。

是那个叫"雪"的人。

田小甜这才想起,当时婚礼前,她试着给那个人发送过一个好友申请。大概是请求已过期,雪重新添加了她。

她正对着手机愣神,对方突然发过来一条信息。

"你是?"

田小甜吓了一跳。

"我是田小甜。"她回复。

过了好一会儿,页面不断显示"对方正在输入",随即收到了一条新信息:"我们是同学吗?"

田小甜愣住好久,竟然一时间不知道该如何回复。想了又想,她把对话截图发给了傅其华。

"你说,她是江雪一吗?"田小甜问傅其华。

那边傅其华也忙到凌晨没睡,精疲力尽地歪在熟睡的西西旁边,借着床头昏暗的光,傅其华想了想,回复说:"她在咱们班的群里面,或许真的是吧。"

那天晚上,田小甜建了一个微信群,把傅其华、金佩心,还有那个"雪"都拉了进来,还把群名字改成了"4ever"。特别土的一个叫法,但当年上大学的时候,四个人的女生宿舍都流行这么叫,还要在宿舍门上贴满花里胡哨的贴纸,把这个词夸张地簇拥在中间,活像一张真正的少女团体海报。

当时是江雪一贴的。她还沾沾自喜,说比对门的"四美阁"和隔壁的"月光美少女联盟"洋气多了。

田小甜嗤之以鼻。后来她不得不承认,当时她对江雪一是有些嫉妒的,江雪一虽然没有她的美貌和优越的家庭条件,但比她人缘好,朋友多,总是轻描淡写地就把别人的善意和关注收入囊中。田小甜永远是人群中最美丽的那一个,但能和每个人都和和气气说上体己话的永远是江雪一。在那些谣言开始满天飞之前,江雪一无疑是学院里比田小甜还值得羡慕的人气冠军。

最重要的一点是,江雪一不像别人一样嫉妒田小甜。田小甜被人生来艳羡的优点,在江雪一面前,宛若无物,这种举重若轻的淡然态度有时让田小甜抓狂。

江雪一和金佩心又不一样,金佩心是明知自己起点低所以拼了命地努力,让所有人都认为自己的进步和成就是值得的,是每个班里都会有的那种两耳不闻窗外事、勤奋努力靠后天逆袭的人。而江雪一大学四年该玩的玩了,该参加的活动也都参加了,该耽误的时间也耽误了,却也能轻轻松松地拿到了本校保研的首试名额,本院的老师们还都力荐她。

那段时间田小甜刚好准备申请出国,看着自己连3都不到的学分绩点每天发愁。

而江雪一恋爱了。

仿佛是为了给那些造谣的人一记响亮的耳光。她并没有被人包养,也没有傍上大款,而是出手不凡地"征服"了新闻学院的院草男神孟奇。孟奇比她们小一届,人帅又有才,据说他们院好多学姐学妹垂涎了他好几年都不了了之。他们是在社团活动上认识的,江雪一是人文学院学生会的宣传部部长,孟奇是校报的主编。男才女貌,天作之合,温柔可人的学姐和仰慕她的迷弟,算是大家眼中的一对神仙情侣了。

那些已经忘记从何而来的八卦大家心照不宣地不再提起,仿佛所有的风波已然过去,再也不会伤害到任何人一样。

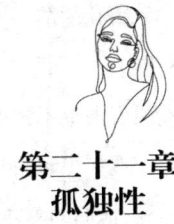

第二十一章
孤独性

1

当年的婚礼誓词是田小甜自己写的。她没有用网上搜来的和婚庆公司给她的那些模板，而是要求何子睿跟她一起手写。何子睿写不出来，说，别人都有打好样的，咱们就照着读一读，反正到时大家闹哄哄，也不会有人真的听你说了什么。田小甜想了想，说："行吧，那你的我也替你写了，你到时照着念就行了。"

短短的两页纸，她翻来覆去改了很多稿。

说起来，从何子睿去英国那年，在她手上套下那个便宜的素圈戒指开始，她就已经在心里为婚礼上的誓词打草稿了。

那一年她想说，不管隔了多少时差，相逢的人总会再相逢。她想说，以后的半辈子，他们再也不会分开，再多的风雨和坎坷，只要两个人一起走，就不会孤独。

两年之间，她陆陆续续地，又加了好多想说的进去，但最后删删减减，只剩下了几句话。

她写道："你懂得我，我也尽力去懂你，所以我愿意把选择权交给你。我渴望你的陪伴，不仅仅是婚姻契约，也不仅仅是人生责任，而是知晓所有以后可能出现的风险之后,还是心甘情愿地不放开彼此的手。"

婚礼的前一天,何子睿拿到田小甜手写的那张纸之后就收了起来,后来婚礼取消了,那张纸也不知道被他扔到哪里去了。那些天大家忙乱得一塌糊涂,她到后来也不知道他到底看没看过那份誓词。

现在想起,她不得不承认,冥冥之中,即使没有那场意外,自己也隐隐地预感到,他们的感情和从前相比,悄悄地发生了变化。

是他变了,还是她变了,谁也说不清楚。

从小到大,田小甜都是一个完全无法承受孤单的人。据她妈说,她一直到上小学才难分难舍地离开她妈自己睡一个房间。而她童年的记忆里,是无数个夜晚自己翻下床去,光着脚拖着洋娃娃穿过昏暗的走廊,走到爸妈房间门口,小心翼翼地推门。通常爸爸不在家,那个大房间里只有妈妈一个人失眠,而她就借机软磨硬泡地钻进妈妈的被子,心满意足地睡去。

读了十几年书,她身边总是会有要好的女伴。在学校她从不一个人去厕所,也从来没有一个人吃过饭看过电影逛过街,外出也都有家里的司机接送。

刚上大学的时候她特别同情金佩心,因为看金佩心总是一个人去食堂,一个人去图书馆,等到后来相熟了,才明白金佩心对她的同情有多疑惑,而她对金佩心的疑惑有多疑惑。那时她才渐渐明白,原来真的有人是习惯并享受一个人生活的,而孤单也并不遭人唾弃。

何子睿在英国的那几年她在读研,还跟妈妈一起住在家里,何子睿回国后两人又在公司附近租了房子,这样算起来,她从未有过真正意义上的独居时光,也从不认为自己需要。她一直觉得自己一个人过不下去,必须要有另一个生命体在同一个空间里同呼吸,还要随时进行交流,她才能正常地生活。

妈妈从医院回到家里两个月后,田小甜有一天晚上加班回来,到了小区楼下发现自己平时停的车位被一辆陌生的车占了。通常临时占用小区固定车位的都会留个手机号,方便挪车,但那辆车上什么都没有。田小甜在周围转了两圈,气得最后开出小区,停到了很远的路边,估计走回去得十几分钟。

她熄了火，拿起手机，先赶着回复了工作群里圈她的留言，又看到何子睿的信息，说他今天也加班，现在还没从公司出来。

不知道为什么，那一瞬间，她真的不想伸手推开车门，不想走那十几分钟的路回家，不想面对家里等着她的比上班还要琐碎一万倍的事情，不想面对任何人。

包括病床上的妈妈，包括何子睿，包括生活里遇到的每一个人。那一瞬间，她真切地希望整个世界上只剩下自己一个，清净自在。

不是对妈妈不敬。在照顾妈妈的事情上，陈姐都说从来没见过她这么细心的。也不是对何子睿厌烦。只要他在，她不管发多大脾气都能被他安抚得熨熨帖帖。

只是那一瞬间，她总算明白了，一个人在被冗长沉重的生活压到喘不过气的时候，真的就需要那么一瞬间的孤独，什么都不想，什么都不做，她不是谁的女儿，谁的妻子，谁的上司，谁的下属，她只是她自己。

她终于发现自己变了。以前喜欢热闹喜欢聚会，喜欢遇到什么事都回家跟家人念叨，开心不开心都挂上脸说出口，心情烦的时候发泄一下大吃一顿大哭一场就什么都过去了，第二天还是精神抖擞地该干什么干什么。

现在她什么都不说了。原本病刚好那段时间，她心情不好，总拿何子睿开刀，动不动跟他发脾气无理取闹，他也只能由着她的性子来，默默地等她发泄完了，给她收拾烂摊子。现在她不发脾气了，却也渐渐地和他无话可说了。

也不都是田小甜的原因。她感觉得出，何子睿也和从前不一样了，或许两个人相处久了，气场会潜移默化地互相影响吧。自从田小甜养病那时起，何子睿就把她当作家里摆着的一个瓷娃娃，碰一下都不敢碰，就像怕她一发火就会爆炸一样。他什么都顺着她，依着她，放任她发火，也不问她为什么，可能是怕刺激到她。她就像是拳脚打到棉絮上，更加窝火，却也无可奈何。后来妈妈出了事，两个人全部的生活重心又都放在照料病人上面，他们甚至已经不记得上一次聊起他们两人自己的话题是什么时候了。

田小甜是无比感激何子睿的。如果没有他,她或许根本就撑不过这两年接踵而来的苦难。但她逐渐发现,悲哀的是,她当初写的誓词如今看来刚好一语成谶。他努力赚钱,辛苦支撑这个家,他为了婚姻和责任,成为了人人称赞的模范丈夫,挽救了危难中的她和她妈。

她问过他后不后悔,毕竟换作谁摊上这样的生活,即使再爱对方,都很难没有任何怨言。她也知道,他父母表面不说,私下里和他也没少抱怨过。先是抱怨她身体恢复了又没要小孩,又是心疼为了照料病人他既当女婿又当儿子过得辛苦。

何子睿的回答简单得不能再简单。他说,应该的。

田小甜信。他承诺了,他就会做到,这是他对她的责任。但他对她,如今也只剩下责任了。承诺是真的承诺,生活却也是真的残酷,再意气风发信誓旦旦的人,也不一定受得住的。

所以他后来出轨公司新来的年轻女同事,田小甜其实不太意外。

那个姑娘田小甜其实在何子睿的朋友圈看到过,他们公司团建的合影里,他和她穿着和别人一样的颜色鲜艳的T恤,挨着站,比别人挨得都要近。姑娘长得普普通通,不是那种在一堆人里能够一眼就挑出来的长相,但笑得开心,又有着年轻的活力。

如果这样的事情发生在前几年,田小甜还真没想过自己会作何反应,毕竟前几年的自己从未想过何子睿也有瞒着她出轨的这一天。可能何子睿自己也没想到吧。生活真是讽刺。

在北京满头大汗给她戴上戒指的他,在墓地一本正经给她爷爷磕头的他,在慕尼黑机场把她冻僵的手揣进衣服里取暖的他,在民政局门口抱着她大哭的他,和如今每天回家闷头干活任劳任怨的他,瞒着她和别的女人出差开房的他,无疑是同一个人。跑去他们学校找他表白的她,异国时掐着时差等他报备的她,等他求婚等到气急败坏的她,生病时每晚窝在他怀里哭的她,和如今仍然会记得他所有习惯,每天叮嘱他注意安全早点回家,得知他出轨却没有大哭大闹的她,也无疑是同一个人。

她甚至设身处地地想,换作是她,也需要在贫瘠枯萎的生活之外,找点刺激或新鲜感的。

他们已经有两年没有睡过同一张床了,田小甜自从病好之后,觉得自己伤疤难看,连换衣服都没再让何子睿看到过。何子睿更是连碰都没有再碰过她。田小甜甚至怀疑,在他眼里她是不是跟陈姐一样,只是轮班照顾妈妈的护工之一。

现在想来,他频繁申请出差,想必也是为了能暂时逃离这死气沉沉的家。一个永远躺在床上的病人,一个行尸走肉一样的她,换作别人恐怕还坚持不了何子睿这么久。

精疲力竭的成年人,出差都像出狱一样,得见天日,欢呼雀跃。

田小甜想,或许这正是个合适的契机,给他一个机会,真正地放他出狱吧。就像誓词里写的那样,把选择权交给他,不再用一纸结婚证把他绑在道德高地上,而是让他自己决定要不要回来,要不要心甘情愿地和她一起陷在生活的这摊烂泥里,永无出头之日。

她也知道,这样一放,他或许就真的不回来了。但幸好,她在三十而立的年纪,终于开始学会享受孤独了。那些在生命的前三十年出现在她生活里的人,都显得不那么重要了。

人是社会性的动物,没有人生来就习惯孤独,但总有人在漫长的与孤独为伍的过程中,学会了从内心汲取力量。

金佩心花了三十年来说服自己,你活在这个世界上可能还是有点意义的,虽然现在还看不到,但只要坚持着,活下去,总有一天能看到。在工作上遇到让她绝望的人和事,她也渐渐地能够开解自己,不会再为了无能为力的事情纠结。

内心深处那个孤独的小孩不见了,取而代之的是一个懂礼貌,会说话,爱微笑,不崩溃,工作认真,乐观生活的大人。

她觉得这是活到三十岁自己做的唯一一件成功的事。

当她在法庭看到人小鬼大的女孩庞优时,内心深处莫名羡慕起来。如果她从小能够像庞优一样天不怕地不怕,或许能早点为自己争取到更好的生活。不过对她来说,现在的生活已经够好了,不奢求更多了。

那次开庭之后没几天,她因为工作上的事又去找梁老师,一进她办公室,就看到梁老师桌子对面坐着个小人儿,整个缩在宽大的椅子里,从门口看过去,只露出一个黑色的脑袋顶,之前一头彩色的辫子也不知道哪里去了。

小孩脸色并不好看,看到金佩心进来,眼皮抬了抬,也没反应,想是没认出她来。

金佩心倒也不急着说正事,看了梁老师一眼:"这是怎么了?"

梁老师不动声色努了努嘴,看了一眼对面的庞优,起身带着金佩心出了门外。

梁老师给庞优留下过自己的名片。当天上午,梁老师接到电话,不是庞优打来的,是派出所警察打来的。说庞优一个人跑到了离法院一街之隔的商场楼顶天台,扬言要跳楼。

梁老师到现场的时候楼下已经站了些人,她找了一圈,没看见她继父,也没看见她生父,就独自上了楼。

瘦小的庞优手握着天台单薄的栏杆面无惧色,看到楼下有人拿着手机冲她拍,就大声喊:"你拍清楚一点!拉近一点!别晃!"宛如一个运筹帷幄的大片导演。

"你们都听清楚了,我叫庞优!我今年十二岁,上五年级!我爸叫庞学志!他不是我亲爸!我妈没了,他不要我了,但是我亲爸也不要我!……"

她拼尽全力地喊,脚下稍稍有些不稳,就被冲上去的警察扑倒了,警察像拎小鸡一样把她提下了栏杆。她拼命挣扎,拳打脚踢:"我还没说完!你让我说完!他们有人在拍呢!我要说完……"

她继父和生父一直没出现。梁老师给他们打了电话,一个说等送完孩子就来,另一个说知道了,也没说来不来。梁老师就把她带回了办公室。

"感觉她并不是真的想跳楼,只是试一下,这个年纪的小孩,找存在感对他们的自我认可影响很重要。毕竟后爸和亲爸都不想抚养她,对她打击挺大的,看上去她心理状况也不是很好。"梁老师看了一眼虚掩的门,轻声说。

"她自己说没说什么?"金佩心问。

梁老师摇头:"一上午了,一句话都没说,这孩子还挺倔。看来我是老了,青少年心理这块不是我强项。"她无奈地笑。

"他们家还没人来领她回去?"金佩心问。她看了看时间,离梁老师把她带回来也有两三个小时了。

梁老师摇摇头:"我中午还有事要出去。"

金佩心想了想,跟着梁老师回到办公室,把她来办的事先处理了。庞优就那么坐在对面,面无表情地看着金佩心和梁老师拿文件打电话。

处理完自己的事,金佩心看了一眼梁老师:"那没事我先走了?您忙吧?"

梁老师点头。

金佩心又看了一眼歪在椅子里的庞优。

"你饿不饿?早上吃饭没有?"她问。

庞优白了她一眼,不吭声。

"不认识我了?开庭那天我见过你。"金佩心说。

庞优又抬眼看了她一下,表示听见了。

"梁法官日理万机,忙着呢,没空跟你聊天。"金佩心说,"你要不要跟我出去吃个饭?"

庞优没吭声。

"我又不是坏人,"金佩心面无表情地说,"否则也不敢在梁法官面前晃来晃去。"她收起自己的文件装进包里,走到门口,"你再等也等不来人接你,还不如吃饱了再说。"

庞优梗着脖子反驳:"谁稀罕他们来接我了?"

"对啊,"金佩心说,"那你还在这等什么?"

她让小孩自己选地方,结果人家径直就进了街对面她刚被警察叔叔救下来的那个商场。金佩心在后面跟着不由得有点心惊,暗自琢磨如果过一会儿这孩子趁上厕所又跑到天台上去了,她是提前报警还是先联系商场保安。

但庞优根本没上楼,直接进了地下一层的快餐大排档,指着窗口说:"我要吃麻辣烫。"

金佩心哭笑不得:"你放心,我请客,你想吃什么都行,不用给我省钱。"

"我就吃麻辣烫。"小孩不依不饶。

金佩心倒也不矫情,就陪她一起吃麻辣烫。两个人各自抱着一个碗,庞优给自己放了好多辣酱,辣得眼泪鼻涕一起掉。金佩心那碗除了清汤里面漂着的蔬菜,别的什么都没有。

庞优看了她一眼:"你是在减肥吗?"

"我减肥减了好多年了,习惯了。"金佩心回答。

"你也不胖啊,挺好看的。"庞优说。

"我小时候胖。"金佩心说,"像你这么大的时候。"有那么一瞬间,她甚至忘了面前这个小孩只有十二岁,也忘了自己今年已经将近三十了,两个人就像上学时手拉手去吃饭去上课的小朋友一样,交流着无关痛痒却又不尴尬的话题。

"真的?"庞优撇了撇嘴。

金佩心就拿出手机给她看自己的微信头像。

庞优难得地被逗笑了,毫不客气地说:"可真丑。"

"对呀。"金佩心也笑,"我像你这么大的时候,每天都被自己丑哭,睡不着觉。"

庞优又笑了。她是个很好看的女孩,稍微有一点心思的成年人就能看得出,她所有装出来的叛逆不驯都是为了让自己有一种成熟而随意的不体面,但往往适得其反。

"我上初中的时候,天天想死,每天带一把小刀在手上划。"金佩心说,"但是胆子小,划得不狠。"

"然后呢?"庞优停止咀嚼,警觉地看向她。

"后来被老师发现了,刀被没收了,就没有然后了。"金佩心说。

庞优若有所思地低下头,继续吃。过了好久,她嘴里塞着整颗的鱼丸,含混不清地说:"我其实没想真的跳。"

金佩心抬头看了她一眼。她专注地用筷子戳着汤里的鹌鹑蛋,自顾自地说:"我就想吓唬他们一下。要是我有个什么事,他们都逃脱不了责任的吧。"

金佩心还没来得及接话,她就又说:"他们要是怕了,或许就来接我回家了。"

她把鹌鹑蛋塞进嘴里,又说:"我也不是一定要回家。这不是法律要求的吗?谁让我还没满十八岁呢?"

"那也很危险,"金佩心不由得板起脸,拿出成年人的架势,"这种事能随便试着玩吗?万一真出事了怎么办?"

"不会的,"小孩漫不经心地说,"我以前也试过,他们又不在乎。"

"谁不在乎?"金佩心问。

"我爸啊,他又不在乎,我也不是他亲生的。我妈以前倒是会生气,但她只会打我,说我太不懂事,她都已经那么烦了,我只知道给她添乱。反正我怎么样都是错。"

庞优继续吸溜吸溜地吃,金佩心却如鲠在喉,一口也吃不下去了。她可以想见这个青春期的小女孩在家里是一种怎样的处境,但听她毫不在乎地说出来,还是觉得心酸。大人就只会嫌孩子添乱,但大人从来没有想过,孩子那么弱小,为什么要以有生命危险的代价去给大人"添乱"?

因为他们除了生命,什么都没有。

而他们的生命,在大人看来,或许也没那么重要。

她不敢想象,这样的事情庞优可以试一次,试两次,但当她弱小的精神世界已经被绝望填满到了临界点的时候,她走上天台,可能就不会再回头了。

但好在,庞优比小时候的自己要坚强得多,也聪明得多。她尽量在她能做到的范围内争取自己的想法被听见的机会,甚至敢于站出来祈求亲生父亲的接纳,尽管得到的却是来自另一个陌生家庭的失望。

这已经是一个十二岁的小孩能做到的极限了。

在那一瞬间,金佩心面对着这个和她只见过两面的陌生小孩,心底突然升起了一种从未有过的希望,希望自己作为一个成年人,能够帮到她更多,就算不能凭空造出一个美满的家庭环境给她,至少也能在她争取自己权益的过程中,带来一些力所能及的改变。

吃完饭,金佩心带着庞优回到梁老师办公室,门锁着,梁老师可能出去办事还没有回来。但门口等着一个女人,这一次她打扮得很朴素,没有穿香奈儿,也没有拿迪奥包。

看到庞优走过来,女人的目光闪躲了一下,透着心不甘情不愿,生硬地和庞优打了个招呼。

"我是……"

她还没说完,就被庞优冷冷地打断了。

"我记得你,你是我亲爸的老婆。"庞优说。

回到北京的第二天,傅其华到公司去找刘超。刘超之前知道她收到录取通知了,就问她是不是来商量离职的事。

傅其华点点头,又摇摇头,犹豫着叹了一口气。

"怎么了?"刘超说,"我还以为你好不容易收到录取通知了会高兴呢。"

"还不是家里的事。"傅其华说,"我前两天回了趟家,我爸摔伤了。然后我跟老两口说准备出国,他们不同意。"

"确实啊,"刘超说,"老人家年纪大了,也不舍得让你一个人在外面奔波。"他安慰地说,"反正看你。你要是想继续在我这干,以后等做大了,咱们都有份,也不会亏待你。你要是不想干了,想背水一战,到美国去混两年试试,也行。想什么时候回来,我这给你留着位置。挣大钱咱没有,够个温饱还是不成问题的。"

从刘超办公室出来,傅其华看到手机上有她妈发来的几句话。

"华,东西收到了,西西很喜欢。保健品以后别买了,我们俩用不上,也不想用。你自己好好的,就是对我们最大的安慰。"

傅其华愣了一下,这才想起了陆舒阳那天见面时拿的那个巨大的袋子,应该是他寄的,还给老两口买了保健品。

她妈下一条信息又来了。"昨天说话重了,你别往心里去。爸爸妈妈跟你说对不起,希望你体谅。"

从小她妈在家里永远扮演那个疾言厉色的白脸角色,每次被她妈骂,她就只能跑到她爸那去求安慰,她从来没有意识到,妈妈老了,开始这么轻易地就在和她的争吵中服软了。在她面前,他们小心翼翼怕伤了她的自尊心,而她却对自己走过的弯路完全不知反省悔改,反而还是这么不懂事,要让他们继续为她这样担心下去。

她鼻子有些发酸。

沉浸在自己的纠结里,傅其华神游天外地晃过了前台,突然反应过来前台站着的那个身影有点眼熟。她一回头,陆舒阳正一边跟前台女孩说话一边转过来冲她笑。

"你怎么又来了?"傅其华走过去,"嫌99分太低了是不是?"

陆舒阳就笑:"低是有点低,但是算了,我都收到录取通知了,懒得再刷了。我听学长说,如果入学之后英语成绩不那么好的,最多多修一门语言课,那我到时再修呗。"

"那你来这是干吗呢?"傅其华问。

陆舒阳说:"我来工作。"

傅其华不可置信地瞪了他一眼:"开什么玩笑,你一个学CS(计算机科学)的,来这里捣什么乱。"

"我就是一兼职,就周末来两天,当玩儿了。"陆舒阳故意装作满不在乎地说,"你总不能不让我赚零花钱吧。"

"你还稀罕赚这两个零花钱?别逗了。"傅其华当他是开玩笑,转身就要走,刚走出两步,想了想,还是回头说了声"谢谢"。

"谢我?"

"嗯,谢谢你寄到家里的东西。"

"那……"陆舒阳看了看她的脸色,问,"能不能把删了的微信加回来了?"看傅其华表情没有变化,他小心翼翼又说了句,"至少我现在不是你学生了,我是你同事。"傅其华瞪他,他连忙补充,"半个同事,兼职同事……"

傅其华进了教室,转身把眼巴巴望着的陆舒阳关在门外。

她在讲台边的椅子上坐下来,打开讲义,想了想,还是拿起手机,把删掉的微信加了回来。

那天晚上她有单独的辅导小课,下课已是晚上八点多。她收拾东西出来,发现前台的灯还亮着。陆舒阳捧着电脑窝在前台桌边,不知道在忙着什么,看到她出来,说:"下课啦?"

傅其华点点头:"你怎么不走?还真在这儿上班啦。"

陆舒阳没说话,也并不需要在她面前解释为什么不走,反正她早就知道他的心思了。他收拾电脑跟在她后面出来,抢先一步帮她按了下行的电梯。

一直到走出了写字楼,陆舒阳还跟着她。她忍不住停下脚步说:"你有话就直说,说完就赶紧回家。"

陆舒阳支支吾吾半天,说:"你回复UCI(加利福尼亚大学尔湾分校)的offer 了吗?"

傅其华惊奇:"你怎么知道我收到的是 UCI 的 offer?"

"……我问了晓宇。"

晓宇是公司前台的年轻妹子,傅其华昨天刚跟她聊过父母不愿意自己出去留学的事。

"和你没关系。"傅其华回答。

"怎么没关系,"陆舒阳说,"我也收到了。"

傅其华不为所动:"真的假的? 你不用诈我。"

陆舒阳赌气一般地掏出手机打开邮箱页面,举到她面前。

"我是想说,"陆舒阳一字一句,"你不需要急着回答我,也不需要急着拒绝我。以后在国外,如果能有个伴,两个人互相照应,总比一个人要好些,不会那么孤独,父母也不会那么担心了。"

这个晓宇真是嘴碎,不知道她跟陆舒阳叨叨了些什么。

晚上收拾完,傅其华照例点开视频准备跟西西说话。西西好像心情不太好,一直哭闹,傅其华她妈怎么哄都没哄好。其间她爸两次想凑过来跟她说话,都被打断了,最后她爸只好拿起手机,走出卧室,西西的哭闹声小了,她爸冲着屏幕说:"华啊,你别着急,孩子就是有点困了,又没睡着,一会儿就好了。"

"我没着急,爸。"傅其华说,"没什么事,你也休息吧。"

"华啊,"她爸欲言又止,犹豫了好一会儿,才问了一句,"你那个,出国,要花多少钱?"

傅其华愣了一下,没弄明白她爸问这个是什么意思,一时间还真不知道怎么回答。

"你手里钱不够吧? 要是真想去,爸妈再给你凑点。多了没有,还得给西西存起来呢。"她爸说。

傅其华的情绪一下子就绷不住了,随便敷衍了两声就关了视频,心酸得眼泪哗哗掉。

"我不去留学了。"她把这句话发给了她爸,然后关掉手机,窝在被子里痛哭了一场。

那天离最后回复学校 offer 的日期还有三天。

"为什么啊?"陆舒阳听说了,崩溃程度不亚于傅其华自己,"你成绩那么好,专业又对口,将来还能继续从事教育行业,为什么不去啊?"

"……我只是告诉你一声,你考虑你自己的 offer,选你自己最想去的学校,不要被别的人和事,比如我,影响。"傅其华尽量淡定地说。

"是因为没有奖学金吗?还是因为他们不让带小孩陪读?"陆舒阳锲而不舍地追问,"这些都不是不能解决的问题吧?你跟他们沟通一下,说你情况特殊,看看有没有什么办法通融?"

该沟通的她早已沟通了,能解决的话也早就解决了。傅其华想,自己也算是争取过了,不留遗憾了。

真的不遗憾了吗?她在心里问自己,但并不敢去想自己内心的回答。

两天之后的晚上,她收到了学院招生办负责人发来的邮件。信里说,虽然录取之后的学费和奖学金是改不了的规定,但学院目前有和当地教育行业合作的调研项目,申请职位相对简单,完成兼职的调研工作之后,有可观的收入补贴。后面还附上了项目的网站链接和申请入口。

傅其华快速地浏览了网站的项目介绍和申请标准,简直不敢相信自己的眼睛。内心那个声音疯狂地暗示她,抓住这个雪中送炭的机会,还来得及回复学校录取的 offer。

归根到底,她还是舍不得放弃。

她赶在最后的时间,接受了学校的 offer,然后想也没想就打电话给陆舒阳。

陆舒阳那头倒还挺意外的,没头没脑地问:"你怎么会突然打给我?"

傅其华这才意识到已经深夜了,更何况,她完全不知道自己为什么会下意识第一时间就要告诉陆舒阳这个消息。

但是电话那头还等着,她也不好意思直接挂断,只好说:"我……我接受那个offer了。"

那边沉默了两秒钟,说:"所以你告诉我,是想知道我是不是选了别的学校?"

傅其华一时语塞,不知道怎么回答。

"UCI的截止日期是今天吧,刚过。你现在告诉我,我也来不及改了啊。"那边说。

傅其华还是没有说话。她心里在想,自己在做什么蠢事呢?不是自己一直在拒人于千里之外,说着"我去哪个学校跟你有关系吗"?自己在最后一刻反悔了,又巴巴地跑来告诉人家,是什么意思?

她手一抖,直接挂断了电话,脸烧得通红,觉得隔着屏幕都感受到了对面的讽刺。

那天晚上她很晚没睡,给她爸妈写了一封很长很长的信,从头到尾地解释了自己的决定。

"这些年来,我一直都没有真正地长大。"她在信中说,"该说对不起的人是我。"

终于躺在床上的时候,她感到从未有过的轻松。三十岁了,她第一次感觉到这样一个充满着希望的未来被自己握在手心里,无比期待。

她打开和陆舒阳的对话框,发现在自己没注意的时候,他发过来一条消息。

"我早就回复了UCI的offer。"他说,"你的dream school也是我的dream school。当年你笑话我单词书背得跟新的一样,我就知道你不是一个会轻易放弃梦想的人。"

4

傅其华约了金佩心和田小甜周末吃饭。傅其华都到了半个小时,金佩心才急吼吼地赶到,两人一起又等了田小甜二十多分钟。

"你们两个大忙人,吃个饭太难了。"傅其华说。

田小甜和李铭那档节目前阵子竟然被公司通过了,整个项目的人就像打了鸡血一样,没日没夜地改方案,筹备制作团队,如果不是家里有护工,何子睿又回来帮她,她真的一个人当几个人用都周转不开。

但让她无比欢欣鼓舞的是,卧床一年多的妈妈,自从可以自己吃饭之后,康复的速度明显快了起来,重新开口说话之后,也逐渐可以说更多简单的音节。每天只要她在家,看妈妈醒着,就会在她身边坐着,一边忙自己的事情,一边有一句没一句地跟妈妈说话。状态好的时候,她会和护工一起帮妈妈练习走路。家里每一面墙都在妈妈可能手扶到的地方安装了助力把手,所有有可能磕碰的家具都被包上了软垫。

她把妈妈的状况告诉当时为妈妈做手术的医生,医生还记得她,特意私下到她家里来看望了妈妈。医生说,他从来没有见过这样伤势的病人能够恢复得这么快这么好。

"放心吧姑娘,"医生临走时跟田小甜说,"你妈妈的下半辈子,是你给挣回来的。"

田小甜听到这句话百感交集。陪护妈妈的那些彻夜难眠的日子里,她无数次内疚得用最恶毒的语言咒骂自己,如果那时她没有因为婚礼而和妈妈争吵,没有颐指气使地让妈妈去给自己准备这个准备那个,或许也不会出那样的意外。她也无数次后怕到被噩梦惊醒,如果妈妈当时没能救回来,她的下半辈子也会永远活在悔恨和痛苦之中。

妈妈能动了之后,有一次趁田小甜不在的时候,指使何子睿把放在柜子抽屉里的戒指盒拿了过来,偷偷藏在自己枕头底下。晚上田小甜在旁边陪她的时候,她拿出来,递给田小甜。

"婚礼没办,戒指没戴。"妈妈仍然有些口齿不清,但她说的话田小甜听得清清楚楚。

"没事,妈,以后再说。"田小甜应付着,顺手就要把戒指盒拿走,但她妈没让,仍然藏在了自己枕头底下,田小甜无奈,也只得由她去。

"你们真的要离婚吗?"吃晚饭的时候,金佩心问田小甜。

"嗯。"田小甜点头。

"一起经历了那么多,舍得吗?"傅其华问。

田小甜叹了口气,说:"正是因为一起经历了那么多,他对我的意义也不像从前一样了。他以后做什么选择我也都会支持他,包括是否继续跟我在一起。"

"你现在工作这么忙,没个人帮衬,妈妈怎么办?"傅其华说。

"不是还有护工吗,"田小甜说,"何子睿也是人做的,也忙得每天加班,他已经陪我照顾妈妈一年多了,妈妈现在每天都在好起来,我不担心了。再说了,你不也是自己一个人带小孩,没人帮衬吗?"

"那不一样,"傅其华笑,"把孩子扔给我爸妈之后我可轻松多了,西西现在跟姥姥姥爷亲得跟什么似的,根本不记得她妈是谁了。"

"你留学的事情呢?定下来了吗?"金佩心问。

事情一旦决定了,就不需要再往回头路上望。为了给出国的计划多一分保障,傅其华把自己的课程排得满满当当,所有的课余时间也被占满了,不是备课就是在为学生做咨询。她希望自己到国外之后,能尽快把生活安排好,或许就能尽早把西西接过去。但在那之前,她也只能把西西继续留在父母那里一段时间。

至于陆舒阳,他得知能和傅其华去同一个大学之后反而不着急了。有一次他试着问起她家里的事,傅其华觉得无妨,就给他讲了和于辰到底是怎么离婚的,以及上一份工作是怎么丢掉的。陆舒阳听了什么都没说,只是不再经常跑到傅其华眼皮底下晃来晃去了,但每当她晚上有课的时候,他还是会来等她,把她送到家之后自己再回家。

每天看着西西又多认了一个字,多会唱一首歌,傅其华隔着手机屏幕都会很开心。唯一遗憾的是,原本计划等西西大一点之后,带她和父母一起出去度假,但因为准备出国,钱也要省着花,出游的计划也泡汤了。她爸妈自然不想去,说浪费钱,只是傅其华心里觉得亏欠了他们。

金佩心和田小甜对傅其华留学的决定都特别支持。"你就应该出去别回来了。"金佩心说,"等以后把叔叔阿姨和孩子接过去,一家人在那边生活,多好。"

傅其华就笑:"你说得那么好,你还不是放弃了好好的工作回北京了?"

金佩心摇头:"那不一样,我一个人吃饱全家不饿,去哪里都行。你让我现在飞南半球出差,拎包就走。"

"你和你男朋友呢?没有复合的机会了吗?"田小甜问。

"不知道。"金佩心坦然地答。对她来说,暂时还没有理由可以说服她放弃现在的生活状态。在她内心深处,她始终不敢确定,自己究竟能不能做一个拥有正常婚姻关系的人,更不用说组建一个家庭了。

她承认自己的无能,更接受自己的胆怯,她做不到像傅其华一样努力咽下失败婚姻带来的苦果,也做不到像田小甜一样对一起走过风雨不离不弃的人潇洒放手,所以她选择不去做,因为她不敢。

这个世界上越来越多像她这样的成年人,因为害怕承担命运带来的风险而畏首畏尾一辈子。但谁又能去指责他们呢,不过是一群从小就什么都得不到的孩子,长大后什么都不敢要了。

那天在梁老师办公室等庞优的人,不是她继父,也不是她生父,是她生父徐展的妻子,这让金佩心很意外,显然庞优也很意外。

在那个美丽优雅的女人面前,庞优努力摆出故作不屑的大人模样,但有些发抖的声音还是让金佩心听出了她的不安。

"你爸爸……徐展给我打电话,他工作上走不开,让我过来看看。"女人说。

"你有什么可看的?你来接我?出了这个门,你巴不得我死在哪个垃圾桶里吧。"庞优虽然心里害怕,但嘴上丝毫不输。

金佩心在一旁伸出手去:"你好,我是梁法官的学生,我叫金佩心。"

"我记得你,开庭那天你坐我旁边。"女人说,"我叫唐末。"

"照理说,应该是她继父来接她回去,"金佩心说,"你没有必要来这一趟。"

"我知道,"唐末说,"我就是想来找梁法官聊一聊。开庭那天,我情绪太失控了,很多事情没有想明白。"

"你那天才知道庞优的存在,是吗?你丈夫一直瞒着你?"金佩心问。

"对。"唐末回答,"我跟他结婚十多年了,女儿都上三年级了。他结婚以前的事情,我不了解,他也不说,我没有想到会有今天的事。"

庞优在一旁不吭声。唐末注意到她的脸色,就打住了话头。

"我是想说……"她说,"如果庞优的继父真的想要把孩子扫地出门,不要她了,我们……徐展不应该坐视不管。这是他的错,他需要负责任。"

庞优在一边冷笑了一声:"你说话算话吗?你说负责任他就负责任?那天在法官面前他差点和我爸打起来,你们都看到了。"

唐末也没生气:"我们是夫妻,一切都要商量着来,该负责任就要负起责任。"

"夫妻又怎样?"庞优说,"我妈和我爸在一起这么多年,他一句好话都没跟她说过,一发脾气就打,一发脾气就打,我妈说了,全天下的男人都一个德行。"

这样一番话轻描淡写地从她嘴里说出来,唐末和一旁的金佩心都一时间无言以对。

"这样吧,"金佩心说,"安排个时间,我们一起去她家看看。"

"去我家?"庞优瞪大了眼睛,"不行!你们凭什么去我家?"

"你不是想让人给你抚养费吗?你不是想上学吗?"金佩心说,"就凭这个。"

庞优被她怼了回去,不甘心地还想辩解什么,梁老师从走廊那头走了过来。

唐末只是来找梁老师,并没有理由领走庞优,几个人从下午等到傍晚,电话打了十几个,她继父那边也没有人来。

"回不了家,你怎么办?"梁老师和唐末在办公室里谈话的时候,等在走廊里的金佩心问庞优。

"我上天台的时候,根本就没想着今天要回家。"庞优说,"我不想回家。我妈走了之后,我爸每天都打我。他一打我,弟弟在一旁就被逗得哈哈笑。他们巴不得我死在外面,就再也不用养我了。"

庞优整个人挂在走廊窗台上,两只细瘦的脚腕悬在空中晃来晃去,窗外傍晚的阳光层层叠叠地落在她的小脸上。

"我最讨厌太阳下山。因为太阳一下山就放学了,放学就得回家,回家就得挨揍。我希望太阳永远都不下山。"她说着,突然眼睛一亮,转过头来看着金佩心,"地理老师说,在南极和北极,太阳半年都不下山!"

金佩心并不想打击她,但还是冷漠地说:"是,但是另外半年都是黑夜。听课不能只听一半啊,小朋友。"

"哦。"庞优翻了个白眼,又把目光投向窗外的夕阳。

那目光里充满着一个十几岁的女孩最真切也最难痊愈的孤独。金佩心想,就像当年的自己一样。如果可以,她真想告诉庞优,你以后会过得很好的,你三十岁的时候,会拥有独立自由的生活。但庞优一定不会相信,当年的自己也不会相信。

第二十二章
每一片雪花

1

　　金佩心不知道自己哪根筋搭错了,竟然就那么把一个陌生的小女孩带回了家。

　　"你以为你是救世主吗?"她在开门进屋的时候在心里暗暗地骂自己愚蠢。又不是钱多到没处花,开什么收容所? 庞优的亲爸不是很有钱吗? 唐末不是穿那么贵的衣服拿那么贵的包吗? 一个包就够庞优的学费生活费了吧? 你跟她又没关系,没事做什么慈善?

　　庞优倒是不把自己当外人,一进屋就自觉地脱了鞋,找了个墙角坐下,打开随身的书包,里面滚落出破旧的书本来。

　　"……你可以坐到沙发上去,"金佩心疑惑地看了看她,说,"我两天没擦地板了,全是灰。"

　　庞优说了"哦"就站起来,挪到沙发上,还是窝在角落里。她似乎习惯了站也不好好站,坐也不好好坐,总是歪着肩膀,弓着背,就像非要把自己的身高缩减十厘米似的。

　　"你有几天没去上学了?"金佩心倒了杯水给她,在她旁边的沙发上坐下来,说。

"从上次来法院,有好多天了。"庞优说,"我爸跟学校说我不念了。"

"你成绩好不好?"

"有时好有时不好。"庞优说,"我喜欢数学老师,数学就好一点。不喜欢英语老师,英语就不好。这学期数学老师换人了,我数学就又不好了。"她注意到金佩心面前的矮几上堆着乱七八糟的书和资料,就问:"你是做什么工作的?"

"我是梁法官的学生,你说我是做什么的?"金佩心说,"我十八岁那年,把我的亲生父母告上法庭,就是梁老师帮的我。"

"你告你的亲生父母?"庞优的眼睛突然亮起来,扔下手里的作业本凑过来,"真的吗?告什么?告赢了吗?"

"算是告赢了吧。我告他们供我弟弟读书但是不给我钱上大学,后来法院判他们给我钱。"

"给了吗?"

"没有。"

庞优一脸不可思议:"不是打赢了吗?为什么打赢了也不给钱?"

"官司有输赢,但是生活却很难分辨对错。毕竟不到万不得已,没有人愿意真的跟自己的亲人对簿公堂。"金佩心随口说着,却突然想起,多年以前,在自己即将走上法庭面对亲生父母的时候,也有人意味深长地对她说过类似的话。而今她已经不再和过去的回忆为难,但这世界上像她当年一样陷在家庭的纠葛中无能为力的孩子却只多不少。

"那你没有钱,怎么读书的呢?"庞优仍然追问。

"我已经上大学了,已经成年了,可以自己赚钱了。"金佩心说。

庞优沮丧地叹了口气:"成年成年,我到底什么时候才能成年啊?我也可以自己赚钱!"

"你这个年纪,好好上学是最重要的,书读好了,以后有的是机会赚钱,相信我。"金佩心摆出一副过来人的样子,但转念一想庞优现在并没有学可上,自己站着说话不腰疼,就讪讪地闭了嘴。

她完全不知道该怎样和这个年纪的孩子相处,也根本没打算跟她相处。她自己回到卧室里加班,让小姑娘饿了就去冰箱里找吃的,仿佛是随意留宿一个相熟的朋友,而不是把一个只见过两面,有家但不想回的未成年人在没有征得她监护人许可的情况下贸然带回家。她的监护人似乎也忘了她的存在,金佩心让梁老师把自己的联系方式留给了他们,但没有一个人来联系她,问问庞优在哪,带走她的是什么人,她安全吗,想回家吗。

没有一个人。

晚上她出来去洗手间,看到庞优已经缩成一团在沙发上睡着了,金佩心给她的毯子还好好地叠在沙发上没动过。金佩心就把毯子打开,给她盖在身上。她面前压着几个皱皱巴巴的作业本,金佩心拿起来看,发现从开庭那天之后,她虽然没有再去过学校,但是作业仍然一天不落地写下来了,每一科都有,只是没有人给她批改了。

"你开什么玩笑?"

当她在群里跟田小甜和傅其华说了这件事的时候,田小甜不出意料地一惊一乍起来:"你就那么把人家孩子领回家,万一出什么差池呢?万一她又跑到哪里要跳楼呢?你担不起这个责任的!亏你还是个大律师,怎么比我这个法盲还冲动?"

傅其华也劝了她:"你可以帮她打官司什么的,但没必要生活里走太近吧,如果哪天她家人觉得这样不太好了,你也没必要出力不讨好,是不是?"

道理都明白,但金佩心自己也知道,她不过是把庞优当成了小时候绝望的自己。如果那个时候有人早一点开导她,指点她,告诉她这个世界很大,她要有耐心,有希望,一切总会变好的,或许那些年难熬的日子就可以早些过去。庞优生活里更没有这样的人,她失去了妈妈,又被继父和生父像踢皮球一样甩来甩去,都巴不得丢掉这个累赘,如果没有人管她,即使她不会再次走上天台,也很难说以后会长成一个怎样的孩子。

雪崩的时候每一片雪花都是无辜的。那些她挨过的打,受过的委屈,失去家人的痛苦,被血缘之亲抛弃的绝望,压在一个年幼的孩子身上,摇摇欲坠,早晚有一天会彻底崩盘。

和庞优到她继父家里去的那天,金佩心也约了徐展和唐末夫妇。庞优说,她妈妈和继父在外打工也有好多年了,她一直跟着他们到处奔波,直到今年弟弟马上要上学,这才打算安定下来,没想到妈妈就生了病。每年她妈会偷偷攒下一点钱寄回自己娘家,她继父不知道,妈妈去世之后他发现了,还发了好一阵子火。

"我带你们到家里去,他知道了,肯定又会打我了。"庞优说,脸上透出一种和年龄并不相符的冷淡。

开门的竟然不是她的继父庞学志,而是一个陌生的女人。女人看到庞优,不自然地挤出一副客套的表情说:"庞优回来了啊。"

看起来庞优妈妈去世之后,她继父很快就带了新的女人回来,趁儿子上学,庞优也不在,这新的女主人就堂而皇之地入主了这个有些杂乱逼仄的两居室。

一行人在屋内连个落脚的地方都没有。唐末厌恶地皱起鼻子,一个劲向徐展使眼色,徐展也是一副多一秒都不想待的样子。

金佩心走到卧室去看了看,主卧明显是她继父和那个女人的,次卧放了张儿童床,堆满了儿童玩具。

"你平时睡哪?在哪写作业?"金佩心问庞优。

庞优指了指客厅一张折叠床。这两天她没有回来,床上也被堆满了乱七八糟的杂物。

金佩心拿出手机拍照,那个女人警觉地凑过来盯着她:"你拍什么?"

"拍你家啊。"金佩心说,"你们不是不想出抚养费吗,我总得知道为什么啊。"

"还为什么?"女人啧啧了两声,"她是她妈带来的,跟这个家半点关系都没有,你说为什么?亲爹都不管,我们凭什么管?"

徐展脸上一阵红一阵白,唐末狠狠地瞪了那个女人一眼。

庞学志一直没露面,几个人悻悻地从他家出来。庞优怯怯地跟在金佩心身后,金佩心回头看到了,问:"你要跟我走?不留下?"

庞优就站住了,不知道该点头还是摇头,但身后那个女人已经一秒都不耽搁地关上了门。

走在前面的徐展和唐末也停下来,回头看着庞优。

"我……"庞优看了看金佩心,支吾了一阵,"我不知道。"

金佩心猜她是想探探徐展两口子的意思,但从头到尾两人都没怎么说话,她也不知道他们心里怎么想的。人家自始至终并不想认这个莫名其妙多出来的女儿。

金佩心叹了口气:"要不你还是跟我走?"

唐末倒好奇了:"她跟你走?你是她什么人啊?"

"什么人都不是。"金佩心说,"这个小朋友这两天在我家写作业,还挺乖的,如果她不愿意回家,在官司打完之前,在我那待几天,我也不介意。"

她拉过庞优,让唐末看了一眼庞优胳膊上被掐出来的紫印子。

"不知道她是怎么顽强地长这么大的,挺厉害。"金佩心说,"亲爸后爸都不管,倒是跑到我一个外人家里,吃得好睡得香。"她笑,"可能我们俩比较投缘吧。"

"我们也不是完全不近情理的人。"徐展看了看庞优,终于开口了,"我们也需要时间,家里也有小孩,我老婆……"他看了一眼唐末,唐末别过脸避开了他的眼神,"……也需要时间去接受去安排。如果只是抚养费的话,我们也不是承担不起。但是目前的情况,梁法官之前也说了,庞学志就是想把她赶出门。要让我们家庭突然接纳一个这样的孩子,确实有点为难。"

"嗯,我知道,"金佩心说,"这个官司我会帮庞优打到最后,你们慢慢考虑,以后有什么事情来联系我就行。"她又看了看庞优,"你要是想去你亲爸家做客,你就直说,我陪你去。"

庞优看了看她,又看了看徐展夫妻俩,终究还是没敢开口。

在回家的车上,金佩心看着蜷在一旁睡过去的庞优,莫名地在心里幻想起一个家庭的样子。夫妻俩,有各自的事业,养育同一个小孩,为教育和生活上的各种问题沟通和争吵,这些以前的她几乎从来没有设想过。但她和庞优相处的这几天,渐渐觉得小孩子似乎也不是想象中那么可怕的生物了。当然庞优已经不小了,她正在青春期,说不定都开始给喜欢的小男孩写情书了。如果不是出生在这样的家庭,她也可以好好地生活学习啊。

她拿起手机,给程枫发了一条信息。

"你觉得,一个人要达到什么条件,才可以为人父母呢?"她问。

那天原本是一个再平凡不过的下午,难得金佩心和傅其华都没去实习,在宿舍休息,只有田小甜出门跟何子睿逛街去了。江雪一进门的时候脸色冷得吓人,像是刚刚哭过,眼睛是红肿的,一进屋就翻箱倒柜找东西,金佩心觉得不对劲,就问她怎么了。

江雪一没说话,看起来没找到想要的东西,转身急匆匆地出了门。

金佩心和傅其华都觉得奇怪,起身疑惑地出门去看,正好看到隔壁宿舍的女生兴高采烈地回来,跟两人打招呼。

"今天保研面试,你们不知道吗?"女生笑着说。

她炫耀的语气换作别人可能会觉得不舒服,没保研的人怎么知道哪天面试。金佩心并没生气,傅其华却忍不住怼回去:"不知道,我们宿舍除了江雪一没有保研的。"

"我进了二轮了。"女生看上去心情很好,并不在意傅其华的语气,探头看了看她们宿舍,"江雪一呢?"

"刚才回来一下又出去了,怎么了?"

"她好像面试的时候跟老师吵起来了,整个人情绪崩溃,哭得整个楼都听得见,老师吓得差点叫120了。"女生故弄玄虚地说,"听说是因为老师说她有精神病。"

"什么?"金佩心对她的语气也反感起来,"别胡说,谁有精神病了?"

"那老师怎么知道的?"女生不满地白了她们俩一眼,"要是真有病也不能怪别人说。而且我听说,她这几年来一直都吃药呢,你们是她室友,你们会不知道?"

金佩心和傅其华对视了一眼。除了她们三个,应该没有人知道江雪一直在吃药,何况这段时间大家和平相处,几乎已经忘了这回事了。

回到宿舍,傅其华想了想,问金佩心:"会不会是田小甜说的?"

金佩心摇头:"不知道。她能跟谁说呢?"

很快保研的同学中就传出消息,原本江雪一和隔壁宿舍的女生初试成绩一样,但最后那个女生进了二轮面试,江雪一没有。最后公布出来的录取名单里,那个女生排在最后一个。

虽然最后没有人知道江雪一在面试时究竟说了什么,又为什么会情绪崩溃,不过面试落选是很正常的事,随便归因于发挥不好或是专业基础不扎实,考生基本上也无话可说。

但院里却因此都知道了江雪一有"精神病"的事。加上从前不相干的谣言又被拿出来回炉重造,江雪一成了大家在毕业季茶余饭后最常见的谈资。大家似乎都对一个温柔美丽的形象和脆弱无助的内心所能形成的强烈反差产生好奇,甚至已经有原本就跟她不太熟的人不再敢跟她说话了。

金佩心从外面回来,看到江雪一走在她前面,穿过走廊的时候,擦肩而过的其他学生窃窃私语:"不是说精神病就是疯子吗?疯子怎么还能念大学?"金佩心走在江雪一后面,知道她肯定听到了,但她看不到江雪一的表情。如果换作今天的她,她一定会劈头盖脸痛骂回去,二十一世纪的大学生,就算没有基本的医学常识,也该有对人基本的尊重。

但那个时候她屁得一句话也没说。

进了宿舍,田小甜和傅其华都在。江雪一犹豫了一下,走到田小甜面前,问:"我还是想问你一下,我把你们当朋友,除了你们,没有人知道我的病,但是我抽屉里的病历卡没有了。"

面试那天江雪一跑回来翻找了一通的东西应该就是她的病历卡。可能辅导员老师也知道了,学校也不希望她这样身体状况不稳定的人继续读书吧。

傅其华听见了,也过来问田小甜:"那天高颖也说了。我们都没告诉别人,她怎么也会知道?"高颖就是把江雪一挤下保研名单的那个女孩。

田小甜当时正忙着用电脑逛淘宝,没顾得上搭理她们,随口开着玩笑说了句:"我哪知道,可能哪天你自己药吃多了不小心,跟别人说了,忘了呗。"

江雪一的脸色就不太好看,嘴唇抖了抖,没说话。

傅其华都看不过去了,说,"你说什么呢?你才吃药吃多了呢。"

江雪一转身就出门了,一句话都没再说。

金佩心有点担心,立刻跟着追出宿舍,怕她做出什么过激的事来。

"你别生气,"她拉住江雪一,"田小甜就那样,公主病,没脑子,平时你也不是不知道。"

江雪一脸上倒是没有生气的样子:"我没生气。"

"你是不是觉得保研没保上不甘心?"金佩心试着安慰她,"我们也没保上啊,傅其华前两年还考过全系第一呢,都没保上。找工作不也挺好的?而且你也可以准备考研啊,也来得及。"

"嗯。"江雪一点点头,"可能就算保上了,我也不见得读得下来。"

金佩心迟疑地看着她的脸色:"是因为……生病吗?"

"否则我也不会留级两年才来读。"江雪一淡淡地说,"不过你别害怕,我又不会对你们做什么,我又不是他们说的疯子。"她还笑了一下。

"我没害怕。"金佩心说,"你别半夜出去了,不安全,回去吧,你要是睡不着,我陪你。"

"没事,"江雪一推开金佩心拉着她的手,"我去找孟奇,没关系的。"

金佩心就只好放手让她走了。

回到宿舍,傅其华和田小甜又吵了起来。

"哎,你们为什么就针对我啊?怎么就是我说的呢?你也有可能告诉别人啊?金佩心也有可能啊?或者她自己告诉孟奇了也说不定呢?怎么就怀疑我?我招谁惹谁了?"田小甜气急败坏地冲傅其华嚷嚷。

"不是怀疑你,你刚才根本不应该那样说话!本来病人心理就跟正常人不一样,你又胡说八道,她受刺激怎么办?"傅其华说。

"病人吃药不就行了吗?她要是不正常,也不应该来过集体生活啊?怎么每个人还要哄着她让着她吗?又不是智障!"田小甜继续发飙。

"你少说两句吧,"金佩心听着她的话也有点生气,"没保上研对她打击应该也挺大的,你就不能体谅一下?"

"我体谅,你们还怀疑我?"田小甜的矛头又冲向了金佩心,"啊,她就是林黛玉,说不得碰不得?我真是不明白你们这些玻璃心,自己不行还不让说,我还没保上研呢,谁来体谅我?"

三个人吵到各自气呼呼地上了床,很晚了也没人睡着。等了很久,也没等到江雪一回来。

傅其华想着江雪一抽屉里的药,有点害怕,就爬下床跟金佩心商量,说要不要打电话给辅导员老师。金佩心心想,她和孟奇在一起应该还算安全,情绪也不会不稳定,要是真跟老师说了,万一老师大张旗鼓地找到她,反而大家都尴尬,就说应该不用。

果然第二天江雪一自己回来了,脸上平静得很,就好像前一天她没有质问过田小甜一样。田小甜还要说两句话来酸,被傅其华和金佩心强行阻止了。

保研的风波过去之后,大家重又各自投入到找工作和申请留学的忙碌里,没有人再去刻意关注江雪一在忙什么。她们甚至是到了大四快毕业的时候才得知江雪一和孟奇在那个晚上就已经分手了。孟奇并没有足够的坚定来抵御从同学那里听到的种种谣言,而江雪一的心气也让她并不愿意一次次向他解释。

得意的人踩着她想踩到的垫脚石往高处走了,失意的人却只能在流言的深渊里艰难挣扎。谁也不知道,究竟是哪一片雪花,会引发无法收场的崩盘。

3

"全素人?"

李铭在策划会上毫不掩饰地质问田小甜。

"对,全素人。重金也请不来咖,何况并没有重金。咱们何必跟那个风呢。"田小甜说。

"什么样的素人?"李铭问。

田小甜把手里厚厚一叠文件夹的资料在桌上给她推过去,一边点开身后墙上投影的PPT。

"@毛豆,24岁,酒店前台。@旧娃娃,28岁,代驾。@王小二,33岁,幼儿园老师。@燃燃,29岁,拳击教练。@哞,39岁,整形医生……"李铭把这些姑娘的照片资料一张张翻过去,摇着头:"你什么意思?咱们不做综艺了,改《焦点访谈》了是吗?你是不是最近民生新闻看多了?"

"我倒觉得小甜姐的路子可行。"旁边一个年轻妹子插嘴,"既然预算到不了位,为什么不干脆彻底去接地气呢?我们家楼下卖串儿的那个大姐,说话就特逗,我因为下班跟她聊天都多买了无数回串儿了。虽然她长得不好看,但是你让我听她说话不动弹听俩小时都没问题。"

"我觉得素人不见得没有看点。"田小甜说,"毕竟光鲜亮丽的节目大家看得太多了,近两年的趋势就是素人化,我认为可以试一试。"

节目征集了99位素人女性,话题聚焦于她们工作之外的第25个小时。不加班的时候,她们都在干什么?初选征集的答案五花八门,拳击教练业余最喜欢的事是绣十字绣,幼儿园老师每到休假就去各地跑半马,同事楼下那个卖串的大姐,都已经在自己老家投资了好几套房产了。

"你们娱乐圈的这么体察民情吗?"田小甜跟被她约出来吃饭的傅其华说了这个项目,傅其华忍不住笑着问。

"是啊,不管哪个行业这两年都太丧了,想着还不如一丧到底,但其实征集来的被访者还让我们挺意外的,都很拼,不管怎样都很热爱生活。"

傅其华说:"对啊,你就一点都不丧。我觉得,你也可以上你们自己的节目,讲一讲你这些年怎么在第25个小时照顾妈妈的。阿姨康复得能吃能睡,估计整个医学界都要来找你取经了。"

田小甜就笑:"那我也可以来采访采访你,你怎么带着西西还能找到小鲜肉谈恋爱的?"

"我没有!"傅其华吓了一跳,立刻脸红着反驳,"我没谈恋爱!"

田小甜大笑:"这有什么不能说的?你还这么年轻,将来也还要组建家庭的,我看你上次说的那个男生就挺好。什么时候好事真成了,你爸妈可得高兴坏了。"

傅其华摇头:"他们才不会高兴呢。前阵子决定去留学,跟他们就差点吵翻,这种事要是让他们知道了,老两口非得被我气出病来。我的事以后就我自己决定吧,不想再让他们担心。"

"这也不是担心啊,"田小甜说,"如果你再成家,他也是你们家的一员,迟早要跟爸妈说的。"

"没有没有,"傅其华慌忙摆手,继续否认,"这八字都没有一撇呢!不过就是认识了,聊得来,又正好申请到了同一个学校。"

"正好?你跟金佩心可不是这么说的,"田小甜笑,"她说人家为了你特意申请同一个学校,这概率还挺小的。"

"好吧,"傅其华放弃辩解,"算是吧。但是也并没有怎么样!"

"行行行,没有怎么样,就是从师生变成了同学而已!"田小甜故作揶揄地笑,就像回到了大学时候八卦她的样子。

傅其华想,即使以后有可能,也等以后再说,至少出国之前,她不希望出现更多的风波了。

但她打算瞒她父母的计划也并没有持续很久。有天下午她在备课,她妈突然打电话来,压低声音神神秘秘地问:"华,你爸没在家,你偷偷跟我说,是不是有什么情况?"

"什么什么情况?"傅其华一头雾水。

"你是不是有新情况了?"她妈问。

"新情况?"傅其华一下子紧张起来,心想隔了这么远,她妈究竟是什么侦察水平?还是第六感?

"没有没有。"按惯例先否认,毕竟不知道她妈是有了实锤还是瞎诈口供。

"你这次寄来的东西里面有阿胶。"她妈说,"你知道我从来都不吃阿胶的,咱们家没有人吃阿胶。"

"啊?"

"反正我就觉得不对劲,这几次的东西不是你寄的吧?是谁寄的?"她妈敏锐地一针见血。

傅其华记得她叮嘱过陆舒阳不要再寄东西去家里了,想必他根本就没听。

"啊,是这样,我有个女同事,阿胶是她老家那边特产……"她顺口编道。

"胡说。"她妈声调高起来,"除了阿胶还有好多别的东西,还有西西的各种玩具,哪有那么好心的同事?你得每次给人家多少钱,人家闲得给你寄那么多东西回家?"

"……"傅其华支吾着,想着哪个同事有这么闲的可能。那边她妈却紧追不放:"你说实话,我不告诉你爸,是不是有新情况?"

"没有。"傅其华打定主意,宁死不招,"就是同事。我前段时间帮她代了好多课,她欠我人情,所以才寄东西的。"

"真的?"她妈问。

"那还能骗你?"傅其华连忙说。

就听她妈在那边舒了一口长气:"吓死我了。行了,没事,你去吧,老傅。"

"我爸在旁边?"傅其华大吃一惊,"这是什么套路?"

"没事,"她妈说,"就是我和你爸怀疑你有情况,所以他派我来探听一下,没有就好。"

"你们俩现在学会套路我了是吗?"傅其华哭笑不得,"何必呢?"

"那不是担心你吗?"她妈说。

傅其华心里也暗暗松了一口气,却莫名觉得有点失落。"妈,"她说,"如果我有一天真有了新情况,你们会支持我吗?"

她妈在那边停顿了好久:"华啊,不是我们支持不支持你,我们实在是不想看你再受苦了。婚姻所托非人,这种事情这辈子谁都不想遇到第二次,所以妈妈希望你,一定要好好对自己以后的生活负起责任来,别让妈妈再担心,好不好?"

那天晚上,傅其华下课时才看到外面下雨了。她没带伞,走去地铁站要好远,打车又叫不到,和她一起下课的另一个同事虽然有老公来接,但是和她是反方向。一下雨就堵得更狠的晚高峰,人家也实在不方便送她。

"哎呀,小陆虽然人好,在生活成本这么高的北京,人好可不能当饭吃哟,下雨的时候也不能当伞用!"同事半开玩笑地揶揄了她两句,和老公一起走了,留下她一个人站在空荡荡的写字楼大堂等雨停。

同事刚出门,傅其华一回头,就看到陆舒阳向她走过来。刚才同事的话,他应该也听到了,他手里拿着两把伞,尴尬地举在那里,想递给她却又犹豫着没敢伸出手。

"她说得也没错。"陆舒阳点点头,脸上虽然失落,却也坦诚,"我确实也没有什么好的条件,你该有的,想有的,都可以自己去争取。你的生活里,原本也没我什么事。"

他低头看了看自己手里的两把伞,抬手递给了傅其华一把,然后自己撑起另一把,走进了昏暗的夜色里。

傅其华看着他的背影,又看了看手里的伞,没有多想,抬脚就跟了上去,没有撑开自己手里的伞,而是小跑几步,钻进了他的伞下。

陆舒阳怔怔地看着她。傅其华把身上的外套裹紧了些,又把包抱在了胸前。

"看什么看,"她笑着说,"伞要多给我一点,今天背的包贵,可不能淋雨。"

陆舒阳愣了一下,突然笑开了,打开自己的外套,把傅其华裹了进去。两个人在雨中撑着同一把伞,觉得今天走到地铁站的路程从来没有这么短过。

4

"我能不能找你聊聊?"

收到金佩心主动发来的信息,唐末有些意外:"找我?不是找徐展?"

"对,找你。"

"你要带她来吗?"

"不带。"

唐末如约而至,在金佩心对面一坐下,就直来直去地说:"如果你是来劝我收养那个孩子的,我劝你省省。"

"不是。"金佩心说,"我是来劝你别收养的。"

"什么?"唐末不可思议地瞪大眼睛,"你不是当她的律师了吗?劝我别收养是什么意思?"

"算是做一个交易吧。"金佩心说,"如果你和徐展愿意按庞学志的意愿,支付她的抚养费用直至成年,你们就不用接纳她进入你们的家庭。"

"为什么不用?"

"我来啊,"金佩心说,"她和我待在一起,不用到你们家当累赘,你和徐展也眼不见心不烦,不好吗?"

"你?你有资格收养她吗?"唐末疑惑地问。

"确实还没有,"金佩心说,"《收养法》规定年满三十岁以上的成年人才可以收养儿童,我现在还没满,但是今年很快就满了,我们可以先处理官司剩下来的事情,等我满了年龄再去办理收养手续。"

"你……为什么?"唐末满脸的不理解,"你结婚了吗? 有孩子吗?"

"没结婚,也没孩子。"金佩心坦诚地答。"但谁说没结婚没孩子的人就不准领养了? 结了婚有孩子的不一样该遗弃还遗弃吗?"

唐末不自然地干笑了两声。"你还是年轻,"她说,"你要是有了你自己的孩子,你死都不想再养一个了。我女儿今年九岁,每天回家陪她写作业两小时,我能提早二十年得心肌梗死。"

"是,我确实没有体会过。我甚至因为不敢结婚,和相处好几年的男朋友分手了。"金佩心笑,"我从来就觉得我不会是一个好妻子,也不会是一个好妈妈,现在也这样觉得。但不妨碍我想帮庞优。当然,如果她找到的她的亲生父亲愿意接纳她,给她一个温暖有爱的家,那这里也没我什么事了。但是现在她无处可去,既然被我碰上了,我就是想要帮她,没别的理由。我又不是她妈,只是一个收留她一起生活的朋友而已。将来她在我那里,她爱跟谁出去玩就跟谁出去玩,我爱带哪个男人回来过夜就带哪个男人回来过夜,没所谓。"

唐末皱起眉头:"那你确实不太能当一个好妻子好妈妈。"

金佩心大笑:"所以,看你的了。你回去跟徐展商量商量,愿不愿意出钱买个清净,我保证,如果庞优以后归我管,她绝对不会再来烦你们。庞学志那边也由我来处理,一定让你们满意。"

"我想想吧。"唐末说,"庞优……这两天还好吗?"

"挺好。"金佩心说,"我这两天加班,答应周末带她去欢乐谷。你们要不要一起来?"

唐末没有回答她,反而自顾自地叹了一口气,说:"我也不是不讲理的人。只是,徐展跟我在一起这么多年来,我一直以为他没有瞒着我的事,结果现在出了这么大的事。如果不是因为……唉,我一看到庞优,想到是他和那个女人的孩子,我就恶心。"

"孩子是无辜的。"金佩心说。

"我知道,不是因为恨那个女人,是没有办法面对他。从一开始就是他的错。他就不该抛弃她,也不该遇到我,更不该跟我结婚。"唐末说,"但是,就像你说的,孩子是无辜的。如果我从此就记恨他,甚至一赌气跟他离婚,那我的女儿怎么办? 不是跟庞优一样了吗?"

人生的连锁反应,让所有人都无法在最初预见最后的结局。和唐末见面之后,金佩心在回去的路上打电话给程枫,讲了庞优的事。

"哇。"程枫笑着说,"我知道你是个爱心泛滥的人,没想到你这么爱心泛滥。"

金佩心就笑了。以前在纽约的时候,程枫最常取笑她的就是她极度冷血,在一群热爱慈善的精英人士之中显得那样格格不入,甚至连程枫往街边的乞丐帽子里丢硬币的时候她都会出言讥讽。

笑完之后她一本正经地问程枫:"如果我真的收留一个半大孩子,是不是跟你就真没可能复合了?"

"得了吧,"程枫说,"你要是真的想跟我复合,你收留一个孤儿院都没关系,明明就是你根本不想跟我复合。"

金佩心无语凝噎,沉默了几秒钟,两个人一起大笑。

"你可真厉害,不结婚还非要当妈。"傅其华听说了金佩心的爱心泛滥之后,不可置信地在群里吐槽,"要不,等我出国了,西西给你带两天? 包你这辈子都不想当妈了。"

"真的假的?"田小甜看热闹,"你当妈不是当得挺好的吗? 你怎么知道金佩心就不能当妈。"

"去去去,谁当妈了?"金佩心刚回到家,一边脱鞋脱外套,一边对着微信发语音说,"那都是半大孩子了,青春期了,我也就比她大十几岁。再说了,我这么年轻貌美,当然要浪一辈子,不可能被个小兔崽子绊住。"

一个黑漆漆的小脑袋从沙发背后的墙角探出来,说:"谁是小兔崽子?"

金佩心吓了一跳,差点把手机扔出去。"庞优,"她惊魂未定地说,"你能不能好好坐沙发,别蹲墙角?你要吓死我啊?"

"哦。"

无论金佩心说了多少遍,庞优都还是习惯躲墙角,金佩心让她睡床她也不睡,还好沙发又大又宽,对她的小体格来说也足够了。

"那个,"金佩心看了看她,"我并不是骂你哈,跟我朋友开玩笑的。"

"嗯。"庞优说,"明天能去欢乐谷吗?"

"能。"金佩心说,"你不生气?"

"为什么要生气,"庞优翻了个白眼,"我又不傻。你虽然说我小兔崽子,但不是真的骂我。不像我爸带回家那个女的,表面上对我笑,客客气气的,但她心里骂了我好多遍,我都听见了。"

"你都听见了?"这话说得有点灵异,金佩心皱起眉头问。

"对啊,大人听见的,小孩都听得见。大人听不见的,小孩也听得见。"庞优幽幽地说。

金佩心不由得打了个寒战。这孩子说不定能被苦难的童年锻炼成一个诗人,不像自己,只变成了一个俗人。

"你该去读中文系。"她一边走进厨房一边说。

"为什么?你不是法律系的吗?"庞优问。

"对啊,但你适合读中文系。"

"为什么?"

"就因为你喜欢问为什么。"

"为什么?"

"……"

时间拥有最神奇的魔法,能让一个充满戾气的人逐渐变得平和随性,一边拼命为自己挣得更好的生活,一边深知一切都已经是上天最好的眷顾。

周末的晚上金佩心难得没加班,窝在客厅沙发上用投影看电影。原本想看没来得及去电影院看的好莱坞动作大片,看了看一旁的庞优,她想了想,打开了一部她以前看过无数遍的老片《风雨哈佛路》。

"你看过这个吗?"她问庞优。

"没看过。"庞优摇头。

"我也没看过,我们一起看吧。"

两个人靠在沙发上,在昏暗的灯光里静静地看着。庞优问她:"你在美国读过书?"

"嗯。"

"我也想像你一样在美国读书。"

"那你要比我更好才行,你看,我就读不上哈佛。"

"哈佛在哪里?在纽约吗?"

"不在,不过离纽约不远。"

"哈佛有中国学生吗?"

"有啊,很多。他们都特别聪明,也特别努力。"

"那如果,家里很穷,也没有钱,也能去哈佛吗?"

"如果你足够优秀,就可以。"

庞优眼睛一眨也不眨地盯着屏幕,连呼吸都似乎屏住了。看到片中的女孩母亲去世,跑到楼顶,在风雨中无助地哭泣,她眼泪噼里啪啦地落下来,把怀里的抱枕都打湿了。

"我也要去哈佛。"片尾开始播放字幕的时候,庞优看着金佩心,眼睫毛上还挂着泪花,坚定地说。

从她的眼神里,金佩心总算放心了,她不会再去楼顶了,也不会再为了威胁讨厌的大人而用自己的生命去冒险了。

那一刻,金佩心突然觉得很感动。或许并不是她帮助了庞优,而是庞优帮助了她,让她终于相信,自己也成为了一个可以没收别人小刀的人。在她心里,那些年少时划在手腕上的深深浅浅的伤口,终于开始愈合了。

第二十三章
迟到的青春期

1

"我们去毕业旅行吧。"

大四下学期的某一天,晚上熄灯之后,金佩心突然在黑暗里轻轻地说了一句。

田小甜那段时间还在因为家里破产和即将与何子睿分隔两地而郁闷低落,傅其华虽然早早地决定了工作去向,但李文聪总没有时间跟她出去约会,心情也不是很好。只有金佩心拿着offer安心实习高枕无忧,但一向节衣缩食的她大学四年从来没去任何地方玩过,更不用说毕业旅行了。现在她竟然提出来,大家都很惊奇。

"太阳从西边出来啦,"傅其华一骨碌翻起身,笑着说,"金佩心同学竟然舍得犒劳自己了,拿着实习工资的人果然不一样。"

"你不也拿着实习工资嘛。"金佩心笑着伸脚往傅其华的床栏上踢。"小甜呢?"

田小甜那边安静着,没说话。她们也都知道她家里出事之后,心情不是很好,以前大手大脚的生活更是收敛了许多。正在各自想着心事,田小甜开口了:"去啊,为什么不去?"她赌气似的说,"当初说好跟何子睿去北海道的,结果连北海公园都没去。"

"雪一呢？就差你了。"傅其华问。

良久，江雪一的帘子后面没有声音，不知道她是在装睡还是并不想回答。

"鉴于我们都没有什么钱，"金佩心只好打破沉默，说，"不如就近吧，去看海，北戴河怎么样？"

"不是吧？"田小甜打了个哈欠，不满地说，"就算是为了体谅我们家破产，也不至于穷到只能去北戴河啊。"

傅其华笑："北戴河招你惹你了？那么嫌弃。想看海有好多地方可以看啊，青岛，大连，厦门，三亚……"

两个人开始数起能看得到海的城市。

江雪一却一直没有说话。

其实金佩心根本就没想过什么毕业旅行，她只是有一天偶然在江雪一桌上看到了一张车票，是几天之后去北戴河的。

不知道是直觉还是别的预感，她觉得江雪一那段时间状态不太对。虽然见到人还是会善意地笑，即使仍然有人笑话她精神病，她也没有生过气，但金佩心看到那张车票的时候，心里莫名地生出一种不安来。

她就鬼使神差地提起了毕业旅行。

"雪一呢？还没说你想去哪呢。"金佩心又问。

等了好久，江雪一的声音从帘子后面轻轻地传出来："看海很好啊，我也想去能看海的地方，人少的地方。"

"那我们一起去吧。"金佩心说。

结果金佩心和傅其华都只能请出一天假，大家也只能就近去北戴河。田小甜嫌弃，不想去，被傅其华硬拉着去了。

几个女孩像春游的小朋友一样买了零食坐在火车上吃，田小甜矫情地抱怨了一路，嫌车站人多，嫌火车上脏，但看到傅其华掏出了鸡爪和鸭脖之后又忍不住也加入了啃食的队伍，一边大快朵颐一边点评说不够辣。金佩心讲起了当年她第一次来北京念大学时在火车上丢了钱包的事,几个人哈哈大笑。

"所以报到那天你哭得那么伤心是因为钱丢在火车上了?"田小甜问。

"你看见我哭了?我记得你们来了之后我就没哭了啊?"金佩心惊讶地说。

"拜托!你哭得眼睛都肿了,谁看不见啊?当时没好意思说,跟你又不熟!你也看见了是吧?"田小甜对傅其华说。

傅其华也笑:"是啊,还不是为了给你留面子!"

"那我还得谢谢你们?"金佩心故作生气状。

"可不!"傅其华和田小甜一起大笑。

江雪一靠在窗边,静静地看着她们笑闹,也跟着笑,只是并没有多说话。

北方初春的海还是很冷的,由于不是节假日,也不是海滨城市的旅游旺季,沙滩上游人也很少,但风景很美。女孩们脱了鞋袜,光着脚在沙滩上撒欢。田小甜怕晒,用阳伞和帽子把自己包裹得严严实实,离水远远地站着,试图独自美丽,被傅其华用水泼了一身之后,彻底放弃形象管理和防晒大计,撒丫子冲傅其华追过去,两个人一顿混乱互泼,尖叫声响彻整片沙滩。

江雪一在沙滩上坐着发呆,金佩心走过来,在她身边坐下。

"对不起啊。"她小心地说,"我那天,无意中看到了你的车票。我猜你是想一个人来海边散心,就自作主张,把大家都叫来了。如果打扰了你的话,那我向你道歉。"

江雪一看了看她,笑了:"怎么,你是担心我一个人会做什么不好的事?"

"没有没有。"金佩心连忙说,"我是觉得,大家同学四年了,都没有四个人一起出来玩过,眼看要毕业了,以后能聚在一起的时间也少了,可能就没有这样的机会了。"

"嗯。"江雪一说,"大家一起出来玩真好。"

她看起来也的确是心情很好的样子,但金佩心总觉得她的话里透着疏远,是一种虽然礼貌但是客套得让人听了就不想接下一句的那种疏远。

仿佛不管别人说什么话,她都只是听到了耳朵里,并没有听到心里。

金佩心也不是善谈的人,不知道再说些什么好,两个人就一起坐在那里沉默,直到田小甜跑了过来,手里拿着拍立得。

"来,拍合影!"她笑着说。

她们随便在沙滩上找来一个路人阿姨,让她帮她们四个人拍一张合影。阿姨不太会用,田小甜手把手地教了好一阵子。好不容易四个人站好了,笑开了,阿姨一边鼓捣一边问:"你们几个小姑娘是大学生吧?一起出来玩吧?"

"是毕业旅行!"四个人异口同声地说。

就在她们说话的时候阿姨按下了快门,一拍完,田小甜就皱起鼻子:"怎么在说话的时候拍!笑得都不好看了!"

阿姨走了,照片也慢慢现出来,效果特别完美,四个人笑得都特别好看。

不过在回到学校之后,她们才意识到一个问题,拍立得又不是数码相机,只拍了一张照片出来,她们四个人,照片给谁呢?

"真是的,怎么不多拍几张,一人留一张。"傅其华说,"同居四年,咱们好像连像样的合影都没有几张。"

"哎呀,毕业典礼的时候再拍。"田小甜手一挥,满不在乎地说。

"但是佩心跟咱们毕业典礼不是同一天啊,"傅其华说,"毕业照也不是一起拍的。"

"那就到时把她叫出来一起拍呗!那还不容易?住在一个屋的,合影有什么难的。"田小甜说。

于是田小甜就把照片先贴在了自己书桌的照片墙上。"毕业再说。"她说。

临近毕业,大家各自忙碌,金佩心偶然想起那次北戴河之行,心里还觉得很庆幸,至少她们四个在一起,江雪一即使没有从前阵子保研失利的低落中彻底走出来,情绪看起来也很平稳。

或许等毕业了,大家都开始新生活了,就会慢慢好起来,不开心的事情就会过去。金佩心想。就像她自己一样。谁能想到呢?四年前胆小又没见过世面的她,如今信心满满地毕业,即将前往美国开始人生的新阶段了。

很多事原本以为有很多机会去做的,总想着到时再说、到时再说,等意识到这个"时"或许不会再"到"了,很多事情也就永远地错过了。

法学院的毕业典礼在人文学院的后一天举行,田小甜和傅其华跟人文学院的同学们满学校拍照的时候,金佩心还在实习,第二天金佩心参加毕业典礼的时候,傅其华带着来北京的父母去天安门和故宫玩了,田小甜则是大摇大摆地穿着学士服跑到隔壁何子睿的学校去拍情侣照。

不知是有意还是无意,总之四个人都忘记了,再穿着正儿八经的学士服,认认真真地拍上一张合影。哦不对,是四张,每个人都可以珍藏。

金佩心刚从礼堂出来,接到了大一时人文学院的辅导员老师的电话。她觉得奇怪,自从转了系之后辅导员老师几乎没再联系过她,即使需要联系,一般也是通过傅其华她们。

"金佩心,你在宿舍吗?"辅导员老师急匆匆地问。

"没有啊,今天法学院毕业典礼,我在礼堂啊。"金佩心回答,"怎么了?"

"田小甜在宿舍吗?傅其华呢?"辅导员老师问。

"不知道,她们电话打不通吗?"金佩心问,"出什么事了老师?"

但她还没问完那边电话就挂断了。她心下疑惑,就又打了傅其华的电话。

"你回学校了吗?"她问。

"没有啊,你怎么也问我?老师刚给我打过电话,我说我回不去,"那边傅其华说,"我和我爸妈还在外面玩呢,今天不知道什么时候回,怎么了?"

金佩心走在回宿舍的路上,还在奇怪到底出了什么事,就接到了田小甜的电话。

"你快回来……"电话里田小甜带着哭腔,"出事了。"

"怎么了?"金佩心心里咯噔一下。

"江雪一出事了。"田小甜哭道。

2

"你不是吧？我没去过欢乐谷很正常,你这么大年纪了都没去过?"

"……我为什么就一定要去过?"被庞优鄙视了的金佩心实在无语。她确实没去过,大一的时候好多同学约着要去欢乐谷玩,她记得傅其华也提议过,但当时她一分钱都舍不得乱花,后来她们是不是和别人一起去玩了,她就不得而知了。

一大早金佩心接到唐末的微信:"你地址发我。"

"怎么了?"金佩心问。

"不是说今天带孩子去欢乐谷吗?一起吧。一会儿去接你们。"唐末说。

徐展开了一辆SUV,没多久就到了金佩心楼下。庞优并不知道要跟他们一起去,一下楼就愣住了,看了看金佩心,站在原地,并不愿意上车。

车后座坐着个打扮漂亮的小女孩,看起来比庞优小几岁,很安静,也不说话,手里拿着棒棒糖,眼睛眨巴眨巴看着金佩心和庞优。

坐在副驾的唐末下车一边帮金佩心拿包一边叫女儿:"这是我女儿徐叶子。叶子,今天这个小姐姐和这个阿……这个大一点的姐姐跟我们一起去欢乐谷玩,好不好?"

金佩心愣了一下,大笑:"没关系,我不是姐姐,我是阿姨。"

庞优拉了拉金佩心的衣服。

"怎么了?"

庞优没说话,只是低下了头。

"不想去?"金佩心转过身来,挡住唐末他们的视线,拉拉庞优的手,"你不是一直想知道,你的亲生爸爸有一个怎样的家庭,他的家人是怎样的人吗?"

庞优咬了咬嘴唇,还是没说话。

"你别担心。"金佩心说,"我不是想要赶你走,也不是想把你硬塞回给他们家。你在我家住多久都可以。我只是觉得,就算你以后不和他们住在一起,他也是你爸爸,认识一下又没有关系。对不对?"

庞优在金佩心的劝说下上了车,坐在女孩旁边,全程靠紧金佩心,一句话也没说。

唐末回头示意:"叶子。"

女孩看了看她妈,伸手从自己的小包包里拿出了一个棒棒糖,递给庞优。

庞优推了回去:"我不爱吃。"

女孩也没说什么,就伸远一点,递给了金佩心。金佩心接过糖,在手里拿了一会儿,又递给了庞优。

"你最喜欢的草莓味。"金佩心公然拆台。

庞优看了她一眼,别别扭扭地接了。

"你女儿性格很好啊,挺文静的。"金佩心对唐末说。

"那你是没看到我俩对打的时候。"唐末笑。

看起来性格很好的文静小女孩徐叶子在进了游乐区之后仿佛换了一个人,什么吃的都想要,什么玩具都想买,什么太阳神车疯狂飞船都要坐,兴奋尖叫着四处乱跑,唐末根本追不上,只好指挥徐展连跑带颠跟在她后面。

"你也想坐太阳神车吗?想坐我陪你去排队。"金佩心问庞优。

庞优淡定地看了她一眼:"不了,我怕你害怕。"

"我怎么就害怕了?"

"你年纪大了。"

"我怎么年纪大了,我年轻着呢。"

金佩心反驳无效,被庞优拉着手去排了旋转木马。

"不是吧?"金佩心一脸尴尬地跟着庞优坐在旋转木马上,"这也太丢脸了。"

"你不是说你年轻吗?"庞优一本正经地说。

唐末牵着女儿的手也来坐旋转木马。小姑娘一脸不情愿:"我要玩跳楼机。"

"你不行,你身高不够。"

"够了。"

"不够。"

"我一米三二了。"

"要一米三三以上才行。"

"那我一米三四。"

"那就要一米三五以上才行。"

"……"

唐末坐在旋转木马上喝了口水,对金佩心说:"看到没有,真的心累,这么大的孩子了,还是舍不得放手,必须得时时刻刻照看着才放心。"

"你挺不错的,至少叶子平安健康,也会保护自己。"金佩心说。

"你不知道,当时生她的时候我遭了不少罪。生出来一看到她,我哭得跟什么似的。"唐末看着不知道在交流什么的叶子和庞优,感叹着说,"一看是个女孩,想到她这一辈子有可能会遇到的危险,受到的苦,就恨不得让我这个当妈的再替她受一回。"

"但你是一个好妈妈。我羡慕你,也羡慕叶子。"金佩心说,"危险和苦难总会存在,有责任和勇气的人也会越来越多。"

不知道为什么,金佩心突然回想起自己小的时候。她妈总是对着她唉声叹气,说一些当时她听不懂,长大后又想不起来的话。她想,自己出生的时候,她妈看到她,除了失望之外,有没有一点点为了这个女孩将来的人生而担忧难过呢?

她并不知道,随着自己成年,很多话,她也不再想问了。

就像她小时候从来没有坐过的旋转木马一样。那时镇上只有一个给小孩玩的游乐场,唯一的旋转木马也是很简陋的,但所有的小孩都以父母带他们去玩过为荣。门票只要几毛钱,但她一次都没有坐上去过。金闯没坐几次就腻了,再也不去了,她有时眼巴巴地趴在栏杆上等到天黑,看到有些小孩趁发门票的老头不注意偷偷地从另一侧翻栏杆进去,她也不敢。有一次快关门的时候,木马上已经没有小孩了,老头看她总在那趴着,就说,趁最后一轮还没停,让她进去坐几分钟。

她仿佛受到了天大的侮辱,转身就跑了,从那以后再也没去看过。

现在的小孩有好多更加好玩的东西,追求新鲜和刺激,来坐旋转木马的都是特别小离不开家长的儿童,要么就是结伴而来拿着自拍杆拍照的美丽的少女。

每一代人的青春期都不一样,但青春期没能得到的东西,隔了十几年,即使再轻而易举地得到,也不再是当年的心情了。

金佩心看了看坐在木马上百无聊赖的庞优,一时兴起,说:"我们去坐太阳神车吧!"

"啊?"庞优看着她,感到莫名其妙。

"或者'激流勇进'!走吧!你陪我!"

"你行吗?"庞优难以置信地看着她。

"有什么不行的?我要把我的青春期补回来!走!"

"一起?"庞优伸出手给旁边的叶子。叶子兴奋地从旋转木马上跳下来。

三个人拉着手离开旋转木马,唐末跟在后面焦急地喊:"叶子等一下妈妈!"

"你也一起来啊!"金佩心回头冲她喊。

她们一直玩到天黑,几乎所有能玩的项目都排了个遍。庞优激动得嗓子都喊哑了,叶子也终于找到了能和她玩到一起去的小伙伴。金佩心答应庞优以后带她去洛杉矶的迪士尼和环球影城,叶子听了说也要去,金佩心还没接话,庞优就手一挥帮她答应下来说"没问题一起去"。

回到家已是深夜。金佩心和庞优都累得精疲力尽。庞优说饿了,金佩心到厨房煮了泡面,端出来的时候庞优已经在沙发上睡熟,还打着小呼噜。

金佩心在一旁一边悄悄地吃面,一边打开手机,看到了唐末发来的消息。

"这个小的今天玩嗨了,回来就睡得死死的,澡都没洗。大的呢?"

金佩心笑了笑,回复她:"大的说饿,煮了面,还没吃就睡着啦。"

过了一会儿,唐末回复:"下周有空,来家里吃饭吧。"

金佩心想了想,回复了一句"谢谢"。

她拖着疲惫的胳膊腿收拾了东西洗了澡,窝进床里,长出了一口气,睁着疲惫的眼睛又加了一会儿班。

睡觉前,她把拍的照片发在群里,傅其华说:"我的妈呀,说好的带孩子呢?玩得比孩子还疯可还行?"

田小甜说:"堂堂大律师沦为保姆,究竟是人性的光芒还是道德的回归?敬请收看下一期《焦点访谈》。"

傅其华:"怎么就是沦为保姆,保姆说不定比律师难当多了。"

田小甜:"金佩心同学你变了,我们都在水深火热的生活中挣扎,你自己重返青春期了。"

金佩心笑着丢开手机,整个人陷进枕头里,没过一会儿就沉沉地睡了过去,并不知道饿醒的庞优偷偷爬起来,也泡了一碗泡面,一个人吸溜吸溜全吃光了,然后又回到了沙发上。

那天晚上,金佩心梦到了小时候镇上的旋转木马,没有记忆中的光鲜,既破败又寒酸,但还是有好多小孩子兴高采烈地等着坐,扒在栏杆上眼里充满了羡慕和憧憬。卖门票的老头竟然还在,看到她,说:"你又来了,又没钱买票?你妈为啥总不给你钱?"

她就笑,说:"我不买票,我坐过了。"

她看到小时候的自己,坐在那个简陋的木马上,笑得特别开心。记忆里,她从来没有那样笑过。

早晨醒来,前一天跟着庞优和叶子疯跑的腿还是酸疼无比,金佩心走出卧室,看到庞优在沙发上睡着,茶几上是她昨晚偷吃的泡面。

金佩心忍不住笑了,伸手轻轻地收拾了茶几。

生活总会一天天好起来的,她想。她也是,庞优也是。

迟到的青春期,总有一天会来。

3

收到傅其华信息的时候,金佩心正在梁老师办公室跟她商量庞优的事。看到傅其华打了一句"你方便的时候打给我,急!",金佩心以为出了什么急事,就把电话打了回去。

"帮我个忙!"傅其华说,"我爸妈要是这两天突然给你打电话,你帮我圆个谎,就说我下周要和你一起出去玩,我到时把具体日期和地点发给你,你别给我说穿帮了。"

金佩心不由得莞尔:"你要干什么坏事去?"

傅其华就在那边笑:"约会去。"

"哇!"金佩心大叫,对面梁老师也吓了一跳,笑着看金佩心在办公室里跳脚,"你开窍啦!"

"这说的是什么话,都三十岁的人了,有什么开不开窍的。"傅其华笑说,"就是不想让父母这么早知道,毕竟以后走到哪一步也没把握。"

"行,"金佩心说,"放心好了。"

大学的时候傅其华总是拜托金佩心帮她放哨。她有时晚上偷偷跑出宿舍楼跟李文聪约会,如果在十一点熄灯之后回来,宿舍楼门就关了,要是强行叫门,宿管阿姨倒也会出来开,但是就会记下她们的名字和宿舍号,算在纪律分里面。所以很多熄灯之后回来的女生就会叫楼上的同学下来帮她们开门,这样也不会惊动阿姨。金佩心是睡得最晚的一个,要么搬了小板凳在走廊有灯的地方看书,要么在水房洗白天没有时间洗的衣服,也就经常被傅其华求助。

到了后来,金佩心都不需要傅其华叮嘱,只要熄灯的时候她看傅其华没回来,就会记着要帮她开门。她让傅其华到了楼下之后给她打一下电话,响几声她就按掉,然后下楼去开门。

傅其华的父母听说她是跟金佩心一起出去玩,连问都没问就相信了,也并没有给金佩心打电话。傅其华对欺骗父母这件事情还是怀有负疚感,觉得没有带父母和孩子出去度假,自己却赶在出国前这么忙乱的时候去过"二人世界"是一种罪恶。

但她真的几乎没有过过"二人世界"。她匆忙地从不成熟的恋爱奔进了婚姻,又匆忙地从那个畸形的家庭里脱身,从头到尾都没有心情去考虑自己的享受。所以当陆舒阳理所当然地在那里盘算"既然咱们确定关系了,一起出去玩散散心吧"的时候,她还觉得莫名其妙。

"就当是犒劳你啊。"陆舒阳说,"你不是说这些年你一直在忙孩子忙工作,根本就没有给过自己假期吗?你不犒劳自己,那我来犒劳你。"

傅其华犹豫:"还是不了吧。"

"要不这样吧,我犒劳我自己。"陆舒阳想了想,笑着说,"劳你大驾,屈尊陪陪我,好不好?"

傅其华被他逗笑了,也被说服了。她想,自己心里这根弦绷紧了这么多年,也该稍微放一放了。

两个人都是从工作中临时抽身,也来不及办签证,就决定去免签的马尔代夫。

这是傅其华第一次出国,她教了快十年英语,一个英语国家都没去过。每次陆舒阳和她聊起来,都是惊叹不已。"你怎么做到的?"他问,"我那么多同学,有英国留学回来的,澳洲留学回来的,英语都没你好。那些问你资历就嫌弃你不让你教他们孩子的家长是瞎了眼吧。"

"也不能那么说。"她说,"别人是把英语当工具,去学自己的专业。我除了这个工具也没有别的了。"

"你现在也有自己的专业了,"陆舒阳说,"将来西西长大了,你还可以往儿童教育那边发展,美国那边也很重视儿童教育的。"

傅其华忍不住看着他笑:"叫西西叫得这么亲切,好像你见过她似的。"

"没事,迟早会见的。"陆舒阳也笑。

"我先说好,我只负责让你跟她见面,至于她喜不喜欢你,跟我半点关系都没有。"傅其华故意说。

"行。"他说,"我以后努力。"

说度假就真的是度假,马尔代夫清静的海岛上,连网络都慢得像蜗牛,只能听到漫长而规律的海浪声。傅其华一开始完全不适应,连不上网络,收件箱刷不开,她盯着手机各种焦虑,还跑到度假村前台去问他们哪里的信号足够好。陆舒阳倒是来之则安,手机扔在箱子里根本不带出房间,连时间都不看,好几次错过岛上唯一餐厅的用餐时间,只好跑去麻烦人家厨子给他们另做。

于是傅其华也渐渐地平静下来,不再去想手机上那个一直缓冲的小圆圈或是收件箱里未读邮件不断增长的数字。

她觉得像是在度蜜月一样,虽然她结过婚了,有了孩子,却并没有过度蜜月的感觉。但她想,不管怎样,眼前是宜人的风景,身边是让自己心安的人,蜜月也不过如此吧。

她第一次跟着教练下海浮潜,近距离地触摸到从身边悠然游过的鱼群和在水底闪烁的珊瑚,虽然整个人被晒黑了好几个度却仍然兴奋到不想上岸。他们坐船跟着渔民出海,亲手钓上来鲜活的鱼虾,兴高采烈地交给后厨现煮现吃。她还想尝试一下深潜,结果在试潜课上总是掌握不好耳压平衡的方法,时间又不够,陆舒阳就坚决不同意让她下水。"下次吧,"他说,"等下次咱们去夏威夷,时间充裕的时候,多上几节潜水课,就没问题了,好不好?"傅其华深感遗憾,但力有不逮,也只能放弃。

原本她想,一个星期网络不好,只能跟爸妈报个平安,不能和西西视频,她肯定会想孩子想到哭,西西见不到妈妈,肯定也每天睡不好,结果自己玩得嗨了,等到回程在机场候机的时候,她连上机场的网络,收件箱叮叮叮不停地响,连续进来几十封邮件,她一顿疯狂回复,好不容易歇下来喘口气,才想起来问问西西怎么样。

她妈随即发来一段视频,西西坐在地上捏橡皮泥,姥姥的声音在旁边问她:"西西想妈妈吗?"

西西以睥睨一切的表情看了看镜头,说:"哦。"大手一挥,一块黑乎乎的泥糊在了屏幕上。

傅其华把拍的视频发在群里面,赢得了田小甜的疯狂羡慕。

"哇啊啊啊啊啊!"她连发无数个惊叹的表情包,"我好想去海岛度假!你不要馋我!!!"

"我们明年夏威夷走起?"傅其华说。

"完了,傅其华同学,你变了,我们都在水深火热的生活里挣扎,你跟男友去海岛谈恋爱,好意思吗?"金佩心调侃道。

傅其华顺手发了一组两个人的自拍照。

田小甜回以一串柠檬精的表情包。

傅其华她妈见缝插针地弹出一条消息:"怎么没有照片呢,发照片看看。"

傅其华就顺手挑了些风景照发过去。还没有传完就听到广播登机,她就关掉手机,和陆舒阳一起上了飞机。

落地北京之后,她打开手机,上面显示她妈的29个未接来电。她吓一跳,以为西西出什么事了,打开微信才看到她妈留言:"你不是跟金佩心一起出去玩的吗?"

傅其华一个激灵,点开她发给她妈的那些图片仔细看,发现自己手滑,一张两个人的大头自拍照赫然出现在一堆风景照中间,极其醒目。

"完蛋了。"她欲哭无泪,绝望地对陆舒阳说。

4

"奇迹。"

给田小甜妈妈做完脑部CT的医生从诊室出来,感慨地说。

好多认识田小甜的医生和护士听说她带妈妈来复查了,都特意过来看她们。867天前,妈妈就是第一次在这里做的手术,田小甜两年多以来定期回来求医问药,大部分人都记得她。田小甜推着妈妈的轮椅从诊室出来,吓了一跳,走廊里等了好多人,大家自发地给她们鼓掌,田小甜又开心又尴尬,眼泪都快掉下来了。

"妈,你看,你多厉害。"她蹲下身,在妈妈耳边轻声说,"这些人都是来表扬你的。他们说你是我的奇迹。"

好多人上前跟妈妈说话,妈妈也努力地笑着,尽量多说几个字。

简单的说话和交流妈妈已经基本上恢复正常,如果不是为了外出安全坐轮椅,她在家里已经能在田小甜的搀扶下绕着房间走上一整圈。家里是老房子没有电梯,自从妈妈康复的过程变快后,田小甜为了能让她偶尔出门晒晒太阳,每逢周末天气好,她就和护工轮流把妈妈背下六楼,然后用轮椅推着她到小区的草坪边坐上一阵子。

何子睿很久没再来了,即使田小甜再敷衍,妈妈也还是觉察到了端倪。晚上趁护工没在,田小甜在床边帮她剪指甲的时候,她试探着问:"何子睿出差?"

"嗯。"田小甜不假思索地答。

"好几天了。"妈妈说。

"嗯,他忙。他最近有一个项目,可能要调去上海一段时间。"田小甜说。

妈妈就叹了口气,又伸手往枕头底下摸。

田小甜就知道她又要去摸那戒指盒了,田小甜怎么说,妈妈都不肯给她,趁睡觉的时候偷偷拿走更不行,一醒来就要摸到。

她就故意把妈妈的手拉过来剪指甲。

妈妈就叹了一口气:"婚礼没办成。"她轻轻念叨:"婚礼呢? 婚礼没办成。"

她最近总是说这句话。她的记忆几乎停留在了两年前的那个晚上,那个大家其乐融融匆匆忙忙筹备第二天婚礼的晚上,那个田小甜因为她爸不能来而恼火地冲她大喊大叫的那个晚上。

"还办吗?"田小甜剪完指甲起身的时候,她拉住田小甜的袖子,说。

早上田小甜帮她洗漱的时候她要问一遍,晚上田小甜给她做饭的时候她要问一遍。陪她扶着墙练习走路的时候她要问一遍,背她下楼晒太阳的时候她要问一遍。

"还办吗?"她问,"还办吗?"

田小甜不知道该怎么回答她。妈妈能走路之后,她就把原本扔在茶几抽屉里的那份没签字的离婚协议藏了起来,怕妈妈在屋里不小心看到。

但她明白,妈妈心里的那个结始终没有解开,就和自己一样。她的婚礼仿佛是生命中的一种诅咒,永远伴随着不好的事情发生。

四月初的周末是妈妈的生日,田小甜亲手花了一整天的时间,精心做了生日蛋糕。

"晚上来吃饭吗?"她打电话给何子睿。

"嗯,好。"何子睿说,"我给妈带了生日礼物。"

妈妈的生日从不用田小甜提醒,何子睿也不会忘。去年和前年生日时,田小甜也买了蛋糕,但是妈妈卧床并不能回应,她和何子睿默默地分吃蛋糕,忍不住掉眼泪。何子睿安慰她,说不定明年就真的可以陪妈妈过生日了。

这两年多以来,田小甜从未想过这辈子还能再陪妈妈过她的生日。

晚上田小甜留护工阿姨在家吃饭,做了一桌子菜。何子睿早早进门,给妈妈带了他托朋友从国外买回来的帮助按摩和复健的运动仪,好大的一个箱子搬上六楼,累得出了汗。

妈妈看到何子睿就很开心,问:"出差回来?"

何子睿看田小甜,田小甜冲他使个眼色。

"对。"何子睿连忙点头,"我最近忙,没空回来,妈。"

田小甜把蛋糕摆在妈妈面前,点了蜡烛,陪妈妈一起唱生日歌。妈妈不唱,就笑眯眯地看着田小甜和何子睿唱。

唱完,田小甜说:"妈,许愿吹蜡烛了。"

妈妈也不许愿,也没吹蜡烛,就看着田小甜,眼里充满期待地问:"还办吗?"

田小甜脸上的笑差点僵住。

何子睿没听懂,问:"什么?"

"没事。"田小甜堵住他的话头,说,"那我们帮你吹了,妈。"

她把和妈妈的合影发在朋友圈,看到她爸给她留了言。"女儿辛苦了。"她爸说。

晚上妈妈休息了,护工也离开了,田小甜在厨房收拾碗盘,何子睿进来帮她。

"上周带妈去复查了。"田小甜一边洗碗一边说,"医生都震惊了,说没想到妈能恢复得这么好,说她太厉害了。"

"是你厉害。"何子睿自然地接过田小甜洗完的碗,依次摆回碗架上。

"那个,"田小甜说,"我想跟你商量一件事。"

"你说。"

"你可以拒绝。"田小甜说。

"你都没说什么事,就知道我要拒绝?"何子睿问。

田小甜放下碗,关掉水龙头,把手擦干净,转身认真地看着何子睿。

"我们办个婚礼吧。"她说,"那个一直没有办成的婚礼,你陪我办了吧。就当是圆了妈妈的心愿,也把咱们俩这几年的霉运都赶走,以后好好生活。"

何子睿听了她的话,有些震惊。"办婚礼?"他反应过来,"妈刚才饭桌上问你的是这个意思?"

"嗯。"田小甜说,"她没事就惦记我那戒指,每天能问我好几十遍。如果我现在告诉她咱俩要离了的话,她可能受不了。"

她看着何子睿:"对不起,是我自己任性了,就当我求你,最后帮我一个忙。"

她沉默了片刻，说："我这两年瘦了不少，当时的婚纱还能用。看在我妈的面子上，给她留一个念想吧。好不好？"

何子睿没作声，她清楚地看到他的眼睛红了。

那天晚上，傅其华和金佩心都收到了田小甜的信息。她说："还来当我的伴娘吗？"

妈妈终于允许田小甜把戒指拿走了，因为田小甜说要准备婚礼。她让妈妈在护工的帮助下努力复健，每天表扬她，说要奖励她一条超级漂亮的裙子在婚礼上穿。

田小甜把请柬拿到新公司分发的时候，大家并不了解情况，还都以为她是真的新婚，纷纷表示祝贺。只有李铭等大家散去之后，在茶水间逮到田小甜，问："什么情况？"

"妈妈身体恢复了，盼着看到我的婚礼。"田小甜平静地说，"仅此而已。"

她也给以前几个处得好的老同事发了请柬。罗洛还记得田小甜的状况，特意私下里问她："姐，你最近还好？"

"挺好啊。"田小甜说。

"所以……这是啥情况？新欢还是旧爱？你别打我啊。"罗洛说。

田小甜哭笑不得。"没有过新的。"她说，"始终就这一个。"

原来极简的婚礼真的不需要耗费太多心血去准备，尤其是心下明了所有的仪式感不过是为了给苍白生活营造一个幸福美满的假象时，很多事也就不会再斤斤计较了。

婚礼前的晚上，妈妈早早地睡下了，田小甜为她准备的礼服熨得平平整整挂在一边。田小甜在桌边写明天要读的誓词。意料之外地，她没有涂涂改改，也没有犹疑不决，很快就写完了，一气呵成，写哪个策划案都没这么顺利过。

何子睿的信息在屏幕上亮起。

"我这块的誓词我写好了，要先发给你看看吗？"

"不用了。"田小甜说，"你想说什么，就说什么。"

她平静地在床上躺下，没有意想中的兴奋，也并没有像偶像剧里一样，梦到冒着粉红色泡泡的，青梅竹马甜蜜浪漫的少年恋情，只是疲惫地打了个哈欠，很快就睡去了。

"那些老同事不会以为欠我的份子钱我惦记到现在吧？"她迷迷糊糊地想，"我还真的是惦记到现在。"

树洞里的秘密

教室靠窗第三排，文理分班之后，那个位置我坐了一整年。

学校依山而建，操场在山顶，教学楼在山脚，四楼的高度，往窗外望，刚好可以抬头看到操场边那棵高大的银杏树。分班后你在东侧二楼，我在西侧四楼，连上学放学都不从同一个门进出，如果不充分发挥主观能动性，根本一学期都见不到面。

操场上人来人往，每个人都穿着一样的校服，远远看去都一样，但我永远能第一眼就认出你，然后就数着上课下课铃，盼着三点半的到来。

下午第二节课后，有足足二十分钟的奢侈的课间休息，我们约定好，趁大家都到操场上去放松的时候，在银杏树下见面，说上一小会儿话。

我们历史课总是拖堂，你又要早点去参加计算机竞赛培训，二十分钟的时间一来一回，往往被压缩到只有五分钟。但我每次都从午休时就开始期待，熬过两节课，立刻兴高采烈地往楼下跑，再以冲刺一般的速度踩着上课铃声跑回来。跑了一年，在别人都被家长像喂猪一样喂肥了的时候，我硬是瘦了五斤，体测八百米的时候毫无压力轻松达标，别的娇气女生都超级羡慕我。

什么都想说给你听。月考名次又后退了，语文老师休假回家生孩子了，数学不及格了，喜欢用的笔摔坏了，校门口的串店涨价了，跟我妈吵架了，早上梦到你了。

也什么都想听你说。晚上是不是又熬夜刷题了，计算机竞赛能不能进复赛，昨天打了几场球，午睡偷跑出去有没有被老师发现，班里有没有女生借讲题的机会跟你说话，有没有想到我。

你写给我的纸条，我一张张地收好，按顺序叠起来，不敢带回家，怕被我妈发现，也不敢放在书桌抽屉里，怕被我同桌发现。后来我有一次在树下等你的时候，发现了一个绝佳的藏匿地点，那棵大树的背后一人多高的位置有一个极其隐蔽的窄洞，如果不是我拼命踮起脚伸出手，根本够不到，也发现不了。我把卷得密实的纸卷塞进去藏起来，刚刚好。我真是太聪明了。

你说你要考到北京去。我一直担心，觉得我成绩没有那么好，最多在省内考一个差不多的大学，要是报北京的学校，我可能哪个都考不上。

那段时间我很焦虑，我妈说我成绩下降的时候我还火大，跟她吵了好几次架。现在想起来还后悔，因为我妈当真了，真的以为我想考北京的大学但是自己没本事考不上，就跟我爸商量，那时我爸正好在北京买了房子做着生意，就准备让我转学去北京。

这可不是我预想的转折。我不想转学，不想去北京，也不想和你分开。那个时候学校查得严，你住校，手机和网络在学校都没办法用，我要是转学了，和你就再也联系不上了。

我也不能说为什么，就是死活不去北京，出尔反尔让我妈气得不行。

但是我怎么都没想到我们两个的事就那么突然地大白于天下，闹得全校都知道了。

我当时不知道到底是哪个人那么恨我，把树洞里的那个秘密给挖了出来，还郑重其事地交给了学校。我们两个的名字掷地有声地写在头尾，那是耗费了你无数个熬夜的晚上的言语，和我躲着所有人无数遍回味的心意，就那么被讨厌的教导主任钉在耻辱柱一般的教务处公告黑板上，不管是从东侧还是西侧进楼的，去食堂还是去操场的，全都能第一眼看见。

那天早上我来上学一看到，脑袋就嗡的一声蒙了。

我整个人麻木了，看到教导主任在面前等着我，我一个字都没说，就被他领进了教务处办公室,一进门就看到你已经在那了,手里还拿着一卷练习册。我知道你习惯比其他的住校生早到,能多刷一会儿题。

一看到你我才哭了。那个时候我是真的害怕,我波澜不惊一帆风顺的生活里,再没有什么惊天动地的大事能让我这样害怕了。

你看到我哭,你也慌了,但又不敢说话安慰我。很快你的班主任和我的班主任都来了,跟教导主任商量着打了电话叫我们的家长来。我手脚冰凉,想着一切都完了。

没多久我爸妈就来了。我没想到我爸也会来,他忙着做生意,我从小的家长会他也没怎么参加过。或许那时对于他们来说,我的"早恋"也算是一件大事了。

那也是我第一次见到你父母。他们不像我爸妈那么勃然大怒恨不得在教务处办公室就开始打我,也没有像我爸妈吼你那样来吼我,只是脸涨得通红,一副既尴尬又手足无措的样子,你有时的神情真的很像他们。

我是一个软弱的人,后来我和你道过很多次歉,我后悔当时没有拦在我爸妈面前,让他们不要骂你。但是当时我吓蒙了,也被我妈骂蒙了,我一句话都不会说了,只记得我爸妈提着我的衣领把我揪出办公室,我连话都来不及跟你说。我被他们押着回到教室,把自己书桌里的东西打包带走只花了五分钟,我却觉得我在众目睽睽之下煎熬了无数个日夜。

我整整一个星期没有去上学。我不吃饭,不睡觉,把自己锁在房间里不停地哭,我爸妈气得撬了锁,砸了门,冲进屋里来,逼着我赌咒发誓,再也不跟你见面,并且很快就办好了我转学去北京的手续。

离开家的前一天是周末,我偷偷地跑出家门,去了学校。

教务处的黑板上早已换上了别的公告,但还能看到没有撕干净的,我熟悉的你的信纸痕迹。

你不在学校。教学楼里和操场上安安静静的，一个人都没有。我进了教室，我习惯坐的靠窗第三排的桌子已经装满了别人的东西。

我像从前那样下了四楼，沿着上坡走向操场。这条路我第一次没有跑着去，因为你也不会在那棵银杏树下等我了。

树洞里空落落的，什么都没有。我踮着脚够了半天，胳膊酸疼，一无所获，失望地走了。第二天我就去了北京，考上大学之后，我一次都没有再回去过。

后来和你说起这件事，你笑我傻。都什么年头了，还公然把"证据"藏在谁都能看到的地方？又不是小孩子过家家。但你没有怪我，你还说，如果不是当年的分别，我们或许也不会在北京的大学里重逢。

有时我也会想，如果不是和你在一起，我会过着怎样的生活。总是很难想象，可能我的生活早已和你的交织在了一起，分都分不开了。

那么以后就试一试吧。

真的很讽刺，我一边在脑海中预想着和你历经千辛万苦终于能够举行的婚礼，一边却在规划着从此以后没有你我该怎样生活。

或许并不冲突。我们即使不在彼此身边，也早已成就了彼此从今往后的样子。

第二十四章
未完成

1

金佩心周末睡了个懒觉,起来问庞优:"要不要陪我去逛街?"

"你还会逛街?"庞优表示惊奇。

金佩心瞪了她一眼:"我会的可多了。"一边随意从衣柜里拿了件衣服套上。"真的,陪我去逛街,我要买条裙子,明天婚礼穿。"

"谁婚礼?"庞优问。

"我的大学室友,我最好的朋友之一。"金佩心说,"之前她说要办婚礼时我在国外回不来,还好现在补上了,为表重视,我要去买一条新裙子。"

"行吧,那我帮你参谋参谋。"庞优像个小大人一样地说。

金佩心平日里很少穿裙子,因为要风风火火到处跑,穿的全是裤装和低跟鞋。她带着庞优去逛SKP,在她的建议下买了一条茱萸粉色的缎面裙子和一双裸色高跟鞋。庞优看着几千块的标签连连咋舌。

"这有什么,"金佩心说,"你记得唐末去欢乐谷那天穿的那件外套吗?比我这贵多了。"

"那叶子呢?她穿的衣服也很贵吗?"庞优问。

"我没太仔细看,不过应该也不便宜吧,我看她那双鞋子也是国外买的。"

金佩心说。

"我能跟你一起去婚礼吗？"庞优问，"我也想看看。"

金佩心看着她："你确定真的想去看婚礼？不是想买新衣服？"

庞优翻了个白眼："我才不稀罕。等我以后自己赚钱，自己给自己买好看的衣服。"

于是她真的很长志气，对金佩心要给她挑的几千块的裙子目不斜视，最后硬是转战了好几个商场，在某快消品牌买了一条199块的裙子。简单的白色棉麻布，十几岁的女孩穿上，仍然是无法掩饰的青春动人。

"这就很好。"庞优眉开眼笑，是真的高兴，"妈妈走之后我都没穿过新衣服了。"她踮起脚，扯着裙子，原地转了一个圈，"我想我妈了。"

金佩心鼻子一酸，正想着说什么来安慰她，她眼珠一动，话锋一转："那，你能先借我钱吗？以后我会还的。"

金佩心哭笑不得："行，等你成年之后慢慢还，我不着急。"

付完款，两个人提着一堆大大小小的购物袋坐在商场露台上喝咖啡，和旁边坐着的任何一对出门逛街购物的闺蜜没有什么差别。正聊着天，金佩心电话响了，是傅其华打来的。

"怎么办？"她上来就说。

"又怎么了？"金佩心一头雾水。

"我好不容易让你帮我圆了谎，全被我自己搞砸了！我手滑发错照片了，我爸妈全发现了！说要杀到北京来审问我！"即使是电话，金佩心也能想象得出那头傅其华愁眉苦脸的表情。

"……那就怨不得我了啊，我可什么都没说，"金佩心忍不住笑，"这是你命中注定的。"

傅其华的爸妈倒没有真的杀来北京审问她。以她多年的经验判断，凡是他们声称要杀来的时候，往往只是虚张声势，真搞突袭的时候并不会有任何预兆。倒是陆舒阳提心吊胆的，怕傅其华爸妈真的上门来讨伐他。

"我寄件的时候都留了真实地址的,我是不是蠢啊?"他说。

"有点。"傅其华说,"我告诉过你不要寄了,都骗他们说是我同事了,你还给我添乱。算了,归根结底还是我自己更蠢。"

"我不是想先偷偷摸摸讨好一下他们嘛……"陆舒阳有点委屈,"万一他们怀疑我将来在国外欺负你,背井离乡的,那得多心疼你啊。"

傅其华给他理了理有点不服帖的衬衫领子:"行了,现在郁闷也没用,他们都知道了。等过阵子我回去好好跟他们解释。"

"我和你一起回去?"陆舒阳问。

"不用。"傅其华说,"这是我自己的事情,还是我来处理吧。"她拍了拍他的领口:"行啦,走吧。"

她心里想着即将参加的田小甜的婚礼,感到一丝惆怅。说来说去,她们几个到底谁也没能当上谁的伴娘。田小甜的婚礼兜兜转转这么多年才举办,而她自己自始至终连婚礼都不曾拥有过。

田小甜在化妆师的帮助下拉上婚纱的最后一厘米拉链,心满意足地对着镜子转了一个圈。镜子里的自己在妆容掩盖下仍然看得出气色没有那么好,体态也不是那么轻盈,还要记着不能做出太夸张的表情,以防露出眼角细细的鱼尾纹。

但这些都在她的预料之中,她已经很满足了。

妈妈坐在一旁的轮椅上,穿着田小甜给她挑的裙子,看她装扮,脸上一直带着笑。出发前妈妈坚持说不要轮椅,要全程自己走,田小甜拗不过,只好自己搀着妈妈,然后告诉护工阿姨打车把轮椅带到酒店来,果然妈妈一到酒店就累得要坐下休息。田小甜好不容易跟她商量好,同意她在进行仪式的时候全程自己走到座位上,但是轮椅需要在一旁备着,一旦累了就叫人来推她走。

她爸很早就来了,田小甜还在化妆,就让她爸陪着她妈在旁边的房间里坐一坐,说了一会儿话。后来她爸出来抽烟,正赶上田小甜去洗手间,她爸上下打量了她几眼,笑着说"好看"。

田小甜就说:"爸,我妈现在神志也清醒了,生活慢慢地也能自理一些了,你如果想跟她商量离婚的事,就商量吧。"

她爸有点惊奇,可能没有想到田小甜会在这样的场合提起这件事。"不着急,不着急,身体养好再说。"她爸表情明显有些窘迫。

"没事。"田小甜说,"不用顾及我。你们俩的婚姻是你们俩的事,早点解决,对大家都好。"她面露轻松地说。

傅其华和金佩心很快就到了,陆舒阳不去看新娘化妆,一个人跑到宾客入席的地方去坐着了。庞优站在金佩心身后,不好意思地探出头看穿着婚纱的田小甜,被金佩心拽出来跟姐姐们打招呼。

"还叫姐姐?拜托,我闺女都两岁多了,叫阿姨好吗?"傅其华笑说。

"叫什么阿姨?咱还年轻着呢。"金佩心瞪她一眼,"叫姐姐。这位姐姐的姐夫可年轻了,你见着叫哥哥就行。"

几个人相视大笑。

最后田小甜没有选择挽着父亲出场,而是提出能不能自己走。

"谁陪我出场也没有区别。总归是我的婚礼,这一次就让我说了算吧。"田小甜说。

她穿着几年前就挑选好的婚纱,走过长长的红毯。何子睿就站在红毯的另一端,灯光打在他身上,她看不清他的表情。他向她伸出手,她一步一步朝他走过去。她看到妈妈和爸爸并排坐在台下最显眼的位置,两个人都和和气气地笑着,身边坐着喜气洋洋的亲友们,她觉得五年前她梦想的场景也算实现了,心里是满满的平静与知足。

这样就够了,她想。走完了这条红毯,以后的路,就真的只剩自己去走了。

庞优坐在金佩心身边,比看《风雨哈佛路》哭得还带劲。金佩心尴尬地回应了一下周围人投来的疑惑的眼神,往庞优怀里塞了一包纸巾。

"没看出来您还挺多愁善感的。"金佩心说。

庞优响亮地吸了一声鼻涕:"多愁善感就不能当律师了?不能当法官了?"

"能。"金佩心微微一笑,说,"你开心就好。"

傅其华默默地看着台上的美丽新娘,没有注意到陆舒阳的手轻轻从桌子底下伸过来握住了她的手。

"你昨天说的是真的?"他轻声问,"他们真的已经准备离婚了?"

"嗯。"傅其华点头。

"没有挽留的余地吗?"他说,"我还是不相信。"

"很多事情也不是我们相不相信就会有用的。"傅其华说。

台上的田小甜拿出她准备好的那一页誓词,深深吸了一口气。

"亲爱的何子睿先生。"

她原本以为自己已经足够平静,却还是在念出第一个称呼的时候,眼泪就不由自主地滚落。

"谢谢你愿意给我这个婚礼。

"和我从前的设想有些出入,但我已经很满意了。

"谁的生活又能和从前的设想没有出入呢?

"但我总是想,不管生活变成什么样子,只要有爱,有陪伴,就总会熬到一切都好起来的这一天。对吧?

"因为有你,我做到了。

"愿你以后的日子里,也有爱,有陪伴,有永远不会磨灭的少年心气,有历久弥新的对世界的好奇和热情,有独享的快乐,也有分享的浪漫,有责任,也有自由。

"我知道这样很难,但我要把最美好的愿望给你。

"祝福你。"

有认真听的亲友一脸茫然,交头接耳:"这是什么誓词? 婚礼现场不是应该说你愿意我愿意那一套的吗?"

轮到何子睿的时候,他拿出一张皱巴巴的信纸,虽然磨得卷了边,但田小甜还是一眼就看出,那是她当年替他写的那一份誓词。

原来他没有扔,一直收着。

他把信纸翻到背面,田小甜看到了上面密密麻麻的字迹。

他盯着那张纸,拿话筒的手抖了一会儿,咽了几下口水,没开口,却突然抬起头,单手把那张纸塞进了裤子口袋。

他没有念他自己写的誓词,而是转身看着田小甜。

"我没有那么多要说的。"他说,"田小甜,无论在人生中哪一个时刻,我都愿意和你重新开始。"

还没转到法学院的那一年,金佩心最喜欢上的一门课是中国古代文学史。老教授八十多了还被学院返聘回来,说起书来妙语连珠,神思飞扬,硬是把枯燥的典籍鉴赏讲成了明星课,其他学院的很多学生会慕名来听,能坐六十个人的教室往往有坐有站地塞下上百人。

江雪一是老教授最喜欢的学生。大一的时候,她原本计划分方向的时候去读比较文学方向,但是上完老教授的课之后,还是选了古代文学。可惜老教授年事已高,不再带毕业论文,但江雪一大三的时候还特意去请教过他,把在他课上得到高分的一篇结课论文做成了毕业论文的选题。

大四那年,老先生病重,院里有老师和同学代表大家去医院探望过,没过多久,病情恶化,老先生还是去世了。

金佩心记得,消息传来的那天,江雪一正在宿舍里改毕业论文。她翻着手边从图书馆古籍借阅室借来的线装书,幽幽地叹了一口气。

"我的论文还没有完成呢。"江雪一说。

她的论文写完了,但是毕业前还差导师最后一轮定稿的签字。错失保研机会之后,她一直拖延着没去找导师,就这样拖到了毕业典礼。典礼那天,谁都没有注意到江雪一去了哪里,毕业照上全体同学都笑得灿烂,唯独少了她。

第二天,她的毕业论文导师给她发信息,问她论文是怎么回事,不打算签字了吗?再不签就毕不了业了。

江雪一迟迟不回,导师觉得这个学生也太不负责任,就打电话给她们辅导员。

辅导员也联系不上她,敲宿舍门也没有人开,问了宿管阿姨,阿姨说江雪一昨天就来过,借走了备用钥匙没还。辅导员站在门口打电话,就听到屋里她的手机铃声一直响,但就是没有人接。

辅导员先后给金佩心、傅其华和田小甜打了电话。金佩心在礼堂参加法学院的毕业典礼,田小甜在隔壁学校,傅其华带父母在故宫玩,没有人和江雪一在一起,也不知道她去了哪里。

田小甜最先赶回宿舍。但辅导员和校保卫处并没有等她回来,就撬开了宿舍门。田小甜赶到楼下的时候,正看到有同学往外走。

"田小甜,"有个认识她的同学见到她,惊慌地说,"你们宿舍出事了,警察都来了,整个六楼的学生都被疏散了。"

"怎么回事?"田小甜吓得声音都变了,"谁出事了?"

同学没回答,被一旁的舍友匆匆拉走了。

田小甜三步两步地上了六楼,在宿舍门外迎面撞上有些慌张的辅导员老师。

"怎么了?"田小甜气喘吁吁地问。

辅导员老师定神一看是她,立即把宿舍门关上。"你怎么上来了?你别上来了,打电话给傅其华和金佩心,让她们先别上楼,在楼下等我。江雪一自杀了,校医正在给她处理,救护车马上就到。"说完就被两个警察叫走,临走还不忘回头叮嘱田小甜,"别开门,先出去吧。"

田小甜脑子里轰的一声,后背立刻冒出一层细密的冷汗,脚也软了,站在原地,连挪都不敢挪一下。直到背后的嘈杂声响起,急救人员到了,把她推到一边,冲了进去。门被推开了,屋里的人影影绰绰,挡住了她的视线,她不敢睁眼,但还是看到了江雪一常用的印着哆啦A梦的白色床单,上面全都是触目惊心的血迹。

她倚靠在门边墙上,努力让自己不要瘫倒,哆嗦着打电话给金佩心:"你快回来……出事了。"

"怎么了?!"那边金佩心问。"江雪一出事了。"田小甜忍不住哭出来,"全是血,警察来了,120也来了,就在宿舍,她床上全是血……"

田小甜吓坏了,说话颠三倒四,也吓坏了金佩心。她跑到楼下,被维持秩序的校保卫处人员拦住不让上来。没过一会儿,田小甜也被保卫处的人带了出来,还专门留了一个保安看着她们。

"你俩是她舍友是吧? 先别走,一会儿老师和警察要叫你们去问话。

趁保安大叔在一旁抽烟的工夫,金佩心连忙悄悄推了一把满脸眼泪精神恍惚的田小甜。"到底怎么回事?"田小甜被她一推,差点又要哭了,抽噎着说:"江雪一割腕了。"

"怎么会这样?"金佩心也害怕了,"她昨天不是还好好的吗? 你们昨天不是一起参加了毕业典礼吗?"

田小甜哭着摇头:"没有,昨天我们都没看见她,她没去……"

金佩心昨天实习回来得晚,看大家都穿着学士服喜气洋洋的,也没留意到江雪一在做什么。昨晚田小甜和傅其华回来之后叽叽喳喳地说笑,江雪一似乎也没搭话。

田小甜怔怔地不知道在想什么,突然倒吸了一口冷气,面露惧色地说:"昨天晚上,我在水房洗漱,江雪一过来问了我一件事。"

"什么?"金佩心问。

"她问我,咱们要是都不在,是不是就没人能开宿舍门。我说不会啊,宿管阿姨都有备用钥匙的,我上次把钥匙锁在屋里你们都不在,就是找阿姨开的门。她说'哦'。我说要是在屋里把门反锁上,那就有钥匙也开不开了,非得把门撬开才行。她又问我,撬开需要多久。我说不知道,应该要很久吧。"

田小甜说到一半顿住了，眼里露出恐惧和悔恨的神色："她后来突然跟我开玩笑，说，要是宿舍没人回来，是不是死在屋里也没有人发现？"

"你说了什么？"金佩心颤着声问。

田小甜绝望地说："我以为她在开玩笑，我就说，那你就试试啊。"

金佩心的心里咯噔一下。

"刚才辅导员说，她昨天真的借走了宿管阿姨的备用钥匙。"田小甜说。

金佩心还没说什么，就看到傅其华慌张地跑了过来。

江雪一被送往医院抢救之后，警察找她们三个和辅导员老师一起了解情况。但问来问去，江雪一看上去都那么平常，完全没有情绪突变的征兆。

"她这几天有没有说过不想活了、想去死之类的话？或者你们同学之间，有没有说过类似的话刺激到她？"对面的民警问。

傅其华茫然地摇头，金佩心下意识地看了一眼坐在她旁边的田小甜。

田小甜心里太害怕了，她紧紧地抓着自己的衣袖，摇着头，从牙缝里吐出两个字："没有。"

江雪一还在医院抢救，她的家人赶过来，拒绝了所有的老师和同学去医院探视。

她父母来宿舍收拾她东西的那天，她们三个女孩都在。妈妈不愿意进宿舍，站在门外垂泪，还是她爸跟她们三个打了招呼。

"我是江雪一的继父。"他说。

继父看上去比她妈妈要年轻，如果他不说的话，她们也猜不到他和江雪一的关系。她们也不会知道当年隔壁宿舍的女同学高颖在附属医院撞见的就是江雪一和她继父，不会知道那些谣言全都是高颖为了保住自己的保研名额故意散布的，更不会知道江雪一和孟奇分手只是因为孟奇听信了高颖那些添油加醋的"证据"。

一切都不再重要了。

江雪一的床铺被那天的事故和抢救毁得一塌糊涂，已经全被辅导员和宿管阿姨处理掉了,只剩下空荡荡的一张床。她的椅子上摆着她没有穿的学士服,叠得平平整整,上面放着学士帽。她桌上的电脑因为没电关机了,旁边还有她从图书馆借来没还的线装书。

江雪一的继父把她的东西全都收走了。恍惚之间,她们像是又回到了四年前江雪一还没来的时候,她们三个坐在自己的位置上做着各自的事,江雪一拖着行李箱出现在门口,温良无害地冲着她们笑,说:"我来晚啦。"

江雪一的消失让她们离校前的时光变得压抑而沉重。她的痕迹从这间住过四年的宿舍里消失了,什么都没有留下。田小甜在毕业前离校收拾东西的时候,发现自己书桌照片墙上那张她们四个一起去北戴河的照片不见了。她以为是黏性不够掉在桌上了,在乱糟糟的书本和文件中翻了很久,也没找到。

"你俩看到我那张照片了吗?"田小甜问。

傅其华正坐在床上撕墙上的海报,金佩心正蹲在书桌底下掏从床上掉进了桌缝的充电线,两个人不约而同抬起头。

"就是那张去北戴河拍的。"田小甜说。

傅其华摇头:"我没动过。"

金佩心说:"你自己忘了放哪了吧。"

田小甜又找了一会儿,没有找到,突然怔怔地想了想,说:"或许是江雪一拿走了。"

傅其华没作声。

金佩心沉默了片刻,忍不住说:"江雪一才不会拿。"

田小甜惊异地看着她。

"如果不是你说那句话,她是不是不会自杀?"金佩心毫不退缩地直视田小甜的眼睛,说。

"你们说什么呢?"傅其华从床上跳下来,惊讶地问。

"你问她。"金佩心说,"当时你为什么不敢跟警察和老师说,你说了那种话?如果你没有刺激到她,她还会出事吗?"

田小甜无法反驳,满脸通红,气恼地说:"我只是开玩笑!我不知道她会真的那么做!"

"你为什么不知道?"金佩心咄咄逼人,"她抑郁症常年吃药你不知道?别人说她那些恶心的话你不知道?保研失利她心情不好你不知道?你为什么要开那样的玩笑?"

"又不是我逼她的!"田小甜哭着喊,"她跟别人说句话也可能会去自杀,又不是我的错!"

"你到底说了什么?"傅其华问。

后来金佩心回想起毕业离校的那一天,实在后悔对田小甜口出恶言。或许的确是田小甜的无心之失成了压垮江雪一的最后一根稻草,但她又有什么资格怪罪田小甜?生活在江雪一身边的每一个人,都对她的病痛和苦难视而不见,如果江雪一真的没有救过来,他们所有的人都是帮凶。

"不要再吵了!"傅其华也哭了,崩溃地喊,"我们一起那么好地生活了四年,就要这样散伙吗?!"

徐展和唐末邀请庞优和金佩心去家里吃饭,金佩心那天要加班走不开,就让庞优自己去。庞优别扭着不好意思去,非要金佩心跟着。

"不了吧,"金佩心说,"又不是我爸。"

庞优就生起气来,在沙发上耍赖。"你不管我了。"她做出一副受了伤的表情,"你说你管我的。"

"谁不管你了?"金佩心忙着出门,但还是坐下来安抚她,"只是去吃个饭。你上次不是和叶子玩得很好吗?唐阿姨也没有你说的那么讨厌。"

庞优还是不愿意,像一只挣扎的蚕蛹一样在沙发上滚来滚去闹脾气。

金佩心只好拿出成年人的原则来,说:"我管你你也不能跟你爸闹掰了,知道吗？很快就要开庭了,我还指望他来支付你成年前的生活费呢。要是你跟他像仇人一样,他不出钱了,我自己万一有一天失业,就养不起你了。"

"真的吗？"庞优看到她一脸严肃,也不自觉地严肃起来,"你也会失业？"

"谁都有可能失业。"金佩心说,"而且你看,我也没有你爸住的大房子,也没有唐阿姨穿的香奈儿,我很穷的。你跟你爸搞好关系,把抚养费要过来,咱俩才能吃香喝辣,我跟你沾光呢。"

庞优真的信了,从沙发上爬起来,坐直身体,说:"那好吧。"

金佩心觉得自己的青少年谈判技巧入门课程学得还不错。

她又去找梁老师聊了一次。

"我是真的不建议。"梁老师说,"你现在还单身,在北京也不算是定居,小孩要上学,以后各种事情你根本应付不过来。"

金佩心沉默了一会儿,说:"您说的这些难处我都承认。最近庞优和他们一家人处得似乎挺好的,看她最后的决定吧。如果她真的不想和她爸一起生活,那我一定会管她。"

"管她不是这么个管法。以你现在的生活状态来说,你还是太冲动了。"梁老师还是摇头,"你以后要成家,要赡养父母,可能工作上还有变动,没必要给自己设置难题。"

"庞优还有几年就成年了,"金佩心说,"我十八岁离开家念大学,已经完全可以给自己的人生做决定。庞优也一样。对她来说,我只是一个超越了朋友的家人,对我也一样,不是什么难题。"

去徐展家吃饭回来之后那几天,庞优明显比之前沉默了许多,每天跟她说话她也不太感兴趣,一空下来就自己坐着发呆,小脑袋瓜里不知道在想什么。金佩心担心她去她爸家里受了委屈又不愿意说,就旁敲侧击地试探她。

"周末要不要跟我出去吃饭?"金佩心问,"出去玩那天叶子跟你说要去吃那个有名的冰淇淋,我都听见了。"

庞优就看她一眼,了然地说:"你别再套我话了。"

"……我没套你话。"金佩心只好装傻。

"他们挺好的。"庞优说,脸上少有地露出不属于她年龄的成熟,"对我也挺好的,还给我玩叶子玩的洋娃娃。但是我都初二了,早就不玩娃娃了。"

她低头抠着自己的指甲,半响才说:"叶子有她自己的房间,书桌抽屉能上锁,墙上还能贴她喜爱的海报。"

一个属于自己的房间,对青春期的女孩来说是天大的诱惑。金佩心完全理解,毕竟她直到十八岁都没有自己的房间。

"嗯……是。我的公寓有点小,估计分不出一个屋给你。"她说。

"我不是那个意思。"庞优立刻说,"我说的是叶子,他们又不会给我自己的房间。我没有说你不好。"

金佩心就笑了。"你不用跟我说话还想这想那的,我不介意。"她拉过庞优的手,认真地看着她的眼睛,"你自己想要的生活,你以后一定会为自己争取到,你会比我成功得多,也比你亲爸爸成功得多。但是在成年之前,不管你在哪里生活,自己的安全和快乐是最重要的。你继父,你亲生父亲,或者他们的任何一个家人,都无权伤害你。记住了吗?"

"记住了。"庞优点点头。

离开庭的日子越来越近,金佩心却意外地收到了唐末的信息。

"上次你请我,这一次我请你,出来坐坐?"唐末问。

说实话,金佩心心里对徐展夫妇是有些情绪的。一开始庭上徐展推脱不负责任,后来虽然也硬着头皮和庞优接触了,但从头到尾是一副事不关己的不作为姿态,甚至都不如唐末态度好。但唐末归根结底并不愿意也没理由收养她老公跟前女友当年的孩子,即使徐展愿意,唐末坚决反对他也没办法。这一次开庭,很可能他们还是不会松口付抚养费。

徐展这男的也太没魄力了。金佩心在心里想。自己的责任,还要让他老婆出面跟我讨价还价,连人都不愿意来。

于是金佩心出现在唐末面前的时候也没什么好脸色。"有什么事说吧。如果不是为了庞优,我也不稀罕你回请我一次。"

唐末看出了金佩心的不耐烦。"我不是来讨价还价的。"她说,"我把徐展说服了。"

看来徐展心也不坏,如果不是唐末作梗,说不定徐展真的会接纳庞优。但是没办法,他和唐末和孩子才是一家人,即使庞优和他有血缘关系也无法撼动。

"行吧。"金佩心说,"你来告诉我是希望我们撤诉,是吗?别白费力气了!"

"对啊,"唐末说,"这样不是皆大欢喜?"

金佩心一听气就不打一处来:"你说这叫皆大欢喜?你们家不要她,她继父那边不要她,扔给我一个外人,还都不想出抚养费,叫皆大欢喜?是,我是愿意管她,她也愿意跟我待着,但我没有义务。你来跟我说没有用,如果庞优想把你们全都告上法庭,我肯定奉陪到底!"

唐末莫名其妙地看着金佩心。"发什么火啊?"她说,"你搞错了吧?我把徐展说服了,我们愿意领她回家。"

"你说什么?"金佩心怔住。

"一直以来都是我在劝徐展。"唐末说,"他才是不想领人也不想出钱的那个。"

后来金佩心也设身处地想过,如果自己在唐末的位置上,会不会真心实意地接纳这种身份的一个孩子。

没有答案。她因此有些敬佩起唐末来了。

"为什么?"虽然知道这样问真的不礼貌,但她还是忍不住开了口。

唐末倒没有觉得她冒犯,若有所思。"其实我也不知道。可能是活到今天,只有孩子还让我对生活和婚姻保持着一点希望吧。"她叹了一口气,"徐展这个人就这样,表面上大男子主义,但遇到事只会往后缩,能躲就躲,能推就推,当初如果不是我怀了叶子,他还真不见得愿意跟我结婚。庞优的妈妈,也只是个和我一样的可怜人。庞优是个好孩子,也是无辜的,我愿意替徐展负起这个责任来。"

既然老婆发话了,那一切就都好办了。金佩心真心替庞优高兴,在回家路上就跟梁老师沟通了后续的事情,然后兴高采烈回家跟庞优报告这一喜讯。

庞优愣了愣,没笑,也没表现出高兴,而是问:"你真不管我了?"

金佩心恨铁不成钢:"你怎么又来了?之前不是跟你说明白了嘛。他们既然愿意接你回家,就说明接受你成为一家人了。我呢,以后还是会和你当好朋友,要是你爸和唐阿姨对你不好,你心情不好,或者在学校遇到什么不开心的事,想跟我说,就可以来找我。如果他们允许的话,我们也还是可以一起出去玩的。不好吗?"

庞优犹豫着:"那我还能来你家吗?"

"可以啊,只要我在家。"

"那你会去他们家吗?"

"那就不一定了,他们可不见得像你这么欢迎我。"

庞优盘算了一整个晚上,也没跟金佩心说自己到底怎么想的。深夜,金佩心加完班准备洗漱睡觉,到她旁边帮她掖了掖被子,看到她枕的枕头下面露出半截棒棒糖。

金佩心轻轻抽出来看,是那天出去玩时叶子在车上递给她的那支,她一直没有吃,包装完好地藏在了枕头下面。

这个小姑娘,内心还是期盼有一个真正的家。

希望她在那个家能够快乐,金佩心想。

送她回家的那天金佩心也被邀请去了,就仿佛她真的是庞优的监护人一样。庞优一进门就愣住了,她上次来过之后,夫妻俩把原本的书房改成了她的房间,她有自己的床,自己的书桌,还有一个洋娃娃放在枕头上。

徐展和唐末对金佩心善意地笑着,又拉着庞优看她的房间。叶子从自己的小房间出来,说:"那是我最喜欢的睡美人,给你了。"她指着枕头上的那个洋娃娃。

那天金佩心一个人回到家,收拾庞优住过的沙发,竟然生出一丝不习惯。她忍不住给唐末发信息:"大的小的都还好?"

过了一会儿,唐末发来一张照片,庞优和叶子并排坐在地毯上,拼着乐高。

"谢谢你。"金佩心回复。

"不需要谢我,我不是圣人。"唐末说,"从你那学来的。有的时候,血缘很重要,却也没那么重要。"

4

婚礼结束之后,田小甜和何子睿手挽着手,笑容满面地送走了每一个亲友,然后拜托她爸开车送护工和妈妈回家。

两个人出了门,拿手机叫了辆车。

她还穿着敬酒时穿的礼服,何子睿的西装上还戴着新郎的胸花。司机一看目的地定位就笑了:"小两口挺逗啊,办完婚礼就赶着去民政局领证,着什么急。"

田小甜就也笑笑,没说话。

也不是没想过有一天可以和何子睿重新开始,但对她来说,不是现在。

虽然民政局的工作人员见的大场面多,但穿着结婚礼服来办离婚证还和和气气的小两口也确实不太多见,他俩还是迎来了不少好奇和探究的目光。

离婚办得很顺利。从民政局出来后,各自拿手机站在路边叫车,叫完车,都没说话,却也没觉得尴尬。

就是这样了,田小甜想,这就是她想要的状态。未来还有很长,两个人之间或许也有很多种可能,但对于现在的他们俩来说,或许分开一阵是最好的处理方式。

"就这样?"何子睿低头看着手机,突然开口轻声说,不知道是在自言自语,还是在问田小甜,似乎还没有从身份的转换中回过神来。

婚礼仪式上感人的情话固然动听,但他心里也清楚,田小甜是抱定了想要离婚的心。只不过他还认为她想离婚是因为自己的出轨。或许在步调已不同的两个人心里,原谅与被原谅的定义永远达不成共识。

坐在回家的车上,田小甜把离婚证在手里翻来覆去地看了一会儿,然后拍了张照发在群里。

"搞定了。"她说。

傅其华和金佩心也同时发了两张照片,是刚刚婚礼上她们俩围着身穿婚纱的田小甜的自拍。不同的角度,三个人笑得夸张而真实。

田小甜盯着群消息盯了很久,又点开群成员列表。那个名字叫"雪"的人,仍然用着一个《十二国记》里阳子的头像。

当年把这个人拉进群里时,田小甜真的希望她就是毕业之后再无任何联系的江雪一。想跟她说一句"对不起",想问她一句,那张在北戴河的合影,是不是她保存了。

当时那个人很快就在群里说话了,她说:"你们是?"

金佩心问:"你不记得我们了?"

她回:"你们是谁?"

傅其华说:"我们是室友啊,603的,你现在还好吗?毕业时你父母不让我们去看你,后来又没有联系,我们这几年都很惦记你。"

她回复了一长串问号。

"你不是江雪一?"田小甜忍不住问。

"谁?我不是。"她回复。

结果发现闹了一个大乌龙,这个女孩被朋友误加进了她们的大学同学群,名字里的"雪"字和头像只是一个巧合。

田小甜不想相信,猜测会不会是江雪一不愿意和她们说话,故意不承认,就照着微信关联的电话直接打过去。

那边果然是一个陌生的口音,不是记忆中江雪一的声音,问了名字、家乡、大学,跟江雪一没有半点关系。田小甜失望透顶,连声给人家道歉,还说了江雪一的事。

"我们三个太冒失了,也太想联系到她了,就把你误认为是她。对不起。"田小甜说。

"真的太巧了。"女孩听说了之后,也连连感慨,"我名字里也有一个雪,我也超喜欢看《十二国记》。"

后来女孩在她们四个人的群里留言:"希望你们早点联系上她,她一定也很惦记你们。"

"打扰你了。"她们三个说。

"不打扰,"女孩说,"如果你们愿意,我可以一直在这个群里,等有一天你们联系到她了,告诉我,我也开心一下。"

后来这个陌生的女孩真的没有退出群,有时她们看着这个熟悉的头像和名字,会想起大学时候四个人明明都在宿舍却窝在各自床上用QQ建个群聊天的夜晚,捂着嘴窃笑,在屏幕上打出一长串表情字符,或是同时在各自的电脑上打开综艺,一起边吃饭边看,一起吐槽。

其实每一个快乐的时光片段都有她在,其实每一份不可或缺的记忆都共属于四个人。十几年过去,她们都往前走了这么远了,关于她的印象却一直停留在毕业那天,成了她们三个人心里解不开的结。

后来傅其华经过江雪一家人的允许,帮她把未完成的论文发表在了一本学术期刊上,也算是圆了她的心愿。想着或许机缘巧合,她可以看到自己的名字被印成铅字,放在题目的后面。江雪一的论文选题是她当初在老教授的课堂上写过的,讨论了南朝刘义庆《世说新语》中《贤媛》篇目记载的中国古代女性形象,囿于本科生的研究范围和能力所限,只是粗浅的探讨,但从中仍可以看得出她有自己的思考,也盼望能够在学术的道路上继续走下去。

她兴趣颇广,雅俗不拒,书桌上有过《资治通鉴》《浮生六记》,也有过《尼伯龙根之歌》《安提戈涅》,有过萧红张爱玲王安忆铁凝,也有过伍尔夫、波伏娃和苏珊·桑塔格。

不知道她现在在读什么书,在做什么事,还会不会记起大学时光,记起身边的那些人。

田小甜婚礼之后,三个人商量过一次,决定回学校去查查校友录或是档案,即使没有电话,看能不能找到她当年报到时登记的家乡地址,如果能找到,就一起去她家乡看一看,碰碰运气,也是她们三个未完成的一个心愿。

出国前的几个月,傅其华把工作室的课都收尾了,请了长假回了老家。这段时间她决定好好陪伴父母和西西,然后只身出国,等到一切安顿下来,西西也大一点了,能上幼儿园了,再接她过去。

"说不定西西的三岁生日就能在美国过啦!"逗着孩子的时候,傅其华笑嘻嘻地跟她说。孩子只是咿咿呀呀地冲她笑。她又不知道美国是哪里,对她们来说,只有"在妈妈身边"和"不在妈妈身边"两种状态而已。

傅其华的爸妈还是难以接受她出国,更不用说接下来的半年很可能就要把不到三岁的西西带走。她妈焦虑得现在就开始看南加州的天气预报和社会新闻,还在别人的指点下找到一个美国城市犯罪地图的网页,每天担心会不会发生盗窃案抢劫案枪击案。

"我大四的时候怎么没见你们担心成这样?"傅其华哭笑不得,"那时候我不也想过出国来着?"

她妈就叹气,说:"你以为那时候不担心,你爸把你申请的每一个学校的地段和城市状况都查了好多遍呢。"

自从她回来之后,她爸一直生闷气,平日在家里除了逗西西之外,也不怎么跟她说话。她觉得这样下去不行,就在某一次晚饭的饭桌上郑重其事地跟她爸说:"爸,你也别再动气了。你气不气我都是要走的,改不了的。"

她爸停了筷子,没作声,好久,才慢慢地说:"华啊,爸丑话可说在前面了。你以后再遇到像于辰那王八蛋那样搞不定的事,爸爸可没有办法帮你了。爸爸老喽,没用喽,闺女和外孙女都离得那么远,看都看不到,急也急不来喽。"

饭桌上谁也没说话。

"爸,你是在说我和陆舒阳的事?"傅其华问。

她后来还是痛快地承认了,毕竟手滑发自拍的证据也收不回来。但只是说她跟陆舒阳在相处,申请到了同一所美国的大学,其他一切都没有定论。但她爸妈终究是被她吓怕了,他们惯了她三十年,不能再眼睁睁地看着她把自己今后的感情生活当儿戏。

"爸,我会保护好我自己,但我也不会放弃和真正合适的人一起过下半生的可能。"傅其华认真地说,"以后,你们帮不到我了,我也不会再让你们担心了。不管是一个人带大西西,还是和一个爱她的人一起带大她,我都会谨慎抉择。你们放心。"

晚上哄西西睡觉的时候,陆舒阳打来视频,怕声音吵醒西西,傅其华就把手机静音,只开着画面。

她把西西嘟着嘴的睡颜给陆舒阳看。

陆舒阳知道她开了静音,就在聊天页面打字。

"小鸭子喜不喜欢?"他问。傅其华之前说天热了西西想要玩水,陆舒阳就给她买了好多可以漂在水面上的小鸭子。

"喜欢,今天洗澡像阅兵式一样,坐在鸭子群里不想出来了。"傅其华回复。

两个人就对着屏幕无声地傻笑。

等到西西睡了,傅其华才拿着手机蹑手蹑脚地出来,把门掩上,把声音调大,走到客厅沙发上窝下来。

"我好不容易在西西这里挣了点面子。"傅其华说,"刚回来那几天,她都不跟我,一到晚上睡觉就说,不要妈妈,要姥姥,我本来想帮我妈分担的,可尴尬了。但是一想到这几个月她适应了黏我了,我又要走了,就难受。"

"很快就会见的,到时西西也大一点了,肯定还是更愿意跟你在一起。"陆舒阳安慰道。

"我还有好多事答应了她的,都没做到。"傅其华说,"我是个太不称职的妈妈了。"

"没关系,以后还有好长的时间,我们陪她慢慢长大,一件事一件事地完成,不着急。"陆舒阳说。

傅其华在客厅里跟陆舒阳视频,她妈和她爸躲在自己屋里,把门开了一条缝,偷偷听,以为傅其华没看见。但傅其华在手机镜头里早就看到他俩在背后探头探脑,忍不住笑了,又有些心酸。不管自己活到多少岁,都还是父母眼里长不大爱犯错的孩子啊。

妈妈也想要一个对不起

你会说的话越来越多了。姥姥姥爷把你教得很好,每次抱你去外面玩,你都是一个嘴巴甜、懂礼貌、乖巧伶俐、人见人爱的小宝贝。

妈妈错过了你成长中的很多瞬间。你第一次翻身,第一次"越狱"爬下床,第一次自己用勺子吃饭……很多很多个第一次,妈妈都不在身边。所以我总是觉得亏欠你。

你刚出生的时候是妈妈最难熬的一段日子。妈妈的情绪总是能感染到你,那段时间你也爱哭,我也爱哭,我们母女两个,哭起来谁都不服输,四只眼睛像四个关不上的水龙头,非要从天黑哭到天亮不可。不过你终究是身体长得快,满月就好得多了,除非拉了饿了困了,不再无缘无故哭。妈妈就不行,差点哭坏了眼睛,后来回到学校上课,盯电脑屏幕十几分钟以上,眼睛就受不了了,泪水哗哗流,根本控制不住,好几次把我的学生吓到。

那段时间,和你说过最多的一句话就是"对不起"。妈妈也是认识你之后才成为了妈妈,很多时候不知道怎样去排解情绪,觉得自己没有本事,把你带到了这个世界上却又不能给你幸福和快乐,就只能一遍一遍地说"对不起"。

去年冬天我回家过春节,在客厅里陪你玩玩具,姥姥在厨房叫我,我起身的时候把你搭好的小房子碰倒了。你一下子就不干了,哇哇大哭,用刚学来的句子说:"要对不起!"

我连忙坐下来,一边帮你擦眼泪一边忙不迭说"对不起",说完"对不起",你就像是被按下了开关一样,立刻不哭了,自己抹了把小花脸,专注地重新把小房子搭起来。

247/第二十四章

"她现在学会了,"姥姥走过来说,"知道对不起就是人家给她认错了,立刻自己就不难过了,翻篇了。上次在小区草坪上被一个小女孩撞倒了,哭着扯人家袖子说'要对不起',人家说了'对不起'之后,她自己拍拍屁股没事人一样玩去了。"

天哪,我的宝贝,你可太棒了。我心里就在想,我什么时候才能有这样的能力,一个"对不起"就可以让我放下所有委屈和自责,活力满满地继续生活呢?

然后我意识到,我不仅没有这样的能力,在我过去的三十年里,似乎也没有人,真心实意地对我说过"对不起"。

我因此明白全部都是我的错。从来都是我向别人说"对不起",没有人会向我说一声"对不起"。那个占满了我年少时光所有浪漫想象的人,那么轻易就放弃了我们之间的感情,却不会向我说一声"对不起"。那个毁掉了我对婚姻的所有憧憬的人,即使已经从我的生活中消失,仍然让我在从噩梦里醒来时担心他会回来伤害你,却不会向我说一声"对不起"。

一切仿佛都是理所应当。

如果有一天,宝贝你长大了,你会发现,不是你认为需要向你道歉的人,都能真诚地向你说"对不起"。我可以想到那时你会失望,会悲观,会畏手畏脚,会跑回家里跟妈妈说委屈。但是宝贝,妈妈希望你能够做得比妈妈好,不仅要做一个勇于要求别人向你说"对不起"的人,也要做一个即使没有那些"对不起"也能够好好爱自己好好生活的人。

后来妈妈遇到了一个人,他一开始很腼腆,以至于我们过了很久都没能确认彼此的心意。但他又很温柔很善良,愿意细声慢语地和我解释他所有的想法,也不惮于在我面前露出真实的任性和幼稚,他不吝啬他所有爱的表达,也不吝啬所有为了照顾我情绪的道歉。

他会和我说对不起，会告诉我，以前经历过的一切，不都是我的错，也不能阻挡我今后去过更好的生活。

在他的面前，我可以做回我自己，不用伪装出什么都不怕的样子，也不用佯称自己早已走出了过去的阴影。我想，我不可能永远缩在壳里面，因为被生活吓退过就再也不敢往前迈步。我愿意去尝试，直到找到对的人，一个可以和我平等相处，因为爱而道谢，也因为爱而道歉的人。

那天你很快就又把房子搭好了，却发现我坐在你旁边，像个小孩子一样哇哇大哭。你从来没有见过妈妈这么哭，把你吓着了，想伸手来摸摸我，又不敢，坐在一边不知所措。

妈妈不是有意要哭的，但那个时候，妈妈突然很难过很难过，妈妈也想要一个"对不起"。

而你就像小大人一样，愣了一会儿，然后自己到旁边拿来了你最喜欢的小熊，塞进我怀里。

"妈妈对不起。"你突然说。

你真的是小天使啊。

谢谢你。

后来有一天，妈妈惹姥姥姥爷生气了，他们即使不认同我的做法，却还是向我说"对不起"，希望我体谅。我才意识到，我的爸爸妈妈也是永远对我无条件地说着"对不起"的人啊。只有真正无条件爱你的人，才会不吝啬每一句"对不起"。

因为每一句"对不起"的背后，都是"我爱你"啊。

所以宝贝，妈妈要再一次跟你说"对不起"了，由于妈妈的决定，要再次和你分开几个月的时间。如果一切顺利，等你再见到妈妈的时候，妈妈就再也不和你分开了，直到你长大，每天嫌我烦嫌我唠叨，惦记着和闺蜜出去玩和男友去约会，嗯……到时再说。

　　妈妈不在身边的日子里，你不要惹姥姥生气，因为姥姥是我的妈妈，比你的妈妈还要好的一个妈妈，所以你要听她的话。如果姥爷对你严厉，非要拿妈妈小时候认字算数的东西出来强行教你，你不愿意学就不学，姥爷不会罚你的。偷偷告诉你，妈妈小时候不愿意学，一要赖姥爷就妥协了，屡试不爽。可千万不要告诉姥爷是妈妈说的哦。

　　希望一切短暂的分离都是为了更好的相聚。为了你，妈妈会努力成为你的榜样。这样你以后就可以自豪地和你的朋友说，你的妈妈是一个好老师，一个好学生，也是一个好妈妈。

　　宝贝，你慢些长大，等等妈妈，妈妈很快就可以赶上你了。

第二十五章
赴约

1

举办媒体看片会的前一天,田小甜紧张得一晚上没有睡。李铭虽然也紧张,但毕竟也是经历过大起大落的人,反倒安慰田小甜不用过于担心。

"是骡子是马总要拉出来遛的。"她说,"咱们付出了感情和心血,结果怎么样都值得,别太往心里去。"

筹备看片会的时候,李铭让田小甜去当主持。田小甜不愿意,说他们随便找哪个专业的主持人来都比自己强,但李铭一直坚持。

"你是这个节目的一部分,也是从头到尾付出心血最多的人之一,没有人比你更适合向大家介绍这个节目了。"

田小甜怕自己说不好话情绪失控,但当她真正坐在台下,看着自己看过无数遍的熟悉的预告片花开始播放时,她的心情竟然意外地平静下来了。屏幕上那些或年轻或成熟或青春或稳重的脸庞,那些喜怒哀乐都真实而生动的表情,那些猝不及防捕捉到的动作,忍不住泪如雨下或是甜蜜地笑起来的神色,对她来说,都像是再熟悉不过的朋友,也像是照见自己生活的镜子。

节目的末尾放出了主创人员的采访,在最后的几分钟,田小甜看到了自己。看粗剪的时候她强烈要求把采访自己的那段剪掉,因为她觉得自己实在是太难看了,妆容浮粉,脸在镜头前整整大了好几圈,整个人看上去比实际年龄老好多。

"我的第25个小时,全部都给了我的妈妈。我好爱她。"她说。

随着她的讲述,采访里也放出了她贡献给节目组的照片,大部分是她陪护妈妈期间的记录,护理日志的手机截图,病床旁陪夜的小床,取下来的胃管,妈妈学步的样子。当然也有美好的时刻,有妈妈好起来之后她带妈妈去公园遛弯,去吃火锅,甚至还有一张带妈妈去看3D电影的搞怪自拍。妈妈戴着3D眼镜,兴奋地比"耶",两个人都笑得又傻又开心。

最后是那张婚礼上的照片。她细心地把何子睿的部分去掉了,只留下了穿着婚纱的自己和笑容满面的妈妈。

节目的最后,是无数位女性生活中高光时刻的图集,所有的图汇集在一起,拼成了一句C'est la vie(这就是人生)。

有些坐在台下的女生哭了,有些举起手机拍照,继而全场响起了掌声。

李铭用力地吸了吸鼻子,推了一把坐在她旁边的田小甜:"该你了。你可以的。"

田小甜走上台站定,深吸了一口气。

她知道她已经成功了。

毕竟是一个访谈真人秀,没有流量,没有热度,即使在首播那天热搜话题也寥寥无几。田小甜破天荒地一天连发了几十条朋友圈和微博,为了宣传豁出去了。

播出的时候,她和妈妈一起窝在沙发上看,妈妈看了一期就不看了,屏幕上的女孩子们没心没肺地哈哈笑,妈妈却在电视前一直抹眼泪,说看不下去,心疼这些女孩子,和我们甜甜一样辛苦。

"姐,你真的太棒了。我真为你骄傲。"很久没怎么联系的罗洛发来微信。他已经又跳了两个公司,现在在一家游戏公司做策划。

田小甜笑了笑,回了他一个比心的表情包。

她重新加回了所有的同学群,在群里大方地给大家发红包,请大家记得看节目。金佩心和傅其华看到了,有点心疼她,也怕有些多年没见的同学在群里说什么不中听的话,就私下里问她:"没必要吧?你们不是都要花钱宣传的吗?你就发张海报装装样子得了,何必跟人掏心掏肺地解释。"

"没事。"田小甜说,"我不在乎,能多一点是一点呗。"

让她意外并且感动的是,节目播出几期后,真的靠走心的访谈和自发的讨论,口碑和热度慢慢地上来了。节目里的素人姑娘们得到了接踵而来的鼓励和共鸣,甚至有网友顺着公司的官博找到了田小甜的微博,给她留言,说自己照顾生病家人的事。

有的网友说:"你真幸运,我连照顾她的机会都没有,就那么放手让她走了。"

有的说:"我才熬了几十天,感觉见不到亮光了,还好看到了你的故事,几百天,几千天,我也可以,只要有希望。"

"不用回复,看到没看到都没关系。"他们往往会在最后加上这么一句,"只是说一说心里的话太难了,谢谢你们给我这样的机会,让我知道这世界上还有这么多和我一样的人,再苦我也都能熬下去了。"

田小甜经常在深夜和李铭聊完最新的播放量数据之后点开微博看这些留言,既心酸又感动。播放量达到新高那天,她破天荒地在微博上发了一张自己和妈妈的最新自拍照,那是她带妈妈去京郊水库钓鱼的时候拍的,妈妈提着一条她自己钓起来的鱼,冲着镜头笑,骄傲无比。

田小甜和何子睿的微博互相设置了特别关注,但是何子睿从来不发,她后来就忘了改掉。那天深夜何子睿给她发信息,说:"看了你的朋友圈和微博,祝贺。"

"谢谢。"田小甜回。

"注意身体,别总熬夜。"何子睿说。

"嗯,你也是。"田小甜说。

"不敢再叨叨你,怕你烦。"何子睿说,"但是,想告诉你一声,以前我说的话,什么时候都算数。"

以前,指的是哪个以前呢?田小甜盯着这句话,一时间恍了神。

是他在婚礼上说"我都愿意和你重新开始"的以前,还是他在民政局门口说"今天我就是要跟你领证"的以前?是他在H大求婚时说"这个钻小,以后我给你换一个更大的"的以前,还是他在给她套上素圈戒指时说"怕你跑了"的以前?

或许,是他在高中分开之后第一次重逢时,看着突然出现的她惊喜不知所措的那个以前。

她问他:"我们现在都考到北京了,没有老师和家长的管教了,以前你说的话,还算不算数?"

他笑着回答:"算数,什么时候都算数。"

人真是善感又健忘的动物啊。伤疤好了疼忘了,留在心里的,就全都是足以支撑我们渡过所有难关的美好回忆了。

田小甜擦干眼泪笑了。那样的他,即使走过无数的风雨,在她心里,也永远是最难忘的存在。

谁又说得准呢。世界那么小,生活那么长,等到彼此都准备好之后,再期待下一次的遇见吧。

这一次离开之前,傅其华没有像从前那样趁西西不注意的时候偷偷溜走,然后她找妈妈找不到就只能跟姥姥哇哇哭。

她带西西去了动物园,看了猴子、熊猫、老虎和羊驼,西西一整天都心情很好,不哭不闹,乐呵呵地坐在童车里东张西望。

"西西,你看到没有,"傅其华把西西抱在怀里,给她指猴山上的一只蹿得飞快的猴子。"那个是猴子妈妈。你看那棵树下,有一只小猴子,看到了吗?"

西西咬着手指,点点头。

"你看,小猴子那么小,他的妈妈还是要把他自己扔在那,然后跑得那么远。你知道为什么吗?"傅其华说。

西西看了看妈妈,又看了看猴子,摇摇头。

"因为她要去觅食呀,"傅其华说,"她要找到吃的回来给她的孩子,这样小猴子才能健康地成长下去。所以你看,虽然妈妈不在身边,但是那个小猴子一点都不着急,也不哭,因为他知道妈妈很快就会带着好吃的回来给他呀。"

"唔。"西西继续咬着手指,似懂非懂地点点头。

从动物园回来之后,傅其华郑重其事地跟西西说,妈妈又要走了。她给孩子看自己的护照,还指着墙上的世界地图,告诉她,西安在哪里,美国在哪里。就像猴子妈妈一样,妈妈也要离开她一段时间,是为了让她以后都有好吃的。她要乖,像那只小猴子一样,乖乖等着妈妈。

西西全程云里雾里地听着,也没点头也没摇头。最后傅其华跟她说:"宝贝明白了吗?"

"明白了。"西西说,"等妈妈,好吃的。"

傅其华觉得以西西的理解能力,达到这样的效果已经算相当不错了。

果然,西西对于这一次和妈妈分开一点都不伤感,她被姥姥姥爷抱着,站在机场的安检口外,看着傅其华托运走了两只巨大的箱子,然后背着沉重的背包走向安检口。

"妈妈!"西西突然响亮地大喊。

傅其华立刻回头,眼泪在眼睛里打转,一瞬间很想扔下背包,冲过去抱着孩子哭。

只见西西的小胖手伸出手指头,指了一下自己,说"小猴子"。又指了一下傅其华说,"妈妈"。

傅其华没忍住,哭着就笑了。

"到了那边,别光想着省钱。"傅其华她妈说,"该吃的要吃,不能亏待自己身体。也别惦记我俩,我俩还有退休金呢,比你强,你顾好自己就行。"

傅其华一个劲地点头。

"要是压力太大,太累了,你就回来。"她爸说,似乎还带着怨气,"破美国有啥好的?能好过待你自己爸妈身边吗?再把西西带过去,待两年,估计回来连姥爷都不会叫了!"

"爸!"傅其华哭笑不得。她妈就白了她爸一眼:"闺女马上要走了,你能不能说点好的?"

她爸就不说话了,拍了拍傅其华的包,帮她把背包拉链拉得再熨帖一些。

"那我走了。"傅其华说。她最后捏了一把西西的肉脸蛋,然后转身走向安检口,没有回头。她相信,这一次的分离不会太久。

傅其华在北京转机,金佩心和田小甜都在百忙之中扔下工作,跑到机场也要特意见她一面。

"你俩何必呢?"在机场的咖啡店等到气喘吁吁跑来的两个人时,傅其华忍不住埋怨,"又不是以后不见面了。"

"那不一样。"田小甜说,"这一次是送你去开启崭新的通关旅程,我们必须到场祝贺。"

"就是,"金佩心说,"一定要有人送机的,不然多孤单。"

"你在美国那段时间,过得很苦吧?"傅其华忍不住问金佩心。

"还好,苦过就忘了。你现在条件比我好,但是因为家里有老有小,又比我辛苦,一定好好照顾自己。"金佩心说。

"何况还有护花使者!"田小甜一边说,一边看着拖着箱子过来的陆舒阳。他和傅其华约好了在北京一起飞。

"我可不是护花使者,"陆舒阳笑着说,"是她照顾我比较多些。"

傅其华就看着他笑。

"下一次聚,不知道是什么时候了。"田小甜感慨地说。

不是每一个约都会有人赴,也不是每一个问题都一定要有谜底。那些没有说出口的道歉,那些没有实现的遗憾,那些消失在生活里再也没有出现的人,很多时候,就渐渐地淹没在生活的尘埃里,被大家遗忘了。

后来她们三个一起回过一次学校,真的找到了当年入学时江雪一填在学生家庭信息表上的家庭地址,在河北的一个县级市。她们挑了一个周末的时间,开车去了江雪一的家乡。

快十年过去了,任何一个城镇和乡村的角落都变化得日新月异,她们也不知道此行会不会有收获,但多少还抱着一丝期望。

"我们这样贸然找到人家里去会不会太过分了?"金佩心在路上还在担心。

但她的担心是多余的。他们按照地址找到了那一片居民小区时,发现只有街道没有变,但一大片的居民楼全都不见了。路过的老爷爷告诉她们,那一片几年前因为城市规划的原因,整片推掉了,说要在附近建客运站。

三个人站在烟尘漫天的工地外面,面面相觑。

当初留下的地址都没了,电话也自然无法再接通。想着找到江雪一的一点点可能也没有了,回去的路上,她们不免都有些失落,垂头丧气的,也没有人说话。

群里那个一直没有退出的"高仿"的江雪一,如今看起来,也莫名多了些自嘲。

"如果早几年就好了。"傅其华说。

但早几年的她们在哪里呢?要么在异国他乡为了生存而苦熬,要么承受着来自自己和家人的病痛,要么陷在失败的婚姻中无法抽身。生活从不曾宽待过每一个人,却又让她们在逃出生天之后回首过往,满心唏嘘。

"没关系,以后日子还长。"金佩心说,"或许等我们下一次再聚的时候,就有奇迹发生了。"

3

飞机即将降落,金佩心从舷窗看向艳阳高照的上海。她这两年经常来上海出差,但每次不过是从机场或高铁站匆匆赶去工作,然后再匆匆搭高铁搭飞机回去。忙起来的时候没日没夜,连上海的晴天都看不到,外卖都是为了省事点一个在北京就经常点的眼熟店家。

但这一次不同。

落地之后,她给程枫发了一条语音:"最近忙吗?有没有时间见面?"

过了一阵子,他的电话打了过来:"你在上海?周末也出差?"

"嗯,在上海,不过不是出差。"她回答。

两个人约在酒店高层的旋转餐厅见面,程枫一到就笑着问金佩心:"怎么想着约在这里?你不是一向讨厌哗众取宠的网红餐厅吗?"

金佩心就笑了,指了指窗外。天气晴好,可以清楚地俯视整座繁华的都市。

"只是想多看看。虽然常来,但是每次都匆忙,今天总算有时间了,能不紧不慢地在这里过个周末。"金佩心说。

程枫一边吃饭,一边好奇地看着她:"奇了怪了,金大律师不出差不加班,特意跑到上海来过周末。你这个工作狂什么时候会享受生活了?"

金佩心就笑了:"我在你眼里真的那么工作狂?"

"也不是,"程枫笑,"只是你说你什么事都没有,就是过来度周末,我可不信。"

"好吧,算你了解我。"金佩心说,"还真的有点事。"

"你说。"程枫说。

"关于那个问题,我想好了。"金佩心说,"今天来,是想换我来问你那句话。"

"啊?"程枫还没有反应过来。

"我想,如果你还没改变主意的话,以后的人生计划,我们试着一起计划一下?"金佩心说。

能做出这样的"让步",对于金佩心来说,不是件容易的事。

但是她渐渐发现,走近三十而立的当口,随着生活和工作上逐步建立的自我肯定,她的性格中少了些敏感与尖锐,多了些柔软。

庞优就曾经跟她说过,为什么愿意接近她、信任她。小孩子有时看得比大人单纯却更透彻。"越厉害的人,就越不害怕跟别人示弱。只有那些虚张声势的人,才是最不厉害的。"她一本正经地熟练运用着词汇,说,"就像我继父和我亲爸在法庭上吵架的样子。"

庞优现在有了自己的手机,她说是因为她比叶子放学晚,唐阿姨怕先去接叶子的时候庞优放学走丢了,就给她买了手机,以便随时联系。"我都说了我从小都是自己放学,她就是不让,我有什么办法。"她在微信里跟金佩心抱怨,越来越像小大人了。

得知金佩心有跳槽去上海的打算时,庞优有些失落。"你不是说我还可以经常去你家吗?"她问,"你要是去上海了,我可不能经常去了。"

"嗯,但我还是会经常来北京出差啊,我有空就来看你。等你放寒暑假的时候,我们也可以一起出去玩。"金佩心说。

"我不想出去玩,"庞优说,"出去玩要好多钱,叶子暑假的一个夏令营就要好多钱。我想好好考试,等我小升初考好了,唐阿姨说会奖励我们全家一起去上海迪士尼。"

"那也好。现在就开始为你的唐阿姨省钱了?"金佩心忍俊不禁。

"也不算,"庞优说,"我跟她和我爸说了,这些钱算是我欠他们的,等我成年了,赚钱了,我可以慢慢地还。"

金佩心愣了一下,还没接话,庞优就得意地说:"跟你学的。"然后笑。

金佩心也笑了。她仿佛看到了那个为了上大学和父母大吵一架的自己,那个抱着书包在离开家乡的火车上手足无措的自己。

感谢当年的自己。等庞优长大了,一定也会为自己十二三岁时的坚强和勇敢而开心。

也不是没有想过和家乡的亲人和解,也还是经常被金闯偶尔打来要钱的电话气到,但渐渐地,她发现自己已经不再恨了,最多只是会有些难过,无关血缘,也无关童年的阴影,只是因为知道这世间有太多事根本无法强求一个对错是非。

或许只有她真正强大了,才敢于在亲近的人面前露出自己柔软脆弱的一面,敢于把生活向共同生活的伴侣敞开,敢于设想和另一个截然不同的灵魂结伴度过余生。

程枫听了她的话,有些不敢相信,但脸上的表情显然是欣喜的:"你说真的吗?"

"真的,"金佩心说,"我连新东家都找好了,只是还没有决定要不要跳。"

"我的天!"程枫长出一口气,"还好你今天跟我说了!"

"怎么?"金佩心问。

"上周我们有一个项目,下半年要去北京总部,我还想着要不要申请去,这样就可以在北京待一年,离你也近一些,但是一想,没事先跟你商量,你又要说我自作多情了,就没申请,结果……"他不好意思地挠头笑,"咱俩这算心有灵犀吧?"

"算。"金佩心点点头。

两个人相视而笑,心情愉悦地继续吃饭。金佩心抬眼望向窗外,城市喧嚣,人群熙攘,能够在凡世中讨得一点属于自己的小幸福,是多么奢侈的事啊。

"你也要走了,你们都不在北京了。"田小甜听说金佩心要去上海,立刻抱怨,还在群里跟傅其华告状,"你一走金佩心同学就去上海升职高就啦,真是的。"附上一张"萌妹哭泣"的表情包。

"我又不是不回来了,"金佩心说,"你太忙了,我在北京平时也见不到你一面!"

"那不管!"田小甜说,"在不在是态度问题,"结果一句话没打完,扔来一句语音,"开会了回头聊。"

"呵,女人。"傅其华说。

"呵,女人。"金佩心说。

踩在三十岁的尾巴上,她们终于兵分三路,马不停蹄地开始新的生活了。

在机场送别傅其华时,金佩心提议等她安定下来了,大家可以找个时间再一起聚一下:"到时你就方便了,夏威夷怎么样?塞班?好像远了点。"

"哪里都好,只要你们别介意我得带上老人和娃娃就行。"傅其华说。

"如果我妈妈恢复得好,我也好想带她去啊,不知道行不行。"田小甜笑,"要不,年底怎么样?我们一起过三十岁生日。"

"那就这么说定了。"金佩心说,"这一次谁也不许失约!"

"好。"

"好。"

相逢的人会再相逢。她们在各自的路上越走越远,但永远同样强大,同样温柔。

这就已经是最好的约定。

喜欢自己的人

"我最羡慕的人，就是喜欢自己的人。在这个世界上，我最讨厌的就是我自己。"

我一度以为我永远也无法成为一个喜欢自己的人。而当我自己都吝啬得不肯给我自己一点喜欢的时候，又怎么会指望从别人那里讨来喜欢呢？

何况，仅仅是煎熬着从青春期存活下来，就几乎耗尽了我全部的胆量。

大学的时候，她们总是恨铁不成钢地埋怨我，为什么不自信一点，为什么不敢给自己争取，为什么你的功劳要被别人抢去。我不知道该怎么辩解。我知道她们是希望看到我好，但我就是做不到。

后来我过得不算差，在拼命把自己逼上绝路，千百次的丢脸之后，终于蜕了一层皮，在陌生人面前侃侃而谈，微笑着秀出自己的履历，工作上也敢于和各种不讲理的人周旋。也有人会或真诚或敷衍地和我聊起，说我好羡慕你哦，能力也很强，工作也不错，云云。我就下意识地说，我也好羡慕你啊。

还真有人当真，说，你羡慕我什么？明明是我羡慕你才对。

羡慕什么？可能是羡慕你不是我，是除了我以外的任何人吧。

我原以为我羡慕的是别人的才华、能力、外表、条件等，但后来才明白，我羡慕的是他们喜欢自己的能力。不是那种妄自尊大的自恋，而是清晰地明白自己的定位，不卑不亢，该是我的谁也抢不走，不该是我的也不需要放下脸面去乞求。

而我并没有这样的能力，只是一味地告诉自己，就因为你是你，你就活该什么都没有。

于是我从小就熟练地给身边所有的人找借口。同学不喜欢我，是因为我胖。老师不喜欢我，是因为我不爱说话。爸爸不喜欢我，是因为我不是弟弟。妈妈不喜欢我，是因为她生了我之后还要生弟弟。弟弟不喜欢我，是因为我要跟他争抢同一个爸爸妈妈。

我固执地想要为青春期里留下的每一个伤疤找到来处，似乎这样它们就有存在的意义，就可以证明我活该。但长大后的我发现，这世上就是会有无缘无故的喜欢和讨厌，亲近和伤害，不是所有的事情都要找出逻辑链完满的因果的，即使我从事了这样一份需要保有逻辑性的职业，也不代表我要把人生中发生的每一件事情都追根溯源讨个说法。

讨不来的。

今年清明的时候，我照例回去给姑姑扫墓。说实话，我选的地方真的不错，风景绝美，雨后的北方清新冷冽，冬季的阴霾一扫而尽，夏天的苦热又远远没来，如果不是因为要赶回去加班，我真的愿意在那里多陪姑姑几天，和她多说说话。

完全意料之外地，我看到姑姑的墓碑被清理得干净整洁，墓前还放着新鲜的花，刚刚下过雨，花瓣湿漉漉地被雨打落，散了一地。

我愿意相信那是我父母来过了。除了我和我带来过的程枫，就只有他们知道姑姑墓地的所在之处。他们能想起趁清明来看上她一眼，也算是尽了血缘的最后一份情意。

有时我也会试着想，如果当初没有姑姑给我的钱，或者我没有勇气不顾父母的反对去读大学，今天的我会在哪里，或许会像姑姑那样，嫁人的彩礼当成了弟弟娶妻的聘礼，因为生育的事情和婆家终生不和，一个人在家中去世几个小时才会被发现，去世之后婆家和娘家还要为了把自己从祖坟里赶出去而大打出手。

姑姑受了足够多的苦，终于可以在这片风景独好的地方长眠，我觉得她会很喜欢，我也很喜欢。

在美国实习的时候，有一次我参与了一个慈善基金会的项目，认识了她们的创始人，一个墨西哥裔的女孩，比我大不了几岁，藤校毕业，去过非洲支教，创办基金会之后给自己的家乡办了很多学校和福利机构。

她是家里的第七个孩子，出生时被她妈顺手扔进厕所，大难不死，上面一堆哥哥姐姐，只有她走出了家乡。我问她，你就没有恨过吗？她说，也恨过。但是，相比于爱来说，长年累月的恨要艰难得多，你就像是一个明明可以健步如飞却非要往身上绑几十公斤沙袋的运动员，虽然也能前行，却比别人耗费了不知多少倍的力气。你专注于盯着身上无法愈合的伤疤，却注意不到你的每一个身体细胞早已忘记了经历过的痛苦，兴高采烈地去沐浴新的阳光了。不恨不是为了原谅他们，而是为了原谅自己。

放下恨之后，才会发现自己拥有爱的能力。

后来我渐渐地觉得，心里的某一个部分，悄悄露出了融化的迹象。还是会为了自己想争取的事情拼到精疲力尽，但也接受即使精疲力尽也无法实现的结果。还是会在牵扯到自己家里的事情时下意识地逃避厌恶，但也接受此生没有办法改变他们是我家人的事实。还是会在看到那么多黑暗、委屈和不公时觉得自己无能为力，但也接受人的平凡与渺小，凡事尽力而为只求无悔。还是会担心孤身一人没有办法在这世界上存活，但也愿意试着和认为合适的人计划起人生的下半场。

这才算是长大吧。

还好有身边的女孩们给我勇气。我们争吵，和好，又一起度过了那么美好的时光。她们热情、可爱、优雅、自信，拥有一切我身上没有的优秀品质，却仍然愿意鼓励自卑的我。她们也承受了风雨和苦难，却可以靠强大的内心和温柔的回忆支撑，仍然乐观地面对以后的生活。

她们爱人，但更爱自己。这才是她们强大的原因，也是我永远做不到像她们一样强大的原因。真正强大的人，是敢于且不吝于爱人的人，是不囿于仇恨的人，是勇于定义独一无二的自我的人。

内心深处那个被我一直厌恶的自己，我们是时候和解了。我会试着喜欢你，你也教教我，试着去喜欢别人吧。

从今天起，我也要做一个喜欢自己的人了。

图书在版编目(CIP)数据

贤媛 / 易难著. —杭州：浙江文艺出版社，2022.2
ISBN 978-7-5339-6571-6

Ⅰ.①贤… Ⅱ.①易… Ⅲ.①长篇小说–中国–当代 Ⅳ.①I247.5

中国版本图书馆CIP数据核字(2021)第122699号

图书策划	柳明晔
责任编辑	张　雯
营销编辑	宋佳音
封面插画	鱼　支
封面设计	仙逗 WONDERLAND Book design
版式设计	吕翡翠
责任校对	唐　娇
责任印制	张丽敏

贤媛

易　难　著

出版发行	浙江文艺出版社
地　　址	杭州市体育场路347号
邮　　编	310006
电　　话	0571-85176953（总编办）
	0571-85152727（市场部）
制　　版	浙江新华图文制作有限公司
印　　刷	杭州杭新印务有限公司
开　　本	880毫米×1230毫米　1/32
字　　数	470千字
印　　张	16.5
插　　页	2
版　　次	2022年2月第1版
印　　次	2022年2月第1次印刷
书　　号	ISBN 978-7-5339-6571-6
定　　价	78.00元（全2册）

版权所有　侵权必究

（如有印装质量问题，影响阅读，请与市场部联系调换）